MIKEL SANTIAGO nació en Portugalete (Vizcaya) en 1975. Comenzó escribiendo relatos, novelas cortas y publicando en internet sus propios e-books, con los que consiguió encabezar las listas de best sellers de iTunes, Amazon y Barnes & Noble. Ha vivido en Irlanda y en Ámsterdam. Actualmente reside en Bilbao. En Ediciones B ha publicado *La última noche en Tremore Beach* (2014), *El mal camino* (2015), *El extraño verano de Tom Harvey* (2017), *La isla de las últimas voces* (2018), la Trilogía de Illumbe, compuesta por *El mentiroso* (2020), *En plena noche* (2021) y *Entre los muertos* (2022), *El hijo olvidado* (2024), el libro de relatos *Cuando llega la noche* (2024) y *La chica del lago* (2025). Todas sus obras han escalado hasta los primeros puestos en las listas de best sellers en España, han sido editadas en una veintena de países y han conquistado por igual a los lectores y a la crítica literaria. En la actualidad, Mikel Santiago está considerado uno de los mejores autores de thriller a nivel internacional.

http://mikelsantiago.info/

Papel certificado por el Forest Stewardship Council®

Penguin
Random House
Grupo Editorial

Primera edición en B de Bolsillo: mayo de 2025
Tercera reimpresión: diciembre de 2025
De este título se han hecho un total de 13 ediciones

© 2024, Mikel Santiago
www.mikelsantiago.info
© 2024, 2025, Penguin Random House Grupo Editorial, S. A. U.
Travessera de Gràcia, 47-49. 08021 Barcelona
Diseño de la cubierta: Penguin Random House Grupo Editorial / Sergi Bautista
Imagen de la cubierta: José Luis Paniagua

Printed in Spain – Impreso en España

ISBN: 978-84-1314-988-2
Depósito legal: B-4.598-2025

Compuesto en Llibresimes
Impreso en Black Print CPI Ibérica
Sant Andreu de la Barca (Barcelona)

BB 4 9 8 8 2

El hijo olvidado

MIKEL SANTIAGO

A mi familia,
que siempre acude al rescate

PRIMERA PARTE

1

—Denis está metido en un lío.

—¿Otra vez? ¿Qué es lo que ha hecho ahora?

Un día estás tan tranquilo dando un paseo por la playa y te suena el teléfono. Es Mónica, tu hermana mayor. Piensas que seguramente querrá preguntarte qué tal vas. En cambio...

—No te lo vas a creer —dijo aguantándose un gemido—. Ha matado a un hombre.

Me detuve. Iba descalzo por la orilla. Era mayo, pero el agua estaba helada.

—¿Denis? Pero ¿qué dices?

Una ola demasiado grande me sorprendió y me caló hasta las rodillas, aunque apenas noté el frío. Acababa de darme un baño en el mar. Tenía el cuerpo atemperado. El corazón lento y la mente clara. Respiré hondo.

—¿Qué acabas de decir?

—Que ha matado a un hombre —repitió ella—, lo que oyes.

Las gaviotas daban vueltas sobre las olas. Yo estaba en trance. Me aferré a una vaga esperanza. ¿Un accidente de tráfico? ¿Algo involuntario?

—Pero ¿cómo ha sido? —Tuve que carraspear porque apenas me salía aire por la garganta.

Ahora fue Mónica la que no pudo hablar. Noté que se ahogaba en sus lágrimas y le di tiempo hasta que se recompuso.

—Nada tiene sentido, Aitor. Y cuando te lo cuente, vas a pensar lo mismo.

Me lo contó y era cierto: no tenía sentido.

Hace años —Denis tendría diez— vino a mi casa de visita y encontró la caja fuerte de mi habitación. Me preguntó qué era y le conté que la usaba para guardar mi arma reglamentaria. Cualquier chaval de esa edad se hubiera vuelto loco por ver la pistola, pero Denis solo preguntó una cosa: «¿Pesa mucho?», y siguió a lo suyo.

—¿Con una pistola? —No podía creérmelo—. Pero si no sabe ni disparar. Y tampoco le gustan las armas. ¿Has hablado con él?

—Sí. Está en la comisaría de Getxo. Tiene ya allí a un abogado.

—¿Y Denis qué dice?

—Que él no ha sido. Que alguien puso el arma y el dinero en su furgoneta.

—¿Dinero?

—Dicen que cometió un atraco. Que mató a un hombre para robarle.

Pensé en silencio. ¿Alguien comete un atraco y se desprende del dinero para endosárselo a otro? Era raro, pero la vida está llena de cosas raras.

—Aitor, sé que estás de baja… pero ¿puedes ir a verle? Hablar con la gente que lo ha detenido. Son tus compañeros y… no sé. Tratar de entender algo.

—Claro… Conozco a alguien en Getxo… —Las palabras me salían despacio, todavía intentando encajar la noticia—. ¿Dónde estás tú?

—En Palma. Esperando a mi avión. Llego esta misma tarde. Voy con Enrique.

—¿Dónde piensas quedarte?

—En un hotel, no te preocupes. Vete avanzando, Aitor, por favor.

Mi hermana la mayor, siempre tan taxativa. Le dije que me ponía en marcha de inmediato. Colgué, pero todavía me quedé un rato más mirando ese horizonte gris de la mañana. Las gaviotas negras se recortaban contra un paisaje de nubes oscuras. El mar parecía un metal pesado.

—Pero ¿qué coño ha pasado, Denis? —murmuré contra la brisa.

Como si fuera la noticia de su muerte, traté de recordar la última vez que lo vi. Fue el año pasado, aunque ahora me parecía que hacía una eternidad. Me lo encontré por casualidad en un bar de la playa de Sopelana. Sabía por Mónica que se había hecho surfer. Un «vagabundo de playa» que iba descalzo, con una camisa abierta hasta la mitad y unos pantalones vaqueros cortados. Bueno, allí estaba, todo un hombrecito de veintidós años, moreno y atractivo. Ese día tenía a una chica preciosa a su lado. «Te presento a mi tío Ori», le dijo. «El mejor tío del mundo».

Yo estaba en una labor de seguimiento, no pude quedarme demasiado, pero les invité a unas cervezas. Hacía tiempo que no le veía y lo noté muy cambiado. A decir verdad, para ser un chaval ya había tenido mucha vida, y hay que aceptar que la gente crece, cambia… se convierte en alguien más o menos alejado de lo que tú recuerdas. Pero ese día, en el bar de la playa, me pareció que interpretaba un papel: el de un *bon vivant* seductor que en el fondo no era. Para mí, Denis siempre sería ese niño de ocho años con una curiosidad desmedida y una sonrisa preciosa. Pero bueno, quizá ese era mi problema. Le di un abrazo y quedamos en vernos pronto. Y, joder, ahora ese «pronto» iba a ser en el calabozo.

Volví a casa tan rápido como fui capaz, lo cual no era demasiado. Todavía cojeaba mucho de la pierna derecha y el dolor seguía ahí. Por no hablar del cansancio. O la falta de aire. Pero supongo que no estaba nada mal para un tipo de cuarenta y siete años al que habían agujereado como a un colador hacía solo unos meses. Dos disparos en la pierna. Dos en el torso. Esto último fue lo peor, ya que me hicieron un bonito agujero en el pulmón derecho que casi me lleva por delante.

Pero basta de quejarse.

Salí de la playa y llegué a la carretera. Mi viejo Passat estaba aparcado junto al portal y tenía las llaves, pero pensé en vestirme un poco. No era cuestión de llegar en chándal y Crocs a la comisaría. Además, cosas de la vida, iba a reencontrarme con un viejo amigo de juventud, Jokin Txakartegi. No tenía su número, pero supuse que seguiría destinado allí, en Getxo. ¿Cuánto tiempo había pasado desde nuestro último abrazo? ¿Veinte años? Nunca es tarde para decir hola a un viejo compañero de aventuras.

Sobre todo cuando necesitas pedirle un gran favor.

Conduje hasta Getxo. La comisaría está alojada en el edificio Basterra, un palacio de principios del siglo xx de estilo inglés. Un lugar bonito donde a veces ocurren cosas feas.

Mostré mi placa al agente de admisiones y le dije que quería información sobre un detenido que «era familia».

—Denis Orizaola.

—Sí —respondió enseguida—. Lo tenemos aquí.

—Me gustaría verle, si es posible.

El agente me miró con el ceño fruncido. Yo sabía que aquello era una petición absolutamente fuera de lugar, pero había que probar.

Hizo una llamada. Cambió un par de frases con alguien. Colgó.

—Sube a la primera planta. Los que llevan la instrucción son Néstor Barrueta y su compañero, Gaizka Martínez.

—¿Has dicho Néstor?

—Sí. Es raro, ¿verdad? —Sonrió—. Aquí todo el mundo le llama Barrueta... o Barru.

Iba a preguntarle si Jokin Txakartegi seguía destinado allí, pero en ese momento le entró una llamada, así que le di las gracias y me dirigí hacia las preciosas escaleras del antiguo palacio.

Yo era un poli de otra comisaría y además estaba de baja, allí no tenía demasiados poderes. ¿Me dejarían romper el aislamiento de un detenido solo porque «era familia»? Contaba con un «no» por respuesta, aunque siempre había hueco para el milagro del cuartelillo.

La oficina superior era más grande que la de Gernika. Habría doce agentes trabajando en sus escritorios a esa hora. Hice un rápido sondeo de caras, pero no vi a Jokin (quizá estaba en otra sección, o en otro destino). Pregunté por Barrueta y me señalaron una mesa junto a las ventanas. Había dos hombres sentados, uno frente al otro. Uno era jovencísimo, quizá no tenía ni treinta. ¿En investigación? Bueno. Todos sabíamos que el cuerpo andaba bastante escaso de personal. A muchos agentes les daban la interinidad (sin plaza) para cubrir vacantes.

Néstor Barrueta era el otro. Habría pasado los cincuenta hace tiempo, pero se mantenía en forma. Alto, con una buena mandíbula, un mechón plateado sobre la frente, profundas ojeras, arrugas en las comisuras de los ojos… Un tío atractivo, pero con un aire vil.

En cuanto le expuse la situación me di cuenta (por la cara que puso) de que iba a ser un «no» como la catedral de Santiago.

—Es un caso de robo a mano armada y homicidio —dijo mirando a su compañero—. No podemos hacer excepciones.

—Solo quiero hablar un minuto con él.

Noté, de inmediato que mi insistencia le había escocido.

—Su abogado todavía anda por aquí.

El compañero, el joven, apenas abrió la boca. Era un novato de pura cepa y más le valía no levantar ni una ceja. Más allá noté algunas miradas por encima de las pantallas del ordenador. Joder, el tal Barrueta parecía un hueso, pero no pensaba irme con el rabo entre las piernas.

—Hablaré con el abogado, por supuesto, pero he venido para enterarme algo mejor. De primera mano, ya me entendéis…

Subí un poco el volumen para que se me oyera.

Barrueta respiró por la nariz un par de veces. No le apetecía una mierda atenderme, pero supongo que era demasiada mala educación mandarme al cuerno. A fin de cuentas yo era un compañero.

Le hizo un gesto al novato, como concediendo.

—Gaizka. Dale los detalles del tema.

Rodeé la mesa. El novato tenía el escritorio ordenado, la foto de un bebé, carpetas bien apiladas, post-its para no olvidarse de nada.

—Esta madrugada ha habido un robo con violencia en el almacén Arbelor de Gatika —me dijo mientras me enseñaba una foto de la fachada de una empresa—. Hemos encontrado al dueño muerto de dos disparos a bocajarro. También se han llevado una cantidad de dinero. Un testigo oyó los disparos y vio una furgoneta blanca saliendo a bastante velocidad y ha dado las últimas letras de la matrícula. Hemos hecho un pequeño rastreo y han salido tres coincidencias. Una de ellas era la furgoneta de tu sobrino: una Volkswagen California.

—De acuerdo —dije, tragándome la imperiosa necesidad de gritar que era imposible.

Yo estaba allí para poner la oreja. Aguanté.

—Nos ha costado dar con él —prosiguió Gaizka—. La furgoneta está domiciliada en Palma de Mallorca.

—Es la casa de su madre, mi hermana.

—Tras investigar un poco, vimos que Denis está empleado en una escuela de surf en Sopelana. Hemos ido a buscarle y lo hemos encontrado allí, durmiendo en el almacén.

—¿Durmiendo?

—Sí, en una vivienda improvisada. Nos dijo que era su alojamiento habitual. —Esto lo soltó mirándome con las cejas arqueadas.

—Bueno —me defendí, sin saber exactamente de qué—, hace mucho que no tenemos contacto.

—En cualquier caso —continuó Gaizka—, tras explicarle

la situación, le hemos preguntado si le importaba que echásemos un vistazo a su furgoneta y ha accedido. Nada más abrir la puerta del vehículo hemos olido a pólvora. Le hemos preguntado si tenía algún arma y lo ha negado.

«Claro que no la tiene», pensé yo, pero de nuevo conseguí mantener los labios pegaditos.

Gaizka señaló un par de embalajes sobre la mesa. Eran cajas para la Científica. Pruebas.

—Hemos encontrado una Glock 9 milímetros bajo el asiento del conductor. También un neceser con dinero: habrá más de cinco mil euros, seguro. Con todo eso, hemos procedido a detenerle. Tengo que decirte que se ha puesto un tanto nervioso y nos hemos visto obligados a reducirle.

—¿Qué quieres decir con «nervioso»?

—Ha empezado a revolverse. A gritar que ni la pistola ni el dinero eran suyos, que alguien lo había dejado allí. Lo hemos tumbado en el suelo y se ha llevado un golpe en la cara. Lo siento.

Agradecí su empatía. Néstor Barrueta ni se inmutaba, seguía tecleando el informe en su ordenador. Era de esos que teclean haciendo todo el ruido del mundo.

—Dos preguntas, si no os importa. ¿Quién es el testigo? ¿Qué hacía allí de madrugada?

—Era un hombre que estaba repostando en una gasolinera veinticuatro horas.

—Vale. Otra más. ¿Cómo fueron los disparos?

Gaizka dijo que habían sido dos: uno en el estómago, otro en la cabeza para rematarle.

¿Rematarle con un tiro en la cabeza? Mónica se había quedado muy corta al decir que aquello no tenía sentido. Podría creerme que Denis había atracado a un hombre, incluso que se le había escapado un disparo... pero ni en un millón de años podría creerme que lo remató en el suelo.

—¿Le habéis practicado la prueba de nitratos? ¿Había huellas en la pistola?

Era una pregunta maleducada, como preguntarle a un panadero si se había acordado de echar la levadura, pero tenía que hacerla.

Gaizka miró a Barrueta, quizá buscando su aprobación. Vi, con el rabillo del ojo, que Barrueta negaba con la cabeza sin dejar de teclear.

—Se está llevando todo según el procedimiento —zanjó el chico—. Si tienes más preguntas, es mejor que hables con el abogado.

Vale. Esto era todo lo que iba a sacar en nombre del compañerismo. Les di las gracias y pensé que había llegado el momento de pirarme de allí, aunque no iba a hacerlo sin preguntar por mi viejo colega.

—Por cierto, ¿Jokin Txakartegi sigue trabajando aquí?

Nada más hacer esa pregunta, percibí algo en la sala. Fue como una perturbación general del aire. Un silencio repentino. Algo que ocurrió en todas las caras al mismo tiempo. Barrueta dejó de teclear y alzó la vista. Gaizka parpadeó. Noté que algunos agentes de las otras mesas se giraban. Una chica se levantó y me miró con una expresión terrible.

—Jokin falleció el año pasado —aclaró al fin Gaizka.

—Joder... ¿qué? —Fue todo lo que me salió.

—Lo siento mucho —dijo el chico.

La agente que se había puesto en pie salió corriendo por el pasillo. Me pareció que iba llorando. Después noté las miradas de reproche cerniéndose sobre mí. «¿Cómo es posible que no me haya enterado?», fue lo primero que me pasó por la cabeza.

—Jokin, joder... Pero si tenía mis años —dije—. ¿Cómo fue?

—Un... accidente. Algo muy desafortunado —contestó Gaizka—. En fin... siento que te enteres así.

2

No me quedé a preguntar nada más, ni a explicar el porqué de mi inoportuna pregunta. Había conocido a Jokin en la comisaría de Zabalburu cuando éramos dos patrulleros recién salidos de la academia. A los veinticinco años, compartimos todas esas aventuras que te curten en la calle. Después conoció al amor de su vida, Arrate Montero, y se mudó a vivir a Algorta. A partir de ahí nos distanciamos. Recordé que nos habíamos vuelto a ver en la boda de un viejo compañero, hacía solo cinco años.

¿Y ahora estaba muerto? Joder, no había llegado ni a los cincuenta.

Todavía estremecido, bajé de nuevo a admisiones. La noticia de la muerte de Jokin aún reverberaba en mi cabeza, pero había que centrarse. Pregunté por el abogado de Denis, que al parecer estaba en la zona de calabozos.

Le avisaron y me dijeron que esperase allí mismo.

El abogado tardó unos minutos en aparecer. Era un chaval jovencísimo que se presentó como Jorge Orestes. Barbita de hípster, traje oscuro de precio medio, anillo de casado muy limpio todavía.

—Mónica me ha avisado de que vendrías. —Me estrechó la mano—. Denis está bien. Nervioso pero bien. Ha preguntado por ti.

—Me han dicho que se ha llevado un golpe en la detención.

—Un pequeño chichón —dijo el chico—, nada grave. Entonces ¿te han puesto al día?

—Me han contado lo básico. Un asesinato con robo. ¿Qué es lo que dice él?

Orestes señaló una de las salas de toma de declaraciones. Entramos, cerró la puerta y nos sentamos.

—Denis lo niega todo. Dice que es un montaje.

Yo noté que me hundía en la silla de puro alivio.

—Eso tiene sentido. Conozco a mi sobrino y nunca le pegaría un tiro a nadie. Y menos en la cabeza. ¿Hay huellas en el arma?

—Está todo en manos de la Científica, pero al parecer no hay nada. Junto al arma se encontraron unos guantes de lana con restos de pólvora.

«Lana», pensé. «Curiosa elección. Es imposible sacar huellas de la lana».

—¿Qué hay de su coartada?

Orestes negó levemente con la cabeza. Sacó una libreta y la abrió entre nosotros dos.

—Dice que ayer trabajó hasta tarde, limpiando tablas y poniendo orden en el almacén. Charló con su jefe, un tal Jon Tubos, a eso de las ocho de la tarde. Después cenó y vio una película en su tablet hasta quedarse dormido.

—¿Jon Tubos?

—Se apellida Olaeta, pero todo el mundo le conoce así. Algo del surf.

—Pero ¿qué hace Denis durmiendo en ese almacén? ¿Se lo has preguntado?

—Es una escuela de surf. Denis lleva casi un año trabajando allí, haciendo de chico para todo. El Tubos le dio permiso para instalarse.

—Pero ¿dónde duerme? ¿En el suelo?

—Al parecer tienen un cuartito de invitados. Cosas de surfers.

Pensé que eso encajaba muy bien con el personaje que me encontré un año antes en La Triangu: descalzo, pelo enmarañado y aclarado por el sol... un «vagabundo de playa».

Orestes continuó:

—En fin, dice que hoy ha dormido hasta las siete, hora en que le han despertado con unos golpes en la puerta. Era la policía. Le han contado lo del atraco y le han pedido permiso para echar un vistazo a la furgoneta. Dice que ha accedido porque no tenía nada que ocultar.

—Bueno, es un punto a su favor. Podría haber pedido una orden de registro.

—Sí, aunque la tenían. La jueza ha firmado tres de madrugada: una por cada posible matrícula.

—¿Quién es la jueza?

—Iratxe Castro.

La conocía. Era buena. Y dura como un hueso.

—Pero ¿qué hace el caso en el juzgado de Bilbao? El asesinato ha sido en Gatika, ¿no?

—Lo han derivado por sobrecarga.

—Okey —dije—. Me imagino que la furgoneta ya está por aquí.

—La han traído en grúa y escoltada hasta el garaje de la comisaría. Está precintada como prueba. Igual que el almacén.

—¿Dónde estaba aparcada?

—¿La furgoneta? Fuera, al lado del almacén.

—¿Y las llaves?

—En el almacén. En un llavero.

—¿Son electrónicas?

Orestes dijo que no lo sabía, pero me imaginé que sí. Casi todos los coches nuevos las llevan.

—¿Por qué?

—Es muy fácil abrir una puerta con cerradura electrónica. Arrancar es otra cuestión, pero abrir la puerta es sencillo.

—¿Por qué lo dices? ¿Piensas que alguien le colocó la pistola y el dinero?

—Eso dice él, y ahora mismo es la única opción que contemplo. ¿Se sabe algo del arma? ¿Robada?

—Una 9 milímetros. Parece que tenía el número de serie borrado. Denis asegura que no la había visto en su vida. Dice que no le gustan las armas y que ni siquiera sabe disparar.

Eso me lo creía. Pero ¿entonces? El testigo había visto una furgoneta. Había dado la matrícula.

—¿Qué se sabe del testigo?

—Poco. —Se encogió levemente de hombros—. Solo que lo han localizado y va a prestar declaración esta tarde.

—¿Logró ver al conductor?

Orestes negó con la cabeza.

—Al parecer estaba repostando en una gasolinera *low cost* automatizada que hay junto a los pabellones. Oyó los disparos y después vio salir la furgoneta.

—¿A qué hora?

—Las doce y media, según el registro de llamadas del 112.

Me quedé callado, pensando.

—Mira, Orestes, conozco a Denis desde que usaba pañales. Es verdad que no ha sido un boy scout, pero soy poli y te digo que ese chaval no ha matado a nadie. Ha tenido que ser otra cosa, ¿entiendes?

Él frunció un poco el ceño.

—Otra cosa, ¿como qué? ¿Sugieres que alguien usó la furgoneta de Denis para cometer el atraco?

—Eso mismo.

—Entonces ¿por qué dejarse el botín dentro? ¿Y por qué lo volverían a aparcar en su sitio? Sería más fácil abandonarla.

«Cierto», pensé. «A menos que alguien quisiera incriminar a Denis por alguna razón».

—¿Le has preguntado si imagina algún motivo por el que alguien quisiera jugársela?

—No ha hecho falta. Lleva con esa matraca desde el primer minuto. Que alguien se la ha jugado. Está rompiéndose el coco tratando de averiguar quién. Dice que ha tenido alguna trifulca con gente de la playa: surfers locales, una pelea a puñetazos en las olas... o algo así.

—No parece un motivo muy sólido para una jugada tan bestia —repliqué—. De todas formas, pásame esos nombres.

Noté que Orestes dudaba un instante.

—¿Qué piensas hacer con esa información?

—Bueno, soy poli, haré mi trabajo: preguntaré.

—Tengo que recordarte que ya hay una investigación en curso. Esto podría ser considerado una interferencia.

—Déjame a mí las relaciones laborales —contesté—. Seré discreto.

Le costó, pero terminó dándome los nombres. Gente que podría encontrar por la playa, comentó.

—¿Crees que puede ser algún tipo de venganza? Un asesinato parece algo extralimitado.

—Lo parece, pero el mundo real está lleno de errores de

cálculo. Un tipo sale de casa con una pistola, solo con la intención de asustar a alguien, y de pronto le ha agujereado la cabeza. Por cierto, ¿qué se sabe de la víctima?

El abogado miró al comienzo de su libreta.

—José Luis López de Arbeloa. Cincuenta y siete años. Era el gerente de la empresa Arbelor. Un almacén de componentes eléctricos. Denis dice que no le conoce de nada... Perdón, un segundo. —Se sacó el móvil de la americana. Le estaba sonando.

Se levantó y salió de la sala. Yo aproveché para mirar ese nombre en Google. Había pocos resultados (supuse que a lo largo del día irían sumándose nuevos), pero de entrada encontré la página web Arbelor.com. La pequeña empresa de componentes eléctricos donde había sucedido todo estaba situada en un polígono industrial en Gatika. Me quedé mirando aquella soporífera página web, diseñada por lo menos en el año 1996. ¿Componentes eléctricos? Ni siquiera parecía un objetivo apetitoso para un atraco.

No había mucho más. Ni redes sociales, ni esquelas (aunque quizá era demasiado pronto para eso). En cambio, di con una noticia de ese mismo año, en la sección de deportes de un diario provincial:

José Luis López Arbeloa, gerente de Arbelor, sostiene orgulloso la camiseta de Lamiak. Arbelor patrocina el equipo de rugby femenino de Gatika.

Era un hombre de baja estatura y con poco pelo. Pantalón de pinzas, camisa, jersey de punto. Gafas colgando en la pechera. En suma, el aspecto más corriente y menos prometedor que se pueda imaginar.

Esto contribuyó a elevar la sensación de absurdo que rodeaba toda la historia. ¿Quién querría pegarle el palo a alguien así? Las cosas hubieran tenido más sentido si tuviese aspecto de mal bicho. Alguien enfangado en un mar de deudas, o con una vida lujuriosa. Pero este hombre, por esa foto de 2022, parecía la encarnación del mismísimo Ned Flanders.

Orestes entró de nuevo.

—La jueza ha autorizado el registro del almacén de Sopelana. Voy a bajar a informar a Denis.

—¿Irá con ellos?

—Sí. Tiene derecho a estar presente y, vista la situación, creo que lo mejor es que colabore.

Miré el reloj. Mónica estaba volando en esos instantes y preferí no agobiarla con un mensaje. ¿Qué hacer ahora? Tenía la cabeza llena de preguntas, pero pensé que podría acercarme hasta la playa yo también. Echar un vistazo. No hay nada como pisar el terreno para que empiece a funcionar la cabeza.

Le pedí a Orestes que enviase un mensaje a Denis.

—Dile que, por lo que a mí respecta, le creo.

Conocía perfectamente los calabozos de detención. Son verdaderas cámaras de tortura psicológica para quien no está acostumbrado, peores incluso que las celdas de una cárcel. Y si Denis defendía su inocencia, quería asegurarme de que recibiera ese mensaje de ánimo justo en estos momentos en los que la presión era total. No sería la primera vez que alguien confiesa en falso para sacudirse la tensión.

Me puse en pie. Aún tenían que preparar la comitiva, me daría tiempo a llegar a Sopelana el primero y echar un vistazo con tranquilidad.

Entonces Orestes dijo que «había otra cosa».

—¿Sabías que Denis tiene antecedentes por robo?

Sí, lo sabía…

—No fue un robo exactamente —respondí—, sino un allanamiento de morada. Cosa de críos.

—No tan de críos, tenía dieciocho años y hubo un juicio. Condena por destrozos, vandalismo… Además de que le requisaron algo de droga.

Unos gramos de hachís. Que para colmo, según Denis, eran de su amigo Bart. Un chaval problemático que conoció aquel verano en Mallorca y que fue quien tuvo la idea de colarse en una casa de veraneo y liarla parda. En aquella ocasión Denis se libró con una multa y trabajos comunitarios. Pero, claro, aquello no era un asesinato.

—Los antecedentes van a pesar bastante en la decisión de la jueza, sobre todo en lo relativo a la fianza —dijo Orestes—. Id haciéndoos a la idea de que ingresará en prisión. Quizá mañana mismo. Creo que deberías prevenir a tu hermana.

Me temblaron un poco las piernas al escuchar aquello. La cárcel. No hay mejor fábrica de perdedores y fracasados que ese lugar. La noticia iba a ser un duro golpe para Denis y para Mónica.

Tragué saliva. Mierda, tenía que moverme rápido.

La llamada de Mónica me pilló conduciendo hacia la playa. Ella acababa de aterrizar en Bilbao. Me preguntó si ya había visto a Denis.

—No he podido, pero he estado con su abogado.

—¿Dónde estás?

—De camino a Sopelana. Van a traer a Denis a presenciar el registro del almacén de surf. ¿Sabías que estaba viviendo aquí?

—¿Viviendo dónde?

—En una escuela de surf.

—¿Qué? ¡Me dijo que tenía alquilada una habitación!

—Supongo que lo hizo para que estuvieras tranquila. Ya sabes cómo es.

—Voy para allá. ¿Dónde es?

—Escúchame, Mónica. Dos cosas. La primera, no podemos ver a Denis todavía. Está en aislamiento hasta que la jueza decida qué hacer. Pero es posible que ingrese en prisión.

—¡No! —exclamó desesperada.

—Será algo momentáneo —me apresuré a decir—. A poco que rascas en la superficie de este embrollo, se cae por su propio peso. El problema es que Denis no tiene coartada y hay un par de evidencias en su contra.

—La cárcel, Aitor… —La voz de Mónica era puro terror—. ¿No hay manera de evitarlo?

—No lo creo. Están los antecedentes por la trastada de Mallorca. Tú y yo sabemos que fue cosa del otro chaval, pero explícale eso a la jueza.

—Se lo explicaré —dijo con decisión—. ¿Dónde tengo que ir?

—Las cosas no funcionan así, Mónica. Esto es un proceso. Denis está metido en él y hay que ser pacientes, pero te prometo que vamos a llegar al fondo del asunto.

—¿Y qué hago yo?

—Vete al hotel. Descansa y te llamo en un par de horas.

—No puedo descansar, Aitor.

—Tranquila, Mónica, seguro que lo arreglamos.

Ella no respondió al instante. La situación la estaba desbordando.

—Por favor, Aitor, haz lo que sea… Ayuda a mi hijo.

—Lo haré —dije—. Lo estoy haciendo.

3

Salí de la autopista en dirección a las playas. La noche anterior hubo una tormenta, pero esa mañana había amanecido soleada. Y aunque fuera un lunes, había bastante animación por la calle Arrietara. Surfers con las tablas bajo el brazo, gente ociosa que paseaba al perro o disfrutaba de un tranquilo café en las terrazas de los bares.

Orestes me había dado el nombre de la escuela de surf: Surfari Eskola, Sopelana. El mapa indicaba un punto lejos de la calle principal, en la playa Salvaje. Eso me hizo alejarme del núcleo urbano por una serie de carreterillas vecinales y perderme un par de veces hasta que encontré un sendero de grava que discurría por encima de un acantilado. Allí había gente haciendo parapente y vuelo en ultraligero. Por lo demás, no se veía gran cosa. Un par de chalets con las persianas echadas y nada más. Pocos testigos y ninguna cámara de seguridad que pudiera haber recogido algo. Llegué al final del camino, un pequeño aparcamiento donde comenzaba una rampa que bajaba hasta la playa. El almacén (aunque parecía más el bungalow de un ermitaño playero) estaba situado sobre la misma arena. Había un coche patrulla guardándolo, y pronto aparecerían muchos más, así que aparqué y me acerqué a pie.

¿Qué demonios hacía Denis viviendo en un lugar tan apartado del mundo? Ese fue el primer pensamiento que me sobrevino mientras bajaba por la rampa de aquella playa. Con veintidós años parecía haber elegido una vida de exilio, ¿por qué? De nuevo los recuerdos me herían como flechas amargas. Un Denis de tres años, risueño y feliz, que trepaba por mi espalda y me tiraba del pelo entre risas. «¡Quiero otra bolsa de pa-ro-mitas! ¡Paromitas de paíz!»…

¿Cómo había llegado a convertirse en una especie de Diógenes?

«Deja de machacarte, Aitor. No es tu culpa».

«¿O sí?».

Había otro coche aparcado junto al edificio y un chaval de la edad de Denis dando vueltas en la arena y hablando por el móvil. Tenía pinta de surfero: pantalones cortos, camiseta de Pukas y pelo largo, rubio y quemado por el sol. Pude escuchar un par de frases según pasaba a su lado. Estaba nervioso.

—Y no me dejan entrar, ni me dicen hasta cuándo va a durar esto… Ya… ya… Pero ¿y mi negocio?

Deduje que se trataba de Jon Tubos, el dueño de la escuela, que posiblemente acababa de encontrarse con el pastel y estaría haciendo lo que todo el mundo hace cuando le pasa algo: contarlo.

Le observé. Iba descalzo y daba patraditas en el suelo. Eso me hizo fijarme en la arena: estaba húmeda y punteada por las huellas que la lluvia había dejado la noche anterior.

Pasé de largo y me acerqué al bungalow. El patrullero se

puso en modo bloqueo, listo para darme el alto, así que me preparé para ser simpático y saqué mi placa.

Me aproximé despacio, observando el sitio. Era un edificio de una sola planta, alargado, con pocas ventanas. Estaba decorado con banderolas nepalíes y grafiteado en su frontal se leía: «Surfari Eskola». El patrullero me salió al paso.

—*Egun on*. —Sonreí mostrando la placa.

El agente relajó el gesto.

—Pensaba que vendría más gente —dijo.

—Soy la avanzadilla —zanjé rápidamente—. ¿Lleváis mucho tiempo aquí?

—Desde las ocho y media, más o menos. El compañero se ha ido a por café.

—Lo llego a saber y os traigo uno —dije cordial—. ¿Has participado en la detención?

—En el refuerzo —dijo él.

—¿Quién ha llegado primero?

—Creo que los detectives.

—¿Barrueta?

—Sí.

—Me han contado que el chaval se ha resistido un poco, ¿no?

—Uf. Estaba de los nervios. Gritando que era inocente, que alguien le había metido las pruebas en la furgoneta. Bueno, qué va a decir… Tenía una pinta de gandul…

Hice un esfuerzo por sonreír.

—¿Has llegado a ver la furgoneta?

—Sí, claro.

—¿Dónde estaba aparcada?

Señaló un hueco que había junto a la rampa, pegado al almacén. Me imaginé ese sitio por la noche, oscuro como el culo de un grillo. Robar la furgoneta, abrirla o incluso pintarla de color cereza habría sido coser y cantar.

Abusé un poco de la confianza del patrullero y di un par de pasos hacia el almacén, justo donde terminaba la rampa; allí había una especie de llano asfaltado y cubierto de arena. Me fijé en algo que me llamó poderosamente la atención. El suelo tenía una capa de arena. Y la arena estaba punteada con pequeños cráteres provocados por la lluvia... excepto en un gran rectángulo de más o menos las medidas de una furgoneta.

—Una pregunta —dije—. ¿Ha llovido desde que estás aquí?

—No, ¿por qué?

—Por nada.

Le di las gracias y me dirigí hacia el chico que charlaba por teléfono. Seguía dando vueltas sobre la arena, quejándose de la situación. Le hice una seña y se disculpó con su interlocutor («Ahora te llamo, cariño»).

—¿Saben ya algo? —preguntó—. ¿Se puede pasar?

—No, todavía no se ha realizado el registro. Y de todas formas es cosa de la jueza.

—¿Ni siquiera puedo coger mi ordenador? Tengo que hacer una transferencia urgente. Bueno, a menos que me lo hayan robado también.

—Eres Jon Tubos, ¿verdad?

Asintió.

—Soy Aitor, el tío de Denis. Y tranquilo, que tu ordenador está a salvo.

—¡Ah! Vaya, pensaba que eras poli.

—Bueno, también lo soy. Pero estoy aquí a título personal.

—Pero ¿qué coño ha pasado? ¿Dicen que Denis ha robado algo? ¡Pero si solo tenemos tablas baratas y trajes malos!

—A Denis le acusan de un atraco en otro sitio —omití adrede el tema del muerto—, pero no está nada claro. ¿Puedo hacerte un par de preguntas?

El chico respiró con alivio al saber que su propiedad estaba a salvo.

—Claro.

Le hice una señal para que caminásemos hacia la orilla.

—¿Tenéis algún tipo de cámara en el local? —quise asegurarme.

—Es lo primero que me han preguntado. La respuesta es no. Ni siquiera tenemos alarma. Todo lo que guardamos son tablas y trajes. Y un ordenador de mierda. Pero ¿va en serio lo del atraco de Denis? No tiene sentido. Denis no es de esos.

—Me alegra que lo digas. ¿Desde cuándo trabaja aquí?

—Desde antes del verano pasado.

—¿Y qué es lo que hace en la escuela?

—De todo. Limpia y repara tablas, trajes, coge el teléfono de reservas. A veces va a buscar a clientes con la furgoneta. De todo un poco.

La palabra «clientes» resonó en mi cabeza. Ese podía ser un hilo del que tirar.

—¿Dices que lleva clientes?

—Bueno, cuando hace falta los llevamos a otra playa donde haya mejor oleaje.

—¿Ha pasado mucho recientemente? Digamos, en el último mes.

—No. Ahora solo tenemos los cursillos de todo el año. Y esa gente viene en coche o es de por aquí.

Pensé en la posibilidad de que alguno de sus clientes estuviera involucrado en el asunto. Era una idea algo rebuscada. La dejé en barbecho por un rato.

—¿Alguna vez viste a Denis llevar un arma? ¿O te habló de ello?

Jon Tubos frunció el ceño.

—¿Qué? Si Denis es medio hippy. Ni loco. Odia la violencia.

—Pero tuvo una pelea, ¿no? Me han dado un par de nombres. —Saqué mi libreta y los leí en voz alta—. Denis los ha mencionado.

—Son un par de locales con mala baba. Denis está un poco verde con las olas y un día les cortó el paso sin querer. Los muy cabrones le pasaron por encima. Después tuvieron una enganchada aquí en la orilla… dos puñetazos y nada más. Pero al día siguiente alguien había rayado la furgo de Denis. Creemos que fueron ellos.

—¿Crees que podrían tener razones para vengarse?

—¿Vengarse? Para nada —dijo con seguridad—. Soy un histórico de esta playa y les dije que Denis era mi colega. Si me tocan los huevos, los aplastamos. Y lo saben.

Llegamos a la orilla. Había surfers en el agua pillando unas olas bajas pero endemoniadamente rápidas. Dos chicas embutidas en sendos neoprenos estaban mirando el mar. Saludaron a Jon Tubos al verle llegar y le preguntaron por el coche patrulla. «¿Os han robado?». El Tubos dijo que no, pero sin comentar mucho más. Ellas volvieron a la contemplación de las olas.

—¿Desde cuándo conoces a Denis? —le pregunté.

Jon comenzó a liarse un cigarrillo.

—Desde hace un año y medio. Yo estaba en Perú haciendo surf y él iba en plan mochilero. Nos hicimos colegas y seguimos el viaje juntos durante unos meses. Le empezó a gustar lo del surf y yo le hablé de mi escuela. Él me dijo que vivía en Mallorca, aunque quería venirse al norte porque él era de aquí... y además estaba harto de sus padres. Yo pensé que era lo típico que se dice y nunca se hace... pero apareció aquí nada más volver del viaje. Y en ese momento yo necesitaba un ayudante y, bueno, él estaba loco por trabajar.

—¿Y por tener un sitio donde quedarse también?

—Quería estar cerca de la playa para surfear más. Y de paso se ahorraba el alquiler, porque yo se lo dejé gratis hasta el verano. Es como estar de acampada. Se pueden coger olas desde la primera hora del día.

Se echó el pitillo a los labios y tardó un poco en encenderlo porque el viento le apagaba la llama del mechero una y otra vez.

—Solo una cosa más, Jon. ¿Has notado algo raro por aquí en los últimos días?

—¿Raro? —Echó una larga calada—. ¿Como qué?

—No lo sé. Gente sospechosa, caras nuevas, alguien merodeando por el almacén.

Se lo pensó mientras entornaba los ojos para protegerlos de la arena y del humo del cigarrillo.

—Lo único que se me ocurre es que hace un par de días había dos tíos aparcados ahí arriba. —Señaló a lo alto del acantilado, donde yo había dejado mi coche.

—Sigue.

—Era un día de lluvia. Normalmente esto está vacío los días de lluvia, a menos que sea tarde y la gente venga a ya-sabes-qué. Lo vi porque estaba haciendo surf. Estuvieron allí lo menos dos horas.

—¿Qué coche era?

—Un Mercedes negro.

—¿Seguro? ¿Lo pudiste ver desde esta distancia?

—No. Los vi después. Salí del agua, me di una ducha en el almacén y me despedí de Denis. Los vi de pasada. Eran dos hombres mayores dentro de un Mercedes negro. Bueno, en esta zona suele haber mucha parejita, ya sabes, pero son gente joven que no tiene casa. En cambio, esos dos tipos… como que no pegaban mucho, ¿sabes? Pensé que serían un par de pervertidos. O un ricachón con un chaperito. Estaban los dos ahí quietos, mirado el horizonte. ¿Te vale como cosa rara?

—Mucho —dije—. ¿Podrías describirlos?

—No tuve tiempo de fijarme demasiado, la verdad. Eran mayores. Como de tu edad. Vestían de traje. El conductor tenía el pelo canoso, muy corto. El copiloto… quizá era más bajo. Tenían pinta de pervertidos.

—¿Algo más?

—No. Ya te digo que estaba un poco oscuro.

—¡Eh, Tubos! —gritó una de las chicas señalando a nuestra espalda.

Nos giramos y vimos aparecer unos coches al fondo de la carreterilla. Un Megane negro y dos coches de la Ertzaintza. La comitiva. Seguramente Denis iba dentro.

—Ya vienen. —Jon se encaminó hacia allí.

Yo me rezagué a propósito y fui observando la escena. Los coches descendieron por la rampa y aparcaron en las inmediaciones del pabellón. Del primero salieron varios agentes uniformados que supuse que eran de la Científica. Del segundo se apearon Barrueta y su compañero Gaizka. Me di cuenta de que Barrueta era bastante más alto de lo que había calculado en comisaría, un tiarrón de más o menos mi altura.

Abrieron la puerta trasera y entonces vi salir a Denis.

Vestía unos vaqueros y una camiseta amarilla, e incluso desde donde yo estaba se notaba que tenía un golpe en la frente. Iba esposado. Cabizbajo. El corazón me dio un vuelco al verlo así.

Llegábamos todos casi a la vez y hubo un encuentro de miradas. Barrueta torció el morro al reconocerme, pude ver cómo murmuraba algo (y seguramente no era bueno) a Gaizka.

Entonces Denis alzó la mirada y nos vio al Tubos y a mí. Hizo un gesto rarísimo. De sorpresa, de vergüenza y también de emoción. Creo que se tuvo que tragar las lágrimas. Levantó las dos manos esposadas para saludarme y yo le devolví un abrazo en la distancia. También sentí que se me cerraba la garganta. Me alegré de haber persuadido a Mónica para que esperase en el hotel; joder, aquella visión del chico esposado te estrujaba el alma.

Orestes, el abogado, venía en el Megane. Fue el único que se acercó.

—No creo que les haga mucha gracia verte por aquí, Aitor.

—Lo sé. No era mi intención, pero ha pasado así. Escucha, Orestes, hay un par de cosas que me gustaría comentar contigo y alguno de los investigadores. Son importantes.

Orestes lo pensó en silencio durante unos segundos.

—Vale. Veré lo que se puede hacer. Ahora tengo que entrar.

Por encima de su hombro, vi que Barrueta comentaba algo con el patrullero de la puerta. Después llamaron a Jon Tubos, supongo que para tomarle los datos y citarlo para declarar. Me mantuve a una buena distancia de todo, agitado por haber visto a Denis en semejante situación. Las chicas surfers se habían acercado también por allí y se les habían unido algunas personas más.

—¿Ese que llevan esposado es el chico que trabaja en la escuela? —preguntó una.

—No lo sé —respondió otro.

—Yo creo que sí era Denis —dijo la otra—. ¡Pues parecía un tío supermajo! ¿Qué habrá hecho?

«Nada», estuve a punto de decir.

Vi entrar a todo el grupo. Yo estaba decidido a esperar, pero comenzaba a sentir el cansancio habitual desde que salí de la convalecencia. Una hora de pie y mi cuerpo pedía a voces que le diese una tregua.

Me acerqué al almacén, pero noté una mirada bastante severa del patrullero que antes había sido tan amable conmigo. Imaginé que Barrueta le habría dado instrucciones precisas para mantenerme a raya, así que regresé al aparcamiento en lo alto de la rampa, donde estaba mi coche. En ese mismo lugar era donde Jon Tubos había visto a esos «tipos raros» dos días atrás. ¿Una casualidad? Me apoyé en mi coche. El almacén se veía perfectamente desde esa altura. Era un buen puesto de observación para establecer una rutina, tal y como hacíamos los policías cuando perseguíamos a alguien. Un Mercedes negro, había asegurado Jon Tubos. A veces las cosas no significan nada, como dijo Freud, y otras veces lo significan todo.

Apareció otro coche por allí. Un Seat León blanco. Lo conducía una pareja: chico, chica. Y los reconocí. Eran dos de los investigadores que había visto antes en Getxo. La que conducía era la agente que se había levantado de su mesa cuando mencioné a Jokin. Más joven que yo. Media melena negra, cortada a machete, cuello largo y delgado.

Me clavó sus poderosos ojos castaños al pasar junto a mi coche.

Yo pensé otra vez en Jokin. Casi podía verle sonriendo, feliz, el día de su boda con Arrate. ¿Cómo era posible que no me hubiera enterado de su muerte? Nadie me había buscado para decírmelo. ¿Por qué?

Los dos nuevos agentes bajaron por la rampa y salieron del coche. Guantes, plásticos para los zapatos y un maletín. No pude evitar fijarme otra vez en ella, pero ahora con otros ojos: los de un hombre soltero que lleva mucho tiempo en dique seco, lo admito. ¿Quién era? ¿Qué relación tenía con Jokin? ¿Quizá habían sido compañeros?

Entré en mi coche. Me tocaba una pastilla, me la tomé con algo de agua y me quedé cómodamente sentado, descansando.

Aproveché para mirar las noticias y encontré el titular en la portada de *El Correo*: «Un robo a mano armada en Gatika se salda con un muerto». «El ataque ha tenido lugar en una zona de pabellones industriales». «Fuentes policiales afirman que hubo un tiroteo. Se investigan las causas».

No iban a tardar demasiado en ampliar esa información, pero esa mañana no había periodistas por allí y eso era bueno. Lo segundo peor que podía pasarle a Denis era que su cara apareciese en la prensa.

Estuve allí como media hora sentado hasta que percibí algo de movimiento en el almacén. Vi que salían Barrueta y Orestes y me buscaban con la mirada. Les pegué un grito y me encaminé hacia ellos, rampa abajo. Nos encontramos a mitad de camino. Barrueta traía gesto de cabreo, se me acercó todo inflado. Aun así, yo también soy un tío grande. No tan alto, pero grande.

—Vamos a aclarar algo —dijo—. Entiendo que estás interesado en el caso, pero no puedes ir sacando la placa, ¿lo pillas? Tus preguntas pueden alterar las primeras declaraciones, que me toca a mí recoger. Sabes que es una razón de sobra para elevar una queja.

—Lo siento. No era mi intención molestaros —lo dije en serio—. Solo pretendo colaborar.

—Tu sobrino está acusado de asesinato. ¿Qué crees que pensaría la jueza si le cuento que andas paseándote por la escena de un registro?

—Lo sé. Lo sé.

—Pues mantente lejos a partir de ahora.

—Okey. ¿Puedo comentarte un par de cosas?

Barrueta suspiró. Miró el reloj. Asintió.

—Adelante, pero abrevia.

—Lo primero: convendría saber a qué hora llovió anoche.

—¿Qué?

—Esta noche ha llovido, pero el suelo donde estaba la furgoneta no está mojado. Eso significa que estuvo aparcada, como mínimo, a las horas del chaparrón.

Barrueta me miró fijamente. Pude notar sus ojos grises perforándome como dos espadas.

—Claramente, debió de moverse más tarde.

Su actitud de rechazo me sentó como un bofetón en la cara. ¿Cómo que «debió de moverse más tarde»? Me faltó poco para echar fuego por la boca. ¿Estaba en juego la inocencia de un chico y todo lo que hacía era taparse sus vergüenzas?

Pero nada íbamos a ganar con una bronca.

—Solo quiero decir que la hora de la lluvia podría ayudar a establecer una coartada para Denis.

—Sí, sí, ya lo he entendido —elevó el tono—. Pero te recuerdo que hay una llamada de un testigo ubicándolo a la hora y en el lugar de los hechos. En cualquier caso, incluiremos el detalle en la instrucción.

Lo dijo con tanto desdén que me ardieron las tripas.

«¡Si te hubieras fijado en eso, quizá no habrías movido la furgoneta tan rápido, zoquete!», pensé. Pero, como digo, nada íbamos a ganar señalando su posible negligencia.

—¿Algo más?

—Sí, supongo que vais a tomar declaración a Jon Tubos.

—Correcto.

—Pídele que te hable del Mercedes negro que vio aparcado ahí arriba hace un par de días. Había dos hombres y se comportaron de una manera extraña.

—¿Qué quieres decir con eso?

—No lo sé. Es algo fuera de lo común. Quizá estaban preparando el terreno para algo.

—¿Preparando el qué, exactamente?

—Denis insiste en que todo ha sido una trampa. Yo le creo.

Barrueta se quedó callado, con la mirada fija en mí. Después miró a Orestes, sonrió y bajó la cabeza.

—Mira, Orizaola, entiendo que te cueste encajar lo que está ocurriendo. Es tu sobrino y todo eso... pero creo que se te está yendo un poco la olla, ¿eh? Hemos contado el dinero. Son seis mil euros. ¿Crees que alguien monta una conspiración por esa cantidad? Fue un palo que salió mal. Punto. Hubo un testigo que vio la furgoneta. Han aparecido el arma del delito y el botín. Y tu sobrino, por lo que se ve, podría hacer buen uso de esa pasta.

Yo noté que me temblaba todo el cuerpo. En el fondo,

tenía la hostia bien merecida, pero ese hijo de puta no parecía dispuesto a mostrar ni un gramo de compasión. Es más, cualquiera diría que disfrutaba apaleándome esa mañana. ¿Quizá porque le había enmendado la plana con el asunto de la lluvia?

—Bueno, solo te pido el favor. Investigad a qué hora llovió anoche.

—Y yo te pido otro: mantente alejado. Si vuelves a usar la placa para pisarme el terreno, te buscas un lío. —Se dio la vuelta y caminó en dirección al almacén.

Orestes se quedó un poco rezagado.

—Tiene razón —dijo.

—Lo sé —respondí—, pero te apuesto algo a que no se habían fijado en el suelo seco. Por favor, asegúrate de que lo comprueben.

—Lo haré.

—¿Qué tal las cosas ahí abajo?

—Bien. Denis está colaborando en todo, pero llevará un buen rato.

Las nubes estaban llegando ya a la costa. Noté los primeros chispazos de agua entremezclada con el viento de la mañana. Pensé que lo mejor era largarse y dejar de jugar con fuego.

4

La tormenta descargó mientras yo conducía de vuelta a Bilbao. En la autopista, los coches avanzaban despacio bajo un intenso chaparrón y casi me choco con un idiota que se paró de repente. «¿La gente está loca o qué?». Salí de allí en cuanto pude. Subí al alto de Enekuri, bajé y llamé a Mónica en el primer semáforo.

—¿El hotel Abba? Okey. Llego en cinco minutos.

Enrique y ella esperaban sentados en el café del hotel, junto a unos ventanales que daban a la ría de Bilbao y la isla de Zorrozaurre, sumida en una eterna obra de reconstrucción.

Mónica parecía cansada, con rastros de lágrimas en el rostro, pero guapa a pesar de todo. No la veía desde su última visita al hospital, en enero. Enrique, en cambio, se había hecho mayor de repente: menos pelo, más ojeras... Nunca me había caído demasiado bien, aunque me dio un poco de lástima verle tan flojo. Como siempre, él se encargó de borrar cualquier atisbo de simpatía que pudiera haber aflorado en mí.

—Era de esperar —dijo nada más llegar yo—. Denis es un

niño mimado… y ahora mira. Por mí, que cumpla la condena que le caiga.

«¿Mimado? ¿Por quién?», estuve a punto de preguntarle. «Pero si te has dedicado a machacarle desde que te casaste con Mónica…». Me callé la boca.

—Primero tendrán que probar que ha sido él —dije.

—¿Es que hay dudas sobre eso? —se extrañó Enrique—. El abogado dice que hay un testigo.

—Un testigo que ha visto la furgoneta, no a Denis. Y el chaval dice que ha estado durmiendo toda la noche. Yo le creo.

—Yo también —se apresuró a respaldarme Mónica—. Es que me es imposible creer cualquier otra cosa.

Enrique guardó silencio. Supongo que, dentro de su terquedad, notaba que no era el momento de insistir. De todos modos, estaba claro que había muchísimas preguntas por responder. Si Denis era inocente y todo esto era una jugarreta, ¿cuál era el motivo?

—O sea, tu teoría es que se trata de un montaje para enchironar a Denis —dijo Enrique.

—No puede haber otra explicación —respondió Mónica—, mi hijo no es un asesino.

—¿Y si os equivocáis? —contraatacó mi cuñado—. En serio, meter la cabeza debajo de la tierra como un avestruz no va a servir de nada. Tenéis que contemplar la opción más evidente: que Denis tuviese un arma, aunque no pretendiera usarla. Que fuese a robar a ese lugar y las cosas se complicaran… No sería la primera vez que la lía.

—En aquella ocasión, la culpa fue del otro chico —le rebatió Mónica, refiriéndose a la trastada de Mallorca.

—Bueno, pero ¿y si hubiera otro chico? ¿Un amigo? ¿Alguien que le impulsó a hacerlo? Quizá el mismo que le dio el arma…

Yo me quedé callado. De pronto pensé en esa opción. ¿A cuántos padres he escuchado decir: «Es imposible, mi hijo no es así»? Jon Tubos. Los amigos surferos. Incluso aquella novia con la que le vi en La Triangu... ¿Y si Enrique tenía razón y alguien le metió en el lío?

Mónica también acusó el peso de aquellas palabras. De pronto, nos asomamos a ese terrible abismo: la posibilidad de que Denis realmente hubiera matado a ese hombre.

—Tú cree lo que te dé la gana —se resistió Mónica—. Yo me niego a pensarlo siquiera.

—Tengo una pregunta para vosotros —cambié de tercio—: ¿Va todo bien en el negocio? Quiero decir, ¿habéis tenido algún problema con alguien?

—¿Problemas? ¿Y eso qué tiene que ver?

Mónica y Enrique se dedicaban a vender casas de lujo a magnates y gente importante. Futbolistas, influencers... y también algún que otro personaje un poco turbio. Les pregunté si podrían tener «algún enemigo».

—No hemos tenido ningún problema con nadie. —Enrique me miró serio, como si le hubiera ofendido—. Todo lo que vendemos es de primera calidad. Nuestro único enemigo es este gobierno de mierda, sus impuestos y la cantidad de funcionarios que sobran en el país.

«Otra vez con la cancioncita», pensé, pero no estábamos en la cena de Nochebuena.

—Es solo una teoría —dije—. Si esto es una encerrona, encontrar el motivo es lo primero.

—Supongo que eso ya lo está haciendo la policía, ¿no? —preguntó Enrique con voz más templada—. Quiero decir, los agentes que se encargan del caso...

Aquello sonó a pulla, pero no le di importancia.

—Los detectives están reconstruyendo los hechos según se van encontrando la información y esto les va a llevar a una conclusión lógica: Denis lo hizo —respondí—. Pero nosotros conocemos a Denis. Sabemos que nunca dispararía a un hombre. Y mucho menos rematarlo en el suelo con un disparo en la cabeza.

Aquella frase, que habría querido evitar, sirvió para que Enrique visualizara las cosas de una vez por todas. Se quedó callado.

Mónica se echó las manos a la cara. «¡Dios!».

—¿Realmente pasó así? —Mi cuñado habló con un hilo de voz y yo asentí en silencio—. Pues, entonces, ojalá tengas razón —replicó levantándose de pronto—, ojalá Denis sea inocente, porque...

Creo que decidió que había llegado la hora de darse un garbeo. Preguntó si alguien quería algo de la barra. Se marchó y Mónica empezó a llorar.

—Tranquila.

—Júrame que no me estás dando falsas esperanzas, Aitor, júrame que...

«¿... que no ha sido él?».

—No me gusta jurar, Mónica. Ya lo sabes.

—¿Qué podemos hacer?

—Tengo que hablar con Denis, eso lo primero. Quizá lo intente otra vez mañana. Además, tengo mis recursos de poli.

—¿Qué recursos?

—Cosas que es mejor que no sepas. Pero confía en mí. No me voy a quedar parado. Ahora, intentad descansar. Esto va para largo, ¿vale? Es una maratón y solo estamos al comienzo.

El cielo estaba oscuro cuando por fin llegué a casa esa tarde. Llovía un poco y había comenzado a soplar un viento helador. La carretera de la playa de Ispilupeko estaba vacía, no había nadie por allí, ni en la playa ni en el agua, y eso me hizo pensar en una cosa: de alguna manera, aunque por razones distintas, Denis y yo habíamos terminado viviendo en una playa perdida de la mano de Dios.

¿Una coincidencia, o es que los dos compartíamos algún tipo de tara sociópata?

Mi nuevo apartamento estaba al final del paseo. El viejo, donde ocurrió el «ataque» del año anterior, había quedado destrozado. Un tabique derribado con un pequeño explosivo y unos cien agujeros de bala por las paredes. Por no hablar de la sangre y algún que otro trozo de sicario que tuvieron que limpiar con papel de cocina. El casero no estaba muy por la labor de renovarme el contrato. Y no le culpo.

Tampoco me marché muy lejos. Nada más salir del hospital, Arruti me había encontrado un apartamento en otro bloque de veraneo como el anterior, frente a la playa de Ispilupeko. Era todo lo que podía permitirme, y además, qué demonios, le había cogido el gusto a despertarme todos los días con el ruido de las olas.

Nerea se encargó de todo. Cuando llegué del hospital, todavía en muletas, todas mis cosas estaban allí. Una casa limpia, recién pintada y con un ramo de flores en un jarrón de cristal.

—Joder, ¿hasta cuándo te vas a sentir culpable? Porque estoy empezando a acostumbrarme a esto.

Nerea Arruti, mi compañera, me había visitado en el hospital casi cada día desde el ataque. Se sentía responsable de lo ocurrido y, en parte, así era. Ella había sido el principio, el nudo y el desenlace de aquella investigación que había terminado haciendo saltar todo por los aires. Yo le insistía en que era poli y solo había hecho mi trabajo: investigar, pisar algún que otro callo... Pero resultó que nos habíamos topado con algo demasiado gordo. Algo que nos explotó en las narices.

Aquel día, en aquel apartamento que todavía olía a pintura reciente, Nerea dijo que «tenía algo que contarme» y sonrió de una manera extraña. Yo la conocía lo bastante bien como para percibir que llevaba meses planeando algo... pero ¿el qué?

—Me marcho una temporada, Aitor.

—¿Vacaciones?

—Algo así. Unos meses.

—¿Adónde?

—No puedo decirte mucho más.

—¿Sola?

Ella negó con una preciosa sonrisa en los labios, un poco sonrojada. ¿Se iba con alguien? No me había contado nada.

—Vale, pero prométeme una cosa —dije—. Estés donde estés, si pasa cualquier movida rara...

—Te llamaré —completó ella—. Aunque no sé cómo podrías defenderme. Estás hecho unos zorros.

—Bueno, tú llámame en cualquier caso.

Eso había sido en marzo. Ahora estábamos en mayo y seguía sin tener noticias suyas, solo una foto enviada por WhatsApp: un cielo azul y el trozo de una palmera. La echaba de menos, pero me resistía a hacer todas las preguntas que se me agolpaban en los labios: «¿Dónde estás? ¿Con quién? ¿Volverás?...». Así que me conformaba con escribir canciones y rebozarme en el fango de mi tristeza. Al menos comenzaba la primavera y la zona de la playa pronto estaría más animada.

Porque la soledad y la depresión son una mezcla muy mala.

Antes de entrar en casa, me agaché y comprobé que la pequeña tira de celo que había colocado entre el marco y la puerta seguía en su sitio. «La paranoia era fuerte en mí», como diría Obi-Wan, y lo iba a seguir siendo durante una temporada. Ana, la psiquiatra que me había tratado después del ataque, preveía «paranoias, pesadillas y síntomas de manía persecutoria» como posibles efectos del shock postraumático. No obstante, yo me negué a tomar medicación. Solo había transigido con el Valium.

La casa me recibió como siempre: helada y húmeda… Encendí el calefactor eléctrico en el salón y me fui a la cocina a buscar algo de comer mientras se caldeaba el ambiente. La nevera ofrecía un aspecto desolador. Pensé en jugármela con un chop suey olvidado de hace varios días, pero descarté la idea. En cambio, la diosa de la fortuna me sonrió con una lata de Voll-Damm.

Dejé haciéndose unas lentejas y me fui al salón con mi birra. Allí, frente a un ventanal orientado al horizonte, tenía mi guitarra, mi cuaderno de letras y una grabadora. Mi pequeño santuario, que me estaba ayudando mucho más que cualquier pastilla. «No dejes de hacer canciones, es parte de ti», me había dicho Nerea aquel día antes de marcharse.

—¿Aunque sean terribles?

—No son tan malas. Y lo importante es que son tuyas.

Me senté de cara a la ventana. El cristal estaba cubierto de gotitas temblorosas que enviaba el viento. Di un trago a la Voll-Damm y rasgué un sol mayor. Me rondaba una letra por la cabeza, algo que se parecía a «Stormy Weather» de Etta James, una canción triste sobre perder al amor de tu vida un día que llueve a cántaros.

¿De dónde sacaría yo las ideas?

Estuve tocando unos treinta minutos, escribiendo frases, tachándolas o quedándome con palabras. Después cené mientras leía las noticias en mi móvil. Había datos nuevos sobre el caso Arbeloa. Ya se hablaba de «un testigo y un detenido», sin más detalles. En la sección de necrológicas también se habían hecho eco.

Había dos esquelas, la primera era de sus compañeros de la empresa:

JOSÉ LUIS ARBELOA, «ARBE»

Gerente de Componentes Electrónicos Arbelor. Falleció ayer en Gatika.
De tus compañeros y amigos.

La segunda, de su familia:

JOSÉ LUIS LÓPEZ DE ARBELOA

Viudo de doña Amaia Rodríguez Albizu, falleció ayer a los 57 años de edad. Su hermana Arantza, sus sobrinos Iker y Alba, sus hermanos políticos, primos y demás familia ruegan una oración por su alma.
Misa funeral: viernes 20 a las 19.30 en la iglesia parroquial de…

Miré la fotografía: el fallecido tenía cara de buen hombre. Viudo, sin hijos... solo una hermana: Arantza. Pensé que me tocaría investigarla también. Quizá hubiera algún interés económico detrás de su muerte.

Pero, por el momento, me interesaba saber si habrían encontrado algo nuevo en el registro del almacén de surf de Sopelana. Escribí a Mónica. Supuse que Orestes se pondría en contacto con ella para comunicarle cualquier cosa.

Respondió enseguida:

«Orestes me ha dicho que están en comisaría revisando todo ahora mismo. Te avisaré según me digan algo», me respondió. «No creo que pueda dormir».

Yo tampoco, pensé. Me imaginaba a Denis solo en esa celda de detención y me devoraban los nervios. El pobre debía de estar aterrado.

Miré el reloj. Aún faltaban dos largas horas hasta la siguiente pastilla, así que me quedé en la cama, mirando al techo.

Allí volvieron todos esos viejos males. Reproches, sentimientos de culpa sobre Denis. Mi hermana fue madre soltera; a falta de un padre de verdad, yo cumplí con ese papel durante sus primeros años, y habían sido unos años felices. Acababa de licenciarme en la academia. Trabajaba y vivía en Bilbao, muy cerca de ellos dos, y Denis era como un hijo para mí. Lo llevaba al cole, nos íbamos al cine, de compras, incluso de vacaciones. La gente daba por hecho que yo era el padre (hasta nos parecíamos un poco físicamente) y yo viví una especie de primera paternidad con él. Creo que subestimé lo que Denis sentía por mí.

Apareció Carla y mi vida cambió. Me enamoré de los pies a la cabeza y pasó lo que tenía que pasar, que yo empecé a faltar a mis citas con el chico. Denis tenía ocho años. Ve y explícale a un chaval de ocho años que le sigues queriendo igual pero que ya no tienes tiempo para él. Que ya no llegas para llevarle al cole. Que no podrás ir al cine. Que te perderás su fiesta de cumpleaños… Que ahora los fines de semana los pasas viajando. O durmiendo con esa chica que te hace sentir que el mundo es un lugar mágico.

Le fallé, por muchas vueltas que le quiera dar. Y le seguí fallando cuando pedí el traslado a Gernika y cuando nacieron mis hijas. Nos fuimos alejando poco a poco, pero de dos maneras distintas. Yo, porque mi vida se estaba haciendo grande. Denis, en cambio, volvía a sentirse abandonado. La primera vez, por ese padre que nunca tuvo. Y ahora, de nuevo, por el que había prometido ser su mejor amigo. «El mejor tío del mundo»… que también se había buscado la forma de alejarse de él.

Lentamente, el cansancio pudo conmigo y me dormí. Tuve un sueño en el que aparecía Jokin (¡Vaya! Por algún sitio tenía que aparecer ese día). Era una especie de pesadilla. Él estaba de pie en mi habitación, junto a mi cama. Parecía gritarme, querer decirme algo urgente. ¿Qué? Por mucho que gritara, yo no era capaz de oír nada.

Pero en su rostro había una expresión de terror.

Después, en algún momento de la madrugada, los dolores me despertaron.

«Jokin», pensé de pronto. «¿Qué haces tú saliendo en mis pesadillas?».

Y entonces recordé la noticia: había muerto. Una noticia irreal en un día irreal. Mi viejo amigo Jokin, el tipo al que un día envidié profundamente…

Me tomé la pastilla, me tumbé de nuevo e intenté dormirme escuchando el oleaje, la lluvia, el viento… pero como no lo conseguía cogí mi móvil de la mesilla.

Vi que tenía un mensaje. Era de mi hermana.

Lo leí tres veces. Después llamé a Mónica, pero tenía el teléfono apagado.

Con el corazón encogido, sabiendo que ya no pegaría ojo el resto de la noche, lo leí una cuarta vez:

Denis ha mentido. Conocía a Arbeloa. En el registro han encontrado una prueba que lo confirma. No sé nada más, Aitor. Estoy a punto de volverme loca. Mañana iré a primera hora a la comisaría. Al parecer, decretarán su ingreso en prisión, creo que no habrá posibilidad de fianza.

5

A las ocho de la mañana llegué a la comisaría de Getxo sin haberme tomado ni un mísero café.

En la entrada estaban ya Mónica, Enrique y Orestes. Mi hermana fumaba, aunque hacía años que lo había dejado. Tenía unas ojeras hasta el suelo y estaba alteradísima, mucho peor que el día anterior.

—Tenía una tarjeta del muerto, Aitor. ¡Lo conocía!

—Leí el mensaje —dije—. ¿Una tarjeta de visita?

—Dime que esto se arregla, Aitor, dime que…

La abracé y dejé que llorase conmigo un rato. Mientras tanto, Orestes hablaba por teléfono y mi cuñado ni siquiera me miraba. Tenía la vista perdida en algún pensamiento. ¿En cuál? ¿En que «se veía venir»? Al menos tuvo el detalle de permanecer callado.

—¿Qué es eso de la tarjeta? —le pregunté a Mónica cuando se calmó un poco.

—Ayer, durante el registro del almacén, los policías encontraron una tarjeta de visita de José Luis Arbeloa.

—Era una tarjeta de empresa —dijo Enrique—. Aparecía su cargo de gerente y la dirección del pabellón.

Orestes había terminado de hablar por teléfono y se unió a la conversación.

—¿Has hablado con Denis de la tarjeta? —le pregunté.

—Sí. Ha admitido que le conocía. Bueno, dice que le conoció por casualidad, un día que estaba sin furgoneta y que Arbeloa lo llevó hasta la playa. Nada más... En fin, como comprenderás, no queda muy bien eso de acordarse justo ahora. La policía ha logrado establecer un vínculo previo entre el sospechoso y la víctima... Sabes lo que eso significa.

Asentí con la cabeza. Nada bueno.

—La jueza ha dictado ingreso en prisión sin fianza —continuó Orestes—. Será esta tarde. Pero antes, Denis ha pedido hablar contigo, Aitor. Desde la comisaría me han asegurado que no te pondrán ninguna pega.

—De acuerdo. Vamos.

—Yo también quiero verle —protestó Mónica.

—Denis ha dicho que quería hablar con Aitor —respondió el abogado.

A mí también me pareció extraño que no prefiriese ver a su madre en esos instantes, pero así era. Le pedí a Mónica un poco más de paciencia. Orestes le comentó que quizá les permitieran un pequeño vis a vis en el juzgado, antes del ingreso en prisión.

Los dejé buscando una cafetería en aquella bonita calle arbolada de Algorta y entré en el vestíbulo del palacio Basterra, que, como siempre, olía a esa mezcla de viejo caserón y comisaría todo en uno. Me presenté al agente de admisiones. Le dije que Denis Orizaola me esperaba. Hizo una llamada y habló con alguien.

«¿Barrueta?», pensé poniéndome tenso. «A ver con qué jeta me recibe».

Pero la que apareció bajando por las escaleras del palacete ofrecía una visión mucho más agradable que el alto y arisco Barrueta: se trataba de la ertzaina de pelo negro cortado «estilo hacha» que había visto en la playa.

Intenté disimular la mirada mientras la veía bajar las escaleras, pero resultaba difícil no darle un repaso. Después se acercó y encendió las luces de todo el palacete con una sonrisa.

—Olaia Gutiérrez. —Extendió la mano—. Eres Aitor, ¿verdad?

—Sí.

—Toma. —Me entregó una tarjeta de visitante—. Ya sabes, llévala a la vista.

Caminamos hasta el comienzo de una galería. Ella pasó la tarjeta por un lector y entramos. El corredor comunicaba el palacete con un anexo moderno donde imaginé que estarían los calabozos.

—Eres de la comisaría de Gernika, ¿no? —dijo de pronto—. ¿Gorka Izaguirre trabaja allí todavía?

—¿Gorka Ciencia? Sí.

Ella sonrió.

—Nos graduamos a la vez. Mándale saludos cuando le veas.

«Y yo pensé: Gorka es de 1984. O sea, que a esta chica le llevas diez años».

—Lo haré.

Llegamos a otra puerta. Aproveché que ella había roto el hielo para seguir conversando mientras avanzábamos por la galería.

—Ayer me pareció verte en el registro de la playa, ¿verdad?

—Fuimos de refuerzo, sí.

—¿Os comentó Orestes algo sobre la lluvia y un Mercedes negro?

—Sí. Hemos revisado los datos de la estación meteorológica de Punta Galea. La noche del domingo al lunes se registraron precipitaciones a partir de las 0.50. El tiroteo ocurrió en una zona industrial en Gatika, sobre las 0.30. Eso le da a Denis veinte minutos para llegar a la playa y dejar la furgoneta aparcada. Google Maps da un promedio de catorce minutos para ese trayecto.

—O sea que le habría dado tiempo —dije—. Por escasos cinco minutos, pero llegaba.

—Sí.

—Gracias por comprobarlo. ¿Y el Mercedes negro?

—Jon Tubos nos contó la historia a petición del abogado, pero no tenemos más que unas descripciones vagas. No hay cámaras de tráfico por la zona.

Había algo en aquella mujer que me recordaba a Nerea Arruti. Quizá por eso empezaba a sentir cierta atracción física e inconsciente. (Tuve que separarme un poco para no rozarla con el hombro).

—Me han contado que se encontró una tarjeta de visita de la víctima —continué.

—Sí... La tenía en un libro junto al saco de dormir. La usaba como marcapáginas.

—¿Como marcapáginas?

—Sí. Ha dicho que Arbeloa se la dio y se olvidó por completo de ella.

Guardé silencio. Aquello era otro de esos detalles surrealistas de todo este asunto. ¿Era Denis un criminal tan torpe como para olvidarse de semejante prueba entre las páginas del libro que estaba leyendo? Más bien parecía el gesto de alguien que no le dio la menor importancia.

Bueno, dentro de nada tendría la oportunidad de preguntárselo.

Llegamos al anexo y Olaia abrió otra puerta. Un ascensor. Apretó el botón del sótano –3.

—¿Qué cara puso? —dije entonces.

—¿Cara?

—Cuando le enseñasteis la tarjeta.

Ella se quedó callada y reculé enseguida.

—Perdona. Barrueta ya me ha echado la bronca por meter el hocico donde no me llaman, pero es que no acabo de encajar la noticia. Es mi sobrino. Me cuesta creer que todo esto esté pasando.

Estábamos de cara a la puerta del ascensor. Noté que ella se lo pensaba un poco antes de hablar.

—Sorprendido —dijo finalmente—. Para serte sincera, Denis estaba sorprendido cuando vio la tarjeta. Creo que ni se había dado cuenta de que la tenía.

—Gracias. Eso imaginaba.

Llegamos a la planta de los calabozos. Olaia se presentó al agente de la garita y comentó que yo era un familiar de Denis y que me habían autorizado una corta visita. También dijo que era «compañero», cosa que agilizó el registro.

Entramos y avanzamos por un pasillo mucho más agradable y espacioso de lo que solían ser los pasillos de una planta de calabozos. Nos paramos frente a la puerta número 6. Oímos el timbre de apertura.

—Vengo a buscarte en veinte minutos, ¿vale? —dijo ella—. No te han dado más.

—Okey. Gracias, Olaia.

Me miró en silencio, como si le pasara un pensamiento por la cabeza, pero no dijo nada y abrí la puerta.

Denis estaba tumbado en una superficie dura con una esterilla encima y una almohada. Al verme, deshizo el ovillo que era su cuerpo y se puso en pie.

—¡Denis!

—¡Tío!

Nos fundimos en un abrazo. El chaval estaba temblando. De pronto, se echó a llorar.

—No lo hice. No he matado a nadie —dijo entre sollozos.

—Te creo —le aseguré—. Te creo.

Nos quedamos así un largo minuto. Denis llorando sin consuelo y yo dándole palmadas en el hombro. Pero solo tenía veinte minutos y mucho de lo que hablar.

—Vamos. Siéntate.

Nos sentamos en aquel banco de piedra que también servía de catre. Los calabozos de detención son agobiantes a propósito. Construidos para provocar opresión, paranoia, dudas...

Me fijé en la cara del chico. No había pegado ojo. Estaba aterrado por lo que se le venía encima. Ingresar en prisión es, posiblemente, una de las peores pesadillas que puede vivir un hombre. Me imaginé todo lo que le habría pasado por la cabeza...

—Vas a ingresar en prisión, pero tranquilo: te sacaremos muy rápido.

Noté un profundo alivio en su mirada.

—¿En serio? Estoy acojonado.

—Normal, pero no te pasará nada —dije.

Entonces caí en la cuenta de una cosa. Había algo que podía hacer por Denis. Inmediatamente me vino un nombre a la cabeza: Karim.

—Tengo amigos que cuidarán de ti, ¿vale?

—¿Amigos?

—Sí… Lo estoy moviendo. Estarás seguro cuando estés dentro, ¿okey?

—Gracias, tío… ¡Gracias! —Se secó las lágrimas—. Joder, me parece que estoy viviendo una película. ¿Por qué me han hecho esto? —Se llevó las manos a la cara, los codos apoyados en las rodillas, estaba roto por la desesperación.

—Venga, tranquilo, Denis —dije mientras le acariciaba la nuca—. Vas a salir de esta, pero necesito que me ayudes. Tenemos que entender lo que ha pasado.

Lo hizo. Respiró un par de veces y por fin recobró algo de temple.

—Vale. Vale… ya estoy.

—Empieza por ese hombre, Arbeloa. ¿Por qué tenías su tarjeta?

—Me la dio él mismo. Joder, ni me acordaba de ella… y eso que la tenía metida en el libro que estaba leyendo.

—¿Cuándo te la dio?

—La semana pasada, el jueves.

—Cuéntamelo.

—Bueno… Yo estaba esperando el autobús y él se ofreció a llevarme en su coche. ¡Tenía que haber dicho que no, pero estaba jarreando!

—¿Qué hacías tú esperando el bus? ¿No tienes una furgoneta?

—La había llevado al taller de un conocido, en Erandio. Tenía una pequeña avería del sistema eléctrico y, en teoría, sería un arreglo rápido. Pero cuando llegué, mi colega estaba a tope de trabajo y tuve que dejarla hasta el día siguiente. No tenían vehículo de cortesía, así que me quedé colgado. Había un autobús que podía dejarme en Las Arenas, pero pasaba cada hora y acababa de perderlo: así que me metí a hacer unas compras en el Bricomart. Allí fue donde le conocí, en realidad.

—¿A Arbeloa?

—Eso es.

—¿Cómo?

—Bueno, en un pasillo. Yo iba buscando los percheros y me topé con él. Estaba intentando cargar una larga escalera en su carrito. Era Arbeloa, aunque, claro, yo no lo sabía. Solo vi a un tipo en apuros y le ayudé. ¡Tendría que haber pasado de él!

«Ningún buen acto queda sin su castigo», pensé yo.

—Me dio las gracias y luego hizo el chiste de que «el mundo era difícil para los bajitos» y blablablá… Enseguida noté que el hombre estaba dispuesto a seguir de charla. Parecía, no sé, ¿el típico solitario? Medio calvo, unos sesenta años, pantalón de pinzas, camisa, jersey de punto…

—¿Te dio la tarjeta entonces?

—No, no… más tarde —dijo Denis—. En aquel momento, yo me escabullí como pude. Hice mis compras y salí del Bricomart. Y ahí hubiera quedado todo… de no ser por la lluvia.

—¿La lluvia?

—Eso es. Había empezado a llover fuerte. Y soplaba un viento norte helado. Llegué corriendo a la parada del bus, con una caja un poco aparatosa. No llevaba nada más que una camisa vaquera y una camiseta por dentro. No había contado con la posibilidad de tener que cruzarme media Bizkaia en autobús.

»Me puse a esperar pegado a la pared de la marquesina. Era uno de esos días que llueve en horizontal, ¿sabes cómo te digo? Entonces vi un Saab pararse a mi lado y bajar la ventanilla. Y allí estaba, el hombrecillo de la escalera. Me preguntó que adónde iba, dije que a Sopelana y me respondió que me podía acercar, que él vivía cerca de Berango. Bueno, era el típico amable-pesado, ¿eh? Primero dije que no, pero él insistió. Después lo pensé mejor. Con esa lluvia, la caja a cuestas, dos autobuses por delante... Acepté y me monté. Le di las gracias y él dijo algo como: "Es lo menos que puedo hacer. Tú has sido amable conmigo, ahora yo soy amable contigo. El mundo debería funcionar así, ¿no?". Recuerdo que pensé: "Me he montado en el coche de Ned Flanders".

Yo sonreí porque ambos habíamos comparado a Arbeloa con el mismo personaje de los Simpson. Y eso me recordó a muchas mañanas de domingo viendo la tele juntos. Dentro del horror, había huecos para el aliento.

Pero eran huecos muy pequeños. Miré el reloj: teníamos quince minutos.

—¿Ibais solos?

—Sí. Llevaba la escalera detrás. El tipo olía a naftalina. Tenía uno de esos ambientadores de pino y la estampa de una Virgen pegada al salpicadero. Vamos, un cuadro. Pero al menos estaba calentito y a cubierto del chaparrón.

—Tu memoria fotográfica. —Sonreí—. Siempre has sido como una maldita cámara para los detalles.

—Sí... pues ya ves para lo que me ha servido —dijo él—. Ni siquiera recordaba su tarjeta.

—Ya llegaremos a eso. Ahora sigue.

—Bueno, el hombre era una verdadera máquina de rajar. Habló del precio de las cosas. De la juventud de hoy en día.

De los políticos… y todo eso antes de llegar a La Avanzada. Y allí es cuando nos encontramos el atasco. Todavía no habíamos cogido la carretera y vimos un gusano de coches, una ambulancia que venía a todo gas… Había habido algún accidente grave y aquello se había convertido en una ratonera. Y yo pensé: «Mátame, camión, aguantar el atasco con Mr. Monólogo».

»Pero no, el tío tomó una salida y me dijo que conocía un atajo. Subimos por una rampa, cruzamos un barrio de caseríos y siguió por una carreterilla de nada. Dijo que conocía una vieja carretera que ya solo usaban los ciclistas y que llegaríamos antes que por la autopista. Y era cierto. Era una especie de puerto de montaña endiablado… que apenas tenía los carriles dibujados. Empezó a conducir a dos por hora y a rellenar el silencio con más y más parloteo. Yo iba mareado, no sé si por las curvas o de escucharle, o por las dos cosas.

»No sé cuánto tiempo tardamos… Para mí, una eternidad. Miraba por la ventana, aunque no reconocía nada. Yo nunca había estado por esa zona, pero él dijo que era famosa porque se decía que allí se apareció la Virgen, y que había un manantial que se creía que daba agua sagrada… En fin. Más cháchara.

»Creo que nos perdimos un par de veces. Pero él insistía en que, incluso así, tardaríamos menos que parados en la caravana (yo empezaba a dudarlo). Entonces, para rizar el rizo, nos topamos con otro accidente en lo alto de la montaña. Dos coches se habían rozado en una curva y uno se había llevado por delante el retrovisor del otro. Se habían enzarzado en una bronca y tenían bloqueado el paso.

»A mí ya me entraba la risa.

»En fin. Después de un rato, aquello se resolvió y pudimos seguir, pero súmale otros quince minutos al asunto. Llegamos a Sope ya de noche cerrada. El tío me podía haber dejado en la general, pero llovía tanto que se apiadó de mí. Me llevó hasta la misma playa. Y entonces me dio la tarjeta. Dijo que yo parecía un buen chico y que si alguna vez necesitaba un trabajo, le podía llamar. Y supongo que yo la cogí y la metí en el libro esa noche. Y me olvidé de ella por completo…

—¿No te enseñaron una foto de ese hombre durante el interrogatorio? —pregunté entonces—. Tienes buena memoria…

—Sí, pero te juro que no se parecía en nada. En la foto llevaba gafas, tenía el pelo más oscuro y estaba más gordo. Además, ¿qué quieres que te diga? Ayer no era capaz ni de recordar mi cumpleaños. Me han dicho que le dispararon. ¡Les he pedido que me pongan a prueba! No sabría ni cómo cargar un arma.

—Lo sé, Denis. Lo sé.

—¡Y le remataron en el suelo! Puede que me condenen para toda la puta vida.

—Estoy aquí para evitar eso —dije—. La verdad saldrá a la luz.

Miré mi reloj. Nos habíamos comido más de la mitad del tiempo, teníamos que agilizar.

—Ahora volvamos a la madrugada del domingo al lunes —dije—. ¿Cómo fue?

—Yo qué sé. Estaba dormido. Me despertaron a las siete de la mañana y me pusieron las esposas… Eso es todo.

—Vale. Espera. Volvamos atrás, al domingo. Cuéntame todo el día. Desde el principio.

Denis se encogió de hombros.

—Me levanté muy pronto, como siempre, y me fui a coger olas. Después volví al almacén, desayuné, me duché y preparé todo para una clase que teníamos a las once. Vino el Tubos, dio la clase y yo recogí y limpié los trajes como todos los días. Por la tarde no había nada, así que salí a coger unas olas, y luego estuve limpiando tablas y poniendo algo de orden en el almacén hasta las ocho o así. Cociné un poco, cené y me puse una peli hasta que me quedé sopa.

—¿Hora?

—No lo sé... Sobre las nueve. Me duermo pronto porque en el almacén no hay otra cosa que hacer y me gusta madrugar para coger olas.

—Oye, ¿qué fue de aquella chica con la que te vi en La Triangu el año pasado?

—¿Andrea? Rompimos hace un mes...

—¿Crees que ella, o alguien de su entorno, ha podido tener algo que ver?

—No lo creo... pero tuve una pelea con unos surfers... Se lo dije a Orestes.

—A esos los tengo controlados. ¿Cómo puedo encontrar a Andrea?

—Tengo su número en el móvil. O, bueno, puedes ir a buscarla a La Triangu. Trabaja allí de camarera.

—Okey —anoté eso mentalmente—. Volvamos al tema. De niño dormías bien, caías como un leño. ¿Dormiste bien esa noche?

Asintió.

—El surf cansa. Normalmente duermo del tirón.

—¿Crees que te habrías despertado al oír el motor de tu furgo?

Denis me miró en silencio unos segundos.

—¿Crees que alguien se llevó la furgo mientras yo dormía?

—No lo sé. ¿Tú qué piensas?

—Las paredes del almacén son una mierda. Yo duermo en un saco de dormir de alta montaña porque no hay Dios que caliente ese lugar. Quiero decir... Se oye todo. Y mucho más el motor de la furgo, que la aparco pegada al pabellón. Además... siempre meto las llaves en mis zapatos y ahí seguían a la mañana siguiente. Es muy difícil que me las robaran. El portón estaba cerrado por dentro con dos pasadores y el almacén solo tiene un par de ventanucos pegados al techo. Dudo que pudieran colarse por ahí.

—Vale. Entiendo. Entonces solo nos queda una opción: que alguien metiera esa pistola en la furgoneta mientras dormías.

—Eso es lo que ocurrió. Tuvo que ser eso, aunque no sé cómo lo hicieron.

—Abrir una cerradura electrónica es mucho más sencillo de lo que parece.

—Pero ¿por qué la mía?

—Bueno, conocías a Arbeloa, tenías su tarjeta, de modo que sabías dónde estaba su empresa y que él era el gerente. Si alguien te investigó un poco, sabría que tenías un antecedente por allanamiento en Mallorca. Y que vives en un almacén en la playa... En cierto modo eres un chivo expiatorio perfecto: el chaval que no tenía un duro y conoció accidentalmente a un empresario bonachón.

Denis lo pensó en silencio.

—O sea, que alguien quería matar a Arbeloa y me endosó el muerto.

—Es la mejor explicación por el momento. La cuestión es cómo supieron dónde encontrarte. Se me ocurren dos opciones: que alguien os estuviera siguiendo aquella noche que te llevó a la playa… o que el propio Arbeloa les dijera dónde dar contigo.

—Tiene que ser esa última. Estoy seguro. La playa, por la noche, es como un desierto. Habría visto los focos, algo.

—Vale. Más cosas. —Traté de centrar las ideas—. Jon Tubos me habló de un Mercedes negro que le llamó la atención hace unos días. Estuvo unas cuantas horas parado en el parking del acantilado. ¿Te suena de algo?

—¿Un Mercedes negro? —Denis lo pensó unos segundos—. No… No, de nada.

Miré el reloj. Nos quedaban dos minutos.

—¿Hay algo, por tonto que sea, que te haya resultado raro, extraño, estos días? No sé. Alguien que te haya abordado por la calle cuando abrías la furgoneta…

—Hubo una cosa… —dijo Denis—. Pero fue ayer.

—¿Ayer?

—Durante la detención.

Noté los ojos de Denis clavados en los míos, un mensaje pugnaba por salir de ellos.

Miré el reloj: un minuto.

—Nadie está escuchando. Si quieres decir algo, dilo.

—Ese poli, el alto. —Su voz era casi un susurro—. ¿Cómo se llama? ¿Basterra?

—Barrueta.

—Sí, ese…

—¿Qué?

—Vino con otro más joven, por la mañana. Llamaron a la puerta, fui a abrir… Me preguntaron si podían echar un vistazo a mi furgo… Bueno, yo no tenía ningún problema. Se la abrí y entonces Barrueta le dijo al otro poli…

—Gaizka.

—… que mirase en la parte de atrás y él se montó delante.

—De acuerdo —dije—. ¿Y qué?

—Yo estaba tan tranquilo, pero ese hombre de pronto va y dice que «huele a pólvora». Entonces se agachó y dijo que había algo debajo del asiento. Encontró la pistola, los guantes y la bolsa con dinero.

Sonaron tres golpes. Después se oyó el timbre. Se abrió la puerta y apareció Olaia.

—Tiempo, chicos. Lo siento mucho.

—Solo un segundo —dije mientras abrazaba a Denis. Me acerqué a su oído y le susurré—: «Sin rodeos. Qué me quieres decir».

Y Denis se pegó a mi oído.

—Que sabía dónde buscar —susurró—. Ese tío fue directo al sitio. Y eso que la furgo tiene mil recovecos. Fue todo teatro.

Oí a Olaia insistiendo en que debía marcharme, pero estaba congelado, atado a Denis. Aquella era una acusación muy grave… ¿Quizá mi sobrino había perdido la cabeza? Pero al instante recordé la actitud de Barrueta en la playa, negando la importancia de la lluvia, riéndose de mis teorías acerca del Mercedes negro. Joder, podía tener sentido…

Pero ¿cuál?

Abracé muy fuerte a Denis y le di un beso en la mejilla que nos sorprendió a los dos, empezando por mí.

—¿Estás seguro? —dije clavándole una mirada cómplice.

—Nunca he estado tan seguro de algo, tío. Nunca en mi vida.

Caminé por el pasillo en silencio, tratando de aparentar tranquilidad aunque por dentro estaba a punto de gritar. Lo primero, por ver a Denis así, desesperado, muerto de miedo, y no poder hacer nada más que darle un abrazo. Y lo segundo, por esa última frase: «Barrueta sabía dónde buscar».

¿Barrueta? ¿Un poli corrupto?

Para cuando llegamos otra vez a la primera planta, yo había logrado atemperar los nervios.

Olaia, que había guardado un respetuoso silencio durante todo el camino, me preguntó si me apetecía tomar un café o algo antes de irme.

Supongo que solo quería ser amable después del mal trago.

Yo había quedado en llamar a Mónica en cuanto saliera, pero pensé que aquella era una oportunidad para «tender puentes» con alguien de la comisaría. Además, no había desayunado nada.

—Okey. Un buen café no me vendrá nada mal.

—Eh, nadie ha dicho que sea bueno —bromeó ella—. Ni siquiera estoy segura de que sea café.

Había una salita con máquinas de *vending* junto a la recepción. Entramos y sacamos un par de cafés.

—¿Fumas? —preguntó.

—Solo cuando estoy de fiesta —dije—, pero quizá necesite uno.

Así que salimos por uno de los laterales del palacete y caminamos hasta un discreto rincón del jardín trasero.

—A los jefes no les gusta que nos vean fumar desde la calle —dijo Olaia mientras sacaba un par de cigarrillos—. Ya sabes, cuestión de imagen.

Me ofreció uno y lo acepté. Se encendió el suyo y aproveché para fijarme un poco más en ella. Estaría en los treinta y muchos. Era alta, delgadita, con la piel muy pálida. Tenía aire a irlandesa. Atractiva.

—¿Cómo ha ido? —dijo dándome fuego.

—Buf. Mal.

—Me lo imagino. ¿Cómo está tu hermana?

—Hecha polvo.

Asintió mientras fumaba. No podía decir mucho más. Denis era un sospechoso de asesinato y ellos estaban haciendo su trabajo. Punto.

—Oye, el otro día te oí preguntar por Jokin Txakartegi... Siento que te enteraras así.

Recordé su reacción cuando mencioné a Jokin, estaba tan afectada que tuvo que salir de la oficina.

—Yo también siento haberos traído el recuerdo. Todavía no entiendo cómo no me enteré cuando pasó. ¿Me dijo Gaizka que fue el año pasado?

—A mediados de octubre... Creo que la familia llevó el asunto con bastante discreción. Pero me extrañó que no lo supieras, porque me consta que erais amigos. Él hablaba a veces de ti.

Eso me pilló por sorpresa.

—¿Que Jokin hablaba de mí?

—Bueno, te mencionó en alguna ocasión. Tenía buenos recuerdos. Decía que eras un gran poli. Y la verdad es que hemos oído hablar de ti, el tipo que se cargó a aquellos tres sicarios en Ispilupeko. Esa historia ha sonado mucho.

—Sí... casi demasiado —resoplé—. Ahora los de Asuntos Internos me están apretando las tuercas a base de bien.

—¿Por?

—No les gustaron mis métodos. Usé un poco de explosivo plástico para recibirlos con cariño.

—Joder, siempre igual. Quieren que hagamos nuestro trabajo, pero con pistolas de agua. Esos tíos llevaban armas automáticas. ¿Cómo pretendían que te defendieras?

—Creo que te llevaré conmigo a la próxima reunión...

Un silencio. Una calada más profunda que las otras.

—Volviendo a Jokin, supongo que eso debió de ser un mazazo aquí.

—Fue un golpe muy duro, sí. —Soltó el humo lentamente—. Jokin y yo éramos amigos.

—¿Compañeros?

—No... Jokin era compañero de Barrueta.

«Barrueta», pensé. Al oír su nombre me cambió la cara.

—Lo sé. Barru puede ser como una patada en los huevos —dijo Olaia—, pero es un buen detective. Lleva aquí más años que nadie y se las sabe todas.

—¿Puedo preguntarte qué le ocurrió a Jokin? —dije por sacar a Barrueta del centro de la charla—. Gaizka me dijo que había sido un accidente.

Olaia respiró alterada. Se llevó el cigarrillo a los labios de nuevo. Otra calada que consumió unos milímetros ya cerca del filtro. Estaba claro que la pregunta la había perturbado.

—Esa es la versión oficial —dijo—. Es lo que pone también en su necrológica.

Fumó otra vez.

—Pero... —tanteé.

—Pero Jokin se disparó a sí mismo.

—¿Qué? —me tembló la voz.

—Se quitó la vida, sí. La familia prefirió que se hablara de un accidente, pero fue un suicidio.

Los ojos se le bañaron en lágrimas.

—Joder, pero ¿cómo? ¿En casa?

—No, no… Estaba de viaje en Francia. El lunes no apareció por la comisaría. Nadie se enteró de nada hasta por la noche, cuando se lo encontró la mujer que limpiaba el Airbnb.

—Pero ¿estaba solo? ¿Ya no estaba con Arrate?

—Oficialmente sí, aunque llevaban separados desde hacía meses. No habían llegado a divorciarse… Los niños le pesaban mucho a Jokin, pero Arrate estaba decidida.

Se veía que le costaba hablar de ese tema.

—¿Fue por eso? ¿Por el divorcio?

—Hubo quien lo creyó, aunque había más cosas. Dejó una nota muy corta que decía: «Ya no puedo más»… Se rumorea que pudo ser por dinero. Por problemas económicos.

—¿Por dinero? Pero si tenía trabajo. Y Arrate era de buena familia…

—Bueno, al parecer llevaban un tren de vida muy caro y Arrate había perdido el trabajo hacía unos meses… No sé.

—Eso le pasa a medio país y la gente no se pega un tiro —repliqué.

—Quizá había algo más… —dijo Olaia, y en sus ojos noté algo—. En fin. Imagino que es un bajón enterarte de esta forma…

—Es mucho mejor que no enterarme.

Se acabaron los cigarrillos y, con ellos, nuestra excusa para estar allí de charleta. Olaia dijo que tenía que volver dentro.

—Lamento lo de tu sobrino. Si te puedo ayudar en algo, aquí me tienes, ¿vale? Para lo que sea.

—Gracias.

Me di la vuelta y caminé hacia la salida del jardín. Entonces noté una mano en el hombro. Era Olaia.

—Espera, que te llevas la tarjeta de visitante.

—¡Ah, claro! —Se la tendí de vuelta.

Hubo un *impasse* muy tonto.

—Oye, ¿puedo pedirte el teléfono? —me dijo de pronto—. Tengo un asunto que quisiera comentar contigo.

—¿Un asunto? —La miré a los ojos, que decían «no preguntes más»—. Okey. Supongo que es mejor que estemos conectados.

Le di mi número y nos despedimos. Luego me pregunté a qué venía lo de pedirme el teléfono. ¿Algo sobre Jokin?

¿O estaba ligando conmigo?

«Un pibón de 1984… Ni en tus mejores sueños».

6

Dos horas más tarde trasladaron a Denis al juzgado en Bilbao. Yo llevé a Mónica y a Enrique en el coche, y Orestes fue con la comitiva policial. Conocía de sobra todo ese proceso, y no nos quedaba otra que esperar fuera. El detenido viaja de un calabozo (en comisaría) a otro (en el juzgado), se hace una declaración a puerta cerrada y después, en otra comitiva escoltada, el traslado a prisión.

Iba a ser un momento duro para todos, pero Mónica insistía en estar cerca de su hijo.

La comitiva llegó antes que nosotros. Mónica dijo que esperásemos allí mismo, en la puerta, pero la convencí para ir a un bar. Una precaución por si la familia de la víctima se presentaba por allí, o la prensa.

Así que fuimos a un café cercano y pedimos unas cañas. Mónica se bebió la primera en dos tragos. Después sacó un cigarrillo y salimos fuera… Estaba nerviosa, agitada, pero se contenía.

—Con todo el lío, no te he preguntado por ti… Ni qué tal tú con tus heridas, ni por las niñas…

—Yo estoy bien —dije—. Y las niñas también, preguntan mucho por ti.

Mentí, pero a veces mentir es un acto de santidad.

—¿Les has contado algo?

—Todavía nada.

Cambiar de tema era, quizá, la mejor idea en aquellos momentos. Mónica sacó el asunto de la custodia. Carla llevaba ejerciendo la custodia completa de las niñas desde noviembre.

—¿Y te parece bien?

—Sí. Era la única posibilidad. Yo estaba en el hospital.

—Pero ¿y lo del piso? ¿No vais a volver a hablarlo?

—No empieces. No hay ningún problema con eso.

—Excepto que ella se ha quedado con la casa que pagáis a medias.

—Fue un acuerdo de buena fe —respondí—. Es lo mejor para las niñas. Ellas están en su pueblo, con sus amigas y su cole.

—¿Y qué opinan de que su padre viva en un pisucho de alquiler? ¿Y que solo le vean los fines de semana?

—Estamos encontrando el equilibrio, Mónica. Además, puedo verlas cuando quiera. No solo los fines de semana.

Respiró hondo. Estaba nerviosa y quizá intentaba liberar un poco la tensión con ese tema. Tenía muy interiorizado su papel de hermana mayor, y curiosamente, pese a que yo me dedicaba a repartir golpes y balazos, ella siempre me había protegido más que yo a ella.

Por fin, recibimos el mensaje de Orestes:

Ya está. Se decreta ingreso inmediato. Van a salir de los sótanos en unos cinco minutos. Han permitido que se vea con su madre en el ínterin.

Nos apresuramos hacia la rampa de salida. Tuvimos que llevar a Mónica del brazo porque empezó a temblar como si estuviera a punto de desmayarse, pero conocía a mi hermana: hubiera sido imposible arrancarla de allí.

Orestes y Gaizka la recibieron en el portón de salida de vehículos y la guiaron dentro. Yo eché un vistazo en busca de periodistas, pero ese día debían de estar ocupados con alguna otra cosa. Mejor.

Al cabo de cinco minutos salió un coche patrulla, con Denis sentado en la parte trasera. Mónica venía andando detrás y, entre lágrimas, le gritó: «No te voy a dejar solo». Aquí fue donde finalmente perdió el control que había logrado mantener hasta ese instante. Rompió a llorar sin consuelo, a gemir entre gritos que llamaban la atención de los transeúntes. Era casi como si hubieran matado a Denis (y en el fondo era bastante parecido). Empezó a lamentarse, a decir que todo era culpa suya.

Intentamos tranquilizarla de alguna manera. Enrique estaba también desbordado, así que tuve que sacar mi voz de mando y ordenarles que caminasen hasta los jardines de Albia, allí cerca. Había dejado de llover, pero los bancos estaban mojados. El punto positivo fue que el parque estaba vacío y Mónica pudo llorar hasta serenarse. Nos quedamos los tres en silencio, escuchando el goteo desde los altos plátanos, el tráfico que nos rodeaba. Pensé que Mónica iba a necesitar ayuda profesional. Aquello era un golpe demasiado duro que yo también comenzaba a acusar.

—Llévala al hotel —le dije a Enrique al cabo de un rato—. ¿Tenéis algún tranquilizante?

Enrique dijo que sí, que había conseguido Valium por medio de su médico de cabecera en Palma.

—Pues que se tome uno e intente dormir.

—¿Qué vas a hacer tú?

—Quedarme por aquí —dije—. Orestes me ha dicho que el testigo venía un poco más tarde.

—Pero ¿podrás entrar?

—No. Solo quiero verle. Por ahora me conformo con eso.

Él me miró sin acabar de entender a qué me refería, aunque no dijo nada. Hizo los deberes: llamó a un taxi y se llevó a Mónica al hotel. Me senté en el banco, coloqué el móvil a la vista y esperé mientras observaba el ramaje de los árboles y los preciosos edificios que rodean esa plaza-santuario en el corazón más vibrante de Bilbao. Yo también necesitaba un momento de paz. Ver a mi hermana llorando me había tocado muy adentro. «He sido una maldita egoísta, todo es culpa mía. ¡Mía!», había gritado. En su desesperación, solo le había quedado la opción de culparse. Pero ¿hasta qué punto no era cierto que tenía algo de culpa? Todos, de una manera u otra, habíamos dejado atrás a Denis.

Para empezar, esa nueva vida con Enrique en Mallorca. Fue un experimento fallido desde el primer día y Mónica lo sabía. Enrique era demasiado duro, demasiado poco cariñoso… y Denis lo rechazaba. Sus terribles broncas terminaban con pequeñas fugas o destrozos por la casa. En una de esas ocasiones, Mónica me llamó asustada, de madrugada, porque Denis no había vuelto. Todo se resolvió al día siguiente, tras una larga noche de insomnio familiar. Denis había dormido en la playa. Helado y hambriento, regresó a casa para recibir el abrazo de su madre y la indiferencia de su padrastro. Tenía solo quince años. Y una cosa llevó a la otra. Notas desastrosas, compañeros conflictivos, cambios de colegio… Una espiral de malos pasos que culminó con aquel allanamiento en

Mallorca. Denis llegó a los dieciocho como un bala perdida. Lleno de energía, pero sin saber qué coño hacer con ella. A los veinte dejó la academia en la que se había matriculado para aprender informática. Dijo que quería viajar, y al menos esto lo cumplió. Con su mochila y unos pocos ahorros, desapareció del mapa. Algo que llevaba deseando hacer desde, quizá, los doce años.

Comenzó a soplar un viento frío y temí que volviera a llover, pero el cielo aguantó. Gris y oscuro, pero aguantó. Nubes negras que se acumulaban una sobre la otra, como las historias de ese día. La de Jokin también golpeaba como un martillo en mi cabeza. ¿De verdad se había pegado un tiro? Esa visión pesó como un eslabón de acero en el fondo de mi estómago. Solo, en aquel banco mojado, con todo en contra, pensé que podía llegar a entender a mi viejo amigo.

A veces la vida pesa demasiado…

«Jamás», murmuré entonces. «Mis hijas son demasiado importantes para mí».

Pero ¿cómo pudo hacerlo Jokin? Él también tenía hijos pequeños.

Y casi sin pensarlo, llamé a Carla. Ni siquiera había mirado la hora: las cinco de la tarde. Ella tardó en contestar casi diez tonos. Quizá le venía mal hablar en ese momento. O quizá no le apetecía hablar conmigo. El caso es que contestó (quizá pensó que era una urgencia).

—Aitor, ¿cómo estás?

—Bien. ¿Puedes hablar?

—Tengo cinco minutos. Justo entro en una reunión en el cole.

—¿De padres o…?

—No, con la tutora de Sara.

—¿Todo bien?

—Movidas del cole. Ya sabes...

—Pues... no —dije, un poco molesto por esa manía de no compartir nada.

—En fin, ya sabes, la guerra diaria.

—¿Las tienes por ahí?

—No, están con Edu... Bueno, están en el parque. Pero dime, me llamabas para algo, supongo.

«No, en realidad solo te llamaba para saber cómo estaban mis chicas, porque las echo de menos, pero ya de paso te contaré algo bastante terrible».

Tardé menos de dos minutos en contarle a Carla la situación de Denis. Fui rápido y sucinto, quizá demasiado. Cuando terminé, ella seguía en silencio. Dijo que no sabía qué decir.

—Me da una pena terrible. Pero si ha matado a alguien debe ir a la cárcel. ¿Ha sido él, seguro?

—Yo no acabo de creerlo —respondí sin entrar en mayores.

—De todas formas, ese chico lleva toda la vida dando tumbos. Qué lástima, porque siempre he pensado que era muy inteligente. Quizá demasiado inteligente y sensible para este mundo de mierda. ¿Cómo está Mónica?

—Destrozada.

—Sí... me lo imagino. Dale un abrazo de mi parte.

—Lo haré.

—¿Qué hago con las niñas? ¿Les digo algo? Es su primo...

—Por ahora, nada —respondí tajante—. Oye, estaba pensando que quizá podrían venirse un día a casa. O un finde. Yo ya me voy encontrando mejor y...

—Las niñas estarían encantadas de volver al sistema de los fines de semana —zanjó Carla—. Solo tendrías que encargarte de los deberes. Y nada de comida basura, por favor.

—Claro, claro.

—¿Te ves capaz?

—Perfectamente.

—Vale, pues lo hablo con ellas y lo organizamos. La verdad es que Edu y yo agradeceríamos tener un finde para nosotros.

—Claro, sí, lo entiendo.

Hubo un pequeño silencio. ¿Hora de colgar? Pero parecía que Carla tenía algo más para aquella tarde.

—Aitor, mira, no he querido comentarte nada hasta ahora, por lo de tu recuperación y tal, pero Edu me ha pedido que me case con él y le he dicho que sí. La boda es en junio. Por supuesto, estás invitado. Y, por supuesto, entiendo que declines la invitación.

De un trallazo, así era Carla soltando las cosas. Como el día que rompió conmigo, en la cocina, cuando las niñas se habían dormido. «Siéntate y ábrete una cerveza, porque tengo que decirte algo y te va a doler».

—Enhorabuena —dije, sobreponiéndome a todo—. Me alegro por ti.

—Gracias, Aitor. Soy… feliz. Y, de verdad, espero que tú también lo seas… algún día.

Colgué y me quedé sentado en el banco con una honda sensación de tristeza. ¿Por qué estaba triste? ¿Me dolía que Carla se casase? No, no era eso. En realidad, Carla y yo nos habíamos desenamorado paulatinamente. Nuestro divorcio fue una especie de aterrizaje suave en el desamor. Una maniobra en la que ella tomó la iniciativa, sin más. Lo que me dolía era ver que su vida rebrotaba como una flor, mientras que la mía parecía un viejo árbol seco.

Justo entonces me entró una llamada de Orestes.

—El testigo, Íñigo Zubiaurre. Está llegando en un taxi. Es lo que querías saber, ¿no?

—¡Sí! —Me puse en pie—. ¡Gracias!

Salí con prisa rumbo a los juzgados, notando el trasero húmedo del banco. Justo en ese momento un taxi bajaba por Colón de Larreátegui, a la altura del café Iruña. «Tiene que ser ese», pensé. Apreté el paso todo lo que pude y un semáforo se alió conmigo, así que llegué con tiempo de sacar mi móvil y simular que hablaba con alguien.

Gaizka, el compañero joven de Barrueta, había salido a la puerta a recibirle. Me miró extrañado, pero yo tenía todo el derecho del mundo a estar allí, ¿no?

El taxi se detuvo enfrente de él y apareció ese hombre. Puse los ojos en modo esponja y la mente en blanco. Quería exprimir toda la información posible.

No muy joven, no muy viejo. Unos cincuenta. Altura media. Peso medio. Salió del taxi riéndose de algo. «Bueno, como sea. Aúpa Athletic», se despidió del taxista con una voz potente, marrullera. «Supongo que lo pagáis vosotros, ¿verdad?», le preguntó a Gaizka. Entonces aproveché que Gaizka iba a abonar el viaje para acercarme más. Recién afeitado. Piel de la cara picada y enrojecida. Me fijé en su nariz, muy roja, abultada.

—Hola —le saludé al pasar.

—Aúpa —respondió él, y su aliento me dio de lleno. Cerveza.

Yo ya los había dejado atrás cuando Gaizka pagó al taxista e invitó al testigo a entrar. Pensé que Barrueta podría cabrearse si me veía por allí, pero nadie podía prohibirme pasear por la acera. Además, mi aventurilla me había reportado un detalle importante. Otro pequeño matiz que añadir a esa lista de «cositas» que no acababan de encajar del todo. El testigo sufría de rinofima, nariz alcohólica. Y eso abría muchas puertas en mi mente.

Se lo pregunté a Orestes casi cincuenta minutos más tarde, cuando por fin me llamó para explicarme los detalles de la declaración.

—Yo también lo he notado. Bueno, todos.

—¿Y?

—No implica nada. Uno puede beberse una cerveza antes de un juicio. No es ningún delito.

—Venga ya, Orestes, yo creo que era más de una. De hecho, creo que este tipo desayuna levadura fermentada en estado líquido. ¿No es un motivo para impugnar al testigo?

—Podría serlo, pero ¿de qué valdría? Recuerda la pistola y el dinero... Esa es la prueba central de este caso.

Era cierto, joder, se me olvidaba una y otra vez.

—Bueno, ¿qué ha contado?

—Zubiaurre afirma que la noche del asesinato estuvo en Bilbao hasta tarde. Regresaba a su casa en Maruri y se desvió para buscar una gasolinera *low cost* que alguien le había mencionado en la zona de los pabellones de Gatika. Es de esas automatizadas que funcionan toda la noche. Estaba echando gasolina cuando escuchó el disparo. Pensó que quizá se trataba de una máquina, hay bastantes fábricas por esa zona, pero entonces vio salir una furgoneta a toda velocidad. Iba muy rápido y eso fue lo que terminó de mosquearle. Pudo quedarse con las tres letras de la matrícula. Entonces pensó que debía avisar al 112, porque ese ruido había sonado como un petardo y la furgoneta parecía huir de algo.

—Me imagino que la gasolinera tendría videovigilancia. ¿La han chequeado?

—Sí, está todo en un vídeo. Se ve a Zubiaurre repostando. Después se le ve observar algo. El resplandor de un vehículo que pasa frente a él. Luego se le ve llamar.

—¿Se distingue el vehículo?

—No. Por la protección de datos no se puede enfocar una cámara privada a la vía pública.

«Regla que se incumple en tantos casos...», pensé. «Qué casualidad que la gasolinera lo haga bien».

Orestes me explicó que una patrulla de la Ertzaintza llegó diez minutos más tarde. Se encontraron la puerta del pabellón abierta y luz en el interior. El cadáver de Arbeloa estaba en el suelo, rodeado de un charco de sangre.

—Por cierto, en la vista se ha comentado que la Científica no ha logrado sacar huellas de la pistola ni de los guantes de lana, pero había pólvora en los guantes.

—¿Y en el lugar de los hechos?

—Nada. Pero ahora sabemos que la puerta estaba abierta y con las llaves puestas. Arbeloa debió de abrir confiado... porque no había mirilla ni cámara de seguridad. La familia ha confirmado que solía quedarse hasta muy tarde en el pabellón. En el despacho se encontró una caja fuerte abierta de la que supuestamente sacaron el dinero. La administrativa de la empresa ha declarado que tenían una cantidad para compras y gastos imprevistos. Coincide.

—Qué bien cuadra todo, ¿no? —dije sin poder evitar el sarcasmo.

—Ahora mismo, la cosa está complicada. Si Denis confesase... quizá explicando que estaba en apuros económicos...

—¿Confesar el qué? ¡Es inocente! Joder, es tu cliente y no le crees.

—Bueno, a menos que logres cambiar algo... Son veinte años por asesinato con premeditación.

Colgué a Orestes pensando que en ese caso Denis saldría cuando tuviera mi edad, más o menos.

¿Qué podía hacer a partir de ahora? Tenía dos hilos de los que tirar. En un lado del ring, Íñigo Zubiaurre, el testigo de la nariz de borracho y aspecto marrullero que vendería a su abuela por un pack de latas de cerveza caliente. En el otro, Barrueta, un viejo dinosaurio de la policía que, según Denis, «sabía exactamente dónde buscar».

¿Podía darle crédito a Denis? Si Barrueta encontró aquello, quizá solo fue cuestión de suerte, o de instinto policial...

Tomase la dirección que tomase, tenía que ir despacio. Husmear el trasero de Barrueta era algo arriesgado. Y acercarme al testigo, en aquellas circunstancias, era una intromisión grave en la instrucción del caso y podría considerarse coacción.

Volví al coche justo cuando comenzaba un chaparrón. Era tarde, no me había echado mi siestecita de costumbre y estaba molido. Además, me tocaba una pastilla. Me la tomé.

Pensé que lo mejor era irme a casa. También tenía que comprar comida o me exponía a otra noche de lentejas con nada. Sin embargo, en cuanto llegué a la salida de Bilbao, giré en la dirección que no era. Había algo más que hacer esa tarde. Se lo había prometido a Denis en la celda de detención.

Y para ello tenía que bajar un rato a los infiernos y pedirle algo al mismísimo diablo.

7

Cogí la A-8 y me planté en un tortuoso enclave de pabellones y fábricas de la margen izquierda. *Fealdad industrial y cielo plomizo*, podría ser el título del cuadro. Me interné por uno de aquellos laberintos solitarios y herrumbrosos, las partes más olvidadas de aquellos monstruos huérfanos de la vieja industria vasca. Conduje hasta el fondo de uno de los callejones, donde la naturaleza competía por abrirse camino entre las grietas del asfalto. Allí me detuve frente a una puerta blanca serigrafiada con el logo «Anaiak SL». Había una verja y un solar lleno de basura y hierbajos.

«Sí, aquí es», me dije.

Apagué el motor y salí del coche. Olía a los químicos de las fábricas de alrededor. Seguramente aquel sitio era cancerígeno o algo peor. Por eso me sorprendió escuchar el trino de un pajarillo. Después sonó otro.

Supuse que era la exótica manera que tenían los «vigilantes» de alertar de las visitas, así que decidí caminar muy despacio, pero sin dudar. Di dos golpes en la puerta. Esperé. Los pajaritos se habían callado, aunque podías sentir sus ojos por todas partes. Entonces, solo entonces, se me ocurrió que podría haber esperado a mañana para hacer esta visita, y venir con mi HK de trece disparos.

—Dígame —contestó una voz con acento.

—Me gustaría hablar con Karim, por favor.

—Aquí no hay ningún Karim.

Bueno, eso era de esperar. Había llegado el momento de usar mi abracadabra.

—Dígale que soy Orizaola, un viejo conocido. Y que es importante.

—Le he dicho que no hay ningún Karim.

—Vale. Pues perdón.

Me di la vuelta porque insistir sería un grave error. Si realmente me había equivocado y aquella ya no era la puerta para hablar con Karim, convenía salir de allí cuanto antes. Y si era la puerta de Karim, la pelota ahora estaba en su tejado. Solo esperaba que se acordase de mí.

Llevaba casi dos años sin verle, pero había sido un buen informador en dos operaciones. Un tipo listo, escurridizo, que se definía a sí mismo como «un emprendedor». Uno de los primeros marroquíes que llegaron al País Vasco hace ya casi veinte años. Solo que Karim tenía la máxima de que «nadie se hace rico trabajando». Así que dejó de faenar en un pesquero y se dedicó a seguir sacando cosas del mar. Y en un par de décadas había montado un negocio boyante en el mundo del estraperlo.

Le conocí porque detuvimos a uno de sus «primos» descargando paquetes «olvidados» en el puerto de Bilbao. Vino a verme, a pedirme «comprensión» a cambio de otras cosas. Y resultó que tenía mucho que ofrecer. Desde su escondrijo, Karim tenía radio macuto puesta todo el día. Se enteraba del día a día de muchas bandas, y siempre tenía el oído puesto. Así que nos ayudó con un caso, y a cambio ayudamos a su primo.

El mundo del hampa es otro mercado en el que la policía puede comprar información a cambio de algunos favores. La ética reside en intentar que compense. Enchironar a un violador hijo de puta vale más que detener a dos mangantes que venden tabaco de estraperlo. Y mis pactos con Karim siempre me habían compensado.

Cuando ya llegaba a mi coche, noté sombras que se movían rápido a mi espalda. Después apareció a mi lado un chico delgadito y sonriente. Iba con las manos vacías.

—Hola, ¿a quién buscas?

—A Karim. Él me conoce.

—¿Cómo te llamabas otra vez?

Se acercó como para escuchar mejor, pero era una estratagema. Con la velocidad del rayo me colocó algo en los riñones. Algo frío y duro.

—Soy poli —respondí—, a ver si os vais a meter en un lío…

—Quieres ver a Karim, ¿no? Dame el móvil. Y las llaves del coche.

Es una de esas situaciones en la vida en las que tienes unos pocos segundos para tomar una decisión crucial. Llevaba tiempo sin ver a Karim. Puede que incluso estuviera muerto y enterrado (o diluido en ácido) y que esa nueva cuadrilla fueran sus ejecutores. Y puede que mi destino fuese terminar troceado dentro de una maleta.

Pero tampoco tenía muchas más opciones, así que hice lo que me decía.

El tipo sonriente señaló la puerta a la que yo había llamado. Ahora estaba abierta. Bueno, confieso que se me había secado la boca, el corazón estaba en modo contrarreloj y se me puso mirada túnel. Solo tenía una ventaja en aquella situación: sabía controlar mi pánico.

—Estaría más tranquilo si pudiera ver a Karim antes de entrar.

—No funciona así —respondió el chico.

—Ya. Claro. Me imaginaba que ibas a decir eso.

Empecé a andar. Llegué a la puerta y miré hacia el interior. Había un pequeño recibidor y otra puerta. Di un paso dentro. Joder. Si entraba y era el sitio equivocado, estaba perdido, así que decidí que había llegado la hora de poner orden. Si Karim estaba vivo, me perdonaría. Y si no, más me valía ir calentando la musculatura.

No soy nada rápido (y empastillado aún menos), pero soy un armario de metro ochenta y cien kilos, y aquel recibidor era el lugar perfecto para sacarle partido a mis dimensiones. Me paré en seco, me giré por sorpresa y le cogí la muñeca al sonrisas mientras lo aplastaba contra la puerta. El chaval intentó bajar la mano del arma, y estaba a punto de gritar, pero le solté un golpe de horca en la nuez que lo dejó sin aire.

Le arrebaté el arma, una pistola Sig Sauer. Después le di una patada a un barril que servía de papelera y bloqueé la segunda puerta. No tenía el cuerpo para mucha fiesta, pero el subidón de adrenalina hizo que todavía aguantase el ritmo.

Empezaron a gritar desde dentro y desde fuera. A dar golpes en la chapa metálica del portón. A prometerme una muerte dolorosa. Coloqué el brazo en la nuca de mi hombre-escudo, que estaba concentrado en respirar y no morirse.

—¡Ya está bien de mierdas! —grité—. ¿Dónde está Karim? ¡Quiero ver a Karim!

Escuché un lío de voces hablando en árabe. Pasos corriendo por un lado del pabellón. Transcurrieron unos treinta segundos antes de que sonase algo desde el interior de aquel lugar. Una voz profunda que arrastraba un poco las erres.

—Orizaola, voy a salir, tranquilo.

Se abrió la puerta interior y apareció ese mostrenco de dos metros, pelo rapado y ojos de niño que era Karim.

—El toro bravo de Orizaola —dijo—. Qué cojones tienes. Anda, pasa.

El almacén estaba como lo recordaba: lleno de cosas nuevas y relucientes. Ordenadores. Electrodomésticos. Pianos eléctricos. Todo en sus cajas, listo para ir a alguna parte. También había un par de motos y lo que parecía un coche muy grande tapado con una lona.

Llegamos a una mesa de billar todavía metida en su plástico.

—Deja el arma en la mesa —dijo, por la Sig Sauer que aún llevaba en la mano—. Casi matas al pobre Zaid.

—Lo siento. —Dejé la pipa y la alejé de un empujón—. No estaba seguro de que fueran tus chicos.

Karim me ofreció un taburete. Señaló una neverita donde había refrescos, cervezas… Yo no quería nada, pero él se abrió un botellín de agua.

—¿Cuánto tiempo ha pasado, Ori? ¿Dos años?

—Creo que sí.

—Bueno. Me alegro de verte. Oí hablar de tu accidente «doméstico»… Y de los tres que te cepillaste. Eres toda una leyenda.

—Los estaba esperando. Aun así me dieron para el pelo. Me he tirado seis meses en el hospital…

—Pues estás en forma. —Señaló a Zaid, el chico de las sonrisas, que había aparecido a mi lado, todavía masajeándose el cuello.

Cogió la pipa y se largó, no sin antes echarme una mirada que valía por un balazo.

—Lo siento —le dije levantando la mano—, perdona.

—Últimamente estamos un poco ansiosos por aquí. La competencia quiere barrernos del mapa, literal. Y hay mucho poli dando vueltas también. Guardia Civil. Fronteras… Ertzainas llevamos una temporada sin ver.

—No he venido por nada oficial —dije—. Es personal.

—Okey. Soy todo orejas.

—Anoche hubo un atraco a mano armada en Gatika. Hay un muerto. ¿Te suena?

—¿Lo del almacén de componentes eléctricos?

—Joder, siempre me sorprendes.

—En esta casa nos gusta estar al día de todo.

—¿Qué se cuenta?

—Nada, pero es raro. Dicen que han robado seis mil euros. Solo puede ser un amateur. Pero un amateur elegiría cualquier cosa antes que un almacén de componentes eléctricos. Y no le metería un tiro en la cabeza a nadie. Llama la atención.

Pensé en lo rápido que volaba la información en determinados canales.

—¿Por qué dices que es personal? —preguntó entonces Karim.

—Mi sobrino Denis es el sospechoso que maneja la policía. —Advertí el respingo en el rostro de Karim—. Pero no ha podido ser él. Es imposible.

—¿Estás seguro?

—Hasta donde uno puede estarlo. Conozco al chico como si fuera mi hijo.

—Pero hay un testigo, ¿no?

—Sí. Pero solo vio su furgoneta. Y ni siquiera eso lo tengo del todo claro. Creo que a mi sobrino le colocaron la pipa y el dinero mientras dormía.

Karim dio un trago al botellín de agua.

—Uf… Una acusación grave. ¿En qué te puedo ayudar?

—El chico ha ingresado esta tarde en prisión. Quiero que esté bien. ¿Puedes ayudarme con eso?

—Sí. Me puedo encargar. Al menos un tiempo.

—Gracias.

—¿Algo más?

—Información. Lo que sea.

—¿Qué arma se utilizó?

—Una Glock 9 milímetros. Tenía el número de serie borrado.

—Vale, preguntaré por ahí, a ver si se ha vendido alguna recientemente. ¿Tienes el nombre del testigo? Si es un montaje, el primer sitio donde hurgar es él.

Le di el nombre de Íñigo Zubiaurre.

—Okey. Veremos si nos enteramos de algo.

—Te voy a deber una muy grande, Karim.

—Eso no es problema. Tengo gente en Basauri y tu sobrino estará bien. Pero debo pedirte que no vengas más por aquí. Como te digo, las aguas no están tranquilas.

—¿Cómo nos comunicamos?

—Déjame tu número y me pondré en contacto.

Lo hice y nos dimos un apretón de manos.

—Ten cuidado, Ori —dijo sin soltarme—. Esto tiene una pinta extraña.

8

Dormí tan bien, y era un sueño tan necesario, que casi olvido la cita que llevaba meses en mi calendario: «Reunión Asuntos Internos. 10.00. Comisaría de Gernika».

Los chicos de Asuntos Internos. ¿Se habrían olvidado de mí? Seguro que no.

Habían esperado meses a que saliese del hospital, incluso me habían dado un mes entero antes de enfrentarme a sus preguntas. Pero eran como perros de caza. Pillaban un hueso y ya no lo soltaban. Y ahora yo era su hueso.

Me duché a toda prisa y salí en dirección a Gernika. Llevaba siglos sin pisar mi comisaría y debo admitir que lo echaba un poco de menos. Una vida sin trabajar estaba bien, pero era como estar en el paraíso: flotar de nube en nube y morirse de aburrimiento. Yo no estaba hecho para eso. Y ese día, según entré por la puerta, me di cuenta de las ganas que tenía de volver a ese maldito agujero.

El equipo me hizo un bonito recibimiento. Hurbil, Gorka Ciencia y otros viejos camaradas estaban esperándome con unas flores y una caja de pastas que íbamos a devorar allí mismo, claro. Subimos a la oficina de investigación, donde había nuevas caras. En la mesa que solíamos ocupar Arruti y yo trabajaban dos jóvenes reclutas, que me saludaron con la oreja pegada al teléfono y el culo pegado al asiento. Al fondo del pasillo, tras el cristal del sanctasanctórum, vi al nuevo jefe de comisaría, Álex Ochoa, reunido con mis inquisidores.

—Todavía tienen para rato —dijo Hurbil—, tomemos un café.

Su codiciada máquina de café suiza fue víctima de un gorroneo masivo por parte de los compañeros. Pero bueno, un día era un día, y Hurbil se lo tomó con calma (había subido la donación a cincuenta céntimos a cambio de disfrutar de su inmejorable capuchino).

Nadie quería mencionar a los de Asuntos Internos, y mucho menos los acontecimientos que los habían llevado hasta allí (y que eran dolorosamente cercanos en aquella comisaría), así que todo fueron bromas y chanzas para relajar la cosa. Hurbil se estaba quedando calvo. Gorka Ciencia había empezado a vestirse con pantalones pitillo y llevaba gafas de culo de vaso. «Va de crítico de *nouveau cinéma*», le vacilaban. Gerardo Elorriaga se había hecho repentinamente famoso por escribir una novela negra.

—No es negra, es más bien detectivesca.

Gerardo hablaba despacio, con voz muy grave, y siempre parecía encantado de escucharse a sí mismo. Le pegaba muchísimo ser escritor.

—¿Y qué hacen los nuevos? —dije por la pareja que ocupaba nuestra mesa y que eran los únicos que no se habían levantado a tomar café—. Parece que están muy liados.

Noté que había algunas miradas cómplices cruzándose en el aire.

—Por aquí los llamamos «los Robocops» —dijo Gorka—. Los trasladaron desde la central para cubriros a ti y a Arruti, y digamos que nos miran a todos como si fuéramos unos putos vagos.

—Y han visto demasiadas películas —añadió Elorriaga—. Mira el corcho que tienen. Parece que lo han sacado de una serie de Netflix.

Era cierto. Habían montado una especie de puzle de pruebas impresionante. Fotos y notas unidas por medio de hilos, como si fuera un complicado enigma. Pude distinguir la foto de un cadáver en una bañera en avanzado estado de descomposición.

—Joder, vaya fotos, ¿no? ¿Qué es lo que están llevando? ¿Un suicidio?

—Sí. De una mujer de Forua. Una periodista llamada Elixabete San Juan. ¿Te suena? Era la presentadora de un *true crime* de ETB, estuvieron a punto de venir a hacer un programa aquí.

—Me quiere sonar…

—Eso sí, tanto corcho y llevan cuatro días para cerrar un informe de suicidio.

—No es tan fácil —intentó conciliar Hurbil—. La exnovia de Elixabete ha metido caña y la jueza ha exigido otra autopsia y una investigación. Alguien está presionando para que se investigue. Bueno, supongo que como era famosilla y mediática…

—Pues vaya marrón —dije—. Casi que me alegro de estar de baja.

Aunque no lo decía en serio. En realidad, me moría de envidia viendo el ambiente de la comisaría. Los casos, los problemas, los tirones de orejas… «Se tarda una vida en alcanzar la libertad y un minuto en aburrirse de ella».

—Pues aquí hay una pila de curro esperándoos —dijo Gorka—. ¿Sabes cuándo volverá Arruti?

—Ni idea. ¿Por?

—Precisamente hoy tenemos que pasarnos por su antiguo colegio.

—¿Al Urremendi?

El colegio de Nerea había tenido mucha relevancia en nuestro último caso, el otoño pasado. Así que todo el mundo lo conocía. Era un centro privado y elitista cerca de Illumbe.

Gorka me dijo que iban a investigar un allanamiento.

—Un caso raro. Encontraron algunos archivos reventados, pero nada más. Pensamos que será cosa de un estudiante que iba buscando el examen del día siguiente...

Yo iba a hablarle de Olaia Gutiérrez, la investigadora guapa de Getxo con la que él había estudiado en Arkaute, pero entonces vimos a Álex Ochoa salir de la oficina con los dos tipos de Asuntos Internos y se acabó la fiesta.

Parecían clones. Altos, medio calvos y con trajes grises. Los polis de los polis consiguieron cortarnos el aliento y la conversación. El comité de bienvenida se disolvió en el acto. Álex Ochoa, que tampoco era la alegría de la huerta, me saludó y me preguntó por mi recuperación. Yo contesté diplomático, sin alargar. Después, tras unas presentaciones muy frías con Gris 1 y Gris 2, entramos en la sala de interrogatorios y fui a sentarme de espaldas a la puerta. Pero entonces me di cuenta de que ese día mi sitio estaba al otro lado de la mesa, donde los detenidos. Vaya.

Lo primero, dijeron, era releer la declaración que hice en el hospital (una semana después de recobrar la consciencia), por si quería matizar o añadir algo. Sacaron un informe de páginas mecanografiadas y uno de ellos se puso a leer en voz alta la transcripción:

—«Yo había matado a uno de los suyos días antes y me esperaba alguna visita de cortesía. Y acerté. Lo que no me esperaba era a los tres reyes magos con tres armas automáticas. Estaría muerto si solo hubiera tenido mi HK para defenderme...».

Pero ve y explícale a uno de Asuntos Internos que tenías un poco de C-4 en casa para darle más emoción a la Nochevieja.

Siguieron leyendo. Aquello era un coñazo padre. Me distraje mirando al otro lado de la ventana, donde los dos Robocops trabajaban incansables. En el corcho, la fotografía de esa mujer, desnuda en una bañera teñida de rojo. Era realmente una visión que podían ahorrar al resto.

—Hablemos del explosivo —dijo Gris 1—. ¿Cómo lo consiguió?

No podía decirles la verdad, claro (que aquello era un recuerdo muy antiguo, de unos años muy oscuros), y tampoco colaría que era de fabricación casera. Así que opté por algo imposible de rastrear: el C-4 y el detonador fueron una herencia familiar.

—Mi tío Germán.

La cara de los agentes era un poema. No sé qué les molestaba más, que mi bola fuese tan evidente o no tener argumentos para contraatacarme. Mi tío Germán llevaba ocho años muerto.

—¿Su tío? ¿Y de dónde lo había sacado él?

—Tenía un amigo minero, de la zona de Las Encartaciones. Debió de pasárselo él...

Álex Ochoa miraba al suelo y se mordía el labio.

—Guardaba el explosivo por un tema sentimental… Reconozco que fue un error.

—Un error grave —replicó Gris 2—, tratándose, además, de un policía que sabe de sobra los riesgos que entraña un material como ese.

Asentí cabizbajo pero con cierto teatro. Vale, echadme un chorreo, pero dejadme en paz de una vez. Yo sabía que Arruti había estado contestando preguntas durante un mes. Aquel caso estaba ya explicado y contábamos con el beneplácito de los mandos en lo referente a nuestra actuación. ¿A qué venía seguir dando la brasa con lo mismo?

—Verá, Orizaola, con este incidente ha sumado un total de cinco episodios de violencia con arma de fuego. Además de otros tres expedientes abiertos por violencia sin armas.

—Creo que ya di todas las explicaciones en su momento. Algún puñetazo, patada en los huevos o cabezazo quizá sí sobró. De acuerdo, pero eso ya es historia, ¿no?

Hubo un silencio. Algunas miradas entre ellos. Todo esto tenía un aire de conspiración que empezaba a ponerme nervioso.

—Se lo diré sin rodeos —dijo Gris 1—. El asunto ha generado preocupación en la central y se ha pedido una reevaluación de su aptitud.

Me quedé sin habla.

—¿Aptitud? —dije al cabo de unos segundos, con voz temblorosa—. ¿Qué quieren decir?

—Por ahora eso es todo —dijeron según recogían sus cosas—. Seguiremos en contacto.

Los de Asuntos Internos abandonaron la sala y me quedé con Álex Ochoa.

—¿De qué están hablando? ¿Cómo de serio es esto?

Ochoa tardó en responder. Le costaba decirlo. Sabía muy bien que aquello era un torpedo en la línea de flotación de cualquier poli.

—Mira, Aitor, la dirección ha cambiado. Corren nuevos aires… y están muy puntillosos con el tema de la violencia. Almacenar y explosionar C-4 en un edificio residencial es algo grave, aunque lo hicieras para salvar tu vida… Pudiste matar a alguien inocente…

—Joder, Ochoa, que todo eso lo tuve en cuenta. El edificio estaba vacío. ¿Qué hay de los tres malos que me llevé por delante? ¡Me jugué la vida para resolver un caso!

Eso no parecía contar para nada.

Ochoa intentó endulzarlo al final. Dijo que «seguramente todo terminaría en un expediente disciplinario. Quizá una pequeña penalización». Dijo que no me preocupase demasiado. «Además, Arruti tiene buenos padrinos en la jefatura».

Aunque su cara decía otra cosa.

Salí bastante preocupado de esa reunión. ¿En serio estaba en juego mi trabajo? ¿Cómo iba a vivir sin mi sueldo? Carla trabajaba a media jornada y mi dinero era fundamental para vestir, dar de comer y pagar el colegio de las niñas. Por no hablar de mi alquiler… solo me quedaría vivir en un piso compartido.

Me despedí de los compañeros. Nadie quería preguntar demasiado… Además, lo mejor era ocupar la cabeza y no darle muchas vueltas.

Hice una compra grande para el fin de semana. Pasé por el Eroski y tiré la casa por la ventana. Entre eso, limpiar un poco, hacer camas y quitar el polvo (Sara es alérgica a los ácaros) se me fue casi toda la tarde.

Mónica me llamó a las ocho. Me contó que acababa de salir de ver a Denis en Basauri.

—Dice que ha pasado buena noche, pero tendrías que verle la cara.

Me lo podía imaginar. Dicen que la primera noche es la peor de todas... pero Denis intentaría no quejarse delante de su madre. Para tranquilizarla, le aseguré que había movido algunos hilos y que «Denis estaría bien».

—¿Funcionarios de prisiones?

—Algo parecido... —dije.

Ella me lo agradeció, aunque se le notaba igual de nerviosa o más.

—¿Qué vamos a hacer, Aitor? ¿Cómo vamos a sacarle de ahí? Es un lugar horrible.

—Estoy en ello, Mónica.

—¿Puedo ayudarte en algo?

—Por ahora, no. Pero te avisaré.

Me senté frente a mi ordenador, con un bloc de notas y un té blanco endulzado con una cucharada de miel.

Una de las primeras cosas en mi lista era investigar el entorno de Arbeloa. Cualquier investigación de un homicidio comienza por ahí. Familiares, amantes y amigos. El 95 por ciento de los asesinatos con premeditación surgen del entorno cercano. ¿Quiénes eran las personas que podían tener algún interés en quitarlo de en medio? ¿Con qué motivo? El dinero (en este caso, la herencia) siempre era una gran motivación.

Además, si Arbeloa era un tipo abierto y charlatán, era muy posible que le hubiera contado a alguien su pequeña «acción

caritativa» con el «joven vagabundo de la playa». Y eso facilita-
ría el plan. Habría proporcionado el asesino perfecto.

«Comencemos por su familia».

Arbeloa era viudo y no tenía hijos, solo una hermana.
Empecé por ella. Arantza Arbeloa. En su perfil de Facebook
había dejado una prueba inequívoca de su identidad: una nota
de despedida a su hermano «Arbe». La había acompañado de
una fotografía algo antigua de un niño y una niña jugando en
un parque:

Arbe, mi querido hermano pequeño, has tenido una
muerte incomprensible, absurda, injusta… todavía estoy
intentando comprender el porqué. Has dejado un
agujero gigante en mi vida. Tu hermanita. Arantzi.

La frase, tan sentida, sonaba a verdad. Después, al rastrear
sus fotos, el poco sentido que tenía mi teoría terminó de caerse a pedazos. Arantza era una mujer normal en el más amplio
sentido de la palabra. Dos hijos que rozaban la adolescencia, un marido que se estaba quedando calvo y un buen trabajo en una consultora informática. Costaba imaginarla planeando un asesinato a sangre fría.

Esto me llevó a preguntarme por la vida íntima de Arbeloa. No sería la primera vez que un solitario se enreda con
quien no debe. ¿Quizá tenía una amante? Encontré su cuenta
de Facebook, pero era algo parca. Sin apenas fotos, solo un
par de alusiones al equipo de rugby de Gatika y a un club de
montañismo de Mungia. Busqué el club y tenía una página
de Facebook (*Mungiako Mendizaleak*) y un número de teléfono. Sin pensármelo dos veces, llamé.

Respondió un tipo con vozarrón cavernoso.

Me inventé un nombre y dije que trabajaba como redactor en Radio Euskadi. Le conté que estábamos investigando la vida de Arbeloa para un reportaje.

—Es algo injusto —añadí—, pero en este tipo de noticias se suele hablar muy poco de las víctimas.

—Y que lo diga. En los comentarios de la noticia se dicen auténticas barbaridades. Que Arbeloa igual estaba metido en asuntos turbios... ¡Menudos cabrones! ¿Qué saben ellos de la vida de Arbe?

«Un tipo cabreado. Perfecto», pensé.

—¿Usted le conocía bien?

—Le conocía bastante. Era un buen hombre. Un solitario... desde que se murió Amaia. Se dedicaba a su empresa y al tema del rugby. Era el mecenas del equipo de rugby femenino de Gatika.

—Sí, lo he leído en alguna parte...

—No se metía en líos de ningún tipo, y créame que se habla mucho cuando se está subiendo al monte.

—O sea, nada de faldas ni juego ni nada.

—Nada. Y eso que los amigos habíamos intentado emparejarlo un par de veces. Pero decía que su Amaia había sido todo para él. Que no necesitaba a nadie más. Bueno, me alegro porque ahora por fin estarán juntos...

El hombre se emocionó un poco. Le di tiempo.

—¿Sabe qué pasará con su empresa ahora?

—¡Ah! Esa es otra cosa de la que nadie habla. Arbeloa había reconvertido la empresa en cooperativa hace dos años. Todo está en manos de sus trabajadores. ¿Cuántos empresarios hacen algo así? Espero que esto lo dejen muy claro en su programa. Era un santo varón, de los que ya no quedan.

—Lo haremos, no le quepa duda —dije antes de colgar.

Así que el tema de la herencia quedaba descartado. Arbeloa era lo que se dice un caballero. ¿Qué enemigos podría tener un hombre así? Lo que estaba claro era que al menos tenía uno.

Entonces pensé en Denis. ¿Y si los enemigos eran suyos? ¿Y si todo esto debía leerse a la inversa? Alguien quería incriminar a Denis y utilizaron su relación con Arbeloa para ello.

Era algo más débil como teoría. Por otro lado, Denis solo llevaba viviendo unos meses en esa playa. Si alguien había querido jugársela, tenía que pertenecer al circulito del surf.

Era tarde, pero tenía la vista quemada de mirar el ordenador. Además, me apetecía una cerveza. Quizá era la mejor manera de acabar con aquel día de mierda.

9

De playa a playa, en cuarenta minutos llegué a Sopelana. Aparqué frente a La Triangu. Era un bar que solía tener conciertos, pero esa noche estaba tranquilo. Mejor, porque si no me tocaría esperar.

Dentro había poca gente. Tres chavales mirando una gran pantalla donde en ese momento estaban echando un vídeo de olas. Dos tíos apoyados en una esquina de la barra, bebiendo birras. Otros cuatro jugando al futbolín. Sonaba una vieja canción de Weezer que reconocí porque el disco era de mi época: «Only in Dreams».

Me senté en una parte solitaria de la barra. Al fondo reconocí a una de las chicas surferas que había visto en la playa la mañana del registro en el almacén de Jon Tubos. Ahora iba vestida con unos vaqueros y una camiseta. Ella y otra amiga charlaban con la camarera que estaba de espaldas. Pude oír a los tíos de mi izquierda intercambiándose bromitas sobre lo que le harían al culo de la camarera. No me gustaron sus modales y los barrí con una mirada. De acuerdo que era un bonito culo, pero sus comentarios de película porno me reventaban. Tengo dos hijas y algún día puede que terminen trabajando en un bar. Además, los animales deberían estar atados o en una jaula.

La camarera vestía un top y llevaba los hombros al aire. Tenía un tatuaje pequeño en la clavícula y una melena castaña larga hasta la cintura. Me pareció que podía ser ella, la chica que recordaba haber visto con Denis aquella otra vez. Esperé pacientemente, hasta que notó mi presencia (o sus amigas le dijeron algo).

Se giró y uno de los tontos de mi izquierda la llamó por su nombre (Andrea) y le pidió «dos birras más». Bueno, no había duda de que era ella. En cuanto a los tíos, quizá querían dejar claro que eran sus amigos o algo así. Me volvieron a mirar, pero no me aguantaron la mirada ni tres segundos. Soy un armario de cien kilos y eso sirve para algo. Al menos, la mayor parte de las veces.

Ella les sirvió las birras y después vino hacia mí. Llegaba con un gesto de hostilidad pintado en la cara.

—Hola, Andrea —dije.

—¿Me conoce? —preguntó sorprendida.

—Soy Aitor, el tío de Denis. Creo que coincidimos una vez por aquí.

Eso le hizo cambiar radicalmente la expresión.

—¡Ah! ¡Claro! Mis amigas me habían dicho que era uno de los policías que estuvieron ayer en la playa. Pero claro, ¡es usted! Ahora le reconozco.

—Trátame de tú, por favor…

Una de sus amigas se acercó por la banda. Supongo que venía a evitar que molestasen a su colegui, pero Andrea le dijo que estaba «todo bien».

—¿Puedes cubrirme cinco minutos? —le pidió.

La amiga dijo que sí y Andrea hizo un gesto señalando la puerta.

Salimos a la parte trasera del bar, un sitio a cubierto donde a esas horas no había demasiada gente, solo una cuadrillita fumando porros y mirando sus móviles, pero estaban demasiado lejos para oírnos.

Sacó un cigarrillo liado y se lo encendió.

—¿Has visto a Denis? ¿Qué tal está?

—Denis ha ingresado en prisión, Andrea. Está en Basauri.

Se llevó la mano a la boca y se le humedecieron los ojos.

—¿Es verdad lo que están contando? ¿Denis ha hecho eso?

—¿Qué es lo que has oído?

Sus amigas habían conseguido hablar con el patrullero la mañana del lunes, en la playa. El agente, quizá pavoneándose, les había dejado caer lo del robo a mano armada y el muerto. ¡Joder!

—Solo está acusado —dije—, pero él jura que es inocente. Y yo le creo.

—Yo también —le apoyó ella casi sin pensarlo—. Denis no le haría daño a una mosca. Es un desastre y todo lo que quieras... pero no es un asesino.

Había empezado a soplar una brisa muy fría y ella se cruzó de brazos. Tiritó un poco, pero no se movió de allí.

—¿Cuánto tiempo estuvisteis juntos?

—Seis meses o así.

—¿Qué os pasó?

—A mí también me gustaría saberlo —dijo riéndose—. Bueno, oficialmente, Denis me dejó.

—¿Te dejó?

Yo pensé: «Este chico es idiota».

—Estuvimos muy bien durante casi cinco meses —empezó a contar Andrea—. Denis es un tío maravilloso, divertido... Uno de los pocos tíos que te hacen reír hasta perder el aliento. Pero tiene un lado oscuro también. Se tiró casi dos años viajando solo. Me dijo que a veces lo seguía necesitando, la soledad. Y yo lo respetaba. Sabía que planeaba irse de viaje. Se había leído *Años salvajes*, de William Finnegan, y quería marcharse a las Fiyi, a vivir la aventura del surf... Yo estoy sacándome una carrera y no podía ir con él. Creo que fue por eso...

—¿Que te dejase?

Asintió con la cabeza.

—Me parecía increíble... todavía me lo parece. Y ahora esto. ¿Robar? Sí, lo cierto es que no tenía un duro. Aunque parecía un chico capaz de morirse de hambre antes que hacer nada ilegal.

Noté que los ojos comenzaban a brillarle de más.

—Pero tenía dinero, ¿no? En la escuela ganaba un sueldo.

—Sí, claro. Pero el Tubos no podía pagarle demasiado, y todo lo que ganaba lo ahorraba para su viaje. Solo bebía cuando lo invitaban. O cuando yo le escamoteaba algo. Muchas veces, cenaba *pintxos* pasados de la barra.

Vale. Eso era desafortunado. Que Denis necesitase dinero era un gran punto en su contra.

—¿Alguna vez te habló de un arma?

—Denis era vegetariano, pacifista y budista. Creo que no hay nada en el mundo que le pegue menos que tener una pistola.

—Estamos muy de acuerdo. Creo que a Denis le tendieron una trampa.

—¿Una trampa?

—Alguien le colocó esas cosas mientras dormía...

—Pero ¿por qué?

—Eso estoy tratando de averiguar. ¿Conoces a alguien que pudiera querer vengarse de él por algún motivo? ¿Quizá un exnovio tuyo?

Ella negó con la cabeza.

—Denis se lleva bien con casi todo el mundo, incluso con mis ex. Y, que yo sepa, no estaba liado en cosas raras... ni se metía en peleas.

—Quitando una que tuvo en la playa.

—A ver: si le daban, respondía. Pero aquello fue hace un montón... Y esos tíos no han vuelto a asomar la cabeza por aquí.

Me quedé callado pensando en una cosa. Que Arbeloa y Denis eran dos inocentes de manual. Dos hombres cándidos de los que todo el mundo hablaba bien. ¿Qué demonios habían hecho para terminar así?

—Dicho esto, claro que tenía problemas. Se sentía perdido. Sentía que estaba tirando su vida a la basura... Me contó los líos que tenía con su madre y su padrastro. También hablaba mucho de ti.

—¿De mí?

Soltó una flecha de humo.

—Sí. El día que nos encontramos aquí, me dijo que habías sido como un padre para él. Cuando te atacaron lo pasó realmente mal. Fue a verte al hospital...

—¿Denis vino a verme? No lo sabía.

—Es que no quiso que nadie lo supiera. Pero estuvo yendo durante una semana, cada noche, cuando estabas en coma.

De todas las cosas que habían pasado en esos tres días, aquello me sacudió especialmente.

—¿Y por qué no me lo ha contado?

—Él es así. Tiene su propio mundo interior. No necesita contar las cosas, ni busca el aplauso de nadie. Solo quiere ser íntegro consigo mismo. Yo le dije que así iba a sufrir un montón en la vida.

«Chica lista», pensé.

Andrea aplastó el cigarrillo con el pie.

—Ahora tengo que volver. Creo que mi amiga no sabe ni poner una caña.

—Claro. Gracias por la charla.

—De nada. Ojalá tengas razón —dijo—. Ojalá todo esto sea un error.

—Es lo que estoy intentando demostrar.

Entonces se quedó callada, como pensando algo.

—¿Has probado en el búnker?

—¿El búnker?

—Está junto al acantilado. Un antiguo búnker de la época de la guerra. La gente suele ir allí a hacer botellones… y desde allí se ve la playa. Quizá hubiera alguien la noche del atraco… No lo sé.

Aquello era un buen siguiente paso. Le di las gracias y salí otra vez a la calle Arrietara. Había dejado de llover. Pensé que podía darme un paseo nocturno.

Llegué caminando por el borde de la carretera. Viento. Maleza siseando y el rumor del mar que rompía en la base del acantilado. Había un solo coche en el parking de la Salvaje. Supuse que era una de esas parejitas de las que había hablado Jon Tubos, así que pasé a cierta distancia para no molestar.

Seguí recto. Andrea me había hablado de un búnker, «un poco más arriba, siguiendo el camino», y no tardé en encontrármelo, semienterrado bajo una densa vegetación de espinos al borde del acantilado. Había uno muy parecido cerca de Illumbe, supuse que de la misma época (lo que se llamó «la línea defensiva de los Pirineos»), aunque este estaba mucho más tocado, cubierto de grafitis, con rastros de hogueras y basura alrededor.

No era un sitio como para entrar a la ligera. Me acerqué con cuidado, en silencio y a oscuras, intentando detectar algún ruido o luz, pero el lugar estaba muerto. Me tropecé con unas cuantas botellas, restos de tabaco. Nadie. Salí fuera otra vez. La casamata frontal estaba emplazada de cara al océano, y desde allí se podía ver la playa Salvaje. Me asomé y miré hacia el este. Ahí abajo distinguí la estructura del almacén de surf, una sombra más oscura que destacaba en contraste con la arena de la playa.

Me quedé allí apoyado, en silencio, mitad observando mitad dejando volar la mente. ¿Cómo lo hicieron? (Si es que lo hicieron).

Posiblemente, tarde. Esperarían a que Denis se durmiera, a que cualquier resplandor que pudiera haber en el almacén se apagase. Después, quizá aguardarían una hora más. Para asegurarse de que su sueño ya era profundo.

Escuché el rumor del oleaje y el viento, que chocaba contra los ángulos de aquel viejo búnker. Imaginé (porque se me había olvidado preguntárselo a Denis) que también haría mucho ruido contra las paredes de aquel rudimentario edificio.

Y en ese instante vi que algo surgía de la negrura. Un punto de luz en medio de aquel paisaje en sombras.

El haz de una linterna en el interior del almacén de surf.

Había alguien allí. ¿Haciendo qué? Podía ser el Tubos, pensé, pero ¿a qué venía usar una linterna en su propio almacén? Observé aquel resplandor asomando por las pocas ventanas, antes de ver que se detenía junto a la puerta. ¿Quizá alguien de la policía? Aunque, de nuevo, esa linterna era un síntoma de discreción, como si alguien se hubiera colado dentro por algún motivo.

Sobra decir que yo estaba interesadísimo por saber todos los misterios que rodeaban aquel sitio.

Eché a correr cuesta abajo, hacia el parking. En un par de ocasiones me detuve y volví a mirar, pero ya no logré ver más la linterna. Solo esperaba que no fuera demasiado tarde.

Llegué al parking. Aquel coche seguía aparcado allí, y esta vez me acerqué un poco más descaradamente. Era un Hyundai rojo y no había nadie dentro. ¿Pertenecía al intruso?

Por si acaso, memoricé la matrícula. Después me dirigí a la rampa, aunque según la enfilaba, vi que alguien subía por ella. Una silueta en la oscuridad, que además iba hablando por teléfono.

Era la voz de Barrueta.

Aquello se ponía interesante.

Retrocedí. Primero, porque no quería que Barrueta volviera a verme merodeando cerca. Segundo, porque había algo sospechoso en aquella visita nocturna al almacén.

¿Qué hacía allí, solo, a aquellas horas?

Barrueta seguía subiendo, no muy rápido, podía oír su voz jadeante mientras hablaba por teléfono. Miré a un lado, al otro. ¿Dónde esconderme? Corrí hacia el coche y me agaché junto al maletero. Enseguida me di cuenta de que aquello era un error todavía más grande. ¿Qué pasaba si Barrueta tenía que dejar algo en la parte de atrás?

Llegó a lo alto de la rampa. Cada vez podía oírle mejor. Resollante, intercalaba sus palabras entre hondas respiraciones.

—… no será ningún problema. Os lo aseguro. Está todo en orden. Bien atado.

El coche hizo un beep y los *warning* resplandecieron por un segundo. Sus pasos sonaban más cerca. Se detuvo junto a la puerta.

—¿Qué? ¿Reunirnos ahora? —dijo—. Os digo que el asunto está finiquitado. No dará problemas.

Pero su interlocutor parecía insistir.

—¡De acuerdo! ¿Dónde?… ¿En la casa? Voy…

Entró en el coche y cerró la puerta. Yo me tiré al suelo y rodé por encima de la hierba hasta alejarme. Vi las luces del Hyundai encenderse antes de salir de allí en dirección al pueblo.

Me quedé tumbado. El viento del mar movía las plantas a mi alrededor. Por lo demás, todo era silencio.

«Está todo en orden. Bien atado…».

«Está finiquitado. No dará problemas».

¿A qué «problemas» se refería Barrueta? ¿Con quién hablaba? ¿Qué había ido a hacer al almacén de surf? ¿Y con quién iba a reunirse ahora?

No parecía un asunto policial. Ni mucho menos.

Recordé la sensación que Denis había tenido durante aquel primer registro de su furgoneta: «Barrueta sabía exactamente dónde buscar».

En su momento me había resistido a creerlo, pero con esta última eran ya muchas cosas las que comenzaban a acumularse contra ese «veterano». Una montaña de mierda bastante alta, a decir verdad.

Y si eso era cierto, tenía una forma de empezar a trabajar. Ahora me tocaba a mí poner las trampas.

10

En menos de media hora estaba otra vez en la carretera, conduciendo en dirección a Gernika, con un borrador de idea en la cabeza. Algo peregrino... pero era lo mejor que se me había ocurrido en el paseo de vuelta desde la playa.

Era medianoche cuando llegué a la comisaría, aparqué fuera y toqué el timbre del portón. Saludé a cámara y esperé. Los portones tardaron un poco en abrirse. Después entré con el coche hasta el parking exterior. Había otros tres vehículos aparcados. Crucé los dedos para que no hubiese ningún conocido de guardia.

Atravesé la puerta y me encontré a Garai en admisiones. Arruti lo había apodado «He-Man», un chavalote musculoso que solía participar en muchas detenciones e intervenciones que necesitasen un buen par de brazos. Por lo demás, era un trozo de pan.

—*Gabon*, Ori —saludó sonriente—. ¿Qué pasa? ¿Se te ha olvidado algo?

—El puto informe de la reunión. Creo que me lo he dejado sobre la mesa de reuniones —mentí de mala manera.

—Bueno, seguramente alguien lo habrá recogido.

—¿Hay gente de investigación arriba?

—Ahora mismo nadie. Los nuevos estaban de guardia, pero han tenido que salir. Aunque...

—Perfecto. Tardo nada. No quiero molestar...

Aquí era donde Garai podría haberme pedido más explicaciones, o sencillamente un «te acompaño», ya que en realidad un policía de baja pierde algunos derechos, como pasearse por las oficinas ya entrada la noche, pero Garai estaba a lo suyo, leyendo una revista, y yo, en el fondo, era un tío respetado.

Subí las escaleras. La oficina estaba en silencio y a oscuras. Preferí dejarlo todo como estaba y me senté en mi antiguo escritorio, que ahora ocupaba una de esas jóvenes promesas (los Robocops, tenía gracia).

No pude evitar fijarme en ese panel «de película» que causaba la mofa de algunos compañeros. Las fotos de la mujer muerta en la bañera, cubierta de agua roja hasta los senos y con los ojos cerrados, lograron sobrecogerme.

«Elixabete San Juan. Último signo de vida: jueves 12 de mayo. Día siguiente, varias llamadas sin contestar desde primera hora de la mañana».

En otra foto se veía un bonito caserío restaurado. Y otra nota: «Su exnovia Maika López se presenta en el caserío el sábado. Tras varias llamadas, termina usando una llave para entrar. Encuentra el cadáver y llama al 112».

Volví a mi ordenador, donde la pantalla me pidió el *login*. Seguía teniendo mis claves y esperaba que funcionasen. Escribí mi número de agente y mi contraseña y apareció una ruedecita que daba vueltas...

Finalmente entré y abrí a la aplicación SIP. Sabía que todas las consultas dejaban rastro, y mi única esperanza era que la que iba a hacer se perdiera entre otras miles de consultas que seguramente se estaban realizando en esos mismos instantes.

Así que introduje el primer término: «Íñigo Zubiaurre», y se obró la magia.

La pantalla mostró su dirección, DNI y algunos datos personales. La ventana de antecedentes contenía un par de líneas, lo cual ya era bastante: dos multas por conducir ebrio, retirada de carnet. Nada demasiado grave. Y también una detención por agresiones en la puerta del casino Campos Elíseos de Bilbao. O sea, borracho y jugador. Bien, esto comenzaba a tener color. Estaba seguro de que, si pudiera ver su cuenta bancaria, también sería un espectáculo de luz y sonido. Por el momento saqué algo de información del sistema. Su dirección, la matrícula de su coche… le robé un boli al novato y busqué un papelito entre los múltiples post-its y cosas que tenía sobre la mesa.

Otra vez me saludó la cara sonriente de esa mujer pelirroja, con sus gruesas gafitas cuadradas, que se había cortado las venas en su caserío.

—Chica, estás en todas partes.

Por fin encontré un papel y escribí todo. Hecho esto, fui a por Barrueta. En la SIP salía como otro ciudadano más, una dirección en Urduliz y otra en Liendo, Cantabria (imaginé que sería una segunda residencia), un número de teléfono móvil y una matrícula (la del Hyundai rojo que había visto en la playa). Okey, más que suficiente. Lo anoté debajo de los datos de Íñigo y volví a poner todo en su sitio. La foto de Elixabete debajo de las cuartillas. El boli en el tarro. Salí de mi usuario en el ordenador y le di una pasadita al teclado con la manga. Dejé la silla como estaba y, como suele decirse, aquí paz y después gloria.

Esa noche, cuando llegué a Ispilupeko, ya tenía las cosas más o menos pensadas. Gracias a StreetView conseguí algunas buenas fotos de ambos domicilios, calles aledañas, etcétera. Me hice una composición de lugar y evalué mis posibilidades.

Después me fui de compras por internet. Dos micrófonos espía, con una pequeña grabadora y dos tarjetas SIM. Problema: las tarjetas SIM irían a mi nombre. Si por casualidad alguno de ellos la encontraba, entonces estaría metido en un bonito problema.

Era una jugada con algo de riesgo, pero las cosas estaban como estaban. Barrueta olía a cuerno quemado. Había que dar un paso, y cuanto antes mejor.

Y cada vez que una duda se permitía el lujo de pasearse por mi mente, pensaba en Denis, solo, en la soledad de esa celda.

Tenía que ir a por todas. Y el primer paso era colocar un trozo de queso en la ratonera.

Esa noche, antes de dormir, abrí un viejo álbum de fotografías de mis veintisiete, veintiocho… Los primeros años en el cuerpo, y también los primeros años de Denis.

Había fotos del bebé haciendo carantoñas, disfrazado en la guardería… Con dos años, yo lo sostenía sobre mis hombros en la plaza Nueva de Bilbao. Un largo flequillo rubio le tapaba la mitad de la cara pero se le podía ver riéndose con todas las ganas del mundo mientras cogía mi pelo fuertemente con las dos manos.

Confiaba en mí, porque yo nunca iba a dejarle caer…

Volé en el tiempo hasta otra foto, en el bautizo de Sara. Aquí, Denis tenía diez años y su rostro era mucho menos alegre, más oscuro… Yo ya no vivía con ellos en Bilbao. Mónica ya había conocido a Enrique… ¿Cómo pude no darme cuenta de que el chico había empezado a sufrir? ¿En qué momento dejamos a alguien atrás?

Casi antes de llegar al final, encontré otra foto que me hizo sentir escalofríos. Era un retrato de la boda de Jokin y Arrate. Aquel bodorrio por todo lo alto, con trescientos invitados, en un bonito caserío-restaurante del Mungialde. Era una foto de grupo. Arrate estaba radiante, parecía una princesa de cuento; y Jokin, su príncipe, exultante. No cabía en sí de felicidad. Y yo le abrazaba como a un hermano, feliz por él… aunque también recordé cuánto le envidié ese día.

Después me dormí y pasé una noche de perros. A poco que lograba dormirme, una pesadilla hacía que me despertase. Denis recibiendo una paliza, o siendo sodomizado por un grupo de presos… Joder, mi cerebro sabía montar grandes escenas de terror. También volví a soñar con Jokin. De nuevo, parecía querer decirme algo a gritos, pero en mi sueño había perdido la voz.

—¿Qué es?

A las siete de la mañana ya estaba por la zona de Maruri-Jatabe, el pueblo de Íñigo Zubiaurre, el testigo.

Llevaba conmigo el equipo de seguimiento: una cámara de fotos con teleobjetivo, una visera de camionero americano y unas gafas oscuras para disfrazarme un poco. También unas buenas zapatillas para salir pitando si hacía falta. Debía ser cuidadoso. Íñigo ya me había visto la cara de refilón en la puerta del juzgado.

Aunque también apestaba a alcohol. Quizá no se acordase ni de la cara de la jueza.

Aparqué frente al polideportivo del pueblo. Maruri es un pequeño municipio principalmente de casitas y caseríos, escondido entre las montañas del Mungialde. Una zona remota, de interior, en la que hay que saberse bien las carreteras para no perderse. Salí, me tomé un café en el bar del polideportivo y después emprendí la marcha por el caminito que indicaba el GPS. Había llovido por la noche, pero teníamos una ventana de buen tiempo a aquellas horas; no obstante, llevé conmigo el paraguas, sobre todo por si algún perro tenía la cadena demasiado larga en aquel caminillo entre caseríos.

Pertrechado con mis zapatillas de andar y mi visera, fui al ritmo de un dominguero, respirando el aire puro y echando un vistazo a las diferentes casitas que aparecían a ambos lados. Caseríos grandes y pequeños. Algunos más rurales, otros reformados con bonitas cristaleras y maderas de otras latitudes. El barrio comenzó a ser más disperso y la carretera cada vez más mala. Finalmente llegué a la dirección que constaba como habitual de Íñigo Zubiaurre: una casa que entraba en la clasificación de «rural», a lo que había que sumar «cutre», «descuidada» y «hecha polvo».

El muro que cercaba el terreno estaba recomido por zarzales y ortigas. No era muy alto, así que se podía ver el jardín de hierba asilvestrada en el que surgía una bonita e intrincada higuera. Había un abrevadero pegado al muro. «Podría usarlo para saltar».

Seguí caminando y me fijé en una vieja rueda de molino

apoyada en la fachada. Había una ventana justo encima. Y, qué casualidad, se encontraba abierta…

Un BMW de color verde botella estaba aparcado junto a la puerta de salida. Por los datos que había sacado la noche pasada del SIP, sabía que era suyo. Hacía medio año que Íñigo había recuperado el carnet tras una sanción por conducir borracho.

También sabía que la casa había sido el domicilio de sus padres, que ya habían fallecido, y que era hijo único. Pero ahora se trataba de evitar sorpresas. Una novia, un amigo que viviera con él sin declararlo…

Seguí un poco más, para disimular, y constaté que la casa de Íñigo era la última de aquel pequeño barrio. Después, el camino se convertía en una senda forestal que subía, entre árboles, hacia la cumbre del Jata. Pero no quería alejarme tanto. Di la vuelta, regresé a mi coche y lo reaparqué cerca de una depuradora de aguas que había visto antes. Un punto del camino desde el que podía controlar el tráfico de aquella carreterilla.

Ahora me tocaba esperar, cosa que mi cuerpo iba a agradecer. Aproveché para llamar a mi hermana. Le pregunté qué tal la noche y me contó que se había tomado un par de Valium y que había logrado descansar algo. ¿Y yo? Me pregunté por qué coño no había hecho lo mismo.

También me dijo que había tramitado una segunda visita esa misma mañana en la cárcel de Basauri. Y que Enrique estaba empezando a ponerse nervioso… Claro, toda su vida estaba en Mallorca. Y su negocio.

—Le he dicho que se vaya. Yo no me moveré de aquí. No hasta que esto se aclare.

Pensé que eso quizá tardase tiempo. No dije nada.

—¿Y tú? ¿Cómo vas? —me preguntó, y supe que no se refería a mi salud o a mi estado de ánimo.

—Estoy detrás de algo —le dije de manera sucinta—. Prefiero no comentar demasiado, pero quizá tenga un hilo del que tirar.

—De acuerdo. —Noté que la voz de Mónica cobraba energía—. Pero si necesitas algo, dímelo. Dinero, ayuda... Lo que sea.

—Lo haré.

Se puso a llover. Paró. Volvió a llover. Paró y salió el sol. Vi un trozo de arcoíris y apareció un caballo blanco en un prado. Coño, si yo fuera supersticioso diría que era algún tipo de encarnación divina con un mensaje trascendental. Pero lo único que pasaba era el tiempo. Una hora, dos. La furgoneta del panadero dando bocinazos. Un camión de la basura. Un total de seis coches. Gente que iba a dejar a los niños al cole y después al trabajo.

Pero ningún BMW color verde botella, aunque tampoco me sorprendió. Íñigo no tenía pinta de ser de los que madrugan...

Saqué mi cuaderno de notas y estuve un rato revisando cosas. Ideas sobre el asunto de Denis y Arbeloa. Intentando recapacitar y encontrar conexiones.

«Denis conoce a Arbeloa en un centro comercial. El tipo le lleva en coche. Charlan de todo un poco (tienen tiempo, porque se desvían para evitar un atasco en La Avanzada y se pierden). Después, Arbeloa le entrega una tarjeta. Se despiden... Eso ocurre el jueves 12 de mayo».

«El sábado 14 de mayo, Arbeloa todavía está vivo, y Jon Tubos, el dueño del almacén de surf, afirma que vio un Mercedes negro sospechoso aparcado en la playa. ¿Estaban vigilando? ¿Calculando sus opciones?».

«En la madrugada del domingo 15 al lunes 16 de mayo, matan a Arbeloa y endosan el muerto a Denis...».

Sobre las once de la mañana llamé a Gorka Ciencia. Tenía la disculpa perfecta para romper el hielo: hablarle de Olaia, su excompi de la academia.

—Claro que la recuerdo. Bueno... era el angelito de la promoción.

—¿A qué te refieres?

—Guapa, lista y trabajadora. Una verdadera crack de los ordenadores ¿Qué tal está? ¿Ha madurado bien?

—Como el buen vino —respondí—. Te manda recuerdos... Pero yo te llamaba por otra cosa. No sé si te has enterado de que han detenido a mi sobrino por un robo a mano armada.

—Algo nos ha llegado —respondió él—. Está en Getxo, ¿verdad?

—Ya lo han trasladado a Basauri.

—Joder. Lo siento mucho.

—Hay una cuestión en la que igual me puedes ayudar. Hackeos con SDR... Tú eras un experto, ¿no?

—¿Para qué quieres tú eso?

—Creo que a mi sobrino le abrieron la furgoneta con un repetidor de frecuencia. Necesito recordar un par de detallitos para hacer un experimento.

Abrasé al pobre Ciencia durante casi media hora y me confirmó que iba bien encaminado, además de resolverme las dos cosillas que me faltaban.

—Espero que no te metas en otro lío —dijo al terminar la charla—. Copiar una señal de radiofrecuencia es legal... Otra cosa es cómo la utilices.

—¿Quién ha hablado de copiar nada?

—Vale —dijo Gorka—. En fin... si vuelves a ver a Olaia le das saludos de mi parte. Fue mi *crush* durante un tiempo, pero creo que le gustaban los tíos mayores.

«¿Mayores como yo?», pensé.

Colgué y empecé a tener hambre. Me había preparado cuatro sándwiches variados y un termo de café gigante. Saqué uno (de pollo a la mostaza) y me lo comí con un café mientras las gotas regresaban a mi parabrisas y escuchaba mi *playlist* de Etta James. Sus canciones parecían una novela negra: infidelidades, maltratos, relaciones tóxicas y el sueño de un amor perfecto que nunca llegaba.

Esta vez el chaparrón era persistente. Terminé la comida y me dispuse a trabajar. En una mochila llevaba mi IBM ThinkPad y unos cuantos cacharritos que había guardado durante años en un cajón: un *stick* de SDR (para convertir señales de radiofrecuencia en datos) y una miniantena.

Empecé a preparar el pequeño invento siguiendo las instrucciones de Gorka. Al cabo de unos cuarenta minutos, lo tenía listo. Hice un par de pruebas con la llave de mi coche. Al apretar el botón de «Abrir», el ordenador registraba la señal de mi mando y la grababa como una onda digital en un archivo.

Aprovechando que había dejado de llover, salí del coche y lo cerré. Caminé con el ThinkPad y la antena unos diez metros. Desde allí, en cuclillas, activé el software que enviaba la onda a través de la antena de frecuencia.

Y el coche se abrió.

«Eureka».

Olía a prado húmedo y a pino. Me alejé un poco, sin perder de vista la carretera, e hice algunos estiramientos que había aprendido durante muchas y muchas tardes aburridas de seguimiento.

Después regresé al coche y miré el teléfono por si había mensajes. Y resultó que tenía uno de Olaia Gutiérrez.

> Hola, Aitor. Solo comentarte que Balística ha confirmado la coincidencia con la munición de la Glock. También están rastreando el arma, parece que puede pertenecer a una de las que robaron hace dos años en la comisaría de Mungia. No han encontrado huellas y la prueba de parafina hecha en las manos de Denis dio negativo. No significa gran cosa, pero bueno, he pensado que igual te interesaba... ¡ah!, y yo no he dicho nada.

Acompañó esa última frase con un emoticono de corazón. Me quedé con el teléfono en la mano, pensando en lo que debía escribir... ¿Podría compartir con ella mis dudas sobre Barrueta? De ninguna manera. Trabajaban en la misma comisaría y apenas habíamos intercambiado unas palabras. No la conocía lo suficiente.

Pero, entonces, ella se me adelantó.

> Por cierto, quisiera hablarte de ese asunto que te mencioné. ¿Tienes tiempo para un café o una birra?

¿Un asunto? ¿Qué asunto? Aunque la idea de quedar con la guapa Olaia era muy apetecible.

Le escribí: «Claro. Pon fecha y hora».

Entonces, según ella volvía a escribir, vi unos faros acercándose desde el fondo de la carretera. Amarillos y, por la forma, podrían ser de un BMW.

El mensaje de Olaia era: «¿Hoy 21.30 en El Peñón de Sopelana?», y un link de Google Maps que no tuve tiempo de mirar porque, en efecto, el coche que se estaba aproximando era el BMW de Íñigo.

Pasó muy despacio junto a mí y pude distinguirle.

Me agaché y le dejé desaparecer tras un par de curvas, arranqué y salí tan rápido que los sándwiches se fueron contra la puerta.

El camino rural desembocaba en una carretera que era una línea recta. A esa hora, casi la una, no había demasiado tráfico. Así que llegué al STOP y me detuve. El BMW iba dirección Mungia, quizá a coger la autopista. Le seguí a cierta distancia por la BI-2121. Llovía y las laderas de las montañas escupían agua. El río Butrón bajaba cargado. El BMW tomó la entrada de Mungia. Se metió en el pueblo y aparcó en el primer sitio libre que pilló en la calle.

Pasé de largo y me aseguré de que Íñigo no se había dado cuenta de nada. Tuve que dejar el coche en una plaza de minusválidos y salir a toda mecha para no perderle entre calles. Bajo una lluvia bastante intensa, me pareció verle entrar en un bar-cafetería.

Le seguí ahí dentro. Estaba en la barra saludando al camarero con familiaridad. Me senté en un taburete y me pegué el teléfono al oído, tapándome el rostro todo lo que podía. Vi que el camarero le servía una caña sin nada más. Después vino donde estaba yo y le pedí una Coca-Cola.

Íñigo se había sentado también, en una postura abierta, mirando a la televisión, donde echaban un partido de fútbol femenino.

—¡Quita esta mierda, Gari! —gritó al camarero—. ¡Qué puto aburrimiento el fútbol de tías!

El camarero le aguantaba el chiste, intentando no cambiar de canal, pero Íñigo persistió en sus demandas.

Algunas mujeres sentadas en una mesa se habían callado y le miraban con fuego en los ojos.

—Es como el desarrollo de la berza —volvió a bromear Íñigo—. Prefiero ver una competición de curling. Va más rápido.

—Siempre te quejas por algo, Íñigo —trató de calmar las aguas el tal Gari—, todas las mañanas igual.

Terminé la bebida y salí de allí. Ya tenía lo que quería: su rutina de las mañanas. Me quedé un rato esperando por la acera, de nuevo disimulando con el teléfono hasta que volví a verle, diez minutos más tarde.

Cruzó la calle y le seguí a mucha distancia. Bajó una larga cuesta y enfiló la calle principal del pueblo. Allí entró en un negocio de apuestas deportivas (un deporte para el que sí era apto, al parecer). Se plantó delante de una de las máquinas y empezó a jugar.

Di un par de vueltas a la manzana. Al cabo de cuarenta minutos, Íñigo seguía enfrascado en la máquina, con una copa a medio terminar a un lado. Pensé que eso le iba a llevar un rato, así que decidí que era el momento de indagar mejor en su casa.

Regresé a Maruri, aparqué de nuevo junto al polideportivo y salí pertrechado de un paraguas. En diez minutos estaba frente a su caserío.

Di unos cuantos paraguazos aquí y allá para ver si alertaba a algún perro, pero nada. Entonces me acerqué a la pequeña cancela de madera carcomida. La empujé. Esa mañana solo tenía un objetivo: ver si había alguien más en la casa, así que me dirigí directamente hasta la puerta principal. Toqué el timbre. Una. Dos. Tres veces.

—¿Hola? ¡Del consorcio de aguas! ¿Hay alguien?

Nada. Ni un ruido. Nadie.

Di una vuelta a la casa. Un riachuelo bordeaba el terreno de lo que, me imaginé, fue un molino en su día. En la parte trasera estaba la vieja rueda de piedra, además de un montón de trastos (especial mención a unas cuantas cajas de botellas de vino y alguno espirituoso también). Miré a un lado y al otro. Saqué un par de guantes finos del bolsillo trasero del pantalón. Me los puse y… El salto fue como hacer despegar un Air-Bus A380 lleno de pasajeros. Me temblaron hasta los dedos de los pies y tuve que soltar unos cuantos insultos e improperios mientras se calmaba el dolor.

Pero me encaramé a la piedra de molino.

La buena noticia era que la ventana estaba abierta. La empujé ligeramente y descubrí que daba a una cocina antigua, sin renovar. Había una mesa de madera, un plato con algo de comida y un vaso mediado de vino. Sobre un aparador de madera, vi también un montón de cartas y periódicos apilados. Cerré la ventana hasta dejarla en su posición inicial.

Salté a la hierba y me largué de ahí, de vuelta al coche.

Desde Maruri fui directo a Urduliz. El domicilio de Barrueta estaba en una de las zonas nuevas del pueblo, un barrio limpio, ancho y arbolado en el que se combinaban los edificios de baja altura con algunas hileras de chalets adosados.

Barrueta vivía en un cuarto piso; era imposible trepar o entrar en su domicilio. Demasiado difícil y, por otra parte, no lo necesitaba realmente.

Mi plan en este caso era otro: conseguir el acceso a su coche.

Vi la entrada a un parking subterráneo y, por la juventud del edificio, imaginé que contaría con un ascensor directo.

Aparqué muy cerca de la entrada del garaje comunitario. Abrí el ThinkPad, coloqué la antena en el asiento y lo tapé todo con una chaqueta.

A esas horas no había demasiado trasiego de gente, pero confiaba en que pronto aparecería algún honrado ciudadano con su coche. Entretanto, miré el link de Google Maps que Olaia me había enviado. Era un bar de la playa, El Peñón. Le confirmé que nos veríamos allí a las 21.30. Era mi primera cita en mucho tiempo y reconozco que me puse un poco nervioso. Pero ¿realmente era una cita? Ella había dicho que quería contarme «un asunto». ¿Debía cambiarme de gayumbos? ¿Afeitarme?

Tuve que esperar lo menos cuarenta minutos hasta que por fin apareció un Land Rover Discovery y enfiló la rampa del garaje. Rápidamente, destapé mi invento y apreté la barra espaciadora del ThinkPad para comenzar a grabar, pero debí de llegar tarde, porque la pantalla apenas mostró datos.

O quizá la antena quedaba demasiado lejos. O quizá era de esos que aprietan el botón del mando a un kilómetro de distancia.

La calle empezó a tener más movimiento y eso me preocupaba. Un tipo sentado durante horas en su coche llama la atención a nada que pases un par de veces por delante. Por no hablar de Barrueta, que podía aparecer en cualquier momento y reconocerme. Así que, aunque las tripas me estaban rugiendo ya por el hambre, y el táper de los sándwiches me invocaba como un espíritu vudú, decidí concentrarme en el retrovisor y no dejar pasar el próximo coche.

Fue un Ibiza que se acercaba muy despacito por la calle.

Puso los intermitentes y frenó al comienzo de la rampa. Era una mujer de cierta edad y, por lo que se intuía, de hábitos pausados. Bueno, pues bienaventurados los lentos, porque durarán más (Isaías 3:14-16). Apreté la barra del ThinkPad y la pantalla dibujó una lluvia de datos de radiofrecuencia. Después de un rápido Ctrl+S para guardar aquella preciosa curvatura electrónica, salí de allí a toda mecha.

Fase uno, completada.

Conduje fuera del pueblo, hasta el primer lugar apartado que se me apareció a la derecha y allí hice el volcado de la señal al archivo. Listo para abrir.

Al cabo de veinte minutos, regresé a la callecita de Barrueta. Me detuve frente al garaje y apreté la barra, pero para activar el proceso en sentido inverso. El semáforo de la entrada se puso en rojo y el portón comenzó a levantarse.

«Así es como abrieron la furgoneta de Denis. Exactamente así».

Ni siquiera entré en el garaje. Habría un momento mucho mejor para ello. En cambio, preferí dar el día por terminado y volver a casa para preparar mi «cita de esa noche» con Olaia.

Me cambiaría de gayumbos, decidido. Y puede que ordenase mi habitación. Y, venga, también compraría una caja de preservativos. Creo que la última caducó dentro de su plástico.

11

Era jueves por la noche y El Peñón tenía ambiente pese al mal tiempo. Una banda había montado ya en el pequeño escenario: amplis, guitarras y una batería de color dorado cortados contra el fondo del océano. El cartel prometía «una noche de rock memorable» de mano de los Bragans. ¿En serio? ¿Bragans?

Vale, me había dado tiempo a ducharme, afeitarme y ponerme una buena camisa. Tuve un tropiezo con el bote de colonia y quizá iba dejando una estela perfumada a mi paso, no lo podía asegurar. Entré en el bar y escruté entre la multitud hasta dar con Olaia, que estaba sentada al fondo, en una mesita apartada. Llevaba una chaqueta de cuero y una camiseta, y decir que estaba guapísima sería quedarse corto. ¿Se había maquillado un poco? Quizá.

—Buenas noches —dije—. Espero no llegar muy tarde. ¿Quieres tomar algo?

—Todavía estoy por la mitad de esto. —Levantó un botellín de cerveza 0,0.

—Okey, me saco una y vuelvo.

Fui a la barra y me abrí hueco como pude entre un montón de jovenzuelos. Alguien comentó algo sobre un bote de colonia roto y pensé que, en efecto, debía de apestar. Mierda, solo me habría faltado cortarme con la cuchilla de afeitar y parecería una de mis primeras citas de los quince años.

Regresé con otro botellín sin alcohol.

—Quizá notes una atmósfera embriagadora rodeándote como un abrazo mortal —dije mientras me sentaba—. Es que se me ha caído el bote de colonia.

Ella se rio.

—Espero que no sea un truco para hipnotizarme.

—No necesito rociarme de colonia para eso. Tengo una conversación cautivadora.

—¿Ah, sí? —Dio un sorbo a su birra—. Pues yo soy muy resistente. A ver qué consigues.

Brindé con ella antes de beber y pensé que habíamos empezado muy bien.

—Por cierto, Gorka te manda recuerdos —dije—. Me ha contado que eras la empollona en la academia.

—Pfff... Era lo menos que podía hacer. Mis padres casi se mueren cuando les dije que quería ser ertzaina.

—¿En serio?

—Soy hija única de dos profesores universitarios. Solo para que te imagines el disgusto. Ellos tenían una maravillosa carrera planeada para mí: licenciatura, doctorado internacional con beca en Nueva York... Y yo voy y me meto en Arkaute a aprender a pegar tiros y poner esposas.

—Todo un clásico: hacer justo lo contrario de lo que quieren tus padres. ¿Puedo preguntarte por qué?

—Bueno, me licencié en Telecomunicaciones. Trabajé dos años en una de las mejores empresas de España... pero aquello no era para mí. Es difícil de explicar, el caso es que tuve claro que el mundo de la empresa no me convencía. Es solo una máquina de hacer dinero... En cambio sentía la necesidad de hacer algo por los demás. Era como...

—Un instinto de protección —terminé por ella—. Es una tara mental bastante frecuente en nuestra profesión. ¿Y no te has arrepentido nunca de dejar la máquina del dinero?

—Nunca. Amo esta profesión más que cualquier otra cosa. Por muy difícil que me lo pongan a veces...

—Te comprendo bien.

Así nos bebimos el primer botellín, solo con un poco de conversación trivial y evitando «los temas»: Denis y Jokin, respectivamente. Olaia me preguntó cómo me había ido en la reunión con Asuntos Internos y decidí no llorar demasiado (lo fulminé con un «todo se arreglará», aunque no estaba tan seguro). Una cosa llevó a la otra, y acabé hablándole de mi divorcio y la razón por la que vivía en un piso en la playa. Esto nos llevó a charlar de los problemas de la custodia, los hijos... ¿Y ella?

—Bueno, mis padres han tenido la brillante idea de divorciarse con sesenta años... Resulta que, después de toda una vida juntos, la jubilación los ha terminado separando.

—¿Y cómo lo llevas?

—Pensaba que lo iba a llevar mucho mejor, pero verlos discutir me mata. En serio... Nunca dejas de ser una niña en casa de tus padres. Las cosas te duelen igual.

—¿Y tú? —pregunté con voz de pillín—. ¿Casada? ¿Arrejuntada? ¿Viviendo en pecado?

—Tuve un novio de toda la vida... y estuve a punto, ¿eh? Pero me arrepentí con el vestido de novia comprado y en la caja —dijo—. Al menos no fue en el altar.

Casi se me sale la cerveza por la nariz.

—¿Y nada más desde entonces?

—¿Nada más? ¿Qué quieres decir? A ver, tengo mis aventuras, nada serio… si es lo que preguntas.

Su mirada me puso nervioso, y me levanté y fui a por una segunda ronda de 0,0.

Justo en ese momento, los Bragans subían al escenario. El batería redobló en la caja para llamar la atención del público.

—Somos los Bragans —dijo el cantante.

A su señal, el batería dio tres baquetazos y se pusieron a tocar un boogie ruidoso y acelerado.

Volví a la mesa con un par de botellines y Olaia dijo que, si no me importaba, saliésemos a echar un pitillo.

La noche era fría. Había un espacio cubierto con algunas mesas en el que a esas horas solo había un grupo de adolescentes fumando hachís. La nube era tan densa que lográbamos olerla a varios metros. Nos pusimos en la esquina contraria con las cervezas. Olaia sacó un par de cigarrillos, los encendimos y fumamos en silencio, disfrutando del paisaje nocturno. Las olas rompían mansamente en la orilla de Arrietara. Un poco más allá, dos cargueros y un crucero habían zarpado del puerto de Bilbao con destino a algún lugar muy lejano.

—Bueno… —Soltó el humo y habló con la mirada perdida en la playa—. Supongo que te estás preguntando a qué venía mi llamada, ¿eh?

«En realidad, sí», pensé. Pero me conformaría con que todo fuese una excusa para quedar, tomar unas birras y conocernos. Estaba muy a gusto con ella.

—Es sobre Jokin —dijo—. Sobre su muerte, concretamente…

—El suicidio.

—Sí… ¿Qué es lo primero que te vino a la cabeza cuando te lo conté?

—Que no le pegaba nada. Jokin era uno de esos tipos listos, pero no alguien depresivo o melancólico. Además, estaban sus hijos…

—Eso mismo —dijo ella—. Eso mismo pensé yo.

Olaia bajó la vista y vi sus dedos tamborilear en el cristal del botellín, como si se debatiera internamente.

—Jokin me había hablado de ti. Decía que eras uno de los mejores polis que había conocido. Que eras capaz de todo cuando se trataba de esclarecer un caso… Así que cuando apareciste el otro día por comisaría y preguntaste por él… fue como una señal. Algo volvió a mí con fuerza. Algo que estaba dejando morir lentamente…

No dije nada. Ella se detuvo un instante en un pensamiento.

—Necesito a alguien en quien confiar, Aitor.

—¿En mí? La verdad es que tengo demasiadas cosas en la cabeza ahora mismo…

—Tienes fama de rebelde. Y los rebeldes son los únicos que se cuestionan las verdades absolutas, ¿no? La historia de Jokin… no encaja.

—¿Cómo? ¿Quieres decir que estabas mosqueada con el suicidio?

—Tanto que intenté investigarlo. Pedí un permiso para ir a Francia. Me lo denegaron y aun así me desplacé a Gruissan. Hice todas las preguntas que estuvieron en mi mano…

Olaia le dio un trago bastante largo a la cerveza, respiró hondo.

—Esto que te voy a decir puede sonar a locura, pero durante algunos meses estuve obsesionada con la idea de que había sido otra cosa.

—¿Otra cosa como…?

—Un asesinato.

Y al decirlo, levantó las manos.

—Sé cómo suena… De hecho, esa es la razón por la que no he hablado demasiado de este tema. No quiero parecer una puta loca.

—No lo pareces. Sigue.

—La verdad es que no sé ni por dónde empezar. Jokin y yo éramos muy amigos. Salíamos a correr juntos de vez en cuando. Al mediodía, bajábamos al muelle de Ereaga y corríamos una hora o así, antes de comer. Quiero decir con esto que le conocía bien. Hablábamos de todo. Me fue contando su divorcio casi en directo: que se estaba desenamorando, que cada día era más difícil convivir… Teníamos bastante confianza, ¿vale?

—Okey…

—Sabía que estaba atravesando apuros económicos desde que Arrate perdió el empleo. No querían sacar a sus hijos del cole privado, ni desapuntarlos de las mil historias que hacían con sus amiguetes: viajes de esquí, vela, vacaciones en Mallorca. Todo eso era mucha pasta al mes y el único sueldo que entraba era el de Jokin. Eso fue retrasando la decisión de romper… Entonces llegó aquel caso. El último caso importante en el que Jokin trabajó en su vida. ¿Te suena el nombre de De Smet?

—¿El tío que mataba prostitutas? Sí, claro, es bastante famoso. ¿Lo llevó él?

—Jokin y Barrueta. También se llamó el «caso del Belga». Benjamin de Smet, un hombre de procedencia belga, había sido detenido por su implicación en un total de doce muertes, todas ellas de mujeres que se dedicaban a la prostitución.

Los asesinatos se habían llevado a cabo en el interior de un apartado chalet en la zona de Barrika. El lugar, que De Smet había bautizado como Centro de Salvación del Alma, era popular entre gente de cierto poder adquisitivo. Jugadores de fútbol, actores, políticos, acudían allí al reclamo de la «armonía total de cuerpo y mente». De Smet era un gurú de ciertos tipos de yoga, daba cursos de meditación y realizaba terapias holísticas de desintoxicación.

Nada hacía prever que detrás de esa idílica fachada se ocultaba un monstruo sádico y despiadado.

—Fueron doce mujeres. Doce, y sin ninguna pista —dijo Olaia—. Solo un goteo de desapariciones cuya única conexión era que todas ellas hacían la calle…

Después se supo que su carrera como asesino comenzó en Bélgica, pero fue en Bizkaia donde cometió la mayor parte de sus atrocidades. Benjamin salía por las noches a recoger prostitutas en diferentes puntos de la ciudad. Las llevaba a su chalet y, una vez drogadas y maniatadas, las sometía a una agonía indescriptible antes de hacerlas desaparecer en un baño de ácido.

—… hasta que recibimos la llamada de una chica que dijo haberse escapado de un coche «grande de color metalizado», conducido por un hombre que «hablaba con un acento parecido al francés» y que le había dado mala espina porque le había pedido que apagase el móvil «para evitar movidas». Las prostitutas no son tontas y también tienen grupos de WhatsApp. Había corrido el rumor de que el «secuestrador» iba en un coche grande y la chica se percató a tiempo. Esa extraña petición de apagar el móvil (que era su técnica para evitar que lo rastrearan) terminó de convencerla de que estaba en peligro. Insistió en parar porque necesitaba mear urgentemente y, según salió, se lanzó a correr bosque a través. Solo pudo memorizar esos pocos detalles: un coche grande conducido por un tipo «fornido y alto» con acento francés. Pero sirvió para filtrar el millón de habitantes de Bizkaia y reducirlo a catorce sospechosos.

»La teoría que se manejaba era que debía de vivir en Bizkaia porque era el centro de su radio de acción. Y que si realmente las asesinaba (y no traficaba con ellas), debía disponer de una casa individual o un espacio aislado para hacer desaparecer los cuerpos, ya que nunca se habían encontrado restos. De Smet era uno de los que cumplían con todo, y el dispositivo de vigilancia recayó en Jokin y Barrueta. De entrada, la jueza autorizó solamente la vigilancia del domicilio y se pasaron casi seis semanas apostados en los alrededores, grabando audio, vídeo, llamadas... Hasta que finalmente, una noche de finales de abril del año pasado, detectaron una salida muy a deshoras del coche del gurú. Tardó solo noventa minutos en encontrar una víctima y llevarla de vuelta al chalet. Para ese entonces estábamos todos prevenidos, pero había que permitirle llegar más lejos. Fue como una maldita película de terror. Si escuchas las grabaciones, se le oye ofrecerle una bebida y cómo la chica va lentamente durmiéndose. El grupo de intervención entró en la casa cuando ella estaba atada en una especie de camilla en el sótano.

»Yo estaba allí la noche de la detención, como refuerzo —relató Olaia—. Cuando sacaban a Benjamin, nos sonrió a todos. Nunca olvidaré esa sonrisa... pero no dijo ni una palabra. Ni entonces, ni más tarde. Le apodaron "el Mudo".

Los Bragans seguían sonando dentro del bar, pero fuera soplaba un viento cada vez más frío. Los chicos del hachís ya se habían marchado y nos habíamos quedado solos Olaia y yo.

—Aquello fue algo muy mediático. —Me rompí la sesera tratando de hacer memoria—. Pero no recuerdo ver a Jokin en ninguna parte.

—Es que pasaron cosas muy raras con ese caso —reconoció Olaia.

—¿Cosas raras?

—Lo primero es que el carácter de Jokin dio un giro radical después de esta detención. Esa persona alegre, quizá un poco superficial, que tú has descrito, se convirtió en alguien oscuro, pensativo, muy callado. Se distanció de mí y de casi todos los compañeros. Ya no se venía a las cervezas y también dejó de correr los mediodías. Todo esto coincidió además con su separación de Arrate. Finalmente se habían decidido a dar el paso y estaba muy trastocado, cogiendo turnos de noche, durmiendo en cualquier lado. Los compañeros achacaron su cambio de humor a eso, pero, como te he dicho, yo hablaba mucho con él. Y estoy segura de que sucedió algo después de la detención de De Smet.

—¿Quizá le jodió la cabeza? ¿Eso quieres decir?

—O algo más. —Olaia guardó un silencio extraño—. Tras la detención, según comenzaba el sumario, hubo cosas raras. Apareció gente de la central. Me refiero a mandos. Y de la noche a la mañana les quitaron el caso a los nuestros. Hubo una pequeña bronca. Barrueta montó un pifostio, pero alguien le calló la boca. Nadie sabe muy bien lo que pasó porque, como te digo, Jokin dejó de comunicarse y Barrueta es como una caja acorazada. Sin embargo, entre los compañeros se empezó a rumorear que había habido alguna cagada importante, quizá alguna escucha no autorizada o un error en la cadena de custodia de las pruebas.

—Pero De Smet fue a la cárcel.

—¡Claro que fue! Había demasiadas pruebas en su contra. Restos óseos en su jardín, ADN de algunas de las desaparecidas... aunque, como te digo, él nunca admitió nada. Hoy por hoy sigue sin hablar. Pero no importó en absoluto. Fue un gran éxito para la Ertzaintza. Incluso salieron en un programa de la ETB, el *true crime* ese de los pecados capitales. ¿Lo viste?

—No veo mucho la tele, la verdad... Olaia, ¿crees que ese caso pudo tener algo que ver con el suicidio de Jokin?

Olaia bebió en silencio, mirando el mar.

—Esto es algo parecido a lo de tu sobrino: Jokin no daba el perfil de un suicida. Adoraba a sus dos hijos... A veces, por la noche, los ayudaba a hacer los deberes desde la oficina. Tenías que verle colgado al teléfono durante horas. Lo que quiero decir es que... tenía un motivo para vivir. Además...

Nos interrumpió una parejita que salió entre risas a fumar fuera. Menos mal que decidieron sentarse a unas cuantas mesas de nosotros.

—Además... pasó otra cosa. —Olaia bajó la voz—. Jokin me dijo algo.

—¿Algo?

—Fue solo una semana antes del final. Yo llevaba un tiempo mosqueada por su actitud y decidí enfrentarme a ello. Lo acorralé en las máquinas de café. Le hice una pregunta directa: ¿qué coño le pasaba?

—¿Y?

—Quiso largarse, pero le corté el paso. ¿Es que iba a dejar

de confiar en mí? Noté que se le empañaban los ojos. Me dijo que «tenía tensiones. Que solo estaba intentando arreglarlo todo sin molestar a nadie»… Yo le contesté que para eso estaban los amigos… Entonces él… tuvo un acceso de sinceridad y me dijo algo así como: «Aléjate de mí, Olaia. Es lo mejor para todos. En serio».

—¿Qué crees que le pasaba?

—No lo sé. A veces la gente depresiva emplea ese tipo de expresiones… Pero había algo más. No solo era tristeza, era… miedo.

—¿Miedo a qué?

—Eso es lo que traté de investigar. Como tú, por mi cuenta.

—¿Nadie te apoyó? Barrueta era su compañero.

Ella negó con la cabeza.

—Nadie ha vuelto a tocar el tema. Es como un tabú entre nosotros. Además, una investigación nunca recaería en Getxo. Estábamos demasiado unidos a Jokin.

—Eso es correcto. Sería incompatible. Pero ¿había algún indicio? ¿Qué decía la policía francesa?

—Defendieron su investigación. Decían que no había lugar a una verificación, que era lo que pedía.

—Así que fuiste a Francia.

—Alquilé un chalet de playa en Gruissan… Estuve un par de días por allí. Hice algunas preguntas en el pueblo, pero no conseguí gran cosa, excepto que alguien llamase a una *gendarmerie* y tuviese una bonita bronca esperándome cuando regresé.

—¿Por qué?

—Bueno, los gendarmes quisieron saber a cuenta de qué iba haciendo preguntas en «nombre de la policía». Reconozco que llegué a sacar mi placa un par de veces.

—Sin permiso.

—Exacto... ¿te suena?

—Bastante. Veo que somos almas gemelas.

—Exacto. Y hasta que apareciste por la planta preguntando por Jokin no se me ocurrió volver a intentar nada. Entonces me enteré de tus andanzas... y pensé que podríamos ser buenos aliados. Intercambiar información. Ayudarnos.

—Me parece bien. Pero no sé muy bien cómo puedo ayudarte, en realidad.

—Bueno. Hay algo que nunca pude hacer: hablar con Arrate Montero. No tuve bemoles para acercarme a ella, pero quizá tú podrías hacerlo.

—Entiendo —dije.

«Y por fin, llegamos al verdadero por qué de esta reunión», pensé con algo de desazón.

—Sé que quizá es pedirte demasiado —trató de disculparse.

—El problema es que no tengo mucho tiempo ahora mismo. El caso de Denis es lo primero y...

La verdad: se me hacía cuesta arriba ir a hablar con Arrate. Hacía demasiado tiempo que no la veía. Yo solo era un fantasma del pasado que, además, le iba a traer recuerdos horribles... Pero, por otra parte, Olaia podía ser una buena aliada en el asunto de Denis...

Guardé silencio mientras le daba una vuelta. ¿Qué me costaba llamar a Arrate para darle el pésame? Pero antes quería tener una cosa clara.

—Olaia, ¿te puedo hacer una pregunta un poco personal sobre tu relación con Jokin? Ya sabes lo que quiero decir... En este trabajo pasamos muchas horas juntos y...

Me di cuenta de que había metido la pata hasta el fondo

solo con ver cómo le cambió la cara. Se quedó callada, mirándome con una fijeza que logró hacerme mover el culo del asiento.

—Le quería mucho, pero solo como amigo. Aunque para los tíos eso sea taaan difícil de entender.

Dicho esto, recogió el tabaco y se puso en pie.

—¿Qué haces?

—Se me ha hecho tarde.

—Lo siento. Ha sido una bobada preguntarte eso. ¡Perdona!

—Mira, Aitor, es que me jode enormemente que todo lo que suceda entre un hombre y una mujer tenga que estar sexualizado. En la comisaría igual. Jokin y yo salíamos a correr y éramos el cuchicheo de todo Cristo. ¿Acaso no es posible tener una relación de amistad y punto? Yo empatizaba mucho con él. Nos caíamos bien y nos reíamos un montón juntos. Era mi amigo y se mató sin ningún sentido. ¿Tan raro es que solo quiera entenderlo?

—No —dije cabizbajo—, no es raro para nada. Y de nuevo, perdóname, por favor, he sido un idiota.

Hizo un gesto que podía significar muchas cosas. Después miró la hora.

—De acuerdo, aunque debo irme. Es tarde y mañana madrugo.

Caminamos hacia el parking. La noche estaba seca y las nubes se habían roto dando paso a un bonito claro de luna. Hubiera sido un escenario perfecto para cambiar de tema y hacer una intentona con ella, pero las cosas se habían enfriado mucho gracias a mi puto comentario.

Llegamos hasta los coches y Olaia se apoyó en la puerta del suyo. Joder, era un Hyundai rojo igualito que el de Barrueta.

—¿Los regalan? —dije.

—¿Qué?

En ese momento me di cuenta de que, en teoría, yo no podía saber qué coche tenía Barrueta.

—Nada, que últimamente veo muchos Hyundai.

—Van bastante bien —respondió ella con el ceño fruncido. «Vaya tontería», seguro que pensó—. Bueno, en fin. Gracias por la charla. Te mantendré todo lo actualizado que pueda sobre Denis...

—*Quid pro quo* —repliqué—. Yo hablaré con Arrate. No le mencionaré nada de todo esto. Veamos qué tiene que decir ella.

—¿En serio? —Abrió los ojos de par en par—. No te quiero meter en líos, aunque te lo agradezco.

—No es un lío, para nada. Jokin fue un gran amigo. Le debo eso, como poco.

—¡Gracias!

—Y nada de sexualizar las cosas, ¿eh?

Se rio.

Nos quedamos callados un instante. Nos iluminaba la luna, estábamos solos y teníamos delante un océano regado de plata. Por un segundo se me ocurrió la loca idea de dar un paso más... (y algo en el aire, en la mirada de Olaia, me decía que quizá funcionase).

Pero justo entonces me vibró el teléfono.

Era un mensaje. De Karim. Todo mayúsculas.

SOBRE DENIS. ES MUY URGENTE. ¿PUEDO LLAMARTE?

—Joder.

—¿Qué? —preguntó Olaia—. ¿Malas noticias?

—No lo sé —respondí—, pero tengo que llamar a alguien.

—Claro —arrastró las palabras antes de meterse en su coche—. Bueno. Nos vemos pronto, ¿vale?

—Sí —dije, todavía estupefacto por aquel mensaje.

«¿Muy urgente?». ¿Qué podía ser «muy urgente»?

La vi maniobrar y desaparecer por la carretera de la costa. Me quedé pensando que quizá había tirado a la basura una gran oportunidad. Pero el mensaje de Karim parecía algo «grueso».

Le llamé.

Lo era.

12

—Íñigo Zubiaurre es un ludópata —comenzó diciendo Karim—. Le han prohibido la entrada en un montón de sitios y le debe mucho dinero a un usurero llamado Cosmin Prodescu, un rumano. Sé que le han dado algún que otro aviso, pero nada serio. Y Zubiaurre paga como puede. Va vendiendo cosas. Pide dinero prestado a sus amigos… pero la paciencia de Cosmin está ya rozando los límites, por lo que me he enterado. Aunque Zubiaurre le ha debido de prometer que iba a saldar toda su deuda.

—¿Quién te cuenta todo eso?

—Ya sabes que no puedo decírtelo. Alguien cercano a Prodescu. Íñigo le puso un mensaje esta misma semana, le prometió que le pagaría.

Vale, eso encajaba con la teoría de que a Zubiaurre lo habían «comprado».

—¿Esto era lo urgente?

—No. He empezado por ahí, pero ahora paso a las malas noticias, Ori. Porque tengo malas noticias. Muy malas.

—¿Qué?

—Sé que Denis ha ingresado ya en Basauri. Módulo C. Celda 211. He avisado a mi gente y le van a cuidar. Y al mismo tiempo nos ha llegado un soplo: es un poco duro, pero alguien ha puesto precio a la cabeza de tu sobrino.

—¿Qué? —Noté que me zumbaban los oídos—. ¿Quién?

—Ni idea. Se rumorea que alguien ha ofrecido mucho dinero para asegurarse de que acaban con él y «lo hacen pronto». Mira… tengo que decírtelo: es mejor que te muevas deprisa. Por mucho que mis chicos estén encima, será cuestión de tiempo que lleguen a él.

—Joder… pero ¿quién lo va a hacer? ¿No sabes nada?

—Todavía no. El que haya aceptado el encargo está muy callado. Pero seguiremos hurgando. Mientras tanto, date prisa.

No recuerdo muy bien qué le dije, o cómo me despedí. El mundo se había vuelto borroso, el interior de mi coche no existía.

Lentamente, volví a aterrizar en el parking de El Peñón. No entendía nada. ¿Liquidar a Denis? ¿Por qué? ¿Para qué? Lo único que se me ocurría era una venganza por parte de los familiares de Arbeloa y eso tampoco tendría sentido. Nadie hace esas cosas en la vida real, y menos una familia normal y corriente. Para pasar un mensaje así hay que tener acceso a puertas muy oscuras, bajar a cloacas muy profundas, y arriesgarte a ir a prisión, claro… Así que solo había una conclusión lógica: que aquello era algo mucho más grande y más complejo de lo que había podido imaginar.

Era un plan maestro que alguien estaba cumpliendo paso a paso.

Pero, de nuevo, ¿por qué?

Seguía sentado en mi coche cuando empezó a llover. ¿Qué debería hacer ahora? Llamar a Mónica estaba descartado, solo serviría para que se volviese loca. ¿A Orestes? ¿Pedir a la jueza protección especial para Denis? Pero ¿en base a qué? ¿A un soplo que llegaba desde unas cloacas a las que no podría poner nombre?

Solo me quedaba confiar en que los hombres de Karim lograsen contener la amenaza el tiempo suficiente para hacer algo...

Tenía que moverme rápido. Con el cuerpo roto de cansancio, debía comenzar esa misma noche.

De camino a Maruri intenté autoconvencerme de que quizá Karim se estaba dando importancia con ese chivatazo. Quizá no era tan grave como lo había dibujado... o sencillamente era un bulo. Pero Karim era demasiado solvente como para desconfiar de él. Y aun así, ¿por qué matar a Denis? ¿A quién le molestaba que siguiera vivo?

Debía de haber algo más.

Era la una de la madrugada cuando llegué a Mungia e hice una pequeña apuesta conmigo mismo: ¿habría regresado Íñigo a su casa o no? Algo me decía que seguía por el pueblo, inflándose a vinos, y que su BMW seguiría en la misma acera donde lo había dejado al mediodía.

Y, en efecto, así era. El BMW seguía allí.

Aparqué detrás y saqué de la guantera el sobre que había llegado esa misma tarde a casa con dos rastreadores GPS imantados. Del tamaño de un mechero, y con autonomía de setenta y dos horas. Eran de la misma marca que los que solíamos comprar en la Ertzaintza. Bastante caros, pero buenos aliados en cualquier misión de seguimiento, discretos y fiables.

Activé uno de ellos, y tardó solo unos segundos en hacerse visible en la pantalla de mi móvil. Lo titulé: «Coche Íñigo».

No había apenas gente por la calle. Salí y me puse a mirar las ruedas como si tuviera la sensación de que estaban bajas. Continué disimuladamente hasta el BMW. Pasé la mano por debajo de un lateral y le adosé el rastreador en el primer punto metálico que encontré. Hizo clac, como un buen imán, y noté que se había adherido con fuerza. Perfecto.

Regresé al coche y realicé otra rápida prueba para asegurarme de que todo funcionaba y que había comenzado a enviar la localización. Después, me dirigí hacia mi segunda parada: Urduliz.

De camino busqué la famosa gasolinera *low cost* desde donde Íñigo habría hecho su llamada al 112. Era uno de esos negocios automatizados, sin empleados. Estaba situado junto al polígono donde se ubicaba la empresa de Arbeloa, en los alrededores de Gatika. Bueno, la declaración se sostenía. En plena noche, un disparo se habría oído perfectamente.

Y la salida del polígono iba a dar a la carretera que pasaba frente a la gasolinera. Por allí habría circulado el vehículo del asesino. Había bastantes farolas, lo que pudo ayudar al testigo a vislumbrar parte de la matrícula.

En suma, una historia bien montada.

Había una máquina de *vending*, compré un par de Coca-Colas y unas patatas fritas porque necesitaba un buen subidón de sal y azúcar. Me comí la bolsa entera y me bebí una lata antes de volver al coche.

Conduje hacia los pabellones. Mi GPS me indicó la ubicación de ARBELOR COMPONENTES ELÉCTRICOS. Un gran portón metálico mostraba el nombre de la empresa. Debajo, pegado en la puerta, había un cartel plastificado.

CERRADO TEMPORALMENTE.
LES ATENDEMOS POR TELÉFONO

Estimados clientes: debido al incidente acaecido en
nuestras instalaciones, la Policía ha ordenado el cierre de
las mismas mientras dure la investigación. Hasta entonces,
el almacén permanecerá cerrado, pero creemos que seguir
activos es el mejor homenaje que podemos hacer a nuestro
director y fundador. De modo que la parte administrativa
sigue operativa. Les atiende Marina en el siguiente
teléfono: …

Apunté ese número y me largué de allí.

Faltaban diez minutos para las dos cuando llegué a la calle residencial donde vivía Barrueta, que a esas horas estaba desierta. Solo había luz en el segundo piso, pero Barrueta vivía en el cuarto. Por lo demás, todo era paz y quietud en aquel barrio.

Preparé el ThinkPad y la antena en el asiento del copiloto y me acerqué al garaje. Enfilé la rampa como si fuera un vecino más… y entonces accioné el emisor de ondas en mi ordenador. La puerta se abrió lentamente. Solo esperaba que ningún vecino insomne estuviera mirando por la ventana y se fijara en el ordenador que llevaba abierto.

El sótano estaba mucho más lleno de coches que al mediodía. Lo recorrí despacio, sin prisa, y encontré el Hyundai rojo de Barrueta aparcado en una de las plazas del fondo, cerca de la puerta que debía de conectar con el ascensor y las escaleras.

Se trataba de actuar muy rápido y con decisión. Frené allí mismo, activé el segundo rastreador y lo probé. Bajé del coche y me colé entre el Hyundai y el vehículo que estaba al lado. En esta ocasión tardé un poco más hasta encontrar una superficie donde adosar el GPS —los malditos coches modernos—, pero finalmente lo coloqué muy centrado, debajo del asiento del copiloto. Cuando levanté la cabeza, allí seguía sin haber nadie. Los honrados vecinos de ese edificio estarían durmiendo para madrugar al día siguiente.

Di la vuelta con el coche y salí del garaje sin ninguna prisa.

Misión cumplida por esa noche. La mitad de la trampa estaba en su sitio.

La otra mitad la terminaría al día siguiente.

Conduje hasta Ispilupeko bostezando como un niño. Aparqué frente a mi portal y me arrastré escaleras arriba. Tenía mucha hambre y mucho sueño, no sabía con cuál de las dos debía quedarme, pero me tocaba mi dosis de pastillas, así que algo tendría que comer.

Puse una lasaña a precalentar en el micro y fui al salón a cerrar las ventanas, que siempre dejaba en batiente para evitar que la humedad se condensara demasiado en el piso.

En la calle, un coche arrancó a unos veinte metros del edificio. Encendió los faros, se incorporó a la carretera y circuló muy despacio frente a mi portal. Me quedé mirándolo según pasaba por debajo de mi casa. Eran las dos y media. ¿Salía? ¿Regresaba de alguna parte? Intenté fijarme en la matrícula, pero fue imposible. ¿Era casualidad que hubiera arrancado nada más llegar yo a mi casa?

La psicóloga me había prevenido sobre los «episodios de paranoia», que eran comunes después de un ataque como el que yo había sufrido. Pensé que quizá estaba teniendo uno.

Aunque lo cierto, maldita sea la gracia, es que no ayudaba demasiado que el coche fuese un Mercedes de color negro.

13

Recuerdo el día en que Jokin apareció por la comisaría diciendo: «¡Me caso, tíos! Y otra cosa más: he pedido el traslado a Getxo».

Arrate Montero era la causa de todo ello. Todos alucinábamos con esa chica esbelta, de cabello rubio y ojos verdes, culta y dueña de una elegancia auténtica, que se había convertido en la novia de Jokin. A nadie le sorprendió que él se volviera completamente loco por ella, qué demonios: un tren así solo pasa una vez en la vida.

Arrate pertenecía a una buena familia de Getxo; armadores, comerciantes con algún pie metido en política también. Jokin, en cambio, provenía de una familia muy normalita de Barakaldo. Era como una historia de amor de película. Como *La dama y el vagabundo*. «No sé qué demonios ha visto en mí... pero espero que siga con esa miopía mucho tiempo».

Aquella mañana, entre celebraciones y palmadas en la espalda, supongo que todos le envidiábamos. A los veintimuchos, ninguno teníamos una relación sólida. Salíamos juntos, ligábamos cuando podíamos y nos divertíamos con todo aquello. Pero entonces, una noche de fiesta en el puerto deportivo de Getxo, apareció Arrate y la vida de Jokin giró como una veleta.

«Menudo braguetazo ha dado Jokin», decían las malas lenguas (las que peor llevaban la contención de la envidia). «¡Pero si es un maldito perro pulgoso!».

Bueno, el perro pulgoso cambió su forma de vestir, incluso su forma de ser. Dejó de ser «el gracioso» del grupo y empezó a hablar con un tono grave y pomposo, como si fuera un tipo importante. ¿Qué le pasaba? ¿Se había vuelto idiota de pronto? Tuve celos, claro que los tuve, porque había perdido a un amigo, pero también porque soy un humano más que se dedica a comparar su vida con la del resto…

Aun así, lo cierto es que Jokin quiso compartir su suerte conmigo. Una de las amigas de Arrate estaba soltera y Jokin dijo que quizá el roce haría el cariño, así que acudí a unas cuantas fiestas y barbacoas en sus bonitos chalets de Santa María de Getxo, me rodeé de aquel universo que tan solo estaba a unos kilómetros de Bilbao, pero que parecían años luz. No obstante, mi aventura no llegó a ninguna parte. Enseguida me di cuenta de que yo allí no pintaba nada y que la película de Disney no tendría segunda parte.

Así que le hicimos una bonita fiesta de despedida y se marchó para siempre. Yo todavía tendría que esperar dos o tres años hasta encontrarme con Carla, enamorarme y empezar esa fase tan prometedora de los treinta y pocos (boda, bebé, hipoteca) que Jokin inauguró por todo lo alto en un restaurante con estrella Michelin y ante trescientos invitados. Recuerdo alzarle en hombros allí, a la puerta del local, y lanzarlo por los aires entre carcajadas de pura felicidad. Si tuviera que congelar un momento sería ese. El día más feliz en la vida de mi amigo.

Todos estos recuerdos me vinieron a la mente esa mañana, según paseaba por el muelle de Las Arenas mientras esperaba a que abrieran una tienda en la calle Mayor. Unas rápidas pesquisas me habían bastado para saber que Arrate había abierto ese negocio unos meses después de la muerte de Jokin.

Había pasado otra noche de insomnio. Ese Mercedes negro había logrado ponerme nervioso... y luego cené y me quedé casi una hora despierto observando la pantalla del móvil, pendiente de si se movía el coche de Íñigo, que finalmente llegó a su casa a las tres de la madrugada. Barrueta, por su parte, había salido de Urduliz muy temprano y ahora estaba aparcado en su comisaría. Bueno, todo el mundo estaba donde yo esperaba, pero no había nada que hacer hasta el mediodía.

Así que aproveché la mañana para ir a charlar con Arrate. Había un par de buenas razones para ello. La primera, darle el pésame y enterarme de algo sobre la muerte de Jokin.

La segunda era mantener a Olaia al otro lado del teléfono.

Tomé el transbordador del puente colgante hasta Portugalete. Di un paseo por el muelle disfrutando de sus casas centenarias y de unos churros con chocolate que me devolvieron a la vida. A las diez en punto crucé de vuelta a Las Arenas. Dudé si debía presentarme con unas flores, pero finalmente fui con las manos vacías. Había pasado más de medio año de lo de Jokin y pensé que aquello sería raro.

Pasé frente a la tienda. Había alguien vistiendo a un maniquí en el escaparate. Se giró un momento y pude verla. Aparte de las gafitas y el pelo corto y ligeramente encanecido, nadie diría que habían pasado veinte años desde que nos presentaron. Arrate seguía siendo esa mujer delgada y esbelta que nos robó a Jokin con muy buenas razones.

Crucé la calle Mayor con un ligero sentimiento de culpa. Como cuando vas a dar una mala noticia, no me gustaba lo que estaba a punto de hacer.

Entré en la tienda haciendo sonar unas campanillas. Ella salió del escaparate y me saludó con una sonrisa radiante.

—Buenos días.

No me había reconocido, claro. Eran casi veinte años de distancia y yo tenía barba y unos kilos de más. Me aproximé al mostrador, di los buenos días. Y entonces, por fin, cayó en la cuenta.

Su gesto se descolocó por completo. Su sonrisa comercial se deshizo en una mueca, primero de sorpresa, después de dolor.

—Hola, Arrate…

Apretó los labios. Se tuvo que llevar una mano a la boca mientras asentía. Claro que me recordaba.

Yo me acerqué un paso más y le acaricié el hombro.

—Lo siento mucho. Muchísimo —fue todo lo que se me ocurrió decir.

Sabía que mi sola presencia iba a emocionarla, a traerle muchos recuerdos, pero jamás habría imaginado semejante reacción. Se echó a llorar de tal manera que tuvo que ir a cerrar la puerta de la tienda y poner el cartel de VUELVO EN 5 MINUTOS.

Después me señaló una puertecita que daba a una trastienda donde se amontonaban cajas, percheros con ropa y una pequeña mesa con un ordenador y una máquina de café. Sacó un paquete de clínex y se limpió las lágrimas.

—Lo siento… Es que… ha sido verte y me ha venido todo de pronto. ¡Uf!

—Si te soy sincero, me lo temía. Pero quería venir a saludarte de todas formas. Me he enterado hace nada. Bueno, ayer. —Exageré un poco, no sé por qué.

—¿Qué? ¿Cómo es posible?

—A mí también me parece increíble que no me llegara de alguna manera… Supongo que ha pasado mucho tiempo.

—Cinco años desde la última vez que nos vimos, ¿no?

Recordé aquella boda de un amigo común. Ella estaba preciosa. Jokin, radiante. Y yo, casado.

—Y que yo también he estado un poco off —dije—. ¿Cómo estás?

—¿Cómo crees? Mal. —La voz le tembló y estuvo a punto de no poder seguir—. Sobre todo por los chicos, ellos se han llevado la peor parte. Supongo que te habrás enterado de todos los «detalles», ¿verdad?

—Creo que sí —respondí—. No fue un accidente.

—Una cosa así es… te deja llena de preguntas. Alguien se puede matar conduciendo. O le puede dar un infarto… Es una putada, pero así es la vida, ¿no? En cambio, que una persona decida acabar con la suya, sin avisar a nadie, sin motivo aparente. Aunque para los chicos está claro que todo fue por el divorcio. Me miran como si yo fuera la culpable de todo. Y en el fondo quizá lo sea.

—No digas eso, Arrate.

—No sé, Aitor… Tú estabas al principio de lo nuestro. Sabes cómo nos enamoramos Jokin y yo. Fue como una película.

—Lo sé.

—Yo había crecido en un mundo miedoso, timorato, complejo... y Jokin era fuerte, valiente y sencillo. Era mi héroe, mi príncipe azul. Y siguió siendo así durante muchos años. Fuimos inmensamente felices. Tanto que nos daba miedo, ¿sabes? Era como si nos estuviéramos mereciendo un destino terrible a cambio de tanta felicidad... Y mira, al final terminó llegando. Pero antes yo dejé de sentirme enamorada. Fui yo la que rompió con todo. Fui yo la que echó por tierra la familia feliz.

—La vida es así. No puedes culparte por tus sentimientos.

—No. No puedo... pero tampoco puedo evitarlo. Por cierto, ¿sigues con Carla?

—Nos divorciamos hace un par de años.

—¿Tenéis hijos?

—Dos chicas.

—Eso es lo que nos frenó a nosotros. Sobre todo a Jokin. Él no quería romper... venía de una familia muy tradicional en ese aspecto. Temía que los niños desarrollasen algún complejo extraño, ¡yo qué sé! Pero yo había empezado a sentir algo por otra persona. Él lo sabía.

No dije nada. Me limité a tragar saliva.

—No es que yo lo fuera buscando, aunque supongo que nuestro matrimonio era ya solo inercia. Y fui con la verdad por delante. Se lo conté a Jokin, pero él no lo acababa de encajar. Fuimos a terapia de pareja, hicimos un viaje sin niños. Accedí a todo lo que me pidió, pero eso no logró cambiar las cosas. De hecho, el viaje fue una pesadilla. Fuimos a Francia, a un lugar en la costa cerca de Narbona donde solíamos ir cuando los críos eran muy pequeños. Salió todo mal. Después eligió ese mismo sitio para terminar. Menudo mensaje, ¿eh?

—¿Te refieres a Gruissan?

—Sí.

Pensé que ese era un detalle que Olaia desconocía. Desde luego, parecía una coincidencia demasiado fuerte.

—Existe el suicidio vengativo —dijo Arrate—. Lo he consultado con expertos, aunque nadie ha querido mojarse y decirlo. Pero podría ser eso… Venganza.

—¿Lo crees de verdad?

—¿Qué otra cosa puedes deducir de algo así?

—No lo sé. Puede que quisiera volver a un sitio donde fue feliz. Tú misma has dicho que ibais cuando los niños eran más pequeños.

—Sí… Eso también puede ser. Nunca lo sabremos. Y creo que tampoco lo comprenderemos. Tres días antes estuvo con los chicos, fueron a hacer vela por la tarde y después cenaron juntos. ¿Quién hace eso antes de pegarse un tiro? Es otra de las cosas que me vuelven loca. Me gustaría tenerle aquí delante y preguntárselo. ¿Cómo pudiste hacerle eso a tus hijos?

Llegábamos a un punto difícil de la conversación. Ella bebió de una botellita de agua que tenía sobre la mesa, luego me ofreció un café, aunque sin demasiadas ganas.

—Lo siento, soy una maleducada.

—No te preocupes. Tampoco he elegido el mejor momento para venir.

—Es igual. Por las mañanas casi siempre estoy sola, organizando cosas… La tienda es muy nueva todavía.

—¿Un cambio de vida? Recuerdo que trabajabas en una empresa.

—Así es. Y durante un montón de años fui la responsable de recursos humanos. Pero una crisis me llevó por delante. Tiene gracia, estuve despidiendo a gente durante meses y un día vi mi nombre en la lista negra.

—Vaya…

—Sí. Yo pensé que eso era duro —dijo recordando—, pero después te pasa algo duro de verdad y espabilas. Lo cierto es que fue un año terrible. Que Jokin se negara a divorciarse. El paro. Y teníamos una vida bastante cara. Se me venía el mundo encima… y entonces me llaman desde la comisaría y me dicen que mi exmarido se ha pegado un tiro.

Se encogió de hombros mientras sonreía de una manera un tanto extraña. Y por un instante se me ocurrió que quizá Arrate hubiera perdido un poco la cabeza con todo eso.

—¿Puedo ser muy sincero contigo, Arrate?

—Claro.

—He venido a preguntarte por el suicidio de Jokin y veo que pensamos parecido. Que no tiene demasiado sentido.

—Ninguno. A menos que fuera un accidente. Pero la policía francesa no tenía dudas: lo hizo a propósito.

—He estado hablando con una compañera suya de la comisaría de Getxo. No sé si la conoces: Olaia.

—Claro que la conozco —dijo secamente.

—Ella también está muy sorprendida con todo este asunto, por decirlo así. Fue a Francia a investigar lo sucedido.

—No lo sabía.

—Piensa que hubo algo que afectó mucho a Jokin en los últimos meses antes de su muerte. Pero no cree que se debiera todo a vuestro divorcio. Ha mencionado el asunto del gurú belga, De Smet. ¿Te suena?

Arrate frunció el ceño, escéptica.

—Sí, fue un caso en el que Jokin estuvo destinado. Una cosa horrible. Un tipo que mataba prostitutas, ¿verdad?

—Según Olaia, Jokin cambió mucho a raíz de esa investigación. ¿Tú le notaste algo?

—Bueno… fueron días muy raros. Por fin habíamos acordado divorciarnos y todo coincidió con eso. Decidimos que los niños seguirían viviendo en casa y nos turnaríamos. Yo tenía la casa de mis padres, pero Jokin ya había perdido a los suyos. Estuvo viviendo de alquiler en un piso de Algorta, aunque no estaba muy a gusto. Así que se concentró en esa investigación. Por lo visto hacía turnos dobles durante las escuchas. Tenían una especie de autocaravana y prácticamente vivía allí. Yo solo le veía durante los intercambios... La verdad es que estaba demacrado. Muy cansado. De todos modos decía que estaba casi seguro de haber encontrado al asesino. Esa fue su gran motivación... Creo que concentrarse en el trabajo le ayudó mucho con la separación.

—¿Y después? ¿Algo fuera de lo habitual?

Arrate frunció otra vez el ceño.

—Es cierto que hubo alguna cosa rara. Alguna conversación que nunca llegué a entender del todo. En uno de los últimos turnos, los niños vinieron diciendo que su padre iba a comprar una casa. Me sorprendió mucho porque, como te digo, desde mi despido el dinero apenas nos daba para sostenernos. Pero los chavales dijeron que se habían pasado una tarde mirando casas con jardín. Se lo pregunté la siguiente vez que le vi. Jokin sonrió de una manera un poco extraña y dijo que «estaba mirando casas por deporte». Bueno, aquello fue curioso cuando menos. Y hablando de cosas raras, su viaje a Gruissan también fue raro.

No dije nada, tan solo asentí para que siguiera. Arrate perdió la mirada mientras buceaba entre los recuerdos.

—Tenía a los niños hasta el viernes noche, pero el jueves me llamó para pedirme un favor «muy grande». Quería irse de viaje el viernes por la mañana. Nunca me especificó la razón, solo que tenía cierta «urgencia». Yo le dije que sí a regañadientes y al día siguiente me fui a la casa. Él ya estaba vestido y con una bolsa de deporte hecha. También me fijé en que se llevaba su ordenador portátil y eso me pareció raro.

—¿Por qué?

—Jokin nunca se lo llevaba de vacaciones. De hecho, por la forma de pedirme ese cambio de última hora, yo supuse que quizá tenía una cita o algo así. Por eso me sorprendió lo del ordenador. Y después, cuando pasó todo, llegué a pensar que a lo mejor me había dejado algo escrito...

—¿Y encontraste algo?

—Nada.

—¿Dónde está ese portátil ahora?

—Lo tengo guardado en casa. Me lo devolvieron con todo lo demás. Pero ¿qué ocurre, Aitor?

—Nada. —No era el momento de decir nada más—. Pero no estaría mal darle un repaso en profundidad. Quizá Jokin dejó algo que nos ayude a entender sus razones... algo que arroje luz sobre ese final... tan inesperado.

Arrate me dijo que lo llevaría a la tienda y me avisaría. Luego me preguntó por Olaia. ¿Era cierto que se había tomado la molestia de ir a Francia?

—Nunca tuve muy claro qué relación tenía con Jokin. No es que me importe, ¿eh?

—Creo que solo eran amigos —dije yo—. Muy buenos amigos, nada más.

—¿Eso te dijo ella? —preguntó Arrate.

Me pareció que había algo más en su pregunta, pero en ese instante oímos que alguien tocaba en el cristal de la puerta. Parecía una conocida de Arrate. Se secó las lágrimas y se disculpó.

—Mejor que salga a atender, que tampoco me sobran las clientas.

—Claro.

—Te llamaré en cuanto tenga el ordenador.

Nos dimos un abrazo y me marché de allí.

Llegué al coche y escribí el siguiente mensaje a Olaia:

> Acabo de hablar con Arrate Montero. Resulta que hubo algunos hechos llamativos en los últimos días de Jokin. Se llevó su ordenador portátil en el último viaje que hizo. Arrate dice que es raro. Pensó que Jokin iba a trabajar… o que le habría dejado algo escrito. Ninguna de las dos cosas (??). Hablamos cuando puedas.

Después volví a mis planes de esa mañana. Abrí la aplicación de rastreadores GPS y chequeé la posición de los dos coches. El de Barrueta seguía aparcado en la comisaría. El de Íñigo, en su caserío de Maruri. Supuse que estaría durmiendo hasta el mediodía, así que aproveché para hacer un recado.

Busqué una copistería papelería y localicé una no muy lejos de allí. Le pasé al dependiente un USB y le dije que imprimiera el único archivo que había dentro. Sesenta páginas muy aburridas que contenían un informe del año 2001 que había encontrado en mi ordenador. Claro que, de las sesenta páginas, solo me interesaba una, estratégicamente intercalada hacia la mitad.

El chico me preguntó si quería encuadernarlo y le dije que no. Pagué y salí de allí. Fui al muelle y me di un paseo hasta el mar. De camino, marqué el número que había apuntado la noche anterior frente al pabellón de Arbelor. Esperé. Surgió una voz al otro lado, delicada y dulce.

—Componentes Arbelor, le atiende Marina.

—Hola, buenos días. Le llamo de la comisaría. ¿Puede atenderme un minuto?

Se hizo un pequeño silencio que llegó a ponerme nervioso. Lo último que necesitaba era una empleada suspicaz que llamase a Barrueta para comprobar mi identidad.

—Sí, claro, dígame.

—Mire, estoy repasando las declaraciones y cerrando algunos detalles. Nada importante. Como quizá sabe, el señor Arbeloa había recogido al sospechoso unos días antes del... atraco.

—Del asesinato —corrigió ella.

—Correcto. Quería saber si había mencionado este hecho a alguno de ustedes. Como era tan abierto...

—No estoy segura de entenderle.

—¿Les habló el señor Arbeloa de su encuentro con Denis Orizaola? Quizá no les dio un nombre. Quizá tan solo habló de «un chico que recogió en una parada de autobús».

—A mí, por lo menos, no. Y soy con la que más trato tenía.

—Ah, es usted su secretaria.

—Soy la administrativa —corrigió ella.

—Correcto, perdón.

—Pero, vamos, trabajábamos mesa con mesa, en la misma oficina. El viernes estuvimos comentando algunas cosas y no lo mencionó.

—Okey. Apuntado. Una última cosa. Ese mismo viernes, ¿vio usted alguna cara nueva por el almacén? ¿Alguien que no fuera un cliente habitual?

Se hizo un corto silencio. La mujer estaba pensando.

—Pues no. La verdad es que teníamos el trasiego habitual

de gente. Los mismos repartidores. Los mismos proveedores... Ah, bueno, sí que vino un hombre. Era de un seguro o algo así.

—¿Un seguro?

—Sí. No me pregunte cuál, porque no escuché la conversación. Yo estaba atareada con una llamada y Arbe salió a atenderle. Solo oí que le decía que venía de un seguro. Estuvieron charlando unos cinco minutos y luego se marchó. No le llegué a preguntar nada. Como le digo, yo estaba liada hasta las cejas.

—¿Podría describirle?

—Pues no sé. Alto, pelo canoso muy corto, casi rapado. Vestía de traje. Nunca le había visto antes.

Le pedí un instante. Saqué mi libreta y retrocedí unas cuantas páginas, hasta las anotaciones que hice tras hablar con Jon Tubos en la mañana de la detención.

«Mercedes negro. Dos hombres de traje. Uno, pelo canoso corto. El otro, gafas».

Pelo canoso y corto. Las descripciones coincidían.

—¿Llegó a ver su coche?

—¿El coche? No, lo siento.

Estuve a punto de preguntarle algo más, pero no quería que esa buena mujer se mosqueara por nada. De hecho, quería que me olvidase en cuanto colgara la llamada.

—Muchas gracias por todo y que tenga un buen día.

Colgué y me quedé sentado en un banco del muelle, con la libreta apoyada en las rodillas: «¿El hombre del seguro?», escribí.

Al día siguiente de que Arbeloa recogiera a Denis, ese hombre se presenta en la empresa diciendo algo de un «seguro». Se entrevista con Arbeloa. Alto, pelo gris rapado, traje.

¿Puede ser el mismo que estaba en el Mercedes negro de la playa?

Eran las once. Crucé el puente colgante otra vez, llegué a mi coche y puse rumbo a Maruri. Había que completar la trampa que había empezado el día anterior.

Ahora que tenía un sistema de rastreo, no me hizo falta apostarme junto a la depuradora de aguas que, por segundo día, podía llegar a levantar alguna sospecha. Así que aparqué tranquilamente en el polideportivo y me dediqué a esperar. De vez en cuando observaba la pantalla del teléfono. ¿A qué hora se levantaría Íñigo hoy? ¿Se iría otra vez a Mungia a jugar a las tragaperras?

Mientras estaba allí, llegó la respuesta de Olaia a mi mensaje.

Interesante lo del ordenador.
¿Crees que lo podrías conseguir?

Ya se lo he pedido a Arrate. Lo llevará
a la tienda la semana que viene.

OK. Avísame y quedamos para verlo juntos.

Perfect.

A la una y media, casi a la misma hora que el día anterior, el BMW de Íñigo se puso en marcha. Salió de su casa, recorrió la carreterilla local y apareció por el cruce del pueblo. Como imaginaba, tomó dirección Mungia. Estaba bastante seguro de lo que iba a ocurrir a continuación (birra y *pintxo*, y después a la sala de juegos), pero aun así esperé hasta que el vehículo se quedó detenido en la misma zona del día anterior.

Okey. Había llegado el momento. Rock'n'Roll.

El material que iba a necesitar estaba ya preparado en una mochila. Me la eché a la espalda y salí caminando con todo el aspecto de ser un jubilado que estaba haciendo la ruta del colesterol.

Se puso a lloviznar justo cuando llegaba al puentecillo que cruzaba uno de los afluentes del Butrón. No tenía paraguas, así que me extendí el choto del impermeable sobre la cabeza. Me daba perfecta cuenta de que ahora parecía un gnomo de color azul y que eso no ayudaría a pasar desapercibido, pero era mucho más raro parecer un oso grizzly mojado. La lluvia, por otra parte, también tenía sus ventajas: ahuyentaría a los auténticos domingueros y despejaría el camino de posibles mirones.

Fui caminando como si tal cosa bajo la lluvia mientras me ponía los guantes con disimulo. Cuando llegué frente a la casa de Íñigo, ni siquiera me detuve. Empujé la portezuela del jardín con seguridad y me colé dentro.

La casa no tenía más entradas que la puerta principal, que parecía bastante maciza. Así que me dirigí directamente a la ventana trasera y recé para que estuviera abierta.

Lo estaba.

Saqué un gancho de tres garras que llevaba atado a una soga de escalada. En otros tiempos y con otro cuerpo no hubiese necesitado un truco de estos, pero no podía jugármela. Me subí a la rueda de molino de un salto, empujé la ventanita y anclé el gancho en el marco. Después di un par de vueltas a la soga alrededor de la mano y me ayudé de ella para impulsarme al interior. Fue un aterrizaje patético, aunque tuve la virtud de no romper nada. Incluyendo mis propios dientes.

Me quedé un largo minuto sentado en el suelo de la cocina esperando escuchar algún sonido, alguna señal de alerta (a la madre de *Psicosis* preguntando: «¿Norman? ¿Eres tú?»). Pero nada. La casa permaneció en silencio y me puse en marcha. Aquello era un allanamiento en toda regla y tenía que darme prisa en salir de allí después de dejarlo todo limpio como un buen boy scout.

Extraje un pequeño estuche de pendientes del bolsillo. Contenía los tres *bugs* que había comprado, junto con los rastreadores, en latiendade007.com. Los *bugs* eran grabadoras espía que se activaban con la voz y grababan casi tres horas cada una. Había elegido el modelo sin tarjeta SIM (que alguien podría vincular conmigo en caso de que diese con uno por casualidad) y la parte mala del asunto era que tendría que volver a por ellas en una nueva visita.

Si todo salía como yo había planeado, merecería la pena.

La casa solo tenía una planta. Elegí las tres estancias que me parecían tener más posibilidades de ser el escenario de una llamada telefónica: el recibidor/salón, la cocina y el dormitorio.

Los *bugs* eran como pastillas de color negro. Estaban imantados, igual que los rastreadores GPS, y además tenían una cara cubierta de un adhesivo aceitoso que era un milagro de la química. Se pegaba como un clavo, se despegaba con solo moverlo un poco y se podía limpiar el rastro del pegamento con un clínex.

Coloqué los *bugs* discretamente. El primero lo pegué bajo

una cómoda que había en la entrada. Después, en el salón, usé el panel trasero de la tele para esconder el segundo. Me fijé en una butaca raída que estaba enfrentada a la televisión. Había un par de vasos vacíos en el suelo, algunos boletos del Euromillón y unas cuantas quinielas. Y un cenicero cargado de colillas apoyado en uno de los reposabrazos.

Ahora llovía de verdad. Un chaparrón caía a plomo sobre la casa. Podía oír los goterones tamborileando en los trastos que había tirados fuera, a la intemperie. Me dirigí al dormitorio. Una cama de matrimonio deshecha y con pinta de llevar así una eternidad. Vasos de agua que nunca regresaron a la cocina. Ropa amontonada en una butaca. Elegí un bonito crucifijo que había sobre la cama y coloqué el *bug* disimulado detrás de la cabeza de aquel Jesús que habría tenido que ver tantas cosas terribles.

Forzando mis escrúpulos a tope, me tumbé en la cama para comprobar si se veía desde la perspectiva del tipo. Fue entonces cuando advertí algo entre las sábanas. Reconozco que al principio me dio algo de miedo sacarlo de allí. Era una especie de… ¿carpeta? Estaba enterrada en aquel revuelto de sábanas y mantas. ¿Una revista porno? Pues no. Era otra cosa: un catálogo de coches. Y no de cualquier coche. Era un modelo valorado (según había escrito en un presupuesto grapado al catálogo) en sesenta o setenta mil euros. El presupuesto se había realizado el pasado martes en un concesionario de Bilbao.

O sea, de la noche a la mañana, Zubiaurre planeaba saldar las cuentas con su prestamista y comprarse un coche nuevo.

Interesante.

Por un segundo pensé quedarme un poco más. Hurgar aquí y allá y ver si daba con algo más jugoso todavía. Una bolsa de dinero. La cartilla de un banco. Algo que pudiera demostrar la teoría de que había recibido o esperaba recibir una buena cantidad de dinero. Pero cada minuto que seguía en esa casa era arriesgado. Y en realidad ya tenía lo que quería.

Solo faltaba el toque final y quizá el más importante. Un golpe de efecto que tenía que conseguir que Íñigo se asustara e hiciese una llamada de teléfono.

Para eso, primero tenía que volver a salir por la ventana de la cocina. Esta vez no me costó tanto. En cuanto me encaramé en la rueda de molino, recogí el gancho, cerré la ventana con cuidado y me despedí hasta la próxima. Aunque pensé que quizá no fuese tan fácil en la siguiente ocasión, cuando volviese a por los *bugs*. Cabía la posibilidad de que Íñigo, después del susto que le iba a dar, se acordase de cerrar todas las puertas y las ventanas de la casa. Pero, como suele decirse, ya cruzaríamos ese puente cuando llegara.

Me puse de nuevo mi capucha de gnomo azul y rodeé la casa hasta la parte frontal. Había un pequeño pórtico a cubierto del agua y me alegré de eso, porque no había contado con la posibilidad de que mi cartel se mojase.

Saqué el informe que había impreso esa mañana en la copistería de Las Arenas, después de la visita a la tienda de Arrate.

Busqué la página 31... y la pegué en el mismo centro, a la altura de los ojos. Cuatro bandas de cinta adhesiva mantendrían el mensaje firme contra aquella madera.

Me separé un poco para leerlo. Las letras de imprenta eran lo bastante grandes como para que un miope lo leyera a un metro de distancia.

DEJA DE MENTIR
O TE ARREPENTIRÁS

Debo decir que estaba orgulloso de mi anónimo amenazante. Un texto perfecto para no significar nada o significarlo todo.

Si Íñigo estaba en el ajo, se acojonaría.

14

Cayó un gran chaparrón entre la casa de Íñigo y mi coche. Cuando llegué, tenía dos peceras por zapatos. Me descalcé, me quité los calcetines y terminé quitándome hasta los pantalones. Encendí el motor y puse la calefacción a tope. Estuve allí tiritando un buen rato hasta que el coche se caldeó lo suficiente y me fui conduciendo en gayumbos. Esperaba no tener que detenerme hasta llegar a casa.

Vale. La jugada estaba planteada y ahora era cuestión de esperar. Íñigo llegaría a casa en algún momento de esa noche. Vería el cartel (solo esperaba que no estuviera tan borracho como para pasar de largo) y eso le provocaría algo: ¿el qué? Miedo, malestar, incertidumbre. Lo que fuera con tal de que cogiese el teléfono para hablar con alguien. Esa era mi apuesta. Que hiciese una llamada esa misma noche o puede que al día siguiente. Si yo estaba en lo cierto, no tardaría demasiado en hacerla. Y todo quedaría grabado en alguno de esos tres *bugs*.

Llegué a Ispilupeko. Aparqué justo delante del portal y agradecí que no hubiera apenas gente en la calle, porque no me apetecía volver a ponerme la ropa.

Me di una larga ducha caliente, abrí una cerveza, llené un plato de cacahuetes y me senté en el sofá con el móvil. Eran las cuatro, Barrueta había salido de la comisaría y estaba de vuelta en su casa. Íñigo seguía aparcado en Mungia, gastándose los cuartos en alguna máquina de apuestas deportivas. Quedaba una larga tarde por delante. Recordé que a las siete y media era el funeral por Arbeloa y pensé que quizá podría pasarme y echar un vistazo. Sin embargo, casi antes de que empezar con todo esto, me sonó el teléfono. Era Carla. ¿Carla?

—Se te ha olvidado. ¿A que sí?

—¿El qué?

—Las niñas. Dijimos que te tocaban hoy...

Joder... Pero ¿ya era viernes? Había estado tan distraído preparándolo todo que ni me había acordado de las niñas. Por no decir que llevaba meses sin controlar demasiado el día de la semana en que vivía.

—Claro, todo okey —me apresuré a decir—. Compré cena y...

—Vale. ¿A qué hora te viene bien? ¿Las recoges tú o te las llevo yo? Nosotros pensábamos salir para Laredo en un par de horas.

—Me pasaré a por ellas, ¿sobre las seis y media por ejemplo?

Colgué y me quedé en trance unos segundos. ¿Cómo podía ser tan imbécil?

¿Qué debía hacer ahora? Tenía margen para regresar a Maruri y quitar el cartel de la puerta. Pero la batería de las grabadoras no iba a durar tres días. Tendría que sacarlas de allí también... ¿Y volver a empezar la semana que viene?

Pensé, pensé y volví a pensar. En primer lugar, quizá no tenía tanto tiempo. Si el soplo de Karim era cierto, cada día que Denis pasaba en la cárcel era como lanzar los dados. ¿Cuánto iban a tardar en pillarle a solas? Y volver a la casa de Íñigo era arriesgarse por segunda vez en un día.

No. Las grabadoras estaban en su sitio. El cartel estaba en su sitio. El queso estaba puesto y todo lo que debía hacer era esperar.

Y fue lo que hice.

Recogí a Irati y a Sara esa tarde en Gernika. Sara estaba en un momento álgido de su oscuridad preadolescente. Martens, leotardos negros y un pantalón corto de tachuelas. Irati, en cambio, parecía un pastelito de color rosa. Cada una venía con su mochila, y Sara, además, con un smartphone.

—Lo negocié con *ama*. Dijo que a los doce podía tener uno. Además, todas las de mi clase lo tienen.

—Ya. Y si todas las de tu clase tienen una pistola, tú también quieres.

—Hombre, claro.

—*Aita* —dijo Irati—, ¿yo puedo tener una tablet?

—Ya tenéis una tablet, que yo sepa.

—Sí, pero una para mí sola. Es que Sara siempre me la quita.

—Mentira.

—¡Sí, sí!

—Qué tonta eres.

—No insultes a tu hermana —puse orden.

—No es mi hermana. La adoptasteis. ¡Cuéntaselo de una vez, *aita*!

Fui gozando de mis hijas todo el camino hasta Ispilupeko, mientras seguía vigilando el móvil con el ojo derecho. Pero el goce no había hecho más que empezar. Al llegar al piso, Sara comenzó a estornudar porque algo le debía de dar alergia. Además, Irati dijo que tenía frío.

—¿Cómo puedes vivir aquí?

—Bueno... No es tan cómodo como el piso de Gernika. Lo sé.

—Al menos cenaremos pizza, ¿no?

—Pues no. Había pensado en una buena merluza al horno.

Y ahora, las dos al unísono:

—¿QUÉ? NO PUEDES ESTAR HABLANDO EN SERIO.

—*Ama* dijo que nada de comida basura —me defendí.

—¡¡Pero los viernes siempre hacemos comida especial!!

—Pues lo siento, chicas. Esto es lo que hay.

Irati, que era todo paz y armonía hasta que se le cruzaban los cables, salió corriendo por el pasillo, se metió en la primera habitación que vio y cerró de un portazo.

—*Aita*, merluza al horno es un bajón muy grande para un viernes —dijo Sara.

Y lo era.

Fui hasta la habitación donde se había encerrado Irati. Toqué dos veces. Estaba hecha un ovillo encima de la cama.

—¿Qué dice esta niña?

—Estoy harta. Mi vida es horrible. Odio el pescado. No me gusta.

—Vale. ¿Podemos intentar llegar a un acuerdo? ¿Te gusta el *fish and chips*?

—¿Qué es eso?

—Pescado frito con patatas. Con un rebozado megarrico que hago al estilo británico.

Guardó un silencio largo. Después habló:

—Pero has dicho que había merluza al horno.

—Bueno, supongo que puedo prepararla de una manera más divertida. Y freír patatas.

—Vale. ¿Y de postre?

—Iré a por algo a la gasolinera, ¿okey?

—¿Algo rico?

—Síííí.

Soy un blandorro, lo sé, pero lo cierto es que una merluza al horno era la anticena de un viernes. Los viernes especiales llevaban siendo una tradición desde que Sara tenía tres años. Y era el primero en muchos meses. No podía cagarla así.

Encendí los radiadores y puse la tele un rato. Una buena dosis de Netflix y mantita para tener a las niñas tranquilas mientras yo empezaba a pelar patatas. El móvil seguía informando de la posición de Íñigo. Sin novedad.

Hice un rebozado con cerveza, levadura y harina que me quedó de foto. Los trozos de merluza parecían ahora nubes bañadas en oro. Después, otra media hora haciendo patatas estilo belga, con doble fritura. Y a las nueve llamé a las chicas a cenar.

—¿No podemos cenar viendo la tele? Estamos en la mitad de una peli.

—Con Edu siempre lo hacemos así y *ama* nos deja.

—Así que con Edu… Qué majo es Edu, ¿no?

—Bueno… —Se miraron y se rieron—. No está mal. Es un poco sabelotodo y eso…

—¿Sabelotodo?

—Sí. Siempre nos está dando lecciones.

—Le llamamos «el Profe».

Se rieron de nuevo. Era un alivio saber que mis hijas también opinaban como yo sobre el cabeza cuadrada de Edu.

Aparté mis bártulos de la mesa, puse un mantel y unos platos, y servimos la cena al estilo americano: toda la familia frente al televisor. No iba a dejar que Edu me ganase a majo.

Cenamos viendo una de esas pelis de animación que parecen hechas con un molde. Un héroe, una aventura épica y unos acompañantes graciosos. Las niñas se reían y yo intentaba seguir interesado en la trama, aunque de vez en cuando iba chequeando las posiciones de los coches en mi app. No esperaba demasiado movimiento hasta la madrugada, pero quién sabía.

Terminamos el *fish and chips* e Irati me recordó la promesa del postre. «Has dicho que comprarías algo rico». Sara ya tenía doce años y podría quedarse en casa a cargo de su hermana, pero no era algo que me dejase especialmente tranquilo. Les dije que tendrían que venirse conmigo. «A cambio de qué, exactamente. ¿Un helado? No me muevo por menos de un helado». Se pusieron los zapatos y salimos a la calle. Se había levantado una pequeña tormenta. Un frente nuboso muy oscuro se extendía hasta los confines del horizonte y relampagueaba a varias millas de la costa. Un viento frío, virulento, empujaba arena, hojas y basura por la calle de los apartamentos.

Montamos en el coche, arranqué y salí en dirección a una gasolinera que había de camino a Gernika. Eran cerca de las diez y creí recordar que cerraban a esa hora, así que pisé un poco el acelerador.

De camino, fuimos especulando sobre el final de la peli. La cuestión era si la chica protagonista terminaría con el joven guapo heroico o con el perdedor gracioso. Sara dijo que con el perdedor gracioso. Irati, que con el guapo. Sara le replicó que no tenía ni idea de esas cosas. A lo que Irati contestó que al menos ella tenía novio.

—¿Novio?

—No le hagas caso, *aita* —dijo Sara—. Es un compañero de clase. No sabe ni lo que dice.

—Pues nos hemos dado un beso.

—¿Un beso? ¡Pero si solo tienes ocho años!

Conduje tan rápido como pude a pesar de la lluvia y de las turbulencias mentales que me provocaba ver lo rápido que iba la infancia en nuestros tiempos. Pero, así y todo, llegamos tarde. El tipo de la gasolinera ya había echado la persiana y estaba saliendo para su casa. «Lo siento, cerramos a las nueve y media».

—*Aita!* ¡Esto tenías que haberlo previsto!

—Eso —le apoyó Irati—. ¿Y ahora qué?

Me encantaba ver cómo se unían para ciertas cosas. Les dije que había otra gasolinera pasando Illumbe, en Punta Margúa, y que me sonaba que cerraba tarde.

Fui a comprobarlo en el móvil y entonces, al desbloquear la pantalla, vi que algo había cambiado en la aplicación de rastreo.

¡El coche de Íñigo había regresado a casa!

Me quedé mirando el teléfono, embobado. Solo había dejado de atenderlo unos minutos y todo había ocurrido en ese pequeño lapso.

—*Aita*, ¿vamos ya?

—Sí, sí… Vamos.

El viento nos zarandeaba por la carretera de la costa. Arrancaba ramitas de los árboles y hacía estallar olas contra los acantilados que se podían ver desde algunas curvas. Y yo iba pensando: «¿Habrá visto ya el cartel? ¿Estará haciendo esa llamada?».

Las niñas pidieron música, pero yo no podía perder de vista la aplicación de rastreo, así que conectamos el Bluetooth al teléfono de Sara, que de todas formas tenía todas las *play-lists* que les gustaban a ellas. Sebastián Yatra, Aitana, Rosalía,

Quevedo. Se pusieron a cantar algo sobre un chico «sin ropa», una canción que hasta Irati se sabía. Les pregunté si a su madre le parecía bien que escuchasen esas canciones. La respuesta de Sara fue:

—Fuimos a un concierto de Aitana. Con Edu.

Llegamos a la gasolinera de Illumbe, que sí estaba abierta. Las niñas saltaron a por sus helados y yo me puse a llenar el depósito mientras observaba el coche de Íñigo en la app, todavía detenido junto a su casa.

De pronto, apareció una notificación. El segundo rastreador se había puesto en movimiento. El del coche de Barrueta, que se movía por la carretera que unía Urduliz con Getxo. ¿Le habría llamado Íñigo para hablarle del cartel amenazante que había encontrado en la puerta? Bueno, era viernes por la noche. Entraba dentro de lo razonable que Barrueta saliera de casa por cualquier otro motivo... Pero era demasiada casualidad que todo ocurriera con esos pocos minutos de diferencia.

Entré en la tienda a pagar. Las niñas habían escogido los dos helados más grandes que había. No llevaba dinero, así que intenté pagar con la tarjeta, pero no sé qué demonios le ocurría al datáfono. El chico de la tienda dijo que tendría que reiniciarlo y yo les dije a las nenas que me esperasen en el coche.

—¿Podemos empezar a comer?

—Sí, pero con cuidado.

Miré el móvil. Había otro indicador de movimiento. El coche de Íñigo.

—Hostias.

—¿Qué? —preguntó el chico.

—Nada, nada... ¿Está ya?

—Le queda un minuto. Son una verdadera mierda estos cacharros.

Finalmente pagué y regresé con las niñas, que comían sus superhelados en la parte de atrás. No arranqué inmediatamente. Me quedé mirando la app, ya ampliada para ver el movimiento de los dos coches.

—¿Qué haces, *aita*?

—Nada. Una cosa del trabajo.

—Pero si no trabajas, ¿no?

—Bueno, estoy con una cosita… Comeos el helado.

—¿Podemos poner música?

—Sí, claro.

Empezó a sonar el *hit* de Quevedo, pero yo estaba lo bastante absorbido por los dos puntitos de mi pantalla como para centrarme en otra cosa. Íñigo había tomado la carretera en sentido Mungia otra vez. Barrueta, por su parte, estaba en La Avanzada. ¿Iban a encontrarse en algún sitio o era todo producto de la casualidad? No me lo pensé dos veces. En lugar de dar la vuelta, continué en sentido Gernika con la idea de coger la carretera de Morga y acercarme al Mungialde. Todo indicaba que, si Barrueta e Íñigo iban a reunirse, lo harían por esa zona.

Tomé la circunvalación de Gernika y seguí hasta el cruce de Muxika. Me desvié hacia Morga, por una carretera preciosa entre montañas (cuando podías verla). Las nubes habían llegado para quedarse toda la noche y la lluvia también. Yo iba con los limpias a tope, una *playlist* de trap y dos niñas azucaradas e hipermotivadas cantando y moviéndose como sus estrellas favoritas. ¿Puede haber un ejemplo mejor de conciliación familiar?

Íñigo seguía en marcha. Había pasado Mungia y ahora

estaba en una carretera comarcal dirección Gatika. Mientras tanto, el GPS de Barrueta hacía algo raro: llevaba casi cinco minutos indicando el mismo lugar, un punto en la autovía de La Avanzada. No tenía ningún sentido a menos que fuera un atasco, o que se le hubiera pinchado una rueda...

—*Aita*, ¿cuándo llegamos a casa?

—Vamos a dar un pequeño rodeo, es que tengo que ver una cosa.

—Yo me estoy mareando. Y tengo sed —dijo Irati.

—Y yo tengo ganas de hacer pis. Y sed también.

Vale. Paré el coche en un bar de carretera en el barrio de Olabarri. Acompañé a las niñas a hacer pis y les compré dos botellitas de agua y unos regalices para mantenerlas entretenidas. El coche de Barrueta seguía parado en medio de la autovía. Aproveché para mirar el estado del tráfico en La Avanzada. No había atascos, de modo que solo podía deberse a dos cosas. Un accidente... o que el rastreador se hubiera desprendido de los bajos del coche. Recordé que me había costado un poco encontrar una superficie metálica y plana. Quizá me había conformado demasiado rápido.

En todo caso, Íñigo seguía en movimiento y empecé a sospechar adónde iba. Gatika era el pueblo donde habían asesinado a Arbeloa y su coche estaba acercándose a la zona de los pabellones industriales. Qué casualidad, ¿eh?

Salimos de Olabarri y continuamos bajo la lluvia hasta Mungia. Rodeé el pueblo para continuar hacia Gatika y entonces vi que Íñigo se había detenido en esa misma gasolinera *low cost* cerca del pabellón de Arbelor. Joder, esto tenía que significar algo. Era un punto de reunión. Barrueta iba hacia allí y yo quería ser testigo de ese encuentro. Y sacar un par de buenas fotos, si era posible.

Sara se estaba quedando sin batería en el móvil, así que conectamos el mío, que no tenía Spotify ni cosas modernas, así que puse un disco de blues. Las niñas mordisqueaban sus regalices, aburridas, en el asiento de atrás, mientras tomábamos una desviación que iba a dar a esa zona industrial. Ahora, según me acercaba, reflexioné sobre lo seguro o lo peligroso que era todo aquello. Iba con mis hijas y no llevaba arma. Pero la oportunidad estaba allí y en ese mismo instante. La gran ventaja era que jarreaba y que ya era de noche. Eso nos serviría para camuflarnos bastante.

Llegué a la gasolinera, aunque allí no se veía ningún coche aparcado. Entonces detecté unas luces al otro lado de la carretera, en el aparcamiento desierto de un pequeño edificio. Eran los focos de dos coches parados uno enfrente del otro.

No podía detenerme. Continué a tiempo de verlos a través del chaparrón. Eran ellos: el BMW de Íñigo y el Hyundai rojo. No logré distinguirlo, pero solo podía ser Barrueta.

Seguí unos doscientos metros, giré por una esquina y di la vuelta disimuladamente. Cuando volví a enfilar la carretera, muy despacio, vi que uno de los dos coches se estaba incorporando. Por la forma de los focos deduje que era el Hyundai.

Me mantuve a una buena distancia. Pasé por el aparcamiento y vi que el BMW de Íñigo seguía allí, pero no había nadie dentro. O sea que Barrueta acababa de recoger a Íñigo y se lo llevaba a alguna parte.

—¿Falta mucho, *aita*? —dijo Irati—. Me aburro.

—Solo un ratito, niñas.

Sara iba callada, tecleando algo en su teléfono. Irati y ella se reían como si estuvieran conspirando, pero yo aceleré. Quería llegar al cruce a tiempo de ver qué sentido tomaba Barrueta.

Entonces empezó a sonar una llamada por los altavoces, pero no era el momento.

—¿No lo vas a coger? —preguntó Sara—. Es *ama*.

Miré el teléfono y vi el nombre de Carla en la pantalla. «Mierda».

Apreté el botón verde.

—Sí.

—¿Qué está pasando, Aitor? ¿Qué haces?

Los faros de Barrueta al fondo. Giró hacia la derecha.

—¿A qué te refieres? —pregunté.

—Sara me ha dicho que estáis en el coche, que estás haciendo algo del trabajo.

—¿Qué?

Miré por el retrovisor y vi la cara de Sara mirándome como si fuese la hija del mismísimo Lucifer.

—Hemos salido a comprar un postre a la gasolinera. Y de paso voy a hacer un recado para un amigo.

—¿Postre?

—No, bueno, yo…

—¡Helado! —gritó Irati desde el asiento de atrás.

Se hizo un silencio monumental al otro lado de la línea.

—Bueno… unos pequeñitos —dije yo—. Ya sabes, es viernes. Hay que celebrar la semana. Ahora mismo volvemos a casa, que tenemos que terminar la peli. ¿Qué tal vosotros? ¿Habéis llegado ya…?

Barrueta le pisaba a fondo. La lluvia y la oscuridad lo hacían todo más difícil pero me pareció distinguir su coche girando en dirección a la costa. Precisamente de donde habíamos venido. Aceleré.

—Llevamos toda la tarde en Laredo —dijo Carla—. Pero, por favor, son casi las diez y media de la noche. Termina lo que estés haciendo y que se acuesten ya. Que no son horas de andar por ahí.

—Está claro, sí —dije yo mientras tomaba una curva un poco demasiado rápido.

—No me hables como a una idiota, Aitor, que sabes que lo odio.

—Lo digo en serio. Que nos vamos para casa ya.

Colgué y las niñas empezaron a reírse como dos critters.

—Vaya bronca te ha caído, *aita* —dijo Irati.

—Vale, qué graciosas. Pues espero que os guste lo que voy a cocinar mañana…

—Lo del postre lo has dicho tú, ¿eh? —se defendió Sara—. Yo no iba a decir nada.

No tenía tiempo para discutir. El Hyundai de Barrueta iba a toda leche y me estaba costando no perderle entre curva y curva. Llegamos a la circunvalación de Mungia. Los viernes por la noche suele haber tráfico, sobre todo de gente joven que sale de fiesta o a alguna cena. Barrueta tomó la circunvalación y aceleró. Ahí tuve que apretar para no perderle, aunque me llegó una ayuda inesperada: un camión mediano iba montando una pequeña caravana en la sinuosa subida de Muruetagane. Era una carretera llena de curvas y sin posibilidad de adelantar durante un buen rato, así que me alejé un poco del pelotón de cuatro coches que iban tras el camión (el Hyundai era el segundo por la cola) y me mantuve a distancia. El tipo era un sabueso a fin de cuentas, y no quería jugármela a que me reconociera.

Proseguí la marcha trazando las curvas sin demasiada prisa. Pasamos por un barrio de caseríos por el que cruzaba una carreterilla. Había un bar con un cartel de Fanta, de esos que se estilaban hace por lo menos mil años.

Seguí adelante por la comarcal, que se iba suavizando en la bajada. Muy pronto enfilé una recta y me reencontré con el camión y el pelotón de coches. Pero entonces me di cuenta de que faltaba el de Barrueta. Cuando lo perdí de vista era el penúltimo de la caravana, pero ahora su lugar lo ocupaba un SUV de color azul oscuro.

Había desaparecido.

Solo me había separado unos pocos minutos y aquella era la primera recta en un buen rato. ¿Era posible que hubiese podido adelantar a toda esa caravana? Resultaba raro que ningún otro coche hubiese adelantado a la vez. Entonces recordé el cruce que acabábamos de dejar atrás. Era la única posibilidad: ahí lo había perdido.

En cuanto tuve oportunidad, di la vuelta y pisé a fondo el acelerador en sentido contrario, montaña arriba.

—Pero, *aita*, ¿no vamos a volver a casa?

—Sí. Es que me he pasado la salida.

—Pero ¿adónde vamos?

—A casa, pero por otro camino. He visto que hay un atasco en Mungia.

Llegué al barrio de caseríos donde estaba el bar con el cartel de Fanta. No había oído hablar de ese sitio en mi vida y mucho menos había pasado por allí. Me detuve a un lado, junto al barcito. Por allí cruzaba una vía secundaria muy estrecha y podía elegir entre izquierda o derecha. ¿Cuál? Miré el mapa. El camino de bajada tenía poco sentido, porque regresaba a Mungia, a menos que se dirigieran a una casa... Tomé el de subida. Aceleré y me hundí en esa carreterilla entre árboles que descendía antes de volver a subir. ¿Adónde llevaba? Posiblemente a algún pequeño barrio rural, perdido entre los suaves valles de la Bizkaia profunda.

La carretera se fue estrechando, se quedó sin dibujo. No había farolas y fui pasando por algunas señales que indicaban sendas por montes de los que nunca había oído hablar. El Armendua, el Burretxagana... Volví a descender y se abrió el paisaje. Muy a lo lejos, en un alto, vi un imponente caserío de piedra gris, rodeado de una profusión de hayas, robles... El caserío tenía luz y pude vislumbrar, en la distancia, los faros de un coche que acababa de entrar en el sendero de acceso. ¿El Hyundai? Los faros traseros tenían una forma que podría coincidir, pero no pude ver mucho más. Pronto desapareció por uno de los laterales del edificio.

—¿Qué haces, *aita*? ¡*Ama* ha dicho que vayamos a casa!

Pasé junto a un desvío que conducía hasta un par de puertas grandes, que en ese momento terminaban de cerrarse.

—Creo que me he equivocado de camino.

—¿Qué?

Avanzaba en paralelo a un riachuelo más bien estrecho. Seguí unos metros más hasta una especie de antiguo lavadero que había en la orilla de la carretera y aparqué allí.

—Tengo que bajar un segundo, chicas. Quedaos aquí, ¿vale? Ni os mováis.

—¡Pero, *aita*!

Seguía lloviendo, aunque apenas soplaba viento. No había más casas. Era un lugar absolutamente rural, perdido entre montañas. Un pequeño paraíso escondido entre valles.

¿Era allí adonde se había dirigido Barrueta con Íñigo? ¿Por qué?

Crucé la carretera sin alejarme demasiado del coche. Desde ahí se distinguía una imponente terraza. Luces en un gran salón. Aquello no parecía un hotel, sino más bien la casa de alguien con una cantidad insana de dinero.

No se veía mucho más. Ni rastro del coche. Tenía que acercarme, pero Irati y Sara habían bajado una ventanilla y me amenazaban desde el coche.

—¡*Aita*, vamos a llamar a *ama*!

Regresé con ellas. Arranqué y salí de allí, pero cuando llegué a un alto, frené y miré otra vez. En la oscuridad de la noche, solo pude ver un salón iluminado. Había gente allí. ¿Una fiesta? ¿Una reunión? ¿Qué?

15

Pese a haber empezado con algún que otro bache, el fin de semana pasó rápido y, he de reconocerlo, feliz. El sábado nos despertamos pronto. Habían subido las temperaturas y hacía un día soleado y luminoso. Las niñas quisieron ir a la playa y yo rebusqué hasta dar con un par de bañadores y las toallas. Los bañadores les quedaban algo tirantes, pero les dio igual. Me enfundé unas bermudas y pasamos esa larga mañana en la arena, jugando al frisbee, a las palas y bañándonos una sola vez porque el agua estaba helada. Todo esto me ayudó a relajarme un poco por primera vez en toda la semana, y en algún brevísimo instante (cuando nos zambullimos los tres en las entrañas de una ola quizá demasiado grande) a olvidarme de todo.

Además, tenía una pequeña sensación de victoria en mi cuerpo. La trampa del día anterior había funcionado. Estaba seguro de que Íñigo habría hecho esa llamada a Barrueta y que se habían citado en aquel lugar… ¡precisamente en la gasolinera del polígono! ¿Por qué no habría ido Barrueta a buscarle a su casa?

En cualquier caso, ahora solo quedaba ir a recoger los *bugs* y escuchar las grabaciones. Todo indicaba que iban a ser muy interesantes.

La playa nos cansó y volvimos a casa muertos de hambre. Las chicas se habrían comido hasta un pulpo crudo, así que aceptaron de muy buena gana mi ensalada de queso de cabra y las anchoas fritas de segundo.

Solo después de fregar los platos, cuando se habían puesto a ver una película en el salón, volví a echarle un vistazo a la aplicación de rastreo. El coche de Íñigo había regresado a Maruri la noche pasada en algún momento entre las doce y las cuatro de la madrugada, cuando me desperté y eché un vistazo, seguía detenido. En cuanto al GPS de Barrueta, se había apagado. Quizá era cierto que se había desprendido en la carretera. Posiblemente lo habría aplastado un coche, o se habría estropeado con la lluvia.

Por la tarde les propuse dar una vuelta por Bilbao. Fuimos al Casco Viejo y comimos unos helados mientras mirábamos escaparates. Encontraron una tienda donde se vendían unas camisetas con motivos frikis y al final les compré una a cada una. Bueno, me gané un par de puntos con aquello y la felicidad terminó de instalarse en el coche. De camino a casa volvieron a pedirme su *playlist*, pero yo les dije que de eso nada.

—A cambio de las camisetas, quiero elegir la música.

—¡Cosas viejunas no!

Pero no puse nada que se grabara más allá de 2010. Black Eyed Peas, The Strokes, Chuck Prophet... Por Dios, escuchar a gente que contaba otro tipo de historias. No todo es quitarse la ropa y bailar hasta la madrugada.

—¡Escuchad las letras! ¡Hay melodía! ¡Armonía! ¡Mensaje!

El abuelete rockero en su cruzada por educar musical-
mente a dos niñas en 2022.

Esa noche, Irati se durmió pegada a mí como una koala,
pero Sara no tenía sueño y vimos una película hasta tarde.

El coche de Íñigo seguía parado en su casa. No se había
movido en toda la tarde y ya eran las once de la noche. Algo
extraño para un borrachín en su día grande de la semana. ¿Iba
todo bien?

El domingo tampoco se movió de allí. O al menos eso vi
las veces que miré el teléfono.

Por lo demás, el día pasó rápido. Hacía un tiempo seco y
nublado, perfecto para una excursión por la naturaleza. Salimos a dar un paseo por los acantilados. El camino estaba embarrado en varios puntos y las niñas no tenían buen calzado.
Intentamos ir vadeando los charcos, pero al final Irati se tro-
pezó, se manchó los pantalones, además de clavarse un cardo
en la mano cuando fue a ponerse en pie.

—¡La naturaleza es una MIERDA! —dijo mientras yo
intentaba limpiarle con unos clínex—. ¡Me quiero ir a mi
casa!

Bueno, tuvimos que abortar la misión y regresamos a cubierto como un batallón malherido. Irati se pasó casi media
hora en la ducha. Después cociné pasta boloñesa, comimos,
jugamos cuatro partidas al Carcassonne (y no gané ni una).
Tras un rato de deberes, preparamos las bolsas para volver a
Gernika.

—¿Vamos a empezar a venir los fines de semana otra vez?
—preguntó Sara en el coche.

—Por ahora, sí —contesté—. ¿Os apetecería?

Las dos dijeron que sí.

—O sea que tan mal no os lo habéis pasado.

—Bueno… puedes mejorar alguna cosilla —dijo Irati—. Pero vas bien.

Llegamos a Gernika. Las niñas abrazaron a su madre y entraron corriendo a sus habitaciones. Edu ya se había marchado; no vivía con ellas, eso era parte de nuestro pacto informal.

Le hice a Carla un informe del finde. Ella no me preguntó nada del viernes por la noche (mejor), pero dijo que teníamos que hablar de un tema.

—Es sobre este piso. Edu querría comprar tu mitad.

Me quedé helado. ¿Nuestro piso de Gernika? ¿En serio?

—Sí… Bueno, nos vamos a casar, Aitor. Creo que es lógico que vivamos juntos. Estamos dispuestos a sacarlo a la venta e igualar la mejor oferta.

—No es por eso, Carla… Yo… —Estaba aturdido, noqueado—. Es que quizá debamos reconsiderar el tema de la custodia.

—¿Qué quieres decir?

—Pues que me gustaría estar un poco más con ellas.

—¿Un poco más?

—Quizá alternando semanas, no sé…

—Pero, Aitor, ya lo hemos hablado mil veces. Con tu trabajo, tus turnos… Eres incapaz de mantener una rutina para las niñas. ¿A qué viene esto ahora?

—Bueno, lo del trabajo quizá cambie y…

En ese instante aparecieron las dos por el pasillo, discutiendo por la tablet. Carla se limitó a mirarme en silencio y dijo: «Ya hablaremos en otro momento, ¿vale?». Asentí, cabizbajo, muy consciente de lo absurdo que era todo.

Las niñas me dieron un beso en cada mejilla y nos despedimos hasta la semana siguiente.

Salí y me monté en el coche, pero sin arrancar. Estuve sentado allí, bajo la lluvia, un buen rato, sintiendo que la vida me arrastraba como una marea. De pronto me vi convertido en el tío «extraño» que Irati y Sara solo verían los fines de semana. El bonachón idiota que les compra camisetas y las lleva al cine, mientras que Edu estaría allí para hacer los deberes y ver la televisión con ellas cada día de la semana.

Pensé que quizá fuese mejor que Asuntos Internos acabara conmigo. Que me mandasen al paro. Así al menos no tendría problemas de incompatibilidad. Podría llevar a las niñas al colegio, hacer los deberes con ellas, cocinar sus cenas y contarles un cuento hasta que se durmieran. Si Edu me compraba la mitad del piso, tendría un dinero para ir tirando… Quizá alquilase un pequeño bar. Un sitio con música en directo. O podía hacerme taxista. O detective privado. O dedicarme a hacer esculturas en la arena y poner la gorra a los turistas en verano. ¡Tenía un gran horizonte ante mis ojos!

Lentamente, el incendio de mi estómago se fue apagando. Intenté concentrarme en el otro gran asunto.

¿Qué pasaba con Íñigo? La app de rastreo situaba al BMW en el mismo sitio: aparcado en su caserío de Maruri todo el fin de semana. Por supuesto, había cientos de explicaciones para ello. Quizá se había ido de viaje, o el coche había reventado o… Aunque, claro, resultaba raro que ocurriera, precisamente, después de que viera mi cartel y de su viaje nocturno en el coche de Barrueta.

Bueno, pensé que le daría un par de días más antes de aparecer por allí.

Eso pensé.

Pero había olvidado que el tiempo corría en nuestra contra. Y las noticias del día siguiente se encargarían de recordármelo como un martillo de plomo.

El lunes amaneció sombrío. Nubes bajas, viento norte y marejada. Parecía casi un presagio. Y lo fue. Recibí una llamada de Orestes nada más dar las nueve.

—He querido llamarte a ti en primer lugar. Ha ocurrido algo en prisión. Un incidente.

—¿Qué?

Me quedé sin aire durante unos instantes.

—Denis está bien, con algunas contusiones y un pequeño corte. Pero se metió en una pelea, o al menos estaba cerca, y a punto estuvo de acabar mal.

Había ocurrido en el patio de la cárcel. Una pelea entre dos grupos de presos que había pillado a Denis en medio. Alguien debía de llevar una punta y le había hecho un tajo en el hombro, «nada grave, solo un buen susto». Un par de reclusos lo sacaron de allí antes de que la cosa fuera a más.

—Denis ha pasado por enfermería y ahora mismo están todos en aislamiento. O sea, todo ha terminado bien.

Orestes me llamaba por si quería ser yo quien le diera la noticia a Mónica. Dije que lo haría. También decidí que era el momento de desvelar una de mis cartas. Tenía que confiar en alguien, y solo podía ser el abogado. Era un poco pazguato, pero no me quedaba nadie más en el equipo de Denis.

—Escúchame, Orestes. Tengo razones para pensar que alguien va a por Denis en prisión. No me preguntes cómo lo sé, solo créeme, ¿vale?

—Pero…

—Créeme, ¿vale? —repetí.

—De acuerdo.

—Esto que me cuentas podría ser solo un accidente o una

emboscada muy bien planificada para llevárselo por delante. Tenemos que hacer algo. Mueve las piezas que tengas que mover, quizá pedir un traslado a otro sitio.

—Eso es complicado, Aitor. No hay verdaderos motivos para un traslado... A menos que puedas probar esto que dices.

—Bueno. Eso corre de mi cuenta. Por el momento, te pido que hagas lo que puedas. Y ni una palabra a Mónica.

—Okey.

Colgué. Me vestí y conduje hasta Bilbao. No iba a darle la noticia por teléfono a mi hermana.

Ella y Enrique estaban desayunando a esas horas. Fui directo al grano.

—Denis está herido.

—¿Qué?

Mónica se puso muy nerviosa. Lancé una mirada a Enrique para que hiciera su parte. Después, traté de endulzar la noticia como pude.

—Parece que ha sido solo una pequeña trifulca. Un par de arañazos...

Evité mencionar el arma.

—Dime la verdad, joder, no me pongas paños calientes.

Pero me resistí. ¿De qué iba a servir contarle nada más? Eso solo la haría sufrir en vano. Mónica fue a prepararse. Iría directamente a la prisión, sin ni siquiera pedir una cita. La avisé de que Denis estaría en aislamiento y de que quizá no la permitieran visitarle, pero a ella le daba igual. Desapareció dentro de su habitación.

—¿Estás consiguiendo algo? —me preguntó Enrique.

—Puede —dije yo—, pero necesito algo más de tiempo.

Tiempo. Justo eso era lo que empezaba a escasear. Y la

confirmación me llegó de camino a Maruri, con una llamada desde un número oculto. De nuevo, Karim.

—No sé si te habrán avisado, pero ayer hubo una intentona contra Denis.

—Lo sé.

—Mis chavales le sacaron a tiempo, pero fue muy rápido, muy bien estudiado para que pareciera un accidente. Al menos ahora ya sabemos quiénes son, una pandilla de latinos. Son uno de esos grupos que se creen un ejército.

—¿Crees que podríamos llegar a los que hicieron el encargo? Quizá ofreciéndoles dinero.

—Lo dudo. Son una piña… Muchos han ido a la cárcel por no traicionar al resto.

—Vale, ¿puedo pedirte un pequeño favor más?

—Dispara.

—Necesito un perfil breve de un poli: Néstor Barrueta. Se trata de seguirle un poco y ver sus rutinas, sus pecadillos. Estoy seguro de que tiene alguno. ¿Crees que podrías hacerlo?

—Okey. Dame unos días. Pero me vas a deber muchos favores después de esto, Ori.

—Lo sé, Karim. Lo sé.

Colgué y me quedé pensando en el ataque. Alguien se estaba moviendo muy rápido para quitar a Denis de en medio. ¿Por qué?

Tenía la sensación de que estaba cada vez más cerca de saberlo.

Maruri no era un pueblo tan grande y ya era la tercera vez que aparecía por allí, así que decidí cambiar el aparcamiento del polideportivo por uno de los restaurantes de la zona («¡Las mejores alubiadas de Bizkaia!»). Abandoné la visera de camionero y las gafas oscuras. En su lugar, me puse unas gafas de ver normales, una corbata y cogí una carpetita. Me convertí en un agente inmobiliario en busca de propiedades por la zona.

Me encaminé hacia el barrio de Íñigo y me crucé con un par de coches, pero aunque no llovía llevaba el paraguas abierto y tapé mi rostro perfectamente.

No tardé mucho en llegar a la casa. Caminé despacio echando un vistazo por encima del murete y detecté las dos primeras cosas de interés: a) que el cartel había desaparecido de la puerta; b) que el BMW estaba aparcado junto a la casa, tal y como señalaba la app.

De modo que no se había desprendido el GPS. El coche había estado aparcado allí todo el fin de semana.

En ese momento pasaron dos ciclistas en mountain bike que bajaban de una de las laderas del Jata. La chica iba como un maldito cohete y el chico le pedía que frenase un poco. Yo solo me aparté para no ser arrollado… supuse que ni siquiera me vieron.

Los ciclistas desaparecieron por el camino. Yo estaba junto a la portezuela del jardín. Traté de aguzar el oído por si escuchaba algún sonido procedente de la casa, pero nada. Seguí con mi actuación de agente inmobiliario. Empujé la cancela y me dirigí a la entrada. Al subir las escaleras me encontré una bolsa de plástico colgando de la manilla de la puerta. Una barra de pan y un periódico. Le eché un vistazo y vi que era el periódico del sábado.

¿El sábado?

Toqué el timbre, dos, tres, cuatro veces. Pero no se oía ni un ruido. Toqué otra vez. Esperé. Di unos cuantos golpes en la puerta. «¿Hay alguien?». Nada.

Comencé a pensar que mi cartel amenazante podía haber surtido mucho más efecto de lo previsto. Quizá Íñigo se había largado una temporada a otro lugar, sin tiempo de avisar a nadie. Pero ¿y su coche? Bueno, quizá ese otro lugar estaba a un avión de distancia.

En todo caso, tenía que recoger los *bugs* y el rastreador GPS. Empecé por esto último. Me acerqué al BMW, dejé la carpeta sobre el techo y me agaché por el costado derecho. Me puse unos guantes y busqué el rastreador en los bajos. Lo encontré bastante rápido y lo desacoplé de allí. Seguía encendido. De modo que el coche había estado parado todo el fin de semana. La bolsa del pan y el periódico del sábado venían a reforzar esa teoría.

Rodeé la casa. El terreno me era ya bastante familiar, y también los pasos que debía dar. Cogí carrerilla y me subí en la rueda de molino de un salto. Empujé la ventana, que seguía abierta. La cocina de Íñigo se reveló ante mis ojos y era exactamente igual que el viernes pasado, cuando entré a colocar los micros. El mismo desorden, casi punto por punto. Sobre la mesa de la cocina, el mismo plato, la misma botella y el mismo vaso de vino a medio llenar.

En esta ocasión prescindí de mis ganchitos. De todas formas, tendría que entrar de cabeza y aterrizar en el suelo, y eso es lo que hice, aunque quizá con un punto extra de elegancia respecto de la vez anterior. Después me puse en pie, me quité el polvo y… según lo hacía, algo me dio en todas las narices. Un hedor remoto. Un olor a amoniaco, a podredumbre, a aguas estancadas… Como si a alguien se le hubiera olvidado tirar de la cadena.

¿Qué era aquello?

Lo primero que tuve claro fue que el hedor no provenía de

la cocina. Me acerqué al fregadero, pero tampoco salía de allí. Así que avancé por el pasillo hasta el dormitorio. El tufo iba cogiendo cuerpo, aunque todavía era remoto.

La cama estaba deshecha igual que el viernes. Pero no vi nada más.

Salí y continué hasta la puerta de entrada. El olor se intensificaba en el recibidor. Pensé que quizá eran bolsas de basura acumuladas en alguna parte, pero ¿dónde?

Entonces, según cruzaba el arco abierto que separaba el recibidor del salón, supe tres cosas de inmediato.

Que el olor provenía de allí.

Que no eran bolsas de basura.

Que Íñigo no se había ido a ninguna parte.

Había pasado todo el fin de semana sentado frente al televisor.

16

—¿Íñigo?

El televisor, apagado, era como un espejo oscuro que reflejaba un cuerpo despatarrado sobre el sofá.

Volví a llamarle, aunque ya daba por supuesto que no iba a responderme. Íñigo Zubiaurre estaba quieto. Su brazo colgaba por uno de los laterales. Su mano estaba llena de sangre.

Me acerqué por un lado de la butaca.

Íñigo tenía la boca abierta. Los ojos también.

Y estaba muerto.

Me tuve que apoyar en una silla que había a mi lado. El olor era nauseabundo pero la imagen de ese cadáver degollado superó los límites de horror que podía tolerar. Me obligué a respirar despacio. Lo último que quería era vomitar en el suelo.

Íñigo estaba sentado en su butaca, de cara al televisor. Alguien le había rajado el cuello, lo cual había provocado una cascada de sangre que mojaba todo su pecho y sus pantalones. Pero antes de rajarle el cuello, se habían ensañado con él. La cara estaba deformada a golpes, desencajada. Quizá incluso le habían roto la mandíbula. Sus ojos eran dos inflamaciones negras y purulentas. La boca, entreabierta, mostraba un destrozo sin igual. Dientes reventados a puñetazos, o con algún tipo de objeto contundente. Uno de ellos le sobresalía por entre los labios como si fuera una pastilla de chicle a medio comer.

Además, tenía algo dentro de la boca. ¿Qué era? Parecía algún tipo de esponja o de objeto totalmente ensangrentado. Por supuesto, ni lo toqué.

Retrocedí hasta el vestíbulo, después eché a correr por el pasillo y llegué a la ventana de la cocina, que seguía abierta. Tuve que sacar la cabeza para respirar, intentar limpiar la nariz y la boca de ese hedor pegajoso que notaba metido en los poros de mi piel.

Cuando el miedo te domina, cometes errores. Hay que echarse a un lado, respirar dos veces y volver a coger las riendas de tu cabeza antes de hacer nada. Y eso fue lo que hice durante cinco o diez minutos, perdí la cuenta.

Al cabo de ese rato me sonó el teléfono. Era Orestes. No sé en qué demonios estaba pensando, pero cogí la llamada; quizá necesitaba hablar con un ser humano para recobrar algo de cordura.

—He hablado con la jueza.

—Okey.

—Ha mostrado su preocupación por Denis, pero dice que es un trámite de prisiones. Ha enviado un requerimiento para aclarar las circunstancias de la agresión. Mientras tanto, Denis permanecerá en aislamiento unos cuantos días. Eso es todo lo que vamos a conseguir por ahora.

—Vale —dije—. Tendrá que valer.

—Mónica le verá esta tarde en Basauri. Le han permitido un vis a vis especial con su hijo.

—Me alegro.

—Lo siento de veras... No hay mucho más que...

—Gracias, Orestes. Ahora tengo que hacer algo. Te llamaré.

Colgué. Volví al salón con otro espíritu, más contenido y racional. Examiné el cadáver desde la distancia. El olor era intenso y había moscas entrando y saliendo por los rizos de Íñigo. Eso significaba que llevaba, al menos, un par de días ahí plantado. ¿Desde el viernes por la noche? Aposté a que sí.

La butaca había actuado como una gran esponja y no había apenas sangre en el suelo. En todo caso, no debía acercarme demasiado. Aquella casa se había convertido en el escenario de un crimen que alguien iba a analizar en profundidad tarde o temprano. Un maldito cabello sería más que suficiente. Una pestaña... Conocía a la Científica, eran capaces de pillar al malo solo con unos cordones de zapato. Y yo había estado ya dos veces en ese lugar.

Me desplacé dando tres grandes zancadas hasta el televisor. La mano me había comenzado a temblar y además no quería mover la pantalla, de modo que me costó un poco despegar el *bug*. Me cercioré de que el pegamento quedaba bien limpio.

Salí de allí y me dirigí al dormitorio. Me quité los zapatos, subí al colchón y despegué el *bug* que había tras la cabeza de aquel Cristo. Repetí la operación en la cómoda del recibidor. Utilicé una toallita húmeda para limpiar los restos de pegamento.

Hecho esto, dediqué un minuto a repasar mentalmente mis posibles huellas. Pensé si había llevado guantes en todo momento. Me los había puesto para quitar el rastreador del coche, pero antes había dado dos timbrazos en la puerta. Vale. Había que limpiarlas antes de largarse de allí.

Me dirigí a la puerta principal. Tenía las llaves puestas, pero estaba cerrada con el resbalón. Giré con suavidad la manilla y se abrió, pero en ese momento vi que una furgoneta blanca llegaba por el camino.

Se detuvo frente a la casa.

Cerré la puerta de inmediato y volví al salón.

«Mierda».

Me acerqué a una ventana que tenía la persiana echada y me quedé observando a través de las rendijas. La furgoneta blanca hizo sonar el claxon una vez y terminó de detenerse junto a la portezuela de entrada. Tenía un rótulo a un lado, pero no podía leerlo. En cualquier caso, recordaba haber visto la furgoneta de un panadero pasar dando bocinazos la semana pasada.

Escuché que alguien se bajaba. En unos segundos, vi a una mujer rubia y robusta empujar la cancela y pasar junto al BMW, en cuyo techo yo me había olvidado la carpeta. ¿Qué había dentro? Recordé que era el informe que había fotocopiado en Las Arenas, en el que había intercalado el mensaje amenazante. Un informe sacado de mi ordenador. Con mi nombre y mis apellidos impresos en él.

Pero ella apenas le prestó atención. Llevaba una bolsa de plástico igualita a la que había visto colgando en la puerta. Subió los escalones de la entrada y se detuvo, como si dudara.

Supongo que acababa de ver la otra bolsa colgando de la manilla.

Entonces sonó el timbre, un par de veces.

—¡El pan! ¿Íñigo? ¿Estás ahí?

Tocó otra vez. Dio un par de golpes a la puerta y murmuró algo. Bueno, pensé que ahí acabaría todo. Nadie iba a responder, así que la panadera se daría la vuelta y se largaría pensando que Íñigo se habría ido de vacaciones sin avisarla... Sin embargo, vi que se sacaba un teléfono móvil del pantalón. Buscó un número y se llevó el aparato al oído.

Joder, estaba llamándole.

El volumen del móvil de Íñigo estaba a tope. Para colmo, usaba uno de esos tonos chirriantes y agudos que era imposible no oír.

Me giré. Zumbaba desde el interior de algún bolsillo del muerto. Siguió sonando un rato hasta que debió de saltar el contestador.

—Íñigo, soy Aitzi, la panadera. Veo que no estás en casa y que tampoco has recogido el pan del sábado ni el periódico. Yo... no sé muy bien qué hacer.

Se quedó mirando la casa. Estaba pensando, evidentemente: ¿por qué había sonado el teléfono?, ¿qué ocurría ahí dentro?

Bajó otra vez los escalones. Llevaba la bolsa en la mano y el móvil pegado a la oreja. Se giró y miró la casa una vez más.

—Bueno, no voy a dejarte nada por si acaso, ¿vale? Me avisas. *Agur!*

Colgó, pero no se marchó de inmediato. La buena de Aitzi estaba mosqueada, como es natural. Había llamado a Íñigo por su nombre, lo que significaba cierto grado de familiaridad. Íñigo era un solterón y un borrachín. Entraba dentro de lo posible que se hubiera resbalado en la bañera o dado un golpe desafortunado. Y todo eso debió de pasarle a Aitzi por la cabeza mientras rodeaba la casa con suspicacia.

«¿Qué vas a hacer ahora, Aitzi? ¿Seguir con tu ronda o llamar al 112?».

Vi cómo volvía a sacar el teléfono. Joder. Estaba llamando a emergencias o pidiendo ayuda a alguien.

Fuera quien fuese, no me iba a quedar a esperarlos.

Necesitaba coger la carpeta. No podía dejarla allí. Era un informe fotocopiado con mi nombre y mis apellidos en él... Si venía la Ertzainza y lo encontraba...

Aitzi seguía charlando, quizá explicando a los agentes cómo llegar hasta el caserío. En un determinado momento volvió a su furgoneta. Oí la puerta abrirse y cerrarse... y pensé que podría ser mi única oportunidad.

Me dirigí a la puerta principal y la abrí mientras permanecía a gatas sobre el suelo. Después la cerré con cuidado y descarté la idea de levantarme a limpiar el timbre. De todas formas, Aitzi había borrado mi huella con la suya.

Bajé los escalones a cuatro patas y me asomé. En efecto, ella estaba sentada en su furgo, hablando con alguien. Cuando terminó, apagó el motor. Oí cómo abría la puerta y bajaba. Joder.

Me quedé allí agazapado, o mejor dicho, atrapado. Había cerrado la puerta de la entrada. Si Aitzi entraba de nuevo, me iba a pillar de lleno.

Entonces escuché su voz al otro lado del muro.

—Sí... oye... en casa de un cliente... algo raro... me voy a quedar esperando...

Hablaba con alguien mientras caminaba junto al murete. Me asomé otra vez. La vi de espaldas y decidí jugarme el todo por el todo. Salí gateando hasta el coche, me encaramé y recogí la carpeta del techo del BMW y luego me escondí corriendo tras la parte delantera y esperé.

—... le he llamado... no coge... pero tiene el móvil en casa... un accidente, no sé... he llamado al 112.

No me había visto. Yo la observé a través de las lunas. Iba arriba y abajo. Aguardé y, en cuanto volvió a girarse, salí hasta la esquina contraria del caserío. Pasé por detrás, rodeé la casa y fui hasta el final del terreno, en el punto en el que se unía con el bosque. Había una pequeña cerca con alambres. Me quité la chaqueta, la coloqué sobre la línea superior y pasé con cuidado. Lo único que me faltaba era herirme y dejar un rastro de sangre allí.

Salí al bosque caminando entre arbustos, lejos del sendero. No quería cruzarme con nadie, ni siquiera con un eventual ciclista de montaña o un paseante. Fui siguiendo las bajantes naturales de algunos arroyos y pronto tuve los zapatos cubiertos de barro y me acordé de Irati diciendo que la naturaleza le parecía una mierda.

«Estoy de acuerdo, hija».

Pero tenía que evitar ser visto a cualquier precio.

Porque sabía lo que estaba a punto de ocurrir. El hallazgo del cadáver de Íñigo activaría un protocolo que conocía sobradamente. La Científica pondría coto a la casa y se dedicaría a peinar cada centímetro de aquel lugar. Mientras tanto, los investigadores empezarían por lo básico: harían preguntas a todos los vecinos y gente cercana. Y, por supuesto, a Aitzi.

El paseo logró atemperar un poco mi ansiedad. El bosque te oxigena los pulmones y también la cabeza. Protegido por la soledad de los árboles, comencé a susurrar palabras entre dientes. A veces necesitas decir las cosas en voz alta y oírlas para terminar de verlas en su conjunto.

¿Había sido culpa mía que mataran a Íñigo? No tenía ninguna duda de que su muerte estaba relacionada con ese «movimiento» que yo había provocado el viernes por la noche. ¿Puso nerviosos a sus jefes? ¿Quizá decidieron que el tipo no era de fiar y se lo quitaron de encima? ¿O quizá estaba ya planeado y todo lo que hice fue adelantarlo?

En cualquier caso, había quedado demostrado que Barrueta estaba enredado en el asunto. Había citado a Íñigo frente a la gasolinera *low cost* la noche del viernes. Yo había sido testigo de eso, aunque no tenía ni una maldita prueba. ¿Qué había pasado después? ¿Lo había llevado monte arriba hasta aquel caserío gris? Eso era algo de lo que no estaba totalmente seguro.

Tendría que investigarlo más tarde, pero lo primero era revisar las escuchas.

Fui orientándome como pude hasta que encontré una senda forestal que descendía. Terminé apareciendo en una cervecera y, desde allí, enlacé con una carretera que me devolvió a Maruri. Vi pasar un par de coches patrulla, pero no iban demasiado rápido. Supuse que ya habían descubierto el cadáver.

17

«Aparece el cadáver de un hombre en su caserío de Maruri.
La policía investiga un posible allanamiento con violencia».

La noticia había saltado casi antes de que yo llegara a casa.
En la radio hablaban de la «señal de alarma» dada por una
«panadera que conocía a la víctima». La Ertzaintza se habría
personado en el domicilio de ese «vecino de Maruri» y, tras
forzar la puerta, habrían hallado su cadáver con «evidentes
signos de violencia». Nada más por el momento. Seguirían informando.

No sabía si Aitzi recordaría la carpeta. Quizá con los nervios se le pasase por alto hablar de ella. En todo caso, la saqué
al balcón, la metí en un cubo y le prendí fuego. También puse
a buen recaudo los *bugs*. No los había escuchado aún, pero
era lo primero que pensaba hacer en cuanto acabase con las
sobras de la pasta boloñesa del fin de semana.

El teléfono sonó por fin mientras comía de pie en la cocina. Había hecho una apuesta interna sobre quién sería el encargado de darme la noticia. Resultó ser Orestes.

—El testigo de la acusación ha aparecido muerto.

—¿Qué?

—Lo que oyes. Íñigo Zubiaurre ha sido asesinado este fin de semana en su casa. Me acaba de llamar la jueza para comunicármelo.

—¿Asesinado?

Me limité a decir palabras sueltas. Cuando eres un actor de mierda, lo mejor es hablar poco.

Orestes me explicó lo que se sabía: Aitziber «Aitzi» Ondarreta, una panadera de Mungia, había llamado al 112 esa mañana después de pasar por la casa de Íñigo a repartir el pan. Al parecer, había encontrado el pan y el periódico del sábado en la puerta, cosa que le había extrañado porque el viernes habló con Íñigo y este no le había comunicado que fuera a ausentarse. Aitzi contó que le había llamado por teléfono y entonces escuchó los tonos de llamada en el interior de la casa, y que eso había terminado de decidirla para llamar a emergencias.

La policía llegó a la casa una hora más tarde. Se forzó la puerta con testigos y descubrieron el cadáver de Íñigo en el salón. Degollado, torturado.

—Dejaron algún tipo de mensaje amenazante con el cadáver.

—¿Un mensaje?

—No ha trascendido, pero hallaron una bola de papel en su boca. Al parecer era un anónimo.

Recordé esa especie de «cosa» que había visto dentro de la boca de Íñigo. Ahora caí en que podría tratarse del cartel que yo había pegado en su puerta: DEJA DE MENTIR O TE ARREPENTIRÁS. Alguien lo había utilizado para escenificar el asesinato. Para hacer que pareciese un ajuste de cuentas.

—¿Se sabe qué decía el mensaje?

—No me ha llegado, pero la Científica está con ello. Podría indicar la causa del asesinato, pero bueno, tengo un amigo en la comisaría de Mungia y me ha hecho un dibujo del personaje: jugador, borracho y bastante agresivo. No era la primera vez que se metía en un lío. Además de que tenía deudas.

—Y está su participación como testigo en el caso de Denis... —dije yo—. ¿Qué va a pasar con eso?

—Nada, en principio. Zubiaurre ya había hecho una declaración jurada, pero era un testigo clave en un caso de asesinato y esto hace saltar muchas alarmas. La jueza ha pedido que se coordine la investigación con los agentes en Getxo.

Orestes opinaba que sería el ajuste de cuentas de algún prestamista enfadado. Tenía todo el aspecto de serlo.

—Suelen ser espectaculares para que sirvan de aviso al resto.

—¿Y la jueza no se mosquea con esto? Quiero decir, el tipo era un problema con patas. ¿Es que nadie más lo ve? Pudieron comprarle.

—Aunque lo vea, que no lo descarto, se necesitan pruebas, Aitor. Pruebas...

Pensé en el catálogo de Lexus enterrado entre sus sábanas. Recé para que ese detalle llegase a la jueza. Pero ¿encontrarían algo más? Quizá el asesinato siempre estuvo planeado, precisamente para evitar pagarle.

Colgué a Orestes y volví al balcón. El cubo con el informe terminaba de arder en ese momento. Lancé un vistazo en derredor. La calle parecía tranquila.

Y el anónimo que habían descubierto en la boca de Zubiaurre. ¿Podrían rastrearlo hasta mí? Bueno, yo había tomado bastantes precauciones. Imprimirlo en una copistería de barrio, intercalado entre páginas y páginas de un informe. Aun así, los «linces» de la Científica eran capaces de muchos milagros. El papel, la tinta, algún pequeño defecto en la impresión... Tenían miles de formas de reducir las posibilidades hasta localizarte.

Aunque, por ahora, todo parecía en calma. Dos o tres coches aparcados en el paseo. Los mismos que la noche pasada.

«Todavía es pronto».

Volví dentro y extraje los *bugs* del escondite donde los había dejado guardados al llegar a casa. Los conecté a mi ThinkPad y descargué su contenido.

Las grabadoras contenían dos archivos cada una.

Me puse a escuchar.

Los archivos se creaban en el momento de la activación por voz. El primero tenía la fecha del viernes y la hora: 21.53. Era fácil imaginarse que fue cuando Íñigo regresó a casa y se encontró el cartel amenazante en su puerta.

Reproduje el primer archivo y lo escuché. Más tarde lo transcribiría de la siguiente manera:

VIERNES 21.53

Un ruido fuerte. ¿Un portazo? Un clic, el interruptor de la luz.

ÍÑIGO (*con voz pastosa, borracho*): Mentiroso... Pero ¿qué coño? ¡Pero ¿qué cojones es esto?!

Se oyen pasos. Murmuraciones incomprensibles, nerviosas... (Nota: seguramente está releyendo el mensaje, pensando qué hacer a continuación; quizá esté registrando las habitaciones de la casa).

Pasan unos cinco minutos hasta que vuelvo a escucharle. Parece que ha llamado por teléfono a alguien:

ÍÑIGO: Hey, hey... Sí, ya sé lo que me dijiste. Nada de llamadas ni mensajes. Por eso te dejo el audio. Me han puesto una cosa en la puerta, un cartel... ¡Alguien lo sabe todo! Te mando una foto por WhatsApp. Tiene que ser por lo del chaval... ¿eh? Vale. Dime algo pronto. *Agur.*

Unos pasos. Se oye un grifo. Un vaso de agua.

Silencio. Murmuraciones inaudibles. A lo lejos se oye una silla arrastrarse por el suelo. Después el sonido de un mechero. Alguien expulsa humo. Está fumando en la cocina. Pasan unos dos minutos en los que no se escucha mucho más que eso. Luego suena una campanita de mensaje. Se oye (muy lejos) una voz. Es otro mensaje de audio. Íñigo se queja de algo mientras lo escucha.

ÍÑIGO: ¿Quedar ahora? Pero ¡si llevo un pedo impresionante! ¿No podemos dejarlo para mañana?

Silencio. Unos segundos más tarde, otro mensaje.

ÍÑIGO: De acuerdo, de acuerdo. ¡Joder, vale, ya te he oído! Mándame ubicación. Media hora. ¡Pero si me para la poli, les doy tu número!

Pasos acercándose al recibidor. Íñigo murmura «hijos de la gran puta». Se oye la puerta abrirse y cerrarse de un portazo. Más tarde, el motor del BMW en el exterior. El ruido del coche se aleja. Después... silencio.

FIN DE LA GRABACIÓN.

Volví a escucharlo un par de veces, rastreando alguna alusión directa, un nombre... pero nada. Pasé al siguiente archivo. El que se había grabado el sábado a las 3.12 minutos de la madrugada.

Hice clic en él y escuché:

SÁBADO 3.12

Ruido de una llave, la puerta se abre y golpea contra la pared. Pasos... más de una persona. Además, se oye el sonido de un objeto siendo arrastrado por el suelo. ¿El cuerpo de Íñigo? Nadie dice una palabra, solo se oyen respiraciones, más de una. Entonces una voz rompe el silencio.

HOMBRE: ¿Dónde?

Es una voz de hombre y desde el primer instante detecto algo especial, un acento. Ha preguntado algo, así que hay por lo menos dos en la escena. Pero el otro no habla, aunque se comunica de algún modo.

HOMBRE: Okey. De acueggdo.

Vuelvo a escuchar ese acento ¿francés? Se oye el ruido de un bulto arrastrado por el suelo. Se alejan del recibidor, entiendo que se dirigen al salón. Después oigo una respiración profunda, como alguien haciendo un esfuerzo, seguido del sonido de algo pesado que cae en una superficie mullida. Adivino que han dejado el cadáver de Íñigo en la butaca.

HOMBRE: Vale, voy a teggminar con esto. Si quiegges, espegga fuegga... ¿eh?

Se oyen unos pasos acelerados acercándose al recibidor. La puerta se abre y se cierra. Luego se oye algo terrible. Un gemido.

Íñigo solo estaba inconsciente, pero (imagino que)

se despierta por el dolor que le produce el cuchillo al cortarle el cuello.

HOMBRE: Ya está... ya está... t-gganquilo... t-gganquilo... segá un seggundito.

Tras un largo y horrible minuto, dejamos de escuchar a Íñigo. El hombre no dice nada más. Entonces se oye un ruido como de un papel siendo arrugado. ¿Haciendo una bola con el mensaje amenazante?

Se oyen pasos. Se abre la puerta.

HOMBRE: Ya.

Se cierra la puerta. No se escucha el ruido de ningún motor en esta ocasión. Silencio...

FIN DE LA GRABACIÓN.

Me tuve que levantar a por una cerveza, algo para atemperar el alma. Escuchar en directo la muerte de un hombre, por muchas fotografías y cosas horribles que hayas visto como policía, es un trago demasiado duro y amargo.

Me bebí la mitad del botellín sin hacer nada más que mirar la pantalla con esos dos archivos. Volví a escucharlos. Era mi obligación. Era lo que había ido buscando, ¿no? Una reacción de ese monstruo que se ocultaba en las sombras. Pues ya la tenía. El monstruo se había movido, había dado un coletazo y se había llevado por delante la vida de un hombre como quien arranca una flor o aplasta una mosca. Esas eran las dimensiones del dragón al que me estaba enfrentando. Y eso me causó terror.

Descargué y escuché los audios de las otras grabadoras. Todo era igual, claro, solo que desde otros ángulos. El del dormitorio estaba muy alejado de toda la acción. En cambio, el del salón era particularmente intenso en el momento de la muerte. Cuando el asesino le dice al otro: «Si quiegges, espegga fuegga...». Su manera de hablar, tan rutinaria, me terminó de convencer de que era un profesional. El otro no abría la boca, se le podía oír corretear... salir de allí como un conejo asustado. No quería estar presente en la ejecución. Y todo me decía que se trataba de Barrueta.

Fui a por otra cerveza.

Volví a escucharlo todo hasta tres veces y terminé haciendo una transcripción en mi cuaderno de notas. Lo tenía. Tenía en mis manos la evidencia del asesinato de Íñigo Zubiaurre... y la implicación de Barrueta. Pero ¿cómo probarlo?

Ese intercambio de audios era el problema. Si Íñigo hubiera llamado a Barrueta, habría quedado registrado en la operadora. Pero los audios y los mensajes de WhatsApp quedan cifrados desde que salen del teléfono.

Es imposible rastrearlos.

Sobre las cuatro me sonó el teléfono. Era un número oculto.

—Dígame.

—¿Orizaola? Soy Gaizka Martínez, de la comisaría de Getxo.

—Ah, Gaizka, ¿qué tal?

—Bueno. Bien... Supongo que ya te has enterado de las noticias.

—Zubiaurre.

—Correcto. Ha sido asesinado.

Me callé.

—Te llamo porque la jueza Castro ha pedido a jefatura un

equipo «transversal» para investigar el homicidio. Habrá gente de la central. Y de Getxo me han elegido a mí.

—Ah, pues felicidades.

—Sí... y bueno. Estamos hablando con las personas de interés en el caso. Tú estás —carraspeó un poco— en la lista...

—¿Yo?

—Bueno, habías manifestado tus dudas sobre el testimonio de Zubiaurre. Solo estamos descartando gente. Tachando nombres, ya sabes...

Sonaba a la clásica frase «No pasa nada. Es rutina» que empleamos para relajar el ambiente y ablandar la carne antes del machetazo.

—De acuerdo. ¿Qué necesitas?

—El asesinato ocurrió en la madrugada del viernes al sábado.

—Estuve todo el fin de semana con mis hijas —dije—. Desde la tarde del viernes hasta la tarde del domingo.

—De acuerdo. Supongo que no tendrás reparos en que confirmemos esto con tus hijas.

—Sin problema, siempre que haya un adulto delante.

—Claro, por supuesto —responde Gaizka.

Así quedó la cosa. ¿Les tomarían declaración? Seguramente sí, y me preocupó lo que pudiera pasar con ese testimonio. Sara se pondría en plan «voy a colaborar a tope» y les contaría que salimos a dar una vuelta con el coche para comprar unos helados, pero que tardamos más de la cuenta. Quizá recordaran que su padre tenía que hacer un recado para un amigo «o algo así». Solo esperaba que no mencionasen la gasolinera *low cost* o ese valle perdido donde solo había un caserío de piedra gris y en el que supuestamente me apeé a echar una meada.

Conocía el sistema. Mi nombre estaba en la lista y eso no era bueno. ¿Quizá debería adelantarme? ¿Ir donde Castro y mostrarle las grabaciones?

Sin una orden judicial, sin las garantías de una investigación en firme, esas grabaciones no valían absolutamente para nada (podría haberlas grabado en mi casa), y presentarlas ante la jueza solo serviría para apuntalar sospechas en mi dirección. ¿Qué hacía usted en la casa del testigo? ¿Por qué no avisó a la policía en primer lugar? Sería una manera perfecta de pasar de «persona de interés» a «sospechoso».

¿Así que mi maldita trampa había resultado ser un fracaso?

No del todo. Ahora sabía que había una conspiración y Barrueta formaba parte de ella. Que la noche del viernes recogió a Íñigo y se lo llevó a ese caserío de piedra gris aislado entre las montañas. ¿Fue allí donde sucedió todo?

18

Tardé muy poco en encontrar aquella casa en las montañas. Lo hice como se hace casi todo hoy en día, sin pisar la calle y delante del ordenador.

Con el StreetView, curva a curva, tardé diez minutos en llegar a ese cruce que recordaba, en el barrio de los pequeños caseríos y el barcito con el cartel de Fanta.

En ese punto intenté «girar» a la derecha, pero StreetView no tenía recorrido por la carreterita que ascendía a la montaña, así que volví al mapa general. Avancé muy despacio, con la vista satélite activada, hasta localizar lo que a todas luces parecía ese diminuto y aislado valle. Y allí estaban los amplios tejados del caserío gris. Algo más abajo, el riachuelo y el antiguo lavadero.

Era ese.

La vista satélite mostraba algunos detalles como una piscina en la parte posterior. Un bosque rodeando el terreno por la parte norte. La dirección de la casa constaba como barrio Gatarabazter, número 1. «Uno y único», pensé. ¿A quién pertenecía ese lugar?

Podía solicitar una nota simple de la finca al Registro de la Propiedad. Por solo nueve euros te la enviaban por correo electrónico, pero eso tardaría y yo no tenía ganas de esperar tanto. Saqué el móvil y llamé a Gorka Ciencia.

—¿Otra petición extraña?

—No. Bueno, quizá. Tengo curiosidad sobre una dirección. ¿Me lo puedes mirar en un segundo?

—Claro, dispara.

Le di los datos. Ciencia tardó unos minutos en encontrarlo. Lo primero que hizo fue silbar entre dientes.

—¿Qué?

—Joder. ¿En qué líos estás metido, Ori? ¿No sabes quiénes son los Gatarabazter?

—Pues no.

—Vale. La casa está a nombre de Ernesto Gatarabazter Tellaetxe. Es uno de los patriarcas del clan.

—¿Qué clan?

—En serio, tío. Hazme un favor. En cuanto te cuelgue, escribe «Gatarabazter» en Google. Sin más. Ahí lo tienes todo.

—Gracias, Gorka. Te debo una.

—¿Solo una?

Colgué y me puse a mirar aquello en Google. El apellido Gatarabazter estaba vinculado a muchísimos resultados en la web, pero casi como un resumen encontré un artículo de la revista *Forbes* donde listaba a los Gatarabazter como una de las grandes familias industriales vascas: «Germán Gatarabazter, un marino mercante y emprendedor en los tiempos de la siderurgia, que sentó las bases de la fortuna familiar».

Una fortuna que había ido diversificándose y ampliándose en las generaciones subsiguientes.

«Ernesto preside la junta directiva compuesta por sus dos hermanos y su hijo, Jon Mikel, un joven directivo sobre el que recaen las esperanzas de futuro de la corporación. El clan familiar que diversifica sus inversiones en energía, software, *seed capital*... y cuya fortuna se estima en...».

Una ridícula (por lo exagerada) cantidad de millones de euros.

En el artículo de *Forbes* los tres hermanos posaban frente a la fachada de piedra gris del caserío familiar.

«TRABAJO Y TRADICIÓN. Los valores que definen a una de las dinastías más influyentes del País Vasco».

Me quedé observando esos tres rostros, serios, poderosos, con el fondo de piedra gris de su viejo caserío.

¿Estaba totalmente seguro de que Barrueta había tomado aquella carreterita la noche del viernes? ¿De que eran sus faros traseros los que vi entrando por el terreno de los Gatarabazter?

Quizá en el fondo de mi corazón deseara que aquella familia no tuviera nada que ver con la muerte de Arbeloa ni con esa pistola que apareció en la furgoneta de Denis. Una cosa era enfrentarse con un poli corrupto y otra muy diferente era hacerlo con el Poder, en mayúscula. Sin embargo, aquello encajaba como una pieza noble en todo el rompecabezas. El monstruo que yo había intuido era colosal, poderoso, capaz de matar, incriminar, comprar testigos y asesinos a sueldo. Y para esto se necesita dinero e influencia.

La pregunta seguía siendo la misma: ¿qué tenía que ver un pobre hombre como Arbeloa o un chaval sin futuro como Denis con aquella poderosa familia?

Era algo que escapaba a mi imaginación.

Me quedé mirando ese mapa. El olfato era la única parte de mi cuerpo que había mejorado con los años. Y de pronto empecé a arrugar la nariz.

Amplié un poco más el mapa, hasta que apareció la línea de la costa. Sopelana. La playa donde vivía Denis.

Los mapas nos dicen cosas. A veces cuentan su propia historia. Por eso, marcar puntos en los mapas es algo que la policía hace a menudo.

Empecé a localizar en la pantalla todos los puntos interesantes de la historia.

El almacén de Denis.

La casa gris.

Los pabellones de Gatika.

El Bricomart...

Había algo que me llamaba poderosamente la atención. Aquella casa estaba ubicada en un punto intermedio entre dos lugares importantes en la historia de cómo Denis conoció a Arbeloa: la costa de Sopelana y el Bricomart de Erandio.

Denis había contado que Arbeloa tomó un atajo nada más recogerle en el Bricomart. Lo hizo para evitar un embotellamiento en La Avanzada, y después se perdieron por un caminito de montaña. Bueno... Trazando una línea imaginaria sobre aquel mapa, la casa gris quedaba en un punto intermedio entre esos dos lugares. Había incluso una pequeña carretera (la R-240) que podría ser la que tomó Arbeloa para no meterse en el atasco... y que le habría llevado muy cerca de esa casa gris donde había desaparecido el coche de Barrueta.

Pero ¿qué significaba todo eso?

Me quedé sentado mirando el mapa, tratando de llegar a alguna conclusión... pero todavía no llegaba, aunque sentía que estaba muy cerca... Faltaba algo más. ¿El qué?

—Solo hay una manera de salir de un bloqueo.

Eran casi las cinco y media de la tarde cuando llegué al punto donde perdí a Barrueta la noche del viernes. Aquello era un antiguo cruce de caminos de montaña, ahora convertidos en dos carreteras secundarias.

El único edificio era el bar con el cartel de Fanta.

Aparcado frente a él, ocupando el arcén, vi un autobús con los *warning* puestos. El chófer estaba sentado dentro. ¿Alguna excursión? Pero ¿adónde? Allí no había nada más que bosque.

Había seguido la misma ruta que utilicé el viernes (la regional R-240) y en aquel punto se cruzaba otra carreterilla denominada BI-2021, que el GPS indicaba que venía desde el Mungialde. Bueno, tomé la estrecha BI-2021 monte arriba, hacia la casa de los Gatarabazter. Era una antigua carretera que no tenía señales ni trazado y supongo que a los poderosos Gatarabazter tampoco les importaba mucho. Era un eficaz repelente contra curiosos, domingueros y, lo más importante, amigos de lo ajeno.

A esas horas de la tarde, el pequeño y discreto valle estaba envuelto en una luz tenue, dorada pero sin fuerza. Unas ovejas reposaban sobre la hierba recibiendo los rayos de un sol que danzaba detrás de las nubes. Parecía la visión de un mundo pasado…

Seguí el curso del riachuelo mientras observaba cómo la gran casa de piedra gris emergía entre las copas de unos altos robles centenarios. A luz del día pude percatarme de algunos detalles. Su parte frontal mostraba un césped cuidado con esmero británico y una fachada reformada y retocada con amplios ventanales. El camino de acceso (por el que me había parecido ver el Hyundai de Barrueta el viernes por la noche) trazaba una fina curva ascendente entre preciosos parterres de flores.

Pararme allí no era una opción, quedaría demasiado expuesto. Así que di la vuelta y volví a la parte alta del valle. Quería echar un vistazo, solo un vistazo... y terminé deteniendo el coche junto a una pista de tierra que parecía servir a alguna explotación maderera.

Salí caminando por la pista, pero enseguida me di cuenta de que no iba en la dirección que yo deseaba, y me desvié por un sendero que parecía descender hacia la cara correcta de la montaña.

Aquello era un bosque en estado puro, repleto de maleza y arbustos que nadie había limpiado en una eternidad. ¿Para qué iban a hacerlo? Era una defensa perfecta para la casa. Usé la chaqueta como escudo, pero esto no evitó que me arañase cara y manos durante unos eternos minutos.

Finalmente conseguí llegar hasta un robledal. Un bosque noble y antiguo por el que pude avanzar mejor un buen rato. Desde allí empecé a vislumbrar el valle y el tejado del caserío. Pero justo entonces me topé con un vallado. Tenía un metro de altura y estaba reforzado con alambre de espino.

«Oh, oh».

Claramente era el límite del terreno del caserío y a partir de ese punto estaría metiéndome en líos. Otra vez.

«Solo será un vistazo...».

«... y siempre puedes decir que estabas buscando el baño».

Llevaba algunas cosas encima. Unos prismáticos y una guía de aves (¿quién dice que no soy imaginativo con mis disfraces?). Lancé todo por encima de la valla. Después tapé la primera línea de alambres con mi chaqueta. Con un poco de impulso conseguí pasar al otro lado. Más allá de los agujeros que se llevó mi chupa, no hubo demasiados daños.

Seguí adelante. Ahora ya en terreno prohibido, la montaña comenzó a inclinarse. Primero se convirtió en una cuesta abajo, luego el ángulo se cerró tanto que fue imposible seguir andando.

Fui bajando, en pequeñas carreras, frenándome con los troncos de los árboles. En una de esas ocasiones casi me ensarto una rama en los ojos, así que me senté y empecé a arrastrarme. A mi trasero no le pareció una gran idea, pero el resto de mi cuerpo estaba de acuerdo.

Cuando al fin tuve el caserío a la vista, me detuve a una distancia de unos quinientos metros. Suficiente para que mis prismáticos detectasen algo interesante sin exponerme demasiado.

Apoyé los pies en un grueso tronco de pino y, desde allí, observé la casa. Lo primero que detecté fue la falta de movimiento. En un día tan bonito, la casa estaba desierta. Sus sombrillas y sus muebles, olvidados en la terraza. Las piscinas, tapadas. Ni siquiera se veía a nadie jugar en una preciosa cancha de pádel que había en la parte trasera. Es como si los ricos siempre tuvieran cosas mejores que hacer que disfrutar de sus maravillosas terrazas y jardines.

Seguí mi exploración con los prismáticos. Pegada al límite de la finca, camuflada bajo la frondosidad de unos árboles, avisté otra vivienda. Era una especie de cabaña de madera estilo canadiense. Había algunos juegos de exterior como un futbolín, una rana. Quizá era la casa de invitados, o un *txoko* para poder hacer fiestas sin molestar a los que dormían en la casa principal.

O un lugar para darle puñetazos a un tipo hasta matarlo.

La casa tenía una segunda verja, más alta, que rodeaba el perímetro más inmediato, de unos cinco mil metros cuadrados. Distinguí unas cuantas cámaras colocadas estratégicamente en esta valla. También ubiqué el portón de un garaje subterráneo, que estaba cerrado. Y eso era más o menos lo que se veía desde allí.

Empecé a temerme que eso iba a ser todo: una casa cerrada a cal y canto. Ningún indicio de nada. Y muy pocas posibilidades de acercarme mucho más. La única información provechosa podría extraerse de esas cámaras de seguridad, pero estaba dispuesto a apostarme cualquier cosa a que las grabaciones se habrían borrado a estas alturas.

Pasaron diez, veinte, treinta minutos. En ese tiempo, me picaron los mosquitos. Unas hormigas decidieron que mis piernas eran dignas de explorarse. Sopló la brisa, se movieron los árboles y noté que el aire se iba humedeciendo. ¿Iba a llover?

El cielo seguía oscureciéndose y prometiendo lluvia. Me entró hambre, pero no me había preparado nada. Mientras tanto, los mosquitos seguían divirtiéndose conmigo. Seguían llegando, imaginé que desde la ribera del riachuelo. Quizá allí se había corrido la voz de que yo era un tipo sabroso.

Entonces, al cabo de una hora, por fin pasó algo. Llegó un pequeño coche por el camino. Un Renault Clio de color blanco. Se detuvo frente a los portones de entrada y, en cuanto estos comenzaron a abrirse, el Clio subió por el caminito en curva hasta la parte trasera de la casa.

Una mujer se apeó de él. La observé con los prismáticos. De mediana edad, pelo negro recogido en un moño y una especie de delantal. Llevaba unas cuantas bolsas de plástico. Me fijé en que eran bolsas de un supermercado. ¿La compra?

Entonces se giró y pude ver sus facciones. Era oriental, diría que filipina. Deduje que podría ser la sirvienta de la casa. Dejó las bolsas frente al portón del garaje y lo abrió con una llave.

Y al alzarse la puerta observé que había unos cuantos coches aparcados en su interior, pero no distinguí ninguno de color negro.

Entonces empezó a levantarse un viento frío que arrancaba hojas y espinas a mi alrededor. Los mosquitos habían desaparecido y, al mirar al cielo, vi que se había cubierto con una de esas nubes negras y malencaradas que anuncian tormenta.

De pronto escuché un trueno.

Se puso a chispear, pero la nube prometía mucho más que eso. Comencé a recoger mis cosas y, nada más levantarme, un nuevo trueno partió el cielo en dos. Y empezó a diluviar como si estuviéramos en el maldito trópico.

Bajar hasta allí había sido rápido, pero subir iba a ser otra historia. La tromba de agua había convertido el terreno en el cauce de una cascada. Y la inclinación lo dificultaba todo mucho más. Me esforcé en subir agarrándome a lo que podía, pero mis botas de ciudad patinaban en aquel tobogán de barro.

Tras dos aparatosas caídas, decidí que no lograría remontar esa maldita pared mojada. Solo me quedaba bajar hasta el riachuelo y tratar de llegar a la carretera desde allí.

Me costó unas cuantas culadas, pero llegué a la ribera del arroyo, en un punto lo bastante alejado de la valla del caserío. Estaba embarrado, dolorido, y todavía me quedaba vadear el riachuelo, que además estaba cargadito de agua.

Caminé un poco hasta dar con un posible punto de cruce. Una roca plantada en la mitad del cauce. Un salto improbable digno de *El suelo es lava*, el programa favorito de Irati. Cuando lo veíamos juntos, nos partíamos de risa con las leches que se pegaban los participantes al intentar encaramarse a cosas lejanas y pequeñas. Pues hoy me tocaba concursar a mí.

Tomé impulso y salté. Y durante unos segundos pareció que lo lograría. Aterricé con la punta de un pie, pero comenzó a escurrirse casi de inmediato. El otro ni siquiera llegó a tocar la piedra. Alcé los brazos y los puse en cruz como un funambulista. Nada sirvió.

Me di un golpazo en las costillas con otra piedra que estaba medio sumergida. Por lo demás, conseguí mojarme solo de cintura para abajo.

Salí de allí como pude. La única buena noticia era que no había otra valla que evitar. Después emprendí el camino por la carretera, empapado bajo aquel aguacero. No había lugar donde protegerme.

Llegué al Passat tiritando y con ese fuerte dolor en el costillar. Me quité la chaqueta, arranqué y puse la calefacción. De pronto me acordé de mi teléfono. Lo saqué del bolsillo del pantalón solo para comprobar que se había sumergido y que ahora estaba apagado. Frito.

Había empezado a estornudar y me notaba febril, me temblaba todo el cuerpo. Todo lo que quería era llegar a casa y cambiarme de ropa. Metí primera y bajé por el caminito hasta el cruce del bar.

La lluvia caía como una manta sobre el bosque. En el STOP que enlazaba con la regional, el autobús tenía el motor encendido y había abierto las puertas.

Algunas personas llegaban corriendo, tapándose con chaquetas y bolsos como podían. Pero ¿de dónde venían?

Me fijé en una mujer de cierta edad que aparecía en ese momento por el camino que tenía justo enfrente, al otro lado del cruce.

El tramo de la BI-2021 que bajaba hasta el Mungialde. Claro. Lo había olvidado.

Yo estaba tiritando, con la calefacción a tope, y ya notaba todos los síntomas de un resfriado nivel Dios. Solo soñaba con volver a casa y meterme bajo cinco capas de mantas. Pero algo me llevó a quedarme mirando a aquellas personas que subían por aquella calzada. Y a pensar.

El teléfono estaba frito, así que saqué el plano (ahora empapado) y lo coloqué sobre el volante. Encendí la luz de lectura y seguí el pequeño discurrir de esa línea.

Esa carreterilla también podría haber sido un buen atajo desde el Bricomart.

Estornudé un par de veces. Quité el intermitente y esperé a que pasaran un par de camiones y una caravana de coches. Después, aceleré y crucé la regional. Me metí por ese «segundo» tramo de la carretera de montaña, que era muy parecido al que dejaba atrás. Sin apenas marcas de señalización, sin arcén, casi conquistada por la vegetación... Una estrecha carretera de esas que ya solo utilizaban los ciclistas y los vecinos de la zona.

Llovía a mares, los limpias no daban abasto, así que conduje muy despacio, atento a cualquier cosa que pudiera surgir a los lados del camino.

Entonces vi a dos mujeres bastante mayores caminando por el borde de la carretera, soportando aquel chaparrón con una sonrisa estoica. Pasé a su lado. Bajé la ventanilla.

—¿Quieren que las lleve?

Una de ellas dejaba ver un crucifijo colgando del pecho.

La otra, con falda y jersey de punto, lucía un peinado bastante demodé. Me sonrió.

—Somos muchos, hijo, pero que Dios te bendiga. Llegamos en nada.

—Pero ¿adónde van?

—Arriba. El autobús no puede entrar por aquí. Así que tenemos que caminar.

Ella hizo un gesto hacia la carretera y me fijé en una hilera de personas que venían caminando por allí. Era sobre todo gente mayor, pero también había gente que iba en silla de ruedas, cubierto con los únicos paraguas de los que disponía el grupo.

Envuelto en una sensación de irrealidad, seguí avanzando muy despacio. Había dejado la ventanilla bajada y la lluvia estaba empapando el coche... Entonces llegué al siguiente grupo, encabezado por una silla de ruedas. En ella iba sentada una muchacha de unos veinte o treinta años (era difícil decirlo) con la mirada perdida. Sus extremidades, terriblemente delgadas; la boca abierta. La empujaba un hombre de unos sesenta años que estaba calado de arriba abajo.

—Oiga, ¿necesitan ayuda?

El hombre sonrió a pesar de todo. Negó con la cabeza.

—Solo es un poco de agua. Y además, a Alazne le gusta. ¿A que sí, Alazne? —dijo dirigiéndose a la chica en la silla de ruedas, que respondió con un balbuceo.

La chica sufría algún tipo de parálisis cerebral grave. Me fijé en que ella también llevaba un buen crucifijo al pecho. Y en las manos, lo que parecía la estampa de una Virgen.

Me parecía haber entrado en un nivel onírico. Como los personajes de *El viaje de Chihiro* al cruzar el portal mágico. ¿Quién demonios era toda esa gente? ¿Una procesión? Pero ¿de dónde venían?

—Oiga, ¿le puedo preguntar qué hacen aquí? ¿Es algún tipo de excursión?

El hombre sonrió con los ojos entrecerrados por la lluvia.

—Hemos venido al santuario, claro.

—¿Al santuario?

Asintió sin borrar la sonrisa mientras las gotas de lluvia le caían por el rostro. Señaló al fondo del camino. Vi que había una curva y que se abría un espacio a la derecha.

—El santuario de la Virgen de Laukiz —me aclaró—. Allí abajo. El manantial. ¿No lo conoce?

Le di las gracias. Pasé al resto del grupo, unos veinte, que caminaban como una hilera de hormigas en dirección al cruce. Conté otras dos sillas de ruedas, varias muletas y bastones. Parecía Lourdes, en versión forestal y bajo un diluvio.

En la curva había una especie de apeadero y una ermita de color blanco. Me detuve allí. Todavía quedaban algunas personas guarecidas bajo el alero del tejadillo.

Salí del coche y me acerqué a la ermita. Había un cartel informativo junto a la puerta que decía:

SANTUARIO Y MANANTIAL
DE LA VIRGEN PURA DOLOROSA DE LAUKIZ

Tiritando y con la vista emborrada, acerté a leer la historia de algunas apariciones de la Virgen que habían sucedido en aquel lugar. Una niña del pueblo, un mensaje sobre el agua sanadora del manantial. Esa era la razón de las procesiones y las visitas que recibía el sitio…

Caminé bajo la lluvia y terminé plantado frente a un pequeño pozo que se alimentaba de un manantial que brotaba entre las rocas.

Y recordé algo que había oído no hacía mucho:

«Yo nunca había estado por esa zona… pero él dijo que era famosa porque se decía que allí se apareció la Virgen…».

Era parte del relato de Denis, el relato de la noche en la que se montó en el coche con Arbeloa.

«… y que había un manantial que se creía que daba agua sagrada… En fin. Más cháchara».

Las gotas de lluvia estaban acribillando la superficie del estanque. Hacían un ruido poderoso que logró disimular mi grito de victoria.

Conseguí un teléfono en el bar. Pedí un carajillo y llamé a Mónica.

—¿Estás con Denis?

—No… Queda todavía una hora para la visita.

—Necesito que me cambies.

—¿Qué?

—Necesito hablar con él hoy mismo, Mónica… ¿Te importa? ¿Puedes hacerlo?

—Pero ¿qué te pasa, Aitor? ¿Estás bien?

—Creo que he encontrado algo, Mónica, la conexión. Pero tengo que hablar con Denis hoy mismo.

—¿Una conexión? Pero ¿cuál?

—Algo que podría explicarlo todo.

19

No era una petición habitual, pero se podía hacer, siempre y cuando se tratara de un familiar cercano el que se reemplazaba en la visita. A fin de cuentas, el sistema tenía que estar preparado para que alguien se sintiera repentinamente indispuesto.

—Pero ¿de dónde vienes? Estás empapado —dijo Mónica cuando aparecí por allí.

La fiebre iba en aumento, yo seguía estornudando, pero al menos la calefacción me había secado los calcetines.

—De un sitio en las montañas —dije.

—¿No me puedes contar nada más?

—Déjame que hable con Denis primero. Pero creo que he encontrado la explicación. Creo que sé por qué está metido en todo esto.

Mi aspecto lamentable también llamó la atención en la recepción de visitas de la prisión de Basauri. La frente me ardía, la garganta me dolía, pero al menos había dejado de estornudar. Fui al baño, me soné las narices y me lavé la cara. Después me peiné con la mano. Ya no parecía el monstruo recién

salido del estanque, aunque mi ropa estaba húmeda y malo-
liente, y pesaba un quintal.

Me dirigí a la zona de acreditación. Pasé por el arco detector y tuve que dejar unas cuantas cosas. El funcionario me
miró de arriba abajo pero no dijo nada; esos tipos están acostumbrados a ver de todo. Me dio el pase y me dijo que espera-
ra en la siguiente sala. Así funciona la cárcel. Se abre una
puerta y se cierran dos.

Seguí al funcionario por aquel laberinto de corredores y
portones, hasta que finalmente llegué a una pequeña habitación donde tendría el vis a vis con Denis. Era una de las habitaciones «de lujo» que se suelen disponer para presos que quieren pasar un rato íntimo con su pareja. Estaba bien caldeada
con un radiador. Yo cogí una silla y me pegué a la calefacción.

En unos minutos apareció Denis.

Llegó caminando muy despacio, cabizbajo. Solo llevaba
siete noches en prisión y la cara ya se le había hundido. Estaba delgado, pálido y ojeroso. Pero el daño más evidente estaba en su brazo: una venda que le recorría el antebrazo desde la muñeca hasta el codo.

—Pensaba que venía mi *ama*. —Se sentó en la otra silla
disponible—. ¿Qué ha pasado?

—Ha habido un cambio de planes.

—¿Pero ella está bien?

—Está perfectamente. Esperando fuera. —Estornudé—.
¿Cómo va esa herida?

—Pues ya ves… —Hizo un gesto resignado—. Solo es un
pequeño tajo. Va cerrando bien y parece que no se infectará.

—Joder. Lo siento mucho, Denis. ¿Quiénes eran?

—Unos latinos —siguió diciendo—. Te juro que yo no les
hice nada. Empezaron a gritarse y a pelearse entre ellos. A uno

lo empujaron y se me cayó encima. Y entonces vi aquel pincho volar por el aire... Me aparté todo lo rápido que pude, pero no fue suficiente. —Se llevó la mano a la herida—. Después, otros tíos vinieron a sacarme a rastras del tumulto. Unos magrebíes. Por alguna razón les caigo bien.

«Los chicos de Karim», pensé. Pero no dije nada. Miré el reloj. Teníamos media hora por delante y mucho de lo que hablar. Estornudé un par de veces más. Mi ropa seguía húmeda, pensé en quitármela... pero no había tiempo para quejarse por menudencias.

—Escucha, Denis, le he pedido a Mónica que me deje venir hoy porque necesito hablar contigo. Quiero que volvamos sobre algo que me contaste el otro día en la comisaría de Getxo.

—Bien.

—La noche del 12 de mayo. Cuando conociste a Arbeloa a la salida del Bricomart.

—¿Quieres que te lo cuente otra vez?

—No. Puedes saltarte todo hasta esa carreterita. El atajo que tomó Arbeloa. Cuéntame todo desde ese punto.

—Pues... se metió por un pueblecito.

—¿Elizalde?

—No lo sé. No conozco esa zona.

Elizalde era un pequeño núcleo urbano de Laukiz. Era allí donde iba a parar el caminito de montaña que bajaba desde el santuario.

—Bueno, da igual. ¿Qué pasó luego?

—Pues nada. Llovía a cántaros y Arbeloa iba hablando por los codos. Ahí es donde empezamos a subir por un camino de cabras, estrecho, sin luces. Llegué a pensar que me llevaba a un sitio oscuro para proponerme alguna guarrada... pero creo que solo se había perdido un poco.

—Vale. Vale... sigue. ¿Qué recuerdas de ese camino? ¿Cómo era?

No quería mencionarle el santuario, ni la Virgen o el manantial de agua bendita. Quería evitar por todos los medios ser yo quien sugiriese ese recuerdo. Quería que saliera de él.

—Pues no sé, tío... una carretera de montaña. Muchas curvas. No había farolas, ni rayas en el suelo.

—¿Pasasteis cerca de algo? Una casa... algún tipo de edificio.

Me puse a estornudar. Esta vez fueron tres estornudos muy fuertes y no tenía ni un papel para sonarme las narices. Al mismo tiempo, notaba que la fiebre iba subiendo sin pausa. Me toqué la frente y ardía.

—Tío, ¿te encuentras bien? —preguntó Denis—. Parece que estés enfermo.

—Es solo un resfriado —le aseguré justo antes de estornudar otra vez contra mi manga—. Volvamos a esa carretera.

—Tío... ¿qué pretendes con todo esto? Es que no entiendo nada.

—Confía en mí, Denis, por favor. Necesito que recuerdes... Estabais en la carreterita. ¿Qué pasó?

—Ya te lo conté. Nos topamos con dos coches parados nada más salir de una curva. Habían tenido un toque y los conductores estaban discutiendo.

—¿Recuerdas algo del lugar donde fue el accidente? ¿Podrías señalarlo en un mapa?

—Había una especie de ermita. Algo relacionado con una Virgen y unos milagros —dijo al fin.

Y yo suspiré pensando: «Eso sí que era un milagro».

—¿Un santuario con un manantial?

—¡Eso es! —dijo Denis—. Arbeloa contó que la gente enferma iba en procesión a ese sitio... Bueno es que justo nos habíamos parado enfrente. Los coches estaban bloqueando la carretera.

—Sigue. Háblame de ese accidente.

—Bueno... estuvimos esperando unos dos o tres minutos, a ver si los coches arrancaban o qué. Pero estaban en plena bronca y no se movían. Entonces Arbeloa dijo que iría a ver si podía echar un cable. Arrancó y avanzó hasta el primer coche.

»Yo me quedé en mi asiento, él se bajó y estuvo un rato allí pontificando. El accidente era solo chapa. Un retrovisor roto y un rayón. Pero la conductora de uno de los vehículos estaba realmente nerviosa. Hablaba a gritos. Después hizo un vídeo, se montó en su coche y se largó.

—Espera un poco, no tan rápido.

Yo empezaba a sentirme mareado. Noté que las manos me estaban temblando. Estaba ardiendo. Todo mi cuerpo ardía de fiebre.

—Tío, ¿te encuentras...?

—¡Sigue! —grité, y después moderé el tono—: Por favor... ¿Qué coches eran?

Denis comprendió que yo estaba para pocas bromas.

—Uno era un coche negro, una berlina. Tenía las lunas traseras tintadas...

—¿Podría ser un Mercedes?

—Sí. Podría ser.

Tosí. Le hice un gesto para que siguiera.

—¿El otro?

—De ese me acuerdo mejor: un Fiat 500 color beige. Era el que se había llevado la peor parte. El retrovisor estaba roto y la dueña estaba montando el pollo.

—¿Recuerdas alguna matrícula?

Denis negó con la cabeza.

—Vale. Empecemos con estas personas. ¿Cómo eran?

—Bueno… La chica del Fiat beige era una rubita. Quería hacer los papeles para el seguro, pero el otro hombre se negaba.

El «seguro», esa palabra resonó en mi cabeza. «Un hombre de un seguro visitó a Arbeloa en su almacén al día siguiente».

—Vamos paso a paso. Descríbeme a la chica todo lo que puedas.

—Era bastante mona, viserita, melena rubia, pantalones vaqueros rasgados. Creo que tenía un piercing en la nariz. Y estaba algo borracha, diría yo.

—¿Se le notaba?

—Sí. Gritaba bastante. Decía que no se movería de allí hasta que hicieran el parte amistoso, pero el otro se negaba. Su argumento era que, en ese tipo de carreteras, sin línea en el suelo, no hay culpables.

«Lo cual es más o menos cierto», pensé. «Cada uno se paga lo suyo, es la regla».

—¿Y no llamaron a la policía?

—Ella se cerró en banda. Bueno, claro… iba un poco pedo.

—Ahora descríbeme al otro tipo.

—A este no le vi bien. Estuvo de espaldas a mí casi todo el rato: era alto, vestía de oscuro y era un poco borde. Le estaba diciendo a la chica que se apartase… de malas maneras.

—¿Cabello?

—Corto. Canoso.

«Mi amigo del pelo corto y canoso», pensé para mis adentros.

—Y casi le quita el teléfono de las manos —siguió Denis—, cuando la chica empezó con el vídeo.

—¿Un vídeo? —Volvieron las toses y ahora empecé a notar un dolor en el pecho. Miré sobre la mesa y había gotas de sudor. El mío.

—Sí. La chica sacó un móvil y se puso a grabarlo todo para su seguro. Primero su espejo roto. Después el rayón del otro coche. Le grabó la cara al hombre y después vino donde estábamos nosotros. Grabó a Arbeloa, me grabó a mí y a la mujer del coche.

Yo empezaba a hacer grandes esfuerzos para seguir el hilo.

—¿Una mujer?

—La que iba en la parte de atrás del Mercedes —dijo Denis—. Había salido a fumar un cigarrillo y la rubita pensó que era la dueña del coche, por eso le apuntó con el móvil también.

—Espera un segundo, Denis. Espera… —Me froté los ojos, me limpié el sudor de la frente y bebí un sorbo de agua—. Vamos a repasar todo esto. ¿Cuánta gente había allí exactamente?

—Cinco personas: yo, Arbeloa, la rubita cabreada, el chófer y la mujer que iba en el coche negro.

—Vale. Háblame de esa mujer del Mercedes. ¿Puedes describirla?

—Bueno, de unos cuarenta. Elegante. Tenía el pelo muy rizado y de color rojo intenso, un pañuelo amarillo… y unas gafitas de pasta cuadradas, parecía una intelectual o algo así.

—¿La viste de cerca?

Él asintió.

—Le di fuego con mi mechero.

—Un momento, a ver. ¿Dónde estabais?

—Fuera del coche.

—Pero ¿y la lluvia? Joder, es que me pierdo…

—Ya había parado de llover. Arbeloa seguía mediando entre la rubia y el chófer, diciendo que si esto que si lo otro. Entonces, la mujer del pelo rojo salió del coche con un cigarrillo en los labios y vino a pedirme fuego. Yo decidí salir también. Le cambié el fuego por un cigarrillo. Y nos quedamos junto al coche de Arbeloa, fumando un poco.

—¿Hablaste con ella?

—No mucho, en realidad. Yo creo que a ella no le importaba una mierda la situación. Entonces apareció la rubita con el teléfono en la mano y nos grabó a los dos. Y la pelirroja dijo que «ella no pintaba nada allí. Solo iba de pasajera».

«Una pasajera», pensé.

—Bueno, Arbeloa se puso a repartir tarjetas por si hacía falta un testimonio o algo. La rubita se volvió a su coche sin decir palabra. Dio un portazo, arrancó y salió montaña abajo con el mismo cabreo o mayor. Y así acabó la cosa. Después, nos volvimos todos a nuestros coches.

—¿Seguisteis al Mercedes?

—Supongo. Iba en nuestra dirección.

—¿Viste a dónde iba?

—No me fijé, sinceramente. Yo solo quería llegar a mi casa. Además, Arbeloa había recargado las pilas con el rollo del accidente. No paró de hablar del tema hasta que por fin llegamos a Sope.

—¿Recuerdas algún nombre? Quizá alguien dijo uno…

Denis negó con la cabeza. Yo volví a toser y esta vez me dolieron los pulmones como si tuviera agujas dentro. «¿Neumonía?», pensé.

—Tío… estás tiritando.

—Lo sé… es que tengo la ropa empapada y…

—¿Quieres que pida una manta?

—No hace falta. Tranquilo… solo quedan unos minutos y…

—¿Vas a explicarme ya de qué va todo esto? —dijo entonces—. ¿Por qué es tan importante ese maldito accidente?

Yo estaba temblando de los pies a la cabeza. Tenía que irme a casa. Quitarme la ropa…

—¡Tío!

—Me imagino que todavía no has hablado con Orestes, así que te lo digo yo: Íñigo Zubiaurre, el testigo…

—¿Sí?

—… ha aparecido muerto. Lo han asesinado.

Aquello fue como una bomba de profundidad. Tardó en hacer efecto.

—¿Cómo? —titubeó Denis—. Pero ¿por qué? ¿Quién?

—La misma gente que colocó el arma y el dinero en tu furgoneta.

Esa frase hizo que su rostro se iluminase.

—O sea que me crees. ¿Me la han jugado? ¡Ese poli!

Le hice un gesto para que bajase la voz. El vis a vis de una prisión era privado, pero las paredes tenían oídos y ojos.

—Claro que te creo. Nunca he dejado de creerte. Pero todavía no tengo pruebas de nada. Al menos sabemos algo: todo gira en torno a ese accidente y las personas que estaban allí esa noche. No sé por qué, pero es así.

—Eso no tiene ningún sentido, tío. Era solo un accidente de chapa.

—Eso es lo de menos —dije—. Lo importante es algo que visteis u oísteis.

Volví a toser, esta vez en cadena… el tembleque era ya notable. Entonces tocaron en la puerta y dijeron: «Tres minutos».

—Hay algo más, Denis, y no es precisamente agradable. Quizá sea lo último que quieres escuchar, pero debes saberlo: el ataque que has sufrido… es posible que no fuese casualidad.

Denis recibió aquello como un golpe.

—¿Qué quieres decir?

—Que tienes que estar alerta. Sé que es una verdadera putada que te suelte esto así, pero debes tomar todas las precauciones posibles. Los tipos que te ayudaron el otro día, los magrebíes, son amigos. Pégate a ellos todo lo que puedas.

Denis se echó las manos a la cara. Movió la cabeza con ademán nervioso. Vi las lágrimas cayendo por su mejilla.

—Pero ¿por qué?

—Por lo mismo que mataron a Arbeloa. O al testigo. No quieren cabos sueltos. Y tú eres uno de ellos.

El chico se tapó la cara, respiraba con fuerza. Le noté asustado, acongojado. Me dolía haberle dado tan terrible noticia, pero había llegado el momento de poner esas cartas sobre la mesa…

Después de unos segundos, volvió a bajar las manos.

—¿Se lo has contado a mi madre?

—No —respondí—, todavía no.

—Pues no lo hagas —dijo con firmeza—, que quede todo entre nosotros. No quiero que sufra.

—Bien. Así será.

Se acabó el tiempo. El funcionario abrió la puerta y Denis se levantó de la silla. Le miré a la cara. La vida nos pone pruebas, algunas realmente jodidas. La cara de Denis cuando nos despedimos era la de un hombre asustado pero decidido a salvarse.

—Ayúdame, tío, por favor.

—Lo haré —prometí.

Salió de allí y yo me puse en pie.

En ese mismo instante noté que mi cuerpo decía basta. Primero fue un leve mareo que combatí apoyándome en una de las mamparas que tenía a los lados.

Pero en cuanto me di la vuelta y traté de avanzar, sentí una especie de silencio blanco que me subía por la espina dorsal. Me agarré al respaldo de la silla, y noté cómo me caía llevándomela conmigo al suelo.

SEGUNDA PARTE

20

Tuve un sueño maravilloso.

Me despertaba en el hospital, era una mañana luminosa y las ventanas estaban abiertas de par en par. Había flores en un jarrón con agua, una caja de trufas de chocolate y algunas postales deseándome una «pronta recuperación».

Era el día siguiente al ataque, pero no me dolía nada. Me sentía fantástico, a decir verdad. Nadie diría que me habían cosido a balazos la noche anterior. Unas pocas vendas, unos parches y listo para reincorporarme a la carretera.

De pronto llamaban a la puerta y aparecía Nerea Arruti. Era casi como una aparición celestial. Su tez morena contrastaba con sus ojos azules. Una melena muy larga, rubia como el oro, bailaba sobre un vestido negro con tirantes. ¿Qué tipo de transformación había vivido? Parecía una millonaria recién llegada de sus vacaciones en Tavarua.

Se acercó, me cogió la mano y me dedicó una preciosa sonrisa.

—¿Cómo estás, Ori?

Ella estaba tranquila, como siempre. Quizá más que siempre. Parecía no importarle el hecho de que no nos hubiéramos visto en meses. Pero en mi sueño yo estaba emocionado.

—¡Nerea! Te he echado tanto de menos. Han pasado muchas cosas, muchas…

Empecé a hablarle de todo el asunto, aunque de una forma descontrolada, sin sentido. Nerea asentía plácidamente, como una aparición, como esa Virgen sanadora de Laukiz. (¿Era ella?).

Pero entonces, cosas que pasan en los sueños, entraba una enfermera que resultaba ser Olaia. Se acercaba por el otro lado de la cama y me daba los buenos días antes de besarme en los labios. Y yo sentía que una descarga de energía sexual me atravesaba el cuerpo… pero, al mismo tiempo, también sentía una especie de culpabilidad o de vergüenza… No sé muy bien lo que era. Miraba a Nerea y le decía:

—Bueno… Es que has estado fuera. Te echaba de menos, pero el tiempo pasa y…

El gesto de Nerea se oscurecía. Me apretaba los dedos de la mano y me decía una sola cosa:

—Ten cuidado con ella.

Nerea apareció más veces, en otros sueños que tuve durante mi delirio febril.

También vino a visitarme el cadáver de Íñigo, apaleado y degollado. Apareció en plena noche, a los pies de mi cama, mirándome con un gesto triste pero sin decir palabra.

Y yo le gritaba:

—¡Te lo has ganado tú solito, no me eches la culpa a mí!

Supongo que la fiebre se estabilizó y, en algún momento, me bajaron la medicación. Y yo comencé a emerger como un viejo submarino que llevase en las profundidades desde 1945. Al abrir los ojos, me encontré a mí mismo en una cama de hospital, conectado a unas máquinas y muerto de sed. Estaba en un box de cuidados intensivos, olía a café y a medicinas y reinaba un silencio que solo podía pertenecer al alba o al crepúsculo.

Al menos no me sentía raro ni me dolía nada. Había estado en una cama igual que esa durante meses, y recordaba lo que era despertarse por un dolor insoportable. Yo solo me notaba febril y mareado, nada más.

Me puse a buscar el timbre que previsiblemente habrían dejado cerca. Lo encontré, llamé y apareció un simpático enfermero con un dulce acento que parecía canario. Le pedí agua y mi teléfono.

—¿Ha venido alguien de mi familia?

Me respondió que mi hermana, Mónica, pero que había salido un momento.

—¿Qué hora es?

—Las nueve de la mañana.

—¿Y el día?

—Martes. Ahora pasará la doctora y le dará explicaciones.

Mientras esperaba, recordé algunas cosas. Caerme de bruces en el suelo de la prisión. Una enfermería. Una ambulancia. Y la voz de Mónica hablando con un médico: «Está convaleciente de unas heridas muy graves...».

Mónica llegó antes que la doctora y me dio un beso de hermana mayor en la frente.

—¿Cómo estás?

—Mejor que nunca —exageré un poco.

—Sufriste un síncope. ¿Recuerdas algo?

—Que me caí...

—Eso es. Tenías cuarenta y uno de fiebre y estabas empapado de los pies a la cabeza. Me dijiste que habías dado un paseo por la montaña. ¿De dónde venías?

«De que se me apareciese la Virgen», pensé.

—Llevabas lodo y vegetación en los calcetines —añadió Mónica.

—Es largo de explicar…

La doctora llegó solo unos minutos después. Era una chica bajita y con unos ojos vigorosos e inteligentes. Empezó con un «buenos días, qué tal te encuentras» y después, mientras yo balbuceaba una respuesta, ella repasó su tablet.

—Ingresaste con síntomas de neumonía, agotamiento… y te hemos pasado a observación porque, entre otras cosas, te tocaba una revisión en dos semanas. Sobre esto, te diré que no hay ningún tipo de derramamiento interno y los órganos afectados por los disparos se recuperan sin problemas. Pero nos preocupa el desmayo que sufriste. Al parecer, llegaste aquí con la ropa mojada y… bueno… creo que te habían recomendado hacer ejercicio moderado… pero a saber lo que entiendes por «moderado».

—Dar paseos por la playa —dije como el buen paciente que no era—. A veces, un baño en el mar.

—Lo de los paseos sí, el baño en el mar me gusta menos. —Bajó la tablet y me miró tratando de entender—. ¿Eso es lo que estuviste haciendo ayer?

—No. Ayer fui al monte y se puso a llover. Acabé hecho una sopa, pero tenía ese compromiso con mi sobrino y no se podía cambiar.

Noté los ojos de Mónica clavados en mí. Ella sabía que había mucho más, pero fue discreta y mantuvo el pico cerrado.

No sé si la doctora detectó la mentira, aunque se puso seria.

—Mira, Aitor, el cuerpo es un sistema complejo y muy inteligente. Y tiene muchos mecanismos defensivos, como por ejemplo, la desconexión. A efectos de tu salud, eres un herido grave, una de las balas te tocó un órgano vital y eso lo saben «aquí arriba». —Se llevó el índice a la sien—. En cuanto sube un poco la fiebre o te extralimitas con el ejercicio, saltan todas las alarmas, ¿vale? Tuviste suerte de no ir conduciendo, o de no haberte desmayado en algún lugar solitario.

—Eso —apoyó Mónica.

—Te voy a dar el alta, pero con la condición de que te tomes la vida con mucha más calma. Nada de caminatas por el monte, ¿me entiendes?

—Entiendo.

—También te vas a controlar la fiebre. Cualquier cosa por encima de treinta y ocho nos llamas. Y te voy a recetar unos analgésicos... ¿Vives con alguien?

—No.

—Pero estaré yo —dijo Mónica.

—¿Tú? —pregunté—. ¿Y Enrique?

—Se ha vuelto a Palma esta mañana.

—¿Qué?

—Luego te cuento.

Así que a las once de la mañana estaba ahuecando el ala y dejando el box a alguien que lo necesitara de verdad. Me duché, me puse un chándal que Mónica me había comprado y salí por la puerta del hospital de su brazo como un buen boy scout.

Le pregunté por Enrique: ¿de verdad se había largado?

—Alguien tiene que atender el negocio en Palma y, de todas formas, aquí no hacía nada más que quejarse del clima.

—Y te hacía compañía —dije—, eso es bastante.

—Han pasado casi diez días. Estoy mejor. Además, cada uno sirve para lo que sirve. Enrique es un gran compañero de vida, pero no sabe afrontar estas cosas. Y no quería seguir oyéndole hablar mal de Denis. Era eso o mandarlo al cuerno para siempre.

«Cosa que tu hermano celebraría», pensé.

Llegamos al coche. Mi teléfono estaba roto, frito, *kaputt*. Le dije a Mónica que necesitaba uno nuevo.

—Okey. Vayamos a comprar uno.

Mónica dijo que ella conducía.

—¿Dónde quieres ir? ¿A Bilbao? Por cierto, puedo cogerte una habitación contigua en el hotel.

—Prefiero mi playa, hermana.

Salimos de allí, despacio. El tráfico siempre era denso en los aledaños del hospital.

—¿Qué era eso tan urgente que necesitabas hablar con Denis?

—Es algo largo de explicar.

—Ya estamos otra vez con eso. Pues ahora tenemos todo el tiempo del mundo, ¿no?

Había mantenido cierto «silencio de radio» con Mónica, sobre todo porque los primeros días estaba fuera de sí. Pero aquella mañana, mientras conducía el Passat, percibí que era una mujer diferente. Había superado el shock inicial de la situación y volvía a ser la persona pragmática que era. De modo que podía fiarme, aunque prefería no hacerlo en mi coche: ahí era demasiado fácil colocar micros.

—Vamos a algún sitio tranquilo —le dije—. ¿Te apetece visitar a los *aitas*? Yo hace mucho que no voy.

Ella se giró y me miró con una pregunta en los labios, pero no la hizo.

—Vale —dijo al fin.

«Chica lista», pensé yo.

Salimos de Barakaldo y llegamos a Sestao, a la parte alta del pueblo donde estaba el cementerio. Mónica dio mil vueltas hasta aparcar junto a la entrada, aunque yo le insistí en que podía caminar «un poco».

Era un día laborable y no había mucha gente por la calle, y nadie en el cementerio. Entramos caminando por el senderito de grava hasta el panteón de la familia Orizaola, donde en su día decidimos que descansaran las cenizas de nuestros padres, juntos, tal y como se fueron.

Andoni y María Jesús, nuestros padres, que se marcharon de casa una tarde para ir al cine y nunca más volvieron. Un coche que se salió de la calzada los arrancó de esta vida demasiado pronto. Mi hermana y yo nos quedamos sin padres con veintiséis y veinte años respectivamente.

Era un lugar que nos conmovía por igual. Yo lo visitaba a menudo, pero Mónica no tanto. Llegamos abrazados, ella con lágrimas en los ojos. Era raro abrazarse con tu hermana cuando tienes casi cincuenta años. Pero también era bonito ver que seguíamos siendo los mismos niños perdidos. Dos huérfanos que seguían necesitando ver a sus padres, hablar con ellos y preguntarles cosas que nunca tendrían respuesta.

Mónica dedicó un rato a limpiar hierbajos y suciedad. Retiró las flores secas y maldijo a los guardas del cementerio por no ganarse el sueldo. Después, se enjugó las lágrimas con un pañuelo y sacó un cigarrillo de un paquete que se había comprado por primera vez en años.

Le recordé que no se podía fumar dentro del camposanto, pero a ella le dio igual.

—No hay nadie. —Se lo encendió sin darle más vueltas.

—Están los muertos, igual les molesta.

—A los muertos les molestan otras cosas. Que el mundo siga siendo el mismo lugar de mierda, por ejemplo.

—Vale. Anda, dame una calada.

Compartimos el cigarrillo en silencio, mirando los nombres de nuestros *aitas* tallados en la piedra, recordando algún momento, sonrisa o detalle especial y único de esas dos personas que fueron nuestros padres. Sus caras iban desapareciendo en nuestra memoria, pero las sonrisas eran lo último que se llevaría el viento.

—¿Sabes que ya he vivido más que *aita*? —dijo Mónica—. Lo pensé el otro día. Tengo cincuenta y tres años. Él nunca llegó a cumplirlos.

—Nos hacemos viejos.

Ella me dio un golpe en el hombro.

—¡Eh! No te pases.

—¡Au! ¿Me quieres llevar otra vez a la UCI?

Nos reímos por encima de la gran tristeza.

—¿Qué pensarían ellos de todo esto? —siguió diciendo Mónica—. Que su nieto acabara en la cárcel… que nos viéramos en estas.

—Su nieto es un buen chaval —dije yo—, pero ahora tiene un problema y lo vamos a resolver en familia. Eso es lo que ellos hubieran querido, ¿no?

—Supongo.

Terminamos el cigarrillo y entendí que había llegado el momento de hablar del «asunto». Era una historia compleja, así que empecé por lo más importante:

—Lo primero de todo: Denis es inocente. Lo han incriminado. Ya no es una mera suposición. Es algo que sé.

—Nunca lo había dudado —asintió ella.

—Antes de seguir, tienes que comprender que me metería en muchos líos si esto saliera de aquí.

—Soy una tumba. —Señaló a nuestro alrededor—. Como todas estas...

—Vale. Pues vamos al meollo del asunto: la conexión de Denis con Arbeloa. Todo comenzó la noche en que se conocieron. Esquivaron un atasco y se metieron por un camino de montaña. Y se toparon con un pequeño accidente: tres personas que discutían en una curva. Creo que todo está relacionado con esas tres personas. Creo que Denis y Arbeloa fueron testigos involuntarios de algo que ocurrió allí.

Mónica se quedó en silencio unos segundos.

—¿El qué? —preguntó al fin.

—Todavía no lo sé. Pero hay un ingrediente más. Una familia muy poderosa que vive cerca del lugar del accidente: los Gatarabazter.

—Me suenan de algo.

—Gente de dinero viejo. Industriales, empresarios... Creo que esto los salpica de alguna manera. Y al policía que lleva el caso: Barrueta. Ahora te voy a explicar cómo he llegado a ellos. Ha sido todo un viaje...

... un viaje que comenzaba con aquel susurro de Denis en la comisaría de Getxo («Fue todo teatro») y continuaba con la vigilancia a Íñigo Zubiaurre y a Barrueta. Mi estratagema de los micrófonos y la persecución el viernes por la noche, que terminó en el caserío del valle perdido... y el posterior hallazgo, en primera persona, del cadáver del principal testigo de la acusación. Lo único que me guardé fue la amenaza que pendía sobre Denis dentro de la cárcel. Se lo había prometido a mi sobrino antes de caerme de bruces al suelo.

Seguíamos solos en el cementerio, pero estuve mirando a mi alrededor todo el rato, en especial cada vez que admitía alguno de los delitos y faltas graves que había ido cometiendo en mi periplo: allanamiento, interferencia, falso testimonio… Mónica no decía nada, se limitaba a fumar un segundo cigarrillo en silencio.

Después, pasé a contarle lo que había ocurrido aquella última tarde.

—El mapa me dio la primera pista. Esa casa adonde se llevaron a Íñigo estaba entre los dos puntos de aquel viaje nocturno. El viaje que unió a Denis y Arbeloa para siempre.

Le hablé del hallazgo de aquel santuario dedicado a la Virgen de Laukiz. La conexión con el relato de Denis y el pequeño accidente que habían presenciado en aquella carretera de montaña.

Aquí es donde mi hermana tuvo que pedir sopitas.

—No entiendo nada. ¿Un accidente? Pero ¿era grave?

—No, una bobada. Pero es el nexo que lo conecta todo: Denis, Arbeloa, Íñigo, los Gatarabazter, Barrueta… La explicación tiene que estar ahí. Todo parte de ese momento. Arbeloa intentó mediar en el accidente, dio su tarjeta de visita a esa gente del Mercedes negro… y al día siguiente, alguien fue a visitarle a su empresa. Una empleada escuchó que hablaban de un seguro y describió a un tipo de pelo canoso y corto…

—El chófer —dijo Mónica.

—Eso es. Encontraron a Arbeloa a través de su tarjeta y seguramente fueron a hablarle del accidente, pero necesitaban controlar también a Denis. Le preguntarían quién era el chico que iba con él, ¿su hijo? Puede que con la excusa de buscar más testigos. Y con lo parlanchín que era, me imagino que Arbeloa los llevó hasta él. Jon Tubos, el dueño del almacén de surf, mencionó un Mercedes negro aparcado en el parking de la Salvaje. Y que dentro había unos tipos raros, trajeados... uno de ellos canoso y con el pelo corto.

—Otra vez el chófer.

—Exacto. Y a nada que lo pienses, todo encaja perfectamente: los observaron a los dos durante el fin de semana, preparando la maniobra. Denis, el vagabundo que vive en la playa; Arbeloa, el empresario caritativo que lo llevó en su coche. Lo del atraco era una historia que funcionaba. Solo faltaba colocar un testigo en el sitio correcto, y para eso compraron a Íñigo.

—¿Comprarle? Pero ¿cómo?

—Bueno... Esta gente tiene unos tentáculos muy largos. Han sido capaces de corromper a un poli. Íñigo era un jugador y un borrachín, una presa fácil.

Yo hablaba muy rápido, como una metralleta. Llevaba días rompiéndome la cabeza con ese puzle y, ahora que veía algo de luz, lo saqué todo sin pensar demasiado. No me di cuenta de que estaba siendo un shock para Mónica. Sacó otro cigarrillo de la cajetilla. Lo encendió con la brasa del anterior.

—¡Pero esto es...! —Echó el humo por la boca—. ¡Es suficiente para sacar a Denis de la cárcel! ¡Hay que hablar con esa jueza!

—No tan rápido, Mónica.

—¿Por qué no? Tú eres poli. Has hecho tu trabajo. ¡Un gran trabajo! ¿Por qué no vas a contárselo?

—No puedo. Han sido chapuzas, escuchas ilegales, persecuciones... pero no tengo ninguna prueba. Solo una teoría muy rocambolesca sobre una conspiración que ni siquiera puedo explicar. Me falta el motivo real de todo esto. ¿Qué es lo que vieron u oyeron Denis y Arbeloa en aquel accidente? Eso es lo que falta por conectar.

—Pero ¿de verdad que no vale para nada? Al menos para que lo saquen de ese lugar...

—Escúchame, Mónica. Ir donde la jueza a contarle que estuve en casa de un hombre asesinado, que le puse micros, que incluso lo amenacé... solo serviría para que me encerraran a mí también. Y nadie podría seguir investigando, ¿comprendes? No podemos decir nada. Tenemos que continuar en secreto, hasta que veamos la oportunidad.

—¿Y qué vas a hacer? ¿Cómo piensas seguir?

—No he tenido mucho tiempo para pensar, pero supongo que buscaré a las personas que estuvieron allí.

—¿En el accidente?

Asentí.

—Había dos mujeres además del chófer —dije—. La rubita, como la llama Denis, y la mujer pelirroja que viajaba en el Mercedes. Quizá ellas sean la clave, o al menos nos sirvan para entender algo.

—Pero ¿qué sabes de ellas? ¿Tienes algún dato?

—Solo sus descripciones. La rubia conducía un coche pequeño, un Fiat color beige, al que se le rompió un espejo. La pelirroja iba en un Mercedes que podría ser un S 580. Creo que el coche pertenece a la familia, pero ella era solo una pasajera.

—El retrovisor —dijo Mónica—. Supongo que la chica llevaría el coche a algún taller de la zona. Podríamos empezar por ahí.

—¿Preguntar por los talleres? Es una tarea inmensa —resoplé—. Y eso contando con que no sea de otra provincia. Además, me imagino que no darán esa información tan fácilmente. La famosa ley de protección de datos...

—Eso déjamelo a mí. —Mi hermana mayor en estado puro.

—¿Segura?

—Claro. Me paso el día haciendo eso: listados, llamadas. Me encargaré de buscar a la dueña de un pequeño coche beige que tenía un espejo roto. Ya me inventaré una historia.

—Diles que estuviste implicada en el accidente, que es para un tema de los seguros. Eso te abrirá puertas.

—Tranquilo, hermanito. Me dedico a vender casas de millones de euros. Tengo la labia bien desarrollada.

De camino a Ispilupeko, paramos en un centro comercial y me compré un teléfono. En cuanto coloqué la SIM y lo encendí, entró un chorreo de mensajes. Carla, Olaia, Arrate... incluso una llamada perdida de la comisaría de Getxo.

Lo revisé todo mientras Mónica pensaba en voz alta cómo abordar su nueva misión: encontrar a esa chica. Me alegré de verla tan resolutiva. Tener algo que hacer, algo en lo que ocuparse, la había llenado de energía. Y además ayudaría a su hijo.

Llamé a un taxi y nos pusimos a esperar.

—Sobre todo, si la encuentras, no hagas nada —le dije—. Solo pásame los datos y me encargaré yo.

Mónica me dio un beso en la frente.

—Gracias por todo. De verdad, no sé lo que sería de nosotros si no tuviese un hermano poli.

«En ese caso, posiblemente Denis estaría muy jodido», pensé.

—Se lo debo, Mónica. Yo fui alguien importante para él...
y le fallé. Ahora no le voy a volver a fallar.

—No digas eso, Aitor. La vida nos arrastra a todos.

Por un momento dudé si contarle una anécdota que me
había venido a la mente en el hospital. Finalmente, decidí ca-
llármela.

El taxi llegó y se llevó a Mónica. Le dije adiós con una sonrisa. Pensé en eso que no le había llegado a contar. Algo que
sucedió en el año 2013. Mónica acababa de mudarse a Mallorca
para empezar su nueva vida junto a Enrique y les hice una visita de cortesía con Carla y Sara, que tenía solo tres añitos.

Mónica me había confiado que Denis lo estaba pasando
mal. Una tarde me fui con él a dar una vuelta por el paseo
marítimo y después nos metimos en el cine. Le compré un
helado, un poco por los viejos tiempos, y antes de llegar a
casa me dijo: «Tío, ¿puedo irme a vivir con vosotros? Es que
odio esto. El cole. Enrique... ¡Lo odio todo!». Era un chico
de trece años en una ciudad nueva, en un cole nuevo. Pero mi
reacción fue decirle: «Todo se arreglará, Denis. Terminarás
adaptándote. Ya lo verás».

Podría haberle visitado más a menudo en Mallorca. O haberle invitado a venir a Gernika. Pero no. La vida, como decía Mónica, me arrastró y me olvidé de él. Del chico para el
que yo era casi un padre. Y esa era una carga que siempre había estado ahí.

Ahora tenía una oportunidad para redimirme.

Llegué a casa, cerré la puerta con dos vueltas de llave y me
tumbé en el sofá, dispuesto a hacer lo que me había dicho la
doctora: reposar.

Miré las llamadas que se acumulaban en mi teléfono. Decidí comenzar respondiendo la de Carla.

—¿Dónde te habías metido? —preguntó nada más descolgar. Sonaba enfadada.

—Acabo de salir del hospital.

—¿Qué?

La sorpresa logró frenar su cabreo al menos un poco.

—Me dio un pequeño vahído y me han tenido una noche en observación.

—Vaya, y... —Hizo una pausa—. ¿Cómo te encuentras ahora?

—En casa ya. Me han dicho que esté tranquilo unos días y me vigile la fiebre... Pero ¿qué es lo que pasa?

—Eso me gustaría saber a mí —dijo entonces Carla—. Ayer por la tarde me llamaron de la comisaría de Getxo. Un tal Gaizka. Me preguntó si podían pasarse por casa para tomar declaración a las niñas. Es por un asunto tuyo.

Supuse que Gaizka estaría chequeando mi coartada del fin de semana.

—¿No te dijeron para qué era?

—Me dijo que estaban verificando una coartada, la tuya, para la noche del viernes. No me explicó mucho más. Y claro, a las niñas no les dijeron nada. Solo les pidieron que les contasen qué había pasado esa noche.

—¿Y qué dijeron?

—Pues que cenasteis merluza rebozada con patatas fritas. Y que después les habías prometido un postre «especial», así que cogisteis el coche para ir a comprar el helado y que estuvisteis un buen rato en la carretera porque no encontrabas nada abierto.

—Bien. Eso es correcto. ¿Algo más?

—Que al final encontrasteis una gasolinera abierta, comprasteis los helados, pero no os fuisteis a casa directamente. Sara ha dicho que por lo menos pasó una hora. Que fuisteis a un lugar lleno de almacenes, y que después paraste en un sitio entre bosques... El poli preguntó por qué.

—¿Y qué dijo Sara?

—Que tú dijiste que el coche hacía un ruido y querías revisar una cosa.

Se hizo un hondo silencio al otro lado de la línea.

—Pues es correcto —dije con todo el aplomo del mundo—. Es lo que pasó.

—El detective dio muchas vueltas sobre lo mismo. Les mostró un mapa, pero claro, las niñas no supieron decir gran cosa. ¿A qué viene todo esto, Aitor? ¿Por qué están haciendo esas preguntas?

—Un hombre fue asesinado el viernes por la noche. Era el testigo clave en el caso de Denis.

—¿Qué? —La voz de Carla se descoyuntó.

—El tipo apareció en su casa, tuvo una muerte horrorosa. Era un mal bicho. Jugador, alcohólico y marrullero. Seguramente se lo cargaron por una deuda de juego o algo parecido.

—Pero ¿qué tienes tú que ver en todo esto?

—Nada.

—A nadie le investigan por nada, Aitor.

—Manifesté algunas dudas sobre la incriminación de Denis. Quizá por eso me han considerado persona de interés en el caso.

Carla guardó silencio. Podía oírla pensar.

—Bueno... no sé qué decir —soltó al fin—. Estaba furiosa, ahora no sé ni cómo estoy. Solo espero que ese viajecito nocturno no tuviera nada que ver con tu «otra cosa», ¿vale?

Porque eso sería una estupidez demasiado grande. Involucrar a tus hijas en tu trabajo sería como para quitarte hasta los fines de semana. Lo entiendes, ¿verdad?

El tono de voz de Carla era el de «no se te ocurra mentirme otra vez», así que ni lo intenté.

—Lo entiendo —dije como un buen chico.

—Vale. Me alegro de que esto quede claro, porque hemos empezado realmente mal. Quizá nos hemos precipitado con lo de volver a las rutinas de fin de semana.

—¿Por qué?

—No sé… Lo de tu sobrino. Y ahora el tema del vahído. Seamos honestos: es la seguridad de nuestras hijas… ¿Y si te pasa algo en casa? ¿Cocinando?

—Solo me han dicho que me lo tome con calma, nada más.

—Ya… pero… En fin. Te iba a decir que este finde coincide con la fiesta de cumpleaños de una amiga de Irati en Laredo. Irati se muere de ganas por ir, si te soy sincera. Y bueno… Si te han dicho que reposes un poco…

Yo me callé. Entendí perfectamente el mensaje. ¿Qué iba a hacer? ¿Sacrificar la fiesta de Irati con sus amigas para traerla a pasar el finde a mi piso demasiado frío y húmedo?

—Supongo que podemos esperar una semana, a ver si me recupero —terminé diciendo.

—Sí —dijo Carla—, yo también lo creo.

Colgamos y me quedé con el teléfono en el pecho, el corazón encogido y triste.

La ansiedad campaba a sus anchas. Quizá la medicación tuviera algo que ver, pero me hundí mucho más de lo que los cojines permitían. Me hundí hasta el fondo de un maldito agujero.

Volví al teléfono. Había otro mensaje, de Arrate:

Tengo el ordenador en la tienda.

Tardé unos segundos en recordar aquello. El asunto de Jokin. «Uf»… Tenía otras cosas en las que pensar, pero, en el fondo, se lo había prometido a Olaia. Además, quizá me viniese bien darme un garbeo. Le escribí de vuelta:

¿En un par de horas?

21

Llegué a Las Arenas a las siete y media de la tarde. Arrate estaba atendiendo a una clienta, así que aguardé fuera. En esta ocasión no hubo sorpresas, ni emociones fuertes, tan solo esa frágil y elegante belleza, esa sonrisa triste y apagada.

—¿Qué tal estás?

—Bien. A punto de cerrar. Pasa.

Terminó de recoger. Sacó un pequeño maletín y unos cuantos libros de partituras.

—Tengo una clase de piano aquí al lado, pero aún falta media hora. ¿Quieres tomar algo?

Dije que sí. Cerró la tienda y fuimos a una cafetería cercana. No había demasiada gente. Arrate saludó a una chica que tomaba una Coca-Cola en la barra y habló un minuto con ella mientras esperábamos a que nos pusieran un par de vinos.

—¿Me ha parecido oírte hablar de Beethoven?

—Es Marta, mi profesora de piano —dijo—. Ha sido mi gran descubrimiento de este año.

—Me alegro. —Nos sentamos en una esquina alejada de la barra—. Yo también toco un poco la guitarra... La música es la mejor forma de evadirse.

—A mí me ha ayudado mucho con todo lo de Jokin, la verdad. No paro de practicar en casa. Mi objetivo de este año es tocar «Para Elisa». Y Marta dice que, si sigo así, estaré tocando un *Nocturno* de Chopin la próxima Navidad... Bueno, en fin, qué rollo te estoy soltando...

—Para nada...

Ella colocó el maletín encima de la mesa, entre nuestras dos copas.

—El ordenador. Lleva aquí dentro desde que me lo entregaron. Ni siquiera sé si arranca.

—Lo miraré. Gracias.

Ella bebió de su copa, respiró.

—También encontré su teléfono: está apagado y no sé la contraseña, pero lo he puesto todo junto, por si os valía para algo.

—Gracias...

—No me las des. En el fondo hacía tiempo que tenía que enfrentarme a esto. No había vuelto a mirar sus cosas desde...

—¿Todavía lo guardabas todo?

—Todo no. Doné su ropa, sus cosas de deporte... pero por alguna razón me quedé con la última maleta. La que hizo para su viaje a Gruissan. La enviaron de vuelta y no la había abierto hasta este fin de semana.

—Ya imagino.

—Hablando de eso... Me preguntaste por cosas extrañas y... —se puso a rebuscar en su bolso, sacó un sobre y lo dejó encima del maletín— esto lo es.

Cogí el sobre y lo observé antes de abrirlo.

—Un tíquet. Lo encontré en su cartera —dijo ella—. Estaba doblado, medio escondido entre unos billetes.

Abrí el sobre. En su interior había un recibo. El tíquet de un bar, todo en francés, por una *bière* y un *verre de vin*.

Pero el encabezamiento era lo más llamativo:

MANDARIN ORIENTAL

Genève

—¿Suiza?

—Lo he investigado —dijo Arrate—. Es un hotel de cinco estrellas en Ginebra. Mira la fecha.

Lo hice. Era de septiembre, un mes antes del suicidio.

—Jokin jamás me contó nada de ese viaje. Además, él nunca tomaba cerveza.

—Y el tíquet es por una cerveza y una copa de vino… O sea que estaba con alguien. ¿Eso es lo que quieres decir?

Arrate asintió.

—Demasiado lejos para una cita, ¿no?

—Desde luego es extraño. Ginebra… Aunque puede ser un escarceo. Y con todos esos vuelos baratos… No lo sé… Bueno, si no te importa, me lo quedaré —dije metiendo el tíquet en el sobre—. ¿Puedo hacerte una pregunta un poco indiscreta?

—Creo que a estas alturas me quedan pocos secretos, Aitor.

—Es sobre Olaia. El otro día me pareció que no tenías clara su relación con Jokin.

Arrate dio otro sorbo al vino antes de contestar.

—No tengo nada en contra de esa chica, ¿vale? Jokin nunca lo admitió. Ni siquiera sé lo que había entre ellos dos. Solo sé que la gente hablaba. Decían que Jokin y Olaia se pasaban media vida juntos. Salían a correr, comían, incluso se veían los fines de semana… Era raro.

—Ella defiende que solo eran amigos.

—De verdad, Aitor, me da absolutamente igual —insistió Arrate—. Yo estaba haciendo mi vida con otro hombre… Si Jokin y ella tenían algo, contaban con mi bendición.

—¿Así que no le tenías manía? Ella dice que la fulminaste con la mirada en el funeral.

—¿Eso dice? Yo no recuerdo ni siquiera verla.

Marta, la profesora de piano de Arrate, se acercó en ese momento y bromeó con que «el vino no ayudaba a tocar mejor». Era la hora de la clase. Nos despedimos allí mismo y yo me terminé el vino en silencio, pensando en una sola cosa.

«¿Ginebra?».

—¿Ginebra? —repitió Olaia al otro lado del teléfono—. Nunca me dijo que hubiera ido. Y menos en esas fechas.

—Parece que no fue solo, además —dije yo—. El tíquet demuestra que estaba con alguien.

Olaia se quedó callada.

—Pues manos a la obra. ¿Tienes el ordenador?

—Sí. Y estoy en Las Arenas ahora mismo. ¿Quieres que te lo acerque a la comisaría?

—No —se apresuró a decir—. Mejor vernos directamente en tu casa. Es que ha surgido un pequeño problema.

—¿Un pequeño problema?

—Te lo contaré allí. ¿Me envías tu ubicación?

—¿Vienes ahora?

—Si no te importa…

—¡Claro!

Olaia me dijo que su turno terminaba en una hora. Yo aceleré por la autopista y llegué con algo de tiempo para ordenar mi apartamento, hacer las camas, limpiar la encimera de la cocina y fregar… La casa quedó bastante adecentada. Estuve diez minutos colocando la guitarra en los cojines para que quedase casual. Después de una ducha, me afeité y esta vez no me eché colonia.

Cuando por fin sonó el timbre, yo parecía el típico soltero ordenado, que siempre huele bien y está listo para recibir visitas.

Abrí el portal. Me miré en el espejo. Metí tripa. Sonreí.

—¿Cuánta gente vive en este edificio? —dijo Olaia al entrar por la puerta—. ¿Solo tú?

Llevaba unos pantalones negros elásticos. El pelo recogido en una coleta y una cazadora de cuero encima de una camiseta blanca. Estaba radiante. Solo le faltaba una visera y una escopeta con mira telescópica para convertirse en una de mis fantasías adolescentes: Sarah Connor en *Terminator 2*.

—Hay una familia china en el primero. Los del restaurante. El resto de los pisos son de veraneo. A veces viene gente los fines de semana, pero en general estoy solo.

—¿Y duermes bien por la noche?

—Es muy tranquilo. Y el alquiler es de coña.

La hice pasar al salón y le ofrecí algo de beber, pero ella se quedó en la puerta.

—Aitor. Hay una cosa que necesito saber.

—¿El qué?

—Zubiaurre.

«Claro, ella está al tanto del caso», pensé.

—¿Qué quieres saber exactamente?

—En la comisaría tienen la ridícula idea de que podrías tener algo que ver.

—Pues eso es: ridículo.

No dije más. Y pensé: «Cuidado».

—Olaia. ¿De verdad?

—Bueno, tú mismo me dijiste que el testigo no te parecía fiable. Cabe la posibilidad de que solo quisieras amedrentarle un poco… y que se te fuera la mano. Me cuesta mucho creerlo, pero…

Se quedó callada, mirándome fijamente. Olaia era poli. Yo también. Los dos sabíamos leer en los ojos del otro.

—Te lo diré una sola vez: nunca he cruzado una palabra con Íñigo Zubiaurre. Y que conste que me hubiera encantado tener la oportunidad. Por otro lado, Íñigo ya declaró el pasado martes en los juzgados. ¿Para qué matarle si sabía que no iba a servir para nada?

Después de unos segundos de silencio, ella dio un paso dentro del apartamento y cerró la puerta.

—Mis compañeros te están investigando. No quedaría muy bien que nos vieran juntos.

—Nadie tiene por qué enterarse de nada, Olaia. Además, esta reunión es para tratar el asunto de Jokin. Solo eso.

Eso pareció relajar sus contradicciones internas. Por fin miró a su alrededor. El salón, quizá viera la guitarra…

—¿Decías que hay un restaurante chino por aquí? —preguntó—. Es que no he cenado.

El menú del Long-Pai estaba pegado en la nevera. Lo cogí y llamé para encargar unos cuantos platos. Después saqué un par de cervezas y fuimos al salón.

—Lo tienes muy agradable —dijo Olaia—. ¿Tocas la guitarra?

Supongo que era la mejor manera de cambiar de tema por un rato y relajar el ambiente. Nos sentamos, abrimos las cervezas y le hablé de mi incipiente carrera como cantautor. Me di aires y dije que mis canciones sonaban a Dylan, a Van Morrison, a Sabina, a Auserón...

—Yo soy más de Barricada —rio ella, y bebió un trago—. Pero ya sabes lo que voy a pedirte que hagas, ¿no?

—Ni de coña. No pienso cantar nada sin haberme bebido dos birras por lo menos.

—Okey. Te tomo la palabra.

—Bueno, vamos a trabajar. Quizá después de un arroz tres delicias me sienta más cómodo desnudando mi alma.

Olaia puso los ojos en blanco e hizo un ruido gutural, como un gato. Yo hice como que no pasaba nada.

Saqué el ordenador de Jokin y lo puse en la mesita, me senté a su lado y el sofá se hundió un poco, y eso hizo que nos tocáramos las caderas. Ella no se movió y yo tampoco tuve ninguna prisa en hacerlo.

Le mostré el tíquet del hotel de Ginebra que Arrate me había dado hacía unas horas. Ella lo escudriñó en silencio.

—En efecto, Jokin nunca tomaba cerveza —afirmó Olaia cuando le mencioné lo que Arrate había dicho—. Decía que le hinchaba, y era muy cuidadoso con su aspecto físico.

—O sea que había otra persona.

Ella bebió un sorbo de cerveza y asintió.

—Esto me deja KO. Sobre todo la fecha. Un mes antes de lo de Gruissan... Tengo que revisar mi calendario, pero estoy casi segura de que había vuelto a la oficina. Aunque había entrado en esa especie de negritud. Hablábamos poco...

Se puso a mirar su teléfono y a revisar las fechas mientras yo abría el maletín. Dentro había un teléfono móvil y un portátil Asus de color plateado. Puse a cargar ambos aparatos. Llevaban tanto tiempo apagados que al principio ni siquiera reaccionaron. El ordenador fue lo primero en encenderse. Mostró el logo de Asus. Después arrancó el sistema operativo Windows. Y por último, cómo no, una pantalla con contraseña.

—Joder, claro, la contraseña.

—¿No te la ha dicho Arrate?

—No.

Olaia levantó el ordenador y miró debajo. No había nada.

—¿No esperarías encontrarla ahí?

—Te sorprendería lo confiado que era Jokin con estas cosas. Espera... —cerró los ojos, recordando—. Déjame probar con una.

Olaia tecleó una contraseña y funcionó. El sistema comenzó a arrancar.

—La misma que usaba en el sistema de la Ertzaintza... Tenía frito al técnico de sistemas.

El sistema operativo cargó el perfil del usuario. Como fondo de escritorio, una fotografía de Jokin y sus dos hijos sacada en la grada de San Mamés.

Me di cuenta de que era la primera vez que le veía con la edad que tenía al morir. Algo más canoso, con bolsas bajo los ojos y patas de gallo. Por lo demás, era el mismo. Una buena mandíbula, una nariz afilada y una dentadura perfecta.

La pantalla se llenó de iconos de un montón de cosas. Carpetas, archivos, fotos...

—Esto es otra cosa típica de Jokin. El caos.

Olaia era especialista en informática y algo sabía sobre registrar un ordenador. Empezó por la carpeta de descargas, ordenada por fecha. Según ella, la época de «negritud» de Jokin había comenzado a partir de la resolución del caso del asesino en serie belga, De Smet. Revisamos los archivos descargados en esas últimas semanas. Había un poco de todo, películas, juegos de ordenador («Las largas horas de escucha y vigilancia», comentó Olaia. «En el caso del belga se tiraron casi un mes plantados frente a su casa»), un contrato de alquiler de un piso en Sopelana, que Olaia recordó que Jokin le había mencionado.

—Casualidades de la vida, él también se fue a vivir a un piso de veraneo.

Finalmente, encontramos una tarjeta de embarque de un vuelo de Iberia Bilbao-Ginebra que coincidía en fechas con el tíquet del hotel Mandarin. La tarjeta estaba a nombre de Jokin. ¿Viajaría con alguien más?

—Se puede investigar. Pero necesitaríamos una orden judicial, claro.

Llegó la comida china. La distribuimos por la mesa y empezamos a cenar mientras repasábamos los archivos en busca de algo extraño, insólito, pero los casi ciento cincuenta archivos de la carpeta de descargas eran cosas rutinarias: copias de informes de otros casos, papeleo doméstico, las notas de sus hijos, deberes...

—¿Por dónde seguimos?

—Prueba con el correo electrónico.

—¿El personal? Tenía una cuenta en Gmail.

Abrió el navegador, fuimos a Gmail y, en efecto, allí estaba el nombre de usuario de su cuenta de correo electrónico. Pero, de nuevo, el muro de la contraseña. Y esta vez la que Olaia recordaba no funcionó.

—Podemos intentar recuperarla.

Olaia hizo clic en «He olvidado mi contraseña» y el sistema nos ofreció algunas alternativas para recuperarla. Una de ellas era responder a una pregunta de seguridad.

—¿Qué es? —le pregunté a Olaia.

—Un método un poco antiguo, pero que todavía funciona en algunos sistemas de correo. Pones un dato de tu vida que solo tú puedes conocer...

La pregunta de seguridad que Jokin había elegido para recordar su contraseña era: «¿Cuál es tu película favorita?».

—No sé la peli, pero Clint Eastwood era su actor y director favorito.

—Pues prueba con alguna suya.

Olaia probó con tres títulos: *Harry el Sucio*, *El bueno el feo y el malo* y *Mystic River*. Ninguna de las tres funcionó... y el sistema de recuperación quedó bloqueado durante otras veinticuatro horas.

—Vale. Supongo que podemos hacer una lista de todas las pelis de Eastwood y dedicar el resto del mes a probar. ¿Por dónde seguimos? ¿Papelera de reciclaje?

—Okey.

Entramos a la papelera y resultó que estaba vacía.

—Curioso de verdad —dijo Olaia.

Una papelera vacía —lo mismo que un chat borrado o un coche demasiado limpio— es algo que siempre llama la atención de un poli. Sobre todo en un ordenador tan «desordenado», con un escritorio lleno de iconos y la carpeta de descargas a reventar. En el caso de Jokin, tener la papelera limpia era un alarde de pulcritud bastante llamativo.

—¿Podríamos intentar recuperar el contenido?

—Sí —dijo Olaia—, pero antes, un pequeño truco.

Hizo clic con el botón derecho sobre la papelera y surgió un cuadradito de información.

—En el fondo, la papelera de reciclaje no es más que otra carpeta del sistema. Tiene algunos metadatos. Como la fecha de la última modificación… Joder…

Era el 17 de octubre de 2021.

—El día del suicidio —dije yo.

Olaia señaló el cuadro de información.

—No solo la fecha, mira la hora. Tres de la tarde. El forense francés determinó que su muerte sucedió entre las tres y las cinco de la tarde.

—Vació la papelera una hora antes de pegarse un tiro.

22

Como un efecto de una película de terror, el viento hizo temblar las ventanas en ese instante. ¿Qué fue lo que borró Jokin antes de suicidarse?

Olaia se puso en acción con el ordenador. Creo que nunca había visto a nadie teclear así de rápido. Descargó un programa llamado Disk Drill Data Recovery y lanzó un *scan* sobre todos los archivos «des-asignados». Y todo eso en el tiempo en que yo untaba un rollito en salsa y me lo llevaba a la boca.

—Los archivos borrados son como bloques de datos huérfanos, sin nombre y marcados como «prescindibles»; siguen estando en su lugar a menos que otro archivo necesite el espacio que ocupan. Si nadie ha tocado nada, es posible que sigan enteros.

El programa nos mostró una barra de progreso increíblemente lenta. Iba a tirarse horas haciendo su búsqueda, de modo que pasamos al teléfono móvil, que ya había recuperado bastante batería y terminó por encenderse.

El teléfono nos solicitó el pin de la tarjeta SIM —«Siempre

podemos pedirle a Arrate que busque el PUK, aunque vete a saber si lo conserva»—, y después seguro que habría un patrón de desbloqueo que, por supuesto, desconocíamos.

—Tarea para un hacker —concluí.

—¿Conoces a alguno?

Pensé en el Hijo del Byte, un *freelance* con el que solíamos trabajar a veces. Ignoraba si seguía en activo, porque en nuestra última conversación dijo que había encontrado un curro serio y que pasaba del tema. Aun así le escribí un correo rápido para preguntarle todo esto.

—Gracias —dijo Olaia—. Aunque tengo mi fe puesta en estos archivos borrados. Ahí puede estar la explicación de todo.

El programa de análisis del disco duro continuaba su lenta marcha. Todavía nos quedaba un táper de pato chino y otro de cerdo agridulce. Me apetecía acompañarlos con vino, así que saqué una botella.

—Creo que no debería beber —dijo Olaia al verme descorcharla—. Luego tengo que volver a casa...

—Bueno —dije yo—, aquí tengo una habitación de sobra.

Ella me clavó la mirada, con una sonrisa un poco pícara.

—¿Me estás invitando a pasar la noche en tu casa?

—Mira qué mal tiempo hace. —Señalé las ventanas cubiertas de gotas—. No es noche para andar por esos caminos de Dios.

El rugido del mar y del viento apoyaron la moción. Olaia sonrió. Una bonita sonrisa.

Puse música en mi altavoz Bluetooth y nos sentamos en la mesa del comedor. También había llevado platos y un par de copas para el vino.

—Esto empieza a parecerse a una cita.

—No. —Me levanté de la silla—. Para eso faltan las velas.

Casi como una broma, terminé plantando dos velas que guardaba para los días en que la tormenta se cargaba los transformadores de Ispilupeko, cosa que pasaba, como mínimo, una vez al año. Bajé las luces y dejé sonando un disco de Etta James.

Olaia vio un dibujito que Irati había pegado en la pared y se interesó por mis hijas. Hablamos un poco de eso. Me preguntó por el divorcio.

—Fue ella, Carla —dije—. Ya sabes la historia. Ser poli no encaja demasiado bien con la vida familiar.

—Lo sé.

—Ella y su novio están a punto de casarse y planean vivir juntos —seguí diciendo—. Van a comprar mi parte del piso... Y todo está bien... pero no puedo evitar sentirme como una mierda. Como si me hubiera quedado atrás en la vida.

—Has estado seis meses en un hospital —apuntó Olaia—, es lógico sentirse así.

Bebí más vino. Estaba sonando «A Sunday Kind of Love» y mis ojos giraban como una brújula enloquecida. Qué guapa era Olaia. Tenía unas cejas largas y expresivas. Una sonrisa interminable, blanca, perfecta. Una nariz que era como un delicioso tobogán y unos ojos felinos, inteligentes, voraces... Le serví pato chino, le serví arroz caliente y le serví más vino. Joder, estaba un pelín borracho. Las pastillas tienen ese lado malo. O quizá estaba consumiendo demasiada feniletilamina (dicen que está muy presente en el chocolate), pero al mismo tiempo, siempre he sido un tímido romántico. Vamos, que soy lento como el caballo del malo.

Terminamos la comida e improvisé un postre con cava, helado de limón y hielo. Nos sentamos en el sofá y Olaia se quejó de que estaba bebiendo demasiado y de que no podría coger el coche. Yo volví a insistir con lo de la habitación extra.

Esta vez noté que ella no decía nada.

—La carretera es muy mala. El viento puede partir ramas de los árboles. Y hay curvas terribles. Como agente experto en seguridad ciudadana, te desaconsejo totalmente conducir esta noche.

Se rio. Se bebió el sorbete y después me dijo que «quizá se lo planteara, pero solo si yo tocaba una canción».

Bueno, lo hice. Cogí mi guitarra y, un poco envalentonado por el vino, me solté a cantar una de mis últimas baladas románticas. Cuando terminé, Olaia estaba hecha un ovillo a mi lado, en el sofá, mirándome en silencio, en un profundo silencio.

—Ya sé que no es Barricada —dije.

—Ni falta que hace. Es muy bonita —replicó ella—. ¿A quién se la has dedicado? Es una mujer afortunada...

Yo no respondí, aunque la cara de Nerea Arruti se me apareció como un fantasma en la noche. ¿Debía decirlo? ¿Que había estado secretamente enamorado de una compañera? Pero Arruti no estaba allí. Allí estaba Olaia.

Se levantó y fue al baño un segundo. Y eso me dio tiempo a tomar una decisión: tenía que intentarlo con ella antes de que cambiase de idea y se marchara a su casa.

Entonces escuché la cisterna, se abrió la puerta del baño y la oí aproximarse por un lado. Respiré hondo y pensé: «Vamos allá». Apoyé el hombro sobre el respaldo del sofá, me giré y...

Olaia venía solo con unas bragas negras y su top. Sonrió, con un ligero rubor, y se sentó a mi lado. Acurrucada, con sus bonitas piernas desnudas, recogidas y pegadas a las mías.

—Entonces... esto significa que te quedas a dormir —murmuré.

Ella asintió riéndose.

—Aunque ahora mismo no tengo nada de sueño —respondió.

Se acercó muy despacio y me tomó la cara con las manos, sin dejar de mirarme. Nos besamos. Primero solo eso. Largos besos. Las manos todavía explorando en corto. El cuello, el cabello... Después empezaron a salirse de las fronteras. Terminé cogiéndola del culo.

Se sentó a horcajadas sobre mí y comencé a masajear su trasero por debajo de las bragas mientras nuestras lenguas hacían todo tipo de acrobacias en la boca. Y yo, que estaba medicado, alcoholizado y cansado, tardé menos de treinta segundos en ponerme como una piedra. Le quité el top. Debajo había un sostén de encaje negro. Se lo quité también. Me lancé a chuparle los pezones como si llevara toda una vida hambriento. Y creo que acerté con esto.

Se bajó de mis piernas. Se puso de rodillas frente a mí y tiró de mis pantalones y mi calzoncillo al mismo tiempo. Excalibur saludó a la joven damisela como un muñeco de resorte saliendo de su caja sorpresa. Yo eché la cabeza hacia atrás y miré mi techo mientras notaba el calor y la humedad de su boca envolviéndome. Ese techo que tantas veces me había pillado triste, agobiado y deprimido en las últimas semanas.

«Nunca sabes lo que te depara el destino, ¿eh?».

Esa noche dormí profundamente. Hacía mucho que no tenía tanta actividad del tipo «tú me lo enseñas y yo te lo enseño», y supongo que se sumó al cansancio, a las medicinas...

No me desperté ni una vez. Pero en cambio volví a soñar a lo grande.

Jokin vino a verme. Era un espectro sentado a los pies de mi cama. La bala con la que se suicidó le había atravesado la cabeza de un lado al otro, y al salir le había provocado un boquete sustancial que le había arrancado media cara. Ahora tenía una especie de larga melena de sesos cayéndole por el hombro izquierdo. Por lo demás, vestía un uniforme de patrullero. De los tiempos en que salíamos juntos a callejear. A detener a camellos, a quinquis, o a refrenar a algún salvaje que pegaba a su mujer o sus hijos.

—Jokin —dije—. ¿Qué haces aquí?

Él levantaba la mano y señalaba la pantalla del ordenador, donde el programa de recuperación de archivos proseguía su marcha.

—¿El ordenador?

Entonces lentamente se giraba hacia mí.

Tenía una HK 9 milímetros en la mano. Con la que debió de meterse el tiro. Me la puso debajo de la barbilla. Yo no podía moverme. Ni siquiera una mano para apartarme ese cañón.

Y disparó.

Me desperté sin aire, como si me estuviera ahogando. Di una fuerte patada al aire y terminé incorporado en la cama. Jadeando. Asustado.

La cama estaba vacía. Todavía olía a ella. ¿Dónde estaba?

—¿Olaia?

Me levanté y caminé desnudo por la casa. No estaba en el salón. Tampoco en el baño. Encontré una nota sobre la mesa de la cocina.

Te dejo dormir, pero me tengo que ir al curro. El scan no ha terminado, así que me llevo el ordenador si no te importa. En casa tengo aparatejos que podría usar para extraer los archivos.

Por cierto, me ha encantado la cena, la canción... y lo demás.

Un beso,

O

En efecto, se había llevado el ordenador de Jokin. El maletín. El teléfono. Incluso el tíquet del hotel de Ginebra. Me quedé mirando el hueco que había dejado todo eso en mi mesita de noche. No estaba seguro de que me gustase demasiado esa libertad que Olaia se había tomado. Era algo que Arrate me había confiado a mí.

Me fui a la ducha. Después me preparé una cafetera y me hice un par de huevos fritos con jamón. Admito que estaba de buen humor. Todavía me parecía increíble que una chica como Olaia se hubiera lanzado sobre mí anoche, pero ¿quién era yo para juzgarla?

Me tomé las pastillas y llamé a Mónica. Le pregunté qué tal iba su búsqueda de retrovisores rotos.

—Es como buscar una aguja en un pajar —dijo—. ¿Sabes la maldita cantidad de talleres que hay solo en la zona de Mungia?

—Bueno, nadie dijo que sería fácil —la animé.

Me contó que llevaba doce llamadas esa mañana. Muchos talleres se acogían a la ley de protección de datos para no responder, pero Mónica sabía insistir. De hecho, estaba decidida a ir en persona si hacía falta.

—Les cuento que es un coche que se dio a la fuga después

de chocar conmigo y que solo tengo su descripción y que estoy buscándolo porque la policía no piensa mover un dedo. A alguno lo he ablandado con eso. Pero todavía no tengo nada.

—Dale duro. No desfallezcas —dije antes de colgar.

Eso me llevó a pensar en alguna otra manera de localizar el coche. Aquello había sido un accidente. ¿Y si alguien se lo había comunicado a la policía? ¿Y si se había interpuesto una denuncia?

Tenía un contacto en Tráfico. El agente Iñaki Blanco, el excompañero de Nerea Arruti en sus tiempos de patrullera.

Busqué a Blanco en mi agenda. Marqué, sonaron unos cuantos tonos.

—¡Jo-der, pues claro que sé quién eres! —dijo cuando me presenté—. ¿Qué es de mi protegida, la señorita Arruti? He oído que se ha cogido una excedencia.

—Sí. Se ha ido de viaje una temporada. —«Demasiado larga, en mi opinión».

—¿Y tú? —preguntó Blanco—. Hay quien te daba por muerto. Bueno, ya me contarás qué se te ofrece.

Antes tenía que saber si seguía en el departamento de Tráfico.

—Me quedan dos semanas. Estoy a punto de jubilarme. ¿Necesitas algo?

—Pues verás…

Le pregunté si habían recibido alguna denuncia de un siniestro en esa curva en concreto (BI-2021); dos coches, un Mercedes negro, posiblemente un S 580, y un Fiat 500 color beige. No me sabía las matrículas pero…

—Con esos datos es más que suficiente. Espera.

Tardó dos minutos exactos en volver a mí.

—Nada. Pero ¿qué es lo que necesitas?

Estuve a punto de decir: «Es igual, gracias», pero me educaron en aquello de que «el que no llora no mama».

—¿No tendrías por casualidad un listado de Fiat 500 color beige en Bizkaia? ¿Y concretamente en la zona de Mungia o Uribe Kosta?

Quizá cruzando un listado de Fiat con los nombres de los titulares pudiéramos dar con la «rubita cabreada» en cuestión (a menos que la chica fuese de otra provincia). Además, el informe de Blanco tendría domicilios y matrículas.

—Joder. ¿Qué parte de «estoy a punto de jubilarme» no has entendido? Vaaale... me pongo a ello. ¿Te lo mando al correo interno?

—No. Si no te importa, te doy un correo personal.

Hecho esto, seguí con otra de las cosas de mi lista. La mujer pelirroja. ¿Quién podía ser? ¿Quizá una Gatarabazter?

Abrí Google y escribí «Gatarabazter, hijos, pelirroja, sobrina...», y conseguí expandir un poco más el árbol genealógico de la familia.

Resultó que Ernesto Gatarabazter tenía dos hijos: Marta Ainize y Jon Mikel. La primera, de una belleza exuberante, pero no pelirroja, era una influencer de la moda. Tenía una cuenta en Instagram con casi cuatrocientos mil seguidores, donde publicaba fotos desde Ibiza, Grecia, Bali... No faltaban los biquinis o los pareos acompañados de minirreflexiones como: «A veces solo necesitas estar en el sitio correcto para estar bien» (dicho desde la orilla de una playa en Jamaica, claro).

Jon Mikel era un tipo más reservado. Encontré un par de fotos suyas en algunos artículos sobre finanzas que hablaban de su empresa Venture Capital («Apoyamos las ideas que cambiarán el mundo»). Invertía en sectores emergentes tan variopintos como los videojuegos, el almacenamiento de hidrógeno o la realidad virtual. Un emprendedor brillante y prometedor que, según un perfil de la revista *Empresarios*, estaba destinado a convertirse en el heredero del holding familiar.

Me quedé mirando su foto. Un hombre joven pero con aspecto de tener un imperio sobre los hombros (y toda su presión).

Un tipo serio. El oscuro heredero.

Después del desayuno, me esperaba una larga mañana de trabajo. Llamé a Mónica y le dije que tenía el listado de Fiat 500 color beige domiciliados en Bizkaia. Blanco había logrado ordenarlos por municipio, de modo que iba a empezar a buscar en toda la mancomunidad del Mungialde: Gamiz-Fika, Laukiz, Arrieta, Meñaka, Bakio y Mungia.

¿Qué buscaba? Nombres de mujer. Preferiblemente actuales, los que podría tener una chica rubita «de unos veinticinco».

Al cabo de dos horas tenía una lista de treinta nombres. Contaba con sus teléfonos y pensé que podría recorrer un camino paralelo al de Mónica. Empecé a llamarlos a todos y cada uno de ellos preguntando si habían tenido un accidente este mes de mayo.

Conseguí hablar con doce propietarias. Respondieron que su coche estaba perfectamente. Tres de ellas habían tenido accidentes, pero ninguno en las últimas semanas. Y ninguno de un espejo roto.

—Ahora que lo dice, creo que alguien me rayó la puerta del conductor…

—No, señora, yo busco un retrovisor roto.

—Pues tendría que bajar a mirarlo.

—Gracias.

Seguí ampliando la búsqueda, ahora más allá del Mungialde. Comencé a filtrar un listado de la zona de Uribe Kosta.

Pero antes de que pudiera hacer la primera llamada, recibí una de Karim.

—Tengo lo que me pediste sobre Néstor Barrueta.

—Cuenta.

—Bueno, es un pájaro interesante. Entre la gente del «mundillo» tiene fama de tipo «flexible». Durante años hizo la vista gorda con algunos traficantes a cambio de favores.

—Nada que no hagamos los demás.

—Sí, pero Barrueta no comerciaba solo con información. Se quedaba parte de la mercancía. O comisionaba alguna operación.

»Mis chicos han estado revoloteando a su alrededor estos días. Es goloso. Está divorciado y tiene una amiguita, aunque también se le ha visto en compañía de prostitutas. Consume cocaína y bebidas de las caras. Y desde hace medio año tiene una casita con jardín en Liendo. Allí se marca alguna fiestecita para sus amigos. ¡Ah! Y esto te va a encantar: suele jugar en el casino de Bilbao… ¡igual que Zubiaurre! Por cierto, ya me he enterado de que el tipo está dando de comer a los gusanos. ¿Tienes algo que decir al respecto?

—¿Decir?

—Bueno, yo estuve preguntando por él… y ahora la gente me pregunta a mí. Cosmin Prodescu está cabreado porque no va a cobrarse la deuda.

—¿Qué quieres saber? Estoy seguro de que Barrueta está implicado.

—¿Lo hizo él?

Valoré la posibilidad de contarle mis avances a Karim. Le

debía un par de buenos favores y podía pagarle de alguna manera. Con algo de información.

—No creo que lo hiciera Barrueta. Creo que hay otro personaje en escena. Quizá un profesional.

—Muy interesante —dijo él—. ¿Alguna vez has oído hablar de un tal Friedrich?

—¿Friedrich? —repetí en alto—. No… ¿Quién es?

—Un mal bicho. Un asesino profesional.

—No me suena de nada.

—Trabaja por Europa. Hace encargos para las mafias y también algún arreglo corporativo. Dicen que estuvo detrás de unas cuantas muertes accidentales de cierto partido político, aquí en España.

—Joder. Bueno, ¿y eso qué tiene que ver con nosotros?

—Pues que me ha llegado el rumor de que ese tiburón ha aparecido en nuestras costas. Aquí, en Bizkaia. Y al parecer, lleva un mes encargándose de algo.

—Friedrich —volví a pronunciar para mí—. ¿No tendrá acento francés?

—Noto que sabes algo más que yo, Ori.

—Todo a su debido tiempo, Karim… ¿Qué es lo que se cuenta de ese tipo?

Karim se rio.

—Nadie sabe demasiado, como es lógico. Esa gente vive en la sombra… Pero hay una leyenda sobre él. Dicen que el tipo engaña mucho con su aspecto, que parece «poca cosa».

—Poca cosa.

—Cuentan que una noche se presentó en un club, en Marbella, ante un cliente que había insistido en conocerle en persona. Al parecer, el aspecto de Friedrich provocó algunas mofas entre los hombres del cliente. Uno de sus matones dijo en voz alta que no entendía la reputación de «ese enano delgaducho y con cara de aburrimiento», Friedrich lo oyó y, sin alterarse lo más mínimo, preguntó si necesitaban alguna demostración de sus habilidades antes de contratarle. El matón, ya abiertamente, le desafió a darle una sola hostia... Antes de que el matón terminara la frase, Friedrich se movió a la velocidad del rayo y, con el pulgar, le reventó el ojo como si fuera un huevo. Lo dejó tuerto, tío, sin mediar palabra.

—Joder —dije—. Vaya bestia.

—De ese pelo es el tal Friedrich —siguió Karim—. Así que ya sabes. Si te cruzas con un señor con pinta de contable aburrido... sal corriendo.

23

Aquella noche trabajé hasta que el cuerpo me dijo basta. Cuando terminé, tenía un total de dieciséis candidatas a ser las rubias del Fiat 500. Encontré y descarté a cuatro por medio de las redes sociales (no eran rubias), y al resto decidí que las llamaría al día siguiente.

Pero al día siguiente hubo un pequeño cambio de planes. A las nueve de la mañana recibí una llamada de la comisaría de Gernika.

—¿Orizaola? Soy Álex Ochoa. ¿Puedes pasarte por aquí?

—Bueno, ahora mismo estoy ocupado...

—Verás, Ori. Es bastante urgente. Es mejor que te pases cuanto antes.

Hacía un calor de tormenta. Casi treinta grados en la costa y unas nubes con formas extrañas, como gigantescos merengues que en algún momento iban a estallar descargando una lluvia furiosa sobre nosotros.

Cuando llegué a Gernika no había llovido aún y el calor era si cabe más sofocante. En contraste, me envolvió una especie de frío glacial al poner el pie en la comisaría. Y no hablo del aire acondicionado.

Entré por la puerta y había un par de compañeros charlando junto a la recepción. Uno de ellos era He-Man. Noté su mirada recelosa y extraña cuando me acerqué y saludé.

—Te están esperando. —Señaló escaleras arriba.

Sentí que algo no iba bien. Nada bien. ¿A cuento de qué venían esas caras? ¿Tenía algo que ver con lo de Zubiaurre?

En cuanto subí las escaleras y llegué a la zona de la oficina, confirmé mis sospechas. Cuando puse los pies en la moqueta, los ojos de mis compañeros se me clavaron como dagas. Mi *«egun on»* reverberó en un incómodo silencio.

Uno de los Robocops dejó caer un boli al verme. Y me siguió con la mirada.

Busqué a Gorka Ciencia o al *hurbiltzaile*, pero en ese momento sus escritorios estaban vacíos. Continué por el pasillo hacia el despacho de Ochoa. Algo me decía que allí estaba la explicación de todo aquello.

Ahí dentro había mucha gente.

Ochoa y los dos tipos de Asuntos Internos estaban sentados junto al escritorio, pero enseguida detecté a una persona que no esperaba encontrarme esa mañana.

Barrueta.

Noté que la garganta se me cerraba tanto que apenas pude decir nada.

—Adelante, Ori. —Ochoa indicó una silla a su lado.

Caminé hasta esa silla con la mirada puesta en Barrueta. ¿Qué demonios hacía allí ese tipo? ¿Qué tenía que ver con mi investigación de Asuntos Internos?

Luego miré a Ochoa, pero sus ojos eran tan inexpresivos como los de un cadáver. El resto de los asistentes también tenían cara de funeral. Todos me apartaban la vista, menos Barrueta, que me seguía desafiante con sus ojitos detrás de sus gafas marrones. Algo se cocía allí, algo muy negro y viscoso que estaba a punto de caerme encima como el barreño de sangre de *Carrie*.

—Bueno, supongo que conoces a todo el mundo —dijo Ochoa.

No abrí la boca, me limité a asentir con la cabeza y tragué saliva.

—Bien. Hay cierta urgencia por aclarar una cosa… por eso te hemos convocado.

«Esto no tiene nada que ver con lo de anoche», pensé. Así que seguí sin decir ni pío, acorralado, nervioso…

—Ander. —Ochoa hizo un gesto a uno de los de Asuntos Internos—. Si quieres, puedes dirigir el tema.

Se quitó las gafas para hablar.

—¿Usted sabe por qué estamos aquí hoy, Orizaola?

—Tengo una intuición… —respondí.

—Pues haga el favor de compartirla. Igual nos ahorramos tiempo.

—Bueno. —Inspiré hondo—. Viendo aquí a Barrueta, me imagino que está relacionado con el caso de mi sobrino Denis. Quizá con el homicidio del testigo principal.

—Bien. ¿Qué más?

—Ya he dado las explicaciones pertinentes a su compañero. Yo estaba con mis hijas esa noche. No sé qué más puede pasar.

Barrueta sonrió y murmuró algo que no llegué a oír. Los de Asuntos Internos seguían con cara circunspecta. Uno de ellos anotó algo.

—Vayamos al grano. Se le acusa de haber perseguido a un

testigo, me refiero por supuesto a Íñigo Zubiaurre. Y también de haber establecido contacto con él, puede que con intención de coaccionarlo.

—No es cierto.

—Eso es lo que vamos a intentar determinar aquí. De entrada, el agente Néstor Barrueta, junto con otros compañeros de Mungia, han logrado reunir algunas pruebas. —Abrió una carpeta que tenía sobre las rodillas—. Un testigo le sitúa a usted en Mungia, concretamente el jueves 19 de mayo, en el mismo bar que frecuentaba Íñigo Zubiaurre. ¿Estuvo allí?

Me quedé callado y noté que Álex Ochoa se giraba en su silla.

—Si es así, es mejor decirlo —dijo.

Me sentía como un chaval de trece años al que han pillado fumando en el cuarto de baño del colegio. Solo que aquí me estaba jugando algo más que una expulsión de dos días.

—De acuerdo, sí —admití—. Quise saber más sobre ese hombre. Me crucé con él a la entrada del juzgado, el día que Denis fue a recibir su ingreso en prisión. Me pareció un tipo dudoso.

—¿Dudoso? —preguntó él.

—Me dio mala espina y quise investigarlo un poco…

—¿Y quién coño eres tú para investigar a un sospechoso? —murmuró Barrueta.

Le ignoré y me dirigí al tipo de Asuntos Internos:

—Mire, no creo que sea ningún delito pensar y tener sospechas, ¿verdad? No le voy a ocultar que creo firmemente en la inocencia de mi sobrino. Sospecho que alguien —y al decir esa palabra me detuve y miré de soslayo a Barrueta— colocó esa pistola en su furgoneta para incriminarlo en un asesinato que no cometió. Y siguiendo esa teoría, el testigo debía ser parte de la trampa. Por eso investigué a Íñigo. Tenía una corazonada y actué como lo haría cualquiera con un interés personal en el caso. Pero nunca me acerqué a él, ni le hablé. Se lo juro.

Esto sonó a verdad, porque lo era.

—¿Utilizó alguna vez su posición o alguna de las herramientas de las que dispone como policía para llevar a cabo este seguimiento?

Negué con la cabeza.

—¿Conocía el lugar de residencia del testigo? —preguntó después.

—He oído que vivía en Maruri.

—¿Lo ha oído?

—Bueno, sí, ahora mismo no recuerdo muy bien dónde.

Más silencio. Miradas muy frías a mi alrededor. Y vi redondearse una medio sonrisa en los labios de Barrueta. Joder. La estaba cagando en algo y no sabía en qué.

El tal Ander leyó otra página de ese informe que sujetaba en las rodillas.

—Tengo aquí una traza del Sistema de Información de la Policía. En la noche del 18 al 19 de mayo se realizaron dos consultas desde un ordenador de esta comisaría. El usuario era el suyo.

Creo que mi rostro se transformó. No me puse rojo, quizá me puse amarillo. ¡El SIP! ¡Me habían cazado a través del SIP! Y eso explicaba, de golpe, la cara de Garai en la entrada y cómo me habían mirado los novatos...

Supongo que la situación era tan embarazosa que Ochoa decidió cortar por lo sano:

—Garai ha confirmado que estuviste aquí esa noche. Le dijiste que venías a recoger unos papeles de la reunión que habíamos tenido. Esa noche se hicieron un par de búsquedas, concretamente desde el escritorio en el que solías sentarte. ¡Sabes de sobra que todo queda registrado!

Lo dijo casi como un reproche: «Tío, ¡haberte tapado un poco! ¿Cómo has podido ser tan idiota?». Y yo no respondí. ¿Qué podía hacer? ¿Quién iba a pensar que asesinarían a Íñigo Zubiaurre y que alguien miraría los condenados registros del SIP?

—Consultó usted la dirección de Zubiaurre —prosiguió el tipo de Asuntos Internos—. Y también la del agente Barrueta, aquí presente. ¿Nos puede decir por qué?

Yo miré a Barrueta. Sus ojos entrecerrados detrás de esas gafitas oscuras. No se movía ni un ápice. Estaba expectante. Quizá pensaba que iba a soltar algún tipo de bomba sobre él, pero no lo hice.

Lanzar una acusación allí sería un suicidio.

—No lo sé… —dije sin dejar de mirar a Barrueta—. Eso fue solo… curiosidad, ya sabe. Todos lo hacemos de vez en cuando. Echar un vistazo.

Ander arqueó las cejas y entrecerró los ojos, pero no dijo nada más. Miró su teléfono móvil. Después respiró en silencio y prosiguió.

—Se encontró una nota con una amenaza en el cadáver. Le conminaba a decir la verdad. Exactamente decía: «Deja de mentir o te arrepentirás».

—Ya he explicado que esa noche estaba con mis hijas. Y creo que ellas han confirmado la coartada.

—En efecto, lo hemos verificado. Pero a la vista de sus propias palabras, y de los hechos que se han probado, debe comprender que hay una gran preocupación en torno a usted.

—No maté a Íñigo Zubiaurre. No tengo nada que ver con

esa nota. Si me quieren acusar de algo, es mejor que lo digan ya, porque tengo derecho a un abogado.

—Quizá lo necesite —respondió el tipo de Asuntos Internos—. La jueza Castro nos ha pedido una investigación a fondo, tanto de esa nota como de sus movimientos alrededor del domicilio de Zubiaurre.

Me había quedado sin habla. No dije nada.

—Espero que comprenda la seriedad del tema. Podría tratarse de un delito de coacción.

—Sí.

—En ese caso, le pedimos que reflexione. Tómese un par de días y piénselo. Es mejor hacer una declaración voluntaria que vernos metidos en un proceso amargo y engorroso.

—No tengo nada más que decirles —zanjé.

Y con esto, por fin, se levantó la sesión. Barrueta, sonriente y satisfecho, se permitió hacer una broma antes de salir por la puerta.

—Y si quieres cotillearme, la próxima vez usa el Facebook como todo el mundo.

La humillación era total.

Salí de allí arrastrando los pies, con el alma por los suelos. Estaba en el pasillo. Podía continuar hasta las escaleras sin cruzar la oficina. Quizá fuera lo mejor. Supuse que las noticias de mis andanzas habían llegado a oídos de todos. Que había mentido a Garai y había accedido al SIP desde el ordenador de los nuevos... Que había puesto a todo el mundo en un compromiso.

Puede que incluso pensasen que yo había tenido algo que ver con la muerte del testigo.

Comencé a caminar, pero me detuve. No quería marcharme así. «Al menos haz algo bien». Entré en la oficina de investigadores y me dirigí donde los nuevos. Uno de los Robocops estaba hablando por teléfono, pero el otro, el que ocupaba el que fue mi sitio, estaba tecleando.

—Hola. —Me planté delante de la mesa—. Perdona un minuto.

Se giró y mantuvo una mirada un tanto dura durante unos pocos segundos. Joven, de unos treinta, barba bien cortada, camisa recién planchada. Tenía el aspecto de un billete nuevo.

—Solo vengo a disculparme —dije—. No debí usar tu ordenador.

—Está bien —se limitó a responder como quien le habla a un loco.

Después volvió la mirada a su ordenador y yo me quedé allí, sin saber qué más decir, sintiéndome como una mierda.

Entonces me fijé en el corcho que había en la pared y que unos días atrás estaba cubierto de aquellas desagradables fotografías del suicidio de una mujer. Ahora estaba vacío. Solo había chinchetas.

—¿Qué pasó con aquel asunto del suicidio? —pregunté, por intentar ser educado yo también—. ¿Le disteis zapatilla?

—Sí. —El agente palmeó una pila de informes que reposaban junto a su teclado—. Justo hoy vamos a enviar los sumarios.

Leí el nombre escrito sobre el primer informe: «Elixabete San Juan». Eso me llevó a recordar brevemente a aquella mujer pelirroja que había visto en las fotos.

—Bueno, me alegro mucho —dije—. Y, de nuevo, perdonad por el lío.

—Claro —respondió girándose otra vez hacia su pantalla.

Me encaminé hacia la puerta. Lo siguiente sería pedirle mil disculpas a Garai por haberle contado una trola y después largarme de allí.

Pasaba por el escritorio del otro Robocop (el escritorio que normalmente ocupaba Arruti) y vi una bandeja donde estaban todas las fotografías de la mujer que se había suicidado en la bañera.

La primera de ellas era un retrato de la mujer, sonriente, viva.

Una mujer pelirroja con unas gafitas de pasta.

Un chasquido. Dos electrones aleatorios colisionando en el vacío. Miré de nuevo esa foto. Me detuve y me di la vuelta.

—Perdona otra vez. —Volví a presentarme delante del agente que acababa de atenderme—. No sé ni cómo te llamas.

El agente sonrió con algo de tensión e incomodidad. «¿Qué coño querrá el loco este?».

—Aritza Mendieta —respondió.

—Oye, Aritza, una pregunta sobre este suicidio… —Señalé el informe—. ¿Lograsteis establecer la fecha y la hora de la muerte?

La pregunta le sorprendió. Arrugó el ceño, como pensando si debería o no responderme.

—Pasaron dos días antes de que encontraran el cadáver, pero creemos que fue la madrugada del 13 de mayo.

—La madrugada del 13 de mayo —repetí casi como un idiota.

«La noche del viaje nocturno de Denis y Arbeloa».

—No puede ser tan fácil —dejé escapar entre dientes.

—¿El qué?

En ese momento apareció Álex Ochoa por la puerta de la oficina. Desconozco si lo hizo con intención de interrumpir aquello o no. El caso es que la conversación tenía que terminar.

—Aritza, cuando tengáis un minuto, venid a mi despacho, por favor.

—Ahora mismo —respondió el agente al tiempo que le hacía un gesto a su compañero.

El otro Robocop se puso en pie de inmediato, todavía con el teléfono en la mano. Ambos se dirigieron al despacho de Ochoa, que se quedó en la puerta, mirándome con los brazos en jarras.

—Bueno, Ori —dijo él—. Eso es todo por hoy, ¿vale?

Su lenguaje corporal era meridiano: «Lárgate de aquí, no quiero verte merodeando por los ordenadores ni un minuto más. De hecho, no quiero volver a verte el careto».

Me despedí y salí caminando en dirección a las escaleras, aunque estaba muy lejos de allí, en otro mundo… El mundo de los electrones que colisionan formando hermosas ideas.

Me detuve al comienzo de las escaleras. Me di la vuelta y vi que Ochoa ya se había marchado con los agentes. Saqué mi teléfono y escribí el nombre de Elixabete San Juan en el navegador. La aplicación tardó unos segundos en cargar los resultados.

HALLADA MUERTA EN SU DOMICILIO
LA PERIODISTA ELIXABETE SAN JUAN

La reportera, conocida por sus crónicas de investigación, llevaba desde el jueves pasado sin dar señales de vida. Una amiga encontró su cadáver en su caserío de Forua. Sus allegados admiten que Elixabete había tenido algunos problemas de salud mental…

El artículo venía acompañado de una fotografía que ya había visto la noche en que vine a mirar el SIP. Representaba a una mujer de mediana edad, pelirroja y con unas gafas de pasta. Justo la descripción que Denis había hecho de la pasajera que iba en el Mercedes negro.

Me refugié en la zona de las máquinas de café, donde a esas horas no había un alma. Volví a mirar aquella foto. La amplié en mi flamante móvil.

Me temblaban las manos. ¿Y si acababa de encontrar a la mujer pelirroja?

En cualquier noticia se suele hablar abiertamente de la forma de la muerte (accidental, provocada), pero en los casos de suicidio, las noticias son sucintas. «Apareció muerta», «su cuerpo fue descubierto…», muchas veces acompañadas de una frase sobre la salud mental, o los problemas económicos, casi a modo de pista.

Pero sabía, por Hurbil, que ese caso había presentado «alguna dificultad». Recordé que me había hablado de ello en mi anterior visita. «Alguien está presionando para que se investigue». Y el corcho lleno de fotografías que indicaba que aquello no se había cerrado de la noche de la mañana. Pero ¿por qué?

La prensa no iba a darme la respuesta.

Sin moverme de allí, hice una nueva búsqueda. Esta vez entré en el link de la *Wikipedia*, donde todavía no se había actualizado la fecha de su fallecimiento.

Elixabete San Juan (Bilbao, 1977) es una periodista española especializada en periodismo de investigación. Ha trabajado para varios medios nacionales e internacionales y realizado documentales para plataformas como Discovery Channel. En 2022 fundó la productora Kokoxa con la misión de crear documentales con una vocación de justicia social.

Llamé a Mónica.

—¿Cuándo vas a ver a Denis?

—Esta tarde. ¿Por qué?

—Necesito que lleves una fotografía impresa y se la enseñes.

—¿Una fotografía? ¿De quién?

Se lo dije. Le envié el link al artículo de prensa.

—¿Muerta?

—Se suicidó la misma noche en que Denis se topó con el accidente. Es posible que fuera la pasajera del Mercedes negro que se dirigía a la casa de los Gatarabazter…

—Joder… ¿Quieres decir que la asesinaron?

—Eso sería un buen motivo para querer callar a Denis y a Arbeloa. Pero no corramos. Que Denis lo confirme primero. Mientras tanto, voy a intentar conseguir más información sobre esa muerte.

Colgué.

Aún estaba en la zona de las máquinas de café y empecé a pensar en lo bien que me vendría leer el sumario del caso.

La autopsia, los detalles de la investigación... Todavía era posible que me equivocase con esa corazonada, pero ¿y si Denis lo corroboraba? Nunca lo tendría tan fácil como ahora. Nunca.

«Olvídate. Baja las escaleras, discúlpate con Garai y lárgate de aquí sin meterte en más líos...».

«Pero sabes que, en cuanto salgas por esa puerta, va a ser muy difícil conseguir lo que ahora está al alcance de tu mano... No esperes que Gorka Ciencia ni ningún otro compi se vuelva a pringar por ti».

«No lo hagas. Está mal», dijo la voz del angelito.

«Lo sé, pero cierra el pico, ¿vale?», respondió el diablillo desde el otro hombro.

Me acerqué a la puerta de la oficina. Eché un vistazo, en ese momento no había nadie. Al otro lado del pasillo estaría trabajando la gente de Comunicaciones, pero de cara a las ventanas. Y allí no había cámaras que pudieran delatarme.

Era ahora o nunca.

No lo pensé más. Di dos zancadas en dirección a mi antiguo escritorio y cogí el primer informe de aquel taco. Había media docena. Todos iguales. ¿Quién iba a echarlo en falta?

Lo escondí bajo mi chaqueta y salí de allí, todavía con el corazón palpitando a mil por hora.

Llegué a la recepción. Barrueta y los tipos de Asuntos Internos ya habían salido por la puerta y Garai estaba solo, con cara seria.

—Garai, perdona por la trola del otro día —dije acercándome—. Espero no haberte puesto en un compromiso.

—Me comí una buena bronca, Ori. Te dejé pasar porque eres compañero, pero esto...

—Lo sé. Lo siento, de verdad. De saber que te iban a crujir, no lo hubiera hecho así.

El He-Man rubio y musculoso bajó la mirada, se peinó el flequillo con los dedos y sonrió.

—No sé en qué líos andas metido —dijo con esa mirada honesta—, pero los demás no tenemos por qué pagarlo.

Le palmeé el hombro y salí por la puerta.

Había empezado a chispear. Me encaminé hacia el coche mientras notaba el corazón como golpes de batería en el pecho. ¿Y si los Robocops regresaban a su escritorio y echaban a faltar una copia? ¿Se mosquearían por las preguntas que les había hecho?

«Lo cierto es que estás como una puta cabra, Ori», pensé según llegaba a mi coche.

Entonces sentí una presencia a mis espaldas.

—Orizaola, un momento.

Por un instante pensé que me habían pillado. Quizá Ochoa me había visto coger el informe. O Garai habría notado que ocultaba algo en el interior de la chaqueta.

Pero no era nada de eso.

Al girarme, la brisa me hizo entrecerrar los ojos.

Barrueta estaba quieto, a pocos metros. Me habría estado esperando en alguno de los muchos coches que había aparcados por allí. Me había seguido sin que yo lo notase para nada.

Apreté el informe de Elixabete contra mi costado.

—¿Qué quieres?

Su cara resplandecía con una sonrisa muy extraña. Movía la cabeza de un lado para otro, como un profesor que mira a un alumno MUY DEFICIENTE.

—Sabes que terminaremos encontrando una conexión, ¿verdad? Estuviste en casa de Íñigo. Lo sabemos.

—¿A quién te refieres?

—Lo sabemos —repitió él—. Y esto no va a quedar así, ¿eh?

—¿Es una amenaza?

Se rio.

—Mira... Creo que eres uno de esos polis que tienen complejo de listo. Pero en realidad solo es cuestión de suerte. Y la suerte se agota.

Se aproximó lentamente. Se puso muy cerca. Era un poco más alto que yo y me miró desde arriba. Noté que me hervía la sangre.

—¿Como a Jokin? —le lancé sin ambages—. ¿También se le agotó la suerte?

—Tú no sabes nada —respondió él.

—Sé que Jokin era un buen poli. —No me moví un ápice—. Y un buen tipo.

—Me alegro de que lo recuerdes así. Pero, Jokin había cambiado mucho —dijo sin perder esa sonrisa de culebra—. Solo he venido a avisarte. A darte un consejo de amigo: déjalo estar. No sigas removiendo la mierda... A veces salpica a otras personas. A las que nunca querríamos que les salpicase...

Aquello pudo conmigo. Una de mis manos voló casi sin darme cuenta hasta la solapa de su chaqueta. Quizá es lo que Barrueta buscaba. Tiré de él con fuerza. Barrueta no hizo ni medio amago de liberarse.

—Como le pase algo a Denis en la cárcel...

Negó con la cabeza, emitiendo un chasquido con la lengua: «tsch-tsch-tsch».

—¿Amenazando a un agente de la autoridad?

En ese momento vi que se acercaba alguien. Le solté sin

decir nada más. Entré en el coche temblando todavía...
Arranqué y salí de allí muy despacio. Hubiera sido fácil caer
en la tentación de darle un puñetazo. Quizá era lo que iba
buscando.

Pero había otras formas de aplastarle. Y lo que tenía escondido bajo la chaqueta era una de ellas.

24

Quería alejarme rápidamente y decidí que la playa sería un lugar íntimo donde resguardarme para leer ese informe. Desde Gernika, Laida o Laga eran dos buenas opciones. Laga estaba a más distancia. En una tarde oscura y fría como la que se presentaba, no habría apenas gente en el bar.

El cielo estaba negro y había comenzado a soplar viento norte cuando llegué a la playa de Laga. El pinar se doblaba ante el empuje del aire y la tormenta descargaría en una hora como mucho. Hasta que eso llegase, media docena de surfistas aprovechaban unas preciosas olas de color acero.

El bar de la playa estaba medio vacío. Dos aldeanos tomando vinos y unos surfers franceses bebiendo leche caliente para quitarse el frío del mar de encima. Me senté en una mesa un poco apartada y pedí una copa de vino blanco. Saqué el sumario y lo coloqué sobre la mesa.

El grosor del dosier ya indicaba que la investigación había sido extensa. Demasiado extensa para un caso de suicidio al uso. Y recordé que Hurbil ya comentó que el asunto había tenido «ramificaciones».

Me puse a leer el resumen del caso. El cuerpo de Elixabete, de cuarenta y cinco años, fue hallado en la bañera del piso de arriba de su caserío en Forua, con las venas abiertas. En el momento del hallazgo se había desangrado por completo, pero según el informe forense, la causa de la muerte había sido un paro cardiaco provocado por una ingestión «masiva y letal» de sedantes.

La persona que halló el cuerpo y alertó al 112 desde el mismo cuarto de baño era Maika López. Su relación con la víctima era «expareja». Maika trabaja en la redacción de informativos de ETB2 y, según la transcripción de los audios, contó lo siguiente:

«Yo tenía las llaves del caserío porque, entre otras cosas, solía encargarme de regar las plantas y de echar un ojo al jardín y a la casa cuando Eli estaba de viaje. Ya sabes cómo son los caseríos antiguos, siempre hay algo a punto de romperse. El caso es que todavía no había quedado para devolvérselas. Ella acababa de regresar de un viaje por África de varios meses y habíamos charlado por teléfono esa misma semana, el lunes día 9 de mayo (recordemos que la fecha estimada del suicidio fue el jueves 12). Quería quedar para que le diera las llaves y vernos, pero yo no pude ese día, así que lo pasamos al fin de semana.

»El jueves le escribí un mensaje por la mañana, pero no respondió, así que la llamé por la tarde, pero tampoco cogió el teléfono. No me preocupé demasiado porque Eli es así muchas veces… y también reconozco que pensé que quizá estaba haciéndose un poco la loca conmigo. En el fondo, fui yo la que rompió nuestra relación…».

En ese momento, el agente le preguntó por su relación con Elixabete.

«Estuvimos juntas durante cuatro años, pero habíamos

roto antes de que ella se marchase a África. No obstante, nos llevábamos bien y me confió sus llaves».

El agente le preguntó cuándo comenzó a preocuparse por su amiga.

«Ella estaba moviendo un nuevo proyecto con su productora, Kokoxa, y el viernes tenía una reunión en Bilbao, en la ETB, con la gente de contenidos (yo misma la había ayudado a conseguirla). Pensaba que la vería entonces, pero, a media mañana, un compañero se pasó por mi mesa para decirme que Eli no había aparecido ni había llamado para disculparse. Ahí fue cuando empecé a preocuparme… La estuve llamando el resto de la mañana, le dejé un par de mensajes. Pero nada. Entonces, el sábado decidí ir a buscarla al caserío».

Después, el agente le preguntó la hora a la que llegó allí y qué hizo a continuación:

«Sobre las doce y media del mediodía. Bueno, es fácil saberlo, porque tardé algo así como cinco minutos en encontrarla y llamé enseguida al 112.

»Desde el 112, me dijeron que le buscase el pulso… pero estaba claro que había muerto. Dos días en el agua hacen su trabajo en un cadáver… El olor era terrible. Y ella… bueno, no quiero ni recordar su rostro, ni el color del agua de aquella bañera… No sé ni cómo logré contener las náuseas. Salí de allí, me caí al suelo… Todavía no puedo contarlo sin romper a llorar (*se interrumpe*)».

Seguían algunas preguntas más sobre la escena: si tocó o movió algo, a lo que Maika respondió negativamente. Las fotografías mostraban el cuerpo y algunos detalles, como un cuchillo pequeño y afilado, del mismo juego que se hallaron en la cocina, con la hoja ensangrentada. Sacaron huellas de la fallecida y la prueba de ADN concluyó que la sangre también era suya. Se encontró un blíster de diazepam 10 mg de la marca Normon. (Se supo que tenía una receta recurrente expedida por su psiquiatra y que lo había adquirido en una farmacia del pueblo).

La descripción de la escena continuaba por el dormitorio, donde se podía apreciar un conjunto de ropa sobre la cama, lo que supuestamente llevaba Elixabete esa noche antes de desnudarse. En el informe se detallaban todas esas piezas de ropa, incluyendo «un largo fular color mostaza» que coincidía con lo que Denis había descrito: un «pañuelo amarillo».

El testimonio de Maika ese día llegaba más o menos hasta este punto. Ella admitía tener recuerdos borrosos de lo que sucedió después. Tras llamar al 112, se quedó sentada en el suelo de la habitación de espaldas al baño, porque no quería ver el cadáver y además el olor era muy intenso, esperando a que llegasen los médicos. Al cabo de unos veinte minutos aparecieron una dotación de la Ertzaintza y una ambulancia. Le dieron un tranquilizante y estuvo en el salón, sentada durante dos o tres horas hasta que la jueza levantó el cadáver y la casa quedó cerrada.

Pero había otra declaración, tomada dos días después en la comisaría, en la que Maika cuestionaba los «posibles motivos» de Elixabete para quitarse la vida. Y hubo algo en esta declaración que me llamó poderosamente la atención.

«Es cierto que Elixabete estaba en terapia por una depresión (la muerte de su madre le afectó muchísimo) y que tenía muchos problemas que la acuciaban por su profesión (la productora no estaba consiguiendo colocar proyectos y se estaba planteando volver al extranjero), pero todo eso llevaba años ocurriendo… Además, Elixabete sufría un trastorno bipolar diagnosticado. Había épocas en las que estaba bien, otras estaba peor. Pero justo ahora pasaba por un buen momento. La última vez que hablamos me dijo que tenía un par de reuniones esa misma semana... cosas prometedoras, al parecer... La noté muy animada. Por eso no logro comprender qué le pasó. Y además está la ropa. Elixabete era la típica tía que siempre iba en vaqueros... y la que estaba doblada en la cama era ropa de salir... ¿Había quedado con alguien esa noche? ¿Con quién?».

Saqué mi libreta y escribí exactamente esas dos frases:

«¿Había quedado con alguien esa noche? ¿Con quién?».

Entonces pasé a leer la autopsia. Estaba, como siempre, plagada de tecnicismos y fotografías no muy agradables. Pesos y medidas del cadáver, estado de los órganos, pruebas toxicológicas...

En las conclusiones, no obstante, había una nota muy curiosa. Venía subrayada y en negrita:

Por todo lo descrito, dictaminamos que la causa probable de la muerte es el paro cardiaco producido por la ingesta masiva y letal de benzodiazepina. Consideramos que el shock hipovolémico (por la pérdida de sangre secundaria a las heridas en antebrazos) ha podido contribuir y es segunda causa probable.

Sobre las heridas queremos señalar dos detalles. Pese a ser compatibles con una herida autoinfligida (por orientación y diseño de los extremos) y con la cautela debida al estado muy deteriorado del cuerpo, han llamado nuestra atención los siguientes hallazgos:

> Primero: La ausencia de heridas de tanteo típicas en el suicida. (Heridas para probar el filo del cuchillo, que normalmente son pequeñas y rápidas).
>
> Segundo: La simetría entre ambas heridas. Un corte transversal tiene un extremo profundo de entrada y un extremo superficial de salida (las llamadas colas de corte). Normalmente, en una persona diestra (como era el caso de la fallecida) la cola de entrada del antebrazo izquierdo es más profunda, al ser la primera en realizarse y con la mano fuerte. Mientras que la del brazo derecho suele ser más débil y más superficial, porque además se realiza en un momento de gran alteración y con la mano herida.
>
> En el caso presente, ambas heridas son muy parecidas en su profundidad, lo cual constituye un caso «raro» en la estadística, pudiendo deberse tanto a un movimiento temperamental en el momento de infligirse las heridas, como a la posible colaboración de otra persona.

—«La posible colaboración de un tercero» —repetí en voz baja mientras releía ese párrafo.

Un trueno retumbó a lo lejos, todavía muy adentro en el mar. El cielo se había llenado de nubes oscuras y las gaviotas revoloteaban por encima de la orilla, escapando de una previsible galerna. Los surfers ya habían salido del agua. El mar estaba demasiado bravo y las corrientes habían empezado a ser peligrosas.

Este epílogo del forense, sumado a las dudas expresadas

por Maika, habían bastado para que la jueza ordenase una «revisión en profundidad» de las evidencias. Y de ahí el grosor del informe. El equipo investigador y la Científica habían tenido que realizar un trabajo extra en la escena, la casa, el material genético, las huellas dactilares, los registros telefónicos... que ocupaban casi dos tercios del sumario. Los investigadores concluían lo siguiente:

La ropa que Elixabete llevaba esa noche indicaba que había salido. Había restos de tabaco y de ciertas fibras que indicaban que había viajado en coche, pero no en el suyo (un Renault Twingo que encontraron aparcado en su garaje). La autopsia ya había detectado que había cenado e ingerido alcohol previamente a las pastillas, pero en su casa no había restos recientes de comida o bebida. Se hicieron intentos por localizar un taxi que hubiera podido llevarla esa noche a alguna parte. Un restaurante o un lugar donde hubiera podido tener lugar esa «potencial cita». Nada.

En cuanto al teléfono, se investigaron los registros aportados por las teleoperadoras, en los que había poca cosa. Una docena de llamadas que no ofrecieron demasiadas pistas. Elixabete utilizaba una aplicación de mensajería (WhatsApp) que no daba pistas porque los mensajes estaban cifrados.

Se intentó acceder también al correo electrónico que usaba para sus gestiones (kokoxa@yahoo.es), pero estaba protegido por contraseña.

Por lo tanto, el equipo investigador, con la bendición de un perito psiquiatra, concluía que quizá Elixabete se vistió con esa ropa como un «acto preparatorio ceremonial de despedida».

Y caso cerrado.

Eché un vistazo al listado de llamadas. Aparecía el nombre de MAIKA dos veces. También el número del jardinero habitual de Elixabete (que declaró que ella le había llamado para quejarse de algunas cosas a la vuelta de su viaje de África); el de una empresa de calderas (para realizar la revisión que llevaba dos meses atrasada), y el de su asesoría contable y laboral. Además de eso, había llamadas a la ETB, a una empresa de capital riesgo y a dos productoras, una vasca y otra en Madrid.

Había empezado a llover. Las gotas empapaban el ventanal del bar de la playa y los bandazos del viento hacían temblar los cristales. Las olas rompían furiosamente sobre la arena y el agua batida se elevaba como un torbellino.

¿Era posible que Elixabete fuese la conexión que estábamos buscando? El teléfono de su exnovia, Maika, aparecía reflejado en el informe... pero no podía mover esa ficha hasta estar completamente seguro.

Cogí el móvil y llamé a Mónica, pero daba «desconectado». Me imaginé que estaría en Basauri, donde no se podía llevar el teléfono en las visitas. Tocaba esperar un poco más.

Me levanté, pagué el vino y salí de allí. La lluvia caía a plomo y los truenos sonaban cada vez más cerca. Llegué corriendo al coche, con el informe oculto bajo la chaqueta, y según entraba y cerraba la puerta me vibró el teléfono en el bolsillo. ¿Mónica?

Pero no. Era Sara.

—*Ama* no me deja ir a verte este finde —empezó a decir mi hija mayor—. Ha dicho que no estás para recibir visitas y que es mejor que te dejemos tranquilo. Yo ya le he explicado que habíamos hablado. ¡Pero nada! ¡Dice que me tengo que ir a Laredo con ellos!

Estaba sentado en el coche, con aquella tormenta ya encima y con la cabeza llena después de leer el informe de Elixabete.

—Escucha, Sara…

Pero ella estaba encendida y enfadada, no me dejaba meter baza.

—Yo le he dicho que tenía derecho a verte, por el tema de la custodia. Y me ha respondido que eso no es así. ¡Eso me ha dicho!

—Espera un poco, hija…

—… que la jueza te había retirado la custodia cuando te atacaron. ¡Y que no puedo verte si ella no me deja!

Oí una especie de sollozo al otro lado de línea. Por fin se había parado a respirar. Aproveché el hueco.

—Bueno, a ver, por partes. La jueza solo ha puesto unas reglas del juego, pero tu madre y yo nos hemos arreglado bien todo este tiempo. No hay que ponerse nerviosos. El caso es que Irati tiene una fiesta en Laredo y…

—¡Pues que vaya Irati! A mí esa fiesta me la suda.

—¡Eh! Ese lenguaje.

—Perdón… Es que, además, sé que *ama* está enfadada por lo de la policía. Se lo escuché decir, que «a saber en qué nuevo lío estabas metido». Y también lo de Denis.

—¿Qué has oído?

—Lo que hizo.

Sara había tenido algo de relación con Denis antes de que Mónica se lo llevara a vivir a Mallorca. Después, se veían por Navidad, en verano… Denis era un adolescente muy guapo y Sara lo tenía en un altar. En una familia en la que no había abuelos ni casi primos (solo una prima por parte de la familia de Carla), cada cómplice familiar era oro. Ella tenía derecho a saber lo que le estaba pasando a su primo, y se lo conté.

—Creemos que Denis ha sido víctima de un terrible error, Sara. Y seguro que muy pronto lo vamos a solucionar.

—¿Y eso es lo que hacías el otro día? —dijo ella—. Cuando seguías a ese coche...

Yo me quedé de piedra.

—¿De qué hablas?

—No pasa nada, *aita*. Irati no se enteró de nada. Y yo conté solo lo de los helados.

Noté una especie de risita al otro lado del teléfono.

—¿Solo? ¿A qué te refieres con «solo»?

Se hizo un silencio al otro lado de la línea. Podía oírse el barullo de un patio de colegio.

—Bueno —dijo Sara por fin—. No hablé de ese otro coche que estuviste siguiendo.

Se me heló la sangre, y por doble motivo. El primero, que Sara era mucho más avispada de lo que yo podía imaginarme, y el segundo era que había mentido a un agente de la autoridad. No supe cómo engullir eso. Lo reconozco. Opté por escurrir el bulto.

—No seguí a ningún coche.

Ella soltó otra risilla.

—Claro, *aita*, claro...

—Sara...

—Te puedo decir hasta la marca. Un Hyundai.

«Alucinante», pensé.

—A ver, *aita*, que tengo casi trece años. No dejabas de mirar el GPS. Y no era para buscar una gasolinera abierta. Y después seguiste a ese coche hasta aquel sitio... Era como un valle. Estabas investigando algo, ¿no?

—Hija, no sé muy bien cómo tomarme esto. Por un lado, te agradezco que no mencionases nada a esos policías, pero...

—No mentí. En realidad, nos llevaste a buscar helados.

—Ya... pero eso se llama dar testimonio inexacto. Y es un delito.

—¡Jolín, *aita*! Sabía que estaban preguntando por eso y te protegí.

Guardé silencio. En el fondo estaba... ¿orgulloso?

—Bueno. Que sea nuestro secreto, ¿vale? No hables de esto con nadie.

—Vale —dijo ella.

Entonces se oyó algo como una bocina y ella me dijo que tenía que irse. Quizá la estaban recogiendo de su entrenamiento de basket.

—¡Acuérdate de hablar con *ama*!

Se lo prometí, aunque tengo que reconocer que casi lo olvidé en el acto. Mi cabeza volvió al informe de Elixabete. Arranqué y salí de allí rezando para que Denis la identificase positivamente.

Pasaron las horas y Mónica seguía sin contestar. Intenté relajarme. Reposar era lo que me había recomendado la doctora y aquella tarde, mientras la tormenta dejaba caer un diluvio sobre la costa, me dediqué solo a eso.

Hice un pequeño repaso de mi situación y de mis errores hasta el momento. La amenaza de Asuntos Internos había sido muy real. Iban a investigarme, y sabía lo que eso significaba. Rastrearían las cámaras de seguridad y de tráfico, preguntarían a los vecinos del pueblo... harían un estudio pormenorizado de la nota que había aparecido en la boca de Zubiaurre. Yo había sido especialmente cuidadoso con ella. ¿Era posible que la Científica llegase tan lejos como para trazar su origen?

Eso me hizo pensar en Olaia. ¿Era posible que ella también se hubiera enterado de todo?

Le escribí un corto mensaje de texto: «¿Alguna novedad con el ordenador de Jokin?». Después, cogí la guitarra y traté de relajarme durante un rato. Mi voz reverberó por el piso. Las paredes de aquellas casas de veraneo eran de cartón piedra y suponía que los Chen, en el primer piso, me oían cantar. La lluvia y el retumbar de algún ocasional trueno me acompañaron de fondo.

Y por fin, a las nueve de la noche, sonó el teléfono y era Mónica.

—Acabo de salir del vis a vis. Le he mostrado la foto a Denis. Dice que es ella.

—¡Lo tenemos! —exclamé—. ¿Está seguro?

—Dice que al noventa y nueve por ciento. Aunque la vio de noche, y solo unos minutos… pero que es esa mujer. ¿Cómo la has encontrado?

Le conté el pequeño milagro en la comisaría de Gernika. Ese día tan terrible había terminado sirviendo para algo. Y también le hablé de las dudas razonables de los forenses sobre su suicidio.

—¿A qué esperamos para ir donde la jueza? Que Denis cuente lo que vio… —dijo Mónica—. Eso tiene que tener algún valor.

Yo me quedé en silencio.

—¿Me vas a decir que todo esto no sirve para nada? —se impacientó mi hermana—. Sabemos que esa mujer fue asesinada, posiblemente en la casa de los Gatarabazter… que quisieron hacerlo pasar por un suicidio y que han ido a por los testigos…

—Estoy convencido de ello —dije—. Pero es una historia

que, por ahora, depende únicamente del testimonio de Denis. Y Denis está en prisión por asesinar a un hombre, no lo olvides. Su palabra vale muy poco en esta situación. Necesitamos pruebas, Mónica.

—El vídeo que grabó la chica rubia.

—Es la pieza fundamental. Eso convencerá a Iratxe Castro de que existe una conexión entre el caso de Elixabete y el de Arbeloa… activará la investigación otra vez. Y Denis tendrá alguna oportunidad.

—De acuerdo. —Casi pude ver cómo apretaba los dientes—. Mañana volveré a la carga.

—Yo llamaré a la exnovia de Elixabete. Es la que estuvo insistiendo en que el suicidio era muy extraño. Intentaré reunirme con ella mañana mismo.

25

El teléfono de Maika estaba apuntado en uno de los anexos finales del informe, pero... ¿era seguro llamarla? La advertencia de Asuntos Internos aún me pesaba. Si se enteraban de que seguía removiendo los casos de otros compañeros, las cosas podían ponerse feas.

Pero quedaban muchos cabos sueltos en aquel asunto. Conocer la relación de Elixabete con los Gatarabazter, para empezar. Y eso era algo que no encontraría en el informe, ni en Google...

Así que tenía que jugármela. Intuía que Maika colaboraría si le exponía las cosas de una manera atractiva.

Al día siguiente, tras el desayuno, esperé hasta una hora prudencial para marcar el teléfono. No lo conseguí a la primera, pero insistí hasta que apareció una voz ligeramente ronca al otro lado.

—¿Maika López?

—¿Quién es?

—Me llamo Aitor Orizaola. Soy un agente de la Ertzaintza, aunque usted no me conoce. He leído algo sobre el caso de

Elixabete... En primer lugar, permita que le exprese mis condolencias.

Un silencio.

—Gracias.

—Verá, estoy investigando otra historia y el asunto de Elixabete se ha cruzado de una forma extraña. Me gustaría charlar con usted cinco minutos, si es posible.

—¿Qué significa que el asunto de Elixabete se ha «cruzado»?

Maika tenía una voz directa y temperamental, como la de una periodista acostumbrada a llegar al fondo de las cuestiones.

—Me gustaría hablarlo en persona, si quiere. Me muevo a donde usted me diga.

Ella se quedó en silencio otra vez.

—De acuerdo —dijo al fin—. ¿Conoce el bar que hay en San Mamés?

—Lo conozco.

—Quedamos allí. ¿Digamos a las cinco?

Hice mis cálculos: perfecto, así me daría tiempo a pasarme por el hotel de Mónica y hacerle algo de compañía.

—A las cinco, allí estaré.

—¿Cómo le reconozco?

—Soy grande, tengo barba... Ah, llevaré una sobrecamisa marrón a cuadros.

—De acuerdo. Yo soy bajita y tengo el pelo de colores.

«Vaya, haber empezado por ahí», pensé.

—Una cosa más. Le rogaría que fuese discreta con el asunto. Enseguida le explicaré por qué.

—Okey —dijo ella—, cuente con ello.

Maika estaba sentada al fondo del bar, junto a una ventana con vistas al estadio. Era una mujer menuda, con el pelo muy corto y teñido a mechas, tal y como había comentado por teléfono. Además de eso, unos pendientes estrafalarios, quizá demasiado largos, colgaban de sus dos orejitas. Tenía los ojos grandes y profundos de color gris. Me los clavó cuando me acerqué.

—¿Orizaola?

—Sí.

—¿Puede mostrarme una identificación?

—Claro.

La puse sobre la mesa y ella la miró con detenimiento. Después me hizo un gesto para que me sentase.

—¿No quiere tomar nada? —Ella sujetaba una taza de té entre las manos.

—Acabo de tomarme un café —dije.

—Pues ale, al asunto… ¿Qué quería saber?

—He leído el informe de Elixabete. En sus declaraciones usted manifestaba algunas dudas en cuanto a los motivos de su amiga para quitarse la vida, ¿verdad?

—Sí. Lo dije y lo mantengo. Que no tiene sentido. A Elixabete le iba mal, pero tenía razones para luchar. Y esperanza.

—¿Ha leído usted las conclusiones del informe?

—Sí. Soy periodista y tengo por costumbre ir a las fuentes.

—¿Y qué opina?

—Que hubo dudas. El forense señaló que las heridas eran raras. Y Elixabete se vistió para salir esa noche… pero nadie sabe decir a dónde. He removido Roma con Santiago para que esto no quede así, pero su organización dice que no se puede hacer más.

—Quizá sí se pueda. Pero extraoficialmente.

Maika cogió la taza de té con ambas manos y dio un sorbo.

—¿A qué está jugando, Orizaola? Conozco un poco su mundillo, y esta llamada y esta entrevista son un tanto inusuales. El caso está cerrado. Usted ni siquiera estaba asignado...

—Es correcto. Pero la intuición me dice que usted es una persona en la que puedo confiar.

Ella me clavó sus grandes ojos tristes.

—Si es para ayudar a esclarecer esto, sí, confíe en mí.

—De acuerdo —dije—. Nadie en la comisaría de Gernika sabe que estoy aquí. Y nadie debe saberlo por el momento.

—Le repito que puede confiar en mí. Soy periodista, sé proteger a mis fuentes igual que usted. Ahora, dígame de una santa vez de qué va todo esto.

Su rostro impasible, sus ojos profundos sedientos de verdad... Decidí no andarme con más rodeos.

—Creo que sé dónde estuvo Elixabete aquel jueves por la noche.

Maika reaccionó como si alguien la hubiera golpeado por sorpresa. Abrió la boca, arqueó las cejas, se quedó sin aire, callada durante unos segundos. Levantó la taza y se la llevó a los labios con manos temblorosas. Después, la posó sobre el platillo.

—¿Lo cree o lo sabe?

—Lo sé. Tengo un testigo que la sitúa la noche del jueves muy lejos de su caserío.

La mujer dio una especie de respingo nervioso.

—¿Y por qué no ha ido directamente a la jueza?

—Porque todavía no puedo. Es un asunto complejo...

—Eso no lo he dudado ni por un instante —respondió ella—. Pero ¿quién es esa persona? ¿Dónde vio a Elixabete?

—Un testigo —repetí—. Pero vayamos despacio. ¿Le habló ella de si planeaba ir a alguna parte esa noche?

—Sé que tenía reuniones esa semana, nada más. Aunque precisamente esa noche… se había vestido de una forma especial, como para ir a una cita.

—¿No le habló de ello?

—No.

De pronto se calló, miró a un lado y al otro.

—¿Tiene usted coche?

—Sí —respondí.

—Pues vámonos de aquí. No es un buen lugar para hablar de ciertas cosas.

Me preguntó si podía llevarla a Gernika, que ella vivía allí y que hablaríamos por el camino. Yo valoré el riesgo de «destaparlo» todo ante una persona que, a fin de cuentas, era una desconocida (y para colmo, periodista). Así que, en cuanto nos metimos en el coche y arranqué en dirección a la autopista, recurrí al viejo sistema de mostrar solo un «ángulo» de la historia.

Volví al testigo que había visto a Elixabete aquella tardenoche del jueves.

—¿Dónde?

—En la zona de Gatika. Iba en un coche y tengo razones de mucho peso para pensar que tenía una cita en una casa cercana. ¿Conoce el apellido Gatarabazter?

Arqueó las cejas.

—¿Está de broma? Claro.

—¿Le habló Elixabete de ellos alguna vez?

—No. No me suena que tuvieran ninguna relación. Aunque ella era especialista en meter el dedo en el ojo a gente importante. Y esa familia es poderosa. Pero ¿qué iba a hacer allí?

—Es lo que intento establecer. ¿Quizá algo de su trabajo? He leído que unos días antes hablaron por teléfono. Quizá le dijo algo que pueda sernos de ayuda...

Maika se quedó pensativa.

—Hablamos de muchas cosas, en realidad. Ella acababa de llegar de Nairobi y estaba poniendo en orden su vida. Me dijo que había abierto el correo por primera vez en meses y tenía miles de mensajes sin leer. Y lo mismo con el teléfono. Estaba respondiendo llamadas, retomando el contacto con gente de la tele...

—¿Qué había hecho en África?

—Un documental para denunciar la explotación infantil.

—¿Para EITB?

—No... era para la BBC. Eli vivió en Londres seis años. Estudió un máster y se metió de lleno en el mundillo de los documentales. Era buena. Escribió y dirigió un par de cosas importantes. Una de sus colaboraciones se hizo con un BAFTA y... bueno, estaba en la cresta de la ola cuando su madre se puso enferma. Elixabete era hija única y estaba muy unida a ella, así que no le quedó otra que dejarlo todo y volver para cuidarla... o más bien, para acompañarla hasta su final, algo que se alargó demasiado.

—¿Cáncer?

—Alzhéimer. Y créame, aquello la hizo pedazos. Sumado al hecho de haber dejado Londres, una vida profesional y personal fantástica, tener que pasar dos años encerrada en un caserío en Forua viendo a su madre desvanecerse lentamente... Supongo que yo fui de lo poco bueno que le pasó.

Se llevó la manga de su vestido a los ojos y se secó una lágrima.

—Se conocieron en la tele, puedo suponer.

—Sí, haciendo *Los siete pecados capitales*. Quizá le suene. Entrevistó a unos cuantos ertzainas.

—La verdad es que no veo mucho la tele. Pero sí me suena. Me han hablado de él.

—Ella era la presentadora y yo la jefa de redacción... y como las dos vivíamos en la zona, empezamos compartiendo coche... y terminamos compartiendo cama. —Sonrió con tristeza—. Creo que la ayudé bastante en aquellos años tan penosos... Después, dejó de funcionar para mí. Su madre acababa de fallecer y Eli decidió que se marchaba a África a grabar su documental... Pensaba volver a Londres, supongo.

—Y usted no se animó a ir con ella.

—Yo no me he movido nunca de aquí... —Señaló por la ventanilla, estábamos ya en el alto de Autzagane—. No me veía cogiendo la mochila y recorriendo el mundo a estas alturas de la vida. Lo hablamos y lo dejamos de una manera muy adulta. Muy racional. Bueno, creo que yo tenía una remota esperanza de que el viaje a África la «saciase». Pensé que quizá a la vuelta... —Se detuvo y dejó escapar una lagrimita—. Ya ve, a mis cincuenta años y todavía con fantasías románticas...

—Créame que no es la única —respondí.

—Por eso le busqué esa entrevista con la gente de contenidos de ETB. Quería ponérselo fácil para que se quedara. En fin... que ni siquiera me dio tiempo a verla. La última imagen que guardo de ella es en el aeropuerto. Yo misma la llevé. Me dejó sus llaves y me pidió que le regase las plantas y controlase un poco al jardinero. Nos abrazamos y la vi marchar... para siempre.

Guardé un respetuoso silencio. Me pregunté si Maika tendría todavía las llaves de la casa. Si le importaría...

—¿Qué va a pasar con el caserío?

—Eso es otro lío. Elixabete no hizo testamento. Había pedido un préstamo para Kokoxa y está casi todo sin pagar. El banco dice que quiere la casa, y sus únicos familiares, unos primos de Soria, están a la expectativa. Mientras tanto, yo sigo regando sus flores, le recojo el correo...

Nos acercábamos a Gernika y le pregunté a Maika si quería que la dejase en alguna parte.

—En realidad —se giró en su asiento—, lo que quiero saber es qué va a pasar ahora.

—Bueno, lo primero es tener algunas certezas. Y encontrar el motivo de todo esto ayudaría.

—Pero ¿qué es lo que está buscando? ¿De dónde sale ese testigo? Por favor, puede confiar en mí... Ya ve que esto no tiene nada que ver con mi trabajo de periodista. Guardaré el secreto.

Estaba tentado a hacerlo, pero me repetí que aquella mujer era una desconocida. Si abría la boca y dejaba escapar algo, no habría marcha atrás. Aunque, por otro lado, ella podía ser una aliada.

—Ha habido más muertes —terminé diciendo—. Eso es todo lo que puedo comentar por ahora.

—¿Más muertes? ¿De quién?

—Permítame que no sea más específico.

—Eli era mi amiga. Dispongo de herramientas que podrían ser útiles.

—Lo sé.

—¡Pues úseme!

—Está bien. Hay dos cosas en las que usted podría ayudar: la primera es buscar algo que conecte a Elixabete con los Gatarabazter, aunque sea de una manera indirecta. ¿De qué iba ese nuevo proyecto que estaba moviendo en ETB?

—Era un documental sobre el trabajo inmigrante en Bizkaia. Era uno de sus temas preferidos. La explotación laboral, el trabajo infantil... sobre todo en los países del tercer mundo. Pero, claro, es algo bastante difícil de vender en este mundo de sonrisas y confeti. Ella no esperaba sacar más que una pequeña financiación... aunque sé que en la cadena le habían pedido desarrollar un videopódcast, un remake del programa *true crime* que presentó antes de marcharse a África.

—¿*True crime*?

—Sí. Ahora están muy de moda. Se hablaba de crímenes violentos: asesinatos, desapariciones... cosas un poco truculentas que ocurrieron en el País Vasco. ¿Conoce el caso de Félix Arkarazo? Ese fue el piloto.

—¡Claro que lo conozco! —Recordé también que aquel fue el primer caso como investigadora de Nerea Arruti.

—Fue un trabajo alimenticio para financiar otras cosas y no creo que estuviera dispuesta a hacerlo otra vez.

—El documental sobre la explotación laboral parece mejor baza —dije—. Suena a algo que podría molestar a los Gatarabazter.

—¿Cree que la mataron por eso? ¿Para silenciarla?

—Por lo que usted cuenta, Elixabete era una periodista de pura raza. No sería ninguna locura pensar que pisó algunos callos que no debía.

—De acuerdo. Investigaré en sus documentos. Veré lo que puedo encontrar en su ordenador. ¿Cuál era la segunda cosa?

Me ha dicho que había dos cosas en las que podía ayudar... —dijo entonces Maika.

Y casi me lo puso en bandeja.

—Sí... Es sobre el caserío. ¿He entendido que todavía tiene usted las llaves?

Ella guardó un corto silencio. Supongo que pensaba si toda aquella situación era de fiar. Un tipo salido de la nada con una gran historia, pero ninguna prueba...

—Siga recto —dijo al fin—. Le llevaré.

El caserío de Elixabete, que había sido de su madre previamente, estaba situado al pie del barrio de Baldatika, un lugar remoto en los confines de la comarca de Urdaibai. Subimos por una carreterilla sinuosa y solitaria, muy parecida a aquella donde Denis y Arbeloa se toparon con el accidente que destrozaría sus vidas sin entender por qué.

Después de un par de desvíos llegamos a un camino vecinal que discurría junto a un precioso prado y desembocaba en el terreno del caserío de Elixabete. Maika me indicó que dejara el coche en una orilla de la carretera, junto al camino de acceso.

Salimos. Acababa de parar de llover y las nubes se rompían dejando entrar haces de luz que creaban reflejos de esmeralda en aquellos prados. A lo lejos, desde esa altura, se disfrutaba de una preciosa vista del valle, la marisma de Urdaibai y, a lo lejos, la línea recta del horizonte. Un lugar solitario, alejado de todo... perfecto para cometer el crimen que, a todas luces, había tenido lugar allí.

—Es la primera vez que vengo desde que... —comenzó a decir Maika—. Desde que la policía precintó la casa.

—Entiendo. Si quiere, puede esperar fuera.

—Estoy bien. Iré con usted.

El caserío tenía una terracita de piedra que daba a una porción de césped brillante y muy bien recortado. Caminamos junto a un rectángulo delimitado con pedruscos que parecía una huerta, pero que ahora estaba en desuso. También había una plantación de árboles frutales, un pequeño invernadero e incluso unas colmenas.

—La madre de Elixabete cultivaba un montón de cosas —aclaró Maika.

—¿Y el padre?

—Murió cuando Eli era niña, del corazón. Ellos procedían de un pueblito de Álava y la madre quiso marcharse de allí... alejarse. Vino y se compró este caserío cuando estaba en ruinas. Lo arregló con sus propias manos. Por eso le digo que estaban tan unidas. Vivían casi en comuna aquí arriba, imagíneselo...

Llegamos a la casa. La entrada estaba repleta de adornos: *eguzkilores*, viejas piedras con inscripciones... incluso lo que parecía el fragmento de un ánfora, que Maika dijo que era romana. «O eso aseguraba Elixabete, ya que en Forua hubo un poblado romano».

Entramos en la casa. Olía a cerrado, a humedad. El caserío, tal y como había explicado Maika, se había reformado hacía tiempo, y de una manera rudimentaria. La vivienda estaba distribuida a la vieja usanza. La cocina estaba a la izquierda, con los azulejos originales (las losetas ilustradas con escenas de campo que podían encontrarse en muchos caseríos vascos), y contaba con una cocina de leña y una alacena blanqueada y antigua. El salón estaba decorado con objetos del mundo, presumiblemente recuerdos de los viajes de Elixabete.

Tapices indios, esculturas africanas, un samovar ruso. Había allí una pequeña biblioteca, una zona de sofás y una mesita llena de libros grandes de fotografías.

—Los dormitorios están arriba.

—¿Quiere quedarse aquí?

Maika, que hasta ese momento se había mostrado bastante fuerte, asintió con la cabeza.

—La verdad, lo preferiría.

—De acuerdo.

Me indicó que el dormitorio de Elixabete era el primero a la derecha según se subía la escalera. Enseguida entendí sus reticencias.

El olor seguía allí. El tufo de la muerte lo había impregnado todo y tardaría mucho en disiparse.

Crucé la habitación y fui directo al cuarto de baño *en suite*. Alguien había hecho una limpieza básica, pero el olor no se acababa de ir. Dicen que hay una energía extraña en los lugares en los que se ha producido una muerte violenta. Una especie de grito que se queda atrapado en el aire, incrustado en las paredes. Y aquel lugar gritaba. Ese baño estilo años setenta, con su grifería antigua, su alfombrilla de color azul celeste manchada de gotas de sangre, su lavabo plagado de botes de maquillaje... emitía una tensión eléctrica que te agobiaba y te empujaba a salir de allí corriendo.

No obstante, había cosas que observar y mis ojos se movieron casi por defecto. El orden de los cosméticos que ocupaban el lavabo, por ejemplo. ¿Coincidiría con el maquillaje que Elixabete se había puesto aquella noche? Habían vaciado el cubo de la basura. ¿Se habrían fijado en si había algodones desmaquilladores? Pensé que debería releerme el informe.

Volví a la habitación. Allí el tiempo se había detenido en

los felices años noventa. Cuando no existía internet, ni los teléfonos móviles, cuando todos veíamos la misma serie a la misma hora y el mayor bulo que habías oído iba sobre un perrito y un bote de mermelada.

La habitación estaba decorada con pósteres de grupos como The Cure o Police, un corcho lleno de entradas a conciertos, una vieja tabla de surf comprada en Illumbe Surf Shop, dos trofeos de baloncesto, un gigantesco oso de peluche sobre una cama nido con una colcha de parches de colores. Seguramente, estaba tal cual Elixabete la dejó a los dieciséis años...

La ropa descrita en el informe (que Elixabete habría dejado sobre la cama) no estaba allí. Supuse que la habrían requisado para los laboratorios. Mis ojos se clavaron en la mesa de escritorio pegada a la ventana. Me acerqué y la observé por encima: un viejo PC apagado y rodeado de un desorden de facturas, carpetas, un tarjetero, un tarro de bolis... pero había algo allí que llamó mi atención por encima de todo lo demás.

Se trataba de un álbum de fotos. Uno de esos tipo «archivador» que tienen grandes anillas y páginas de cartón plastificadas. Había una cinta rotulada con una DYMO pegada en la tapa y decía: «Colegio Urremendi. 1989-1995».

El Urremendi era el colegio al que había ido Nerea Arruti. Un colegio privado situado a unos kilómetros de Illumbe. ¿Había sido alumna Elixabete?

Lo abrí con curiosidad y ojeé aquellas fotografías. Reconocí a la Elixabete adolescente rodeada de sus compañeros de clase. Viajes de estudios. Excursiones. Fotografías del día del Colegio. Campeonatos con el equipo de baloncesto.

Pero aquello era llamativo por otra razón.

Bajé las escaleras. Maika estaba llenando una regadera de plástico en el grifo de la cocina.

—Voy a aprovechar para intentar reanimar algunas de las plantas. ¿Ha encontrado algo?

—Puede —dije—. Deme un segundo.

Salí a la calle, abrí mi coche y saqué el informe de Elixabete de la guantera. Fui directamente a la sección de la inspección ocultar. A las fotografías que la Científica había sacado ese mismo día, en la casa de Elixabete. Un suicidio se clasifica como «muerte violenta», de modo que la Científica hace el mismo trabajo que si se tratase de un asesinato. Había muchísimas fotos de su habitación, del cuarto de baño, detalles de todo. La disposición de los cosméticos, su escritorio, su ordenador, las fotografías en las paredes... Entonces vi lo que estaba buscando.

Volví con el informe al caserío.

—¿Le habló Elixabete de su colegio?

—¿Qué?

—El Urremendi. ¿Le habló de él por alguna razón en esa última llamada?

—No... que yo recuerde... Pero sé que Eli hizo allí el bachillerato, ¿por qué?

—Mire. He encontrado un álbum de antiguos alumnos del Urremendi. Estaba sobre su mesa. Y estaba allí el día que Elixabete supuestamente se quitó la vida.

Le mostré la fotografía de la Científica.

—Sí... —Maika cogió aire—. Los polis sacaron fotos de todo... Buscaban una nota de despedida. Y vieron el álbum... A veces a la gente le da por recordar su pasado. Es una mala práctica.

—Lo que me parece curioso —dije yo mirando la foto— es

que el álbum está apoyado muy cerca del teclado del ordenador. En un espacio que molestaría a quien intentase trabajar.

—¿Qué quiere decir?

—¿Quiere subir un segundo? Solo será un segundo.

A Maika le cambió el gesto, pero terminó dejando la regadera en el fregadero y me acompañó escaleras arriba.

Llegamos. Entré en el dormitorio y Maika me siguió muy despacio, posiblemente reviviendo el momento en que encontró el cuerpo de Elixabete. Yo me dirigí al escritorio.

Le señalé el álbum de fotografías.

—Exactamente donde lo había inmortalizado el fotógrafo de la Ertzaintza.

—Cierto.

Saqué la silla con ruedas que estaba encajonada bajo el escritorio y me senté en ella. Después cogí el ratón del ordenador. Lo moví solo un poco y enseguida me topé con el álbum.

—Me ha dicho que esa semana estuvo respondiendo emails atrasados, ¿no?

—Sí… El trabajo en África era muy absorbente y no había vuelto a abrir la cuenta de correo de la productora. Así que tenía meses de emails sin leer.

—Pues esto indica que mirar ese álbum de fotos fue una de las últimas cosas que hizo en vida. Porque, de otra forma, lo hubiese apartado para poder seguir trabajando.

—¿Cree que puede ser importante? —preguntó Maika.

—No lo sé. Quizá sea todo una casualidad. A veces, cuando estás loco por encontrar una pista, tiendes a ser demasiado creativo… pero me resulta curioso.

—Le entiendo —dijo ella—. «No dejes que la realidad te arruine una gran noticia», ¿eh?

En ese instante noté que me vibraba el teléfono. Lo saqué

del bolsillo y vi que era Carla, lo cual me extrañó. Pensé que igual estaba relacionado con algo de las niñas, pero no era el momento. Así que colgué para llamarla un poco más tarde.

—¿Tiene la contraseña del ordenador? —pregunté.

—Creo que sí. Aunque la policía no consiguió abrir su correo.

Entonces el teléfono volvió a la carga. Era Carla otra vez. ¿Qué pasaba?

—Será mejor que lo coja —dijo Maika.

Sí, podía ser importante. Respondí la llamada.

—Aitor. ¿Estás con Sara?

—¿Con Sara? No… ¿por qué me lo preguntas?

La voz de Carla sonaba alterada. Con ese ligero toque asmático que le entraba cuando se ponía muy nerviosa.

—Joder. Es que no sé dónde está.

—¿Qué?

—Ha desaparecido, Aitor. Sara ha desaparecido.

26

—Habíamos quedado en que vendría directa del colegio para irnos a Laredo. La he estado esperando una hora en el portal, con las maletas... He venido al colegio. Pero aquí tampoco está.

Noté que el corazón me daba un buen golpe en el pecho.

—Vamos a ver, pero ¿has intentado llamarla?

—No tiene teléfono. La castigué.

—¿Qué?

—Anoche tuvimos una bronca muy grande. —Se detuvo un instante, estaba muy nerviosa—. Ella dijo que había hablado contigo. Que me ibas a llamar para comentar lo del fin de semana. Pero le dije que no me habías llamado y que ya teníamos el plan hecho en Laredo. Estaba muy cabreada. Se puso a hablar de su derecho a verte... La mandé callar. Me respondió. Y la castigué.

—Joder. Es verdad lo de la llamada. Se me ha ido el santo al cielo.

—No importa, Aitor. El caso es que la niña nunca ha hecho algo así. —Carla estaba al borde de las lágrimas—. ¿Qué hago? ¿Llamo a la policía?

—¿Has probado a llamar a la madre de Ziortza? Igual está con ella.

Que yo supiera, Ziortza era su mejor amiga hasta la fecha.

—Ziortza tiene kárate. Ya he hablado con su madre.

—Vale —dije—. Vuelve a casa y espera allí. Tranquila. Seguro que todo tiene una explicación… Si no tiene teléfono… ¿Estás con Edu?

—Sí

—Vale. —Inspiré hondo, traté de calmarme—. Vuelve a casa y espera allí. Si quieres, dile a Edu que se dé una vuelta con el coche. Yo estoy en Forua, puedo ir en la dirección contraria… hacia mi casa.

—Yo también lo he pensado —dijo Carla—. Ojalá…

Colgué y noté que la garganta se me había secado de golpe. El mundo giraba, pero allí seguía, con Maika, y el informe de la muerte de Elixabete sobre la mesa.

—¿Va todo bien? —me preguntó.

—Mi hija la mayor —dije—. Que no sabemos dónde se ha metido.

—¿Quiere marcharse? —Maika me puso una mano en el brazo, un gesto instintivo de apoyo—. Yo puedo ir andando desde aquí.

—Creo que sí… —Casi no podía pensar—. Estaremos en contacto. Cualquier cosa, llámeme.

Maika debió de detectar mi agobio y asintió, excusándome.

Salí de allí caminando muy despacio, como un zombi.

«No pasa nada, Sara tiene una pelotera y se está vengando de su madre. Te apuesto lo que quieras a que está bajo el puente de la autopista con alguna amiguita, o en Santa Catalina, donde van siempre a esconderse con sus móviles».

(Aunque Ziortza está en kárate. ¿Con quién entonces?).

«¿Y si la han secuestrado?».

«¿Y si esa amenaza velada de Barrueta fuese precisamente un aviso para que supieras que han sido ellos?».

«¿Y si le HAN HECHO ALGO?».

Llegué al coche como si estuviera respirando por una pajita.

Arranqué y traté de tranquilizarme antes de salir a la carretera. ¿Qué les decimos a los familiares de un joven que desaparece en esas primeras horas? Que el noventa por ciento de las veces regresan a casa ese mismo día, al caer la noche.

Joder, es muy fácil cuando se trata del hijo de otro.

Llegué a la general. Al principio iba despacio, pero la paranoia empezó a crecer y crecer. No pude contener los nervios ni el pie en el acelerador. Me vi volando por aquella carretera entre Forua e Ispilupeko, adelantando coches demasiado justo… Todo lo demás (Denis, Mónica, Elixabete, los Gatarabazter, Barrueta…) había pasado a ocupar el vagón de cola en el tren de mis prioridades. Ahora, lo primero era encontrar a Sara. Verla, estrecharla entre mis brazos y asegurarme de que mi hija estaba bien. Era un impulso incontrolable. Algo superior a mí.

Era presa del pánico. Cualquier padre sabrá de lo que estoy hablando.

Tardé media hora en llegar a Ispilupeko. Otra vez llovía a mares y las pocas personas que encontré caminando por la carretera no eran ella. Entré en el pueblo y conduje hasta el paseo de la playa. Estaba desierto, como era de esperar en ese lugar en un día tan frío y desesperanzador.

«Por favor, por favor, que esté ahí».

Me detuve frente al portal. Nadie.

Y noté como si el estómago se me cayera a los pies.

Miré el teléfono. No tenía ninguna llamada o mensaje de Carla. Eso significaba que Sara no había vuelto a casa en Gernika. Y ahora me tocaba llamarla para decirle que nuestra hija no había hecho lo más lógico, que era venir a mi casa, y ya solo nos quedaba pensar en cosas ilógicas...

Y eso era un terreno horrible y desconocido.

De nuevo, recordé la frase de Barrueta. «No sigas removiendo la mierda... A veces salpica a otras personas».

Sentí que el cuello se me cerraba. Que las venas me daban latigazos como cables de los que alguien estuviera tirando desde alguna parte.

Pero entonces alguien golpeó en el cristal.

—*Aita!*

Sara, vestida con una sudadera negra, unos vaqueros y unas zapatillas blancas. Llevaba la mochila del cole encima. Tenía el cabello empapado, pero por lo demás estaba... entera. ¡Perfecta!

Salí del coche. Sentí que todo mi cuerpo aflojaba y estuve a punto de caerme al suelo. Ella estaba encogida, asustada quizá por la que le iba a caer... pero yo solo pude abrazarla. Después, por culpa de toda la tensión que llevaba en el cuerpo, tuve que tragarme las lágrimas.

Ella tampoco pudo contener un sollozo.

—Pensaba que estabas en casa —dijo—. *Ama* me ha quitado el teléfono... y ahora no sabía qué hacer. Iba a coger el bus de vuelta y...

—Hay que llamar a tu madre lo primero. —Le sequé una lágrima—. Después, hablaremos de todo.

Llamé a Carla. Elegí una frase rápida para cortar la incertidumbre de raíz:

—Sara está aquí. Está bien.

Su respuesta fue una combinación de alivio y enfado. Una cosa entre un «Gracias a Dios» y un «Me voy a cargar a esta niña».

—Pásamela.

Sara había oído a su madre. Negó con la cabeza.

—Espera, por favor, Carla. Ahora estáis las dos enfadadas. Dame un minuto para entrar en casa. Y de paso os relajáis un poco.

Le costó digerir aquello. Estaba en llamas y no era el momento de intentar apagarlas, aunque tampoco me parecía apropiado dejar que aquella tensión se fuese de madre. Todavía más.

Acabó cediendo.

—Pero déjale muy claro que esto le va a costar caro... Se ha pasado cinco pueblos. Me ha dado un susto de muerte.

—Nos lo ha dado a todos. Incluso a ella misma, creo —dije mirando a Sara—. Te llamo en diez minutos.

Colgué. Saqué el llavero del pantalón y me acerqué a la puerta. Sara me miraba interrogante.

—La que has liado... Anda, sube.

Cruzamos el portal en silencio. En silencio subimos las escaleras. Sara iba nerviosa, esperando a que yo desatase la tormenta del siglo sobre su cabeza. Pero yo no hice nada. No dije ni una palabra. Que sufriera un poquito.

Llegué a la puerta y casi olvido mi TOC. Me agaché y me cercioré de que la tira de celo seguía en su sitio.

—¿Qué haces? —preguntó Sara.

—Nada. —Retiré el celo con disimulo—. Anda, entra.

La mandé directa a darse una ducha caliente. Después, viendo que eran casi las siete de la tarde, le preparé una merienda.

Salió de la ducha envuelta en una toalla y con el pelo mojado. Pero tenía tanta hambre que se sentó, tal cual, a beberse el colacao y devorar el sándwich de pechuga de pavo con tomate.

—Ahora que has entrado en calor y estás en proceso de llenarte la barriga, explícame por qué demonios te has escapado de casa.

Sara me clavó los ojos. Dejó de masticar y su mandíbula se endureció. Ese gesto que tenía desde pequeña cuando se enfadaba. ¿Se iba a enfadar? ¿En serio?

—Te olvidaste de llamar a *ama* —dijo—. Me prometiste que la ibas a llamar.

—Lo sé. Lo siento. Pero eso no es ninguna excusa. Nos has dado a todos un susto de muerte.

Lanzó lo que le quedaba de sándwich al plato.

—Vosotros siempre podéis fallar. Y no hay consecuencias ni castigos para vosotros. Los adultos tenéis barra libre para cagarla, ¿no? Y nos pedís a los demás que seamos perfectos.

—Nadie te ha pedido que seas perfecta, Sara, solo que...

—Pues que lo sepas... —Se puso en pie empujando la silla. Tenía los pómulos encendidos, vapor de lágrima ya visible en los ojos—. Quería venir porque me preocupaba por ti. Porque estabas enfermo y solo en esta mierda de piso. Y porque no quiero tener otro padre, ¿vale? Pero si a ti te da igual, si no te importo, ¡pues a la mierda todo!

La última frase le salió entre lágrimas mientras corría hacia el pasillo. Sonó un portazo de tal magnitud que, en otras circunstancias, le hubiera costado una semana entera sin móvil.

Pero yo me había quedado sin palabras.

Entonces sonó el teléfono.

Carla.

—Han pasado quince minutos. Quiero hablar con ella.

—Está llorando en su habitación, Carla.

—Pues voy para allá —dijo.

—Escucha, creo que esto es mucho más grave y profundo que una travesura. Sara está enfadada porque no te llamé... Solo quería pasar el fin de semana conmigo. Ha dicho, literalmente, que no quiere tener otro padre.

—Nadie ha insinuado tal cosa —respondió Carla—. Sabes que he tenido mucho cuidado con eso.

—Ya —le corté—, pero ¿qué hacemos si ella lo siente así? Llevábamos tiempo separados. Habíamos empezado a vernos... Y bueno... cuando eres adolescente es difícil saber lo que sientes. Solo te duelen las tripas, el corazón y necesitas que todo pare, aunque sea rompiendo una puerta de una patada. Aunque sea corriendo hacia ninguna parte.

—La estás disculpando. No se pueden romper puertas a patadas ni correr hacia ninguna parte.

—No, Carla. Solo intento entender. Sara nunca había hecho nada parecido, tú misma lo has dicho antes. No creo que apretarle las tuercas sea el paso más inteligente.

—¿Y qué hacemos? Si le pasamos esta, vendrán otras mil, y mucho más grandes. Tiene que comprender que no puede hacer algo así. Nunca más.

—Lo hará, lo comprenderá. De hecho, creo que ya se ha dado cuenta de la cagada. Pero creo que es mejor que la dejes aquí este finde. Quiero hablar con ella largo y tendido.

Carla guardó silencio unos segundos.

—De acuerdo —dijo al fin—. Me marcho a Laredo con Edu e Irati. Cuando deje de llorar, por favor, que me llame. Y solo te pido una cosa, Aitor: no seas blando. Piensa en todo lo que podría haber salido mal. Tú eres poli. Sabes de lo que hablo.

—Te juro que me va a oír —respondí—. Pero primero tengo que desatascarle los oídos.

Y para ello tenía que ganar la primera batalla de todas: la batalla del silencio. Me preparé un té y me fui al salón. Las ventanas de mi «mierdapiso» estaban cubiertas de agua. El viento norte se colaba por las cajas de las persianas y hacía frío. Encendí uno de los radiadores y me lo acerqué a las piernas. Yo también cargaba con unos cuantos días muy largos a mis espaldas y necesitaba descansar el trasero en los almohadones y aclarar un poco la cabeza. Y dejar que pasaran las horas. No iba a hablar con Sara hasta que ella deshiciera ese portazo y saliese de su habitación. Si quería cenar algo, o no mearse encima, iba a tener que hacerlo obligatoriamente (el mierdapiso no tenía baños *en suite*).

Cogí la Taylor, que es la mejor manera de hacer que el tiempo pase rápido. Rebusqué en la mesita del salón hasta dar con mi cuaderno de letras. Lo abrí y coloqué un lápiz en la página con mi última canción. Quizá, con algo de suerte, aquella tarde entre deprimente y tensa me regalase una rima carismática. O un motivo lírico de cierta trascendencia.

Pasó una hora. La tormenta arreciaba fuera. Por fin oí unos pasitos por el pasillo.

—Me he dormido.

—Me lo he imaginado.

—¿*Ama* no va a venir?

—Le he pedido que te deje conmigo este finde. Espero que te parezca bien…

Asintió en silencio.

—Y ahora creo que tendrías que llamarla.

Cogió mi teléfono y se metió en la habitación. La oí gritar primero y llorar después, un buen rato, hasta que me pareció escuchar algo en tono de broma. En fin. La siempre enigmática relación madre-hija. Luego vino a devolverme el teléfono y dijo que lo sentía, que acataría el castigo que le tocase (Carla ya le había adelantado que habría uno Y BIEN GRANDE). Yo le dije que ya hablaríamos de eso. Ahora había que cenar. Y después, ver una buena peli juntos.

—Me apetece mucho ver una de terror. *Annabelle*. ¿La has visto?

«Joder con la niña».

Bueno, cenamos (sano) y aproveché para disculparme por la parte que me tocaba. Me había olvidado de gestionar el fin de semana con Carla. Le expliqué que últimamente estaba un poco liado con cosas.

—¿Esas cosas de las que no podemos hablar? —preguntó con una sonrisa.

—Exactamente —respondí yo.

—Estás investigando algo, ¿verdad?

—No.

—Vale, no me importa que no me lo cuentes. Solo dime una cosa: ¿es algo relacionado con lo del primo Denis?

—¿Cómo se llamaba la peli que querías ver?

—Jolín, *aita*, ¿por qué no confías en mí? Yo quiero ser poli como tú algún día.

—No sabes ni lo que dices. Es un trabajo horrible.

—¿Y por qué no lo dejas?

—Quizá lo haga muy pronto.

—¿No vas a contarme nada?

—Escucha, Sara. Si de verdad quieres ser poli algún día, te diré una de las grandes frases de esta profesión: «Hay que saber cuándo escuchar, cuándo callarse y cuándo rezar».

—Eso es de una peli. *La jungla de cristal*.

—Y no por ello menos cierto.

—Eres un bajón, *aita*.

—Lo sé. ¿Quieres peli o seguimos con el debate?

Alquilamos *Annabelle* en Prime Video. Era una buena peli de terror, de las que hacen que un padre y una hija boten del sofá al mismo tiempo y se abracen muy fuerte en la típica escena del pasillo, con la música prometiendo un giro sangriento, y la protagonista avanzando como una idiota hacia la puerta cerrada que sabes que no debe abrirse bajo ningún concepto.

Las pelis de terror tienen un efecto beneficioso para la ansiedad. Son como una marea de miedo que se lleva por delante todos los castillitos de arena que has creado con tus obsesiones y paranoias diarias. Creo que nos sentó bien a los dos. Y eso me hizo pensar en Olaia. Todavía no había respondido al mensaje de ayer...

¿Estaba enfadada?

Abrí el WhatsApp y le escribí un mensaje:

«¿Sigues viva? Llámame cuando puedas. Un beso».

Acompañé el texto con un emoticono de «besito».

—¿Quién es Olaia? —preguntó Sara, cuya atención, evidentemente, no estaba del todo absorbida por la muñequita diabólica.

—Una amiga.

—¿Una amiga a la que le mandas besitos?

—Bueno, un ligue.

—Foto, *please*.

—¿Qué?

—¡Quiero ver una foto!

Pues nada, lo hice, le mostré la foto de perfil que Olaia tenía en su WhatsApp.

—Ohh… ¡es guapa! —Me palmeó el hombro—. Bien hecho, *aita*. ¿Cuánto lleváis juntos?

A mí me salió la risa con aquello.

—No llevamos nada, pero es maja. Me cae bien. ¿Te alegras de que tenga novia?

—Sí, claro. Estar solo no es bueno.

—Eso no es necesariamente cierto, Sara. A veces, la soledad sienta bien.

—Ya… pero durante un rato —dijo ella—. Además, tú eres un poquito desastre, *aita*. Es mejor que tengas novia. —Me palmeó otra vez—. Créeme. En tu caso, es lo mejor.

Y dicho esto, su atención volvió a la pantalla y yo me quedé… «¿Cómo? ¿De dónde ha sacado esos consejitos esta niña?».

En ese preciso instante, la protagonista bajaba hasta un sótano lleno de objetos demoniacos (incluyendo a la muñequita de marras) y yo abracé a mi hija bien fuerte.

Después de ver *Annabelle* no teníamos sueño, lógico. Pusimos algunos capítulos de *Friends* y con esto, por fin, Sara cayó. La llevé a la cama. Le puse una camiseta y la arropé con una gruesa manta. Las sábanas estaban heladas y húmedas, pero ella tenía un sueño profundo. Le di un beso en la frente y me quedé mirándola un buen rato, pensando que el mierdapiso era menos «mierda» si estaba ella.

Y hubiera sido genial pasar el fin de semana juntos. Pero «esas cosas de las que no podíamos hablar» estaban a punto de cruzarse en nuestro camino.

Y de qué manera.

27

Ocurrió a la una del mediodía del sábado. Había amanecido un día claro, pero enseguida se nubló y empezó a llover. Aun así, nos animamos a salir con dos paraguas, desayunar unos *pintxos* de tortilla en el único bar del pueblo que estaba abierto y hacer una pequeña compra en la tienda de ultramarinos que unos marroquíes habían abierto hacía poco.

El menú del día iba a ser pizzas caseras con harina integral, verduras y una dosis muy controlada de queso emmental y mozzarella. Mientras volvíamos a casa, le prometí a Sara que en la sobremesa me cobraría mi revancha al Carcassonne. Si ganaba yo, esa noche veríamos *Los Goonies*. Si ganaba ella, *Annabelle 2*. La verdad es que hacía un día perfecto para una película de terror, y, bueno, se puede decir que la tuvimos.

La primera vez que sonó el timbre, no lo oímos. Sara había conectado mi móvil al altavoz Bluetooth y estábamos escuchando su último descubrimiento: Izaro, concretamente un temazo en euskera llamado «Nora» que bailábamos mientras ella troceaba pimientos y yo amasaba la bola de pizza con el rodillo.

Estaba pensando que me alegraba de que mi hija mostrase

tener algo de gusto musical. Canciones de verdad y no tanto autotune, electrónica y postureo. Iba a decírselo cuando escuché el timbre por encima de la voz de Izaro. Era el timbre de mi puerta, no del portal.

—Baja un poco eso, ¿eh? A ver si van a ser los vecinos.

—¿Qué vecinos?

«Eso me pregunto yo».

Fui a abrir. Ni siquiera se me ocurrió echar una ojeada primero por la mirilla. Básicamente, si alguien toca tu timbre una mañana de sábado vas y le abres.

El hombre que apareció al otro lado de la puerta era delgado, algo más bajo que yo. Me recordó a una versión famélica de Michael Stipe, el cantante de REM. Medio calvo, de tez pálida, y una sonrisa que mostraba un par de paletas algo desviadas, amarillentas. Vestía un jersey de cuello cisne de color gris oscuro y pantalones anchos negros. Por lo demás, su cara angulosa, redonda... Lo primero que me vino a la mente era que se trataba de un vagabundo. O uno de los personajes de Lovecraft, medio humanos, medio anfibios...

—Buenos días —dijo.

Y nada más hacerlo, noté algo en su voz: un leve acento extranjero. Y al instante, noté un escalofrío por toda la espalda.

—¿Sí?

—Soy su vecino de aggiba. Estoy de alquilegg unos días y he tenido un pggoblema con la caldegga. No sé si es el gas. ¿Tiene usted gas?

Dijo todo eso despacio, sin perder la sonrisa, pero escrutando el interior de mi piso con sus ojos saltones. Yo, casi instintivamente, llevé la mano a la puerta y la entrecerré unos centímetros.

—Sí. Todo está en orden por aquí.

—Ah —dijo él.

Algo no me encajaba. Su aspecto apocado, su ropa cenicienta... y ese acento francés. El corazón empezó a irme muy rápido.

—¿Dónde dice que se está quedando? —pregunté.

—Es justo el apaggtamento de aggiba. Cuaggto se.

El 4.º C. No me sonaba que lo alquilasen, pero también es cierto que llevaba muy poco en aquel edificio. Ni siquiera había pasado un verano entero. En mi otro apartamento había viviendas turísticas y los franceses eran la clientela habitual, sobre todo fuera de temporada.

—¿Quizá pueda subigg un minuto? Peggdone, no quieggo molestaggle... No puedo encendegg la caldegga. ¡Y hace un fggío! —Se frotó los hombros.

—*Aita...* —dijo una voz a mi espalda.

Sara apareció a mi lado y entonces vi cómo al hombre le brillaban los ojos al verla. Y fue esa mirada de sorpresa lo que hizo que se me activasen todas las alarmas. El tipo no esperaba que hubiese nadie más en la casa. ¿Por qué?

—Deme cinco minutos que termino una cosa y subo a echarle un vistazo a su caldera, ¿okey?

—Claggo. Muy amable.

Cerré la puerta.

—Venga —dije en voz alta para asegurarme de que ese tipo lo oyera—. Terminemos las pizzas y las metemos en el horno.

Fui a la cocina con Sara. Mi teléfono estaba sobre la mesa. Lo cogí y subí el volumen de «Nora». Ella se puso a bailar. Yo me quedé quieto en el centro de la cocina. Pensando:

El tipo que había degollado a Íñigo Zubiaurre tenía acento francés.

Karim me había hablado de un tal Friedrich, un asesino a sueldo que se rumoreaba que estaba ocupándose de un asunto... y cuyo aspecto era «el de un pobre hombre». Un buen disfraz, que además encajaba con la pinta del tipo que acababa de tocarme el timbre.

Conclusión: tenía razones para la alarma. Había que salir de allí cagando leches.

Me acerqué a Sara, que movía la cadera otra vez al son de Izaro. Le hice un gesto para que guardara silencio y acerqué mi boca a su oído.

—¿Recuerdas esas cosas de las que no debemos hablar?

Ella asintió con la cabeza.

—Bien. Creo que ese hombre de la puerta pertenece a esas cosas. Así que nos vamos a ir de casa, ¿vale?

Gesto de sorpresa.

—¿Ahora?

—Ahora —repliqué—. Haz exactamente lo que yo te diga y todo irá bien.

—*Aita!* —Sara me abrazó asustada.

—Tranquila —intenté no elevar la voz—. Vístete, ponte los zapatos. Rápido pero sin correr.

Sara tardó un poco en reaccionar, aunque lo hizo con una frialdad que me sorprendió. Fue a su cuarto, en silencio; mientras tanto, yo abrí la caja fuerte. Saqué mi HK, revisé la munición y, con ella en la mano, me acerqué a la ventana. Por la calle no se veía un alma, pero había tres coches aparcados además del mío. ¿Habría venido solo Friedrich? ¿O tendría algún tipo de apoyo? ¿Era peligroso montar en mi coche? Esto último lo descarté. Si quisieran usar un coche bomba, no habrían mostrado la cara.

Volví a la entrada. Tuve cuidado con las tablas del suelo,

que crujían. Observé el rellano a través de la mirilla. En todo el ángulo que cubría, no vi a nadie. Friedrich se había marchado o se había ocultado en las escaleras. Respiré hondo. ¿Qué iba a pasar ahora? Lo primero de todo era poner a salvo a Sara. Si aquel tipo había venido a hacer una «limpieza», no dudaría en incluirla como *bonus track*. Mi coche estaba aparcado junto al portal. Solo teníamos que llegar a él, montar y salir pitando.

Sara apareció vestida con la ropa del día anterior. Vio la pistola en mi mano y se quedó pálida, aterrorizada. Yo también lo estaba, pero demostrarlo no era una posibilidad en ese momento. Sonreí.

—¿No querías ser poli? Tú haz lo que yo te diga y todo saldrá bien. Vamos a bajar las escaleras hasta el coche y nos vamos a marchar. Y esto —dije refiriéndome a la HK que Sara no dejaba de mirar— es solo por precaución.

—Vale... —respondió con una voz pequeña y asustada.

—Ahora ve a por el teléfono. Te espero aquí.

Órdenes sencillas para empezar. Y lo hizo todo bien. Regresó. Le cogí la mano derecha.

—Pon esta mano sobre mi hombro derecho todo el rato. Irás detrás de mí. Te girarás cuando yo me gire.

—Vale.

—Y si hay disparos, te tiras al suelo. Inmediatamente.

—Vale... *Aita*...

—Tienes miedo, lo sé. Pero ahora debes concentrarte. La mano en mi hombro. Camina detrás de mí. Todo va a salir bien.

—Vale.

Recogí el brazo y pegué la HK a mi pecho. Las viejas cosas de la escuela de táctica que no se te olvidan. Abrí la puerta. Controlé los flancos primero, después salimos andando sin prisa. Sara me seguía en silencio, pero podía oír su respiración agitada, casi asmática. De todas formas, no movió la mano de mi hombro. Llegué al rellano. Apunté arriba. Apunté abajo. Nadie. Empezamos a bajar muy despacio. Las barandillas permitían ver el piso de abajo. Fui girándome despacio y Sara se movió muy bien, permitiéndome encañonar los dos rellanos nuevamente. Solo faltaban dos pisos.

—Vamos, hija, no queda nada.

Después uno. Llegamos al portal. Saqué las llaves del coche de mi bolsillo.

—Voy a abrirlo según salgamos y quiero que te metas a todo correr en el asiento de atrás, ¿comprendes? El de atrás.

—Sí.

—Y te agachas.

—Vale.

Me parapeté a un lado de la puerta y chequeé la calle. Llovía. La playa estaba desierta y el paseo también. Desde ahí no se podía ver mucho más.

Pero entonces oí algo, un ruido de un portazo escaleras arriba. Y unos pasos bajando, ligeros, reverberando por todo el edificio vacío.

Noté que la respiración de Sara se aceleraba.

—*Aita....*

—Sí. Lo he oído.

Abrí el coche a distancia y después tiré de la puerta del portal.

Salí yo primero, hice un barrido con la HK. De lado a lado.

Sara me preguntó:

—¿Ya?

—¡Sí! —alcé la voz—. ¡Corre!

Ella salió y fue a abrir la puerta de atrás tal y como yo le había dicho. En ese momento, vi a un hombre que no había visto antes. Estaba en la parada del autobús. No era Friedrich, sino un tipo alto, vestido con ropa deportiva. Tenía un paraguas en la mano. Al vernos hizo un gesto extraño y se puso a cruzar la carretera.

Los pasos seguían resonando en las escaleras. Miré a Sara, no conseguía abrir la puerta.

—¡No se abre, *aita*!

«Joder», pensé, «los malditos cierres de seguridad».

—La del copiloto. ¡Entra por esa!

El tipo del paraguas se acercaba. Vi que llevaba un periódico enrollado debajo del brazo. Alcé la pistola y lo encañoné.

—Quieto. No se mueva. Las manos arriba.

—¡Pero oiga! ¡Que yo no he hecho nada!

Levantó las manos tan asustado que se le cayó el periódico, y el paraguas se le fue volando. Yo seguí apuntándole mientras rodeaba el coche hasta la puerta del conductor.

—Solo le iba a preguntar por el autobús…

Le miré a la cara. Estaba muerto de miedo y no parecía un asesino, pero no estaba en condiciones de jugármela. Miré al portal por última vez. Nadie, pero no iba a quedarme esperando.

Entré en el coche. Sara ya estaba en el asiento de atrás, tumbada.

—¿Estás bien?

—Sí.

—Quédate tumbada.

Arranqué y salí de allí haciendo rechinar las ruedas. Fue una suerte que no hubiese nadie por la playa, ya que durante esos primeros quinientos metros, prácticamente, fui mirando por el retrovisor, previendo que algún coche iniciaría una persecución tras nosotros, que alguien abriría fuego desde alguna parte.

Sin embargo, no pasó nada. No hubo coches, ni tampoco vi a nadie saliendo del portal. Llegué al final del paseo, giré y crucé el pueblo a toda velocidad. Aún existía la posibilidad de una emboscada, pero Ispilupeko dormía la siesta. Llegamos a la carretera de la costa y aminoré un poco la marcha. No era cuestión de salirse en la primera curva.

—¿Puedo levantarme ya? —preguntó Sara.

—Sí. Y ponte el cinturón.

Sara emergió en el asiento de atrás. Se abrochó el cinturón.

—¿Nos siguen?

—No lo creo.

—¡Ostras! *Aita!* —gritó ella.

—Sí... lo sé.

—¿Había venido a atacarte?

—No lo sé —dije—, pero ese tipo me ha parecido sospechoso y tenía que asegurarme. Lo siento, hija. Siento muchísimo haberte asustado.

Yo iba saliendo lentamente del «modo batalla» y aterrizando en la realidad de aquella aburrida mañana, aquella aburrida carretera comarcal donde lo único que se movía era el sirimiri y alguna que otra vaca que nos miraba al pasar.

Y, de pronto, me invadió un temor. ¿Me había dejado llevar por la paranoia?

—Ese tío estaba contando una bola, estoy seguro... —dije en voz alta.

«Pero ¿y si realmente era solo un turista?».

«Su aspecto… coincidía con la descripción de…».

«¿De pobre hombre? ¿Cuánta gente puedes describir así? Y no te olvides de incluir al tipo de la parada de autobús».

«Que posiblemente esté llamando al 112 ahora mismo y dando mi descripción».

—¿Qué hacemos ahora? —preguntó Sara.

—Vamos a Laredo, te llevo con tu madre.

—¿Qué?

—Lo siento mucho, hija, pero no podemos volver al piso. Estarás mejor con *ama* y con Edu.

«Antes tengo que cerciorarme. Volveré solo. Esta noche o…».

«… quizá solo era un turista. Quizá siga esperando a que subas para ayudarle con la caldera. ¿Se te está yendo la cabeza?».

Sara se puso a llorar, pero aquello no tenía nada que ver con la decisión de ir a Laredo, lo he visto muchas veces después de una escena de tensión, sobre todo en los novatos. Eran sus nervios, que tenían que salir por alguna parte. Así que bajé la ventanilla y dejé que llorara a gusto y se relajara. No hice ninguna llamada. No hice nada más que conducir a una buena velocidad y relajarme yo también.

Llegamos a la autopista y seguimos dirección Cantabria. Sara se fue tranquilizando y empezó a hacer preguntas. ¿Quién creía que era ese tipo? ¿Por qué venían a por mí?

—¿Son los del año pasado?

—No lo creo.

—¿Esto es por lo de Denis?

Miré a Sara por el retrovisor. Su cara fija en mí. «No te olvides de que ella también sufre», pensé, recordando una frase que Carla me dijo en el hospital: «A ti te meten un tiro, pero ellas pierden a un padre».

—Quizá... —dije—. Aunque, en realidad, puede que todo haya sido un susto. En realidad, puede que ese tipo no fuera nadie.

Habían pasado unos cincuenta minutos del episodio cuando me sonó el teléfono. Un número oculto. No lo cogí. Fuese quien fuese, que volviera a intentarlo más tarde. Por el momento, decidí concentrarme en llegar a Laredo y poner a la niña a salvo con su madre.

Tomé la salida de la autopista y Sara me fue dando indicaciones hasta llegar al chalecito adosado que era propiedad de Edu y donde yo no había estado nunca. Probamos a tocar el timbre y resultó que estaban en casa. Apareció Carla, con un gesto de sorpresa primero, que después se tornó en preocupación. Sara se lanzó a abrazarla.

—¿Qué ha pasado?

—Es mejor que entremos —dije.

En la puerta estaba Edu, un ingeniero cabeza cuadrada que en cierta ocasión me dijo que «una mujer como Carla se merecía el mundo» y, por el tono de voz, le faltó decir: «Tú, obviamente, no se lo dabas». No se lo reprochaba. En cierto modo, tenía razón. Lo cual no quitaba para que me cayese como el culo.

Pasamos al salón. A Sara la mandaron a su habitación con Irati —«¡Cerrad la puerta!»— y me quedé a solas con los dos adultos. Decidí emplear el tono robot para explicar que «había tenido que salir de casa apresuradamente» y que «me pareció sospechoso alguien que rondaba por allí».

—¿Quieres decir... que os iban a atacar?

—No lo sé. —Me encogí de hombros—. Pero he tomado la decisión por seguridad. No ha pasado nada.

—¡Joder que no ha pasado nada! —exclamó Carla.

Edu podría haber intentado apaciguarla, pero ni hizo el amago. Se quedó quieto, mirándome con ese gesto de desaprobación que había usado conmigo desde el primer día. «Eres un puto desastre. No te mereces a esta mujer ni a estas niñas».

—¿Tenemos que preocuparnos por nuestra seguridad? —preguntó.

No era una mala pregunta.

—No lo creo. Si buscan a alguien es a mí.

Pero un rápido pensamiento me cruzó la mente. Sara había visto el rostro de Friedrich. ¿Suponía eso algún peligro para ella?

—De todas formas —añadí—, si veis algo sospechoso estos días llamad a la policía.

Carla soltó un bufido.

—Lo siento mucho —terminé diciendo—. Todo esto es…

—Aitor… no quiero saber nada más. ¿Entiendes? No quiero estar cerca de tus problemas, ni a mil kilómetros de distancia. Yo… joder… Tendremos que hablar muy seriamente de esto, Aitor… ¿lo comprendes?

—Solo estoy haciendo lo correcto, Carla.

—Te entiendo —replicó ella—, pero mis hijas son más importantes que todo lo demás. ¿Me entiendes tú a mí?

Con el corazón roto, solo me quedaba agachar la cabeza y asentir.

Les di un último abrazo a Sara y a Irati. Les prometí que nos veríamos pronto. Sara me abrazó muy fuerte y me preguntó que «a dónde iba a ir ahora». Yo le dije que estuviese tranquila, «que tenía muchos amigos».

—Cuídate —dijo sin soltarme—. No estés solo.

Salí de allí con el corazón por los tobillos y me monté en

el coche. Arranqué y lo moví lo justo para esconderme en una esquina entre los setos de aquellos bonitos chalets, donde posiblemente ocurrían bonitas historias de familias unidas y felices.

Y lloré. Bueno, tardé un poco en conseguirlo. Para la gente como yo, que tiene los sentimientos enterrados bajo capas de responsabilidad y vergüenza, llorar no es un acto nada espontáneo.

Después de un rato seguía lloviendo. Ya estaba algo más relajado y quise largarme de allí, pero ¿adónde? En mi teléfono había tres llamadas perdidas: dos de un número oculto y una (la más reciente) de la comisaría de Gernika, concretamente de la oficina de investigadores. Solo podían ser malas noticias, así que decidí no responder. De hecho, apagué el móvil.

Salí de Laredo y conduje hacia el oeste. Solo quería alejarme. Cuanto más, mejor. Y pensar. Tenía que pensar.

¿Era Friedrich ese hombre que había llamado a mi puerta? ¿Qué planeaba hacer conmigo? ¿Otro suicidio simulado? ¿Lanzarme por la ventana? ¿Atiborrarme a pastillas y escribir una breve nota de despedida?

Eran las cuatro de la tarde cuando decidí parar en alguna parte. Hasta ese momento no había tenido hambre, pero mi estómago había comenzado a rugir.

Esperé a ver algo conocido en la autopista. Y eso fue San Vicente de la Barquera. Recordaba un pequeño restaurante en las montañas, La Coteruca, alejado de todo. Un buen refugio donde comer caliente y descansar.

Entré. Había algunos paisanos por allí, con las cartas y el tapete, echando una sobremesa. La encargada dijo que me darían de comer aunque estaba al límite de la hora. Un cocido montañés que devoré con un par de copas de vino. Todo esto me reconfortó un poco, pero solo un poco porque tenía el corazón roto. A esas horas del día, solo podía pensar en Sara. Recordaba su cara aterrorizada... la abrupta bajada por las escaleras. Verla correr y gritar porque el coche no se abría... Carla tenía razón. El primer objetivo de un padre es alejar a sus cachorros de cualquier peligro y yo había hecho justo lo contrario... El castigo era tan previsible como lógico. A partir de ahora podríamos vernos quizá en un parque, quizá en un café. Lo de los fines de semana se había ido por el retrete.

Y todo por mi culpa.

Tomé el café mientras veía las noticias en la televisión. Después encendí el teléfono. Noté que vibraba unas cuantas veces. Mensajes, llamadas perdidas... No pude resistirme a echar un vistazo, aunque por ahora (a falta de una mejor idea) estaba decidido a mantener el silencio de radio con el resto del mundo.

Uno de los mensajes era de Olaia:

«Tenemos que hablar, Aitor. Llama cuando puedas».

Sin emoticonos de ningún tipo.

El siguiente mensaje era de Álex Ochoa, mi jefe:

«Orizaola, por favor, ponte en contacto con nosotros cuanto antes».

Otra frase que no indicaba nada bueno.

El siguiente mensaje de Gorka Ciencia lo aclaraba todo:

«Ori, tío. Ha habido un pequeño altercado cerca de tu portal. Un vecino de Illumbe asegura que alguien le ha amenazado con un arma. Ha dado una descripción y parece que coincide contigo. También ha dado la matrícula de tu coche. Seguro que todo tiene una explicación, ¡pero es mejor que la des cuanto antes!».

El tipo de la parada de bus había llamado al 112. Bueno,

eso no me pillaba por sorpresa... pero ¿qué iba a contar al respecto? Mencionar a Friedrich no parecía una gran idea. Serían demasiadas explicaciones, incluyendo que escuché su acento francés en una grabación ilegal, en la casa de Zubiaurre... No. Tendría que inventarme algo. Decir que me había dejado llevar por «una sensación de alarma» y que actué para proteger a mi hija. Hace años, cuando todos estábamos amenazados por el terrorismo, esto hubiera sido suficiente. Pero en 2022, sacar una pipa en la calle era algo grave. Me imaginé a los tipos de Asuntos Internos leyendo eso y poniéndome una estatua AL TIPO QUE SE LO GANÓ A PULSO. Seguramente habría otra evaluación psiquiátrica. Quizá la suspensión de mi licencia de armas. Y respecto a mis posibilidades de volver a trabajar... Si ya había cavado mi propia tumba... hoy la había rellenado de hormigón.

Barrueta estaría contento.

Apagué el teléfono y volví al coche. Llovía a cántaros y en las montañas se posaban retazos de bruma. Salí del pueblo y me dirigí un poco más al oeste. ¿Adónde iba ahora? Necesitaba un lugar para relajarme y descansar. El polvo que embarullaba mi cabeza tenía que asentarse antes de tomar ninguna decisión.

Cogí la salida de Prellezo. De los tiempos en los que salía a hacer excursiones de fin de semana con la familia, recordaba una playa espectacular y un aparcamiento muy discreto en lo alto. Cuando llegué, había un par de autocaravanas solamente. Aparqué de cara al océano y apagué el motor.

Me quedé mirando las gotas de lluvia que se derramaban por el parabrisas, y que se movían nerviosamente cada vez que una ráfaga de viento embestía el frontal del coche. De fondo, se veía una pleamar inundando el curioso laberinto de formaciones kársticas.

Recliné el asiento y observé esas gotas de lluvia hasta que noté que el cansancio me iba ganando la partida. Saqué la HK de la guantera y la coloqué en mi entrepierna. Cerré el coche por dentro y dejé que el sonido de las olas me hipnotizara hasta que caí dormido.

28

Me despertó el motor de una de las autocaravanas. Acababa de arrancar y estaba maniobrando para salir de allí. Seguramente proseguían su camino en busca de otro sitio para pasar la noche. Aquel lugar estaba helado, seguía lloviendo y ya había empezado a oscurecer. Miré el reloj: las ocho y media de la tarde.

Arranqué y puse la calefacción. Después, todavía un poco embobado por la siesta, salí de regreso a Bilbao. De camino, encendí el móvil y llamé a Mónica.

—Llevo todo el día esperando que me llames. ¿Qué ha pasado con la amiga de Elixabete?

Le conté algo sobre la reunión del día anterior con Maika, pero enseguida pasé a los acontecimientos más recientes. A Mónica sí podía explicarle quién era Friedrich y por qué había sospechado del turista francés. Y me sentó bien contárselo a alguien, sobre todo la situación en la que eso me había dejado de cara a las niñas.

—Tranquilo. A Carla se le terminará pasando... No te deprimas. ¿Qué vas a hacer ahora?

—Asegurarme —dije—. Tengo que saber si ese tipo era quien yo creo.

—¿Vas a volver al piso?

—Esta misma noche. Si era Friedrich, es posible que ya se haya largado. Si no, el turista seguirá en su piso esperando a que alguien vaya a echarle una mano con la caldera. Necesito saberlo.

—¿No sería mejor pedir ayuda?

Por un momento pensé en Olaia, pero deseché la idea rápidamente.

—No —dije—. Esto tengo que hacerlo solo.

—Vale. Pero si no me has llamado antes de medianoche, voy a avisar a todo el mundo. Lo sabes, ¿no? Y me da igual lo que digas.

—La hermanita sobreprotectora de siempre.

—Ni lo dudes. Y recuerda: medianoche.

—Como Cenicienta.

Tardé dos horas en volver a ver las luces del Bilbao Metropolitano. Desde allí, cuarenta minutos más hasta llegar a las inmediaciones de Ispilupeko. El pueblo, a esas horas, recordaba a uno de esos cuentos de misterio. Silencioso, oscuro y con el viento helado recorriendo sus calles desiertas.

Aparqué en un gran parking que había en el extremo de la playa. Me equipé con un par de cosas: mi HK (en el tobillo por el momento) y unos prismáticos. El cielo ya se había abierto por completo y había dejado de llover, así que me encaminé por la orilla. Con marea baja, la playa era un lugar perfecto para caminar a oscuras.

Llegué a la altura de mi portal y aquello me sirvió para obtener una primera información. A las once de la noche, no había ninguna luz encendida en mi edificio (ni siquiera en el piso de la familia Chen), lo cual era normal.

Había otras ventanas con luz a lo largo del paseo, tampoco demasiadas (conté un total de cinco). Pero todos los pisos de mi edificio estaban sumidos en la oscuridad. Repasé el cuarto piso, encima del mío, donde el turista había dicho que iba a pasar unos días. Las persianas estaban echadas y no había rastro de luz o movimiento.

Cabía la posibilidad de que alguien estuviera vigilando, bien Friedrich, bien Ochoa… aunque esto último lo descarté enseguida. Teníamos muy pocos recursos como para destinarlos a un poli paranoico que se iba autodestruyendo pasito a pasito. En cambio, fui chequeando los pocos coches aparcados en el paseo, iluminados por las farolas. No había matrículas francesas ni gente sentada en la oscuridad.

Bien. Había llegado la hora de salir de la penumbra y acercarse.

Me quité los zapatos y los dejé en el muro del paseo, junto a los prismáticos. Saqué la HK de la tobillera. Tiré de ella para colocar una bala en la recámara.

Crucé la carretera hasta el portal.

Entré y me quedé allí quieto, escuchando el silencio y adaptando los ojos a la oscuridad. No se oía nada. Ni un televisor. Ni un ronquido. Ni un grifo de agua. Esos eran los ruidos que normalmente provocaba yo.

Subí despacio las escaleras, piso a piso, encañonando hacia arriba. Era posible que Friedrich se hubiera anticipado a mi visita. Que estuviese ahí arriba, agazapado en un rincón, esperando para clavarme una punta o dispararme.

Pasé por el tercero y observé mi puerta cerrada. El resto del rellano vacío. Seguí subiendo. Llegué al cuarto piso.

La puerta de «mi vecino» ni siquiera tenía felpudo, aunque eso no significaba nada. Me acerqué con cuidado y me agaché a un lado. Elevé la mano hasta el timbre y toqué cuatro veces. Cuatro timbrazos largos resonaron en el interior de la casa. Reverberaron en el rellano, en todo el edificio.

Apreté la pistola entre las manos. Había tres posibilidades: que no pasara nada, que hubiera despertado al turista... o que provocase una lluvia de balas.

Un minuto. Dos. Nada. Volví a tocar el timbre. Nada. Di dos golpes en la puerta, fuertes. Nada.

Pasaron cinco minutos largos y solo había silencio dentro de la casa.

O ese turista se había largado ya (cosa rara porque, según él, «acababa de llegagg») o aquello era la constatación de mis sospechas. El monstruo había venido a por mí esa mañana. Y de no ser por las grabaciones y por la advertencia de Karim, es posible que Sara y yo estuviésemos muertos a esas horas.

Y aquello me hizo temblar. Me hizo temblar de verdad.

Llamé a Mónica nada más llegar a mi coche. Faltaban dos minutos para la hora bruja.

—Estaba a punto de dar la voz de alarma.

—Lo sé.

—¿Y?

—Creo que era él.

—Joder...

—Y lo que más me acojona es que Sara estaba allí cuando le abrí la puerta.

Mónica se calló lo que pensaba. Mejor.

—¿Qué vas a hacer ahora? ¿Dónde vas a dormir? Hay sitio en la habitación del hotel.

—No —respondí—, hoy no. Esta noche no.

—¿Por qué?

—Ya he pringado a demasiada gente, Mónica.

—Mira, Aitor. O vienes inmediatamente al hotel o te rompo la cara.

—Mónica, puede que me sigan...

—Vale. Perfecto. Pues que te sigan hasta aquí. Si tú te estás jugando el pellejo, yo también. Esto es por Denis, recuérdalo.

No me resistí mucho. Estaba demasiado cansado y ya mayor para pasar la noche sentado en un coche, y además me vendría bien un puerto seguro donde reponer fuerzas.

Pero entonces, según abría la puerta de mi viejo Passat, unas luces se encendieron en la oscuridad. Eran dos focos de un coche que estaba aparcado frente al mío.

Me puse en guardia.

En respuesta a esos dos focos, encendí los míos y puse las largas. Todavía llevaba la HK en la mano. Abrí la puerta y salí agachado, parapetándome tras ella.

—¡Salga del coche con las manos en alto! —grité.

Hubo un instante de silencio. Solo se oía el viento y las olas del mar rompiendo al otro lado del dique, que era uno de los límites del aparcamiento.

La puerta del otro coche se abrió. No tenía las largas puestas, de modo que pude ver a la persona que salía del lado del conductor.

Era Olaia.

Se quedó de pie junto a su coche, con la mano tapando el resplandor de mis focos.

—Aitor, soy yo —dijo.

—¿Qué haces aquí? —respondí sin moverme.

—¿No está claro? Te estaba esperando.

—¿Por qué?

—Porque tienes el teléfono apagado. O directamente no lo coges. Si lo miras, verás que tienes unas cuantas llamadas mías, la última de hace dos minutos.

Miré dentro del coche. El teléfono estaba en el cajón central del salpicadero, dado la vuelta. Lo cogí y, en efecto, había una llamada de Olaia que no había llegado a ver, quizá había ocurrido mientras hablaba con mi hermana. Pero eso seguía sin explicar un montón de cosas.

—¿Puedes apagar los faros? Me estoy quedando ciega.

Lo hice. Entonces ella por fin me vio. Con el arma. Parapetado tras la puerta.

—¿Me estás apuntando con un arma?

—Lo siento, pero hoy han pasado demasiadas cosas. Y sigo sin entender muy bien qué haces aquí.

—Baja el arma inmediatamente. —Sonó muy cabreada.

—Lo siento, Olaia —repetí—, no puedo. Necesito que te expliques.

Se hizo un silencio muy profundo. Olas rompiendo contra gigantescos bloques de hormigón.

—Yo lo siento mucho más. Pensaba... Joder, de acuerdo. Me he equivocado. Echar un polvo no da derecho a nada, ¿eh? Ni siquiera te fías de mí.

—He sufrido un ataque esta mañana, Olaia. Alguien ha venido a por mí... en mi apartamento. Estaba con Sara.

—¿Qué? ¿Os han hecho algo?

—Nada, en realidad. Pero ahora me quedaría más tranquilo si dejas cualquier arma que lleves en el suelo.

—No voy armada —me aseguró—. Solo venía a devolverte el ordenador de Jokin. Y a preguntarte por qué me mentiste con lo de Zubiaurre… Barrueta se ha encargado de darnos todas las explicaciones en la comisaría. Incluyendo el hecho de que le espiaste en el SIP. Están investigando tu posible implicación en el asesinato.

—¿Por eso no devolvías las llamadas?

Ella guardó unos segundos de silencio.

—Es una situación complicada. El comisario ha mandado un aviso general para que evitemos cualquier contacto contigo. No sé si alguien le ha dicho algo…

—No te mentí —continué—. Te dije que nunca había cruzado una palabra con Íñigo. Y es cierto. Yo no le maté. Me interesé por él. Le seguí un poco…

—¿Y a Barrueta? ¿Por qué le seguiste?

—Porque estoy seguro de que está metido en el ajo —respondí sin ambages—. Y ahora, Olaia, dime de una vez por todas qué haces aquí.

—Bueno, ¿tú qué crees? No cogías el teléfono. Me he preocupado. Sí, a pesar de todo, me he preocupado. Tonta de mí —susurró antes de levantar la voz de nuevo—: He venido, he llamado al timbre y, al ver que no estabas, me volvía para casa. Entonces he reconocido tu coche en el parking. No estabas, pero he pensado que era un sitio raro para aparcarlo. Y me he quedado un rato por aquí… hasta que has aparecido.

Pensé en eso. Tenía sentido que nos hubiéramos cruzado mientras yo caminaba por la playa. Había visto un par de coches por el paseo.

—Pero, tranquilo. Haremos una cosa. Voy a sacar el ordenador de Jokin. Lo dejo en el suelo y me largo, ¿vale? Intenta no dispararme mientras lo hago. Me gustaría salir de aquí de una pieza.

Tenía la voz quebrada. Me di cuenta de que le había dado un buen disgusto.

—Olaia…

Se dirigió al maletero y yo sentí que aquello era una gigantesca cagada. Vi cómo lo abría y extraía el maletín negro que Arrate me había dado.

—Solo te diré que si sospechas de Barrueta, ya somos dos… Pero casi mejor que cada uno siga por su lado, Aitor. Veo que confiar no es lo tuyo.

Depositó el maletín en el asfalto.

Después se dirigió a su coche. Yo bajé la pistola.

—Olaia. Ven, por favor, acércate. Voy a dejar la pistola en el asiento, ¿vale?

—Tío, me has jodido. Déjalo.

Fui tras ella. Ya se había metido en el coche. Pero no llegó a arrancar, aunque tampoco bajó la ventanilla cuando se lo pedí.

«La has cagado bien cagada. Ahora toca arrastrarse un poco».

«Un poco no, mucho».

—Han venido a por mí. Estaba en casa con Sara. Me he asustado. He salido como un loco, tanto que creo que he encañonado a un tipo que pasaba por aquí… Después… he llevado a la niña con su madre… Y llevo toda la tarde escondiéndome, del chorreo que me espera en comisaría… y sobre todo del asesino que ha venido a por mí…

Ella esperó unos segundos antes de reaccionar. No estaba seguro de si lo había oído o no… Bajó unos centímetros la ventanilla.

—Pero ¿os ha hecho algo?

Negué con la cabeza.

—No tuvo tiempo, pero yo estaba con Sara —insistí—. La niña lo ha visto todo…

—¿Sabes quién era?

—Un profesional. Alguien que han enviado… posiblemente el mismo tipo que mató a Arbeloa, a Zubiaurre…

—Joder, Aitor. Lo siento mucho. Pero eso no justifica que me encañones y me hagas un interrogatorio.

—Tienes el mismo coche que Barrueta.

—¿Qué?

—Un Hyundai rojo.

—¿Y eso qué importa?

—Zubiaurre se montó en un Hyundai rojo la noche que se lo llevaron para asesinarlo.

—¿Y crees que he podido ser yo?

—Bueno, tú también has dudado de mí, ¿no?

—¿Cómo sabes lo del Hyundai?

—Estaba allí, joder. Los seguí.

Olaia se quedó callada.

—Estoy intentando decir lo que siento, ¿vale? La doctora dijo que era lo mejor. Decir las cosas. Solo así podré combatir la paranoia. Es la manera.

—Pues venga, qué más… ¿Tienes más dudas? Mejor que lo sueltes todo de una tacada.

—No sé… Me entraste muy rápido en la comisaría de Getxo. Y después, en casa.

—Quieres decir que me quité la ropa demasiado pronto, ¿no?

—Reconozco que me sorprendió que te enrollases conmigo. Pero me refería a otra cosa: el asunto de Jokin. Confiaste en mí demasiado rápido. Además, al día siguiente te marchaste con el ordenador. No me gustó.

—Vaaaale. O sea que te engatusé para que hablases con Arrate y consiguieras un ordenador que yo ni siquiera sabía que existía.

—Eso es… No tiene ningún sentido, ¿lo ves?

—No. No tiene ningún sentido. Vaya… y siento haberte hecho sospechar de lo demás. Me gustabas. Hacía mucho que no echaba un polvo y me pareciste inteligente y divertido. A veces, una tía no necesita un tío mazado. Siento haberte roto los esquemas.

Arrancó.

—¡Espera, joder!

—¡Qué! ¡Joder digo yo! ¡¿Qué quieres que haga ahora?! ¡Me has llamado asesina, puta y ladrona en menos de un minuto!

—Perdón. Joder. Estoy como una puta cabra, y lo siento. No lo voy a negar. Llevo sufriendo un trastorno paranoide desde el día que abrí los ojos en el hospital. Y que un tío me ataque en mi propia casa no ayuda, Olaia. No ayuda.

Se llevó los dedos al ceño y se lo masajeó un rato.

—Vale. Mira, voy a intentarlo… voy a intentar ponerme en tu pellejo por difícil que me resulte. —Inspiró hondo, volvió a mirarme a la cara—. ¿Estás superseguro de que ese tío venía a por ti?

—No del todo. Tengo una descripción… y unas grabaciones donde se le oye hablar.

—¿Al asesino?

—Tengo las malditas grabaciones de la noche que mataron a Zubiaurre. Creo que sale él.

Ella apagó el motor.

—¿Qué?

—Lo que oyes.

Se quedó callada, con las manos en el volante.

—¿Adónde ibas ahora?

—Al hotel de mi hermana.

—Entiendo. ¿Puedes cambiar de planes? Quisiera enseñarte algo. Y creo que tú todavía tienes mucho que contarme.

—¿Ahora?

—Sí. Ahora.

29

Monté en mi coche y seguí al Hyundai hasta Berango, un pueblo muy cerca de Sopelana. Llamé a Mónica por el camino: le dije que no se preocupara, que «quizá durmiese fuera esa noche». Olaia vivía en una casita adosada en el barrio de Kurtze, frente al mar.

—Bonita casa —dije nada más salir del coche.

—Gracias —respondió—, solo llevo dos años viviendo aquí. Fue un parraque que me dio en la pandemia.

Reconozco que me sorprendió el pequeño lujo que nos rodeó en cuanto encendió las luces. Muebles de diseño, electrodomésticos caros, cuadros de galería...

Olaia dejó el ordenador de Jokin sobre una preciosa mesa de madera clara que había en el salón y me preguntó si quería cenar algo. «Puedo preparar un sándwich de lo que quieras». Le dije que sí, porque en realidad no había comido nada desde La Coteruca.

En su nevera había huevos duros, pepinillos, embutidos, salmón ahumado, lechuga, tomate y una colección de salsas. Montamos un par de sándwiches en un plato y sacó una botella de un tinto reserva de una bien surtida bodeguita. Sirvió dos copas y nos pusimos a cenar.

En otras circunstancias quizá hubiéramos empezado a hablar de cualquier tema trivial, pero era casi la una de la madrugada de un día muy largo. Yo no estaba para darle demasiados rodeos a nada.

—Bueno… visto lo visto, creo que es mejor que comience yo —dijo Olaia. Se levantó y fue a por el maletín. Sacó el ordenador y una carpeta—. Perdón por llevármelo sin preguntar, pero iba a ser más fácil trabajar en casa…

El ordenador estaba encendido. Levantó la tapa y apareció el fondo de pantalla con la cara de Jokin, rodeado de sus dos hijos, en San Mamés.

—Utilicé otro programa de recuperación y le hice un *scan* completo al disco. Los archivos que Jokin borró son definitivamente irrecuperables, pero conseguí algo. Esto.

Sacó una hoja de la carpeta y la colocó sobre el teclado del portátil. Era una lista.

—Una lista de archivos —dije observándola.

—Exacto. Son los archivos borrados.

—Pero ¿no habías dicho que eran irrecuperables?

—Lo son, pero he logrado salvar sus nombres y tamaños aproximados en el momento en que fueron eliminados. La media son unos dos gigas. Veintinueve archivos en total. ¿Te suenan las nomenclaturas?

Cogí el folio y lo leí con atención.

—Son fechas y tramos de horas. Grabaciones.

—Eso es. Grabaciones de seguimiento. Posiblemente, vídeos. Y las fechas coinciden con las semanas en las que Barrueta y Jokin estuvieron controlando a De Smet.

—O sea que son vídeos o escuchas del caso.

—Deberían serlo —respondió ella con un tono intrigante—. Ese es el problema.

—¿Qué quieres decir?

—Saqué esta lista el miércoles por la mañana, en casa. Esa misma tarde fui a la comisaría. Me senté delante del ordenador y abrí el sumario digitalizado del caso. Ahí deberían aparecer todos los materiales, incluidas las escuchas, ¿no?

Olaia puso una segunda hoja impresa sobre la mesa. Era un pantallazo del sistema de archivos de la policía.

—Pues esto es lo que encontré. Hay varios PDF con los informes, algunos testimonios, el acta de la detención y una carpeta de escuchas que debería contener los audios y los vídeos de seguimiento.

—¿Debería?

—Solo incluyeron cuatro archivos: dos vídeos y dos audios. Todos del día de la detención.

—¿Solo cuatro?

—Cuatro archivos —repitió Olaia—. Frente a los casi treinta que borró Jokin de su ordenador.

—Bueno… Barrueta y Jokin estuvieron casi dos semanas allí plantados. Puede ser que hicieran un filtrado de lo que era relevante.

—Eso pensé yo también. Es lógico que hubiese basura. Pero ¿por qué borrar treinta archivos inocuos antes de volarte la cabeza?

—Buena pregunta. ¿Has mirado en las cajas?

Me refería al material tangible: cosas como armas homicidas, pruebas físicas (cabellos, huellas) y demás que se almacenan en el sótano de las comisarías o los juzgados durante años.

—Lo hice. Bajé al sótano. Solo había un DVD con las copias de respaldo del equipo de seguimiento. Los mismos cuatro malditos archivos que se adjuntaron en el sumario.

—Mosqueante.

—Y tanto. ¿Qué había en esos archivos borrados? ¿A qué venía borrarlos antes de morir? ¿Y el asunto de Ginebra? Me he vuelto loca pensando… Pero no he dado con la clave hasta esta mañana. Y estaba en el calendario de vacaciones.

—¿El calendario de vacaciones?

—Bueno… Te sonará a locura, pero estaba decidida a plantarme en Ginebra, en ese hotel, y ponerme a hacer preguntas. Así que miré mis vacaciones y entonces se me ocurrió algo: el calendario. Por organización de relevos, se pueden ver las peticiones de los otros compañeros. Así que retrocedí hasta la fecha de ese tíquet de Jokin en el hotel de Ginebra. Adivina qué otro agente estaba de vacaciones esos días.

—Barrueta.

—Correcto. Los dos a la vez. Se pidieron tres días libres. Y ya sé lo que vas a decir: no tiene por qué significar nada.

—No lo iba a decir. Se fueron juntos a Ginebra.

—Eso creo yo. ¿Y qué es lo primero que se te viene a la cabeza cuando piensas en Suiza?

—¿El chocolate…? Es broma. Los bancos, las cuentas numeradas.

—Exacto. Y solo tienes que mirar en Google Maps. El hotel Mandarin está a un puente de distancia de la central de Credit Suisse.

Yo guardé silencio y recordé la frase de Barrueta en el parking de la comisaría: «Jokin había cambiado mucho». Y de pronto me vino la imagen del Jokin triunfador que derrochó botellas de champán en su boda. Su gran boda.

—O sea, tu teoría es que Jokin y Barrueta tenían algún chanchullo a medias.

—Me he resistido a esa idea todo lo que he podido, pero... Bueno, pasaba apuros económicos. Podría tener sentido.

—No sería la primera vez que un poli se deja llevar —reconocí a mi pesar—. La pregunta es... ¿en qué demonios andaban metidos? ¿Y de dónde habían sacado el dinero? Si era dinero...

—Quizá lo escamotearon —dijo Olaia—. Puede que encontraran dinero en metálico en algún registro... y decidieran no informar.

—¿De Smet? —pregunté—. Parece que todo comenzó ahí, ¿no? El comportamiento oscuro, errático de Jokin... Quizá la culpabilidad había empezado a destrozarle. Y borró los vídeos que probaban todo antes de volarse la cabeza.

—También lo he pensado. Pero ¿para qué volarte los sesos si eres rico? No... yo tengo otra teoría. Barrueta y Jokin tenían algún tipo de negocio a medias, un dinero cuya existencia solo conocían ellos dos. Quizá Barrueta decidió que prefería quedarse con todo. Fue hasta Gruissan ese fin de semana. O quizá se habían citado por algún otro motivo... y orquestó el suicidio.

—Barrueta es el maldito quid de la cuestión.

Olaia terminó su vino y posó la copa en la mesa.

—Exacto —dijo—. Barrueta comienza a ser el centro de una gigantesca espiral de mierda. Y por lo que parece, también tiene algo que ver con el caso de Denis, ¿no?

Me bebí el resto de mi copa. Había llegado el momento de confiar.

—¿Por dónde empiezo? Bueno, Denis me comentó una cosa en la celda de Getxo. Que tenía una sensación extraña con Barrueta. Su comportamiento en el registro había sido un poco teatral… «Sabía lo que iba buscando». Ahí arrancaron mis sospechas… y fue como una bola de nieve. No ha hecho más que crecer desde ese día.

—Hasta la nota amenazante, ¿verdad?

—No puedo responder a eso.

—Aitor, o confiamos el uno en el otro o nada.

Tenía razón.

—Planeé una estratagema —dije al fin—. Digamos que salió bien. Zubiaurre se asustó. Llamó a Barrueta aquella noche en la que lo asesinaron.

—¿Tienes pruebas?

—Escuchas no autorizadas. O sea, nada. Pero se oye a Íñigo mandar audios a alguien. Quedó con esa persona en los aledaños del polígono de Gatika donde asesinaron a Arbeloa… Yo pude seguirle hasta allí. Vi que se montaba en un Hyundai rojo. En las escuchas, más tarde, se oye a dos personas metiéndolo a rastras en su casa. Lo remataron allí, aunque llegó ya en las últimas. Supongo que también fue cuando le introdujeron mi nota en la boca, hecha una bola.

—Joder.

—Estoy seguro de que Zubiaurre mintió sobre la furgoneta —dije—. Le prometieron dinero a cambio y lo mataron, quizá porque se puso nervioso o quizá estaba planeado desde el principio. El dinero se puede trazar. Es un rastro.

—¿Que lleva adónde?

—A los conspiradores, por supuesto. A la gente que mató a Arbeloa y que incriminó a Denis…

—¿Y quiénes son?

Me quedé callado. Todavía me costaba dar el paso y confiar.

—Una familia importante. Los Gatarabazter.

Dejé que ese apellido resonase en el aire. Pero Olaia no cambió el gesto. No pareció afectarle demasiado.

—¿Los conoces?

—Me suenan. Una familia de industriales muy potente... Pero ¿qué tienen que ver con Denis? ¿Y con Barrueta?

—Creo que ellos están detrás de las muertes de Arbeloa, de Zubiaurre y de una mujer llamada Elixabete San Juan.

Ahora sí, noté que la expresión en el rostro de Olaia cambiaba radicalmente.

—¿Has dicho Elixabete San Juan? —preguntó—. ¿La periodista?

Asentí.

—¿La conoces?

—Ni siquiera me había enterado de que había muerto.

—Un suicidio. En su caserío de Forua. Un suicidio con muchos interrogantes... como el de Jokin.

Noté que Olaia empezaba a temblar.

—Pero ¿qué es lo que pasa? —le insistí—. ¿Por qué pones esa cara? ¿De qué conocías a esa mujer?

—Elixabete trabajaba en la televisión —dijo mientras tecleaba algo en el ordenador de Jokin—. Hizo de presentadora en un programa de la ETB2. ¿Te suena *Los siete pecados capitales*?

—Es la quinta vez que me hablan de ese programa. Pero nunca lo he visto.

—Bueno, pues hay un capítulo que deberías ver... Joder... me tiemblan las putas manos.

Tecleó algo en el ordenador. Era la página de contenidos a la carta de la ETB2, buscó el nombre del programa y, cuando apareció una lista de capítulos, eligió el número seis.

Un capítulo dedicado a Benjamin de Smet.

El asesino de prostitutas de Uribe Kosta.

—¿Un capítulo sobre De Smet?

—Ya te lo comenté en El Peñón. El asunto tuvo su polémica. De Smet tenía clientes muy importantes, así que desde jefatura dijeron que convenía aclarar algunos puntos. ¿Y a que no sabes a quién enmarronaron para que saliera hablando en nombre de la Ertzaintza?

No hizo falta que respondiera. Olaia había avanzado con el reproductor hasta un punto del programa en el que se veía a Elixabete paseando por un parque arbolado, con la primavera asomando en intensos tonos de verde y en pequeñas flores amarillas y blancas. La presentadora iba vestida con una americana y un fular de color mostaza idéntico al que llevaba la noche en que Denis se cruzó con ella. La escena de recurso terminaba con ella encontrándose con Jokin. Se saludaban y comenzaba una entrevista.

«Usted fue uno de los agentes asignados al caso, ¿verdad?».

Se me heló la sangre al ver a mi amigo, un poco mayor, con el pelo encanecido y unas marcadas patas de gallo, caminando junto a la mujer cuyo informe forense había estado repasando hacía menos de setenta y dos horas.

«Sí. Éramos un equipo de ocho investigadores en total. Pero yo tuve la… digamos la fortuna de realizar las tareas de vigilancia a De Smet».

«Empecemos por el final, ¿quiere? Cuéntenos cómo fue el asalto a la casa. Qué se encontraron esa noche…».

Jokin pasaba a relatar lo que ya conocíamos. La noche de la detención, cuando De Smet estuvo a punto de asesinar a aquella mujer. El asalto policial. La detención y la liberación de la prostituta.

La cámara iba danzando entre él y Elixabete, mientras caminaban a través de los árboles, en una ubicación no muy alejada del chalet donde ocurrió todo. Después llegaron a una zona de arbustos y a la casa desde donde se habían realizado las escuchas y las grabaciones.

«Pasaron ustedes cerca de dos semanas ocultos aquí. ¿Cómo se sobrelleva una labor de vigilancia tan dura? ¿En algún momento sintieron que peligraba su camuflaje?».

—Jokin y Elixabete... se conocían —dije.

—No solo eso —respondió Olaia—. Se hicieron bastante amigos a raíz del programa.

—Joder. Joder... ¡Joder!

Olaia volvió a llenar ambas copas. Las cogió y se levantó en dirección al salón.

—Creo que ha llegado la hora de que nos sentemos en ese sofá y me cuentes, muy despacio, cómo has relacionado a Barrueta con esa mujer.

Se hizo muy tarde en aquel bonito barrio de Kurtze, y las luces del salón de Olaia seguían encendidas de madrugada. Bebimos más vino, después volvimos a cenar sándwiches y preparamos más café.

—Elixabete, De Smet, Jokin, los Gatarabazter... Todo está ocurriendo a la vez. A pocos kilómetros de distancia. Tiene que estar conectado... pero ¿cómo?

Olaia se levantó, fue a por un papel, dibujó dos líneas.

—Elixabete y Jokin coincidieron en el programa el pasado mes de mayo. Hicieron buenas migas, hasta el punto de que ella le invitó a una cena en su caserío. Seguro que Maika estuvo en ella.

—Se lo preguntaré.

Olaia siguió dibujando esa línea temporal.

—Jokin va entrando en su fase oscura. En octubre se suicida. Después, en enero, Elixabete se marcha a África. Pasa allí cinco meses. Regresa y, en su primera semana en Forua, los Gatarabazter la invitan a su casa por algún motivo.

—Y la asesinan —dije—. ¿Por qué?

—No lo sé. Pero pongamos que Jokin había establecido una relación entre De Smet y los Gatarabzter. Antes de morir, quizá habló de ello con Elixabete. Esa es la clave de todo esto. ¿Qué es lo que sabían Jokin o Elixabete para que fueran asesinados?

—La respuesta debía estar en esas grabaciones borradas.

—Exacto —dijo Olaia—. Quizá esas grabaciones no fueron borradas. Quizá estén en alguna parte. Y creo que solo hay una persona a la que podemos preguntárselo.

—Barrueta.

—Tenemos que acojonarle con algo… ponerle contra las cuerdas.

—Pero ¿con qué? Por ahora solo tenemos una gran historia que funciona en nuestras cabezas.

—Tenemos más que eso, Aitor. Podemos pedirle a Castro que investigue las cuentas extranjeras de Barrueta. Una cuenta numerada a nombre de un agente de la Ertzaintza solo puede significar algo malo. Sobre todo si hay mucho dinero.

—Esa jueza tiene fama de hueso duro.

—Yo la conozco —dijo Olaia—. A mí me escuchará. La buena noticia es que hemos conseguido unir estas dos tramas. Y eso solo nos favorece…

Yo recosté la cabeza, el cansancio comenzaba a ganarme.

—Bueno… En teoría mi hermana me está esperando en el

hotel. Y mañana tengo que comparecer en comisaría para explicar por qué he apuntado con mi arma a un ciudadano inocente…

Olaia miró su teléfono.

—Son las cuatro de la mañana, Aitor. No puedo dejarte marchar. Podrías tener un accidente o algo peor.

—¿Y qué hago? ¿Duermo en el sofá?

Ella me acarició el muslo y apretó un poco la mano.

—Con lo listo que eres para unas cosas, qué tonto eres para otras.

30

A las diez de la mañana del día siguiente estaba sentado en el lado «malo» de la mesa de declaraciones. Frente a mí, en el lado «bueno» estaban Gorka Ciencia y Gerardo Elorriaga, a quienes les había caído el papelón de «investigar» aquel caso. Era domingo y me dijeron que Ochoa tenía el día libre, pero que vendría.

—Ha insistido.

Así que Ciencia había traído café y nos lo bebíamos a sorbitos mientras esperábamos. Era mucho mejor que estar callados…

—Espero no haberos dado muchos dolores de cabeza —dije por romper el hielo—, ayer estuve sin teléfono.

Elorriaga entornó los ojos y apretó los labios como diciendo: «Venga ya».

—En realidad, no hemos movido un dedo —respondió Gorka—. Es tu coche. Es tu piso y, por la descripción, solo podías ser tú.

—¿Una descripción?

Elorriaga leyó un papel que tenía sobre la mesa.

—«Un tipo alto, anchote, con una sobrecamisa de cuadros, barba de tres días y brazos como jamones» —dijo con un poco de sorna.

Me entró la risa tonta.

—Al menos, no ha mencionado la barriga —bromeé—. Creo que lo de no comer pan funciona.

En ese momento se abrió la puerta y entró Ochoa. Gorka Ciencia se calló lo que estaba a punto de decir. Yo borré la sonrisa de mi cara. Elorriaga se estiró en la silla como para cuadrarse. Siempre me había parecido un trepa, ya lo pensaba en los tiempos del comisario Cuartango, pero con Ochoa era casi más evidente.

El jefe cogió una silla y se sentó al fondo. Iba vestido con ropa de ir al monte y tenía muy mala cara.

—He dejado a la mujer y los hijos en el aparcamiento del Gorbea. Así que vamos a darnos prisa. ¿Alguien puede leer la denuncia?

Elorriaga tomó la palabra inmediatamente. Hora y lugar de los hechos. Los hechos. La matrícula memorizada por el denunciante, que ya se había trazado hasta llegar a mí. Y era mi portal. ¿Tenía algo que decir?

—Sí. Era yo.

—De acuerdo —siguió Elorriaga—. ¿Puedes explicarnos tu versión de lo ocurrido? Vamos a grabarlo, si no te importa. Después…

—Ya… —dijo Ochoa—. Creo que se sabe el procedimiento de memoria.

Había desayunado con Olaia y hablamos de cómo encarar esta declaración.

«No hay ninguna opción buena si quieres mantener lo de tu investigación en secreto. Intenta minimizarlo».

Y eso es lo que hice.

—El tipo se me acercó de un modo extraño —empecé a decir—. Llevaba el periódico enrollado... Pensé que venía a por mí. Iba con mi hija y supongo que me asusté. Fue un error, ¿vale?

Se hizo el silencio. Gorka y Elorriaga se miraron de reojo y supe en el acto que dudaban de mi respuesta —ambos eran viejos zorros—, pero quizá por respeto no querían ser agresivos. De todas formas, sabían que ese era el papel de Ochoa en aquella reunión.

—El testigo dice que salisteis del portal de una manera un tanto acelerada, como si tuvierais prisa. Y que ya llevabas el arma en la mano.

—Se equivoca —respondí—. La desenfundé cuando le vi acercarse. En cuanto a la prisa, es cierto. Nos habíamos liado y llegábamos tarde a comer a Laredo, que es donde está Carla este fin de semana.

—El testigo está seguro de lo que dice, Ori. Hemos machacado mucho ese detalle. Dice que llevabas el arma en la mano. No te vio desenfundarla.

—Y yo te repito que se equivoca. Es cierto que llevaba el arma, pero enfundada en el costado. La saqué cuando le vi acercarse.

Solo me quedaba imponerme. Sería la palabra de un civil (asustado) contra la de un policía (de baja y paranoico, pero un policía a fin de cuentas).

Las miradas de mis compis eran un poema, pero yo no pensaba bajarme del carro. Además, Ochoa siguió por otros lares.

—Vale. Vamos a dejar esa parte. Ahora, por favor, explícame una cosa: ¿por qué portas un arma si estás de baja?

Yo bebí un sorbo de café. Había pasado lo más difícil.

—Es de uso personal. Hace medio año que tres sicarios entraron en mi casa y me acribillaron. Me los llevé por delante... ¿No tomarías ciertas precauciones durante un tiempo?

—Estamos hablando de un hombre de cincuenta y cinco años, vestido con ropa del Decathlon, un sábado por la mañana.

—Te he dicho que fue un error. Fue algo en su forma de aproximarse. Muy rápido... y con ese periódico bajo el brazo. Pensé que podía llevar un arma. Lo siento.

—Yo también lo siento —dijo Ochoa—. ¿Qué hubiese pasado si el tipo hace otro «gesto raro» y le descerrajas un tiro?

Se hizo el silencio. Yo podría intentar responder que eso «era exagerar», pero ¿lo era?

—Mira, Ori —continuó el jefe—. Lo lamento de veras, pero no me queda otra que informar de esto. Y te voy a retirar la placa provisionalmente. En cuanto a tu permiso de armas, vamos a pedir una reevaluación psicológica.

—No me esperaba otra cosa.

—Aunque no lo creas, he intentado defenderte lo que he podido. Pero me lo pones muy difícil... No puedo arriesgarme a que la próxima vez haya un herido o algo peor.

—Entiendo.

Saqué mi cartera y la coloqué sobre la mesa. La abrí y extraje el plástico con cuidado. Había un silencio horrible en la sala. Empujé el carnet hasta que quedó en manos de Elorriaga, que ni siquiera quería tocarlo.

Ochoa se puso en pie y cogió mi carnet. Ahora le tocaba despedirse. Noté que dudaba entre «hasta pronto», «te veo»... Pero se dio cuenta de que nada de eso tenía demasiado sentido dadas las circunstancias.

—Suerte, Aitor —terminó diciendo.

Elorriaga también decidió ser escueto en su despedida. Salió con prisa de allí y nos quedamos Gorka Ciencia y yo sentados frente a frente. Noté la incomodidad de mi compañero. Supuse que se debatía internamente sobre cómo proceder. Yo era un amigo. Pero también era un apestado.

—No hace falta que me acompañes. —Me levanté—. Conozco el camino.

Me acerqué a la puerta y entonces él me cortó el paso. Me quedé parado, mirándole. ¿A qué coño jugaba?

—¿Qué está pasando, Ori?

—¿Qué quieres decir?

—Anoche llamé a Carla. Me dijo que habías pasado por la casa de Laredo. Todo eso es cierto… pero también me dijo que estabas muy asustado. Y no me creo que ese señor con un periódico bajo el brazo fuese la causa. La niña contaba una historia diferente. Alguien os tocó el timbre.

Le sonreí. No dije nada.

Gorka miró al otro lado, al pasillo. No había nadie. Entrecerró la puerta.

—Podría habértelo soltado delante de Ochoa, pero no lo he hecho, ¿eh?

—Pues gracias.

—Venga ya, Aitor. Si tienes problemas, habla, coño. Por aquí se maneja la teoría de que te has vuelto loco. El divorcio, el ataque de los sicarios y ahora lo de tu sobrino: demasiados golpes. Eso es lo que se dice.

—No es mala teoría. Quizá esté loco.

—Un loco no pregunta por sistemas para abrir cerraduras electrónicas.

—Quizá no.

—Ni indaga en el SIP para sacar el domicilio de un testigo y el poli que lleva el caso de su sobrino.

—Puede.

—Ni pregunta por una de las familias más poderosas del país —dijo, sonriendo.

—Me tengo que ir, Gorka.

—Vale —se resignó—. Respeto que te calles. Aquí todo el mundo se está poniendo de perfil con tu «tema»… pero yo no podría dormir bien, ¿sabes? Hay gente que ve caer a los demás y ni se inmuta. Yo no soy así.

Le miré en silencio y le palmeé el hombro. Sentaba demasiado bien tener un amigo cuando todo el mundo te ha dado por saco.

—Pues gracias, Gorka —respondí con la voz un poco ronca—, gracias por todo.

—Sea lo que sea —insistió—. Si quieres hablar, tienes mi número.

—Lo haré. Gracias otra vez. De verdad.

Salimos de la sala de declaraciones y Gorka me acompañó al vestíbulo. La vida te da este tipo de sorpresas. Gorka siempre me había parecido un friki que iba a lo suyo, y ahora resultaba que era uno de los pocos amigos que me quedaban por allí.

Dejé firmada la declaración. Después salimos a la calle. Yo sin arma, sin placa. «Quizá sea la última vez que salgas de aquí», pensé. «Lo siguiente se hará todo en la central. O ni siquiera eso. Quizá todo termine con una transferencia bancaria con tu finiquito. Y un mensaje agradeciendo tus años de servicio».

Respiré hondo y miré al cielo. Estaba gris, pero no parecía que fuese a llover por el momento.

—Bueno —dejé escapar un suspiro—, esto es todo. Hasta aquí hemos llegado.

—Quizá tenga arreglo —dijo Gorka a mi lado—. No sé. Un traslado. Un nuevo destino…

—Nah —negué con la cabeza—. Estoy acabado, Gorka. Eso es todo. Tendré que empezar con algo nuevo. Ya está…

—¿Alguna idea?

—Muchas —dije—. Pero todas malas.

Silencio.

—Deberías intentar hablar con Nerea Arruti. Estuvo reunida con muchos jefazos a raíz de aquel caso. Quizá pueda echarte un cable.

—Quizá lo haga.

—Y mándale recuerdos. El director de su antiguo cole todavía se acordaba de ella.

Me hizo doblar la sonrisa.

—¿Todavía con lo del Urremendi?

—Con ganas de cerrarlo. No hay huellas, y en realidad solo reventaron un par de archivadores… Pero el director del colegio insiste en que es una venganza de un grupito de alumnos a los que castigaron por fumar cannabis. En fin… el tío nos ha dado una lista de nombres y hemos tenido que llamarlos uno a uno, claro, con sus padres.

—El Urremendi —dije en voz alta.

Inmediatamente recordé el álbum de fotografías que había junto al teclado de Elixabete.

—¿Cuándo ocurrió el robo en el colegio?

—La noche del 15 al 16.

«Las fechas encajarían», pensé.

—¿Y no echaron nada en falta? ¿Qué había en esos archivadores que reventaron?

—Bueno, la secretaria dijo que eran expedientes de antiguos alumnos. Estaba segura de que alguien los había manipulado… Ya ves tú qué interés puede tener eso. Quizá el ladrón pensaba que ocultaban el dinero ahí.

—¿De qué año?

—¿De qué año el qué?

—Los expedientes de los alumnos, ¿de qué curso eran?

—Pfff… no lo sé. Mil novecientos noventa y algo.

—¿Podrían ser de la promoción del 95?

—Puede. Tendría que mirar mis notas… Pero oye, ¿a qué viene esto? Voy a empezar a creerme que has perdido la chaveta.

—Puede que la haya perdido, Gorka. ¡Puede!

No le dejé terminar. Le di un fuerte abrazo, me despedí y salí corriendo hacia mi coche.

—¡Pues va a ser verdad! —me gritó desde la escalera—. ¡Estás como una puta cabra!

—Estaba a punto de llamarle —dijo Maika al otro lado del teléfono—. ¿Solucionó lo de su hija?

Yo respiraba atropelladamente, sentado en el coche pero sin arrancar, y con prisa por ir al grano. Aunque siempre había tiempo de agradecer la simpatía de un extraño.

—Sí, gracias… Tan solo fue una pequeña travesura preadolescente.

—Me alegro mucho. Esas edades…

Ella iba a seguir hablando, pero la interrumpí.

—Oiga, la llamo por un par de temas que han surgido. ¿Tiene cinco minutos?

—Yo también tengo algo para usted, pero hable. Soy toda oídos.

—En primer lugar, quisiera preguntarle por una persona: Jokin Txakartegi. Un ertzaina de la comisaría de Getxo que participó en uno de los programas de...

—Jokin, sí —me cortó Maika—. ¿Qué pasa con él?

—Así que usted también le conoció.

—Vino a cenar a Forua una vez. Elixabete solía organizar una comida en el caserío por su cumpleaños. Invitaba a gente interesante que había conocido durante el año y Jokin entraba en esa categoría. Bueno, ellos dos hicieron buenas migas en el programa, ¿cómo le va?

—Jokin murió, Maika. Se quitó la vida hace unos meses.

—¿Qué?

—Lo que oye. Y su muerte tampoco está exenta de interrogantes. Jokin participó en el programa dedicado a De Smet. ¿Le suena?

—El asesino de prostitutas. ¿Cómo no me va a sonar? Además, yo fui la redactora de ese programa. ¿Qué relación tiene todo esto con...?

—¿... Elixabete? Todavía no tengo una respuesta, pero podría ser la clave de todo el asunto. ¿Alguna vez le habló Elixabete de Jokin o de ese caso en concreto?

—No.

—Pues esa es otra línea que deberíamos trabajar. Quizá haya algo en el ordenador de Elixabete.

—Me pondré con ello.

—Otra cosa: la semana en la que Elixabete murió, alguien irrumpió en el colegio Urremendi y posiblemente registró unos expedientes de antiguos alumnos. Eran de su misma promoción. Quizá sea solo una coincidencia, pero es una coincidencia muy curiosa, ¿no cree?

La mujer calló unos segundos, como masticando aquello.

—El álbum.

—Correcto.

—Puedo intentar enterarme de quién iba a su clase. ¿Quizá algún Gatarabazter? Jon Mikel es demasiado joven. ¿La hermana?

—No... los dos son *millennials*, como suele decirse. Si había alguien de esa familia, debió ser la generación anterior. Pero, en todo caso, es un colegio caro. Quizá haya algo...

—Vale —dijo Maika—, déjelo en mis manos. Ahora escúcheme. Es posible que tenga algo para usted. Después de dejarle el viernes, me puse con el informe y el listado de llamadas que Elixabete tuvo esa semana.

»Fui una por una, repasándolas. No había nada raro, hasta que llegué a una llamada que Elixabete recibió el jueves, sobre las once de la mañana, desde un fondo de inversiones llamado Venture Capital, radicado en Bilbao. Los agentes habían hecho una pequeña indagación sobre todas las llamadas. En este caso, en la empresa dijeron que se había realizado desde la centralita, que no podía trazarse su origen, así que preguntarían a los empleados. Pero nadie recordaba haber llamado a Elixabete.

»La llamada tenía una duración de cuatro minutos y medio. De modo que no era ningún error. Así que los agentes insistieron. Finalmente, la secretaria de uno de los directivos envió un email diciendo que la llamada se hizo desde su despacho.

»Fue una llamada de "establecer contacto y charlar un poco sobre su proyecto". Negaron haber quedado con ella. Dijo que tan solo habían quedado en que Elixabete le enviaría más información de su proyecto.

»No se añadían más datos. La secretaria dijo que era política de la empresa no dar ningún dato adicional a menos que hubiese un requerimiento judicial. Pero, por supuesto, no lo hubo. Sin indicios, los policías dieron ese camino por cerrado... solo que yo me he puesto a investigar la lista de consejeros de la empresa. ¿Está sentado, Orizaola? Uno de sus socios principales es Jon Mikel Gatarabazter.

«El oscuro heredero», pensé yo.

—¡Jo-der!

—Así que tenía usted razón, esa familia está en el ajo.

—Nunca lo he dudado —dije—. Solo queda entender por qué.

—Quizá no tenga ninguna relación, pero he dedicado algunas horas a investigar el entramado de empresas de la familia.

—¿Y?

—Resulta que los Gatarabazter son accionistas de un conjunto de empresas que participan en la cadena del cacao en África. Un sector especialmente dado a la explotación infantil.

—El tema preferido de Elixabete.

—Exacto —dijo Maika—. Es un vínculo muy remoto, porque ellos solo son inversores. Pero quizá sea un hilo del que tirar.

—Siga profundizando en ello... —le dije—. Yo seguiré con Jokin y veamos quién llega primero a alguna conclusión. Tengo la sensación de que estamos a punto de lograrlo.

Colgué a Maika con una sensación de triunfo en el vientre. Los teníamos. Todavía quedaban muchas incógnitas, pero al menos ya veíamos el flanco por el que íbamos a atacar. La llamada a Elixabete que se hizo desde el despacho de Jon Mikel. En cuanto la jueza ordenase una investigación, no le sería difícil atar los mismos cabos que nosotros. Pero necesitábamos el vídeo que demostrase que ella acudía a una cita en la casa de los Gatarabazter la noche en que murió.

Llamé a Mónica. Quería compartir con ella todo lo bueno. Los avances habían sido gigantescos desde la noche anterior.

El teléfono sonó varias veces hasta que lo cogió.

No era Mónica, aunque conocía esa voz.

—¿Orestes?

Lo que siguió fue un pesado silencio al otro lado de la línea. Y aquí es donde la realidad comenzó a torcerse. Cuando Orestes dijo aquellas primeras palabras:

—Aitor... lo siento mucho, pero tengo malas noticias... Es Denis.

Noté que me mareaba.

—¿Qué ha pasado?

Me aferré al teléfono como si fuera la única sujeción posible en aquel coche que ahora comenzaba a dar vueltas a mi alrededor.

—Aitor... es mejor que vengas. Estamos en el hospital... Coge un taxi... no conduzcas, ¿de acuerdo?

—Dime qué coño ha pasado. ¿Cómo de malo es?

Orestes calló unos instantes. Su voz se hizo muy pequeña.

—Es... muy malo.

TERCERA PARTE

31

Fue como volver al 3 de octubre de 1995, el día que murieron mis padres.

Un bedel de la universidad vino a sacarme del aula porque «tenía que ir a casa de inmediato».

Mis padres, al parecer, habían tenido un accidente...

Todavía recuerdo el aturdimiento, la sensación de irrealidad en la nuca. Recorrer el pasillo de la facultad preguntando cosas que ese hombre no sabía contestar.

Supe que algo iba terriblemente mal cuando vi un taxi esperándome en la puerta. El rector se había encargado de llamar a uno.

Ni siquiera recuerdo el resto, cómo llegué al hospital, a quién pregunté allí, cómo subí a la planta... solo que me encontré a Mónica deshecha, rota en el pasillo.

«*Ama* está muy grave y *aita*... ya no está».

Esa corta espera fue casi lo peor, pero mi madre no pudo aguantar las heridas. Murió esa misma noche.

Supongo que uno se consuela como puede, pero siempre pensé que fue lo «mejor», se marcharon los dos a la vez. Estaban tan enamorados, tan unidos, que quizá fue lo mejor que les pudo pasar. Dejar este mundo juntos, sin tener que sufrir la pérdida del otro.

Solo que a nosotros nos dejaron muy solos.

Recuerdo estar en aquel pasillo, de madrugada, sin saber a dónde ir, sin saber qué hacer, cuando aparecieron dos ertzainas de uniforme. Me dieron el pésame y me dijeron que tenían al hombre que había hecho aquello. Un borracho que se había dado a la fuga. No habían parado hasta dar con él y habían venido al hospital a decírnoslo. Querían darnos al menos eso. Un pequeño alivio en aquel día tan terrible. Y siempre he pensado que ese momento tuvo mucho que ver con mi decisión de dejar la universidad y ponerme con la oposición a ertzaina. Aquellos dos agentes con sus camisas azules intentando recomponer un poco la tragedia.

Casi treinta años más tarde, llegaba en taxi a un hospital; en esta ocasión, Basurto. Me apeé junto a la entrada de urgencias del pabellón Jado. Me apresuré dentro mientras llamaba a Mónica, a Orestes, pero nadie contestaba. Así que fui al mostrador de admisión y me identifiqué como el tío de Denis Orizaola.

—Dígame qué le ha pasado. ¿Cómo está?

La mujer miró la pantalla.

—Ha entrado por urgencias a las diez de la mañana.

—¿Vivo?

—Está en quirófano. No puedo decirle mucho más.

Respiré aliviado. Orestes había dicho que estaba «muy grave», aunque a veces eso es solo un bálsamo para ganar tiempo. Pero la palabra «quirófano» lo significaba todo en esos instantes. Los muertos no pasan al quirófano. Había esperanza.

Finalmente, Orestes me llamó de vuelta.

—Estamos en una sala de espera junto a la zona de quirófanos, voy a buscarte.

Llegó Orestes y casi sin darnos cuenta nos dimos un abrazo. Le pedí que me pusiera al día.

—Ha sido después del desayuno. En un pasillo de camino a las zonas de trabajo. Esta vez ha sido absolutamente premeditado. Lo han cogido entre dos, uno lo ha inmovilizado mientras el otro le clavaba una punta. Ha sido muy rápido, porque otros presos se han lanzado a por los agresores...

—¿Cómo está?

—Muy grave. Le han perforado un pulmón y el hígado. Habría sido mortal si no llega a llevar unas protecciones que se había creado.

—¿Unas protecciones?

—Se había confeccionado una especie de chaleco antibalas con revistas y cartones.

«Gracias a Dios», pensé. «Para eso sirvió ponerle en guardia».

Llegamos al pasillo de quirófanos. Al fondo había dos uniformados de la Ertzaintza cumpliendo discretamente con su cometido. Un preso es un preso, aunque esté en quirófano. Pero se daban cuenta del percal y permanecían en una esquina, intentando no molestar demasiado.

Se lo agradecí.

Entré en la sala de espera, donde Mónica estaba sentada, en silencio, con la mirada perdida. Había un vasito de plástico apoyado sobre la silla adyacente, quizá porque le habían suministrado un calmante. Aunque supuse que ella también había regresado a 1995 a su manera. Y verme a mí terminó por provocarle un estallido de lágrimas.

No era el momento de decir nada. La abracé y nos quedamos así, sentados, entre lágrimas, un rato. Después hice lo que se esperaba de mí. Hablar de una esperanza incierta a la que debíamos asirnos con todas nuestras fuerzas. «Saldrá bien. La ciencia ha avanzado muchísimo. Está en las mejores manos. Confía. Confía».

O reza.

Le pregunté por Enrique y me dijo que ya estaba en el avión. Curiosamente, Orestes no se movía de allí. Quizá le pesaba el hecho de no haber podido trasladar a Denis cuando se lo pedí. O quizá, sencillamente, era un ser humano que sentía que, cuando las cosas se ponen gruesas, hay que arrimar el hombro. Sea o no sea tu trabajo.

Estuvimos allí cerca de una hora, sin noticias, hasta que al fin apareció un cirujano.

—La operación ha revelado que tiene una hemorragia interna muy grave. Solo puedo decirles que el pronóstico no es bueno. Pero estamos luchando con todos los medios. Por cierto, hemos encontrado algo en esa especie de chaleco que se había confeccionado.

Llevaba dos sobres en la mano.

—Estaban pegados con celo en las hombreras. Parecen dos cartas. Creo que son para ustedes.

Eran sobres color manila, tamaño carta, de los que distribuyen gratuitamente en las cárceles para la correspondencia. Estaban arrugados, pero no tenían rastros de sangre. En uno ponía «Para mi madre»; en otro, «Para mi tío, Aitor Orizaola».

Mónica las recogió sorprendida. Las miró… entre lágrimas.

—Denis sabía que le iban a atacar. ¿Cómo lo sabía?

—Yo se lo dije —respondí.

—¿Qué?

—He intentado por todos los medios que no sucediera, Mónica. Pero sabíamos que estaba en peligro. Teníamos gente dentro que posiblemente le salvó la primera vez.

—¿Por qué no me has hablado de esto, Aitor? —elevó la voz—. ¡Tenía derecho a saberlo!

—Quizá sí —dije—, pero Denis me pidió que no te lo contara.

Ella rompió a llorar. Intenté abrazarla, pero se removió. Me dio la carta dirigida a mí.

—Mónica…

—Ahora mismo necesito un poco de aire —dijo antes de marcharse por el pasillo. Pude oír sus gemidos mientras se alejaba.

Yo me quedé con la carta entre las manos. La tristeza de ese día no tenía final.

Orestes nos había escuchado en silencio.

—No tienes la culpa —dijo cuando estuvimos solos—. Yo habría hecho lo mismo.

—Gracias.

—Voy a por un café. —Se levantó de la silla—. ¿Quieres uno?

—Sí. Dame algo de tiempo, ¿vale? —Señalé la carta.

—Claro.

En cuanto Orestes salió de allí, rasgué el sobre. Dentro había un folio manuscrito. Me puse a leer.

Hola, tío:

Es de noche, más de la una y no puedo dormir, así que me he puesto a escribir. No podía dormir ayer, sin saber lo de que estoy amenazado… ¡pues imagínate hoy! Pero no te sientas culpable. Es mejor que me hayas avisado. Así, al menos, no tengo la sensación de estar loco. Desde que entré por la puerta de este lugar, el primer día, noté que me seguían muchas miradas. Susurros y risitas. Nunca he tenido tanto miedo, joder, nunca. Pensé que esa misma noche me violarían, o algo peor, para darme una especie de bautizo carcelario... ¿Sabes eso que dicen del tiempo, que se estira cuando lo estás pasando mal? La noche más larga de mi vida fue la primera que pasé en la celda. No dormí ni un minuto. Estaba aterrorizado, pensaba que me iba a dar un infarto en cualquier momento... Mi compañero me decía que me durmiera y dejara de dar vueltas. O de llorar. O de vomitar (dos veces). Al final, vino un guardia y me dijo que igual podían darme una pastilla. Y a las seis de la mañana, por fin, me dormí. Ese día me dieron cuartelillo. Me llevaron donde un médico que intentó animarme un poco.

No sé ni para qué te cuento todo esto. Bueno sí. Quiero dejar algunas cosas escritas. Para *ama* y también para ti.

Por si pasa lo que nadie quiere que pase.

Una vez, en Colombia, estaba nadando en una playa cuando vi emerger la aleta de un tiburón a unos treinta metros. Era muy tarde, estaba con otro surfer y me dijo que no me moviese. Que era un tiburón tigre y que nos atacaría si nos veía flaquear. Me dijo que ante un depredador no se debe huir, sino plantar cara. Bueno, no sé si el tío estaba loco o si tenía razón. El caso es que la aleta apareció otro par de veces, pero no se acercó. Y creo que estuvimos allí parados una media hora, quietos en el agua, cada uno guardando la espalda del otro para avisarle si veía la aleta emerger otra vez. Hasta que anocheció y nos pusimos a nadar como locos en aquella agua oscura, hasta la playa. Nunca he pasado tanto miedo como esa noche... Bueno, nunca... hasta que entré en esta cárcel.

Los días de la detención y del ingreso fueron como un huracán en el que yo estaba ciego, compadeciéndome por todo. Pero ahora lo veo todo más claro. Me han arrollado. Igual que aquel tipo que mató a vuestros padres. Todo esto ha sido un huracán salido de la nada. Y de alguna manera, todo es producto de mis propias decisiones. Como aquella noche en Colombia, si el tiburón nos llega a hacer pedazos. Yo me lo había buscado, ¿no? Lo que ha pasado ahora, con todo este asunto de la pistola y Arbeloa, en el fondo tiene mucho que ver con mi decisión de vivir solo en una mierda de cabaña frente al mar. Los tiburones vinieron a por mí y me encontraron. Y no pude defenderme porque estaba solo. Rompí con la chica con la que salía, Andrea, me aparté del mundo porque solo quería leer, viajar y escribir...

Para las personas complicadas, hallar tu sitio en el mundo es casi una misión imposible. Y desde luego, mi problema no era Palma de Mallorca, ni Bilbao, ni el pobre Enrique con todas sus buenas (y ortodoxas) intenciones, ni mi padre biológico (el que se largó), ni *ama*... Nadie tuvo la culpa de mi desasosiego, de mi insatisfacción permanente... Ni siquiera tú, tío.

Ama me dijo que te sentías un poco responsable por todo lo que ha pasado... Bueno, es cierto que hubo una época de mi vida en la que sentí que me abandonabas, es verdad. En su momento, estuve muy enfadado contigo. «¿Por qué no me adopta?», pensaba yo. «¿Para qué necesita otras hijas si ya me tiene a mí?».

Pero me he dado cuenta de que tú solo hiciste lo que debías y lo que podías. Y me diste algo muy grande, tío.

Los recuerdos más felices de mi infancia son a tu lado. Subido en tus hombros, comiendo palomitas en la cola del cine. Orgulloso, protegido y feliz. Cada instante de felicidad de un niño se convierte en un poco de serenidad para toda su vida. Y ese es un regalo que tú me diste. Y te lo agradezco de corazón.

Ya termino.

Tengo veintidós años y estoy escribiendo desde una cárcel donde mi vida tiene un precio. Y he descubierto que quiero ser escritor. Me encanta estar aquí sentado, pensando en voz alta, afilando frases y soñando despierto sobre un papel.

Y lo quiero hacer.

Quiero vivir. Quiero escribir. Y sobre todo, quiero seguir nadando en el mar por la noche y volver a pedirle a Andrea un cita (¡qué idiota fui dejando escapar a esa chica!). Quiero tomarme una birra contigo en el bar de la playa. Quiero seguir subido en tus hombros toda la vida, con el paquete de palomitas en la mano, y ver el mundo desde lo alto de la montaña más alta y más fuerte que jamás existió.

Aquel tiburón de Colombia no llegó a atacarme, pero aquí dentro tengo la certeza de que lo hará. Un tiburón está a punto de venir a por mí y tengo los puños cerrados, tío. Estoy esperando, preparado. Muerto de miedo, eso sí, pero con toda la intención de defenderme.

Te quiero mucho, tío.

Denis

Terminé de leer con la vista empañada. Menos mal que había una ventana por la que mirar, en la que ocultar mis lágrimas. Llegó Orestes con dos cafés. Supongo que se dio cuenta y volvió a marcharse.

—Voy a hacer una llamada.

Fue un día eterno, al que siguió una noche interminable. Enrique llegó a las diez de la noche y me alegré de verle. Mónica necesitaba a alguien a su lado, y yo no iba a poder estar allí. Además, seguía enfadada conmigo.

Pasaron las horas y por fin, a las dos y media de la madrugada, apareció el cirujano otra vez. Con una cara de profundo cansancio, nos comunicó que Denis había salido de la operación.

—Se encuentra estable, dentro de la gravedad —anunció—. Tiene varias lesiones internas que afectan al hígado… esas son las más peligrosas. Medio centímetro más y quizá no hubiera llegado al hospital, pero ese chaleco que se hizo… le ha dado una oportunidad.

Tanto Mónica como yo habíamos vivido una situación parecida con nuestra madre, hacía treinta años, cuando nos dieron un «pronóstico reservado».

Así que fuimos directos a la misma pregunta:

—¿Qué posibilidades tiene?

—Está muy grave —dijo el cirujano con severidad—. Todo depende de él y de su capacidad de recuperación. Pero hay que prepararse para todo.

Aquello fue un jarro de agua fría, claro, aunque curiosamente fue Enrique el que decidió tirar del carro del optimismo.

—El chaval lo superará —afirmó—. Es fuerte. ¡Y qué imaginación para hacerse un chaleco con revistas!

—Fue gracias a Aitor —intervino entonces Mónica—. Gracias a él pudo estar preparado.

Me cogió la mano y la apretó. Y le agradecí el gesto.

Después, preguntó si podía ver a su hijo.

—Esta noche solo puede entrar un familiar. Y solo un rato. Además, tendrán que hablar con los agentes que lo custodian.

No hubo discusión. Mónica se quedaría allí a pasar la noche y Enrique volvería al hotel. Al día siguiente le traería algunas cosas. Porque se preveía que la espera sería larga.

—Mónica, antes de que me vaya —le dije—. Hemos dado algunos pasos de gigante con nuestra investigación, pero necesitamos seguir avanzando con lo del vídeo...

—Todo está en mi habitación. Dile a Enrique que te lo pase...

Orestes se había marchado sobre las diez de la noche, de modo que salí con Enrique. Sabía que Olaia me estaba esperando en la cafetería, pero me sorprendió que también estuviera Andrea. Le había escrito esa tarde para informarle de la situación y, al parecer, había venido al hospital sin pensarlo.

Estaban las dos sentadas en una mesita junto al ventanal, aburridas. Andrea miraba su teléfono, Olaia leía una revista. Al vernos, se pusieron en pie como un resorte.

—Denis ha salido de la operación —dije—. Está inconsciente, pero está estable.

Andrea se llevó la mano a la boca, emocionada.

—¿Cómo de grave es? —preguntó Olaia.

—Bastante —dije yo—, pero confiamos en que se recuperará. Es joven y está fuerte.

Yo no tenía coche, ni Enrique, ni Andrea. De modo que Olaia dijo que nos haría de taxista a todos. Primero dejamos a Enrique en el hotel Abba. Después de explicar las cosas en la recepción, subimos juntos a la habitación de Mónica.

Mi hermana había montado una impresionante oficina de investigación en aquella suite doble. Había descolgado un cuadro y un espejo para invadir la pared con varios listados de talleres, pegados con chinchetas y organizados por grupos.

ZONA MUNGIA
ZONA URIBE KOSTA
GRAN BILBAO
RESTO DE BIZKAIA

Aquello daba una idea de la tenacidad con la que había encarado su tarea. Por ahora, había conseguido tachar casi todos los talleres de la ZONA MUNGIA, que ya era bastante.

—¿Qué coño es todo esto? —preguntó Enrique.

—Mónica te lo explicará —dije—. Ahora ayúdame a despegarlo todo.

Salí de allí y volví al coche, donde esperaban Andrea y Olaia.

—Yo vivo en Algorta —dijo Andrea.

—Allá que vamos.

En veinte minutos llegamos a un portal de la calle Sarrikobaso. Andrea se apeó, cansada, y dio las buenas noches, pero yo salí tras ella.

—Hey, Andrea. Solo una cosa más.

—¿Sí?

—Denis escribió una especie de mensaje, por si las cosas se torcían… como han terminado torciéndose.

—Ah.

—Solo quiero que sepas que te mencionaba. Se acordaba mucho de ti… y creo que, en fin, si todo va bien y consigue salir de esta, a él le encantaría volver a hablar contigo.

Andrea se tragó un sollozo.

—Gracias, Aitor. A mí también me gustaría volver a hablar con él.

La vi marchar, con los brazos entrecruzados, y pensé que quizá todo este horror podía servir para algo bueno. Ojalá.

Olaia me esperaba en el coche. Según me senté, me soltó un bonito beso en los labios.

—Gracias.

—¿Cómo estás?

—Mal. Asustado, principalmente. Ni me imagino la pesadilla que debe de estar viviendo Mónica...

—¿Crees que hay posibilidades?

—Por la cara del cirujano, no demasiadas. Pero la esperanza, ya sabes...

—El abogado me dijo que habían cogido al tipo que lo hizo —dijo entonces Olaia.

Orestes había hecho de cadena de transmisión de las pesquisas que los funcionarios de Basauri habían llevado a cabo. Los agresores eran dos latinos que cumplían condena por doble homicidio.

—No tenían nada que perder. Iban a salir con sesenta años. Ahora saldrán con setenta.

Al parecer, un grupo de presos (imaginé que la gente de Karim) se lanzó a ayudar a Denis, pero fue demasiado tarde. Los latinos habían conseguido emboscarle en un recodo del pasillo.

—¿Karim? ¿El famoso Karim? —preguntó Olaia cuando le mencioné al viejo contrabandista.

—Sí.

Olaia tomó una de las rotondas que salían de Algorta y vi

que se dirigía a Berango, pero yo tenía otros planes para esa noche.

—Espera. ¿Puedes llevarme a otro sitio?

—¿Ahora?

—Tengo que coger mi coche y un par de cosas de mi piso. Ropa… también algo de la caja fuerte. Me dijiste que conocías a Iratxe Castro, ¿verdad?

—Sí.

—Creo que ha llegado el momento de hablar con ella. Tengo que ir a por todas. Le voy a mostrar las grabaciones.

Olaia terminó de dar la vuelta en completo silencio.

—¿Puedo intentar convencerte para que te lo pienses un poco?

—¿El qué? Mira lo que ha pasado por andarme con rodeos… Denis está con un pie en la tumba.

—Entiendo que estés lleno de rabia en este momento, pero todavía queda camino, Ori. Lo has hecho bien hasta ahora. Joder, lo que has conseguido es bestial… no lo tires todo a la basura. Sabes que nos falta una prueba sólida para que esto pueda reactivarse.

—¿Y si nunca damos con el vídeo? ¿O si llegamos tarde? Encontraron a Arbeloa, a Denis… ¿qué nos hace pensar que la rubita del Fiat 500 no es un fiambre desde hace días?

—Es lo único que nos queda, Aitor. Esperar que esa chica siga viva, en alguna parte.

«Y que no haya borrado el vídeo», pensé yo.

No sé qué hubiera sido de mí esa noche sin Olaia. De madrugada, cuando, después del shock inicial, las ideas se fueron aclarando, una rabia desmesurada comenzó a crecer dentro de mí. Tuve un sueño terrible en el que veía a Denis apuñalado en un charco de sangre, llorando y aullando de dolor hasta que moría. Mónica me gritaba que todo era culpa mía por tener tanto miedo. Por andarme con tantas cautelas.

Me desperté sobresaltado. Olaia se había dormido abrazada a mí y murmuró algo en sueños —«*Aita... aita*», gimoteaba como una niña pequeña—, y pensé que seguramente estaba teniendo otra pesadilla sobre el divorcio de sus padres. Después volvió a quedarse dormida. Le aparté el brazo con cuidado y me levanté. Sentía que necesitaba salir de allí. Abrí la puerta del jardín y caminé descalzo sobre aquella hierba fría.

Notaba una tensión terrible en todo el cuerpo. Estaba revuelto, a punto de estallar... tenía ganas de gritar, pegarle a alguien, matar... como un hombre lobo poseído por la luna llena.

Me acerqué al límite del jardín y me vino todo de golpe. El rostro de Denis la última vez que lo vi en La Triangu, con Andrea agarrada a su brazo, feliz, exultante... Y después, por alguna razón, pensé también en mis chicas. Mis pequeñas Sara e Irati, que se iban alejando de mi vida, que se irían olvidando de mí.

«No he sabido cuidarte, no he sabido cuidar a nadie en mi vida».

Y por fin, después de muchas horas necesitándolo, rompí a llorar desconsoladamente, agarrado a las ramas de un arbolito que se había convertido en mi confesor.

Cuando por fin conseguí sobreponerme, entré en la casa a buscar un pañuelo. Olaia estaba sentada en la cama.

—No quería despertarte —le dije.

—No importa. ¿Cómo estás?

—He soltado bastante ahí fuera. ¿Me has oído?

—Había algo de brisa... pero me ha parecido oírte, sí. ¿Te ha sentado bien?

—Lo necesitaba... pero sigo estando revuelto. He roto una rama de tu árbol. Perdona... pero es que estoy encendido.

—Es normal.

—Hace unos meses, unos tíos entraron en mi casa, la destrozaron y me dejaron medio muerto... pero no sentí lo que siento ahora. ¿Por qué?

—Quizá porque te cargaste a esos tíos. Fue un empate.

Me quedé callado, pensándolo. Tenía razón.

—Tengo que empatar, Olaia. Tengo que hacer algo. Y no puedo esperar más.

Era una locura, pero en aquel minuto de mi vida, secuestrar y torturar a Barrueta era una posibilidad tan real como el aire que respiraba. Conocía su dirección. Podía ir a por él, pillarlo por sorpresa. El maletero de mi coche era lo bastante grande para meterlo dentro. Lo llevaría a algún sitio solitario y... le retorcería el cuello hasta que soltase todo de una maldita vez. Lo de Denis y, ya de paso, lo de Jokin. Y quizá, cuando lo tuviese todo, le metiese un tiro entre ceja y ceja? ¿Había venido a por mi familia? Bueno... pues ahora vería con quién se la estaba jugando.

«No digas idioteces. Respira hondo».

Me acerqué a la cama y me senté a su lado.

—Llevo mucho tiempo solo, Olaia, y tengo ideas de hombre solitario.

Ella me acarició la espalda.

—Ve a hablar con Castro —dijo—. Lo he pensado y no tiene por qué ser tan malo. Mientras no menciones nada sobre tus estratagemas con Zubiaurre, solo corres el riesgo de que te dé una patada en el culo.

Yo le cogí la mano y se la besé.

—Gracias, tía. No sé qué sería de mí ahora mismo si estuviera solo.

«Bueno, sí, quizá estaría esperando a que Barrueta saliera de casa, con unas cuerdas y una porra extensible».

Ella levantó la sábana.

—Anda, ven a la cama. Tienes que descansar. Y yo me estoy acostumbrando a tener un oso gigante al lado.

32

No fue nada fácil hablar con la jueza Castro, aunque tampoco era de extrañar. El mundo de los jueces y los polis se rige por reglas extrañas y las relaciones personales, a veces, son muy importantes.

Si aquel caso hubiera estado en otras manos, cercanas, conocidas —como las de Santiago López de Ayala, del juzgado de Gernika— podría haberme acercado mucho antes a los juzgados... hablarle de mis intuiciones, de mis sospechas, y salir de allí con alguna orden. Es una relación de confianza que solo se consigue con muchos años no cagándola.

Pero Iratxe Castro me quedaba lejos, casi en otra galaxia. Además, tenía fama de hueso. Una jueza hecha a sí misma, que no arriesgaba por nada ni por nadie y solo avanzaba «por el libro», como suele decirse. A eso se sumaba que yo era sujeto de una investigación que ella misma había ordenado. De modo que le dije a Olaia que no quemase sus naves... Le pedí el teléfono del despacho de la jueza y le dije que me dejase solo. Lo mejor sería ir de cara.

La mañana siguiente al ataque a Denis llamé un total de

cinco veces, pero solo logré hablar con su secretaria. «La jueza Castro está ocupada. ¿Que cuándo podría verle? Tendría que mirar su agenda, pero la tiene bastante completa. Puede dejarle un mensaje, si quiere. Yo se lo entregaré en persona».

Tampoco hacía falta ser muy avispado para darse cuenta de que la jueza me daba largas. No quería una situación incómoda: establecer relaciones con alguien a quien podría acabar juzgando, incluso sentenciando, en un futuro no muy lejano. Pero dejar un mensaje no era una opción. Así que tuve pasar al plan B (de Burro).

Era un lunes gris y lluvioso en Bilbao y yo estaba apostado en las inmediaciones del juzgado a la hora del almuerzo. Olaia me había asegurado que Iratxe solía quedarse a comer por la zona.

Tardó en aparecer, eran casi las tres. La vi salir envuelta en una gabardina, con el pelo recogido y unas amplias gafas que le sentaban bien. Una mujer esbelta, con un cabello bastante bonito y una expresión severa en el rostro.

Cruzó Colón de Larreátegui mirando su iPhone, veloz y directa al restaurante Txomin II, uno de los preferidos de los funcionarios del juzgado. Yo sabía que acercarse así podía tener consecuencias desastrosas, pero ese día todo me importaba un pito. Si tenía que elegir una forma de suicidarme, aquella era la mejor. Así que lo hice.

La jueza iba sola, lo cual mejoraba mis posibilidades. Saludó a un camarero, que le señaló una mesa junto a la ventana. Yo me había quedado en la calle y entré un minuto más tarde.

—¿Para uno, señor?

El camarero me recorrió con la mirada. Vale, no estaba en mi mejor momento, pero me llegaba para pagarme un maldito menú del día. Me puse el teléfono en la oreja, tratando de taparme la cara. El camarero, quizá por ocultarme un poco, me llevó a una mesa junto a la puerta de los servicios, ideal para observar a Iratxe Castro sin ser visto.

Me senté, miré la carta y elegí muy rápido. De primero, crema de setas y centollo. De segundo, *cordon bleu* de ternera. Y una copa de rioja. Así se podía trabajar.

El camarero cogió la comanda a Iratxe y después a mí. Ella estaba ocupada en una llamada, mirando por la ventana mientras hablaba. Yo me entretuve con el móvil un rato. Mónica había enviado un mensaje para decir que «Denis ha pasado buena noche», pero que seguía inconsciente. Enrique estaba en el hospital con ella.

«No te preocupes por nada. Tú a lo tuyo, ya sabes…».

Dejé pasar los minutos. Llegaron nuestros primeros y me sincronicé para comer a la vez que ella. Pero no podía jugármela a que la jueza se levantara antes de tiempo. Así que, en cuanto «terminamos» el primero, me bebí el vino de un trago y fui a por ella.

Me levanté. Me aproximé a su mesa y me quedé quieto, esperando a que ella notase mi presencia.

—¿Iratxe Castro?

—¿Sí? —Levantó la mirada muy despacio.

—Disculpe que me acerque de esta forma, pero llevo intentando hablar con usted toda la mañana. Soy Aitor Orizaola.

Se le torció el gesto. Miró hacia los lados. Me imaginé que estaba a punto de llamar al camarero.

—Espere. Siento muchísimo molestarla así, pero tengo una información que podría ser vital. Como sabe, mi sobrino fue atacado ayer en Basauri. Está en Basurto.

La miré a los ojos porque solo me quedaba eso. Que aquella mujer leyese mi determinación. A veces, todo depende de una mirada o un gesto. Suficiente para convencer a alguien de que te escuche… o llame a la policía y te saquen de allí con las manos en la espalda.

Iratxe se limpió con la servilleta.

—Mire, todavía tiene usted un resquicio de buena reputación. Así que, por esta vez, le voy a pasar esta torpeza.

Después miró el reloj.

—Tiene quince minutos. —Señaló la silla de enfrente.

—Más que suficiente —le agradecí, tomando asiento.

Ella cogió el tenedor y trinchó el último trozo de alcachofa frita que quedaba en su plato.

—¿Cómo está Denis? —preguntó.

—Grave. Lo apuñalaron, como sabe.

—Lo siento mucho.

—No era la primera intentona. Y quizá eso sea lo primero que debe usted saber. Que Denis estaba sentenciado desde que entró por la puerta de Basauri. Alguien ha puesto precio a su cabeza.

—¿Alguien?

«Tienes quince minutos, Ori», pensé. «Pero esta mujer es jueza. Elige tus palabras con cuidado».

—Sé que no estoy en la mejor posición para convencerla de nada, señora. Y tampoco tengo ninguna prueba. Pero tengo una nariz privilegiada. Y desde el primer minuto, esto me ha olido a podrido.

Llegó el camarero con el segundo plato de la jueza (lubina) y me preguntó si quería que me sirviesen allí.

Yo no dije nada, solo miré a Iratxe. La decisión era suya.

—Sí —dijo—, tráigalo aquí.

El camarero se marchó.

—Está usted consumiendo su tiempo, Orizaola —dijo mientras cogía el tenedor y trinchaba un trozo de la lubina.

—De acuerdo. No me andaré con rodeos. Elixabete San Juan. Conoce el caso, ¿verdad?

La lubina se detuvo antes de entrar en su boca.

—¿Qué tiene eso que ver con su sobrino?

—Espere. Otro nombre: Jokin Txakartegi. Un agente de la comisaría de Getxo que se suicidó. ¿Le conocía?

La jueza me miró con un gesto a medio camino entre la sorpresa y el enfado. Básicamente tenía menos de diez segundos para explicar a qué demonios venía todo ese baile de máscaras.

—¿Qué pensaría si le dijese que esas dos muertes están relacionadas? Y aún más: que son la clave del asesinato de José Luis Arbeloa y de la falsa incriminación de mi sobrino.

Iratxe Castro cogió su copa de vino blanco y le dio un largo sorbo.

—Pensaría que le quedan diez minutos. Y veo cada vez más complicado que le dé tiempo a explicar semejante galimatías.

Hice el mejor resumen que he hecho en mi vida. Aunque es cierto que Iratxe Castro comió despacio, como para darme margen; no hizo un solo comentario y mi *cordon bleu* se fue enfriando en el plato mientras le hablaba del accidente en lo alto de la montaña y de cómo Denis reconoció a Elixabete como una de las mujeres que estaba allí esa noche.

Después pasé a hablarle de la conexión que habíamos logrado establecer entre Jokin y Elixabete. De los archivos borrados en el ordenador de Jokin, de su extraño viaje a Ginebra, que previsiblemente hizo con su compañero en el caso De Smet, Néstor Barrueta...

Por supuesto, no mencioné mis grabaciones en la casa de

Zubiaurre. Eso solo serviría para echar por tierra el resto del trabajo.

—Mi teoría me lleva a que si investiga usted el teléfono de Barrueta, debería encontrar llamadas o mensajes de audio de Íñigo Zubiaurre. Y también de alguien perteneciente al clan de los Gatarabazter. Además, si lograse elevar una orden de auditoría fiscal en Suiza...

Iratxe Castro levantó la mano.

—Orizaola, hasta aquí.

—Perdone.

—Mire, tengo solo dos minutos y espero que sean suficientes para responderle. He leído su ficha. Tiene usted casi treinta años de experiencia en el cuerpo y una buena hoja de servicios. Un pequeño traspiés con aquel explosivo, pero hasta los mejores policías tienen alguna mancha en su historial.

Asentí con la cabeza. ¿Adónde quería ir a parar?

—También he leído su informe psiquiátrico.

—No estoy loco.

—Déjeme acabar.

—Perdón.

—Usted me asalta en un restaurante y me cuenta una historia digna de una novela de aeropuerto. Familias poderosas, policías corruptos y cuatro asesinatos cuyo motivo sigue sin tener usted del todo claro. Y la única conexión es una mujer que el sobrino de usted afirma que reconoció en plena noche, después de hablar con ella dos minutos. ¿Qué quiere que haga con todo esto? Viene usted sin una sola prueba.

—Hay una prueba: un vídeo que demuestra que Elixabete iba montada en un coche de la familia Gatarabazter aquella noche.

—Bueno... eso es otra cosa —dijo la jueza—. ¿Dónde está?

Inspiré hondo.

—Por ahora no hemos conseguido encontrarlo. Pero ¿y el resto? Ordene un requerimiento de las cuentas de Barrueta. Investíguele y verá que salen pañuelos de colores.

—Esto es una democracia, señor Orizaola. No investigamos a ningún ciudadano sin un fundamento claro. Me parece increíble tener que explicárselo a un agente de la autoridad.

Lanzó la servilleta sobre la mesa. Se puso en pie. Yo hice un amago…

—Por favor, no haga la tontería de seguirme —dijo—, o me veré obligada a estropearle el día. Creo que su sobrino y su hermana le necesitan ahora más que nunca, ¿cierto?

—Piénselo, se lo ruego.

—Le he dado mi tiempo, Orizaola. Pero sin una sola prueba, no hay más que hacer.

—¿Y si consigo la prueba?

Castro sacó una pequeña tarjeta de visita.

—Ahí está mi email. Consígalo y lo miraré. Es lo máximo que puedo ofrecerle.

Dicho esto, salió de allí y yo me quedé en aquella mesa, solo, con el plato de *cordon bleu* frío y la sensación de haber hundido unos cuantos centímetros más mi carrera.

—¿Qué tal ha ido? —preguntó Olaia.

El comedor estaba ya prácticamente vacío cuando terminé de comer y la llamé.

—Digamos que no me ha echado a patadas. Me ha escuchado. Pero lo cierto es que no tenemos nada. Quiere una prueba.

—Vale. Pues termina con lo que estés haciendo y ven a

casa. Se me ha ocurrido algo que podría mejorar nuestras posibilidades con el taller.

Si algo tenía ese chalet adosado en Kurtze era espacio. Quizá incluso demasiado para una mujer soltera, pero Olaia me contó que, durante la pandemia, en esos terribles días de encierro, decidió que nunca más volvería a sentirse metida en una caja de zapatos. Encontró aquella oportunidad en un portal inmobiliario y fue a verlo una tarde que ni siquiera se podía salir de casa (solo con un permiso firmado por la agencia).

—Cuando vi este jardín y este trozo de horizonte y mar... no negocié ni un euro —me había contado esa mañana, durante el desayuno—. Tampoco es que tuviese todo el dinero, pero mis padres me prestaron la entrada... y ahora solo espero que el euríbor deje de subir algún día.

Olaia había organizado su casa en varios espacios. La planta baja era una pieza diáfana, ocupada por salón, comedor y cocina. El dormitorio principal también estaba en la planta baja («No quiero tener que subir mil escaleras al año porque se me ha olvidado algo en el cuarto») y en él había hueco para un baño *en suite*. Debajo de un bonito tragaluz, había instalado una preciosa bañera Findlay que ese día había llenado de espuma y agua caliente.

—Anda, quítate la ropa. Creo que lo necesitas.

—Pero lo de los coches...

—Lo primero es lo primero, campeón. No has dormido nada y no se puede resolver ningún enigma con esa cara que traes.

Bueno. Yo soy un mandado. Me quité la ropa y me sumergí... Pensé que Olaia me dejaría allí solo, pero entonces ella también se empezó a quitar la ropa y me pidió que le hiciese un hueco.

—¿No tienes que ir al trabajo? —bromeé.

—Me he pedido vacaciones. Y pienso exprimirlas a tope.

Su cuerpo era especialmente ligero bajo el agua. Y con todo aquel jabón resbalábamos de maravilla. Así que nos lo pasamos bien un rato, jugando a Sirenas y Tritones. Y después Olaia se dio una ducha y me dejó allí, adormilado.

Me despertó el agua fría. La siesta había surtido un efecto magnífico.

—¿Olaia? —la llamé según salía del baño con un albornoz quizá demasiado pequeño.

—Arriba —la oí decir desde lo alto de las escaleras—, en la oficina.

Subí las bonitas escaleras de madera de roble, junto a las que discurría una suerte de estantería de yeso con adornos exóticos, como un juego de tazas de té chino, o un elefante nepalí cosido a mano. También vi una foto de los padres de Olaia (imaginé que eran ellos), con ella, la hija única, el día de su promoción en Arkaute. «Una familia feliz que se está desmoronando», pensé.

La planta superior de la casita albergaba tres habitaciones más. Una estaba reservada a los invitados, la otra alojaba una de esas cintas de correr ultramodernas con inclinación, música y una pantalla para navegar por internet mientras quemas calorías. Además de eso, un banco de ejercicios y algunas pesas.

En la última habitación, la que tenía las mejores vistas, Olaia había instalado su despacho. La encontré allí, enfundada en un pijama blanco y sentada a lo indio en una cómoda silla de *gamer*. Miraba algo en la doble pantalla de ordenador, que ocupaba gran parte de una amplia mesa de trabajo.

—Pasa y ven a sentarte.

Había una silla, pero estaba llena de cosas. Un ordenador portátil, cables, un pequeño estuche con aparatos de escucha.

—¡Ah! Quítalo todo y ponlo en el suelo.

Lo hice y me acerqué a la mesa. Allí estaban los listados que Mónica había elaborado los días anteriores. Olaia había ido tachando sus avances con un subrayado de color rosa. Me sorprendió la cantidad de talleres que había logrado eliminar en una sola mañana.

—Me he identificado como policía y eso agiliza mucho las cosas.

—¿Qué has encontrado?

—Nada, aunque puede que esté a punto. He seguido una idea que me ha dado uno de los mecánicos. Ya sabes, hay mucha gente a la que le encanta ayudar.

—¿Qué te ha dicho?

—Bueno, uno de estos mecánicos me ha preguntado qué estaba buscando exactamente. Se lo expliqué: un Fiat 500 que tuvo que reparar un espejo retrovisor la última semana. Entonces el chico me ha sugerido una forma más rápida de hacerlo: seguir el repuesto.

—¿El repuesto?

—Eso es. Solo en Bizkaia hay casi ochocientos garajes (en toda la comunidad son cerca de dos mil), pero a todos ellos les suministran las piezas un reducido grupo de empresas; las casas oficiales (Fiat en nuestro caso), los desguaces y los proveedores de piezas pirata. Para la zona norte, no suman más que veinte números de teléfono. Así que les he llamado.

—Eres una genia. ¿Y?

Me señaló la pantalla, donde había una hoja de cálculo.

—He juntado todos los pedidos de espejos compatibles

con un Fiat 500 beige desde el jueves 12 de mayo hasta hoy. Da la casualidad de que el Fiat 500 es un coche muy cuco y la pieza es bastante exclusiva. ¿Adivinas cuántas se han pedido, en todos los proveedores, en esas fechas?

—Sorpréndeme.

—Solo cuatro.

—Joder, Olaia, eres la mejor.

—Eso ya lo sé. Vamos, coge el teléfono, te dejo elegir dos. Yo llamaré a los otros dos.

—¿Hay alguno cercano al lugar del accidente?

—Solo uno. En Urduliz. —Olaia lo había redondeado en las listas de Mónica—. Pero, al parecer, tu hermana ya ha llamado y lo descartó.

—Déjamelo a mí.

Eran todavía las cinco de la tarde y los talleres estaban abiertos. Cada uno en una punta del despacho, hicimos dos llamadas en paralelo. A Urduliz y Mungia. El mío se llamaba Talleres San Roquetxu.

—Se trata de una denuncia tramitada en la comisaría de Getxo... —dije mirando a Olaia, que me guiñó un ojo. Era ella la que me había sugerido arrancar así—. Buscamos al dueño de un Fiat 500 color beige que recientemente ha arreglado un espejo retrovisor del lado del conductor...

En mi teléfono se hizo un extraño silencio.

—¿Oiga? ¿Sigue ahí?

—Sí... sí...

Era un hombre mayor, eso se podía adivinar por su voz.

—Entonces ¿qué me dice?

—Bueno... sí... Aquí vino una chica con un Fiat 500. Hará dos semanas ya.

—¿Cómo era? ¿Puede describirla?

—Nerviosa —dijo riéndose—. La verdad es que tenía pinta de lianta.

—¿Y físicamente?

—Bueno, muy guapa, si le soy sincero. Y muy simpática también, qué demonios. Era una de esas clientas agradables que le alegran a uno la tarde.

—¿Me la puede describir un poco? Color de pelo, de ojos.

—Rubia. Una melena rubia como el oro… y unos preciosos ojos verdes… creo que se llamaba Judit… o algo así.

Levanté la mano y le hice un gesto a Olaia, que asintió en silencio.

«Bingo», pensé. «Lo tengo».

—Perfecto. Puede ser la que buscamos. ¿Tiene la matrícula del coche?

—Esas cosas las lleva Hermi, pero se ha ido a casa ya.

—¿Hermi?

—Herminia, mi señora.

—Oiga, es bastante urgente. ¿No puede pedirle que vaya un segundo al taller? Nosotros podemos estar allí en…

Olaia, que acababa de colgar y ya estaba atenta a mi llamada, me hizo un gesto: tres palmas abiertas.

—Quince minutos. Su dirección es camino de San Roquetxu, 10, ¿verdad?

—Aquí estamos desde 1989, sí. En fin… Llamaré a Hermi, aunque no le va a hacer mucha gracia. Creo que tenía partida de brisca.

—Escuche, esto es crucial. Y apenas le llevará un minuto. Estamos saliendo para allá.

33

No fueron quince sino veinte minutos los que tardamos en encontrar el Taller San Roquetxu, un pequeño negocio semiescondido a las afueras de Urduliz, en pleno campo. Era una nave de una sola planta, con un buen espacio frontal lleno de coches y una grúa de servicio. Al lado había una casita de campo que podría ser la vivienda familiar.

Entramos. El taller contaba con todas las decoraciones habituales de un negocio de estas características: una foto de la alineación del Athletic, un calendario de neumáticos Michelin y un par de pósteres de chicas en biquini que habían perdido bastante color desde 1989.

Nuestro hombre se llamaba Román Etxeita, un señor alto, de pelo canoso y ojos achinados que vestía un mono de color mahón lleno de manchas de grasa. Lo encontramos con medio cuerpo metido en el motor de una furgoneta.

—¿Son los de la Ertzaintza? Ah... Ya ha venido Hermi y está mirándoles eso. —Señaló una oficinita al fondo, donde se veía a una mujer esmerándose en un archivo de recibos y con bastante mala cara.

—Ya voy yo —dijo Olaia.

Yo me quedé con Román. Era el clásico esquema de la visita policial. Separar y preguntar.

—Oiga, ¿no le llamaron hace unos días para preguntar por esto mismo? Una mujer...

—Sí... —admitió el hombre—. Pero claro, no era la policía. Pensé que era alguien que quería meter a la chica en un lío. Y bueno, me había caído bien, ¿eh?

Me entraron ganas de ponerle a caldo. Si hubiese hablado con Mónica, quizá ya estaríamos en marcha.

—Cuénteme lo que recuerde de esa chica.

—Apareció por aquí sobre las once de la mañana. Creo que era un viernes.

—¿El 13 de mayo?

—Eso lo podremos ver en la orden de trabajo. El caso es que venía con el retrovisor del lado del conductor colgando. Me dijo que se llamaba Judit y que venía de parte de Marco.

—¿Marco?

—El de la pizzería. Me trae sus motos de reparto y se las hago bastante rápido. Claro, que él no puede prescindir de las motos, porque aquí casi todo el mundo pide a domicilio. Pero esa semana estaba cargadísimo de trabajo.

—Oiga, espere un segundo. Volvamos a la chica.

—Es lo que le decía. La chica vino con las clásicas prisas. Dijo que necesitaba el espejo arreglado para el día siguiente. Y yo le dije que eso era imposible. Entonces se echó a llorar.

—¿A llorar?

—Lo que oye. De pronto se pone como una magdalena, toda desconsolada, y empieza a decir que se iba a comer un marrón, que era una desgraciada, que esto, que lo otro... Y tuvo suerte de que estuviera yo solo en el taller. Herminia es más dura, la hubiese mandado al cuerno. Pero yo le dije que pasase y que se sentase un segundo. Le di unos clínex...

En ese momento aparecieron Olaia y Herminia desde el fondo del taller. Olaia venía con un papelito azul en la mano.

—Tenemos la matrícula —afirmó.

—Gracias —dije, dirigiéndome a la señora—, y perdón por las prisas.

—De nada. Y ya se lo he dicho a su compañera: a ver cuándo se pasan una noche por aquí para detener a los gamberros que hacen trompos en esa rotonda...

—Haremos lo posible, señora —respondió Olaia.

Herminia salió con prisas hacia su partida de brisca, pero yo le hice un gesto a Olaia para que esperásemos. Me había quedado en la mitad de la historia de Judit.

—Me decía que Judit estaba llorando y que usted le dio unos clínex.

—Sí... y se tranquilizó un poco. Me contó que el coche no era suyo. Que era de una amiga y que en realidad ella no debería estar conduciéndolo.

Olaia y yo intercambiamos una rápida mirada.

—¿De una amiga?

—Eso es. Ella estaba pasando unos días en la casa de esta amiga y al parecer cogió el coche para venir al pueblo a cenar. Yo creo que la amiga no se lo había dejado. Pero en fin... Entonces, de regreso, se había dado un golpetazo con alguien... Me contó que el otro tipo no quiso hacer el parte amistoso. Y que ahora ella se encontraba en un aprieto... porque se marchaba a otra parte ese fin de semana y no quería dejar el coche sin arreglar.

Vale. Otra vuelta de tuerca más. No buscábamos a la «dueña» del coche, sino a su «amiga».

—¿Le dijo adónde se marchaba?

—No.

Casi a la vez, vi que Olaia escudriñaba el pequeño recibo azul que Herminia le había sacado del archivo.

—No consta el apellido. Solo Judit y la matrícula. ¿Y el teléfono?

—Si no está ahí, quizá lo dejé en el parabrisas del coche. A veces lo hago.

—Supongo que la llamaría para avisarla. Tendrá el teléfono en el móvil.

—No —respondió Román—. Las llamadas del taller las hacemos desde el fijo de la oficina.

«Nota mental 1: pedir un listado de llamadas a la operadora».

«Nota mental 2: ¿con qué orden judicial?».

—¿Pagó con tarjeta? —pregunté entonces.

—Eso lo pone en el recibo.

—«Metálico» —leyó Olaia.

—Joder.

Nos volvimos a mirar. Aquello se empezaba a complicar. Sin el apellido, ni el teléfono... solo nos quedaba confiar en que la amiga de Judit nos ayudase a localizarla.

—Bueno —dije—. ¿Qué pasó entonces? Lo arregló y la chica vino a recogerlo, imagino.

—Claro. En realidad, solo era pedir la pieza y ponerla. Esa misma tarde la pedí urgente. Al día siguiente la recibí al mediodía y se la coloqué. La chica vino en un taxi y se llevó el coche después de darme las gracias mil veces.

—¿Le contó algo más? ¿De dónde era? ¿A qué se dedicaba?

Román se rascó un poco la barbilla tratando de recordar.

—Me dijo que le gustaba venir «al norte». Que le encantaba el verde, y dormir sin calor por las noches.

—O sea que era del centro o del sur del país —dijo Olaia—. ¿Tenía algún acento?

—No… Pero se notaba que no era de aquí.

—¿En qué?

—La ropa. La forma de ser… era muy… bueno… digamos que hacía que un mecánico de sesenta y cinco años soñase un poco.

—¿Sensual? —dijo Olaia.

—Esa es la palabra.

—Una última pregunta, Román. ¿Ha venido alguien más por aquí haciendo estas mismas preguntas?

El mecánico negó con la cabeza.

—Solo aquella mujer que llamó la semana pasada.

—O sea que las de «aquí» no somos sensuales. Tócate los pies —dijo Olaia según salíamos del taller.

—No te ofendas, date cuenta de que lleva toda la vida con Herminia.

Llegábamos en ese momento al coche.

—Siguiente paso: Tráfico, ¿no?

—No es necesario —le dije a Olaia—. Hice los deberes con un contacto que tengo en Tráfico. Me pasó un listado de Fiat 500, con sus matrículas y los datos del titular. Está en mi teléfono.

Era un PDF bastante extenso y Olaia me enseñó a realizar una búsqueda en todo el documento. No tardamos en encontrar el bueno. En la columna de al lado aparecieron el nombre y los datos de la titular:

ERIKA PAZ AGUIRRE SOLOZÁBAL
Calle Irketa, 19, Elizalde

—La tenemos.

—¿Hay teléfono?

—Dos, uno fijo y un móvil.

—Dale.

Llamamos al móvil: daba desconectado o fuera de cobertura. Eso nos llevó a probar con el fijo. Aquí sonaron unos cuantos tonos hasta que saltó un contestador, a la vieja usanza.

«Hola, soy Erika. No estoy en casa, posiblemente estaré volando, pero oiré el mensaje en algún momento. ¡Gracias!».

—Volando —dije—. ¿Azafata?

—O piloto. —Olaia me miró con ojos de «no seas hombre de las cavernas»—. En cualquier caso, puede que esté en un avión. O quizá durmiendo entre vuelos. ¿Qué hacemos? ¿Echamos un vistazo?

—No perdemos nada, ¿no? Además, quiero hacer un pequeño experimento de camino.

Introduje la dirección en el GPS, que dibujó una ruta a través del Mungialde hasta un lugar perdido en la nada, cerca de Gatika.

—Elizalde. No me suena de nada.

—Creo que es uno de esos barrios donde han construido chalets como setas.

Olaia conducía y miré el mapa otra vez.

—Cuando te avise, vamos a tomar un desvío, ¿vale?

—¿Por?

—Estoy intentando comprender qué hacía Judit, una tía que ni siquiera es de por aquí, en esa carreterilla cerca de la casa de los Gatarabazter… y tengo una teoría.

Llegamos al punto exacto del GPS. A la derecha comenzaba una carreterilla que era casi una broma de mal gusto.

—Para —le dije a Olaia—. Tiene que ser por aquí.

—¿Que se metió por aquí? ¿Por qué?

—Mira. —Señalé a unos ochocientos metros—. El cruce de Dobaran. ¿Qué suele pasar ahí?

Olaia tardó un poco en darse cuenta.

—Controles de alcoholemia.

—Exacto.

En esas zonas tan dispersas se habían intensificado los controles, principalmente por la cantidad de locuras que hace el personal y la presencia de algunas macrodiscotecas. Y Dobaran es casi una plaza fija de los de alcoholemia.

—Te apuesto lo que quieras a que si llamamos a Tráfico y preguntamos, nos dicen que la noche del 12 había un control.

—Y Judit había bebido, ¿eso quieres decir?

—Román nos ha contado que esa noche venía de Urduliz. Según Denis, había bebido. Quizá alguien la avisó del control, o quizá simplemente vio las luces azules parpadeando en la noche. En cualquier caso, giró y se metió por este caminito. Después, el GPS le recalcularía la ruta. Veamos por dónde la llevó. Tengo un pálpito con eso.

Olaia siguió conduciendo por la estrecha carretera que parecía más bien un acceso vecinal. El GPS nos insistió en que diésemos la vuelta y volviésemos a la general, pero no lo hicimos, claro. Al cabo de un kilómetro el GPS se rindió y recalculó la ruta. Un nuevo mapa se dibujó en la pantalla del móvil. El trayecto nos llevaba montaña arriba siguiendo aquel caminito... Y terminaba conectando con la R-240.

—Esto empieza a sonarme —le dije a Olaia.

Al cabo de quince minutos llegamos a ese cruce de carreteras donde estaba el bar con el cartel de Fanta, y donde había visto aparcado el autobús de los peregrinos de la Virgen milagrosa.

Con un escalofrío, observé el sendero que subía hacia la casa de los Gatarabazter.

—Este es el punto en el que empezó todo. —Señalé con un gesto la pantalla del GPS—. Y mira lo que hace este: en vez de llevarnos por la R-240, nos indica que giremos...

—Aunque sería mucho más fácil seguir la R-240 —dijo Olaia—. Solo es un pequeño atajo.

—Es algo típico de estos cacharros. Calculan la ruta más corta sin tener en cuenta que a veces te meten por carreterillas de mierda. Y si Judit no era de la zona, le fue imposible advertir que se estaba metiendo por un camino de cabras.

—Joder, Ori. Estás en forma...

Seguimos la ruta y pasamos junto a la ermita de la Virgen, el lugar del accidente. Un tramo estrecho donde dos coches pasaban rozando... a menos que circularan demasiado rápido, en plena noche...

Desde ese punto solo quedaba descender la montaña. El GPS nos reincorporó a la R-240 y desde allí, continuamos hacia el oeste.

Eran las seis y media cuando por fin llegamos al barrio de Elizalde, que no era más que un racimo de casas alrededor de una iglesia y un asador. Pasado el pueblo, después de un par de curvas, apareció un terreno algo elevado en el que vimos los tejados de algunos chalets. Era un complejo de construcciones modernas, chalets individuales con jardín y cercados con altos setos. Pudimos ver uno, de una sola planta, con placas solares en el tejado y, más que posiblemente, equipado con todas las nuevas tecnologías.

La casa de Erika era el número 19. Pasamos junto a su portón de entrada, de metal negro, con un videoportero bastante nuevo. El perímetro de su jardín estaba protegido con una verja alta y reforzado con un seto de coníferas. No había manera de ver mucho más, y en la callecita vecinal no había ningún coche aparcado.

—Sigue hasta el final del camino —le dije a Olaia.

Llegamos al fondo y nos quedamos allí detenidos.

—Vale. ¿Qué hacemos ahora?

—Podríamos tocar el timbre, sin más.

—Espera. Vuelve a llamarla.

Lo hicimos. El móvil seguía dando desconectado.

—Pinta raro. Aunque podría ser tan sencillo como que esté en un avión.

—Sí —dije—, pero no podemos descartar que sea otra cosa. Si encontraron a Denis y a Arbeloa, puede que también la encontrasen a ella.

—¿Quieres decir…?

—Empecemos mirando las necrológicas.

Olaia sacó su móvil y tecleó el nombre: «Erika Paz Aguirre».

Salieron un par de resultados. Una cuenta de Instagram y otra de LinkedIn. Ninguna necrológica.

—En LinkedIn dice que trabaja de piloto comercial en Iberia. Mira, hay una foto.

Vestida de camisa y corbata, Erika aparecía sonriente en

la foto. Una larga melena de color castaño le caía por los hombros.

—Podría llamar a Iberia y preguntar por ella, pero creo que nos darán con la puerta en las narices —dije.

—Yo también lo creo. Sin una orden, nada.

—¿Se te ocurre alguna otra cosa?

—Mira a ver si tiene WhatsApp y déjale un mensaje. Si realmente está en un vuelo, quizá solo sea cuestión de un par de horas hasta que aterrice y vuelva a tener el teléfono operativo.

—A menos que haya ido a Tailandia.

—En LinkedIn pone que es comandante de un A320, esos no van tan lejos. Serán vuelos nacionales o dentro de Europa.

—¿Desde cuándo sabes de aviones?

—Tengo pánico a volar. Un psicólogo me dijo que era bueno documentarse mucho sobre aviones. Digamos que pasé una época un poco obsesionada con el tema.

Decidimos esperar un rato allí aparcados. Mientras tanto, yo aproveché para llamar a Mónica y preguntar por Denis.

Lo cogió Enrique.

—Denis está teniendo algunas complicaciones, Aitor. La anestesia le ha provocado un edema pulmonar y ahora lo han conectado a otra máquina. Además, temen que se haya producido alguna infección…

—Joder… ¿Mónica está con él?

—No se separa ni un minuto. He conseguido convencerla para que se cambie de ropa y coma algo, pero nada más.

—¿Los ertzainas siguen allí?

—Sí.

—Vale. Eso está bien. Llámame con cualquier cosa, Enrique.

—Oye... ¿Cómo vas con lo tuyo?

Aquello me sorprendió viniendo de mi cuñado.

—Hemos avanzado bastante. Gracias por preguntar.

El hombre se quedó callado unos segundos.

—Mónica me dejó leer la carta que Denis le escribió. Pensaba que el chico solo tendría alguna mala frase para mí. Y resulta que no. Y estoy... perplejo, ¿sabes?

—Te entiendo. Denis guardaba mucho más de lo que parecía.

—Exacto. Nos ha estado observando a todos y... joder, con bastante madurez... Nunca hemos sido amigos, pero me he dado cuenta de que lo quiero un montón.

Le tembló la voz, y a mí también.

—Ánimo, Enrique —le dije antes de colgar.

Olaia respetó un rato de silencio antes de preguntarme cómo iban las cosas. Le contesté que «flojas». Yo mismo había pasado por un postoperatorio como ese, con algunas complicaciones (en mi caso del pulmón) que estuvieron a punto de mandarme al otro barrio.

—Has preguntado por los agentes de la Ertzaintza —dijo entonces—. ¿Crees que todavía puede estar en peligro?

—No lo descarto. El verdadero peligro será cuando salga de cuidados intensivos.

«Si es que sale», dijo una voz traicionera en mi interior.

—En ese momento estaremos ahí, tranquilo. —Me acarició el hombro.

Pasó una hora y volvimos a intentarlo, pero los teléfonos no respondían. Dejamos que pasasen dos y eran ya las ocho pasadas. No nos habíamos preparado para una tarde de vigilancia, así que arrancamos y fuimos hasta Laukiz, el pueblo más cercano, a comer un par de *pintxos* de tortilla.

Para matar el tiempo de espera habíamos investigado el Instagram de Erika.

En su perfil de IG, que estaba abierto, Erika se definía como «Airline Pilot. Gym Lover». Indicaba que vivía entre «Laukiz – Madrid». Publicaba fotos de su trabajo principalmente, vestida con el uniforme de comandante, en la cabina, a los pies del avión… feliz y orgullosa de su profesión. Aunque había otras en las que posaba en alguna playa, o dando un paseo por el monte.

La última, publicada el jueves 26 de mayo, era una bonita vista de un atardecer: «Flying over Seville. #Sunset #Fly».

Después fuimos en busca de Judit. De los 234 seguidores, habíamos seleccionado 156 mujeres. Habíamos desestimado usar el color del cabello (rubio) ya que eso podía haber cambiado recientemente. Filtramos por el nombre: JUDIT, pero no encontramos ni una. No obstante, habíamos eliminado todas las que no se llamaban así. Nos quedaron 64 mujeres (de las cuales 38 eran rubias). De ellas, 28 tenían un nombre de usuario con una «J» inicial (JGutierrez, Jpons, Jusantos), o un nick en el que no se especificaba el nombre (Curiosita82, NadaEsLoQueParece, PartyGirl007) y cuya foto de perfil nos indicaba que era mujer.

Había muy pocas con el perfil abierto. Esto era una buena noticia para su propia seguridad, pero nos lo ponía un poco más difícil. Con una buena foto podría intentar que Román la identificase…

Eran las nueve y media de la noche. Habían pasado cuatro horas desde nuestra primera llamada, el tiempo de vuelo entre Madrid y Moscú.

—¿Estás segura de que un Airbus A320 no se va más lejos?

Olaia se encogió de hombros.

—Vamos —le dije—. Echemos un último vistazo...

Había oscurecido bastante cuando llegamos otra vez al barrio de Elizalde. En alguno de los chalets vimos luz en los ventanales. Gente cocinando o viendo la televisión.

La casa de Erika estaba al final de la urbanización. Después no había mucho más que un bosque y una colina cubierta de árboles.

Aparcamos el coche al fondo de la calle, pegado a la verja. Nos bajamos. La callejuela vecinal estaba desierta. ¿Cámaras? Ninguna a la vista.

Nos acercamos a la puerta principal. Lo primero que hizo Olaia fue señalar el buzón. Sobresalían un par de revistas dobladas y plastificadas.

—*Casa y Jardín*. Esta también me la envían a mí.

Encendió una linterna.

—El buzón está llenito.

—No tiene por qué significar nada, pero ojo.

Toqué el timbre. Una vez, pero muy larga.

—Si está dormida, la despertaremos.

Mientras esperaba alguna respuesta, Olaia se aproximó a la pequeña puerta de acceso peatonal y se asomó a mirar. Entonces se dio la vuelta con cara de haber encontrado algo.

—¡Ori! —susurró—. ¡Mira, ven!

Lo hice. El seto era bastante denso, pero había una abertura en el punto en el que se juntaba con el muro de entrada. Desde allí se podía ver la casa; en concreto, podíamos ver que había luz en la planta baja.

—Una luz encendida —dije.

—Quizá se la dejó dada.

—Puede ser. Pero después de cuatro horas sin contestar llamadas… ¿qué quieres que te diga? Empiezo a mosquearme.

—¿Qué hacemos?

—Ve al coche y coge tu arma —le dije—. Vamos a entrar.

—¿Estás seguro? Puede ser un verdadero marrón no informar.

—¿Informar de qué, Olaia? Solo vamos a echar un vistazo. Si pasa algo, llamaremos a los compañeros.

Olaia asintió con la cabeza. Se fue al coche y volvió con una mochila en la espalda. Sacó una Glock 9 milímetros, comprobó la munición y la devolvió a una cartuchera. Luego extrajo un silbato para perros y sopló. Oímos ladridos en otras casas, pero nada en el jardín de Erika.

—¿Qué más trucos tienes ahí dentro?

—Te sorprenderías —respondió ella.

—Okey. Te aúpo por encima del muro y buscas la manera de abrirme desde ahí mismo, ¿vale? No te acerques a la casa sola.

—Okey.

Puse las manos en cesta y Olaia trepó por encima del muro. Saltó al otro lado. Enseguida oí el ruido de un pasador y la puerta peatonal se abrió.

Entré, cerramos la puerta a nuestra espalda y nos quedamos ocultos en la penumbra que procuraban aquellos altos setos.

El chalet era una casa de dos plantas. Una de esas nuevas construcciones tan sencillas que parecen prefabricadas. Paredes blancas, un tejado negro sin demasiada inclinación, grandes ventanales y superficies planas. Minimalista. A un lado de la casa, pegado a un muro, sobresalía un tejadillo. Aparcado debajo estaba el archifamoso Fiat 500 color beige que tanto tiempo de búsqueda nos había requerido.

Los dos retrovisores laterales estaban en perfecto estado.

La luz que habíamos visto a través del ventanal procedía del recibidor de la casa. Una alta jamba acristalada dejaba pasar el resplandor, que también se extendía por el interior del chalet. Antes de acercarnos, fuimos dando un rodeo por el jardín, pegados a los setos. Había que controlar el perímetro y anticipar problemas. Alarmas, movimientos en la casa...

Llegamos a la parte trasera. Allí, junto a unos ventanales, había una terraza de piedra. Con un par de sillas de exterior y una mesita. Sobre la mesa, algo parecido a un vaso y un plato.

—Cúbreme —le dije a Olaia.

Crucé el jardín y me acerqué a la terraza. En la mesita había, efectivamente, un vaso con un líquido blanco por la mitad. Y el plato tenía un sándwich. Me agaché sobre aquel vaso, que contenía leche. Un olor amargo me inundó la nariz. Estaba cortada. El sándwich no olía demasiado, pero estaba a medio comer. Mayonesa, tomate, lechuga y huevo cocido. Un montón de bichos lo iban desmembrando lentamente.

«Esto lleva aquí unos cuantos días», pensé.

Me llevé la mano a la espalda para empuñar mi HK y retrocedí un paso. Las cortinas se habían movido... y volvieron a moverse. El viento las empujaba.

La puerta estaba medio abierta.

—Esto pinta mal, Olaia. —Regresé al amparo de la oscuridad—. Hay comida abandonada en la mesa, y la puerta está abierta. Creo que voy a entrar. Algo me dice que la alarma estará desactivada.

—Vale —dijo ella—, pero espera.

Abrió su mochila de trucos y sacó guantes, fundas de zapatos y gorros desechables.

—No queremos más problemas, ¿eh?

Olaia se quedó fuera controlando y yo me acerqué otra vez a la terraza. Empujé la puerta corredera y aparté las cortinas blancas. La planta baja del chalet era diáfana, de modo que la luz el recibidor iluminaba un poco aquel amplio salón. Madera clara, un largo sofá frente a un televisor de pantalla plana tamaño sala de cine. Fotografías en blanco y negro. La torre Eiffel. Los canales de Ámsterdam. Los rascacielos de Nueva York.

La cocina quedaba a la derecha. Era de esas cocinas en isla muy modernas. Aparcada allí mismo había una maleta sólida, de ruedas. También dos zapatos en el suelo y una chaqueta con galones doblada sobre uno de los taburetes.

Sobre la isla pude ver un paquete de pan de molde abierto, un tarro de mayonesa y un tomate a medio cortar sobre una tabla.

«Llegó. Se descalzó. Se hizo el sándwich. Pero nunca se lo terminó».

¿Por qué?

La respuesta estaba en el aire, igual que en la casa de Zubiaurre. Había un olor. Algo parecido al tufo de una cañería obstruida.

Era la segunda vez en muy pocos días que lo percibía y supe, al instante, que también llegábamos tarde para Erika Paz Aguirre.

Inspiré hondo, sujeté la pistola con las dos manos y caminé muy despacio hacia el recibidor, sin dejar de controlar los pocos recovecos que había en aquella planta. Lentamente, a medida que me acercaba a la puerta, comencé a distinguir el nacimiento de unas escaleras a la derecha. Y allí, una forma blanquecina asomando.

Era un pie. Todavía llevaba el calcetín puesto.

Tres pasos más y terminé de descubrir el cuadro. Erika estaba tumbada en las escaleras con los ojos abiertos, vestida con su uniforme de piloto. Camisa blanca, pantalones…

La corbata le rodeaba el cuello y descansaba en su espalda.

34

—La estrangularon —le dije a Olaia una vez que encajó la impresión inicial de ver el cadáver—. Diría que la atraparon mientras intentaba huir gateando escaleras arriba.

Olaia, que también se había puesto el gorro, los guantes y las fundas en los pies, se acercó un poco al cuerpo, sin tocarlo.

—Lleva más de dos días muerta. No hay rigidez y ha empezado a descomponerse… Y mira: también la golpearon en la cara.

Me incliné para verlo. Era una postura bastante incómoda, pero Olaia no quiso girarle la cabeza. No había que tocar nada de la escena, porque queríamos que la Científica hiciese su trabajo. Pero también queríamos tener la oportunidad de extraer el máximo de información de aquel lugar.

Erika presentaba un fuerte moretón en la mitad del rostro. Tenía los ojos abiertos, pero el derecho estaba fuertemente inflamado.

—Le dieron un puñetazo —dijo Olaia—. Y después la estrangularon por detrás. Fue aquí, en las escaleras. Mira los arañazos que hay en la alfombra del escalón.

En efecto. Había un par de arañazos que la víctima debió de realizar con sus últimas fuerzas.

—Esta tía estaba en forma. Tuvieron que ser dos personas. Una la inmovilizó… la otra le hizo el nudo.

—Joder… —Miré aquella bonita cara que ya había adquirido ese tono grisáceo, como de ceniza, de los muertos que están a punto de pudrirse—. Lo siento mucho, Erika. No tenías nada que ver con esto.

—Como Denis, como Arbeloa… Todos víctimas absurdas.

Seguimos inspeccionando el recibidor. El paragüero estaba volcado en el suelo. Una de las fotografías que decoraban las jambas de la puerta estaba inclinada como si la hubieran empujado.

—Hubo un forcejeo. Eso está claro. Ella se defendió.

Me detuve junto a un panel digital que había junto a la puerta. Se podía leer que las ZONAS 1 Y 2 estaban «desactivadas».

—¿Habrá más zonas? —dije mientras intentaba escudriñar aquello.

—Mejor que no toques ningún botón —dijo Olaia—. Por el momento, no ha sonado nada.

Debajo del panel de alarma había una mesita con un cenicero de cristal. Sobre el cenicero descansaban las llaves de un coche. El Fiat 500.

Según lo estaba mirando, noté que mi pie golpeaba algo que fue rodando hacia la mesita. Olaia se agachó a recogerlo. Era un pequeño bote de espray.

—Es un espray de autodefensa —afirmé.

—¿De ella?

—No lo tengo claro. Podrían haberlo traído los que la agredieron…

—No he notado signos de irritación en la piel de Erika, ni en el ojo que está abierto... tiene pinta de que sea suyo. Pero ¿cómo sucedió todo?

Observamos la escena.

—Ella todavía viste el uniforme —pensé en voz alta—. Acababa de llegar de un vuelo. La maleta está junto a la isla de la cocina. Parece que se quitó los zapatos y se preparó un sándwich. Salió a comérselo al jardín y entonces sonó el timbre de la puerta. Vino y abrió confiada, quizá ellos se identificaron como policías... Pero entonces sucedió algo. ¿Ella se mosqueó y fue a buscar el espray? No creo que alguien lleve un espray encima en su casa.

Olaia estaba pensativa. Pasó al salón y se puso a iluminarlo con su linterna, como si buscase algo.

—Allí.

Había una cómoda a la derecha, pegada a la pared, junto a una larga mesa de comedor. En la cómoda había un cajón abierto. Iluminó el interior y extrajo, cogida por la solapa, una caja de cartón de la misma marca que el espray de autodefensa.

—El espray era suyo —dijo—. Vino hasta aquí a cogerlo.

—¿Por qué no huyó?

—Porque sabía que no tendría posibilidades, Ori. Serían dos tipos. Quizá había otro esperando fuera. Erika era piloto, están muy acostumbrados a tratar con la policía y los cuerpos de seguridad. Dirían algo que la hizo desconfiar... Pudo ser algún comentario. Algún gesto. Se dio cuenta de que había metido el lobo en casa. Solo le quedaba una opción: golpear primero. Pero le salió mal.

—¿Has visto su móvil por alguna parte?

—No.

—Quizá esté en la isla de la cocina.

Nos acercamos allí. Sobre la encimera estaban los ingredientes del sándwich y un cuchillo. También estaba la credencial de Erika en Iberia. Y un recibo del taxi.

Olaia se entretuvo mirando esto último.

—Ya tenemos la fecha de la muerte. —Señaló el recibo—. El viernes 27 de mayo. Posiblemente pasadas las nueve.

—Hace tres días —dije—. Joder... Si el del taller hubiese respondido a la primera, quizá podríamos haberla salvado.

—No lo pienses demasiado. La culpa de que esa chica esté muerta no es de Román.

Olaia registró la chaqueta de Erika. No había rastro del móvil. Ni allí, ni en la mesita del jardín.

En ese momento escuchamos el motor de un coche y vimos un resplandor de faros barriendo los ventanales de la parte frontal. Eso nos dejó congelados, pero enseguida nos dimos cuenta de que era un vecino que entraba en su casa.

—Mi coche está fuera —dijo Olaia—, no podemos alargarlo demasiado.

—Lo sé... pero mantengamos la cabeza fría. Hay que aprovechar al máximo que ya estamos aquí. Erika no tuvo tiempo de limpiar nada. La mataron nada más entrar por la puerta. Quizá Judit dejó alguna nota o algo que nos ayude a localizarla.

—Vale.

Nos dividimos para acelerar las cosas. Olaia subió a las habitaciones. Yo me concentré en la basura, una de las mejores fuentes de información que existen. Pensé que después podría registrar el Fiat en busca de algo.

Encontré los cubos de basura debajo del fregadero. Tres en total. Orgánico, plásticos y cartón. Los dos primeros los había vaciado Judit al marcharse (a Erika no le dio tiempo), pero el cartón seguía allí. Lo saqué todo con cuidado. Había tres cajas de pizza, una de galletas, varios folletos de publicidad, un par de ejemplares de *Casa y Jardín*. Un recibo de la pizzería Marco Pizza de Urduliz, por una individual de beicon-champi y un pack de seis cervezas. Lo interesante era cuándo se pagó: el 12 de mayo a las 21.15. La noche del accidente...

Volví a meter todo aquello en el cubo, lo devolví a su sitio bajo el fregadero y cerré la puerta. Después fui al recibidor y cogí las llaves del Fiat. Salí por la parte de atrás y llegué a la tejavana donde yacía aparcado.

Pensé que quizá Judit se hubiera dejado algo de recuerdo. Otro tíquet, o quizá su número de teléfono apuntado en un papel del taller San Roquetxu.

Me acercaba resuelto al coche cuando algo me sorprendió por detrás. Dos focos se iluminaron de repente. Estaban instalados en la fachada del chalet y eran claramente focos antirrobo, diseñados para amedrentar a los ladrones.

Comenzó a sonar una alarma. Un ruido atroz que iba a despertar a todo el mundo.

—¡Mierda!

Corrí a la parte trasera. Según llegué, vi a Olaia saltando por encima del cadáver de Erika y corriendo hacia mí.

—¡Vamos!

Era cuestión de segundos que el primer vecino asomase la cabeza. Dejé la llave sobre la isla de la cocina y salimos de allí cruzando el jardín a toda leche. Llegamos a los portones de la entrada. La alarma era algo apabullante. Los perros del vecindario ladraban. Las luces de las otras casas empezaban a encenderse. Abrimos la puerta peatonal y, sin quitarnos los gorros ni las fundas de los zapatos, llegamos al coche. Saltamos dentro y Olaia arrancó casi antes de que yo cerrase la puerta.

Solo se podía salir en un sentido. Y eso nos obligaba a atravesar el camino vecinal. Olaia maniobró a toda velocidad y enfilamos la carreterilla. En ese momento vimos que una de las puertas de otro chalet se abría y apareció un vecino.

—¡Joder! —dijo Olaia—. Creo que tenemos que parar. Le mostraré la placa.

—¡Ni de coña! Es demasiado tarde, Olaia. Es un delito de allanamiento... Pon las largas —le ordené—. Tienes que hacer que se meta en casa, o se quedará con la matrícula.

—Pero, Aitor...

—¡Hazlo!

Un poco a regañadientes, Olaia puso las largas y aceleró el Hyundai pegándolo a la pared del vecino. Aquello causó el efecto deseado. Se metió otra vez en casa a todo correr y Olaia pasó rozando el muro.

—Tampoco hace falta que te choques.

—Joder, Aitor, encima no me toques los ovarios.

Estaba enfadada. Nerviosa. Bueno... era normal. Aquello era un lío de tres pares de narices para cualquiera, y más para una poli.

Llegamos al final de la urbanización y Olaia giró para salir del barrio por el mismo camino por el que habíamos llegado.

Gritó «mierda» tres veces.

—¿Por qué no hemos parado?

—No había opción, Olaia. No teníamos ninguna razón para estar allí, y menos para entrar en la casa. En mi caso solo serían los remaches del ataúd... pero a ti te iba a caer la del pulpo.

Se relajó un poco, atenta en conducir, mirando por el espejo todo el rato. Por ahora, solo estábamos desandando el camino.

—¿Qué ha pasado? ¿Por qué ha saltado la alarma?

—Había algún tipo de detector en la zona del garaje. Y estaba conectado.

—Joder... ¿Crees que el vecino habrá visto la matrícula?

—Crea lo que crea, no importa... Lo vamos a saber muy pronto. Ahora solo nos queda seguir.

—¿Seguir adónde?

—Vamos a Urduliz.

—¿Otra vez?

—Sí. Judit compró varias pizzas en un lugar llamado Marco Pizza, y Román también lo mencionó en la conversación. Crucemos los dedos para que alguien pueda decirnos algo más sobre ella. Además, tenemos que evitar las carreteras principales. En cuanto el vecino explique que hay un coche a la fuga, van a poner controles por todas partes. Tendremos unos quince minutos hasta que las centrales reaccionen.

—Pues hay que darse prisa.

Iniciamos el lento ascenso a la montaña. Entonces escuchamos las sirenas llegando a Elizalde por el otro lado (desde la comisaría de Mungia, lo cual era lógico). Le dije a Olaia que lo mejor sería usar el «sobradamente conocido» atajo de la BI-2021.

—Dudo mucho que a alguien se le ocurra cortarnos el paso ahí. Otra cosa será la regional. Pero tenemos tiempo. Entre que le toman declaración, avisan a la central...

Olaia le pisó a fondo por el camino de montaña. La sangre

se nos heló un par de veces al cruzarnos con dos coches patrulla que iban quemando rueda en sentido opuesto.

—Bueno, al menos habrán descubierto el cadáver —dijo Olaia—. Supongo que era cuestión de tiempo, pero me alegro de que alguien se vaya a encargar de Erika.

—Y yo. No es manera de irse al otro barrio. Por cierto, ¿has visto algo en la planta de arriba?

—Creo que sí. Había una habitación con la cama deshecha y he entrado. Encima de la mesilla había una nota. Apenas he tenido tiempo de leerla bien.

Me pasó un pedazo de papel que llevaba doblado en la cinturilla del pantalón:

Tenías razón, querida. Qué bien sientan estas montañas.
¡Y las pizzas de Marco!
Te veo muy pronto por Madrid. Felices vuelos.
J.

—«J» de Judit.
—Eso es. Y las pizzas de Marco...
—Creo que, definitivamente, tenemos que probarlas.

Llegamos a Urduliz y dejamos el Hyundai en un gran aparcamiento que había a las afueras, bien escondido entre dos autocaravanas. Era imposible saber qué declararía el vecino de Erika —¿se habría quedado con el modelo del coche, el color, incluso la matrícula?—; en todo caso, por el momento, lo mejor era andar de tapadillo.

Buscamos Marco Pizza en Google Maps y allí nos fuimos. Era un garito bastante curioso situado en el pequeño cruce de carreteras que da entrada al pueblo. Según llegamos, nos dimos cuenta de que no era una pizzería al uso. Estaba llena de carteles de conciertos de bandas locales y esa noche había OPEN MIC (todos los lunes).

—O sea, que te comes la pizza mientras ves tocar a un grupo. Mola.

—Deberías dejarles una maqueta —me picó Olaia.

No había demasiada gente. Entramos y nos sentamos en una mesa algo apartada. Una camarera nos regaló una sonrisa que nos hizo sentir un poco menos delincuentes. Pedimos dos cañas y una pizza tamaño familiar de beicon y champiñones. La misma que comió Judit la última vez (acompañada, por cierto, de seis cervezas).

—Parece simpática —dije, por la camarera—. Podría ser una buena opción para empezar.

—Puede... pero hay que tener cuidado con las preguntas a partir de ahora.

Entendí por qué lo decía. Erika había sido asesinada y no queríamos que nadie pudiera relacionarnos con ella.

—¿Crees que Román atará cabos? —susurró Olaia.

—Lo dudo. Solo habló con Judit. Y de todas maneras, han pasado casi dieciocho días. El accidente fue un jueves y el coche estaba arreglado el sábado.

Eché un vistazo al bar. Un primer voluntario para el OPEN MIC estaba afinando su guitarra. Por lo demás, nadie nos prestaba atención.

—Eso me hace preguntarme algo —dijo Olaia—. ¿Por qué han tardado dos semanas en ir a por Erika?

—Es una buena pregunta; ¿quizá porque no estaba? A ver, recapitulemos lo que sabemos hasta ahora. Erika acababa de llegar de un viaje. No llevaría en casa ni una hora: el tiempo que tardas en prepararte un sándwich, porque ni siquiera se quitó el uniforme. Se lo estaba comiendo cuando dos o más hombres llaman al timbre. ¿Cuál es la primera conclusión de todo eso?

—Que alguien vigilaba la casa.

—Exacto. Ellos sabían que el Fiat estaba domiciliado allí, pero nada más. Posiblemente, el chófer memorizó la matrícula. O quizá Arbeloa se la sirvió en bandeja, de alguna manera. Hicieron lo mismo que con Denis. Empezaron a observar la casa. Erika estaba volando... o de vacaciones... y tuvieron que esperar dos semanas hasta que por fin la vieron llegar.

—Y fueron a por ella —dijo Olaia—. Pero no era ella.

La camarera apareció entonces con las dos cañas y una cestita de nachos.

—Para que vayáis matando el hambre.

—¡Gracias! —dijimos al mismo tiempo.

Esperamos a que marchara para continuar.

—¿Crees que la confundieron con Judit? —preguntó Olaia mientras hundía un nacho en el tarrito del guacamole.

—Eso es difícil de decir. Nosotros hemos tenido la suerte de encontrar a Román y enterarnos de esa historia de Judit y Erika. Pero si los «malos» se guiaban solamente por los datos de Tráfico... entonces no tenían nada más. Quizá contasen con la descripción del chófer, que era rubia. Pero ¿quién era? ¿Erika con el pelo teñido? Quizá le preguntaron por esto. O si tenía una hermana... Algo. Quizá fue justo eso lo que hizo desconfiar a Erika.

—¿Crees que ella les habló de Judit? Porque, en ese caso, podemos darlo todo por perdido.

—Hay algo que me da esperanza —dije pensativo—. Creo que todo ocurrió bastante rápido. Erika ni siquiera los invitó a entrar. La pelea sucedió en el recibidor. Eso me lleva a pensar que la conversación no duró demasiado. Y quizá la identidad de Judit siga a salvo.

—Ojalá tengas razón —dijo Olaia—. El problema es que también es un secreto para nosotros.

Llegó la pizza. Fue dar un mordisco y comprender por qué Judit se cruzaba una montaña para venir a por su cena. Bueno, y suponíamos que también le gustaba el ambiente del bar, que a esas horas empezaba a animarse. Había poca gente (era lunes) pero de todo tipo: jubilados alegres, moteros, un grupo de adolescentes… El valiente que había decidido subirse al OPEN MIC se presentó como Alberto Dylan, dijo que cantaba canciones de Bob Dylan que él mismo había traducido al castellano. Arrancó con una versión de «The Times They Are A-Changin'» («Los tiempos están cambiando») y la verdad es que nos metimos de lleno en su rollo.

Mientras tanto, nos fuimos fijando en el personal de la pizzería. La camarera con sus dos coletas y su gran sonrisa era una clara candidata a haber entablado amistad con Judit. Había otro chico, con pinta de *skater* emporrado, sirviendo bebidas en la barra. Allí, a través de un cristal, se podía ver la cocina y su horno de leña, donde dos tipos se afanaban con las pizzas. Uno de ellos, de unos cincuenta, con barba, salía de vez en cuando a la barra a observar el concierto y charlar con los clientes.

—Apuesto a que ese es Marco —dijo Olaia.

—Tiene toda la pinta.

—¿Crees que es nuestra mejor opción?

—No lo sé... ¿Cómo piensas hacerlo? ¿Sacas la placa y decimos que somos polis?

—Eso nos puede facilitar las cosas, pero también puede ser una trampa. Si se queda con mi nombre y esto se termina relacionando con Erika, vamos a tener un lío.

—Tienes razón...

El concierto proseguía, aunque algunos clientes se habían marchado ya. El resto escuchaba las evoluciones de Alberto Dylan, que además tenía mucho gancho con el público y les hizo sonreír unas cuantas veces.

Olaia y yo sonreíamos también, pero por disimular. De tanto en tanto, chequeábamos internet en busca de alguna novedad. Nada. Por ahora la prensa no se hacía eco de ninguna muerte en Elizalde. Ni de una persecución. Ni de nada más.

Yo había logrado atemperar los nervios (y la cerveza ayudaba), pero Olaia seguía tensa. Si hubiera llevado encima un talkie, podríamos haber arañado alguna conversación por radio que nos permitiera saber si la policía manejaba algún dato del coche huido.

Terminó llamando a un colega de comisaría con la excusa de unos informes que debían presentar a no-sé-qué jueza. A mí no me parecía buena idea, pero creo que ella necesitaba saberlo: si la estaban persiguiendo o si alguien había denunciado un coche como el suyo o...

—Nada. Todo parece normal —dijo al colgar.

—Y si no lo fuera, tampoco te lo dirían.

Ella respondió con un codazo en mis costillas.

—Sabes tranquilizar a la gente, eh, Aitor.

Sonreí.

—Bueno. Llevamos un rato aquí. ¿Por quién apuestas?

—La camarera es un encanto, pero solo sirve las mesas donde la gente come. Y Judit compraba las pizzas para llevar, ¿no?

—Bien visto. Nos queda Marco o el camarero con pinta de *skater*.

—El camarero es guapo —dijo Olaia.

—¿Crees que Judit venía al pueblo a pescarse un amante?

—No necesariamente, pero estaba sola, o eso parece. Y a todas nos gusta algo de coqueteo y de sal y pimienta, ¿no? Además, la gente que pide para llevar se pone en la barra.

—Bueno, la última vez que estuvo aquí se bebió seis cañas. Seguro que el *skater* la recuerda por eso. ¿Cómo lo hacemos? —pregunté—. Ahora está muy liado.

—Esperemos a que acabe el bolo.

—Y mientras tanto actuemos con una pareja de novios en una cita. Dame un beso. Méteme un poco de mano.

—¿Es necesario?

—ABSOLUTAMENTE.

Quizá una birra era cuanto necesitábamos después de toda aquella tensión, de esa imagen terrible y perturbadora de Erika, estrangulada en las escaleras de su chalet. Algo para sacar ese olor de nuestras narices y esa escena de nuestras mentes. Cenamos escuchando las versiones de Dylan y eso también ayudó. Y luego nos rompimos las manos aplaudiendo a Alberto, que fue recompensado con una rica pizza para él y un amigo que venía acompañándole. Y entonces Olaia me dio un codazo, porque el *skater* había salido a la calle.

—Hora de fumar.

—Ya lo creo que sí.

No éramos los únicos ahí fuera. El bar tenía un par de barriles con ceniceros para apoyar bebidas y echar el rato. Y la noche era fría pero seca. Algunas chicas flanquearon al *skater* y le dieron conversación, así que nos tomamos nuestro tiempo, mientras le observábamos.

—Míralo. El tío es un seductor —dijo Olaia—. Creo que será mejor que vaya yo.

—¿Cómo piensas hacerlo?

—Tengo una idea. Tú sígueme el rollo.

Estuvimos fumando y hablando de todo un poco hasta que se quedó solo. Entonces, Olaia, exagerando su *acting* y con una sonrisa excelente, se lanzó sobre su presa.

—¿Eres Marco? Estamos buscando al famoso Marco.

El *skater* negó con la cabeza.

—Ese es el jefe. Está en la cocina… yo soy Txagu.

—Ah… ¡Es que una amiga nuestra nos ha recomendado este sitio! Estuvo aquí hace unas semanas. Puede que te acuerdes de ella: Judit.

Los ojos del camarero hicieron chiribitas de repente.

—¿Judit? ¿La actriz?

«Actriz», apunté mentalmente.

—Vaya tía más loca —dijo el camarero—. ¿Sois de Madrid?

—No… de aquí al lado. Pero ¿te puedes creer que no conocíamos esto?

—Es un sitio muy guay.

—A Judit le encantaba. Creo que venía cada noche, ¿no?

—Bueno, sí —sonrió—, venía bastante. Una tía guay, ¿cómo le va?

Una pregunta difícil, pero Olaia salió con una buena respuesta.

—Eh, Aitor —dijo Olaia mirándome... y echándose a reír—. Te apuesto lo que quieras a que intentó ligarse a este chico tan guapo.

—Nadie puede resistirse al poder de Judit —le seguí la coña.

El chaval se rio.

—Bueno, creo que no estaba por la labor —dijo—. Ya sabes. Con lo de su novio en Madrid y todo eso...

—Ahhh —dijo Olaia.

—Vaya putada —añadí yo.

—Y tanto —siguió diciendo Txagu—. Hay que ser cabrón para hacerle algo así. Con la directora de la compañía.

—Era este tío... ¿Cómo se llamaba? —Olaia hizo como si quisiera recordar algo.

—Ricardo... Aunque tampoco hablaba mucho de él. Bueno, solo cuando se tomaba tres birras y se ponía a insultarle. En fin. Aquí se lo pasó bien. Había venido a olvidarse un poco de todo. Creo que le sentó bien el viaje.

—Sí. Eso nos dijo: que las montañas le sentaban superbién.

—Le encanta el norte —dijo él—. Ha venido muchas veces. ¿También sois amigos de Erika?

Tuvimos que hacer un esfuerzo por disimular el shock al escuchar ese nombre. Y reaccionar rápido.

—La famosa Erika —dije yo—. Hemos oído hablar de ella.

—También viene a menudo. Es muy amiga de Marco. Creo que vive por aquí.

«Ya no», pensé.

—¿Te contó algo de sus nuevos planes? —preguntó entonces Olaia—. ¿Teatro, cine? ¡Es una pasada!

—No me contó mucho —dijo el chico—, pero creo que

quería tomarse las cosas con más calma. Estaba bastante harta de Madrid. Como sabéis, las cosas no le iban demasiado bien últimamente, y con lo de Ricardo... Bueno, espero que el retiro le siente bien, la verdad.

—¡Ah! El Retiro. ¿El parque?

El chaval se rio. Y rápidamente nos unimos a él.

—¡El parque! Mira que eres tontaina. —Olaia me pegó un puñetazo en el hombro—. ¡El Retiro!

—Yoga nidra, creo que se llama. Es una variante del yoga... algo sobre el sueño y la muerte... No sé cómo pueden aguantar un mes entero así —continuó el *skater*—, sin teléfono, ni internet... comiendo semillas. ¡Uf! Ya le dije que se iba a acordar mucho de nuestras pizzas.

—Un retiro de yoga —dijo Olaia mirándome con una sonrisa—. Lo que nos faltaba, ¿eh?

—¿Sabes si era muy lejos? —le pregunté entonces—. ¡Podríamos ir a darle una sorpresa!

—No creo que os dejasen. Es en algún lugar perdido del interior. Uno de esos pueblos de la España vaciada. Pero si me lo dijo, no me acuerdo. Por Castilla o por ahí... Se traen al gurú desde la India, contratan cocineros especializados... bueno. Es todo un montaje y bastante exclusivo. Me imagino que debe de costar una buena pasta.

Txagu terminó su cigarrillo y se levantó.

—Bueno, si la veis, dadle recuerdos.

—Hecho.

—Por cierto, ¿sabéis si al final consiguió que le arreglaran el retrovisor?

Eran cerca de las once y media de la noche cuando salimos de allí, con la sensación de que toda esta historia era una broma macabra.

—¡Un retiro de yoga, no me jodas!

—Yoga nidra —dijo Olaia—. Es una variante bastante específica. No creo que sea difícil encontrar el sitio.

—O sí —dije yo—. Si es una cosa tan exclusiva, es posible que protejan la identidad de los que están allí. Y ni siquiera tenemos un apellido para empezar.

—Pero sabemos algo más. Que es una actriz de teatro.

—¿Cómo sabes lo del teatro?

—Txagu ha dicho que Ricardo le puso los cuernos con la directora de una compañía. Una compañía de teatro, imagino.

—*Touché*. Ahora que lo pienso, podríamos haber preguntado algo más. El título de una obra.

—No... seguir preguntando hubiera sido una cagada —respondió Olaia—. La conversación ha quedado bien así. Unos amigos chisposos de Judit. Nadie nos recordará.

Y no podíamos imaginarnos lo importante que iba a ser eso (que nadie nos recordara) hasta que llegamos a los aledaños del gran aparcamiento a la salida del pueblo. Estábamos todavía lejos cuando vimos un coche patrulla desfilando muy lentamente por allí.

—Quieta. —Cogí del brazo a Olaia.

Otro coche patrulla venía en ese instante por nuestro lado. La pegué contra la pared y le di un beso. Después me separé un poco.

—¿Qué hace el segundo coche?

—Ha entrado en el parking. —Echó un vistazo por encima de mi hombro—. Se dirigen a las autocaravanas.

—Mira a ver si se detienen frente a tu coche.

No. Pasaron de largo. Estaban haciendo lo que se denomina «rozar». Observar un coche sospechoso sin llegar a detenerse, para no alertar al dueño. Y nosotros habíamos tenido la suerte de llegar en el momento justo.

—¿Qué hacemos?

—Lo primero apagar el móvil. Lo siguiente, largarnos de aquí.

Olaia lo hizo sin preguntar nada más. Echamos a andar sin llamar la atención, en la dirección opuesta, hasta un parquecito infantil que estaba tenuemente iluminado. Nos sentamos en un banco y nos abrazamos. Noté que el cuerpo de Olaia temblaba.

—¿Crees que tienen mi matrícula?

—A ese vecino no le dimos tiempo, pero quizá la había anotado antes. Hay gente así de paranoica con los coches que aparcan cerca de sus casas. O quizá solo tengan la descripción de un Hyundai rojo.

—¡Teníamos que habernos alejado más!

—Demasiado tarde. Aunque puede que no sea nada, Olaia.

«O puede que sea todo lo contrario», pensé. «Que nos hayamos metido juntos en un lío de aúpa. Un delito de allanamiento y conducción temeraria. Eso como poco».

Olaia hablaba a trompicones, angustiada, nerviosa. No todos los días pasas a convertirte en una delincuente.

—Quizá lo mejor sea ir ahora mismo a explicarnos. No hemos hecho nada.

Yo estaba más tranquilo. Quizá porque era más viejo, o porque no era la primera vez que bailaba en la cuerda floja.

—Hemos entrado en una casa sin permiso, Olaia. Una casa en la que había un cadáver y seguramente ninguna huella dactilar.

—Pero hay una explicación. Estamos buscando a una mujer...

—... que nadie ha visto —terminé por ella—. Denis es el único que podría identificar a Judit y el Fiat 500, y...

—¡Joder!

Pasó una moto muy cerca, a nuestra espalda. Guardamos silencio durante un rato. Estábamos a cincuenta metros de un parque y se oía cómo el viento movía los árboles, poco más. El pueblo dormía en paz.

—Usemos la cabeza y no caigamos en el pánico. Lo primero, dejar los teléfonos apagados —le dije—. Los dos sabemos que ese es el primer error de cualquier delincuente. En segundo lugar: aunque ese vecino hubiera dado tu matrícula, tú estás de vacaciones, ¿no? Podrías haberte largado y que te hayan robado el coche.

—Cierto. Pero eso significa que no podemos ir a mi casa. Al menos por esta noche...

—Bueno. No hay problema. Llamaré a un taxi. ¿Tienes dinero en metálico?

—Pero ¿adónde podemos ir? ¿Tu piso de Ispilupeko? Tampoco me parece una buena idea. Y en los hoteles quedaríamos registrados.

Era cierto. Los dos repasamos algunas opciones improbables. Los padres de Olaia, en plena crisis matrimonial; la habitación del hotel Abba de Mónica (ocupada por Enrique)... incluso valoré la posibilidad de forzar la cerradura del piso de Nerea Arruti en Gernika, porque ella estaba de viaje y sabía que no le importaría, una vez dadas las debidas explicaciones.

Pero entonces se me ocurrió algo.

—Voy a hacer una sola llamada. Quizá tengamos suerte.

35

Ni siquiera sabía si Maika, la ex de Elixabete San Juan, conducía o tenía coche (la última vez la había llevado a casa en el mío), pero escuchó mi extraña petición en silencio. No hizo demasiadas preguntas. Solo se ajustó a lo que le pedía.

—Cementerio de Sopelana. En una hora. Okey.

Olaia conocía la zona y aseguró que era un lugar bastante solitario por la noche. Estaba pegado a la carretera y no había mucho más que un centro comercial dedicado a la jardinería y las mascotas, que a esas horas estaría cerrado. Además, conocía una manera de llegar monte a través, y eso era importante: una pareja caminando por un arcén, de madrugada, podía levantar muchas sospechas.

Subimos la falda de la montaña alejándonos del pueblo. Llegamos a una explotación forestal y seguimos por un caminito muy oscuro, que al menos estaba bien asfaltado. Sin los móviles, ni siquiera teníamos linterna para alumbrarnos, pero Olaia demostró tener sentido de la orientación.

Además de aplomo.

La presión de la incertidumbre y la soledad era bestial,

pero ella iba callada, aguantando el tirón. Supuse que las preguntas eran una tortura en aquellos momentos. ¿Qué sabría la policía exactamente? ¿Estarían ahora mismo registrando su casa de Kurtze? ¿Llamando a sus padres?

Llegamos a un alto de roca arenisca llamada peña Santa Marina desde la que contemplamos las luces tanto de Urduliz como de Sopelana... A lo lejos, en un negro horizonte, se distinguían las luces de algunos barcos que navegaban por el golfo de Bizkaia.

Desde allí descendimos hasta el cementerio.

Frente al muro, había un pequeño coche detenido. Un Renault Clio de los antiguos. Se abrieron las puertas y apareció aquella mujer menuda con su estrafalario peinado a mechas de colores.

—Gracias por venir a recogernos, Maika.

—Rápido —dijo ella—. Montad atrás. Os he traído algo de ropa también, por si queréis cambiaros.

Me sorprendió tanta diligencia y seguridad. Cualquiera diría que estaba curtida en estas lides.

Entramos en el coche y Maika arrancó. Resultó que era una conductora del tipo «saludo a la muerte en cada curva».

—Bueno, soy Maika. —Le ofreció la mano a Olaia y, desde el asiento de atrás, estuve a punto de echar la mía al volante.

—Olaia. Muchas gracias por su ayuda.

—De nada, querida. Y creo que podemos tutearnos. Ahora ¿os importa ponerme al día? Solo espero que no hayáis matado a nadie.

—Bueno, casi —le dije.

Como suele decirse, a estas alturas de la película no tenía demasiado sentido andarse con remilgos. Le contamos a Maika quién era Erika y lo que había ocurrido esa tarde en

Urduliz. Que estábamos un poco más cerca de tener el vídeo. La pieza que demostraría que Elixabete iba en un coche propiedad de los Gatarabazter la noche del 12 de mayo.

Y eso era todo lo que ella necesitaba saber.

—De acuerdo. Pues si no tenéis demasiados escrúpulos, creo que conozco un sitio donde podéis alojaros unos cuantos días sin problemas...

Habíamos llegado a Urdaibai y cruzamos Gernika por el centro del pueblo (era improbable que hubiera un control ya tan lejos de Uribe Kosta, pero quién sabía...). Maika tomó el desvío hacia Forua, concretamente hacia el caserío de Elixabete.

—Supongo que a ella no le importaría. De hecho, le agradaría poder ayudaros en todo esto.

Aparcó frente al caserío y entramos. La casa nos recibió con esa mezcla de olores entre la madera y el amoniaco que todavía flotaba en el ambiente.

—Arriba están los dormitorios —dijo Maika—. Pero aquí abajo hay un pequeño cuarto de invitados, aunque solo tiene una cama...

—La compartiremos, no hay problema.

—Muy bien. Hay sábanas en el arcón, el agua funciona, la cocina también... solo espero que no os den miedo las arañas. ¿Habéis cenado?

Dijimos que sí.

—Tenéis algunas latas en conserva por si os entra hambre. Pero mañana vendré pronto con un desayuno.

—Una pregunta —dije, antes de que saliera por la puerta—. ¿Sabes si el ordenador de Elixabete tiene internet?

—Sí —dijo ella—. Nadie ha podido cancelar nada todavía. Y los recibos siguen llegando, por lo que me encuentro en el buzón.

Maika nos había traído algo de ropa, pero solo le valía a Olaia. Nos dimos una ducha y nos preparamos un té en la cocina, antes de subir los dos a la habitación de Elixabete.

Entrar allí, de noche, nos causó un efecto perturbador. La luz de la luna regaba los muebles de aquella habitación juvenil creando una atmósfera de lugar hechizado. Se reflejaba en el metal de las copas deportivas. En el oro de los lomos de algunos libros que poblaban las estanterías.

—Este lugar todavía huele a muerte. —Olaia encendió una luz.

Nos acercamos al escritorio, donde yacía un PC —o un armatoste, como lo denominó Olaia—. Sacó una silla y se sentó frente al ordenador. Yo me fijé en que el álbum de fotos de Urremendi ya no estaba allí. Maika lo habría devuelto a su estantería.

Encendimos el ordenador. Por suerte, era un viejo sistema Windows que no pedía clave, pero a cambio era lento y, nada más arrancar, se puso a instalar una actualización.

Yo me entretuve curioseando por el dormitorio de Elixabete. Sus copas de baloncesto, los álbumes de fotos, los viejos libros con sus primeras lecturas, incluyendo una colección completa de *Los Jaguares*, de la escritora bilbaína Laura Corella. Un clásico de las lecturas juveniles de aquellos tiempos.

Había algunas fotos de Elixabete de joven, con el uniforme del equipo de baloncesto. En otras, más mayor, en Londres (la clásica foto junto a una cabina telefónica roja) y alguna ya en África, rodeada de un equipo de rodaje.

—Ya está —anunció Olaia.

Abrió el navegador y fue a la página de *El Correo*. Lo

primero era ver si la prensa reflejaba algo de los incidentes de esa noche, pero no había nada, ninguna última hora sobre un cadáver hallado en un chalet en Elizalde. Tampoco salieron resultados en la búsqueda de Google.

Quizá era demasiado pronto, o quizá la prensa todavía no se había enterado.

Entonces vi que Olaia introducía una dirección de internet un poco rara: «SafeHomes.com».

—¿Casas seguras?

—Es un servicio en la nube para visualizar cámaras de seguridad.

—¿Qué cámaras de seguridad?

—Las de mi casa —dijo—. Es una manera de estar tranquila cuando te vas de viaje.

Introdujo un usuario y una contraseña y el sistema le dio la bienvenida. Olaia tenía tres cámaras en su chalet de Berango. Una apuntando al jardín, otra a la fachada, y otra que recogía el salón y la cocina.

El interior de la casa estaba a oscuras y no se veía movimiento. Afuera era de noche, pero uno de los apliques exteriores irradiaba algo de luz sobre el césped y la entrada del jardín.

—Parece que todo en orden, aunque podrían estar esperando en la calle...

—O podría no estar pasando nada en absoluto —dije yo—. Quizá ese vecino solo se quedó con el color del coche... o ni siquiera eso. Estaba oscuro.

—Ojalá tengas razón.

Entonces vi que tecleaba otra cosa en Google: «Retiros de yoga nidra».

—¿Te vas a poner con eso ahora?

—No creo que pueda dormir de todas formas —respondió.

Google rebotó un primer resultado. Una página que listaba los ciento veintitrés retiros de yoga nidra en España.

—Canarias, Costa Brava, la sierra de Madrid, Granada... ¿En serio hay tantos? Y yo que ni siquiera había oído hablar del yoga nidra.

Al hilo de eso, quisimos enterarnos un poco de qué iba.

—«Desarrollado por los maestros de yoga Swami Satyananda Saraswati y Swami Sivananda» —leyó Olaia en una de esas páginas—, «que se propusieron alcanzar esa zona que se encuentra entre los estados de vigilia y los estados de sueño. De hecho, en sánscrito, "yoga nidra" puede traducirse por yoga del sueño mental o yoga del sueño psíquico».

—Esté donde esté, el retiro no durará eternamente —dije—. Erika ha muerto. Supongo que se organizará un funeral. Y supongo que Judit se enterará.

—Quizá no tengamos tanto tiempo —respondió Olaia—. Yo me voy a poner a buscarla.

—¿Cómo piensas hacerlo?

—Se pueden filtrar fácilmente. Los retiros tienen fechas y sabemos que el suyo tuvo que comenzar el 15 o el 16 de mayo. Además, en este listado casi todos son de cuatro o cinco días... y nosotros buscamos uno más largo. Mira este de veinte días en Cádiz.

—Txagu, el de la pizzería, dijo que estaba en un pueblo del interior.

—De «la España vaciada», más concretamente.

Olaia empezó consultando webs, luego mandando formularios para pedir información... claramente tenía mucha más energía que yo.

A las dos de la madrugada noté que mi cuerpo ya no aguantaba en aquella incómoda silla, así que me levanté y me puse a dar paseos. Mirando las estanterías de Elixabete encontré el álbum de fotos. Lo saqué y decidí que podía hacer algo útil repasándolo de nuevo.

—¿Te importa que me tumbe un poco?

—Para nada, abuelo —se rio Olaia.

Estuve mirando aquel álbum del colegio Urremendi... aquellas caras sonrientes, bromistas, en el autobús de un viaje de estudios, en un día de excursión en el mar... Llegué hasta una en la que salían Elixabete y un montón de chicas de su equipo de baloncesto, incluida una entrenadora muy joven, alzando un trofeo tras un partido.

Olaia seguía tecleando, incansable, y yo sentí que se me cerraban los ojos.

«Esta chica no tiene final», pensé antes de dormirme. «Parece que le vaya la vida en ello».

Un olor a café y a tostadas me despertó al día siguiente. Aparecí tumbado en la cama, en el dormitorio de la planta de arriba, y alguien (Olaia, quién si no) me había echado una manta encima. El álbum del Urremendi descansaba a mi lado.

Por la ventana se colaba un día reluciente entre las montañas. Era el último día de mayo. Encontré a Maika y a Olaia sentadas en la gran mesa del salón, desayunando y charlando. Había varios tarros de mermelada sobre la mesa, pan de pueblo con mantequilla, fruta y café. También me fijé en unos cuantos periódicos abiertos.

—Los periódicos no dicen nada —dijo Olaia—, pero Maika ha traído noticias calentitas.

—¿Y eso?

—Ya te dije que los periodistas tenemos nuestros trucos —respondió ella—. La Ertzaintza está buscando un coche rojo, utilitario. Saben que lo conducía una mujer y que iba acompañada de un hombre. Creo que todavía no os han identificado.

—Estarán haciendo un retrato robot —pensé en voz alta.

—La buena noticia es que nadie ha mencionado la marca —apuntó Olaia—. O sea que eso abre mucho el abanico. La mala es que anoche vieron mi coche aparcado en Urduliz…

Los dos sabíamos lo que eso podía significar. El testigo llegó a reconocer a un hombre y una mujer a bordo de ese coche rojo. Lo siguiente era encontrar una lista de «personas de interés» y hacer un pequeño pase privado en una de las salas con espejo de la comisaría.

—Vale. Mantengamos los teléfonos apagados. Tú estás de viaje. Yo estoy en un retiro de yoga nidra.

—Tenemos mucho que pensar y organizar —dijo Olaia—. Pero primero siéntate, come algo. El café está de muerte.

Me senté frente a ella.

—¿Hasta qué hora te quedaste trabajando anoche?

—Creo que eran las tres de la madrugada cuando cerré el ordenador… Me ardían las pestañas pero, a falta de algunas respuestas por email, creo que he logrado listar todos los retiros que incluyen el yoga nidra como actividad principal y que están operativos estos días en España. Me he quedado con los que están en el interior: Madrid, Extremadura, norte de Andalucía, Castilla y León y Castilla-La Mancha. Tengo los teléfonos.

Me serví algo de café de una jarra de melita. Le di un sorbo y estaba excelente.

—Café keniata —informó Maika al verme la cara—. Elixabete se trajo unos cuantos paquetes de su último viaje.

—Está riquísimo —dije—. Y volviendo al tema: esto no es como buscar un retrovisor roto: va a ser mucho más difícil que nos den el nombre de alguien.

—Lo sé, y de eso estábamos hablando ahora mismo: quizá tengamos que hacer una labor en paralelo. Saber quién es Judit. Tener su apellido al menos.

Olaia continuó mientras yo intentaba no excederme con la mantequilla en una larga tostada de pan de pueblo.

—Sabemos que es una actriz rubia que posiblemente hace teatro en Madrid. Tenemos a varios que la conocen personalmente y podrían identificarla. Entre ellos, el dueño del taller de Urduliz.

—Pero resultaría demasiado sospechoso acudir a él, ¿no?

—Maika podría hacerlo. No hay nada que la conecte con el caso. Y además, es periodista.

Me pareció buena idea. Y Maika ya había pensado cómo enfocar el asunto:

—Podría contarle que estoy haciendo un reportaje sobre gente famosa que ha recalado en Urduliz. «Se rumorea que alguna de estas actrices vino por aquí...». Pero tendría que llevarle algo masticado. Al menos varias opciones.

—¿Tendrías tiempo para eso?

—Y para mucho más —aseguró Maika—. Me he pedido el resto de la semana libre. Después de lo que me habéis contado, creo que estamos ante una historia muy bestia. Relacionar a los Gatarabazter con De Smet podría ser la bomba periodística del año. Además de una justa venganza para nuestros amigos muertos.

—Bueno —dijo Olaia—, vayamos despacio con esto.

Creo que lo primero es encontrar las pruebas. La prensa puede esperar...

De pronto, mirando a aquellas dos mujeres, pensé en el equipo tan extraño e improbable que se había montado. De alguna manera, todos éramos víctimas de aquel monstruo devorador de vidas. Y entre los tres íbamos a intentar devolverle el golpe.

«El club de las vengadoras», pensé.

Eso me recordó a Mónica. Otra de las integrantes del club.

Le pedí a Maika el teléfono y salí fuera para llamar. Hacía un día precioso y, desde aquella colina de Forua, se disfrutaba de unas maravillosas vistas de todo Urdaibai. Me senté en un tronco, al final del terreno. Marqué y esperé con la vista puesta en el fondo del estuario. La desembocadura del río Oka y la isla de Izar-Beltz.

El teléfono dio algunos tonos hasta que por fin cogieron la llamada.

—¿Dígame?

—¿Mónica?

—¡Aitor! ¿Qué número es este?

—El teléfono de una amiga. El mío está apagado. ¿Cómo va todo? ¿Denis?

Un silencio.

—Ha estado consciente toda la noche. Sedado, pero consciente. Hemos hablado un poco. Bueno... más bien yo hablaba y él escuchaba. También ha venido Andrea. Su exnovia. Es una chica estupenda ¿sabes?...

—Lo sé... ¿Cómo le ves?

Me tragué el nudo de la garganta.

—Va mejorando, pero está aterrorizado con la idea de volver a prisión. He hablado con Orestes y me ha dicho que se está barajando lo de cambiarle de centro en cuanto pase la recuperación. ¡Volver a la cárcel después de esto!

—Vamos a impedirlo, Mónica. Denis no volverá a entrar.

—Ojalá sea verdad… porque ya solo me queda rezar. Voy a ir donde esa Virgen… ese lugar de Laukiz donde empezó todo. Ella me tiene que ayudar, Aitor, ¿verdad?

—Claro que sí. —Las lágrimas habían comenzado a asomarme a los ojos a mí también—. Lo lograremos, Mónica, estoy seguro.

Le pedí que me pasara con Enrique. Mi cuñado iba a ser mi interlocutor de las cosas importantes y prácticas ese día.

—Escúchame, no le cuentes nada a Mónica, pero estamos muy cerca de conseguir algo.

—Okey.

—Si alguien pregunta por mí, no sabéis nada. Y esta llamada nunca ha ocurrido, ¿vale? Es importante que este número no llegue a la poli.

—Pero ¿estás metido en líos?

—Puede que sí. Pero todo saldrá bien.

—Suerte, Aitor —dijo Enrique—. Y dales duro. Por Denis.

—Lo haré.

Colgué y me quedé un par de minutos mirando aquel precioso paisaje natural. Unas mariposas blancas revoloteaban junto a unas estacas de madera que delimitaban los terrenos del caserío. Estaba muy lejos de aquella Virgen de Laukiz, y tampoco es que yo fuese alguien que creyese demasiado en ángeles o demonios, pero junté las manos y le pedí algo a Dios… estuviese allí para oírme o no.

«Échame un capote, ¿vale? Ayúdame a sacar a ese chico de este entuerto. No te pido nada más».

Las dos vengadoras estaban recogiendo el desayuno cuando regresé a la casa. Me habían dejado mi tostada a medio comer. Me senté y volví a rellenar mi taza de café africano. Esa mañana necesitaba una doble dosis.

—¿Por dónde íbamos?

—Nos vamos a poner con Judit —dijo Olaia—, pero antes deberías escuchar a Maika. Tiene algo interesante que contarnos.

Bebí un sorbo de aquel glorioso café.

—Sí, bueno, anoche traíais unas ojeras como el cañón del Colorado y no me pareció el momento... pero yo también he hecho los deberes. ¿Recuerdas lo que me pediste del Urremendi? Estuve investigando. Llamé al director del colegio, Rufo Ormazábal, y le pregunté por ese robo. Lo achaca a una gamberrada de un grupo de «caballeretes», como él los llama, que ya han dado bastantes problemas en el colegio. Pero él mismo reconoce que no entiende por qué se centraron en aquellos viejos expedientes... La promoción de 1995. ¿Os importa que fume?

—Para nada —dijo Olaia—. De hecho, te acompañaré.

Se acercaron a la entrada y se encendieron un par de cigarrillos.

—Bueno, estábamos hablando de esto y de aquello y yo dejé caer el nombre de Elixabete. Pensé que no perdía nada y que quizá eso ayudase. ¡Y joder si ayudó!

Fumó una calada y soltó una larga flecha de humo hacia la calle.

—Le dije que casualmente Elixabete pertenecía a esa misma promoción. Y que había sido mi compañera en ETB noticias. Bueno, pues resultó que en el colegio estaban muy al tanto del fallecimiento de Elixabete. Ormazábal me dijo que «otro» periodista de ETB había estado haciendo preguntas por allí.

—¿Un periodista?

—Sí. Un tipo que se presentó también en el funeral. Y después llamó a unos cuantos excompañeros de Elixabete. De su promoción.

—Joder. ¿Qué quería saber?

—Recuerdos del colegio. Quiénes eran los amigos de Elixabete. Si tenía mucha cuadrilla, poca… con quién se relacionaba.

—Pero ¿qué demonios pasa aquí? ¿Qué tiene todo esto que ver con nada?

—Eso mismo pensé yo, aunque intenté disimular. Le pregunté por el nombre del periodista y dijo que me lo conseguiría. Me escribió justo ayer. Xabi López. Miré en nuestro listín y no hay ningún Xabi López en ETB.

—¿Tienes una descripción?

—Sí. Un hombre alto, con el pelo corto y gris.

—El chófer —intervino Olaia.

—Me da a mí que ese tipo no es un simple chófer… —dije—. Pero ¿qué maldito interés puede tener la adolescencia de Elixabete? Joder, justo cuando pensaba que lo tenía todo claro…

—Yo estoy igual —dijo Maika.

Entonces a Olaia se le ocurrió algo.

—Si ese tío estuvo haciendo preguntas, quizá dejó el teléfono a alguien. O algún dato.

—Lo he pensado —Maika asintió con la cabeza—, y voy a intentar seguir sus pasos. Tengo algunos nombres de alumnos con los que, al parecer, habló ese tipo. Voy a ir uno por uno.

—Vale. O sea que todo el mundo tiene trabajo de sobra. Pues al lío.

Preparamos más café keniata e instalamos el centro de mando en la cocina del caserío. Maika trajo su portátil y nos prestó una tablet y su teléfono. Una de las fuentes de información que íbamos a «estresar» aquella mañana eran las redes sociales. Olaia y yo nos centramos en encontrar a Judit, mientras que Maika seguía los pasos de ese «falso periodista» que había estado entrevistando a diferentes alumnos del Urremendi.

Sobre la una del mediodía, el café se había acabado, el cenicero estaba lleno de colillas y los ojos de todos muy cansados. Yo tenía ya un listado de veinticinco actrices llamadas Judit o Judith, rubias o de pelo claro, que habían actuado o actuaban en teatros y compañías de Madrid (o que aparecían representadas por alguna agencia de la capital). Se me ocurrió cruzar sus apellidos con los nombres de las seguidoras de Instagram de Erika y aquí es donde la cosa se puso interesante. Había una actriz llamada Judit Galán que podría coincidir con una de las *followers* de Erika: «JGalan84».

El número en un nombre de usuario suele hacer referencia al año de nacimiento. En la corta biografía de Judit que encontré en la página de la compañía, se mencionaba que nació el 8 de enero de 1984.

Nervioso, pero todavía callado por cautela, busqué su Instagram y vi que tenía el perfil abierto. Nada más ver las dos últimas fotos que había publicado, supe que estábamos en el camino correcto.

—¡Lo tengo! —grité—. He encontrado a Judit.

Las dos se levantaron de sus sillas inmediatamente. Vinieron corriendo hasta donde yo estaba, sujetando el móvil de Maika.

—Es una actriz llamada Judit Galán, rubia, que trabaja en la compañía Kalaka de Madrid y que nació en enero de 1984 —dije—. Bueno, este es el perfil de Instagram de una de las *followers* de Erika: JGalan84. —Señalé la pantalla—. Mirad la penúltima foto.

Era una vista de un jardín que Olaia reconoció al instante: el jardín de Erika Paz Aguirre. En la foto se veían unas piernas (¿de Judit?) cruzadas frente a la mesita de jardín donde la noche anterior encontramos el sándwich podrido. Sobre la mesa había una taza humeante de té, un par de galletas y un libro. El texto rezaba: «#Leer #Escapadas #SoledadBuscada #QuéBienMeSientaElNorte».

—Es ella —dijo Olaia—. Vuelve al muro. Veamos esa última foto.

La última foto de Judit, fechada el domingo 15 de mayo, mostraba las ruinas de un castillo rodeado de piedras y pastos verdes. Un cielo azul. Poco más. El texto decía lo siguiente: «Lista para la gran desconexión. Nos vemos en un mes. #VolverMásFuerte #ConectaConLaVida».

—Se refiere al retiro, claramente, pero ¿qué lugar es ese? ¿No hay manera de saber dónde está sacada la foto?

—No —dijo Olaia—, no la ha geolocalizado. Y en el texto no ha dejado pistas. Joder. Y si hay algo en España, son castillos en ruinas.

Pero entonces oímos cómo Maika se carcajeaba a nuestra espalda.

—Creo que hoy es vuestro día de suerte —dijo.

—¿Conoces el sitio?

—Mi padre es extremeño —respondió Maika—, y eso, casi al cien por cien es el castillo de Trevejo, en la sierra de Gata, Cáceres.

Nos apresuramos a comprobarlo. Las imágenes de Google no dejaban lugar a dudas. La última foto de Judit nos llevaba hasta el norte de Extremadura, a la verde y remota sierra de Gata. Y eso reducía drásticamente la lista de retiros que Olaia había confeccionado.

—Solo hay uno, de hecho, que esté funcionando en estas fechas.

Olaia buscó la página web y la mostró en la pantalla de la tablet:

Naraya Ashram, retiro de yoga y desintoxicación ayurvédica.

Situado en un enclave privilegiado junto a la frontera de Portugal. Sin cobertura ni contaminación lumínica, presentamos un retiro para la limpieza interna y externa, el renacimiento y la profundización en el néctar del yoga nidra…

—Hay un teléfono móvil.

—Voy a llamar —dijo Olaia—. ¿Qué tal si te pones en contacto con el agente de Judit o alguien que pueda darte su teléfono?

—¡Vamos!

Probamos ambas cosas, pero nada funcionó. El teléfono de Naraya Ashram daba «fuera de cobertura» (lo cual encajaba con su publicidad). Mientras tanto, en la agencia de Judit respondieron que no podían compartir su contacto, pero se ofrecieron a enviarle un mensaje de nuestra parte.

—A ese móvil que tampoco tendrá cobertura —dije nada más colgar—. Al menos sabemos una cosa: Judit sigue viva. O con muchas posibilidades de estarlo.

—Pues vamos, salgamos ya —dijo Olaia—. Son seis horas en coche. Podemos llegar esta misma noche.

—Contad con mi Clio —dijo Maika.

—Gracias —dije—. Y quizá necesitemos algo de dinero en metálico también. Si no queremos ir dejando la huella de nuestras tarjetas.

—Os puedo dejar dinero, pero tendré que ir a Gernika a sacarlo del banco.

—No perdamos más tiempo entonces.

Maika se marchó. Dijo que también traería algo de almuerzo para nuestro periplo. Olaia y yo salimos un instante al jardín con la tablet y nos dedicamos a trazar el plan de viaje. Íbamos a seguir la Ruta de la Plata, sin paradas hasta el lugar del retiro, una casona aislada en lo alto de unos riscos, no muy lejos del pueblo de Trevejo.

—Llegaremos ya bien entrada la noche. Quizá sea demasiado tarde para llamar a la puerta del áshram. Me imagino que se irán pronto a la cama, ¿no?

—Los despertaremos —dijo Olaia—. Si es verdad que son todo paz y amor, sabrán perdonarnos. Solo espero que Judit no haya borrado el vídeo como parte de la desintoxicación ayurvédica.

—Después de todo, el riesgo que estamos corriendo va a merecer la pena, ¿eh?

Olaia no respondió. Fumaba en silencio, pensativa, mirando al fondo de aquel precioso paisaje de Urdaibai.

—¿Te preocupa algo? Oye… si es por todo esto… es cosa mía. Puedo ir solo.

—No —dijo ella—, llegaremos juntos hasta el final. Solo estaba pensando en mis padres... No sabría ni cómo explicarles lo que estoy haciendo.

—Ya... Me pasa lo mismo con mis hijas. Solo espero que, cuando esto termine, termine bien. Y podamos contar la historia tal y como es.

—Esa es otra cosa que me preocupa. Maika.

—¿Maika?

—Entiendo que ella vea este caso como una gran venganza por Elixabete. Pero su ambición periodística puede ser un peligro para la investigación. Tenemos que controlarlo, Aitor. En el fondo, por muy alegal que sea todo esto, somos policías y estamos instruyendo un sumario. Y ella es la prensa.

Me sorprendió un poco aquella suspicacia de Olaia hacia Maika. Para mí, Maika era una gran aliada que no había dudado en brindarme su apoyo desde el principio. Pero decidí fiarme de la cautela de mi compañera.

—Bueno. Hablaremos con ella.

Justo en ese instante vimos aparecer el coche de Maika por la cuesta, bastante acelerado como siempre. Entró por el jardín a toda prisa, haciendo unos extraños gestos. Nos señalaba hacia la casa, como si quisiera que entrásemos.

Nos pusimos en pie.

—¿Qué ocurre, Maika?

—Entrad. No estéis aquí fuera.

—Pero ¿qué pasa?

—Os buscan. A los dos. Las cosas se han puesto feas... muy feas.

Maika precipitó las bolsas de la compra sobre la mesa. Después cerró las contraventanas de la cocina.

—Habla ya o me va a dar un infarto —dije.

—Te buscan, Aitor. Y es grave.

—¿A mí?

—¿Por lo de Erika? —preguntó Olaia.

—No. Por la muerte de Íñigo Zubiaurre.

—¿Qué?

—De camino a casa he llamado a mi contacto en la central. Le he preguntado cómo andaban las cosas con el asunto de Elizalde... y me ha dicho que «había un lío de pelotas entre comisarías» por una orden de arresto. Y que podía estar todo relacionado. Bueno, le he tirado de la lengua y me ha contado que hay «un tal Orizaola en busca y captura». Y me he quedado a cuadros.

Me vino un pequeño mareo y terminé sentado en el sofá del salón. Olaia se apoyó en el reposabrazos.

—Pero ¿cuál es el motivo de la orden?

—Al parecer encontraron una nota amenazante en la boca del cadáver. ¿Tienes algo que ver con eso, Aitor?

Olaia y yo cruzamos una mirada.

—Sí —dije—. Yo dejé la nota en su puerta. Pero nada más. Solo pretendía provocarle. Después alguien la cogió y se la metió en la boca al muerto.

—Al parecer, los de la Científica examinaron el papel y el estilo de impresión y determinaron que era, muy posiblemente, un trabajo hecho en una copistería. Había sospechas sobre tu participación en el asunto, así que distribuyeron tu foto por todas las copisterías de Bizkaia.

—Mierda. Las Arenas.

—Exacto —dijo Maika—. El dueño de una papelería te

reconoció. Dijo que no eras un cliente habitual y que por eso se acordaba… y para empeorar las cosas, todavía guardaba el PDF que le mandaste imprimir. Por lo visto era un informe muy aburrido, pero en cierta página, escondida, estaba esa nota. Lógicamente, la jueza ha emitido una orden para que te persones en el juzgado y aclares el asunto.

—Vale —cerré los ojos—, ahora sí que me voy solo a Extremadura.

—Al contrario —dijo Olaia—. Es casi mejor que te entregues y des las explicaciones que hagan falta. Yo puedo hacerme cargo del vídeo de Judit. Volveré con él y eso lo aclarará todo.

—No tan rápido —intervino Maika—. Tú también estás metida en líos.

—¿Qué?

—De entrada, lo de Elizalde está ya en todos los periódicos. Mirad.

Cogimos la tablet y abrimos la página de *El Correo*, allí estaba el suceso en primera página:

LA POLICÍA INVESTIGA EL HALLAZGO DE UN CADÁVER CON SIGNOS DE VIOLENCIA EN UN CHALET DE MUNGIA

El grupo de Homicidios de la Ertzaintza investiga el hallazgo de un cadáver que presentaba signos de violencia en un domicilio del barrio residencial de Elizalde, cerca de Mungia.

Según han confirmado a este periódico fuentes de la investigación, el hallazgo se produjo esta noche, cuando los agentes accedieron al interior del domicilio alertados por los vecinos y habiendo recibido también una señal desde la central de alarmas.

La víctima sería la dueña y única ocupante del chalet, E. P. A., de 39 años y de profesión piloto comercial en la compañía Iberia. Todavía se desconocen los motivos de la agresión, aunque todo induce a pensar en un móvil económico. Los agentes de la investigación, tras la inspección de la escena, han descartado el móvil sexual.

—Lo que ya sabíamos —dije—. Han descartado el móvil sexual. No tardarán en descartar el robo.

—¿Por qué dices que estoy metida en un lío?

—Vieron tu coche en Urduliz y encajaba con la descripción que dio el vecino. Como seguía allí esta mañana, han ido a tu casa a buscarte. Y al llegar han encontrado el coche de Ori.

Solté una maldición.

—En efecto. Y los dos estáis ilocalizables y desaparecidos de vuestros respectivos domicilios.

—O sea que, que como dice la canción, somos *partners in crime*.

—O como dice el refranero, estamos de mierda hasta el cuello.

—Y eso no es todo —prosiguió Maika—. Me he enterado de que la Ertzaintza ha ido a buscarme a mí también, esta mañana, a la sede de la ETB. No tengo ni idea de por qué. Quizá por algo de todo lo que he removido estos días... Pero el caso es que creo que incluso este sitio ha dejado de ser seguro.

—Salgamos ya. —Me levanté del sofá—. Ahora mismo.

—Pensadlo bien, chicos —dijo entonces Maika—. ¿No crees que lo mejor sería ir a dar explicaciones? Judit saldrá del retiro en algún momento. Habrá otra oportunidad de hablar con ella.

—No podemos arriesgarnos —dije—. Esos hombres se mueven rápido y no sabemos lo que Erika les pudo contar sobre Judit. Sin ese vídeo, literalmente, todo este lío no habrá servido para nada.

Miré a Olaia.

—Entendería que te bajases del carro ahora mismo. Acabo de convertirme en un prófugo.

Ella apretó la mandíbula.

—Cuanto antes tengamos ese vídeo, antes lo aclararemos todo. Vamos.

36

Maika había tenido la buena idea de llenar el depósito del Clio. Además de eso, había comprado un mapa de carreteras actualizado (ya que no dispondríamos del GPS para viajar), donde dejamos bien marcada la localización del retiro Naraya. Nos prestó dos sacos de dormir y nos confió también un sobre con mil euros recién salidos de su libreta.

—Son mis vacaciones de este año —dijo—. Así que volved sanos y salvos.

Me salió darle un fuerte abrazo. La verdad es que estábamos a punto de embarcarnos en algo bastante arriesgado. Quizá no volviéramos a vernos. O quizá volviéramos a vernos con unas rejas de por medio.

Olaia, en cambio, estaba fría. Me miró, quizá esperando que yo abordase el asunto sobre la necesidad de controlar la noticia. Pero no iba a hacerlo y negué con la cabeza: «No es el momento».

—¿Cómo nos comunicaremos? —se limitó a preguntar Olaia—. Sin teléfonos estaremos aislados.

—Llevaos la tablet —dijo Maika—. Estaré conectada las veinticuatro horas a mi cuenta de correo, solo tendréis que mendigar wifi por el camino, pero hoy por hoy todo el mundo tiene wifi.

—¿Eso es seguro? —le pregunté a Olaia.

—Usaremos alguna de mis doce cuentas de correo, dudo que alguien las conozca... y tampoco creo que haya una orden para monitorizar el email de Maika...

—Okey. Pues vamos.

Arrancamos y salimos cuesta abajo por aquella carreterita de Forua. El día se había nublado un poco, pero el sol lograba colarse entre los claros. Era una imagen que nos llenó de esperanza en aquel momento tan oscuro.

Llegamos a la general y nos incorporamos a la carretera. A partir de ahí, nuestro destino era una verdadera incógnita. Un control de carretera, una cámara... podían pillarnos en cualquier instante. Creo que nunca nos hubiéramos imaginado estar en semejante posición. Huyendo de una orden de arresto. En busca y captura.

—Pero no por homicidio. En el peor de los casos, tendrás que admitir que coaccionaste al testigo con esa nota —dijo Olaia—. Y, en realidad, lo de Elizalde es un simple allanamiento. El forense va a tardar dos minutos en certificar que Erika llevaba varios días muerta. Además, la Científica encontrará el tíquet del taxi... reconstruirán la escena igual que hicimos nosotros. Y creo que los dos tenemos una coartada para el 27 de mayo, ¿no?

Eché la vista atrás hasta el viernes, y recordé que esa fue la noche que Sara se escapó de casa. El día antes de que Friedrich llamase a nuestro timbre... ¿Quizá dispuesto a terminar con los últimos flecos?

—Podemos explicarlo todo —concluyó Olaia según llegábamos a la conexión con la autopista—. Solo necesitamos tiempo y esa prueba.

A pesar de la prisa, respeté los límites de velocidad por la autopista. El Clio era bastante viejo y un accidente o una avería lo mandaría todo al traste. El corazón se nos paró un par de veces antes de llegar a Burgos. Una patrulla de la Ertzaintza nos adelantó muy despacio según llegábamos a Gasteiz. Después, pasando junto a Miranda de Ebro, un accidente nos obligó a circular muy despacio frente a un grupo de guardias civiles. Si estábamos ya en busca y captura, era muy posible que nuestra foto ya estuviera en manos de otros cuerpos de seguridad. Pero no pasó nada. Quizá teníamos la ventaja de ir un poco por delante de los acontecimientos.

Desde Burgos, el camino fue relativamente tranquilo. Llegamos a Palencia, pasamos Valladolid y paramos en un pueblo llamado Simancas, donde comimos algo y nos cambiamos al volante. El atardecer fue cayendo en las amplias tierras castellanas. Un cielo enorme y enrojecido se nos antojaba como un presagio apocalíptico.

En esas horas del viaje nos dio tiempo para pensar y hablar sobre muchas cosas. La conexión entre De Smet, Jokin, Elixabete y los Gatarabazter seguía ocupando mucho espacio en nuestra imaginación.

—De Smet tenía clientes importantes. ¿Los Gatarabazter? —tanteé—. Supongo que tendría algún cuaderno o agenda de teléfonos.

—Salieron muchos nombres. Todos admitían que eran asiduos del centro de terapias holísticas. De hecho, afirmaban que De Smet era un genio en lo suyo.

—Y también en el asesinato, por lo que se ve. ¿Qué es lo que dijo en su defensa?

—Nada. De Smet nunca admitió sus crímenes. De hecho, permaneció callado durante el juicio. No habló ni siquiera con los psiquiatras. Vive recluido en una prisión de máxima seguridad y ha rechazado todas las entrevistas que se le han ofrecido.

—¿Crees que ese silencio puede estar motivado por el miedo?

—Quizá...

Pasamos Salamanca y nos acercábamos al norte de Cáceres. Empezamos a pensar cómo lo haríamos. ¿Llamar a la puerta del retiro y decirle a Judit que su amiga estaba muerta? Yo no lo veía claro.

—Lo último que queremos es que llamen a la policía y nos encierren allí.

—Pero tampoco hay muchas más opciones.

—Quizá podrías sacar la placa y hablarle del accidente del Fiat 500. No sé... decirle que ha habido algún tipo de reclamación y que sabemos que ella tiene un vídeo del momento.

—¿Crees que se tragará que dos ertzainas han viajado hasta Extremadura en un Clio para pedirle el vídeo?

—Hay que intentar que no vea el Clio.

Pasamos Ciudad Rodrigo. Las primeras estrellas aparecían ya en el firmamento y decidimos hacer un alto en el camino y parar en una gasolinera. El coche necesitaba un descanso, algo de diésel, y nosotros un par de cafés y chequear el email.

De hecho, había un correo de Maika enviado esa tarde a las 18.34:

Hola:

¿Cómo os va? Aquí por Forua todo correcto. He tenido una corta visita de algunos compañeros vuestros. Por alguna razón, piensan que yo podría saber dónde estáis. Os echan muchísimo de menos, al parecer. Pero, al igual que yo, no tienen ni la más remota idea de por dónde empezar a buscaros.

Muchos besos,

MAIKA

P.D.: Yo sigo con mi tema de los antiguos alumnos. Ya os contaré.

—Bravo por Maika y su lenguaje en código —dije.

—Parece que han ido a preguntarle por nosotros. Qué rápidos van, ¿no?

—Con una orden judicial, es cuestión de horas tener un registro de llamadas. El número de Maika habrá aparecido entre mis llamadas más recientes.

Pensé que también verían el número de Karim. Lo que me complicaría la vida un poco más (si eso era posible).

—Supongo que estarán registrando nuestras casas y coches —comentó Olaia—. Encontrarán el ordenador de Jokin…

—Y las grabaciones de la casa de Zubiaurre —añadí.

—Bueno. En cierta manera, quizá hasta sea algo positivo. De perdidos al río.

Eran las diez de la noche cuando por fin cruzamos a Cáceres por ese norte verde y escarpado que pocas personas relacionarían con la imagen de una Extremadura desértica.

Sabíamos que la finca de Naraya estaba al sur de San Martín de Trevejo. La habíamos marcado en nuestro mapa confiando en que el acceso estaría por allí cerca, con algún tipo de cartel en la carretera. Pero al llegar a los alrededores del pueblo dimos un par de pasadas sin localizar ningún sendero. El mapa no llegaba al detalle de esas carreterillas que surcaban los montes de la sierra de Gata.

—Ahora sí nos vendría bien un GPS —me lamenté.

—Tiene que ser alguna de las casas que se ven en lo alto. Pero ¿cómo se llega?

Nos detuvimos en un hueco del arcén. Era noche cerrada en pleno campo, pero las luces de San Martín de Trevejo resplandecían como el oro, en el regazo de una gran montaña (el Jálama).

—Quizá en el pueblo sepan darnos alguna indicación.

Entramos al pueblo por el oeste, siguiendo un sendero mal asfaltado que después ascendía a través de un laberinto de bonitas casas de dos alturas, de piedra y adobe y preciosos balcones en madera. Aparcamos cerca de la plaza mayor, que a esas horas tenía algo de ambiente. Había gente en la terraza del único bar abierto, pero en su mayoría parecían turistas extranjeros disfrutando de la calurosa noche. Nos costó dar con alguien al que le sonase el sitio. Finalmente, preguntamos a dos hombres vestidos con ropa de labor que tomaban unas cervezas sentados en la fuente.

—*Boas noitis* —dijo uno.

—¿Portugués?

—Mañegu, chica —sonrió el otro—. Aquí le llamamos así. Pero tranquila, que también sabemos castellano.

—Estamos buscando el retiro de yoga, nos han dicho que está por aquí —dijo Olaia mostrando el mapa.

—Por ahí es imposible porque todo eso es un bosque.

—*É a antigua finca do siñuritu, non?* —habló el primero—. *Endondi fain as coixas do yoga?*

—La finca del señorito —respondió el amigo mirándonos a nosotros—. Tiene que ser eso. No hay más por aquí.

—¿Sabe cómo se llega? —dijo Olaia—. Lo tenemos apuntado en el mapa, pero no encontramos el camino y no nos funciona el GPS.

—Hay que salir del pueblo por la parte alta —señaló la calle que partía de la misma plaza, hacia arriba—, coger la carretera hasta que vean una indicación a unas piscinas naturales y un parking. Desde allí sigan unos doscientos metros y encontrarán una puerta grande de madera. Es allí.

—Muchísimas gracias.

—De nada, hombre.

Estábamos agotados. La noche anterior no habíamos dormido apenas (Olaia aún menos que yo) y llevábamos casi seis horas de viaje encima. Por un momento pensé que quizá fuese bueno descansar un poco, pero entonces recordé que, de todas formas, íbamos a tener que dormir en los sacos que nos había prestado Maika.

—Tomemos un café antes de ir —le dije a Olaia—. Necesito espabilarme.

Entramos en el bar que estaba abierto en la plaza. La camarera era una chica jovencita, con gafas de pasta, pelo teñido de rosa y una camiseta superfriki de Peter Cushing en su papel en *Drácula*. Vino presta a nuestra seña. Dimos las «*boas noitis*» y le pedimos dos cafés. Ella nos debió de cazar el acento.

—¿Del País Vasco?

Sonreímos.

—Tengo un montón de primos en Vitoria.

—Ah. Bonita ciudad. Nosotros venimos de Bilbao.

—¿Con leche?

—Cortado.

—Y uno solo —dijo Olaia—. Voy a salir a fumar, ¿vale?

—Okey —dije—. Ahora te lo llevo.

Me quedé allí apoyado en la barra, mirando a la nada y pensando, otra vez, en lo complicada que se presentaba la noche. Primero llamar a esas horas a la puerta de un retiro espiritual. Sacar la placa y contar una historia de lo más retorcida. Judit no parecía precisamente tonta... ¿y si llamaban a la Guardia Civil? Quizá tendríamos que hablarle con claridad. Contarle que Erika estaba muerta, aunque lo que eso podía provocar era totalmente incierto... y la cabeza no me daba para mucho más después de tantas horas en el coche.

Instalado en estos pensamientos, mientras la camarera de la camiseta friki preparaba el café, mis ojos fueron a posarse en el aparador que había tras la barra. Las botellas, los décimos de lotería, una estampita de San Martín de Trevejo... hasta que de pronto me topé con un rostro terriblemente familiar.

Judit.

—¿Eh?

Una fotografía de Judit insertada en el marco de un espejo. Era el retrato que habíamos visto en la página web de su agencia.

—¿De dónde ha salido esa foto?

—¿La chica? —preguntó la camarera—. ¿La ha visto? La están buscando.

—¿Quiénes?

—Su familia.

—¿Puedes pasármela un segundo? ¡Olaia!

Pegué tal grito que todos los clientes se giraron a la vez. La camarera se quedó blanca y Olaia apareció con un cigarrillo entre los dedos. Lo tiró al suelo.

—¿Qué?

—¡Mira!

La camarera sacó la fotografía con el rostro de Judit del marco del espejo donde estaba sujeta. La miramos sin decir palabra. Le di la vuelta. Había un número de teléfono.

—¿Quién ha dejado aquí está foto?

La chica estaba en shock.

—Tranquila, somos policías —añadí.

—Pues… vinieron dos hombres. Uno era alto con el pelo canoso. El otro era más bajo. Bien afeitado. Con una pinta un poco rara, creo que era…

—¿Francés?

—Eso es. ¿Los conocen?

—Creemos que sí —dijo Olaia—. Son dos estafadores.

—¡No me diga!

Olaia sacó la placa y la pasó rápidamente por delante de los ojos de aquella chica atemorizada.

—Somos de la policía del País Vasco —dijo bajando la voz—. Llevamos días detrás de esa gente. ¿Puedes contarnos cuándo vinieron?

—Anoche estuvieron por el pueblo. Dijeron que venían buscando a Judit, por lo de su madre…

—¿Lo de su madre?

—Al parecer había ingresado de urgencia… y no lograban comunicarse con ella. Sabían que andaba por el pueblo por una foto que habían visto en Instagram… pero no tenían muy claro dónde.

—Claro —dije mirando a Olaia—. Instagram…

Y pensé que seguramente habían hecho el mismo camino que nosotros. Pero a ellos les faltaba la pista clave: el yoga nidra.

—¿Dijeron algo más? —pregunté.

—Solo buscaban sitios para «desconectar» por aquí cerca. Al parecer, Judit había venido a algo así…

—¿Que les dijiste?

—Bueno. Otra cosa no, pero para desconectar por esta zona hay un porrón de cosas. Una hospedería. Rutas por la naturaleza. Un hotel con spa… Incluso un convento.

—¿Les mencionaste algún retiro de yoga?

—¡Sí! También les hablé de Naraya, claro. Está aquí al lado.

—Joder.

—¿He hecho algo mal?

—No… para nada. Digo «joder» porque vaya par de cabrones. Si los vuelves a ver, por favor, llama a la Guardia Civil, ¿vale? Sin que se note.

—Vale. ¿Todavía quieren los cafés?

—Sí… pero hay que bebérselos de un trago.

37

Fue bastante difícil no echar a correr en ese momento, pero nos contuvimos. No era cuestión de llamar la atención, al menos hasta haberlo discutido entre nosotros.

Llegamos al Clio. Entramos y cerramos las puertas.

—Lo lógico sería llamar a la Guardia Civil ahora mismo —opinó Olaia.

—No llegarían antes que nosotros —dije—. Y de todas formas, no nos dejarían quedarnos con el móvil de Judit.

—¿Crees que se nos han adelantado?

—No lo sé. Lo dudo. No sabían nada del retiro. Solo han encontrado a Judit por Instagram... seguramente porque a Erika se le escapó su nombre. Nosotros contamos con una ventaja. El *skater* de Marco Pizza nos la dio.

—Espero que tengas razón.

Lo de la contaminación lumínica era cierto, pensé cuando empezamos a conducir en plena noche por aquella carretera rural. La luna, fina como una rodaja, apenas regaba con un poquito de luz aquellos bosques de pinos y arbustos de jara. Para uno que venía del abrupto y denso norte, parecía que habíamos caído en un verso de García Lorca.

Tardamos nada en llegar a la señal de las piscinas naturales y, unos doscientos metros después, nos topamos con un portón de madera que daba acceso a un camino semiescondido entre una profusa vegetación.

—Da la vuelta. Aparquemos junto a la represa.

Así lo hicimos.

En el parking no había nadie y tampoco vimos ningún otro coche parado por los alrededores. Una sensación angustiosa me oprimió la garganta. Todo estaba demasiado quieto. Demasiado en silencio.

—Sé lo que piensas, Ori. Ya has pasado dos veces por lo mismo.

—Sí.

—Si le hubieran hecho algo a Judit, ya se sabría. Y no creo que se vayan a cargar a todos los participantes del áshram.

—Ojalá tengas razón.

Dejamos el Clio allí y caminamos por el arcén de la carretera hasta el portón. No había —tal y como habríamos imaginado— un cartel que indicase qué era aquel lugar. Solo una discreta pieza de madera sobre el botón de un timbre donde se leía «Naraya Ashram».

—Vale. Este es el momento de la verdad. —Olaia acercó el dedo al botón.

—Espera. ¿Por qué no echamos un vistazo antes?

—¿Otro *break in*?

—Ya puestos… Además, mira. Ni siquiera hay que saltar.

Señalé los arbustos de jara y tomillo que rodeaban la puerta. Tenían un par de buenos huecos y nadie se había preocupado de levantar una verja alrededor.

—Vamos.

Nos impregnamos de aquel aroma a tomillo, que será para siempre uno de los recuerdos de aquella noche trágica. Cruzamos aquel denso boquete y salimos a un terreno de hierba alta y muy seca que subía hasta un caserón antiguo. La noche era oscura, pero la rodaja de luna bastaba para ver la fachada blanca de aquella gran casona. Detrás comenzaba un negro pinar, pero vimos los tejados de algunas cabañas o bungalows asomando entre los árboles.

Evitamos el camino privado y rodeamos la finca entre las hierbas altas. Había algunas luces encendidas en la planta baja, pero apenas se escuchaba nada. Un olor muy fuerte a incienso preñaba el aire. También un leve aroma a comida. Y nos pareció detectar cierto movimiento, no muy lejos donde estábamos.

Vimos a dos personas saliendo por una puerta y nos agachamos entre la hierba. Dos cigarrillos se encendieron en la noche. Una conversación.

—¿Los ves?

—Son cocineros —dije al fijarme en sus pantalones a cuadros blancos y negros, iluminados por un rectángulo de luz que surgía de la casa—. Parece que esta vez hemos llegado a tiempo.

—Vale. Pues es la hora del show.

Nos levantamos y subimos la cuesta lentamente. Los dos cocineros, al vernos, dejaron de hablar y se giraron sorprendidos. Uno era alto y delgado; el otro, todavía con un pañuelo de cocina en la cabeza, era un chaval chaparro de cejas muy gruesas.

—Buenas noches —dije cuando estábamos ya a unos pasos—. ¿Podemos hablar con alguien que esté al cargo?

—¿Cómo han entrado? —preguntó el más alto.

—Es bastante urgente —se adelantó Olaia—. Somos de la policía.

Aquello les hizo ponerse blancos, entre otras cosas porque lo que estaban fumando era un cigarrillo extralargo y aromático.

—Vete a buscar a Luis —le dijo el alto a su compañero, el de las cejas como cepillos.

El tío intentaba disimular el canuto entre los dedos.

—Puedes terminarte el porro —dijo Olaia—. Eso nos da igual.

El cocinero del pañuelo en la cabeza se perdió dentro de la casa a toda prisa. El otro se nos quedó mirando.

—Pero ¿qué ha pasado?

—Nada —dijo Olaia—. Estamos buscando a una persona. Es algo urgente.

El chaval le dio una calada al porro.

—Pues está todo el mundo dormido. Aquí… se duerme mucho.

En dos o tres minutos vimos aparecer a un hombre espigado, con una larga melena canosa y vestido con una túnica anaranjada. Tenía cara de recién levantado.

—Buenas noches. Soy Luis Vega, el coordinador del retiro. ¿Me pueden decir quiénes son ustedes y por qué han entrado sin llamar?

Olaia tenía preparada su placa. La levantó rápidamente.

—Policía. Estamos buscando a una de las participantes del taller.

—Un segundo —dijo el tal Luis—, muéstreme bien esa identificación.

«Mierda», pensé en el acto.

El hombre la cogió entre los dedos y la observó.

—Ertzaintza... Un poco lejos de su territorio, ¿no?

—Hay una explicación para eso —dije—. Pero, si no le importa, estamos buscando a una persona y es urgente. Se llama Judit Galán. Sabemos que es una de las asistentes al taller.

El hombre volvió a mirar la identificación.

—No entiendo qué hace la Ertzaintza aquí.

—¿Qué cojones es lo que no entiendes? —le espeté borrando cualquier formalidad de golpe—. Te lo hemos dicho: venimos toda la tarde conduciendo desde Bilbao porque tenemos que hablar urgentemente con esa persona. Haz el favor de despertarla y que salga.

Utilicé mi tono más duro, buscando aturdirle. Pero Luis Vega no parecía de los que se arredran a la primera.

—Moncho —le dijo al cocinero chaparro—, llama inmediatamente a Virginia y que salga. Y que traiga un móvil.

El chico entró de nuevo en la casa.

—Oiga —le dijo Olaia en otro tono—, solo queremos hablar con Judit Galán. Nada más.

—Con quien vamos a hablar es con la Guardia Civil —dijo él—, y aclararemos esto antes de...

Hizo ademán de guardarse la placa de Olaia, pero ella se lanzó como una tigresa a por su identificación. En ese momento, el aire se movió a nuestro lado. Olaia dio un respingo y se oyó una especie de ZIUPP muy rápido. Luis Vega se quedó repentinamente callado, con la boca abierta.

—¡Disparo! —gritó Olaia, y noté que se tambaleaba hacia mí.

Me giré y vi que se había llevado la mano al hombro. Tenía sangre en los dedos. Y la cara salpicada de gotas negras.

—Olaia.

Entonces oí que Luis decía algo. No eran palabras. Era una especie de gorjeo extraño. Escupió un chorro de sangre por la boca, que nos regó la ropa a Olaia y a mí.

La sangre brotaba como un río de su garganta. Le habían disparado en el cuello, pero él tampoco parecía comprenderlo en esos instantes.

—¡Al suelo! —grité—. ¡Al suelo!

El cocinero del porro había dado un paso hacia Luis Vega y, justo entonces, escuché otro ZIUPP que pasó muy cerca de mi oreja y la cabeza del cocinero estalló como una sandía. Después, el cuerpo del cocinero se derrumbó, pero Luis todavía lograba mantenerse en pie. Escupiendo sangre mientras sus manos buscaban (imagino) el origen de ese inmenso y repentino dolor en su cuello.

—¡Adentro, adentro! —gritó Olaia.

La cogí del brazo y tiré de ella hasta la entrada de la cocina al tiempo que volvíamos a escuchar un ZIUPP que rompió un trozo del vano de la puerta.

La lancé al suelo y me tiré a su lado.

—¿Te han dado?

—En el hombro —dijo mirándose—, creo que solo me ha rozado.

Eché un vistazo rápido. Olaia vestía una camiseta clara que se había rajado por el hombro derecho. Tenía una herida superficial. La bala que se había incrustado en la garganta del coordinador en realidad buscaba su cabeza.

—Están disparando desde la arboleda —supuse—, con un silenciador. ¿Puedes moverte?

Desde el suelo de la cocina vimos a Luis dar dos pasos hacia la puerta antes de caerse allí mismo, en el umbral. Muerto.

—Joder. Esa bala era para mí —dijo Olaia—. ¡Ha fallado porque me he lanzado a coger la placa!

—Lo sé. —Saqué la HK—. ¿Puedes disparar?

—Creo que sí, pero ayúdame a sacar la pipa.

Lo hice. Después intenté concentrarme en la situación. El tipo o los tipos que estaban disparando iban a salir de su agujero en breve. Y la puerta de la cocina no se podía cerrar con el cadáver de Luis allí.

—Hay que entrar en la casa. —Señalé la siguiente puerta.

—Vale, ¡vamos!

Nos movimos a gatas por el suelo de la cocina hasta la estancia contigua. Era un comedor bastante grande, lleno de mesas y bancos corridos y decorado con banderines. Había unas lucecitas encendidas en las esquinas, pero el lugar estaba en penumbra. En cualquier caso, las ventanas aún ofrecían un buen ángulo de tiro desde los pinares.

—Quédate en el suelo —le dije a Olaia—. Voy a arrastrar uno de esos muebles contra la puerta.

Avancé agachado hasta una alacena que había junto a la puerta e intenté moverla, pero estaba llena de vajilla y pesaba como un piano. Así que me decanté por una de las mesas de madera. La volqué sobre sus patas y la empujé contra la puerta.

En ese mismo instante, vi una sombra moviéndose a toda velocidad por el pequeño corredor exterior.

—¡Al suelo!

Una ráfaga de disparos rompió la ventana y barrió el comedor. La porcelana de la alacena que había tratado de empujar estalló en mil pedazos y la mesa de madera bajo la que estaba

Olaia también recibió tres o cuatro tiros que la desplazaron unos cuantos centímetros. Tres baldosas del suelo se partieron por los balazos y el aire se llenó de humo.

Olaia devolvió el fuego desde debajo de la mesa. Después yo hice lo propio. Si el ruido de la vajilla estallando no había despertado a nadie, nuestros disparos lo harían... y eso era bueno.

Tras nuestra réplica se hizo un corto silencio. La cortina estaba rasgada y había empezado a arder.

—¡Corre! —le dije a Olaia—. Hasta la otra puerta.

Ella echó a correr agachada mientras yo efectuaba un cuarto disparo para cubrirla. Le di tiempo a llegar a la salida del comedor y entonces fui hacia ella, cubierto por dos disparos de su pistola. No creo que acertásemos a nadie, pero logramos cruzar dos grandes puertas que procedimos a cerrar y a asegurar por medio de unos pestillos.

Nos sentamos en el suelo con la espalda apoyada en una pared.

—Ostias, creo que tiene un subfusil de asalto. ¿Cómo vas de balas?

—Me quedan tres o cuatro. Tengo otro cargador.

—Yo no.

Y acordándome de mis amigos de Asuntos Internos, pensé: «Qué bien me vendría un poco de C-4 ahora».

Miramos el nuevo lugar. Nos encontrábamos en un amplio vestíbulo del cual partían unas escaleras hacia las plantas superiores. Desde allí arriba llegaban ruidos de pasos acelerados y algún grito. Entonces vi al cocinero, el de las cejas gruesas, en lo alto del primer descansillo. Estaba con otra persona: una mujer pelirroja vestida con otra de esas túnicas naranjas. Recordé que Luis le había mandado buscar a una tal Virginia.

—¿Qué pasa? —preguntó el cocinero desde lo alto.

—Avisad a todo el mundo, que se alejen de las ventanas y se encierren como puedan.

—¡¿Qué le ha pasado a Luis?! —preguntó la mujer—. ¡¿Dónde está?!

—Haga lo que le digo. ¡Ya!

Vi cómo la mujer temblaba de los pies a la cabeza, pero reaccionó y subió escaleras arriba. El cocinero seguía en el descansillo, estupefacto, quizá preguntándose por su compañero.

Me levanté y llegué hasta el pie de la escalera. Le hice un gesto para que bajara. Los escalones de madera estaban bastante viejos y crujían. Se quedó al otro lado de la barandilla.

—Buscamos a una chica llamada Judit.

—Sí… sé quién es. ¿Qué le ha pasado a mi colega?

—Ha fallecido, lo siento —dije.

El golpe de la noticia lo hizo marearse. Cerró los ojos y se tuvo que agarrar a uno de los postes.

—¿Seguro?

Yo asentí recordando esa cabeza que había explotado como una sandía.

—Necesitamos tu ayuda para que no muera nadie más —dijo entonces Olaia—. ¿Dónde podemos encontrar a Judit?

—Las *sadhaka* jóvenes están en las cabañas.

—¿*Sadhaka*?

—Las aspirantes… Judit es de ese grupo.

—¿Cómo se llega?

—Pues… hay que… Podéis salir por detrás. —Señaló al fondo del pasillo—. Y hay que ir hacia la derecha.

En ese instante oímos un ruido procedente de la parte frontal de la casa. Cristales rotos. ¿Una ventana?

Olaia levantó el arma en esa dirección y el chaval se encogió aún más.

—¿Tienes un móvil?

—No... Además, aquí no funcionan. Hay que bajar casi hasta las piscinas naturales para tener algo de cobertura.

—¿Hay un teléfono fijo en alguna parte?

—No.

«Joder con los yoguis», pensé.

—Vale. Escucha, ¿cómo te llamas?

—Moncho.

—Vale, Moncho. Escóndete como puedas y todo saldrá bien. No vienen a por ti, ¿okey?

Entonces oímos que alguien gritaba: ¡SALGA DE AQUÍ! ¡USTED NO PUEDE ESTAR AQUÍ! ¡VOY A LLAMAR A LA POLICÍA!, seguido del inconfundible sonido de las avispas ZIUPP-ZIUPP-ZIUPP.

Después, algo cayó al suelo. Un bulto muy grande.

—Yo me voy con vosotros —dijo Moncho.

Miré a Olaia. Ese tirador se acababa de cargar a un tipo a sangre fría.

—Llévatelo, buscad la cabaña y encontrad a Judit —dije al fin—. Encerraos como podáis. Yo voy a intentar parar a ese hijo de la gran puta.

Olaia le dio un par de palmadas en el hombro a Moncho y le indicó que la siguiera. Se fueron por un pasillo hacia la parte trasera de la casa y yo avancé hasta la siguiente puerta de aquel gran vestíbulo.

En paralelo a la puerta del comedor había otras dos puertas abiertas. Me aposté en una de ellas y divisé un salón diáfano cubierto de colchonetas y cuadros espirituales de la India. No había nada más. Las ventanas estaban de una pieza. No era allí donde acababa de producirse el último disparo.

El suelo crujía mucho, sobre todo debajo de mis cien kilos. Me quité los zapatos y me quedé en calcetines. Después, entré y me pegué a la pared. Desde el salón se podía continuar en dos direcciones: una puerta que daba a un pasillo que se perdía en el interior, u otra puerta, entornada, que me permitió ver una nueva sala. Aquí había una especie de altar, con un Buda dorado en el centro y varias colchonetas esparcidas a los lados. En una de ellas había un cuerpo, boca abajo. Y una de las puertas acristaladas estaba abierta de par en par.

Apunté con la pistola y entré controlando las esquinas de aquel santuario. Había otra puerta que comunicaba con la casa. ¿Había entrado o seguía fuera?

Me quedé callado, pegado a una de las esquinas como una araña. Las manos me sudaban alrededor de las cachas de la pistola, caliente, que todavía humeaba. El olor a pólvora se te pegaba en el paladar.

Entonces oí un crujido de madera. Estaba dentro.

Crucé el santuario de puntillas, como una bailarina, hasta la puerta acristalada. Salí. Era una noche preciosa y llena de estrellas. Una brisa fresca movía los pinos. Me imaginé lo fantástico que debía de ser estar allí, haciendo yoga y comiendo mierdas detox. Pero lo de no tener ni un teléfono fijo me pareció un detalle naíf. Joder. A todos nos puede tocar la visita de un asesino psicópata. ¿Es que ya nadie ve las películas de terror clásicas?

El tirador estaba registrando la casa en el sentido opuesto al reloj, así que le fui a la zaga. Me doblé todo lo que pude y corrí hasta la primera esquina de la casona.

Entonces, de pronto, me topé con alguien allí.

Había una persona en cuclillas, pegada a la pared. Era un hombre de unos sesenta años, de raza india, una barba de chivo blanca y el pelo atado en una coleta. Tenía el aspecto de ser uno de los gurús del tinglado. Estaba rezando o haciendo algo muy parecido, con las palmas de las manos muy juntas. Cuando me vio, entrecerró los ojos y se pegó las manos a la frente.

—No le voy a hacer daño —dije—, quédese quieto. ¿Me entiende?

El tipo no hacía nada. Solo rezar. Quizá esperaba el final.

Lo dejé allí y fui a toda velocidad por debajo de las ventanas hasta la siguiente esquina de la casona. Allí comenzaba una terraza y estaba llena de hamacas y tumbonas con doseles. Me tiré al suelo y avancé arrastrándome hasta debajo de una mesa. Desde allí vi movimiento dentro de un salón de desayuno.

Una sombra absolutamente negra avanzaba por entre aquellas mesas con un fusil muy grande, dotado con un silenciador. Parecía un fusil automático de asalto, joder. Ese pepino tenía un cargador de caja de por lo menos treinta cartuchos. ¿Cuántas balas me quedarían a mí? Con los nervios, había perdido la cuenta. Mierda.

Me quedé mirando a esa sombra. Ropas negras. Posiblemente un pasamontañas. Avanzaba controlando los huecos, a pasos cortos y certeros. Un tirador profesional.

Me planteé la posibilidad de abrir fuego en ese instante, pero no tenía ángulo desde aquella mesa. Disparar solo serviría para delatar mi posición. Un suicidio.

Pero en ese momento pasó lo impredecible. Oí un grito a mi espalda y vi al gurú corriendo campo a través. «¿Adónde coño vas?», pensé.

El tirador lo vio, claramente. Antes de que pudiera hacer nada, una ventana estalló en pedazos sobre el suelo de la terraza (ZIUPP-ZIUPP-ZIUPP) al tiempo que escuchaba un gemido en el jardín. Había alcanzado al gurú.

Me quedé callado, apretando los dientes porque todavía no tenía posibilidades de hacer nada. Solo pensaba: «¿Por qué? ¿Vas a masacrarlos a todos?».

Entonces la puerta se abrió y la sombra salió corriendo. Para mi sorpresa, saltó las escaleras y aterrizó en el jardín.

Yo me moví a toda prisa. Salí de debajo de aquella mesa y me arrastré hasta la balaustrada. El tipo había llegado donde el gurú, que seguía vivo, a juzgar por los gemidos de dolor.

—¡Judit Galán! ¿Dónde está? Habla.

Reconocí ese acento inmediatamente. El francés que asesinó a Zubiaurre. Mi vecino el de la caldera rota. Friedrich.

El gurú no decía nada. Le vi juntar las manos otra vez y pegárselas a la frente. Al parecer le había dado en una pierna.

—Habla o te pego un tiggo —dijo Friedrich mientras le apoyaba el cañón en la sien.

El gurú se puso a rezar. Friedrich empezó a contar.

—Diez… nueve…

Le tenía a tiro. Eran solo veinte metros. Me aposté la pipa en el antebrazo y apunté a su espalda. Disparé. Pero mi arma no hizo nada.

Joder. Sin balas.

—… siete… seis…

No podía permitirme ver una ejecución sin hacer nada. Pensé que contaba con una carta: la sorpresa, así que salí corriendo, conteniendo el aire, con la HK agarrada por el cañón.

Friedrich iba ya por el número tres cuando debió de oír mis pasos trotando sobre la hierba. Comenzó a girarse.

Estaba a solo tres metros. Di dos grandes zancadas.

ZIUPP-ZIUPP-ZIUPP…

Soltó una ráfaga de disparos antes de poder apuntarme… pero yo ya estaba volando. Había lanzado mis cien kilos en modo «bomba de demolición» sobre aquel hombrecillo, hábil, malvado y despiadado, pero la mitad de corpulento que yo, a fin de cuentas.

Caí sobre él y sencillamente lo aplasté sobre la hierba. El fusil era demasiado largo para que le pudiera servir de nada en ese instante, por eso trató de separarse. Me soltó un rodillazo, se revolvió, pero aguanté el tirón. Le puse el antebrazo en el cuello y después intenté golpearlo con la culata de la HK, pero él me atrapó la mano antes de tiempo.

Era una maldita culebra. Una culebra con un cuerpo ágil y fibroso que además sabía hacer magia con las manos. Se revolvió otra vez con una buena técnica de evasión y de pronto estaba encima de mí. Hizo ademán de apartar el subfusil. Yo le solté el cuello y lancé la mano al cañón. Lo agarré. Estaba ardiendo después de la ráfaga y me abrasé la piel, pero no se me ocurrió soltarlo.

Friedrich disparó. Una ráfaga de cinco balas que levantaron tierra y humo a mi lado. Me abrasaron aún más la piel, pero eso fue todo. Entonces vi que se llevaba la otra mano al tobillo. Sacó un cuchillo y me lo lanzó en punta al cuello. Solo pude poner el brazo como defensa y noté la puñalada entrándome por encima del codo.

Lo sacó y levantó el cuchillo otra vez. Sus ojos fríos y una ligera sonrisa en los labios.

—Ya...

Antes de que pudiese atacarme, tiré del cañón (que todavía sujetaba con la mano izquierda) para atraerle hacia mí. Le solté un cabezazo. Pero al mismo tiempo noté que me clavaba la punta en el hombro.

—¡Hijo de puta!

Me giré, aprovechando que el cuchillo estaba dentro, e intenté tumbarlo para volver a ponerme encima. Pero el tío era bueno. Aprovechó mi intentona para zafarse con el arma. Se apartó de un salto y se quedó sentado en la hierba a un metro de mí. Fue hacia atrás para coger distancia. Se arrodilló y me apuntó en la cara.

—Di adiós… Saludaggé a tus hijas.

Tomé aire. Sonó un disparo.

38

Tardé unos segundos en darme cuenta de que había sonado alto y fuerte. Un BANG. No un ZIUPP.

Friedrich cayó hacia delante, todavía con las rodillas en el suelo, y se quedó así, doblado en una extraña postura.

Casi parecía que estaba haciendo yoga. «La postura del hombre muerto».

La figura de Olaia emergió desde la penumbra del pinar. Llegó a la altura de Friedrich sin dejar de apuntarle. Le empujó la cabeza y el cuerpo cayó de lado. Estaba muerto.

Yo no tenía ni aire, ni saliva para dar las gracias. Me incorporé y me acerqué a él. Le quité el pasamontañas y me envolvió un escalofrío al descubrir ese rostro anodino, bien rasurado y con el pelo corto. Tenía los ojos abiertos por la sorpresa y una especie de mueca en los labios. Como la sonrisa de un loco.

—Perdona que no subiese a ayudarte con la caldera —dije.

El gurú estaba temblando en el suelo. Soportaba el dolor de una manera notable, porque apenas jadeaba. Se dedicaba a respirar muy fuerte. Me acerqué. Vi que el disparo le había alcanzado un poco por encima de la rodilla. Sobreviviría. En cuanto a mí, dos heridas algo profundas en el brazo derecho y la palma de la mano izquierda absolutamente quemada. Olaia se acercó.

—¿Cómo estás?

—Me has salvado la vida.

—Lo sé. Vamos… no hay que relajarse.

Entre Olaia y yo cargamos con el gurú y nos dirigimos a la zona de las cabañas.

—He reunido a todo el mundo allí. —Señaló una, la más grande.

—¿Judit?

—Sí. He dejado a Moncho con ella.

En ese preciso instante, vimos a alguien correr por uno de los laterales de la casa. Otra sombra. Olaia todavía llevaba la pistola en la mano.

—¡Alto! —gritó Olaia—. ¡Deténgase!

Sin embargo, ese hombre, fuera quien fuese, no iba armado. Tan solo huía a buena velocidad en dirección al pinar.

Olaia hizo un disparo al aire, pero el desconocido se sumergió entre los árboles antes de que pudiéramos hacer nada.

—¿El chófer?

—Ayúdame a dejar a este hombre en el suelo.

Lo hicimos. Olaia salió aprisa en dirección a los pinos, aunque iba herida y el otro tipo llevaba muchísima ventaja. Al cabo de unos minutos, escuché el ruido de un motor y unas luces se encendieron en la noche, iluminando los árboles del pinar. Después, unos neumáticos chirriaron y se oyó un coche que huía rabiosamente por la carretera.

Olaia regresó poco después.

—Habían escondido el coche junto a la carretera, en el bosque. Creo que era un Mercedes negro.

—Por supuesto —dije—. El tipo no iba dejar que lo cogiéramos. Y el sicario era Friedrich.

—Vamos, llevemos a este hombre a la cabaña. Tenemos que terminar con esto.

Había una docena de personas allí dentro, sentadas o tumbadas en las colchonetas que les servían de catre, lejos de las ventanas, todas con el camisón naranja. Tenían cara de haber salido de su sueño ayurvédico para caer en una pesadilla.

Al vernos entrar, se echaron para atrás, pero enseguida se dieron cuenta de que traíamos a un herido.

—¡Echadnos un cable!

Algunos se levantaron. Nos ayudaron a tumbar al gurú sobre uno de los catres. El suelo se había llenado de gotas y manchas de sangre.

—¿Tenéis un botiquín?

—Aquí dentro no —respondió un chico bastante joven, con el pelo largo.

—Pues traed mantas y agua. Vamos a hacerle un torniquete.

Yo también sangraba. Cogí una sábana y me la enrollé muy apretada desde el codo hasta la muñeca. Le pedí a Olaia que me hiciera un nudo.

Judit estaba al fondo, rodeada por un grupo de hombres y mujeres. Y Moncho, el cocinero.

—¿Has hablado ya con Judit? —le susurré a Olaia.

—No me ha dado tiempo —dijo ella en voz baja—, pero hay que apurarse. Quizá alguien del pueblo haya oído los disparos. O uno de estos vaya a buscar cobertura para llamar a la Guardia Civil.

—Vale. Quédate vigilando la puerta.

Avancé por el pasillo que quedaba entre los catres hasta el

fondo. La gente se apartaba a mi paso (quizá porque todavía llevaba mi HK en la mano). Judit me siguió con los ojos muy abiertos. Pensé que quizá Moncho le había contado que la estábamos buscando.

—Hola, Judit. No me conoces, pero no tienes nada que temer. Somos policías. El tipo que ha venido a atacarte está muerto.

La noticia hizo que todos los que estaban allí se estremecieran y mirasen a Judit, como buscando una explicación. Pero todo lo que ella pudo hacer fue encogerse en el sitio.

—¿Atacarme a mí? Pero ¿por qué?

—Hace tres semanas estuviste en el País Vasco. Una noche, volvías de comprar una pizza en Urduliz y tuviste un accidente. ¿Lo recuerdas?

La chica me miraba como si yo fuera una aparición de la Virgen. O un extraterrestre. O Elvis vestido de reina del carnaval.

—Sí... pero...

—Te convertiste en el testigo casual de un asesinato. Y esas personas han venido a eliminarte. Ahora escúchame con atención. Durante el accidente grabaste un vídeo. ¿Tienes ese vídeo?

Ella se quedó callada. Creo que estaba en shock. Y por unos instantes me temí lo peor. «Lo borré todo», «Tiré mi móvil a la basura», «Se me cayó y se rompió»...

Me agaché. La miré de frente. Le cogí una mano.

—Grabaste un vídeo. ¿Lo recuerdas?

—Sí...

—¿Guardas ese vídeo?

—No lo sé —dijo al fin—. Tiene que estar, supongo. En el móvil.

—¿Dónde está tu móvil?

Señaló unas taquillas que había junto a la puerta. Allí fuimos. Abrió una de las puertas y sacó un iPhone de esos de pantalla gigante. Lo desbloqueó con el pulgar y abrió la aplicación de fotos y vídeos.

Había bastantes fotos del retiro. De los atardeceres y de las salas de meditación. Selfis con los compañeros de la túnica. En una de ellas, salía abrazada al gurú al que ahora le estaban practicando un torniquete sobre la cama.

Nadie se libraba de los selfis, ni siquiera en el áshram.

Pasamos esas fotos y vi la que había colgado en Instagram, la del castillo de Trevejo. Después había unas cuantas de un viaje en autobús. Un encuentro con amigos (reconocí al chico del pelo largo que estaba haciendo el torniquete). Y finalmente llegamos al norte.

Montes. Agua. Bilbao. La casa de Erika, un concierto en Marco Pizza.

Y por fin un vídeo.

—¿Este?

—Dale. Reprodúcelo, por favor.

Lo hizo y comenzó un vídeo. Era de noche. La iluminación bastante mala (la del iPhone, aunque había otras fuentes de luz). Lo primero que se veía era la cara de Judit hablando a cámara. Muy nerviosa. Muy enfadada.

«Esto es para que conste. Mañana mismo doy parte a mi seguro».

La cámara se giraba y mostraba dos coches parados en aquella curva de la montaña. Un Mercedes negro y un Fiat 500 beige. Había más gente por allí.

Yo ya sabía quiénes eran, pero no podía dejar de mirar.

«Esto es lo que le han hecho a mi coche», decía Judit.

El retrovisor colgaba de un lateral del Fiat 500.

Después, apuntaba al Mercedes S 580, concretamente a su espejo, que se había llevado un pequeño golpe.

Apuntaba a la matrícula, que se veía claramente durante unos segundos. A continuación, a la cara del hombre alto y de pelo canoso muy corto.

«Te vas a enterar».

«¡No me grabes!», decía el chófer intentando apartar la cámara.

Y por fin llegamos a los demás.

Primero, junto al Mercedes, estaba José Luis López de Arbeloa, con cara de circunstancias, pidiendo paz con las manos.

Después, Judit se acercaba a dos personas que fumaban junto a otro coche (el Saab de Arbeloa). Aquí los faros iluminaban la escena, las caras, todo.

La primera cara era la de Elixabete San Juan.

«¡Eh! Que yo no tengo nada que ver con esto, ¿vale? Solo voy de pasajera».

Y por último, Denis daba una larga calada mirando a cámara.

No decía nada.

Joder. Lo teníamos.

—¿Es esto lo que necesitan? —preguntó Judit.

—Sí —respondí, incapaz de contener mi alegría (a pesar de que tenía una mano abrasada y dos incisiones de navaja en el brazo)—. Exactamente esto.

—Se lo enviaría —dijo Judit—, pero aquí no hay cobertura.

Yo la miré en silencio. «¿Enviarlo? No. Necesito el vídeo, el teléfono... y a ti», pensé sin decir nada. Lo sentía de veras por esa chica, pero íbamos a tener que hacer trampas.

—Ven con nosotros hasta las piscinas naturales —le dije—.

Tenemos que llamar a la Guardia Civil. Y a una ambulancia, hay algunos heridos. Y de paso nos mandas el vídeo.

Ella titubeó un poco.

—¿Yo? No... quiero salir...

—Escúchame, Judit —le dije—. Comprendo que tengas miedo, pero te aseguro que con nosotros estás a salvo. ¿Verdad, Moncho?

Moncho asintió. Después bajé la voz y me acerqué a ella.

—Y todavía no estamos muy seguros de que no haya nadie más por aquí.

Judit tragó saliva. Se la veía muy nerviosa por toda la situación... Tenía que decidir en quién confiar.

—Vale —dijo al fin—, de acuerdo.

Fuimos hasta la entrada. Según llegábamos, miré a Olaia tratando de que me siguiera el rollo.

—Vamos a pedir ayuda —anuncié—. Que nadie se mueva de aquí, ¿okey?

Olaia lo pilló al vuelo.

—Cerraos por dentro. Venimos ahora mismo —dijo a los demás.

Salimos de allí los tres. En silencio. Nadie se hizo preguntas. ¿Por qué no se queda al menos uno para protegernos? Todo el mundo estaba en shock, y pendiente del gurú. Y nosotros aprovechamos la situación para largarnos con prisa.

Judit vio a Friedrich tumbado en el suelo, con el pasamontañas recogido en la frente.

—¿Era ese?

Asentí.

—Por cierto... —dije—. Tengo que ir a la casa a por mis zapatos. ¿Sabes dónde está el botiquín?

—Creo que está en la cocina. En la despensa.

—Okey. Vosotras id bajando, ahora os encuentro en la puerta.

No queríamos que Judit viera los cuerpos que había junto a la entrada de la cocina. Olaia la cogió del brazo y la llevó por el camino mientras la distraía con algo.

Yo me dirigí a la casona. Reinaba el silencio. No se veía un alma por allí. Pensé que era lógico. Todos estarían escondidos escaleras arriba, rezando por sus vidas. Dudaba que alguien hubiera salido a pedir ayuda todavía, pero no podíamos jugárnosla.

Recogí mis zapatos en el vestíbulo. Me los puse y fui a la cocina. Había una despensa a la derecha. El botiquín bien visible. Cogí vendas, esparadrapo y alcohol. Después salté por encima del cadáver de Luis Vega y traté de no mirar la confusión de sesos desparramados del cocinero alto.

Llegué a la carretera, donde esperaban Judit y Olaia.

—¿Ya tenéis cobertura?

—Todavía no.

Empezamos a caminar rumbo a las piscinas naturales. Nos acercábamos a lo más difícil. Yo notaba las miradas de Olaia: «¿Cómo te lo vas a montar?».

Llegamos al parking. Allí estaba nuestro Clio… Era una visión un tanto ridícula, para ser sincero.

—Ya tengo una rayita —dijo Judit mirando su móvil.

—Espera —le respondí—. Montemos en el coche y vayamos al pueblo. Allí habrá más cobertura. Y seguro que alguien nos ayuda.

Le pedí a Olaia que condujese. Le indiqué a Judit que se sentara delante y yo me senté detrás de ella. Arrancamos. Olaia me miró a través del espejo retrovisor y le hice un pequeño gesto de asentimiento.

Judit estaba distraída con el móvil.

—Dos rayitas.

—El mío todavía no tiene. ¿Me lo prestas un segundo?

Confiada, Judit me lo pasó.

Hice como que llamaba a un número. Olaia intentó entretenerla. ¿Cuánta gente había en el retiro? ¿Llevaba mucho tiempo allí?

Judit se puso a hablar y yo fingí que hablaba también: «¿Es la Guardia Civil? Sí… Soy el agente Orizaola…», y bla-blablá.

Me fijé en que Olaia tomaba la carretera que rodeaba San Miguel de Trevejo. El pueblo quedó a nuestra izquierda, pero Judit ni se dio cuenta. Seguramente confiaba en que sabíamos lo que hacíamos.

Yo seguí hablando. Hablando. Hablando. Y el coche continuó alejándose del pueblo, más, más y más… Estábamos en plena oscuridad, en una carretera rural. En aquella llanura, no tardamos en ver unas luces parpadeando a lo lejos, a diez o doce kilómetros de distancia. Se dirigían al retiro.

Para cuando Judit se mosqueó, ya estábamos a bastante distancia.

—Oigan… pero ¿no íbamos al pueblo?

Disimuladamente, agarré el codo del cinturón de seguridad de Judit.

—Hay un cambio de planes —respondí desde la parte de atrás del coche—. Nos vamos directos a Bilbao.

39

Judit se había quedado congelada en su asiento. Yo vigilaba su mano (por si se le ocurría abrir la puerta), mientras sujetaba su cinturón de seguridad. Sabíamos que era una mujer temperamental… y nos podíamos esperar cualquier cosa.

—¿Es un secuestro? —preguntó con frialdad.

—No. Solo te estamos escoltando.

—¿Adónde?

—Eres la testigo crucial en un caso en el que ha habido unas cuantas muertes. Te queremos llevar hasta la jueza.

—¿Por qué no vamos en un coche de policía?

—Porque en realidad nadie sabe que estamos aquí.

—¿Qué?

—Es muy largo de explicar, pero te pedimos que nos des una oportunidad.

—¿Una oportunidad? Me has quitado el móvil, tenéis armas, podéis hacer conmigo lo que queráis, ¿no?

En el fondo, tenía razón.

—Escúchame, Judit. Ese hombre ha venido a matarte. Nos hemos adelantado, pero no sabemos lo que nos espera al llegar a Bilbao. Su socio ha escapado y seguramente habrá avisado a sus jefes...

Ella se quedó callada unos segundos.

—¿De verdad estáis hablando en serio? ¿Esto es real? ¿Por un vídeo?

Yo pensé que podía decirle lo de Erika, pero entonces, como si me hubiera leído el pensamiento, vi la mirada de Olaia a través del retrovisor.

«Todavía no».

Había que alejarse mucho más... porque en cuanto le diéramos la noticia, posiblemente tendríamos que parar un instante.

Le pasé a Judit una botella de alcohol etílico y un poco de algodón.

—Por favor, límpiale la herida a Olaia.

Condujimos unas dos horas en mitad de la noche. En ese tiempo le contamos a Judit parte de la historia. Elixabete, la mujer que viajaba en el otro coche. Su aparente suicidio... y la muerte de Arbeloa. Eso pareció convencerla por el momento. Y no logró relacionar a Erika con todo el asunto. Mejor, porque íbamos a esperar algo más para decírselo.

Por otro lado, necesitaba revisar el correo y enviar un mensaje. Olaia me explicó una manera para configurar el móvil de Judit como un router. Lo hice y abrí el email en la tablet.

Ahora se trataba de organizar nuestra llegada a Bilbao. Le escribí a Maika un correo con instrucciones muy claras para la mañana siguiente Solo esperaba que lo leyera a tiempo.

Te dejo el teléfono de una persona de mi máxima confianza. Llámale y pídele que comparezca. Necesitaremos todo el apoyo que podamos reunir.

Lo envié. En menos de cinco minutos, recibí su contestación.

Ok, me pongo a ello.

Llegábamos a Salamanca y Olaia me pidió que chequease el mapa.

—Creo que deberíamos salir de la autopista —dijo.

Y yo estuve de acuerdo. A esas horas de la madrugada, la Guardia Civil ya habría interrogado a los supervivientes del retiro. El cocinero de las cejas gruesas, Moncho, era la persona con la que más contacto habíamos tenido. Seguramente les contaría que nos habíamos presentado allí como dos ertzainas, y eso podría llevar a muchas conclusiones, pero la primera era que quizá estábamos huyendo hacia el norte. Y Salamanca, Valladolid... eran los puntos de paso lógicos en nuestro itinerario hacia el norte.

—Tiremos por Zamora. León...

Eso era sumarle horas a un viaje ya de por sí largo. Demasiado largo.

Tomamos la A-66. La carretera era hermosa por la noche. Absolutamente vacía y con un manto de estrellas sobre nuestras cabezas. En un momento noté que el coche se iba por las rayas de la derecha. Olaia dio un bandazo.

—¡Para!

—¿Me he dormido?

—Sí. Casi nos vamos fuera... Venga. Para en cualquier lado.

—Estoy agotada —dijo Olaia cuando nos acercábamos a Benavente—. Lo siento. Además, hay que poner gasolina.

Al cabo de cinco kilómetros, apareció una estación 24 horas. Olaia tomó la salida, pero se detuvo mucho antes de llegar, en una rotonda de servicio.

—Vosotros bajaos aquí —dijo.

—¿Aquí? —preguntó Judit—. ¿Por qué?

—No podemos arriesgarnos a que hagas alguna tontería, como gritar pidiendo auxilio...

—No voy a hacer nada de eso.

—Bueno, de todas formas baja —dije—. Tengo que hablar contigo de una cosa. Y prefiero hacerlo fuera del coche.

—¿Me vais a matar?

—¡Que no, coño! Que estamos aquí para protegerte.

Salimos a aquella oscuridad rampante y le pedí que bajase por un pequeño talud hasta que quedamos bien ocultos. Olaia continuó hasta la gasolinera y yo me quedé allí con Judit. El arma bien visible en mi mano, como medida disuasoria para que no se le ocurriera salir corriendo.

—Muy bien, ¿qué me tienes que decir?

—Tengo una noticia muy mala, Judit. Es sobre tu amiga Erika... Esos tipos siguieron la matrícula del coche y...

—¿Erika?

—La asesinaron el pasado viernes, en su casa de Elizalde.

Reaccionó como si acabase de abofetearla.

—¿Erika Paz Aguirre? ¿Hablas de ella? Es piloto de Iberia.

Asentí.

—No —respondió negando con la cabeza—. No, no me lo creo. ¡Estás mintiendo!

Yo saqué su iPhone de mi bolsillo, lo llevaba también apagado. Lo encendí y se lo extendí.

—Desbloquéalo, por favor. Te enseñaré la noticia.

Lo hizo y entré en la página de *El Correo*. Después me agaché y le enseñé la pantalla con el titular. Ella cogió el iPhone entre las manos y se sentó en el suelo. Era algo arriesgado (podía intentar hacer una llamada), pero me pareció un momento demasiado delicado como para arrancárselo de los dedos.

Me senté a su lado. Leí con ella la noticia, en la que ya hablaban abiertamente de la identidad de la víctima.

Erika Paz Aguirre, de 39 años y de profesión piloto comercial en la compañía Iberia, acababa de regresar a Elizalde para disfrutar de sus días libres cuando alguien irrumpió en su casa, seguramente para cometer un robo…

Judit la leyó un par de veces y rompió a llorar. Yo le retiré el móvil de las manos y me quedé callado, acariciándole el hombro e intentando consolarla. Quién sabe si por efecto del llamado síndrome de Estocolmo, se apoyó en mí… Poco más se podía hacer. Llorar y poner el hombro.

El Clio apareció en el mismo borde del talud al cabo de diez minutos.

—No… —hipó Judit—. No quiero ir… Mi amiga está muerta por mi culpa.

—Los únicos culpables son quienes la mataron y por eso es importante que lleguemos a Bilbao esta noche. Hazlo por Erika… Tu testimonio servirá para vengarla.

Finalmente la convencí. Le di la mano. La ayudé a ponerse en pie y juntos caminamos hacia el coche.

A partir de entonces, la actitud de Judit cambió. Tragó saliva y sentí que por fin confiaba en nosotros. Y cuando se sentó otra vez en el Clio dijo «que iba a ayudarnos por su amiga», pero quería saber por qué estábamos haciendo todo de manera extraoficial.

—¿Es que nadie está investigando su muerte?

—Sí, pero nadie tiene todas las piezas del puzle. Excepto nosotros.

Yo conducía y Olaia le fue contando la historia al completo. Desde Denis y Arbeloa —«Los recuerdo. Aquel señor tan charlatán, y el chico callado. Era guapo», dijo Judit— hasta Román el mecánico y Txagu, el camarero de Marco Pizza.

Y eso terminó de convencerla del todo.

Olaia había comprado un arsenal de Coca-Cola, Red Bull y donetes. Además de dos cafés con leche y agua. Yo fui bebiéndome mi café mientras Judit me limpiaba las heridas del brazo con cuidado y me hacía las primeras curas.

—Pero ¿qué os va a pasar a vosotros ahora?

—Seguramente nos detendrán. Tendremos que dar un montón de explicaciones… pero confío en que tu vídeo caiga como una bomba en el juzgado.

Eran las cuatro y media de la madrugada cuando pasamos por León… Judit se había dormido y Olaia también… Y yo, por alguna razón, logré seguir todavía otra hora… Abrí una lata de Coca-Cola, me comí un paquete de donetes y saqué la mano por la ventana para refrescarme. La única emisora que pillaba era Radio Clásica, pero eso sería demasiado peligroso, así que me puse a silbar.

De vez en cuando veía coches aparecer en la llanura. Focos que me seguían un rato y me mosqueaban. Yo reducía la marcha, les dejaba adelantarme. Pensaba en el Mercedes negro. El chófer había huido. ¿Qué harían ahora? ¿Intentarían detenernos en algún punto?

A eso de las cinco y media empezamos a cruzarnos con los primeros camiones y coches. Yo estaba frito de conducir. Me había acabado las Coca-Colas, los donetes y menos mal que Olaia se despertó y nos cambiamos al volante.

—¿Dónde has quedado finalmente?

—En Villasana de Mena —dije—. Conozco un sitio en medio de la nada que es perfecto. Y está en el límite con Euskadi.

—Okey. Cuando estemos llegando te despierto.

Cerré un poco los ojos y tuve un sueño en el que aparecía aquel hombre hindú a quien había salvado de la muerte. Me hablaba en su idioma, yo no entendía una palabra, pero por alguna razón supe que me estaba dando las gracias. Después estaba en el hospital, junto a Denis. Le colocaba una mano en las heridas y las sanaba.

«Se pondrá bien».

Abrí los ojos y ya era de día. Judit y Olaia estaban despiertas y en silencio. Judit tenía el mapa en las rodillas.

—Creo que es por esta carretera.

En efecto, era por ahí. Paramos en un mesón que acababa de abrir (eran las siete y media de la mañana) y compré un desayuno para llevar. Cuando solo quedaban diez minutos para las ocho, continuamos la marcha hacia el punto de encuentro, una antigua granja que había en el límite de Burgos con Bizkaia. Era un lugar perdido en medio de aquel ancho valle de Las Merindades con muy pocas opciones para esconderse o montar una emboscada... De todas formas, fuimos despacio, chequeando el terreno sin prisa.

Llegamos a las ocho y diez.

Vimos un par de coches parados en el punto exacto de la cita. Un Megane y un Volvo. Los reconocí. Eran las personas que esperaba.

Orestes, Maika... y Gorka Ciencia.

Detuvimos el Clio y Maika corrió a abrazarnos, mientras que Orestes y Gorka se quedaban rezagados. Pude leer la duda en sus rostros. No les hacía demasiada gracia estar allí, como es de imaginar.

Al menos, la presencia de Olaia ayudó a mitigar un poco el mosqueo de Gorka.

—Cuánto tiempo.

—Desde la academia —dijo ella.

—Pues vaya sitio para encontrarnos…

—Ya ves…

Yo carraspeé y pedí un segundo a todos los presentes.

—Permitid que os presente a alguien. ¿Judit?

Judit salió del coche. Era una imagen extraña en aquella primera mañana de junio. Vestida con una túnica ceremonial, el pelo revuelto y la cara surcada de lágrimas secas.

—Judit es la testigo clave en el caso de Denis. Demostrará que existe una conspiración para ocultar los asesinatos de Elixabete San Juan y del agente Jokin Txakartegi. Y que Denis, Arbeloa y Erika Paz Aguirre han sido solo algunas de sus víctimas.

Saqué su iPhone de mi bolsillo.

—En este dispositivo encontraréis el vídeo que prueba todo. ¿Has avisado a la jueza? —pregunté a Orestes.

—He hecho lo que me pedisteis —respondió él—. Tenemos una audiencia programada a primera hora. Insistí en que era algo de la máxima urgencia.

—Perfecto. Maika podrá ayudar con el resto de las explicaciones.

—¿Y vosotros?

—Nosotros… todavía tenemos algo más que hacer.

Gorka avanzó un paso.

—Sabes que debería detenerte aquí y ahora, ¿no?

—Eso sería correcto si estuviéramos aquí, Gorka. Pero no es el caso.

—¿Ah, no?

—No. Tú has recibido un mensaje anónimo en el que se te pedía ayuda. Judit es una testigo crucial en un caso de homicidio y tiene razones para temer por su seguridad. ¿Llevas tu arma? Tenla a mano. No descartaría que alguien intente algo en la misma puerta del juzgado.

—¿Estás hablando en serio?

—Mira en las noticias. Busca algo sobre un tiroteo esta misma noche en la sierra de Gata.

—No hace falta que lo busque —dijo Maika—. Es portada en todos los periódicos: tres muertos en un retiro budista. Bueno, sin contar al asesino. Que fue ejecutado por la espalda.

Gorka nos miró a Olaia y a mí. Y después se fijó en la túnica naranja de Judit.

—¿Cuándo vais a terminar con esto? Cada minuto que pasa va en vuestra contra.

—Necesitamos un día más.

—¿Un día?

—Te doy mi palabra de que esta noche habrá acabado todo. Pero necesito que hoy lleves a Judit ante la jueza, sana y salva. Que le muestre el vídeo que hay en su teléfono… Solo eso.

Gorka meneó la cabeza de un lado al otro.

—Joder, Ori. ¿Para qué necesito enemigos si tengo un amigo como tú? Y en cuanto a ti, Olaia… ¿Cómo ha terminado la empollona de la academia en semejante lío?

—Es una larga historia —dijo ella.

—Y yo soy una mala influencia —añadí—, pero te prometemos que lo explicaremos todo a su debido tiempo.

Hubo un largo silencio. Lo que le estábamos pidiendo a Gorka iba mucho más allá de un favor entre colegas. Él mismo estaría incurriendo en un delito de encubrimiento.

—Vale —accedió al final—. Tenéis hasta esta noche. Espero que merezca la pena, porque me voy a comer un pedazo de marrón si algo de esto llega a saberse.

Casi le doy un abrazo. Pero Gorka retrocedió un paso.

—Gracias, amigo.

Maika había traído ropa de recambio y, siguiendo mis instrucciones, también algo para Judit.

—Un chándal del equipo de baloncesto de Urremendi que había en el armario de Elixabete. Es la única talla M que encontré en toda la casa.

Nos despedimos de Judit con un fuerte abrazo. Solo habíamos compartido un viaje en coche durante muchas horas, pero a ella se le saltaron las lágrimas.

—Gracias por salvarme la vida.

—Gracias a ti por confiar. —Le apreté el hombro en señal de afecto, tratando de infundirle una fuerza que yo tampoco tenía—. Vas a estar bien. Ellos cuidarán de ti.

Se montaron en los coches. Orestes en el suyo. Gorka, con la pistola sobre el regazo, se sentó con Judit en la parte trasera de su Volvo. Maika iba al volante. Arrancó y bajó la ventanilla para despedirse.

—¿Adónde vais ahora? —preguntó antes de marchar.

—Es mejor que no lo sepas.

El tráfico era intenso aquella mañana de miércoles. Nos diluimos en la corriente de coches de la hora punta, cansados y muertos de sueño, pero haciendo un esfuerzo por llegar a nuestra última parada.

Un lugar donde descansar unas horas.

Una puerta a la que llamar pidiendo ayuda.

Y aunque Karim me había dicho que no volviese bajo nin- gún concepto, aquel feo y tortuoso laberinto de pabellones industriales en la margen izquierda era nuestra mejor opción.

Bajé del coche y pegué dos golpes en el portón metálico. Esta vez tardaron bastante en responder. Una voz desde el interior.

—Dígame.

—Dile a Karim que soy Orizaola. Necesito ayuda.

—Aquí no hay ningún Karim —respondió la voz a través de la puerta.

Y a mí casi me salió una sonrisa.

—Ya empezamos…

40

Dormimos casi diez horas del tirón tumbados en dos magníficos sofás de importación todavía envueltos en plástico y que olían a bodega de barco.

Cuando nos despertamos, eran ya las seis y media de la tarde. Una luz muy bonita se colaba por las luminarias del pabellón industrial. En aquella habitación que Karim nos había improvisado, detrás de un pequeño grupo de neveras y una moto de agua.

—Creo que podría dormir otras diez horas —dije mientras me estiraba.

—Todavía queda un poco más —replicó Olaia.

—Lo sé.

Nos levantamos y salimos en busca de Karim. Lo encontramos en su despacho, vestido con su clásica camisa amarillo pálido, mirando el ordenador.

—¿Un café? ¿Té? ¿Cómo van las heridas?

Uno de sus chicos nos había limpiado las heridas y colocado dos cierres plásticos que todavía aguantaban bien. Y a Olaia le había dado un par de puntos de sutura dignos del mejor cirujano. Supongo que, en estos mundillos, vale mucho saber curar una herida sin ir al hospital.

—El tema de Extremadura ya está por todas partes —dijo Karim—. Es *trending topic* y todo. Uno de los participantes del taller era un famosillo de las redes y ha colgado un vídeo que hizo desde la ventana. No se te ve mucho, gracias a Dios.

Me mostró un vídeo en el que se veía a Friedrich a punto de ejecutar al gurú sobre la hierba del jardín. Entonces yo me lanzaba sobre él y teníamos esa pelea en la que casi termina conmigo. Finalmente, se oía un disparo y Friedrich caía muerto.

En el tuit se preguntaba: «¿Quiénes son estos héroes anónimos que nos salvaron anoche? ¿Dónde están?».

Y yo pensé: «Bendito Twitter. Parece que sirve para algo».

—Se ve claramente que Olaia lo mató para defenderte. —Karim le dedicó una mirada de respeto—. Eso os ayudará mucho en el juicio.

—Eso espero —dije—. Vamos a necesitar toda la ayuda del mundo para no ir a prisión después de esto. Lo que me lleva a nuestro asunto pendiente.

—¿Seguís con esa idea? —Arqueó las cejas—. Me parece algo arriesgada.

—Lo sabemos, pero no hay tiempo. Es nuestra última baza.

—Bueno, mis chavales han hecho los deberes. Barrueta no ha ido a trabajar hoy. Su coche ha estado aparcado en Urduliz toda la mañana. Pero al mediodía ha salido de casa y le han seguido hasta Liendo.

—La casa de verano —recordó Olaia—. Eso mejora las cosas.

—¿Puedo preguntar qué pensáis hacerle? —dijo Karim.

—Vamos a ponerle contra las cuerdas, eso es todo. Obligarle a hablar... de algún modo.

Nos levantamos. No queríamos que se hiciera demasiado tarde, o que Barrueta se marchase de allí.

—¿No queréis comer nada? —Karim seguía ejerciendo de anfitrión—. Tengo una pastela extraordinaria en el office.

—Nos la llevamos para el camino —dijo Olaia—. Gracias.

—No sé cómo voy a pagarte toda esta ayuda, Karim —añadí—. Es posible que mis días de poli hayan llegado a su fin.

—Encontraré la manera de cobrármelo, Ori. —Sonrió—. Por ahora, solo intenta seguir vivo, ¿eh?

Olaia me guiñó un ojo.

—Haremos todo lo posible.

Desde el escondrijo de Karim, tardamos media hora en cruzar el límite del País Vasco y plantarnos en Liendo. Es un pequeño municipio de Cantabria enclavado en un valle precioso. Muchos vizcaínos y cántabros habían cumplido allí el sueño de tener una casita con terreno a un precio asequible. A aquellas horas de un miércoles de junio, no había demasiado tráfico. Algunos coches que llegaban de Bilbao (quizá residentes habituales) se distribuyeron por las calles residenciales nada más entrar. Nosotros, siguiendo las indicaciones que Karim nos había dejado marcadas en el mapa, llegamos a la plaza del pueblo.

Aparcamos en un lado y buscamos por los alrededores hasta que localizamos a nuestro «contacto», un muchacho de rasgos árabes que disimulaba leyendo en su móvil y fumando un pitillo.

Le reconocí en el acto. Era aquel chaval al que reduje la primera vez que visité a Karim.

—Zaid —se presentó—. ¿Queréis ir ya?

—Sí.

—Okey, está aquí al lado.

Seguimos a Zaid en silencio. Éramos un grupo extraño para cualquiera que se fijase en nosotros, pero supongo que estábamos demasiado cansados para disimular. Solo queríamos terminar con aquello.

Maika nos había confirmado que la jueza tenía el vídeo en sus manos y lo había visualizado «cuatro o cinco veces, a puerta cerrada». Era una mujer dura, pero coherente. Si aquello significaba darle la vuelta a todas sus decisiones, lo haría. Una nueva investigación en profundidad podría revelar los flecos en la historia de Zubiaurre. Y me apostaba algo a que habría una manera de conectar a Barrueta con el testigo.

Estaba acabado.

La casa de Barrueta se hallaba al final de una callecita solitaria. Un pequeño chalet individual rodeado por un seto. Había una puerta y un timbre con videoportero. Me fijé en que el Hyundai rojo estaba aparcado en esa misma acera.

—Vale, Zaid —dije—. Toca el timbre y haces lo que hemos dicho.

—Okey.

Olaia y yo nos apostamos disimuladamente a los lados del seto. No había demasiada gente en la calle. Al fondo, unos niños trataban de hacer caballitos con sus bicicletas. Pero estaban lejos.

Zaid tocó el timbre.

Esperamos un largo minuto y no pasó nada. Zaid tocó otra vez. Por fin se oyó algo.

—¿Sí? —dijo una voz.

—Por favor, señor, ayuda —dijo Zaid.

—¿Qué ocurre?

—Hay una persona tumbada en la acera. Creo que le ha dado un infarto.

—¿Qué?

—Un hombre está tirado en el suelo... ¡Ayuda!

La voz a través del interfono dijo algo como «joder, voy». Zaid se apartó y nos dejó el terreno libre.

Oímos la puerta abrirse, unos pasos por el jardín.

—¡Aquí, por favor! —insistió Zaid, escondido tras el seto.

No le dimos ni tiempo a poner un pie en la calle. Según se abrió la puerta, me lancé hacia él con decisión y lo derribé con una llave de judo. Una vez en el suelo, Olaia se coló con su arma en ristre y le apuntó a la cabeza.

—Calladito. ¿Vale?

Asintió y al instante noté algunas cosas. Barrueta olía a alcohol y no intentaba defenderse. Estaba como ido... Zaid había cerrado ya la portezuela y se había quedado fuera, vigilando. Yo levanté a Barrueta mientras Olaia le encañonaba. Avanzó dócilmente hasta el interior del chalet.

Entramos y cerramos la puerta. Nada más entrar, nos llegó un fuerte olor a tabaco, pero también a electricidad quemada.

La televisión estaba encendida. En la mesa del salón había una botella de vodka abierta, un vaso, un paquete de cigarrillos, un mechero...

Y una pistola con una caja de balas al lado.

Le hice un gesto a Olaia para que la cogiera y la pusiera lejos. Y también la botella.

—Siéntate.

Barrueta se sentó en la silla donde parecía haber pasado unas cuantas horas esa tarde.

Cogió el paquete de tabaco. Sacó un cigarrillo y lo encendió.

—¿Qué hacía la pistola sobre la mesa? —pregunté.

—¿Tú qué crees? —Soltó una flecha de humo.

Silencio. Crucé una mirada con Olaia.

—Eso no va a ocurrir, Barrueta —dijo—. No te vas a librar tan fácilmente. Pasarás por el juzgado y lo contarás todo.

—La jueza no necesita mi maldita declaración —respondió dándole otra larga calada al cigarrillo—. Ya está todo en marcha. Es el fin, joder.

—¿Qué quieres decir?

—Que aquí tu novio consiguió mosquearla con todo lo que le contó, supongo. —Desvió la mirada hacia mí y me apuntó con el cigarrillo—. Tu puta cabezonería sirvió para que Castro ordenase una investigación en paralelo. Ayer me enteré de que la UCO me estaba pisando los talones. Trazando llamadas, mensajes, correos electrónicos. Me están haciendo una ficha en profundidad. Es cuestión de días… quizá de horas, que encuentren algo.

—Sobre Zubiaurre.

Barrueta fumó con la mirada perdida.

—Teníamos que haberte pegado un tiro en cuanto empezaste a hacer preguntas. —Se rio—. Aunque, en el fondo, te lo agradezco. Quiero que esto termine.

—Entonces habla. Cuéntalo todo.

Negó con la cabeza mientras dejaba salir humo por su nariz. Su rostro había adquirido una palidez mortal. Como si se estuviera preparando para dar el paso final.

—No voy a ir a la cárcel, Orizaola. Soy poli... ya sabes cómo tratan a los polis ahí dentro.

Bebió un trago más. Me miró. A Olaia. Sonrió con amargura.

—Aquella mañana, en cuanto te vi aparecer por comisaría, pensé: «Este hijo de perra nos va a traer problemas»... aunque, en el fondo, creo que me debes una. Fui yo quien salvó la vida de Denis. La Junta lo quería muerto aquella misma noche, igual que a Arbeloa.

—¿Qué Junta? ¿Los Gatarabazter?

Barrueta fumó una larga calada.

—Es más complicado que todo eso...

—Pues empieza por el principio.

—Te lo he dicho. Querían matarlo... pero yo les aconsejé que no lo hicieran. Eran dos asesinatos, la misma noche, y quizá alguien lograse establecer alguna conexión... En cambio, la idea de que Denis hubiera matado a Arbeloa para robarle... «Una sola investigación», les dije. «Menos problemas». Parece que me equivoqué. Y ellos se han encargado de recordármelo cada día desde entonces.

—Háblanos de esa gente, ¿quiénes son?

Soltó el humo lentamente. Después cogió el vaso, vacío.

—Anda, échame un chorrito, por favor.

Olaia se acercó, todavía con la pipa en la mano. Cogió el vaso y se lo llevó para rellenarlo.

—Pónselo hasta arriba, que tenemos para un rato —dije.

Con el vaso lleno y un cigarrillo en la mano, Barrueta se recostó en la silla. Miró a su alrededor, muy despacio. Por la ventana del salón se podían ver las ramas de un limonero muy frondoso.

—Si os lo cuento, ¿me dejaréis acabar aquí? Quiero morirme en esta casa, mirando ese árbol. Siempre soñé con tener una casa con jardín. Bueno… lo he conseguido. No tengo hijos. Mi exmujer no me echará de menos… Me puedo ir en paz.

—No vas a morir, Barrueta. No todavía. Te he dicho que vas a ir a contarle todo a la jueza. Incluyendo lo de la muerte de Jokin.

—Jokin… —repitió perdiendo la mirada en alguna parte—. Él también estaba lleno de sueños. Pero los sueños cuestan dinero, ¿eh? Y cuando te haces viejo, dejas de tener tanta paciencia. Si todo el mundo lo consigue, ¿por qué yo no?

Alzó el vaso.

—¿Qué le pasó a Jokin? —preguntó entonces Olaia.

—¿Qué crees que le pasó? Lo mataron.

—¿Los Gatarabazter?

Sonrió.

—Es algo más complicado, cariño.

No dijimos nada. Barrueta dio un trago, después otra calada.

—Se autodenominan «La Junta» o el colectivo de «afectados». Jon Mikel Gatarabazter ha tomado las riendas. Lo lidera. Pero su familia no sabe nada.

—¿Quiénes forman parte?

—Gente poderosa. Eso es todo lo que necesitas saber. Gente dispuesta a todo… y a la que no le gusta sentirse amenazada. Y nosotros cometimos el error de subestimarlos.

—¿Jokin y tú? ¿El caso De Smet?

Barrueta miró a Olaia.

—Debí imaginármelo. La amiguita de Jokin que intentó aclarar las cosas. Y entonces apareces tú. Dios los cría y…

—Corta el rollo. ¿Qué es lo que pasó?

—Pues que la vida quiso ponernos en el sitio correcto, en

el momento correcto. Eso es lo que pasó. Teníamos los mismos problemas y la vida nos hizo un regalo inesperado.

—Dinero, ¿no?

Silencio. Barrueta dio un trago muy largo y fumó perdido en algún pensamiento.

—Jokin y yo estábamos asignados a la vigilancia de la residencia del belga —empezó a contar, como si algo en su interior le hubiera empujado a hacerlo—. Teníamos barra libre desde el juzgado, así que llenamos la casa de *bugs*. Había escuchas, cámaras, grabándolo todo. Estuvimos allí casi mes y medio hasta que apareció una noche con aquella prostituta... Ya conocéis la historia. Entramos a tiempo. Lo arrestamos y salvamos a la chica. Fuimos unos héroes... Eso es lo que todo el mundo pensaba, pero antes de ese día pasaron un par de cosas interesantes...

»De Smet era un tipo social. Su centro de terapia era una especie de club de millonarios y gente importante. Tenía una sala de eventos donde organizaba charlas sobre terapias, encuentros de todo tipo con expertos... incluso pequeñas fiestas para sus clientes más especiales.

»Algunas de esas fiestas eran muy privadas.

»Fue una semana antes de la detención. Empezaron a aparecer coches de madrugada. Cochazos que iban entrando en la finca, aparcando en el terreno. Las cintas no dejaban de grabar así que lo cogimos todo: matrículas, caras, conversaciones, unas veinte personas. Algunos de ellos eran famosos. Jugadores de fútbol. Empresarios. Políticos. Todos hombres.

»Todo comenzaba con una copa, una luz tenue... y entonces aparecían las mujeres.

—¿Mujeres? —A Olaia le tembló la voz.

—De Smet montaba encuentros... llamémosles sadomasoquistas. Bueno… las grabaciones lo muestran todo. Experiencias de dominación. Látigos, collares… teníamos las caras de esos tipos, en pelotas, haciendo barbaridades…

—¿Asesinatos? —le cortó Olaia; se le notaba que aquello se le había atragantado.

—No, pero barbaridades suficientemente gordas para hundir sus vidas y las de sus familias. Lo que ninguno de estos «selectos ciudadanos» podía imaginarse es que De Smet, además, era un maldito asesino en serie y que la policía estaba aparcada a trescientos metros grabándolo todo.

—Pero aquello nunca salió de allí. —Yo comenzaba a unir las piezas—. Esas grabaciones no llegaron al sumario…

—No, claro que no —sonrió Barrueta—, aunque nuestra primera intención fue llamar a la jueza y acusarlos a todos de proxenetismo y varios delitos de lesiones y abusos sexuales… Pero aquello «olía a algo más». Las fiestas sado establecían una conexión con De Smet y el mundo de la prostitución… y por eso decidimos guardar silencio sobre las cintas. Una semana más tarde, cuando De Smet llevó a su siguiente víctima a la casa, por fin cantamos el gordo… solo que, para entonces, Jokin y yo habíamos hablado mucho sobre las grabaciones y la posibilidad de usar aquel material de otra manera…

—Chantaje.

Barrueta bebió otro largo trago.

—Ya os lo he dicho: siempre había soñado con una casita con jardín. Y Jokin andaba muy apurado económicamente. Le convencí de que aquello era pan comido… y bueno, no me costó demasiado que aceptase. Éramos dos miserables, ¿eh? Habíamos dedicado nuestras vidas a ser polis, ¿y para qué? Los dos estábamos divorciados, solos… mientras los demás seguían con sus vidas cómodas y fáciles.

Yo recordé lo que Arrate me contó, que Jokin estuvo mirando casas «por deporte» las semanas antes del «suicidio».

«Jokin, ¿cómo pudiste enredarte en esto?», pensé.

—Debiste jubilarte hace mucho tiempo —le espetó Olaia.

—Puede. O meterme en política. Me habría ido mucho mejor.

—Vale. Sigue. Decidisteis apretarles las tuercas. ¿Qué pasó?

—Pensábamos que pagarían lo que fuera por protegerse de aquello. Hicimos una lista de nombres y direcciones. Sobre todo de las celebridades, los que más tenían que perder si las cintas llegaban a la opinión pública. Nos presentábamos como «alguien que había conseguido ciertas grabaciones de la casa de De Smet» y nuestra propuesta era unilateral: las cintas podrían llegar al gran público, pero su cara sería pixelada a cambio de una cantidad. Obtuvimos cinco pagos muy rápidos, que ingresamos en una cuenta en Suiza. Todo iba bien... la gente pagaba y pronto nos olvidaríamos del tema, pero entonces empezamos a notar sombras a nuestro alrededor... Desde jefatura hubo un par de auditorías sobre el material de la instrucción. Alguien se preguntaba dónde estaba el resto de las grabaciones... Y nos dimos cuenta de que «alguien» había comenzado a moverse y de que tenían contactos en la comisaría. Pronto nos enteramos de que no era solo un «alguien», sino un grupo.

—La Junta.

—Tuvimos la virtud de unirlos. Los viejos amiguetes sádicos montaron un colectivo de «afectados». No tardaron en averiguar quiénes éramos y fueron a por nosotros. Nos pillaron por separado y jugaron a un viejo juego: el dilema del prisionero. ¿Lo conocéis?

—Somos polis, Barrueta...

—A los dos nos dijeron lo mismo: «Traiciona a tu compañero y vivirás»... Y yo pensé que Jokin tenía muchas más razones para hacerlo: sus hijos... Así que me adelanté.

—¿Lo mataste?

—No lo maté... pero acepté el trato. Borré mi copia de las grabaciones y vendí a Jokin... Se lo serví en bandeja aquel fin de semana en Gruissan.

Bebió del vaso de vodka hasta apurarlo.

—Qué hijo de la gran puta —dijo Olaia.

Barrueta asintió con la cabeza.

—Lo soy... y un cobarde, y un poli corrupto... y mil cosas más. ¿Y sabéis lo peor? Que Jokin nunca me traicionó. Ellos quisieron que yo lo supiera... Así que, en realidad, llevo meses postergando esta cita con mi pistola. ¿Os importa rellenarme el vaso?

Le habían brotado dos gruesas lágrimas en los ojos. Yo miré a Olaia.

—Elixabete —dije—. ¿Por qué?

—Estoy cansado. Dejadme en paz.

—Te queda un buen trecho todavía, Barrueta. Y me están entrando ganas de romperte los dientes. Así que habla o le doy rienda suelta al instinto.

Él se quedó mirándome. Comprendió que no lo decía en broma.

—Dadme más vodka.

Olaia le vació la botella en el vaso. Barrueta bebió un largo trago, se encendió otro cigarrillo.

—Elixabete solo era una sospecha. Ni siquiera planeaban matarla... al principio.

—¿Qué pasó?

—Cuando nos planteamos la idea del chantaje, Jokin me

dijo que tenía un buen contacto en la ETB. Alguien que podría mover el material en caso de que todo fuese mal. Con eso amenazábamos a la gente...

—¿Elixabete?

—Nunca me lo dijo, pero sabíamos que él y Elixabete habían hecho migas durante la grabación del programa. Era su mejor baza, ¿no? Más tarde, cuando comenzamos a sentirnos perseguidos, Jokin afirmó que «tenía un seguro de vida». Le pregunté a qué se refería. Y afirmó que si alguien intentaba hacerle algo a él o a su familia, entregaría el material a su contacto.

»Esa tarde en Francia, cuando fueron a por él y se dieron cuenta de que el ordenador de Jokin estaba vacío, pensaron que podía haber sospechado algo. Y que quizá ya había pasado las grabaciones a ese «contacto en la prensa»...

—Pero Elixabete estaba en África por ese entonces.

—En efecto. Intentaron alcanzarla allí, pero tenían un buen equipo de seguridad y era muy complicado. Así que esperaron a su regreso. Nada más aterrizar, la convocaron a una reunión en la casa. Una «cena» de trabajo...

—¿Una reunión? ¿Para qué?

—Querían tantearla, en primer lugar. Saber si había tenido acceso a las grabaciones.

—Pero ¿con qué excusa la invitaron a cenar? —preguntó entonces Olaia—. ¿Cómo es posible que Elixabete se prestase a algo así?

—Bueno, habían hecho un buen trabajo de fondo y le ofrecieron un caramelo que no rechazaría. Jon Mikel le aseguró que tenía cierta información sobre prácticas de explotación infantil en una de las plantaciones de cacao de una empresa competidora. Algo que deseaban desvelar de una manera controlada.

—Su tema preferido —dije yo recordando las conversaciones con Maika, que ya había logrado establecer la conexión entre los Gatarabazter y la cadena de cacao en África—. De modo que Elixabete fue allí sin saber nada...

—Pero ¿por qué matarla? —intervino Olaia.

—Yo no estaba presente y creo que Jon Mikel se encontraba de viaje... un viaje muy oportuno, ¿eh? Sé que la interrogaron y ella dijo que no sabía nada y quiso marcharse... pero a alguien se le fue la mano. Y tuvieron que callarla para siempre.

Aquella frase, dicha con esa naturalidad, nos estremeció. Siempre te preguntas quiénes son esas personas capaces de ordenar la muerte de inocentes sin pestañear. Bueno, aquí teníamos un vivo ejemplo.

Barrueta prosiguió:

—Solo sé que al día siguiente estaba muerta y que teníamos un problema muy gordo: tres testigos que podían situar a Elixabete en el coche de la empresa aquella noche.

—Empezando por Arbeloa —dije—. ¿Lo mataste tú?

—No, para eso tenían a su hombre de armas —dijo, y al instante me vino a la mente el recuerdo de Friedrich llamando a mi puerta, con Sara a mi espalda—. Yo solo dirigí la película. Sabía que Zubiaurre estaba con el agua al cuello, él mismo me había confesado que estaban a punto de romperle los dedos de las manos por sus deudas. Así que lo mandé a hacer ese recado. Después puse el arma y el dinero en la furgoneta. Y finalmente arreglé el asunto de los latinos... Yo no quería hacerlo, te lo juro, pero no me dejaron opción.

Ya había oído bastante. Noté que mi estómago empezaba a arder y no pude evitarlo. Le calcé un puñetazo en toda la cara.

—¡Aitor! —gritó Olaia—. Pero ¿qué coño haces?

—Esta es por Denis.

Barrueta se había quedado en la silla, despatarrado. Le había partido un labio y le podría dar otra vez. No parecía dispuesto a defenderse...

—Lo siento, Orizaola. Me dejaron vivir y quedarme con el dinero, pero a cambio sería suyo: su esclavo... tuve que hacerlo.

Le enganché del cuello y le solté otra ostia, esta vez en el estómago.

—Este es por mi hermana.

Barrueta se había doblado sobre sí mismo, sin aire. Olaia ya no decía nada. Miraba para otro lado. Lo levanté por la barbilla y le volví a dar. Lo reconozco. Estaba encendido. Un sopapo por asustar a mi hija. Otra de vuelta por todos los problemas que me había causado.

Cuando terminé, le sangraba la nariz. Las mejillas habían recobrado algo de color.

—Pégame un tiro, Ori. En serio. Desquítate.

—No me faltan ganas... —le dije.

Olaia dio un paso hacia mí. Alcé las manos.

—... pero no voy a hacerlo —dije—. Estás detenido... Olaia, ponle las esposas.

—¿Detenido? —Sonrió—. Pero si tú ya ni siquiera eres poli.

Ahí tenía razón, pero pensé que esa sería una bonita despedida; enchironar a ese cabronazo.

Olaia se echó la mano a la espalda, donde llevaba un par de esposas. Ya lo habíamos planeado antes de llegar esa tarde.

Pero en ese momento sonó el timbre del interfono.

Olaia y yo nos quedamos en silencio. «¿Zaid?».

—Ve a ver —dijo Olaia, que seguía con el arma en ristre.

Fui hasta el interfono.

—¿Hola?

No había nadie al otro lado de la cámara.

—¿Zaid?

Entonces miré por la ventana que había junto a la puerta. Vi un rápido movimiento de coches. A lo lejos, me pareció ver a Zaid corriendo, alejándose de allí.

—¿Qué pasa? —dijo Olaia.

—No lo sé. Pero no me gusta.

Oímos el chirrido de unos neumáticos frenando en seco en la calle. Después otro. Pude ver un arco de luces de un coche de la Guardia Civil.

—La Guardia Civil —dije.

—¿Qué hacemos?

«Nada. Hasta aquí hemos llegado», pensé.

—Será mejor que dejes el arma… Hay que entregarse.

Afuera se oyó una voz amplificada:

«¡Guardia Civil! ¡Salgan del domicilio con las manos en alto!».

Barrueta estaba quieto en la silla, fumando tranquilo y bebiendo de su vodka.

—Levanta. —Le cogí del brazo—. Te vamos a llevar ante la jueza.

—No hablaré. —Barrueta negó muy despacio con la cabeza—. No servirá de nada… y no quiero ir a la cárcel. Tú sabes cómo es la vida de un poli en la cárcel.

«¡Repito! ¡Salgan con las manos en alto o entraremos en treinta segundos!».

—Joder —dijo Olaia mirándome—, haz algo.

Le agarré del pelo con fuerza y le obligué a mirarme a los ojos.

—Escucha, despojo, no te vas a despedir del mundo tan

fácilmente. Irás ante la jueza. Me da igual lo que le cuentes o lo que te quieras callar. Pero irás. Después, yo mismo te llevaré una cuchilla de afeitar a la celda.

Barrueta fumó una larga calada. Pareció pensárselo. Se puso en pie...

—De acuerdo... Vamos.

Caminó hacia el recibidor con el cigarrillo en los labios. Olaia y yo fuimos detrás.

Abrió la puerta. Había cuatro agentes de operaciones especiales en el jardín. Dos con la rodilla en el suelo, dos de pie. Los cuatro, pertrechados de los pies a la cabeza, nos apuntaban con fusiles automáticos. Y yo pensé: «Vaya despliegue para detener a un poli corrupto». Aunque después supe que venían también a por nosotros. El dispositivo de vigilancia sobre Barrueta llevaba ya veinticuatro horas en marcha.

—¡Manos arriba! ¡Bajen hasta la hierba! ¡Despacio!

—Tranquilos —dijo Barrueta.

—¡Nos entregamos! —grité yo.

Empezamos a bajar, paso a paso, y llegamos al césped. Nos ordenaron tumbarnos en la hierba...

—La cabeza contra la tierra y las manos en la espalda.

Recuerdo que me eché de rodillas y pensé: «Por fin podré descansar». Entonces noté algo a mi lado. Barrueta se puso en pie otra vez. Se echó las manos a la espalda.

—¡Quieto! ¡Manos arriba! —gritó uno de los agentes.

—¡Os voy a matar a todos! —aulló—. ¡Hijos de puta!

Barrueta hizo como que desenfundaba un arma. Era solo su cartera, pero el color negro entre las manos fue más que suficiente para que los agentes de operaciones especiales le apuntasen.

Yo alcancé a gritar: «¡No!», y agarré a Barrueta por los

tobillos para derribarlo. Oí los disparos y le empujé con todo el cuerpo.

Barrueta cayó a mi lado. Después vi que solo lo habían herido en el hombro derecho.

—No va a servir de nada —gritó desde el suelo—. No diré una puta palabra.

«Vale. Lo que tú quieras», pensé.

Cerré los ojos. Joder, estaba cansado.

41

A Olaia y a mí nos separaron en la puerta del chalet de Liendo. No volví a verla en cinco días, y solo cuando nos cruzamos de lejos en los pasillos del juzgado de Bilbao. Tenía cara de cansancio, pero una irreprimible sonrisa en los labios. Estábamos cansados pero felices. Pasara lo que pasase, lo habíamos conseguido, ¿no? Yo la saludé con la cabeza y ella me guiñó un ojo de vuelta.

Habían sido cinco días eternos, con sus cinco noches. Del calabozo a la sala de declaraciones, de la sala de declaraciones al juzgado, y otra vez al calabozo. Contamos nuestra historia a los abogados, a la Policía Judicial y a la jueza. Después volvimos a contarla. Y cuando pensábamos que ya nadie insistiría, Castro nos la pidió por escrito.

La prensa perseguía la noticia. Era algo sabroso. Alguien filtró que había unas cinco o seis muertes conectadas. Suicidios simulados. Asesinatos. Un reguero de muerte que comenzaba en Bizkaia y llegaba hasta Cáceres.

Pero ¿por qué? ¿Quién?

No había demasiados datos. Solo se hablaba de un hombre: el psicópata que irrumpió en el retiro espiritual de la sierra de Gata.

Y de los dos policías vascos que, por alguna razón, estaban allí esa noche. ¿De vacaciones?

Solo quedaba confiar en el buen hacer de nuestros colegas. Los de nuestro cuerpo y los demás (la UCO, concretamente). Sabíamos que estaban muy centrados en buscar explicaciones, comprobar nuestras declaraciones, rebuscar en los detalles. Y al frente de todo, tirando de las riendas con fuerza, estaba la jueza Iratxe Castro, cabreada e intrigada al mismo tiempo.

Nos amparaban muchas cosas. Más de las que podríamos habernos imaginado. Los supervivientes del retiro de la sierra de Gata explicaron cómo les habíamos salvado la vida, a pesar de las cuatro muertes que no pudimos evitar. Además, Judit afirmó haber viajado por voluntad propia en nuestro coche, tras haberle comunicado el asesinato de Erika.

Aquí empezaron a llegar las collejas. Actuar como policías fuera de Euskadi era «una vulneración flagrante de la Ley de Fuerzas y Cuerpos de Seguridad del Estado». Nuestros abogados (costeados por el sindicato) apelaban a la situación «de urgencia absoluta por proteger a un testigo y conseguir una evidencia criminal crucial», pero la jueza dijo que nos iban a dar para el pelo. «No se comunicaron. No informaron. Actuaron *motu proprio* incurriendo en varios delitos».

Comencemos por esto. Tuvimos que admitir que habíamos entrado por la fuerza en el domicilio de Erika (un delito de allanamiento). También otro de omisión del deber por no informar del hallazgo del cadáver y otro de obstrucción a la justicia por haber interferido en la escena del crimen. El vecino de Elizalde interpuso una denuncia por el intento de atropello que quedó como «conducción temeraria». Yo, de regalo, fui acusado de coacción por mi nota amenazante a Zubiaurre. Y como ya me importaba todo un pito, admití haberme colado en el domicilio del testigo y haber realizado grabaciones (que, por cierto, ya habían sido localizadas en el registro de mi apartamento de Ispilupeko).

Sumemos, por lo tanto, otro delito más de allanamiento. Y otro de escuchas ilegales.

Mis abogados estaban como un niño con una caja de pastas recién abierta. No sabían ni por dónde empezar.

Pero también era cierto que nuestra investigación («alegal, imprudente, peligrosa para el conjunto de la ciudadanía, contraria al reglamento...») había desencadenado una serie de consecuencias.

Empecemos por Barrueta.

Aunque seguía sin hacer ninguna declaración, nos enteramos de que su teléfono era lo que olía a electricidad quemada cuando entramos en el chalet de Liendo. Lo había frito en el microondas: tarjeta SIM, disco duro... todo. No obstante, su registro de llamadas y cierta documentación hallada en su domicilio llevaron a los investigadores a establecer conexiones con Íñigo Zubiaurre «previas al desarrollo de los hechos relativos al asesinato de José Luis López de Arbeloa».

La jueza había puesto en marcha dos operativos. Uno de la Guardia Civil y otro de la Ertzaintza. Tuve que reírme cuando supe a qué dos agentes había asignado el caso: los novatos de la comisaría de Gernika. Al parecer, me estaban muy agradecidos por haberles reabierto el caso de Elixabete una vez más (es ironía, ¿eh?). Ochoa también estaba que se subía por las paredes con todo el papeleo que le habían puesto sobre la mesa. ¿No querías una taza? Pues tómate el termo entero.

Volviendo a Barrueta. Los Robocops habían hecho un

análisis exhaustivo de algunas cámaras del Casino de Bilbao, que revelaron que Barrueta y Zubiaurre se conocían y habían mantenido conversaciones en los días anteriores al asesinato de Arbeloa. Los presupuestos de coches de lujo de Zubiaurre se sumaban como evidencias. Y también se encontraron cinco mil euros en fajos recién planchados bajo su cama de Maruri.

El análisis del teléfono de Zubiaurre confirmó que había borrado algunos audios de WhatsApp la noche de su asesinato. (Seguramente le obligaron a hacerlo antes de matarlo) pero la hora y la fecha de estos audios borrados coincidían (segundo por segundo) con las grabaciones de mis micrófonos ilegales y eso, después de un peritaje milimétrico, convenció a la jueza de que debían ser admitidas como un refuerzo «no determinante» de los indicios. La grabación de la muerte de Zubiaurre, además, coincidía con la hora establecida por los forenses.

Y en un cuchillo localizado entre las armas de Friedrich, se hallaron rastros de su ADN.

Pero la cosa no quedaba ahí. Prisiones había comenzado otra investigación por orden de Iratxe Castro para esclarecer los motivos del ataque a Denis. La orden de la jueza alertaba sobre «la posibilidad de una conspiración para el asesinato del reo». Esto había llevado a la Policía Nacional a registrar el domicilio familiar de uno de los agresores, donde se halló una maleta con quince mil euros en metálico. La mujer del preso confesó haber recibido el dinero de manos de un hombre con el encargo de «asesinar a Denis Orizaola en el plazo de diez días». El trato era doblar la cantidad al término del trabajo, pero nunca volvieron a saber de él.

A esta testigo se le mostraron diez fotografías y reconoció, sin lugar a dudas, a Barrueta como el hombre que le hizo entrega del dinero.

Barrueta seguía sin decir palabra en un calabozo de los juzgados. Supuse que era cuestión de tiempo que intentase quitarse la vida, y así se lo hice saber a los fiscales. Además, de nuevo por orden de la jueza Castro, se había requerido información bancaria en Suiza. No tardarían en encontrar sus cuentas. Y posiblemente el dinero de Jokin seguiría allí.

En conclusión, después de cinco días de un bombardeo de indicios, la jueza determinó que había «base» para hablar de una conspiración orquestada por Néstor Barrueta para incriminar a Denis Orizaola en el asesinato de José Luis López de Arbeloa.

Y se ordenó la inmediata liberación de Denis.

—¿Solo eso? Quiero decir… Me alegro, pero ¿qué hay del vídeo? ¿De Friedrich? ¿Del hombre del Mercedes negro?

Estaba sentado en una mesa redonda con dos abogados del sindicato, la secretaria de la jueza y Orestes, que prestaba sus servicios *pro bono*.

—Me temo que tenemos una noticia buena y una mala al respecto —dijo Orestes—. La buena es que os habéis llevado por delante a un asesino profesional. Friedrich Vorhepper estaba perseguido por la Interpol, se le atribuyen más de quince asesinatos en Europa… Nadie presentará cargos por su muerte. Se considera que fue un acto de legítima defensa por parte de Olaia…

—¿Y el otro hombre, el que aparece en el vídeo conduciendo el Mercedes? El chófer.

Los abogados se miraron el uno al otro.

—Hablemos de él.

Friedrich no portaba ningún documento consigo. Se ignoraba su domicilio y cómo se había desplazado hasta la sierra de Gata. Pero nuestro testimonio, sumado al de aquella camarera de San Martín de Trevejo, ayudó a activar la búsqueda de un segundo hombre cuya descripción coincidía, además, con el tipo que aparecía en el vídeo de Judit. El chófer.

—El Mercedes negro con matrícula 6788GHT es un vehículo de empresa. Pertenece a una sociedad financiera de Bilbao.

—Venture Capital. La empresa de Jon Mikel.

Orestes asintió con la cabeza.

—Por lo visto, el hombre que aparece en el vídeo era uno de los chóferes de la empresa. Un autónomo del que no tenemos nada más que un contrato... que había sido rescindido hace meses.

—¿Qué quieres decir?

—Que habían prescindido de sus servicios. Estaba despedido. Eso es lo que comunica la empresa.

—Pero el tipo tendrá un nombre, ¿no?

—El problema es que dio un nombre falso en el contrato. Se identificó como una persona fallecida. Básicamente, el tipo no existe y desde Venture Capital solo han mostrado «su sorpresa» por su presencia en ese vídeo. Hay una orden de busca y captura internacional en marcha...

«Buscadlo en el fondo del mar», pensé.

—Pero hay una llamada a Elixabete esa semana desde esa misma empresa —me revolví—. Y después, en el vídeo, aparece en un coche de la misma empresa. Eso tiene que ser suficiente.

—La empresa admite que hubo una conversación telefónica esa semana, pero ignoran qué es lo que hacía Elixabete esa noche tan cerca de su propiedad. Argumentan que nunca conciertan citas profesionales en el domicilio privado de sus ejecutivos.

—Venga ya —protesté—. Eso huele a mil kilómetros.

—Lo sabemos. La jueza tampoco está convencida… pero es lo que hay por el momento. Tienen muy buenos abogados. Están atacando con todo.

—Joder… —Me froté los ojos—. No me digas que nos vamos a quedar así.

No sé si era la comida (escasa) o el café (abundante) de esos días, pero sentí que una acidez rampante me subía por la garganta. O quizá era la sensación amarga de que todo esto no habrá servido para nada. Habíamos salvado a Denis, pero Elixabete, Jokin, Erika y Arbeloa se iban a quedar sin que se hiciera justicia.

—Hablemos de tu situación, Ori —dijo el abogado—. La jueza te va a conceder libertad vigilada. Con privación cautelar del pasaporte. Pero podrás marcharte a casa.

—¿Y Olaia?

—Quedáis los dos a la espera de juicio.

—¿Qué va a pasar con su trabajo?

—Expediente disciplinario, un año sin trabajar. Pero volverá. Los cargos contra ella son menores. Tiene el eximente de «estado de necesidad», o sea que trataba de evitar un mal mayor del que cometió.

—Ya sé lo que significa.

—En cuanto a ti…

Se callaron un instante. Miradas de color ceniza.

—También se aplica el «estado de necesidad», pero el tribunal ha considerado otros aspectos. Un expediente abierto con varias faltas muy graves, para empezar. Además de haber desaprovechado las múltiples oportunidades que tuviste de informar al cuerpo sobre tus pesquisas. Y el delito de coacción, sin pruebas, cometido contra Zubiaurre...

—Venga, dilo sin tapujos.

—El tribunal va a decretar tu expulsión definitiva del cuerpo, Ori. Lo siento muchísimo.

El martes 7 de junio por fin salí de allí. Hacía una bonita mañana en Bilbao. La ciudad estaba a las puertas del verano y yo era un hombre libre hasta nuevo aviso.

Orestes estaba allí para acompañarme. Me llevó en coche hasta el hospital de Basurto, porque esa era la primera parada que deseaba realizar ese día.

«Denis todavía no está para recibir visitas», me había avisado. «Pero sigue estable. Todo indica que se recuperará».

No me gusta llorar en público. No sé por qué. No sé si es cuestión de educación o de amor propio, o las dos cosas. O quizá es que soy un retrasado emocional, como los llaman ahora. Pero el abrazo de Mónica pudo con todo eso. Me llenó de besos. Me dio las gracias. Me dijo que era su héroe y el de Denis.

Y después de cinco días siendo vapuleado por policías, fiscales y jueces, aquello pudo conmigo. Me eché a llorar un buen rato y me sentó bastante bien.

—No hemos podido resolverlo todo —dije—. Los verdaderos culpables siguen sueltos, Mónica.

—Orestes me lo ha explicado —respondió ella—. Caerán. De una manera u otra... Pero lo importante es que Denis es libre. Y que tú estás vivo. Quiero que sepas que Enrique y yo te vamos a apoyar económicamente. Después de unos cuantos años vendiendo casas a millonarios, tenemos un buen remanente. Piensa en algún negocio en el que puedas hacerlo bien e invertiremos en él.

—Creo que podría grabar un disco de canciones folk.

—Muy bien —dijo Mónica—, haremos eso. Tocarás folk. Y espero que luego tengas alguna idea mejor.

Nos reímos.

Entré en la sala de cuidados intensivos, solo. Había una ventana con un bonito árbol al otro lado. Denis estaba tumbado con unas cuantas vías y cosas inyectadas en los brazos, pero le habían retirado ya la respiración asistida. Me acerqué a él y le acaricié el rostro, pálido pero bello, con algo de barba. Estaba dormido.

—Yo estuve ahí abajo una vez —le dije—, y creo que soñaba mucho. Espero que estés teniendo unos sueños preciosos, Denis.

Se había levantado una pequeña brisa que movía las ramas del árbol.

—Hemos conseguido probar tu inocencia. La jueza ha decretado tu libertad inmediata... Así que vuelve pronto, ¿eh? Tenemos que recuperar un montón de tiempo. Quiero que me enseñes a hacer surf, ¿vale?

Noté que sus dedos apretaban un poco los míos. Entonces abrió los ojos.

—¿Surf? —dijo sonriendo—. Estás... mmm... muy... mayor para el surf...

Me eché a reír. Denis también lo hizo, como pudo (porque le dolía), y yo le alboroté el pelo como cuando era un chiquillo. La vida nos había hecho un regalo, pensé. Y lo iba a aprovechar a fondo.

Mi coche todavía estaba aparcado frente a la casa de Olaia, así que Orestes me hizo el favor de llevarme hasta Ispilupeko.

Era un día soleado y la playa estaba bastante llena de gente. Aquella sería la tónica a partir de entonces. Primero los fines de semana. Luego, el lleno total de julio y agosto. ¿Qué iba a hacer? ¿Me iba a quedar allí a pasar el verano? Orestes me dijo que el juicio no se celebraría antes de final de año. Y después, todo era una incógnita.

—No creo que vayas a prisión. Es muy posible que lo arregles con una fianza. En todo caso, cuenta con mi ayuda si la necesitas.

Le di las gracias por todo, en especial por los últimos días. Nos despedimos junto al portal de casa.

Subí las escaleras y entré en el apartamento. Los agentes que habían efectuado el registro fueron muy considerados dejándolo todo más o menos en su sitio, pero nadie había bajado la basura, ni sacado todos los alimentos caducados de la nevera. Así que la casa olía a fiambre.

Abrí el balcón y las ventanas para orear un poco. Después llamé a Carla. La última vez que habíamos hablado fue en Laredo, el día que fui a dejar a Sara.

—¿Cómo está Denis?

—Bien. Se está recuperando. Carla, hemos conseguido demostrar su inocencia. No volverá a la cárcel.

—Joder… ¡me alegro mucho!… Pero ¿cómo?

—Ya te lo contaré con calma otro día. Ahora dime, ¿cómo está Sara?

—Ha tenido unas cuantas noches malas… pero se le va pasando. —La oí suspirar al otro lado—. No hace más que preguntar por ti. Te ha llamado como diez veces, pero tenías el teléfono desconectado. ¿Dónde te has metido?

—Es difícil de explicar. Pero te daré una pista: mira los periódicos.

—¿Los periódicos?

—En fin... habrá tiempo para eso. Solo te llamo por una cosa: de entrada, quiero darte las gracias.

—¿Las gracias?

—Por hacerte cargo de nuestras hijas todo este tiempo. Ellas necesitan una madre como tú. Y me alegro de que te tengan.

Carla calló un instante.

—Pues... Aitor... de nada.

—También quiero decirte que he perdido el trabajo. Ya no soy poli.

—¿Cómo?

—Sí... pero tranquila. Supongo que nos arreglaremos de alguna forma. Algo encontraré... Lo importante es que ya sé a qué voy a dedicar todo ese tiempo que me va a sobrar: quiero hacer mi parte. Estar con las niñas. Solo eso. Recogerlas en el colegio. Darles la merienda. Ayudarlas con los deberes y con los disfraces de Halloween o lo que sea. Al principio lo voy a hacer mal. Lo sé. Posiblemente sea todo un desastre... Pero ese va a ser mi nuevo trabajo. Quiero que sea mi nuevo trabajo. Solo te pido que confíes en mí.

—Aitor, pero... Bueno, me llamas con todas estas bombas y... me cuesta un poco encajarlo todo, la verdad...

—Lo sé. Tranquila. Dales un beso de mi parte. Diles que quiero verlas... cuando lo creas conveniente. Tienes todo el derecho a poner las normas, ¿vale? Te has ganado el derecho a ello.

—Vale, Aitor. Pero ¿estás bien? Oye, siento lo del trabajo. Yo... no sé muy bien qué decir.

—No digas nada. Todo está bien, Carla. —Sonreí—. Por primera vez en mucho tiempo, todo está bien.

Vacié casi toda la nevera, ordené la casa y me di una larga ducha antes de salir a tirar la basura y comprar algo de comida china en el restaurante de la familia Chen: arroz con gambas, pollo agridulce y un rollito de primavera.

Mientras lo preparaban, esperé sentado en una de sus grandes mesas circulares, decoradas con dragones y motivos típicos de China. Y me puse a leer las noticias.

Casi todos los titulares que se ocupaban del «caso» hablaban de un asesino en serie. Un loco psicópata que se habría cobrado cuatro víctimas en una carrera sangrienta y sin sentido. Solo se mencionaba a los muertos del retiro espiritual y a Erika. Casi todo el mundo guardaba un cauteloso silencio sobre el resto (Arbeloa, Zubiaurre, Elixabete). ¿Por qué? Mi testimonio debería haberse filtrado igual que lo demás, pero el nombre de los Gatarabazter tenía demasiado peso. Nadie se atrevía a publicarlo.

Solo algunos escépticos de las redes sociales se posicionaban en contra de la versión oficial y proponían alternativas. Friedrich Vorhepper era un asesino profesional. Un especialista en políticos y enemigos de las corporaciones. Había acabado con activistas sindicales en Colombia, militantes ecologistas en Suecia y voluntarios de ONG en el Cuerno de África. Y en Europa, en España, se le atribuían muertes selectivas. ¿Dónde estaba la explicación de estas cuatro muertes aleatorias? ¿Quién le había contratado y por qué?

Chen hijo me tocó el hombro y me dio un susto. La comida estaba lista, pagué y salí de allí con una bolsa de plástico en la mano. Fui caminando despacio por el paseo. Las heridas de mi brazo ya estaban bastante mejor, pero el exceso de esos últimos días todavía me pasaba factura. Mi cuerpo pesaba el doble. Mis zapatos eran de plomo. Y mis pulmones parecían de juguete.

La playa se había vaciado al mediodía. Un par de paddle surfistas remando en una pleamar perfecta, casi plana. Cuatro gaviotas planeaban contra un leve norte.

Llegué a mi portal, apoyé la bolsa en el suelo y me puse a buscar las llaves en el bolsillo. En ese momento oí que un coche aminoraba la marcha a mi espalda. Casi por instinto, busqué el reflejo en el cristal.

Era un coche negro.

Se me heló la sangre.

Un Mercedes S 580.

Por supuesto, ya no tenía pistola. Era otra de las cosas que venían en el pack de la libertad vigilada. Pero ¿de qué iba a servirme si venían a por mí?

Me giré y me quedé quieto viendo cómo ese Mercedes negro se detenía frente a mi puerta.

Pensé: «Esto es el fin, ahora sonarán unos cuantos disparos. Espero que acierten a la primera».

Pero no pasó nada.

El motor seguía en marcha y nada se movía. Yo tampoco.

Entonces, al cabo de un eterno minuto, la ventana trasera comenzó a descender lentamente. Se quedó a dos tercios más o menos, revelando la parte superior de un rostro. Pelo negro corto, unas gafas oscuras y una cara afilada. Unos labios demasiado femeninos, un gesto grave.

Solo había visto un par de fotos de Jon Mikel Gatarabazter, el heredero de la dinastía. Aun así, me bastaron para comprender que era él.

No dijo nada. Solo se quedó mirándome en silencio, diez, quince, veinte segundos. Yo tampoco hice el menor intento de hablar o moverme al principio, aunque pasado este tiempo pensé que quizá debería… Di un paso al frente, pero antes de que pudiera decir algo, la ventanilla comenzó a subir hasta cerrarse por completo.

El coche arrancó suavemente hasta desaparecer por el final del paseo. ¿Qué significaba eso? ¿Un mensaje sutil, discreto, sin palabras?

Llegué a casa. Ni siquiera me di cuenta de que había olvidado colocar mis sistemas de protección habituales. Ni tiras de celo, ni tacos de monedas, ni las galletas debajo del felpudo… Dejé la comida china sobre la mesa y fui a cerrar las ventanas de la calle.

Entonces fue cuando lo vi.

Estaba sobre la mesa del salón. Un folleto, uno de esos trípticos que te meten algunas veces en el buzón.

Era publicidad sobre un pueblecito francés.

VISITE GRUISSAN
Y SU FAMOSA PLAYA DE LOS CHALETS

—Gruissan —dije en voz alta mientras lo miraba como si quemase.

«El lugar donde mataron a Jokin…».

Ni siquiera lo toqué al principio. ¿Estaba allí esa mañana cuando entré? No. Y yo no lo había recogido de mi buzón. Alguien había aprovechado mi salida al restaurante chino para colarse en casa y dejarlo allí.

Empezaba a quedarme muy claro el mensaje silencioso de Jon Mikel Gatarabazter: «Te tenemos en el punto de mira.

Ya sabes lo que has de hacer si no quieres acabar como tu amigo».

Terminé cogiéndolo. Al abrirlo, algo se escurrió entre las dobleces y cayó sobre la mesa.

Era un carnet de policía. Plastificado, un poco amarillento.

La placa de Jokin.

Por si había alguna duda.

Me acerqué a la ventana. El Mercedes había desaparecido, por supuesto. Fui hasta la puerta de casa. No tenía ni un roce. La habían abierto como auténticos ladrones de guante blanco.

Arrate Montero contestó al teléfono casi al primer tono.

—Aitor, ¿cómo estás?

—¿Puedes hablar un minuto?

—Sí... —dijo—. Estoy teniendo una mañana muy tranquila. Demasiado.

—¿Qué tal va tu piano?

—Bien... mejorando, gracias. Ya casi me sale el *Para Elisa* sin errores. ¿Y tú qué tal? ¿Encontrasteis algo de interés en el ordenador?

Yo cerré los ojos y sonreí. Arrate no se había enterado de nada, claro. Las noticias sobre la masacre en Extremadura o las extrañas muertes de los últimos días no tenían ninguna conexión con ella. Y nadie había ido a molestarla con preguntas sobre Jokin. Quizá nunca lo hicieran. Pero debía prepararla de alguna forma, por si sucedía.

La vida es una historia que cada uno cuenta como quiere, como le conviene. Y, a veces, la muerte tiene la virtud de preservar lo esencial de una persona, por muchos errores que cometiera en la vida. Y Jokin para mí era un gran tipo, un buen padre... que quizá cometió un último y terrible error.

—Hemos descubierto algo sobre Jokin.

—No sé si quiero oírlo —dijo con voz temblorosa.

Me tomé unos segundos. Estaba decidido a hacerlo.

—La muerte de Jokin está relacionada con algo que hizo —dije—. Algo que hizo por sus hijos, ¿vale?

Arrate guardó un largo silencio. Luego se le atropellaban las palabras en la garganta.

—¿Qué... por qué... cómo lo sabes?

—Dejémoslo en que lo sé, ¿eh? Es una historia fea, como la propia vida. Pero tiene un lado bonito. Quedémonos con eso.

—¿Estás seguro de lo que dices?

—Sí. No te habría llamado de no ser así. Jokin me daría una paliza en el más allá... Pero estoy seguro. Cuéntaselo a tus hijos, algún día. Diles que su padre lo hizo todo por ellos.

Arrate encajó aquello como pudo. Rompió a llorar, me pidió más explicaciones, pero yo no estaba dispuesto a contarle mucho más, aún no. No obstante, era una mujer inteligente. Y mis palabras sonaron con ese peso especial que tiene la verdad.

Me dio las gracias. Me dijo que aquello era «importante», sobre todo «para los chicos».

Y me alegré.

Una historia se estira y se recoge como un acordeón, a gusto del cuentacuentos. Se esconde la roña y se muestran las partes bonitas y relucientes. ¿Por qué no intentar sacar algo bueno de todo esto? Si el final de Jokin podía ser una inspiración para sus hijos, entonces el cuento habría merecido la pena.

Pasé un par de horas con mi guitarra, dejándome acariciar por los rayos del sol y terminando de componer una canción.

Después, salí a darme un baño en el mar. El agua todavía estaba fría, pero me sentó estupendamente después de tantos días sin hacer nada más que estar sentado. Pensé que quizá podría agenciarme uno de esos paddles. Definitivamente, quería aprender a hacer surf. También reflexioné sobre la oferta de Mónica y Enrique. ¿En qué podría invertir? ¿Un bar? ¿Un bar de conciertos? Dios… Realmente tenía que empezar a pensar con sentido práctico. O no iba a sobrevivir en este mundo, con cincuenta años y la mente de un crío de trece.

Pero ¿y una pizzería con conciertos?

Volví a casa a las siete. En mi teléfono había dos llamadas: una de Maika y otra de Olaia. También un mensaje de Maika:

«Me acabo de enterar de que os han soltado. Venid a Forua enseguida, tengo novedades».

Llamé a Olaia, que ya había hablado con Maika.

—Voy a buscarte, ¿vale?

—Okey, te espero en casa.

Llegó en treinta minutos. Estaba… preciosa. Su bonita cara sin maquillar. Los vaqueros negros. Y yo estaba electrizado por el mar. Según entró por la puerta, sin una palabra, nos besamos y enseguida noté que mis manos alcanzaban su trasero, quizá muy rápido.

—Han sido demasiadas tensiones, ¿eh? —Se rio.

—Vamos a quitarnos esto antes de ir a ningún sitio.

—Sí —dijo ella con los pómulos enrojecidos—, por favor.

No hubo calentamiento previo. Nos arrancamos la ropa como dos posesos (de hecho, ella se cargó dos botones de mi camisa) y nos lanzamos a la cama como si fuera nuestro último día en la tierra. Rompimos una de las patas de la cama antes de terminar. Así que llegamos al final balanceándonos como en una tempestad. Después ella se apoyó en mi pecho y dijo que podía escuchar mi corazón, bien fuerte.

—Un día de estos me vas a matar —dije.

—Qué va —respondió ella palmeándome el tórax—. Estás sano como un roble, Ori.

42

Maika salió a recibirnos a la puerta del caserío. Con su eterno cigarrillo y su pelo de colores, nos dimos un fuerte abrazo. Nos fijamos en un gran cartel de se vende que había colocado junto a la valla.

—El banco está apretando con las deudas de Elixabete, y su familia me ha pedido que lo ponga a la venta —dijo Maika cuando le pregunté por él—. Por un millón de euros es vuestro.

—¿Solo?

Entramos en la casa. La mesa de la cocina seguía llena de papeles, periódicos y notas. Además de las tazas de café y el cenicero hasta arriba de colillas… Los rastros de nuestra intensa sesión investigadora del martes anterior. Maika nos contó que había ido esa mañana por primera vez.

—¿Un café? O mejor un refresco… Os veo como acalorados.

Se le escapó una sonrisilla perversa. Olaia y yo nos miramos con cara de inocentes.

—En fin. Al turrón, ¿eh? Os contaré la historia tal y como

ha ocurrido. En realidad, hasta hace dos días no he podido moverme demasiado. La poli me ha frito a preguntas, y en el curro están bastante mosqueados.

»Bueno, mientras estabais en el calabozo, logré seguir la pista de ese "falso periodista" que estuvo haciendo preguntas sobre Elixabete. Terminé hablando con un antiguo alumno del colegio, un médico de la zona... Dijo que el "periodista" se había presentado en su consulta hacía dos semanas. Lo describió como "alto, de pelo corto y gris".

—El chófer.

—Hablaron un rato sobre su juventud en el colegio. El periodista estaba muy interesado en los amoríos de Elixabete. ¿Había salido ya del armario en esa época? ¿Tenía novia? ¿Novio? Bueno, todo esto le produjo resquemor al viejo amigo de Elixabete.

—Normal. Vaya preguntas.

—Muy raras. Pero él le contó lo que recordaba. Lo primero, que Elixabete no tuvo ningún novio conocido en sus tiempos del Urremendi (o al menos que él supiera), pero que corrían rumores sobre ella, ya me entiendes. Era una chica muy poco chica. Pero que solo eran rumores.

»Lo único que pudo decirle es que su mejor amiga, su amiga del alma en aquellos tiempos, se llamaba Leire Urcelay. Pero que llevaba mucho tiempo sin saber nada de ella. En fin... Supuse que el periodista la buscó. Así que yo hice lo propio.

—¿Y la encontraste?

—Sí... pero llegamos tarde.

—¡¿Qué?!

—No... no os preocupéis. En esta ocasión no fue cosa de ningún sicario, sino del maldito cáncer. Se la llevó por delante hace dos años. Pero sus hijos me confirmaron que «alguien llamó preguntando por ella días antes, un periodista».

—Sigo sin entender absolutamente nada —dije.

—Así estaba yo. Hasta esta mañana cuando vine a poner el cartel de se vende. Los familiares de Elixabete me han pedido el favor de cuidar la casa mientras se ejecuta le herencia y demás papeleo. Así que he venido, he regado las plantas… y entonces se me ha ocurrido una cosa. Venid.

Salió andado en dirección a las escaleras. La seguimos hasta la planta de arriba, al dormitorio de Elixabete.

Maika cruzó la habitación y se sentó frente al ordenador.

—Orestes me ha puesto al día del caso. Que los Gatarabazter niegan haberse reunido con Elixabete… ¡Qué hijos de la gran puta! Yo había subido a mirar otra vez el álbum. Por si lograba entender algo… y entonces he recordado lo último que Elixabete me dijo: que estaba revisando correos electrónicos. ¿Y si hubiera quedado un rastro de algo aquí? ¿Una conversación sobre su cita con los Gatarabazter?

»Vine aquí, encendí el ordenador… Elixabete tenía una dirección de Yahoo, kokoxa@yahoo.es. Yo sabía que la policía había intentado acceder a ella cuando trataron de trazar sus últimos contactos… pero que se habían topado con una contraseña.

Maika abrió la página web del correo de Yahoo, con la pantalla de *login*. Salió la caja que pedía una contraseña para kokoxa@yahoo.es.

—Bueno… reconozco que he probado algunas cosas básicas: Elixabete, África, incluso mi nombre (tonta que es una)… pero, por supuesto, nada de esto funcionaba. Y entonces se me ocurrió algo: darle al botón de recuperar contraseña.

—¿A nadie se le había ocurrido antes? —preguntó Olaia.

—Quizá a los polis no, pero estoy segura de que los malos lo han intentado.

—¿Cómo lo sabes?

—Mirad.

Maika hizo clic en el link «No recuerdo mi contraseña» y aparecieron una serie de opciones de recuperación. Una de ellas era enviar un email a una «cuenta secundaria de Gmail» que desconocíamos por completo.

La otra era una «pregunta de seguridad».

—La pregunta de seguridad… —dije—. No me digas que es eso.

—Piensa mal y acertarás —respondió Maika, según le daba al botón de «Resolver pregunta de seguridad».

Apareció entonces una pantalla azul con una pregunta escrita en letras grandes muy blancas:

«El nombre de la persona a la que besaste por primera vez en el Urremendi».

Y una caja de texto para escribir la respuesta.

—Venga ya… —dije echándome a reír.

—Así es —dijo Maika—. Todas esas preguntas a los antiguos compañeros de Elixabete, el robo en los archivos del colegio… Todo… por un beso.

—Y eso explica el álbum de fotos dejado con prisas sobre la mesa. No fue Elixabete quien lo ojeó, sino sus asesinos… Quizá comenzaron con su búsqueda aquella misma noche… Pero ¿qué habrá en el correo de Elixabete?

—Quizá sea un email de Jon Mikel citándola el jueves por la noche. Eso demostraría que está implicado en su muerte.

—¿Has probado ya a meter algún nombre? —preguntó Olaia a Maika.

—Prefería esperaros para hacerlo juntos. No es que sea muy buena con los ordenadores quizá haya algo que se me escape… pero he pensado intentarlo con Leire, el nombre de su mejor amiga.

—Es una mujer casada y con hijos —dije yo—, no parece una gran candidata para ser el primer beso de Elixabete.

—Quizá fue una locura juvenil.

—O quizá se besó con un chico —opiné yo.

—No —Maika parecía segura—, eso queda descartado. Elixabete me dijo que nunca le habían atraído los hombres. Y el amigo del Urremendi lo corroboró.

—Entonces nuestra mejor opción es un «arrebato lésbico adolescente» —dijo Olaia—. Apuesto por Leire.

—Pues ojalá te equivoques —dije—, porque ellos ya lo habrán probado.

—Solo nos queda comprobarlo. ¿Con mayúscula la primera letra? —preguntó Maika a Olaia.

—Diría que sí.

Así que Maika, respondiendo a la pregunta «El nombre de la persona a la que besaste por primera vez en el Urremendi», escribió: «Leire».

El sistema devolvió una ventana roja:

«Respuesta incorrecta. Intento 1/3».

—Solo dos intentos más… ¿qué puede pasar después? —pregunté a Olaia.

—Que bloqueen la pregunta de seguridad por un tiempo.

—Prueba con minúscula —dije.

Maika lo hizo: «leire».

«Respuesta incorrecta. Intento 2/3».

—Mierda.

—Un intento más. ¿Ideas?

—Quizá puso el apellido —dijo Olaia—. ¿Cuál era?

—Urcelay —repetí—. Pero en la pregunta lo pone claramente: «El nombre de la persona». No creo que sea el apellido.

—Espera un instante. —Maika había separado los dedos del teclado y se agarraba las manos, como si no quisiera tocar ninguna tecla por error—. Vamos a dar un paso atrás. Elixabete llevó su lesbianismo en secreto. Me contó lo dura que fue su adolescencia. No logró salir del armario hasta que se fue a vivir a Londres, con la universidad.

—La pregunta dice «en el Urremendi».

—Lo sé... me refiero a que tuvo que ser algo secreto. Quizá no era alguien de su círculo de amistades... sino... otra cosa. Otro grupo donde pasasen horas juntos. La primera chica con la que me enrollé cantaba en mi coro.

Entonces yo levanté la cabeza. Lo primero que vino a mis ojos fueron esos trofeos de baloncesto.

—El equipo de basket.

—Podría ser.

—Vamos. Hay algunas fotos en el álbum —dije.

Lo sacamos de la estantería y lo abrimos sobre la cama. Empezamos a pasar las páginas hasta que encontramos una sección entera dedicada al equipo de baloncesto femenino.

La formación había permanecido más o menos igual durante varios años. Doce chicas abrazadas, sonrientes, en varias canchas de baloncesto, con o sin trofeo, y siempre acompañadas de la misma entrenadora.

—¿Qué te parece, Maika? ¿Alguna candidata?

—¿Por qué me lo preguntas?

—Bueno, pensaba que teníais un radar para estas cosas.

—Sí... —murmuró ella mirando las caras—, esa es la leyenda... Pero la verdad es que ninguna de ellas me parece demasiado sexy.

—¿Ninguna? —Olaia se inclinó un poco más sobre el álbum—. La entrenadora no está nada mal.

—¿La entrenadora?

La miré. Era una chica de unos veintitantos y sí que era atractiva. Y en muchas muchas fotos, Elixabete y ella salían bastante cerca. De hecho, en una estaban solas, levantando un trofeo.

—Necesitamos su nombre.

—Eso te lo consigo en cero coma —dijo Maika.

Hizo una llamada al director del Urremendi. No fue exactamente cero coma, pero no llegó al minuto.

—Se llamaba Estrella Suárez. Tenía veintidós años en aquella época. Podríamos intentar llamarla y confirmarlo.

—¿Crees que nos lo diría? Se podría considerar abuso de menores.

—Bueno... ¿sabes qué? Probemos. Lo peor que puede pasar es que bloqueemos el sistema de recuperación durante unos días.

Volvimos al ordenador, Maika se sentó. Yo me puse a su lado. Olaia observaba desde atrás.

«El nombre de la persona a la que besaste por primera vez en el Urremendi».

Maika tecleó: «Estrella».

La ventana, en este caso, era de color verde.

«Respuesta correcta. Ahora escribe una nueva contraseña».

Pegué un grito de emoción y Olaia me abrazó.

—¡Joder! Lo tenemos.

—¿Qué hago ahora? —preguntó Maika, a la que le temblaba un poco la voz.

—Escribe una contraseña sencilla —dijo Olaia—. Después la cambiaremos.

Maika utilizó su contraseña habitual y volvimos a la pantalla de acceso. Con las nuevas credenciales, por fin, entramos en el buzón de correo de Elixabete San Juan.

Había una cantidad ingente de correos. Los más recientes estaban todavía sin leer. Eran respuestas a cosas que Elixabete había enviado en su primera (y última) semana en Forua.

Seguimos bajando y llegamos a un montón de correos abiertos: los emails que Elixabete leyó esos días.

—Si Jon Mikel le escribió, tuvo que ser esa última semana —dije.

Fuimos repasando uno a uno los emails. Finalmente, encontramos uno fechado el miércoles 11 de mayo.

De: J. M. Gatarabazter
Para: kokoxa@yahoo.es
Asunto: Cena informal

Querida Elixabete, ¿te parece que nos reunamos mañana jueves para cenar y comentar lo que te avancé por teléfono? Puedo enviarte un coche a donde me digas.

Un abrazo,
J. M.

Elixabete había respondido que okey y daba su dirección de Forua.

—¡Lo tenemos! —exclamó Maika—. ¡Lo vamos a crujir vivo!

Se puso en pie y nos abrazamos, eufóricos. Yo volví a releer el email. Aunque no era demasiado específico, sería más que suficiente para demostrar ese encuentro que los Gatarabazter se habían esforzado tanto en borrar de la historia. Tres muertes (sin incluir las de los asistentes al retiro de yoga). ¡Tanta sangre derramada para nada!

Maika y yo aún estábamos celebrándolo cuando vi cómo Olaia ocupaba la silla de Maika y abría una opción del correo.

—¿Qué haces?

—Una búsqueda —respondió ella.

—¿Para qué?

Entonces leí las fechas que estaba introduciendo en el filtro de búsqueda. Eran las semanas anteriores al asesinato de Jokin. Y me di perfecta cuenta de lo que estaba haciendo.

—¿Crees que Jokin envió las grabaciones por correo?

—Tendría todo el sentido del mundo, ¿no?

En ese instante, la consulta devolvía un montón de correos sin abrir, tantos como Elixabete recibió mientras estaba en África. Olaia comenzó a bajar muy despacio por el listado de mensajes, leyéndolos uno a uno. Hasta que dimos con el siguiente y nuestras respiraciones se pararon en seco:

De: Jokin Txakartegi
Para: kokoxa@yahoo.es
Asunto: información muy importante

Querida Eli:

Tenías razón cuando me dijiste que el caso de
De Smet tenía pinta de no haberse resuelto del todo.
He de admitir que yo tuve algo que ver en ello...
Te envío un link a un sistema de archivos privado (la
contraseña está más abajo). Creo que el contenido se
explica por sí solo. Gente que reconocerás enseguida.
No tengo demasiado tiempo para extenderme. Tengo una
mala sensación en el cuerpo (ojalá me equivoque).
Si todo sale mal, por favor, diles a mis hijos que los quiero.
Solo intenté darles la mejor vida posible.
Fue un placer conocerte, Eli.

Un abrazo,
Jokin

Me acerqué a la pantalla. Al final del mensaje había un
link a una especie de sistema de almacenaje en la web y una
contraseña para entrar. Imaginé que era allí donde Jokin habría escondido las grabaciones del caso De Smet.

—Joder... —Maika negaba con la cabeza—. Y el correo
estaba todavía sin leer...

—Elixabete no sabía nada de esto... —dijo Olaia.

—Y quizá los malos tampoco —añadí yo.

—Lo primero es reenviar esto a alguna de nuestras cuentas. Después lo borraré y eliminaré la pregunta de seguridad.

La Junta nunca sabrá que hemos encontrado las grabaciones perdidas.

—¿Y después? —preguntó Maika—. Esto es un bombazo de primera.

No pude evitar pensar en esa extraña visita de Jon Mikel Gatarabazter. Y en el folleto de Gruissan que habían dejado sobre la mesa de mi salón. Y todo debió de pasar por mis ojos de una manera muy clara… porque Maika lo leyó a la perfección.

—Tengo una idea —dijo—. Marchaos de aquí. Diré que todo esto lo hice sola. En realidad, podría haberlo resuelto sin ayuda, ¿no?

—Supongo.

—Vale. Pues olvidémonos de las grabaciones. No será mañana, ni pasado, ni posiblemente en un mes. Viene el verano. Es mala época para soltar bombazos. Pero caerá…

—Sabes a lo que te expones, ¿verdad? —dijo Olaia.

—Lo sé… pero me pasa como a vosotros con Denis y Jokin… La vida me ha colocado en este sitio, en este momento en concreto. Y solo hay una cosa que puedo hacer.

Miré a esa mujer menuda, con su pelo de colores y sus pendientes demasiado largos. Pensé en una frase atribuida a un filósofo irlandés: «Para que triunfe el mal, solo hace falta que los hombres buenos no hagan nada».

—Eres una gran tía. —Olaia le dio un abrazo.

—Na… solo soy una loca. Como vosotros dos.

Y cuando los malos se topan con los locos, hay problemas.

43

Octubre

Me he caído tres veces de la tabla y ya tengo suficiente por hoy. Se lo digo a Denis desde el agua.

—Dame cuartelillo, sobrino. Que la última ola casi me mata.

—Pero si son enanas —responde Denis, que flota sobre su tabla a unos cinco metros—. Anda, salte, que estás mayor.

Es octubre, pero hace un día fantástico. Dejo que Denis siga con sus olas y yo voy remando hasta la orilla. Y soy recibido como un héroe por mi equipo de «tierra»: Mónica, Irati, Sara y Andrea.

—¡Has cogido una, *aita*, has surfeado! —grita Irati entusiasmada.

—Tu hija dice que se va a apuntar al curso —comenta Andrea.

—¿Y tú? —pregunto a Sara, que está leyendo un libro.

—No sé… Creo que no es para mí.

—Yo tampoco creo que sea para mí —digo mientras me quito la licra—. Me va a doler el cuerpo toda la semana.

Andrea y las niñas se entretienen en la arena mientras Denis cabalga sobre unas preciosas olas. Me siento junto a mi hermana en la toalla. Está mirando a su hijo y masticando chicle (porque Denis la ha convencido para dejar de fumar los dos juntos).

—No me canso de verlo. —Señala con la barbilla a Denis—. Me pasaría la vida mirándole, ¿eh?

—Te entiendo —digo mientras los ojos se me escapan hacia las niñas—, te entiendo muy bien.

Y nos quedamos en silencio, contemplando ese fascinante horizonte azul con cuatro pequeñas nubes colgadas como si fueran atrezo. El día es perfecto para estar en la playa, aunque ya es otoño. Estos cuatro meses han pasado volando y mi juicio cada vez está más cerca. Bueno, estoy preparado para lo que sea, aunque mis abogados aseguran que los jueces se han ablandado un poco (el hallazgo de ese email de Jon Mikel a Elixabete fue considerado, según me han dicho, «el producto de un gran trabajo de investigación»).

El heredero de los Gatarabazter sigue escondido detrás de una montaña de abogados, negando la acusación de conspiración por asesinato, intentando librarse de la cárcel. Por el momento, su clan ya lo ha castigado apartándolo de todas sus funciones. Está manchado, quizá para siempre. Y lo peor (para él) aún está por llegar.

Todos los días miro la prensa, esperando ver la Gran Noticia de Maika... No sé cuánto durará esto. Quizá para siempre. Quizá no. Pero lo cierto es que procuro no pensar mucho en ello. Mi nueva vida es buena. Por ahora solo estoy disfrutando del tiempo que tengo. El calendario de las niñas está impreso en la pared de mi cocina. Las llevo a las extraescolares y las ayudo con los deberes. Y me entero de sus vidas, que es lo que tiene que hacer un padre.

Denis hace lo mismo. Tardó un par de meses en recuperarse por completo, pero ya había empezado a escribir en el hospital: una novela, dice, algo ambientado en una prisión. Ha dejado el almacén y ahora vive en un pisito en Sopelana. Andrea y él han vuelto a salir. Algo me dice que durarán.

En cuanto a Olaia y a mí... seguimos viéndonos. Somos novios, aunque preferimos que no lo sepa mucha gente. Sara e Irati la conocieron el otro día en casa. Según Irati, es «guapa y muy lista» (porque nos dio una paliza al Carcassonne), y Sara opina que es más guapa en persona que en foto.

Y así estamos en este bonito día de octubre. Soleado, pero un día de otoño a fin de cuentas.

A veces noto un soplo de brisa fría por la espalda y me giro a ver... pero no hay nadie. No hay coches negros. Ni gafas negras. Ni personas oscuras con motivos más oscuros todavía... o al menos no los puedo ver desde donde estoy. Si algún día deciden volver, aquí nos encontrarán, como hoy en la playa. Juntos. Resolviendo las cosas como una familia.

Abrazo a mi hermana. Nos quedamos mirando a Denis sobre las olas, y a las niñas correr entre risas por la orilla.

Y todo está bien.

Bilbao,
18 de noviembre de 2022 – 26 de octubre de 2023

Agradecimientos

En 2022, según terminaba de corregir *Entre los muertos*, me embarqué en la aventura de presentar un programa *true crime* en la ETB titulado *Los siete pecados capitales* (¿os suena?).

Durante unos cuantos capítulos (que todavía se pueden ver a través de la plataforma online) encarné a un escritor de novela negra que repasaba la historia de algunos crímenes truculentos, hacía preguntas a la Policía Científica o se paseaba por las salas del Instituto Anatómico Forense.

Fue divertido trabajar en la tele y, como cualquier escritor que se precie, tuve mis ojitos bien abiertos y mis orejas bien afinadas para recoger toda aquella experiencia y escribir un montón de notas... Así es como empecé a preparar el material de lo que iba a ser mi siguiente novela. Esta que acabas de leer.

Fascinado por el mundo de la investigación policial —concretamente por los entresijos, los trucos y la creatividad que se utiliza para coger a los malos—, pasé varios meses tejiendo el trasfondo, las tramas y el complicado puzle de una historia que también debía ser sencilla: la de un buen tipo (Ori), machacado y arrinconado, que tiene que sacar sus últimas fuerzas para resolver el caso más importante de su vida.

En este viaje, siempre difícil, me han acompañado mis aliados habituales. Tengo que comenzar dando las gracias a algunos compañeros de *Los siete pecados capitales*: Iñaki Irusta (fundador de la sección científica de la Ertzaintza), César San Juan (psicólogo forense), Patricia Rodríguez (médico forense) y Elena Fernández-Markaida (psicóloga) por haberme inspirado entonces con sus historias. También por sus comentarios durante la documentación de esta novela. Y, por supuesto, al director del programa y mi descubridor para la TV (la culpa, en realidad, es suya), Asier Ugalde.

Desde que tengo la primera idea de una novela, hay dos personas que comienzan a lanzarme una lluvia de preguntas, como neutrones destinados a fisionar y buscar las debilidades de mis tramas: son mi hermano Javi y mi pareja Ainhoa. Después de ocho novelas, saben cómo buscarme las cosquillas.

Durante la fase de pruebas, lectura y corrección, nunca doy un paso sin Maya Granero y Juan Fraile y sus valiosas notas de coherencia. La novela siempre es mejor después de su repaso.

Gracias también al equipo de Penguin Random House. Irene, Nuria, Jimena, Clara, Toni Hill, Sergi (por el fantástico diseño de la portada), Anna, Jose y María Reina (de derechos internacionales) y, por supuesto, a la red comercial. No me olvido de Juan Díaz, que lleva el timón, con todo lo que debe de pesar. Vuestro apoyo y profesionalidad es indispensable para que esta historia llegue al público con un estándar de calidad altísimo.

Carmen Romero, mi editora desde hace casi diez años, sabe ver lo que yo no veo. Me anima y encuentra el alma de la historia, y lo sabe trasladar a un título tan perfecto como el que disfrutamos hoy. Sus comentarios (y sus palabras tranquilizadoras cuando la paranoia llama a mi puerta) son fundamentales en este largo proceso.